Wanderroute
des
Wolfsvolkes

W. Michael Gear &
Kathleen O'Neal Gear

Im Zeichen des Wolfes

W. Michael Gear &
Kathleen O'Neal Gear

Im Zeichen des Wolfes

Roman

Aus dem Amerikanischen von
Dagmar Roth

ZSOLNAY

3. Auflage
Alle Rechte vorbehalten, insbesondere das des öffentlichen Vortrags,
der Übertragung durch Rundfunk und Fernsehen, auch einzelner Teile.
© der deutschen Erstausgabe bei Paul Zsolnay Verlag Gesellschaft m.b.H.,
Wien 1991
Titel der amerikanischen Ausgabe: People of the Wolf
Erschienen bei Tor Book, New York 1990
© W. Michael Gear und Kathleen O'Neal Gear

Bearbeitung: Angela Kupper
Graphik: Doris und Marion Arnemann
Satz: Garamond, 11/12 Punkt, bei SRZ – Korneuburg
Druck und Bindung: Wiener Verlag, Himberg bei Wien

Printed in Austria 1994

CIP-Titelaufnahme der Deutschen Bibliothek
Gear, W. Michael / O'Neal Gear, Kathleen:
Im Zeichen des Wolfes: Roman / W. Michael Gear
und Kathleen O'Neal Gear. Aus d. Amerik. von
Dagmar Roth. – Wien: Zsolnay, 1991
Einheitssacht.: People of the Wolf <dt.>
ISBN 3-552-04324-1

Dank

Wir griffen beim Schreiben dieses Buches auf eine große Zahl von Quellen zurück, um unser berufliches Wissen über die frühe paläoindianische Kultur zu untermauern. In Ergänzung zu Zeitschriftenartikeln, archäologischen Veröffentlichungen und Literaturverzeichnissen schulden wir insbesondere Dank: Stephen D. Chomko, Ph. D., Interagency Archeological Services, National Park Service, der uns über die jüngsten Erkenntnisse in der Erforschung der paläoindianischen Kultur informiert hat; Ray C. Leicht, Ph. D., Wyoming State Archeologist und früherer Alaska State Archeologist, Bureau of Land Management, für seine Hilfe bei der Rekonstruktion des Klimas im Pleistozän und für die Bereitstellung von Quellen über arktische Archäologie; George Frison, Ph. D., Department of Anthropology, University of Wyoming, für seine Anmerkungen über die Mammutjagd in *The Colby Site*; Gary E. Kessler, Ph. D., Professor of Philosophy and Religious Studies, California State College, Bakersfield, für seine unschätzbar wertvollen Vorlesungen über Mystik und Religion der amerikanischen Ureinwohner; Katherine Cook für ihre ständige Unterstützung und Bereitschaft, das Manuskript wieder und wieder zu lesen; darüber hinaus unseren Berufskollegen und -kolleginnen, die uns wertvolle Diskussionsunterlagen, Tagungsergebnisse, Ausgrabungsberichte und natürlich viele darüber hinausgehende Anregungen gegeben haben.

Besonderer Dank gebührt auch unserem Herausgeber, Michael Seidman, dessen Interesse an Archäologie und Mystik der amerikanischen Ureinwohner uns sehr weiterhalf; Tom Doherty, der das Projekt unterstützt und begleitet hat; Tappan King für die kritische Durchsicht; Wanda Jane Alexander für ihre tatkräftige Unterstützung; und allen großartigen Mitarbeitern von Tor Books.

Wolfsträumer

Im Traum gingen er und der Wolf Seite an Seite. Kein Hunger raubte seinen Gliedern die Kraft oder verwirrte seinen Kopf. Er ging in flottem Tempo, der Wolf in lässigem Trab dicht hinter ihm.

»Da!« Der Wolf wies mit der Schnauze nach vorn. »Siehst du? Dort im Süden?« Vor seinen Augen funkelte das Große Eis, eine bedrohliche Wand aus Kälte und blauem Eis unter Gebirgen von Schnee. Beim Näherkommen geriet ein von breiten Ufern gesäumter Fluß in ihr Blickfeld. Der Fluß brach aus einer Felsspalte hervor.

»Das ist der Weg, Mann des Volkes.« Die Stimme des Tieres hallte als Echo von den Felswänden wider. »Ich zeige dir den rettenden Weg . . .«

Gedrängt von der Verheißung einer furchteinflößenden Vision führte ein weltabgeschiedener, mutiger Träumer sein Volk auf eine heldenhafte Wanderung. Sie entdeckten einen fruchtbaren, unberührten Kontinent. Dieser wurde zur Heimat des Volkes und seiner Nachkommen. Das ist die wahre Geschichte der ersten Amerikaner, die monumentale Saga der »People of the Wolf«.

Hauptpersonen

Getrieben von der Macht eines Traums erkämpften eine Handvoll Männer und Frauen mühsam den Weg in ein neues Land der Verheißung und des Überflusses . . .

Der im Licht läuft – Der junge Jäger, der Liebe und Macht opfert, um einer mystischen Vision zu folgen, und der den Namen Wolfsträumer erhält.

Tanzende Füchsin – Die mutige junge Frau, die die Demütigungen eines alten Schamanen und eines hochmütigen Kriegers erduldet, um Wolfsträumer zu folgen und ihr Volk in ein glorreiches Schicksal zu führen.

Rabenjäger – Wolfsträumers düsterer Zwillingsbruder, der sich der Vision seines Bruders widersetzt und das Volk auf den Weg eines blutigen Rachefeldzugs führt.

Reiher – Die von allen unabhängige Medizinfrau, die Wolfsträumer als Schüler annimmt und in die Geheimnisse ihrer ehrfurchtgebietenden Kräfte einweiht.

Eisfeuer – Kriegshäuptling des Mammut-Clans, Feind des Volkes, dessen lange streng gehütetes Geheimnis das Schicksal von Wolfsträumer und seinem Volk nachhaltig verändern wird.

Für Richard S. Wheeler
Der half, den Traum zu verwirklichen

Einleitung

Der kleine Laster holperte und schleuderte über den unebenen, von Dornengestrüpp überwucherten Boden. Die geländegängigen Reifen mit dem tiefen Profil wirbelten kleine Wolken roten Staubes auf. Mit dem Allradantrieb kämpfte sich der Wagen einen erodierten Hang hinauf, schwankte und hüpfte über die üppig mit blaugrünem Salbei bewachsene Hochebene und steuerte hinüber zu einem Parkplatz zwischen gelben Baumaschinen, die unterhalb des Hangs auf der anderen Seite der Ebene abgestellt waren.

Der Wagen hielt. Der aromatische Duft von zermalmtem Salbei hing in der Luft, und unangenehmer alkalischer Staub schwebte wie leichter Nebel über der Landschaft. Zwei Planierraupen, ein Bagger und ein spezieller Grabbagger für eine Pipeline standen ordentlich aufgereiht neben kleineren Baumaschinen, Last- und Geländewagen. Kein Motorengeräusch war zu hören, nur das unablässige Wispern des Windes, in das sich leises Stimmengewirr mischte.

Schwungvoll öffnete der Fahrer die Tür, sprang aus dem Wagen, streckte und dehnte den Körper nach der anstrengenden Fahrt. Aus dem Graben, in dem einmal die Leitung verlaufen sollte, tauchten ein paar Köpfe mit gelben Schutzhelmen auf.

»Na endlich!« Ein Vorarbeiter stemmte die Arme auf den Grabenrand und wuchtete sich ächzend heraus. »Wird aber auch Zeit, daß Sie kommen. Ihr verdammten Archäologen kostet mich eine Stange Geld! Bis zum zehnten Dezember muß die Leitung verlegt sein. Jeder Tag Verspätung bedeutet eine Mehrausgabe von zehntausend Dollar. Der Bauunternehmer wird toben, das kann ich Ihnen sagen.«

Der Fahrer schüttelte ihm die Hand und nickte verständnisvoll. »Ja, ich weiß. Also los. Sehen wir gleich nach, was anliegt. Normalerweise wird man in einem solchen Boden kaum fündig, obwohl er unter geomorphologischen Gesichtspunkten an die fünfzehntausend Jahre alt sein muß. Das bedeutet das Ende des Pleistozäns. Wir haben es hier mit Tiefengestein zu tun. Könnte schon eine Fundstätte sein, vielleicht ein Grab. Wer weiß?«

Der Fahrer wandte sich wieder seinem kleinen Laster zu, beugte sich über den Schalthebel und holte schließlich nach längerem Herumhantieren eine alte Munitionskiste aus Militärbeständen und einen ramponierten Aktenkoffer hervor.

Die beiden Männer kehrten zum Graben zurück und blickten hinunter. Der Bagger hatte bereits gründliche Arbeit geleistet und etliche Erdschichten abgetragen. An einem kegelförmig aufgeschichteten Erdhaufen lehnte ein Sieb zum vorsichtigen Untersuchen der Erde.

»Dr. Cogs?« Eine junge Frau mit sonnengebräunter Haut hob den Kopf.

»Hi, Anne. Haben Sie etwas gefunden?« Der Fahrer sprang in den Graben hinunter.

Die junge Frau warf den Bauarbeitern einen triumphierenden Blick zu und deutete auf eine schwarze Plastikfolie.

»Nur ein Einzelgrab, Dr. Cogs.« Sie wischte sich mit der Hand über das dreckverschmierte Gesicht. »Ich habe die Baggerarbeiten überwacht. Erst dachte ich, das würde wohl ziemlich langweilig werden, aber dann erwischte der Bagger den Arm. Ich weiß natürlich, daß der Ellenknochen recht weit von der Körpermitte entfernt liegt. Damit keine weiteren Skeletteile beschädigt werden, befahl ich, die Arbeiten sofort einzustellen.«

»Intrusivgestein?«

»Hm, es sind gewisse Kiesablagerungen in der Schicht, in der sie liegt. Ich vermute, sie wurde vom Hochwasser überrascht und ist ertrunken.«

»Auf einer Pleistozän-Terrasse?« fragte er ungläubig und griff nach der Plastikfolie.

Der ernste Ton in Annes Stimme hielt ihn zurück. »Genau. Aber sehen Sie sie sich doch selbst an.«

Mit Annes Hilfe hob Cogs die schützende Plastikfolie hoch. Verblüfft starrte er auf das Skelett. Die Beckenknochen verrieten, daß es sich um eine Frau gehandelt haben mußte. Ein Arm war halbiert. An der Stelle, an der die Baggerschaufel ihn durchtrennt hatte, leuchtete der Knochen grell gelblich-weiß.

Cogs beugte sich über den Schädel. »Alt. Nur noch ein paar Zähne – die Schneidezähne. Entdecke keine außergewöhnlichen Nahtstellen in diesem Schädel. Vermutlich war sie Ende Sechzig, vielleicht sogar älter. Sehen Sie sich die von der Arthritis verkrüppelte Wirbelsäule an! Sie muß wahnsinnige Schmerzen ausgestanden haben.«

Der Munitionskiste entnahm er eine Kelle und untersuchte damit die kiesige Sandschicht des Grabes. Nachdenklich kaute er auf der Unterlippe. Zögernd nickte er. »Ja, ich stimme Ihnen zu.« Er sah die junge Archäologin an. »Von einem Hochwasser überrascht und eingeschlossen? Nun ja, warum nicht? Würde den Zustand des Skeletts erklären.«

»Bis jetzt wurden erst wenige paläoindianische Gräber entdeckt«, erinnerte ihn Anne.

»Jedenfalls nicht in so alten Schichten. Ich wüßte zu gern . . .« Vorsichtig grub er um den Brustkorb herum. Die Kelle verursachte klirrende Geräusche im kiesigen Sand.

»Ich wollte nicht tiefer gehen«, meinte Anne. »In Anbetracht des Alters des Sediments, dachte ich . . . Was ist das denn?«

Mit Hilfe der Kellenspitze schälte Cogs den hartgewordenen Sand aus und legte etwas Rotes oder Orangefarbenes frei. »Haben Sie andere Artefakte herausgeholt?«

»Nur eine Versteinerung, ein Schneckenhaus oder so etwas Ähnliches. Könnte auch eine Sandmuschel gewesen sein. Ich kann allerdings noch nicht sagen, ob die Versteinerung irgend etwas mit dem Skelett zu tun hat.« Der Archäologe nahm einen Pinsel und fegte die lockere Erde weg. Dabei legte er eine lange, blutrote Speerspitze aus Jaspis frei.

»Großer Gott!« keuchte er. »Sehen Sie sich das an!«

»Was ist das?« Der Vorarbeiter und einige Männer seines Bautrupps drängten nun ebenfalls in den Graben.

»Clovis!« Anne holte tief Luft. »Tatsächlich! Eine Clovisspitze.« Sie nahm nun ebenfalls eine Kelle zur Hand und förderte eine weitere Spitze zutage. »Ein Meisterstück der Handwerkskunst. Sehen Sie sich diese an. Gelbes Kieselsäuregestein mit roten Adern. Herrlich!«

»Typisch für die Cloviskultur.« Prüfend betrachtete er die Spitze, die ihm ihre geschickten Hände zeigten. »Eine unglaubliche Steinarbeit.«

Sie nickte begeistert und voller Stolz. »Das ist die schönste Clovisspitze, die ich je gesehen habe.«

Nachdenklich runzelte Cogs die Stirn. »Und die soll einer alten Frau gehört haben? Das sagt einiges aus über die soziale Struktur. Sie muß eine Art Leitfigur gewesen sein. Natürlich, wenn man die Funde in Oregon in Betracht zieht . . .«

»He, guter Mann! Wir müssen endlich unsere Leitung verlegen!« Der Vorarbeiter warf dem Archäologen einen mißbilligendem Blick zu. »Was zum Teufel sind Clovis?«

»Die ersten Amerikaner. Die Ureinwohner Nordamerikas«,

antwortete Cogs und rieb sich die Stirn. Er wandte die Augen nicht von dem Skelett. »Noch *niemand* hat bis heute einen solchen Clovisfund gemacht.«

»Dieser verdammte Haufen alter Knochen kostet mich zehn Riesen am Tag! Herrgott noch mal, ich beschwere mich bei meinem Kongreßabgeordneten. Was zum Teufel . . .«

Cogs schnaubte ärgerlich. »Sie werden Ihre Leitung schon noch fertig kriegen.«

»Tatsächlich?« Der Mann beruhigte sich ein wenig. Aufatmend schob er seinen Hut in den Nacken.

Der Archäologe nickte. »Wir stellen noch ein paar Untersuchungen an. Wir graben ein paar Quadratmeter um, vielleicht finden wir noch was. Obwohl ich kaum glaube, daß hier noch mehr liegt.« Er schüttelte den Kopf. »Sehen Sie sich den rechten Fuß an. Sehen Sie die Verwachsungen? Sie muß sich den Knöchel gebrochen haben – Jahre vor ihrem Tod. Muß verflixt schmerzhaft gewesen sein. Der Bruch ist nie richtig verheilt.«

Der Vorarbeiter trat näher und betrachtete interessiert die Knochen. »Ja, sieht verdammt übel aus. Wieviel Zeit brauchen Sie für Ihre dämlichen Untersuchungen?«

»Ein paar Tage.«

»Ich wüßte zu gern, wer sie war . . .«

Prolog

Feuer prasselte in der geschützten Felshöhle, Funken stoben durch das Abzugsloch in der Decke . Dort hatte sich der schwarze Ruß als dicke, glänzende, samtweiche Schicht über die rauhe Felsoberfläche gelegt. Unten am Boden, entlang der Steinwände, schützten Weidenzweige und trockenes Gras vor der aufsteigenden Kälte. Ein doppelt übereinandergelegtes Karibufell hinderte Windfraus eiskalten Atem am Eindringen in die Felsspalte. Aus leeren Augenhöhlen starrten die bleichen Schädel von Großvater Eisbär, Karibu, Wolf und Polarfuchs von den Wänden in das flackernde Licht. Auf den sauberen, weißen Knochen erstrahlten merkwürdige farbige Zeichnungen – Symbole der Macht eines Schamanen.

Müde beugte sich die Frau vor. Lange wirre Strähnen dichten schwarzen Haares fielen über ihr Gesicht. Der Feuerschein verlieh der Haarpracht einen bläulichen Schimmer. Zärtlich tätschelte sie den verwitterten Granit unter ihren Füßen. In Nischen und Ritzen lagen bündelweise Fetische in graubraunen, vom Rauch der heiligen Feuer spröde gewordenen und verfärbten Weidenrinden.

»Ich bin noch hier«, murmelte sie. »Ich warte. Du hast doch nicht geglaubt, ich würde gehen, oder?«

Keine Antwort. Gereizt lehnte sich Reiher an die kalte Steinwand. Ihr ockerfarbenes Gewand zierten einstmals leuchtend bunte Muster, die inzwischen durch Alter und Verschleiß ausgebleicht waren. Unverwandt starrte sie in das rote, lebendige Auge des Feuers. Unter leisem Singsang malte sie mit den Händen uralte magische Symbole in die Luft. Sie nahm eine Handvoll getrockneter Weidenrinde und tauchte sie kurz in einen ledernen Wassersack, der an einem Dreifuß zu ihrer Rechten hing. Anschließend schwenkte sie die Rinde und warf sie in die Flammen. Dampf stieg auf, Holz zischte und knisterte. Viermal wiederholte sie diese Prozedur. Warmer feuchter Qualm zog in Schwaden zum Abzugsloch hinauf.

»Da«, flüsterte sie, und ihre Augen schienen die orangegefärbten Wände zu durchdringen. »Ich hörte dich rufen. Ich finde dich.«

Sie kauerte sich dicht neben dem Feuer zusammen und schloß die Augen. Ihr Gesicht ließ noch deutlich ihre einst legendäre Schönheit erkennen, der selbst die Zeit kaum etwas hatte anhaben können. Viermal atmete sie tief ein. Ruhe und Frieden durchströmten sie und hüllten sie ein wie Morgennebel die Täler. Der beißende Geruch des Rauches erfüllte ihre Sinne.

Vier Tage hatte sie gefastet, gesungen, in den warmen, aus der Erde hervorsprudelnden Quellen gebadet und den dampfenden Körper in der eisigen Luft vor ihrer Höhle trocknen lassen. Sie hatte gebetet und Körper und Seele von den Einflüssen schlechter Gedanken und böser Taten gereinigt.

Trotzdem stellte sich auch im Nebel des Rauches keine Vision ein.

»So geht es nicht. Ich muß etwas anderes versuchen«, stöhnte sie.

Ängstlich zögerte sie. Mit jeder Faser ihrer Sinne fühlte sie den Ruf. Langsam holte sie tief Luft, ihre Lungen blähten sich. Beim Ausatmen blickte sie zu einem Bündel aus Fuchsfell hinüber. »Ja«, flüsterte sie, »ich fürchte eure Macht. Macht ist Wissen . . . und Tod.« Ihre rosige Zunge glitt wie eine kleine Schlange über die aufgesprungenen Lippen.

Wieder erreichte sie der Ruf, drängend diesmal. Reiher focht einen schweren Kampf mit ihrer Seele aus, bevor sie ihre Entscheidung traf.

Mit zitternden Händen hob sie ein neben ihr liegendes zweites Bündel auf, wickelte das sorgfältig gegerbte Fuchsfell auf und entnahm ihm vier kostbare Pilze. Jeden führte sie viermal durch den Weidenrauch, ein Ritual, das die vier Himmelsrichtungen symbolisierte. Der Osten bedeutete das Nahen der Langen Finsternis, der Norden die unermeßliche Ausdehnung der Langen Finsternis. Der Westen stand für die Wiedergeburt der Welt. Und schließlich der Süden für die Lange Helligkeit und das damit verbundene Leben.

Unter monotonem Singsang verband sich ihre Seele mit dem Großen Einen. Hüten mußte sie sich vor dem lockenden, furchtbaren Nichts, das auf der anderen Seite wartete.

Nach der rituellen Reinigung der Pilze im Rauch schob sie sie in den Mund und kaute bedächtig. Der bittere Geschmack brannte auf der Zunge. Sie schluckte die Pilze hinunter und lehnte sich entspannt zurück. Mit den Händen stützte sie sich auf den Knien ab.

Der Qualm umwogte sie wie der Nebel, wenn er vom großen Salzwasser herüberzog. Geisterhafte Erscheinungen begannen sich vor ihr zu drehen und in immer wilderem Tanz zu wirbeln.

Reiher blinzelte mit den uralten braunen Augen, um den Schleier zu durchdringen. Mit vor Anstrengung gerunzelter Stirn spähte sie minutenlang in den grauen Vorhang aus Qualm und Dunst.

»Wer . . .«

Umrisse begannen sich aus dem Rauch herauszuschälen – Brecher, die sich wütend gegen schroffe schwarze Felsen warfen. Gischt spritzte auf und perlte hinauf zum grauen Himmel. Am Ufer, inmitten der Brandung, hockte eine Frau. Die zornige Kraft der Wellen schien sie nicht zu fürchten. Mit einem Stock stocherte sie auf den Felsen nach Muscheln, löste sie ab und warf sie in einen Ledersack. Über ihr kreisten Möwen, die ab und zu im Sturzflug auf eine Beute in der See hinabstießen. Eine riesige Woge mit schaumigem Kamm wälzte sich auf die Frau zu. Hastig zog sie sich zurück. Aufgeschreckt durch die plötzliche Bewegung huschte ein Krebs davon. Die Frau – in der Blüte der Jugend stehend – sprang flink auf und trieb den Krebs in die Enge. Mit dem Stock reizte sie das Tier, bis es sich eine Blöße gab, dann griff sie blitzschnell mit schlanken Fingern zu und steckte es in den Sack.

Hinter hochaufragenden Felsen versteckte sich ein Mann. Er beobachtete die Frau, die nach dem Zurückweichen der Wellen erneut ihren Sack mit den Schätzen des Meeres zu füllen begann. Er folgte ihr, sorgsam darauf achtend, nur ja nicht von ihr gesehen zu werden.

Um seine Taille schlang sich ein breiter Gürtel aus Mammutfell. Sein markantes Gesicht prägten eine scharfe, gebogene Adlernase und funkelnde schwarze Augen. Über seinen Schultern trug er das Fell eines Polarfuchses. In ihrer Trance spürte Reiher deutlich die Macht seiner Seele – ein Mann mit magischen Kräften, ein Mann der Visionen.

Die Szenerie verschwamm, Gefühle überlagerten die Klarheit der Bilder: Leid, Liebesverlust, eine Sehnsucht aus den tiefsten Tiefen seiner Seele umwogten sie. Reiher streckte die Hand nach ihm aus. Seine Qual rührte an ihren eigenen Kummer und knüpfte ein Band zwischen ihnen. Sie versetzte sich in seine Seele, doch in diesem Augenblick zersprang plötzlich etwas – etwas raschelte wie welkes Laub, und die Vision verlor weiter an Schärfe. Ein Gefühl der Trennung bemächtigte sich ihrer. Erschrocken über das, was sie getan hatte, zog sich Reiher zurück.

Die Frau am Strand blieb stehen. Sie schien zu lauschen. Das schwarze Haar wehte einem Schleier gleich im Seewind. Schlagartig zuckte sie zusammen wie ein Hase, der den Blick des Fuchses im Rücken spürt. Ihre Augen weiteten sich vor Entsetzen, als sie den Mann mit ausgebreiteten Armen auf sich zukommen sah.

In höchster Angst blickte sich die Frau nach einem Fluchtweg um. Verzweifelt stürmte sie los, die Füße hinterließen weiße, narbige Spuren im groben grauen Sand.

Mit einem geschickten Täuschungsmanöver überlistete er die Fliehende.

Wie aus dem Erdboden gewachsen stand er plötzlich vor ihr und packte sie. Er lachte vor Freude. Sie schrie auf und schlug mit den Fäusten auf ihn ein. Sein Körper besaß die stählernen Muskeln des Jägers. Mühelos zwang er sie zu Boden.

»Kämpfe, Mädchen! *Bezwinge ihn!*« Reiher geriet außer sich. Wie eine Rasende schüttelte sie die Fäuste.

Versunken in seiner Vision, bemerkte er nicht einmal die heftig nach ihm tretenden Beine. Er kämpfte mit ihr, bis sie zitternd und keuchend vor Angst unter ihm lag. Mit Gewalt schob er ihre Kleider hoch. Sie schrie in höchster Not. Ihr Körper bäumte sich auf. Der Kampf dauerte nicht lang. Die Frau hatte der Kraft des Jägers zuwenig entgegenzusetzen.

Ohnmächtig schüttelte Reiher den Kopf. Hilflos mußte sie zusehen, wie er die Frau im Sand nahm. Seine magischen Kräfte brachten die Vision aus dem Gleichgewicht.

Mit abwesendem Gesichtsausdruck erhob sich der Mann und schnürte mit bebenden Fingern die Bänder seiner Stiefel. Wie zufällig begegneten seine Augen dem Blick Reihers, die angestrengt durch den Dunst spähte. Er erstarrte. Atemlos blickte er auf die Frau im Sand. Sein Gesicht spiegelte reinstes Entsetzen wider. Benommen schüttelte er den Kopf und wich langsam zurück.

Plötzlich wandte er sich um und starrte mit heißem Zorn in Reihers Augen. Er hob eine geballte Faust. Sein schönes Gesicht veränderte sich völlig. Wütend brüllte er auf. In seiner Stimme lag zugleich eine leidenschaftliche Anklage. Tränen liefen ihm über die Wangen. Abermals wandte er sich ab und lief davon. In wilder Flucht sprang er über die Felsen. Das hohle Echo seiner Stimme verklang als unheimliches Heulen im Nebel.

Die Vision begann sich im wogenden Dunst zu verflüchtigen und verschwamm zu völliger Unkenntlichkeit.

Doch wieder ertönte der Ruf, diesmal laut und beharrlich. Reiher fuhr sich mit der schwieligen Hand über das Gesicht. »Er war es nicht. Nein – nicht er. Wer dann? Wer?«

Sie griff nach der Weidenrinde und warf eine Handvoll auf die glühenden Kohlen.

Aus dem aufsteigenden Qualm erhob sich eine neue Vision. Die Frau vom Strand lag nackt vor ihr, der Leib geschwollen mit weit vorstehendem Nabel wie der einer Schwangeren. Um sie herum saßen mehrere Frauen, deren Augen im Schein eines Feuers aus Birken- und Weidenholz leuchteten. Schweißtropfen perlten über das Gesicht der Gebärenden und liefen ihr zwischen den Brüsten hinab auf das Fell, auf dem sie lag. Ihr Körper verkrampfte sich, weit spreizte sie die Beine. Die anderen Frauen drängten sich dichter um sie und beobachteten sie prüfend.

Die Frau keuchte und schrie, schwer hob und senkte sich ihre Brust. Endlich strömte das Fruchtwasser auf die dunkelbraunen Felldecken. Es war eine schwere Geburt. Der Fötus kam, rot und blau und feucht von den Flüssigkeiten des Schoßes. Eine der Frauen beugte sich vor und biß die Nabelschnur durch, andere nahmen ihr das Kind ab und rieben es mit Gras trocken. Reihers Herz zog sich vor Schmerz zusammen, als sie die Schönheit erkannte, die Geburtshilfe leistete: *Gebrochener Zweig*. Mit geballten Fäusten betete sie inbrünstig, Sonnenvater möge ihre Feindin verfluchen und lebendig begraben, damit ihre Seele für alle Ewigkeiten unter der Erde eingesperrt bleibe.

Erst danach wandte Reiher ihre Aufmerksamkeit wieder dem Baby zu. Ein Sonnenstrahl fiel durch ein Loch im Zeltdach und tanzte über dem Kopf des Kindes.

Die Frau, deren Leib noch immer geschwollen war, krümmte sich erneut. Sie schrie markerschütternd. Ihre Beine traten wild um sich. Zwei der Frauen mußten sie an den Knöcheln festhalten. Ein zweites Baby kam, mit den Füßen voran. Ein altes Weib mit herausfordernd vorgestrecktem Kopf kroch heran und hockte sich rittlings auf die Mutter. Die junge Frau heulte laut auf. Knochige Hände griffen in ihr Fleisch und packten das Baby. Kopfschüttelnd murmelte die Alte ein paar unverständliche Worte. Ruckartig zog und zerrte sie und brachte das Baby in eine andere Lage. Die Frau schrie in höchstem Schmerz. Als das Kind kam, wurde das bisher stoßweise fließende Blut zu einem nicht enden wollenden Strom.

»Zuviel.« Reiher formte diese Worte lautlos mit den Lippen. Sie wußte, was das zu bedeuten hatte. Im Innern der Frau war etwas zerrissen. Hellrotes Blut strömte über das Kind, dessen Kopf gerade den Geburtskanal passiert hatte. Das große Baby brüllte wütend in die Welt hinaus, ungeachtet des Lebenssaftes der Mutter, der in seinen zahnlosen Mund tropfte.

»Schlechtes Blut. Sehr schlecht«, murmelte Reiher teilnahmsvoll. Angst um die Frau erfaßte sie.

Die Blutung der Mutter tränkte die Felldecke. Reiher blinzelte erschrocken, als die Atmung trotz der Gesundbetungsgesänge der alten Frauen plötzlich zum Stillstand kam. Der fiebrige Glanz in den Augen der Frau verschwand, auf ihr Gesicht trat ein entspannter Ausdruck. In einem letzten Aufbäumen stieß sie die Beine noch einmal nach unten. Schließlich erschlaffte der Körper. Der endlose rote Strom sog jegliches Leben aus ihr.

Beides Jungen. Jäger für das Volk. Vorsichtige Hände griffen nach dem zweiten Kind und versuchten, das klebrige Blut abzuwischen. Die Nabelschnur wurde durchgebissen und das Kind neben seinen Bruder gelegt. Von oben schwebte eine schwarze Feder nieder und fiel auf den Säugling. Das Kind brüllte aus vollem Hals, und seine winzige Faust griff zornig nach der Feder.

Prüfend blickte Reiher die beiden Neugeborenen an, die Seite an Seite lagen. Der eine schrie wütend, war blutüberströmt und hielt eine Rabenfeder in der Faust. Der andere strampelte mit den Beinchen, während ein Sonnenstrahl sein Gesicht streichelte. Sein Blick wanderte ziellos umher, als erlebe er einen Traum. Er blinzelte, wimmerte leise, und für den Bruchteil einer Sekunde schienen sich seine Augen auf einen Punkt zu konzentrieren – er suchte Reihers Augen jenseits des Nebels der Vision.

»Du? Du hast mich gerufen?« Reiher nickte, lehnte sich zurück und schob die Zunge durch eine Lücke ihres schadhaften Gebisses. »Ja, du träumst, mein Kind. Ich sehe magische Kräfte in deinen Augen. Und nun, da ich dich kenne, warte ich auf dich.«

Die Vision endete, Rauchschwaden trugen sie über die Felsen hinaus in die frostklirrende Nacht. Vor Reihers Augen drehte sich alles. Die Nachwirkungen der Pilze waren unangenehm. Torkelnd erhob sie sich und taumelte gegen die Karibufelle an der Wand. Die eisige Nachtluft durchdrang ihre abgetragene Kleidung. Hilflos sank sie auf die Knie. Der stechende Schwefelgeruch der heißen Quellen stieg ihr unangenehm in die Nase. Sie krümmte sich zusammen und übergab sich heftig.

Die Stimmen der Pilze wisperten in ihrem Blut. In ihrem hitzigen Geflüster schwang der Tod mit. Sie kämpfte darum, mit dem Großen Einen in Einklang zu bleiben.

Heftig blinzelnd rieb sie ihren Mund. Das Heulen eines Wolfes gellte durch die Nacht, laut, durchdringend, als wolle er sich untrennbar mit der Vision verbinden.

Kapitel 1

Die Lange Finsternis dauerte an. Unersättlich verschlang sie die Seelen der Menschen.

Windfrau peitschte über die gefrorenen Landmassen und türmte den Schnee in der arktischen Dunkelheit zu ungeheuren Wällen auf. Wütend griff sie die mit Mammutfellen überdeckten zeltartigen Behausungen des Volkes an. Die gefrorenen Felle über dem Kopf des Mannes, den sie Der im Licht läuft nannten, knisterten in der eisigen Luft.

Er lauschte dem Geheul des Sturmes. Mit ihm im Zelt lagen seine Verwandten, eingehüllt in dicke Decken, in tiefstem Schlaf. Irgend jemand schnarchte leise. Kalt, so entsetzlich kalt . . . Unwillkürlich schauderte er und wünschte, sie hätten mehr Tran, um ihn im Feuerloch verbrennen zu können, aber die Vorräte gingen zur Neige. Siebzehnmal hatte er eine Lange Finsternis überstanden. Sein magerer Körper besaß kaum noch Muskeln – der Hunger zehrte ihn auf.

Sogar die uralte Gebrochener Zweig brummte, einen solchen Winter habe sie noch nie erlebt.

Der Wind trug ein schwaches Winseln an sein Ohr. Irgendein Tier suchte nach Nahrungsbrocken, die die Menschen dem Eis abgetrotzt hatten. Ein Wolf?

Sein Herz schlug hoffnungsvoll. Mit froststarren Fingern strich Der im Licht läuft über seinen Atlatl – die mit eingeritzten Ornamenten geschmückte Speerschleuder, die die Jäger zum kraftvollen Wurf des Speeres benutzten. Wie ein Hieb traf die Kälte die wenigen warmen Stellen seines Körpers, als er sich aus den mit Eis überkrusteten Fellen schälte. Vorsichtig stieg er über die in Pelze gehüllten Schläfer. Der bestialische Gestank verursachte ihm leichte Übelkeit. Seit Monaten hausten sie schon hier.

Fast begraben unter den wärmenden Decken jammerte Lachender Sonnenscheins Baby. Beim Anblick dieses verhungernden Kindes durchzuckte ein stechender Schmerz die Brust von Der im Licht läuft, als habe ihn die scharfe Spitze eines Speeres durchbohrt.

»Wo bist du, Sonnenvater?« fragte er mit scharfer Stimme und umklammerte den Atlatl so fest, daß seine Finger schmerzten. Geschmeidig wie eine Robbe durch ein Eisloch, schlängelte er sich unter dem lose herabhängenden Türfell durch. Von Nordwesten brauste Windfrau heran und warf ihn gewaltsam zurück. Mühsam rang er nach Halt. Blinzelnd sah er sich um, die funkelnden Schneekristalle auf dem Packeis blendeten ihn.

Wieder hörte er die gedämpften Geräusche eines Wolfes. Das Tier kratzte mit den Pfoten. Anscheinend versuchte es, etwas aus dem Schnee zu graben.

Der im Licht läuft schlug einen Bogen. Er wollte den Wind gegen sich haben, damit die feine Nase des Wolfes seine Witterung nicht aufnahm. Auf Händen und Füßen kroch er vorwärts. Dunkel hob sich die Silhouette des Wolfes von der schmutzigen Schneedecke ab. Schlangengleich glitt der Mann auf dem Bauch weiter. Der Wolf versuchte, den Körper von Die wie eine Möwe fliegt aus dem Eis zu scharren.

Kummer überwältigte den Mann.

Vor einer Woche war seine Mutter unter den wärmenden Dekken erfroren. Die Erinnerung an ihre Stimme und an die Geschichten, die sie ihm von ihrem Volk erzählt hatte, würde ihn auf ewig begleiten. Ein wehmütiges Lächeln umspielte seinen Mund. Er dachte an ihre leuchtenden Augen, wenn sie von den großen visionären Träumern berichtet hatte: von Reiher und Sonnenwanderer und anderen legendären Helden und Heldinnen des Volkes. Wie sanft und fürsorglich hatten ihre Hände ihn in die Pelze gehüllt und sein kaltes Gesicht liebkost.

Ein eisiger Hauch berührte seine Seele, und vor seinem geistigen Auge erschien ein anderes Bild – ihr zahnloser, eingefallener toter Mund und die vom Frost gebrochenen Augen.

So viele waren verhungert.

Sein Volk war zu schwach gewesen, um den Leichnam von Die wie eine Möwe fliegt weit wegzubringen. Mühsam stolpernd, schafften die Leute gerade die paar Schritte. Sie hatten den Körper auf das Eis gelegt. Die Augen der Toten waren hinauf zu den Himmeln gerichtet. Unter Gebeten und Gesängen hatten sie ihre Seele zum Heiligen Volk der Sterne begleitet. Seitdem blies Windfrau unablässig über den Leichnam und breitete den Schnee wie ein weiches Tuch über seine Mutter – bis der Wolf sie aufspürte und von dem gefrorenen Fleisch fressen wollte.

Mühsam unterdrückte er den brennenden Wunsch, vorwärts zu stürmen und Wut und Schmerz hinauszuschreien. Nahrung, ein Wolf bedeutete Nahrung.

Sonnenvater, wende Deinen Blick ab. Der Hunger zwingt einen Jäger zur Pirsch auf einen anderen Jäger. Was haben wir verbrochen, daß Er uns so schrecklich bestraft?

Der im Licht läuft holte tief Luft, richtete sich lautlos auf die Knie auf und schätzte die Entfernung ab.

Einen Augenblick hielt der Wolf inne, hob den Kopf und stellte die Ohren auf. Bewegungslos verharrte Der im Licht läuft und prüfte den Wind. Verzweifelt hoffte er, seine vom Hunger geschwächten Glieder würden ihn dieses Mal nicht im Stich lassen.

Der Wolf wandte den Kopf, witternd hob er die Schnauze. Instinktiv spürte er die Anwesenheit eines anderen Lebewesens. Die Haltung seines ausgemergelten Körpers drückte höchsten Argwohn aus.

Der im Licht läuft wandte langsam die Augen von dem Wolf ab. Er zwang sich, ruhig und entspannt zu atmen und das bohrende Hungergefühl aus seinem Bewußtsein zu verbannen. Aus eigener Erfahrung kannte er das prickelnde Gefühl, von jemandem beobachtet zu werden. Die Zeit dehnte sich endlos. Er wartete, bis sich der Wolf beruhigt hatte und wieder im Eis zu scharren begann.

Der im Licht läuft straffte sich, konzentrierte sich auf den Atlatl und schoß die Speerspitze ab. Sie traf den Wolf genau hinter die Rippen.

Das Tier schrie auf – der Körper sprang mit einem ruckartigen Satz in die Höhe. Der Wolf landete auf allen vieren und flüchtete in die Dunkelheit.

Im Kopf des jungen Jägers hallten die Stimmen seines hungernden Volkes. Entschlossen verfolgte er die dunkle Blutspur im Schnee. Nach kurzer Zeit blieb er zögernd stehen und ließ sich auf die Knie nieder. Nur mit Mühe gelang es ihm, den Atlatl hochzuheben und ein Stückchen des verfärbten Schnees abzukratzen. Er nahm es in die in einem Pelzfäustling steckende Hand und roch daran. Das Blut der Innereien verströmte den stechenden Geruch verletzter Gedärme. Blut aus einer Fleischwunde verlangsamte die Flucht des Wolfes und zwang ihn vielleicht sogar zu einer Rast.

Von Blutfleck zu Blutfleck folgte er der Fährte. Er fühlte sich zunehmend unwohl, denn er entfernte sich stetig weiter vom Lager. Windfraus Atem trieb den Schnee vor sich her und verwischte seine eigenen Fußspuren. Die Augen der Langen Finsternis ruhten schwer und drohend auf ihm.

Er blickte zu den Himmeln hinauf und sprach flüsternd auf die

Geister ein. »Laßt mich in Frieden. Ich muß den Wolf finden. Eßt nicht meine Seele. Laßt mir meine Seele.« Diese Worte verringerten zwar die Last auf seiner Seele, aber die Anwesenheit der unsichtbaren Geister lag deutlich spürbar in der Luft. Sie warteten, beobachteten, ob er sich des Überlebens würdig erwies.

Im Windschatten einer gewaltigen Schneewehe untersuchte er eingehend die Fährte. Hier hatte sich der Wolf eine Weile ausgeruht. Ein dunkler Blutfleck färbte den Schnee.

Die Finger von Der im Licht läuft zitterten sogar in den Fäustlingen vor Kälte. Vorsichtig löste er mit einer steinernen Speerspitze ein Stück blutiges Eis. Obwohl Wolfshaare daran klebten, kaute er es. Der Geschmack verriet ihm, daß es sich um Blut aus den Eingeweiden handelte. Er verzog das Gesicht. Essen. Zum erstenmal seit vier Tagen kam er in diesen Genuß.

Vier Tage? Die magische Zahl der Träumer. Das wußte er von seiner Mutter. Ein Tag für jede Himmelsrichtung, damit sie ins Bewußtsein der Seele rückte.

Er blieb stehen und betrachtete forschend die Gegend. »Du bist hier, Wolf. Ganz nah spüre ich deinen Geist.«

Die weiße Einöde schimmerte während der Langen Finsternis dunkelblau. Entlang der riesigen Verwehungen krochen purpurrote Schatten. Nach Norden zu verlief das Land in wellenförmigem Auf und Ab. Zackige Gipfel leuchteten kahl im Licht des Volkes der Sterne.

Die Augen unverwandt auf den Schnee gerichtet, umklammerte er seine Waffen: zwei Wurfspeere, beide so groß wie er, und den Atlatl, gesegnet mit dem Blut des Mammuts und Großvater Eisbärs. Müde schleppte er sich weiter. Er ging gerade so schnell wie nötig, um sich einigermaßen warmzuhalten. Der Hunger verfolgte ihn ebenso unerbittlich wie er seine Beute.

Vor seinen blutunterlaufenen Augen schwankten die vom Wind zu bizarren Formen aufgetürmten Schneemassen und verloren jegliche Kontur. Wie lange hatte er nicht mehr geschlafen? Zwei Tage?

Hunger und Müdigkeit beeinträchtigten Geist und Sinne. Er taumelte und verlor beinahe das Gleichgewicht.

»Ich muß dich kriegen, Wolf.«

Die Seelenesser der Langen Finsternis näherten sich. Unheimliches Geflüster peinigte seine Ohren. Er biß die Zähne zusammen und rief: »Das Volk braucht Fleisch. Hörst du mich, Wolf? Wir verhungern!«

Von weit her unterbrach das Gemurmel einer Stimme aus der Vergangenheit des jungen Jägers Gedanken. »Sonnenvater verliert Kraft. Wolkenmutter umhüllt Blauhimmelmann und saugt seine Wärme auf.« Der alte Schamane Krähenrufer, dessen eines Auge schwarz war, das andere weiß und völlig blind, hatte seinem Volk die Hungersnot vorausgesagt.

Der alte Träumer hatte prophezeit, er sähe nur Schnee. »Dieses Jahr stirbt das Mammut. Der Moschusochse stirbt. Das Karibu bleibt mit dem Büffel weit im Süden. Das Volk wird untergehen.«

Und so geschah es. Die Schneeschmelze während der Langen Helligkeit hatte kaum so lange gedauert wie eine Drehung von Mondfraus Gesicht, dann bedeckte Wolkenmutter bereits wieder den Himmel. Von Norden zogen Regen und Schnee heran und beendeten die Lange Helligkeit. Die Kälte lastete schwer auf dem kargen Land, wo Gras, Weiden und die Pflanzen der Tundra längst hätten wachsen sollen, um die Mammutherden zu ernähren.

Krähenrufer sang und betete um eine Vision. Mit einer Falle fing der alte Schamane eine Möwe. Viermal drehte er dem Vogel den Hals um. Mit einem scharfen Obsidian öffnete er den Kadaver und untersuchte die Eingeweide. Er wollte herausfinden, welche Neuigkeiten die Möwe von den Eisbergen draußen auf dem großen Salzwasser mitgebracht hatte.

»Zurück«, krächzte er. »Wir müssen nach Norden. Denselben Weg zurück, den wir gekommen sind.«

Ängstlich sahen sich die Menschen an. Sie erinnerten sich an die gnadenlosen Verfolger, die sie nur die Anderen nannten. Es waren Mammutjäger wie sie, aber diese Männer mordeten und vertrieben das Volk aus den ergiebigen Jagdgründen im Norden. Konnten sie dorthin zurück? Konnten sie sich gegen diese zu allem entschlossenen Krieger erfolgreich zur Wehr setzen?

Früher – so erzählten die Alten – hatte das Volk im Westen auf der anderen Seite der riesigen Berge gelebt. Dort hatte ihm Sonnenvater ein herrliches Land gegeben, in dem Flüsse durch fruchtbare grasbewachsene Ebenen strömten. Dann waren die Anderen gekommen und hatten sie nach Norden und Osten in Richtung auf das Salzwasser vertrieben. Sonnenvater in seiner Weisheit schenkte ihnen neues Land an der Mündung des Großen Flusses. Von dort aus konnten sie das Große Eis weit draußen auf dem Salzwasser sehen. Aber wieder folgten ihnen die Anderen nach und verjagten das Volk aus den Jagdgründen an der Mündung des Großen Flusses.

Die Anderen zwangen das Volk immer weiter in den Süden. Nun lebte es in diesem Tal, im Westen von den Bergen bedrängt, im Osten vom Großen Eis, im Süden warteten gewaltige Erhebungen. Wohin sollte sich das Volk noch wenden? Hinter ihm rückten die Anderen nach und zwangen es immer höher hinauf in die unwirtlichen Felsenregionen.

Die Ältesten berieten sich. Das Volk machte sich große Sorgen. Gab es in diesen Felsengebirgen, wo kaum Gras für Mammut und Karibu wuchs, genügend jagdbares Wild? Wohin sollte das Volk gehen?

Und dann eilte eines Tages der junge Jäger, den alle Der der schreit nannten, ins Lager. Aufgeregt verkündete er, er habe drei tote Mammuts entdeckt. Gegen Krähenrufers ausdrücklichen Rat wandte sich das Volk weiter nach Süden, um sich von den riesigen Tieren zu ernähren, deren Kadaver seinen Weg säumten. Währenddessen braute sich die Lange Finsternis über ihren Köpfen zusammen, und Sonnenvater zog sich immer weiter in seine südliche Heimat zurück.

Krähenrufer murrte und brummte, peinigte sein Volk mit schrecklichen Prophezeiungen. Er weissagte Hunger zur Strafe für die Mißachtung des Orakels der Möwe.

»Essen im Mund ist mehr wert als Schamanenworte im Ohr«, sagten sich die Leute. Das Volk blieb im Süden. In ihrer Not knackten die Menschen schließlich sogar die Mammutknochen und saugten das Mark aus. Sie spannten die schweren Felle über aufgestapelte Steine und stützten sie mit langen Mammutknochen und gekrümmten Stoßzähnen. Krähenrufer rief mit inbrünstiger Stimme das Mammut herbei, doch seine Schamanenkraft versagte. Kein Mammut zeigte sich, auch Moschusochsen und Karibus blieben weit im Norden in der Nähe des großen Salzwassers.

Trotz des heftigen Protests von Gebrochener Zweig begannen die Menschen ihre Hunde aufzuessen. Zuerst schlachteten sie die Lastenhunde, anschließend in ihrer Verzweiflung die Bärenhunde, ein untrügliches Zeichen dafür, wie nahe sich das Volk am Rande der Katastrophe befand.

Männer und Frauen gingen auf die Jagd, aber sie fanden nur Dunkelheit und Eis. Großvater Eisbär tötete Knochenwerfer. Er schleppte ihn hinaus in die Finsternis, um ihn in Ruhe zu verspeisen.

Und das Volk hungerte.

Windfrau zerrte an den Pelzen von Der im Licht läuft. Immer weiter marschierte er in das Gebiet des Großen Eises und Sonnenvaters Heimat: Süden – immer weiter nach Süden. Unbeirrt lief der Wolf in diese Richtung – weg von den Menschen, immer weiter ins Unbekannte, wohin sich nicht einmal Krähenrufer traute.

»Krähenrufer«, flüsterte er, und ein wilder Schmerz durchzuckte ihn. Der verwünschte alte Schamane hatte Tanzende Füchsin zu seiner Frau gemacht, obwohl er genau wußte, wie sehr sie ihn verachtete. Aber niemand wagte es, sich dem mächtigen Schamanen Krähenrufer zu widersetzen.

Ein Winter voller Sorgen und Kummer lastete auf ihm. Der im Licht läuft hatte viel verloren, zuerst seine Mutter und schließlich noch die Frau, die sein Herz zum Singen brachte. Ihm wurde schwindlig, und er bemühte sich, nicht völlig das Gleichgewicht zu verlieren.

»Nur noch ein bißchen«, richtete er murmelnd das Wort an die Seelenesser der Langen Finsternis. »Laßt mir noch ein bißchen Zeit.«

Hungrig ... zu hungrig. Das Volk bestand darauf, daß zuerst die Jäger aßen. Ein Volk ohne kräftige Jäger war dem Tode geweiht. Trotzdem hatte er sich nicht daran gehalten – er hatte seinen Anteil Lachendem Sonnenschein überlassen. Sie hatte keine Milch mehr, und ihr Baby weinte kläglich. Wenn er den Wolf aufspürte, würde sie ihr Kind wieder ernähren können.

Der im Licht läuft schluckte einen Schwall eisiger Luft. Die Kälte ließ seinen Körper erschauern, aber das Schwindelgefühl verringerte sich. Mit weichen Knien setzte er die mühselige Verfolgung fort. Er wußte, der Wolf lauerte in der Nähe, wütend und durchaus nicht willens, schicksalsergeben zu sterben.

Auf einer abschüssigen Eisfläche glitt er aus. Der Aufprall war hart. Ächzend rappelte er sich auf und klopfte erschöpft den Schnee von seinem Parka. Umständlich kontrollierte er die Waffen und befestigte den langen Speer wieder am Haken des Atlatls.

In seiner Benommenheit konnte er sich einen Augenblick lang nicht erklären, was ihn aus dem Schutz der Gemeinschaft herausgelockt hatte. »Was mache ich hier? Ah – der Wolf.« Mit aller Kraft konzentrierte er sich erneut auf die Beute. Der kurze Gedächtnisverlust machte ihm angst.

Wochenlang hatte sein Volk von Mammutfellen gelebt. Stück für Stück hatten sie das Dach über ihren Köpfen zerschnitten und die gefrorenen Häute gekaut, denn sie hatten kein Feuer, um sie weich zu kochen.

Wieder stolperte er und wäre fast gestürzt. Während er noch darum kämpfte, das Gleichgewicht zu halten, nahm er aus den Augenwinkeln heraus eine Bewegung wahr. Schwerfällig hob er den Speer. Zu spät.

Ein Schneebrett brach unter dem Gewicht des Wolfes. Das vom Blutverlust geschwächte Tier fiel in einer Wolke aufstäubenden Schnees von der hohen Wehe herunter. Mit wildem Geknurre, voller Haß und Angst, sprang der Wolf Der im Licht läuft an und warf ihn zu Boden.

Er kam wieder auf die Beine und kniete vor dem zähnefletschenden Tier nieder.

»Mein Bruder«, sang er monoton mit leiser Stimme, »laß dich töten. Mein Volk verhungert. Reinige deine Seele zu unserem Wohle. Wir brauchen dich . . .«

Unvermittelt sprang der Wolf vorwärts. Der im Licht läuft rollte sich instinktiv zur Seite und konnte sein Bein in letzter Sekunde vor den kräftig zuschnappenden Zähnen des Wolfes retten.

Das Tier keuchte heiser und stieß weiße, frostige Atemwolken aus. Die schmalen gelben Augen fixierten den Mann.

Der im Licht läuft verharrte regungslos. Aus dem Körper des Wolfes ragte die blutgetränkte Speerspitze und vibrierte bei jedem Atemzug. Blut rann aus der Wunde über das Fell des Wolfes und gefror sofort.

Warum empfinde ich keine Angst? Der Wolf sieht mich haßerfüllt an. Wir haben beide Hunger. Vielleicht macht der Hunger Menschen und Wölfe verrückt?

Windfrau heulte durchdringend. Der Wolf gab knurrende Laute von sich. Sein stoßweiser Atem glich weißem Dampf.

»Wolf . . . es tut mir sehr leid. Sonnenvater muß uns vergessen haben, deshalb sind wir gezwungen, uns gegenseitig aufzufressen. Wohin ist das Karibu gegangen? Wo ist das Mammut?«

Das Tier senkte den Kopf. Zum erstenmal nahm Der im Licht läuft den rötlichen Schaum am Maul des Wolfes wahr. Der Sturz von der Schneewehe mußte die Speerspitze tiefer in die Lunge getrieben haben.

Die Beine des Wolfes zitterten vor Schwäche. Verzweifelt versuchte das Tier, sich aufrecht zu halten, aber ihm fehlte die Kraft. Es taumelte, spannte in einem letzten Aufbäumen die Muskeln und stieß einen herzerschütternden Schrei aus, der das Geheul des Windes übertönte. Dann wankte das verletzte Tier und fiel zu Boden.

»Verzeih mir, Bruder.« Der im Licht läuft sang klagend, die Arme zum Nachthimmel erhoben. »Ich begleite deine Seele hinauf zum Volk der Sterne. Dein Fleisch wird mein Volk stärken. Du bist tapfer, Bruder Wolf.«

Unter Aufbietung all seiner Kraft stieß er eine lange Speerspitze in die Schulter des Wolfes. Das Tier heulte vor Schmerz auf und zuckte heftig mit den Beinen. Der im Licht läuft hielt das Ende der Spitze fest und focht den letzten Kampf mit ihm aus. Endlich erschlaffte der Wolf, und seine gebrochenen gelben Augen starrten in den Schnee.

Erschöpft sackte Der im Licht läuft zusammen. Er wandte den Blick hinauf zum Volk der Sterne. »Vielen Dank, Wolf. Sonnenvater, hörst du mich?« rief er zornig. »Der Wolf opferte sein Leben für mein Volk. *Er* kümmerte sich um uns.«

Mit zitternden Händen schnitt er den Bauch des Tieres auf. Ein Schwall heißer Luft trat aus und liebkoste sein Gesicht mit warmem Blutgeruch. Er löste das Herz und schlürfte dankbar das noch lebendig warme Blut. Mit einer rasiermesserscharfen Speerspitze schnitt er den starken Herzmuskel in Streifen und stopfte sie in den Mund. Sein leerer Magen zog sich krampfartig zusammen. Der beißende Geschmack des Wolfsfleisches füllte ihn ganz aus – Macht aus Kraft gewonnen.

Die Stärke des Wolfes durchströmte seinen Körper. In den Gliedern breitete sich warmes Wohlbehagen aus.

Leise singend kletterte Der im Licht läuft auf die hohe Schneewehe, von der der Wolf herabgestürzt war. Er scharrte im harschigen Schnee. In Minutenschnelle gelang es seinen geschickten Händen, eine Höhle zu graben, die ihm als Unterschlupf diente.

Er blickte zum Nachthimmel hinauf und rief: »Verschwindet! Ich habe mich ehrenhaft verhalten. Meine Seele gehört euch nicht! Geht weg! Laßt mich allein!«

Die unheilvollen Mächte der Langen Finsternis erwiesen ihm und seinem Mut Respekt und zogen sich zurück.

Er zerrte den Kadaver des Wolfes den Hang hinauf, breitete ihn als Schutz vor Windfraus zudringlichen Händen über seine Höhle und betete, Großvater Eisbär möge ihn nicht finden. Völlig erschöpft legte er sich in die Schneehöhle und fiel sofort in tiefen Schlaf.

Hunger und Müdigkeit forderten ihren Tribut, aber im Schlaf wärmte ihn das kräftig durch seine Adern fließende Blut des Wolfes und stärkte ihn. In die Dunkelheit des Schlafes drängte sich ein Traum.

Im Traum gingen er und der Wolf Seite an Seite. Sonnenvater versteckte sich nicht mehr hinter Wolkenmutter. Kein Hunger raubte seinen Gliedern die Kraft oder verwirrte seinen Kopf. Er ging in flottem Tempo, der Wolf in lässigem Trab dicht hinter ihm.

»Da!« Der Wolf wies mit der Schnauze nach vorn. »Siehst du? Dort im Süden?«

Der im Licht läuft hob eine Hand, um die Augen vor dem blendenden Glanz von Sonnenvaters Strahlen, die den Schnee zum Glitzern brachten, zu schützen. Er sah, was ihm der Wolf zeigen wollte. Vor seinen Augen funkelte das Große Eis, eine bedrohliche Wand aus Kälte und blauem Eis unter Gebirgen von Schnee. Wasser strömte an der gewaltigen Wand herunter. Es führte Kies und große Steine mit sich, die in der Eiseskälte festfroren und merkwürdige Formen bildeten. Die Eiswand krachte, ächzte und kreischte.

Kein Wunder, daß sich Krähenrufer vor dem Großen Eis fürchtete. Auch Der im Licht läuft schluckte ängstlich, als er neben dem Wolf auf die Wand zuschritt.

Beim Näherkommen geriet ein von breiten Ufern gesäumter Fluß in ihr Blickfeld. Eisschollen schoben sich ineinander und zwängten sich in das Tal. Das Eis wich von den Hügeln zurück. Sie gingen an dem kristallklaren Wasser entlang. Der im Licht läuft entdeckte Lachse und Rotforellen, deren Weibchen sich flußaufwärts zu den Laichplätzen kämpften. Vereinzelt sah er auch einige Äschen.

»Hier durch«, flüsterte der Wolf. Gemeinsam durchstiegen sie einen gigantischen Felsriß. Als Der im Licht läuft nach oben blickte, entdeckte er in schwindelerregender Höhe längs einer gezackten Linie, an der sich das Eis gespalten hatte, Blauhimmelmann. Doch gleich umgab ihn wieder Dunkelheit. Schwarze, ewige Nacht umschloß ihn. Er befühlte das Fell des Wolfes, das einzige Zeichen von Leben und ein Beweis, daß seine Seele noch nicht für immer begraben war.

Lange Zeit später erspähte er einen winzigen Lichtpunkt, der sich zunehmend vergrößerte. Die Felswände traten auseinander und gaben den Blick auf Blauhimmelmann wieder frei. Die Angst verflüchtigte sich. Nebeneinander liefen Mensch und Wolf weiter im blauen Schatten des Eises, Kies knirschte unter ihren Schritten. Schließlich türmten sich vor ihnen vom Wasser glattgeschliffene Findlinge auf und versperrten ihnen den Weg.

Behende sprang der Wolf von einem Felsen zum anderen. Plötzlich hielt er inne und warf einen Blick über die Schulter. Windfrau zerrte mit gierigen Fingern an seinem langen grauweißen Pelz.

»Das ist der Weg, Mann des Volkes.« Die Stimme des Tieres hallte als Echo von den Felswänden zurück. »Ich zeige dir den rettenden Weg. Ach, wäre ich nur gleich hierhergekommen, dann hätte ich nicht Die wie eine Möwe fliegt kauen und du hättest mich nicht erlegen müssen. Jetzt nimm mein Fleisch. Iß und gewinne daraus die Kraft, diesen Weg zu gehen.«

Der Wolf sprang weiter von Felsen zu Felsen. Silbriges Sonnenlicht verfing sich in seinem buschigen Schwanz. Elegant balancierte er über die mächtigen Steine und verschwand mit einem einzigen Riesensatz über den Rand eines Grats.

Der im Licht läuft biß sich auf die Lippen. Ein Gefühl unendlicher Einsamkeit durchströmte ihn. Kurz entschlossen folgte er dem Wolf und nahm den Kampf mit den Felsen auf. Langsam zog er sich hinauf. Er keuchte vor Anstrengung. Höher und höher kletterte er auf dem glatten Granit.

In Sonnenvaters hellem Licht badete er sein Gesicht, dann setzte er schwitzend seinen Weg fort. Mit stechenden Lungen erreichte er schließlich den Grat. Geblendet von der Sonne blickte er hinunter ins jenseitige Tal. Es verschlug ihm den Atem. Saftiges Gras wogte unter Windfraus zärtlichem Streicheln. Ein Mammut mit glänzendem braunen Fell hob den Kopf, schwenkte übermütig den Rüssel durch die Luft und zeigte stolz seine elfenbeinweißen Stoßzähne. Karibus schnupperten mit hocherhobenen Nasen. Die jungen Geweihe waren noch vom Bast umhüllt. Ein Moschusochse blickte in unnachahmlich majestätischer Haltung um sich. Ganz weit hinten lief der Wolf durch das Gras. Er grüßte Fuchs, Wiesel, Krähe und viele andere Tiere.

Lächelnd breitete Der im Licht läuft die Arme aus, um Sonnenvaters Wärme in seine steifen Glieder fließen zu lassen und neue Kraft zu sammeln. Unter ihm wälzte sich Großvater Braunbär vergnügt im Gras. Ausgelassen griffen seine Vorderpfoten an die Zehen der Hinterpfoten, dann ließ er sich auf die Seite rollen. Zahlreiche Langhornbüffel, deren Schwänze aufgeregt gegen ihre kurzbehaarten Hinterteile schlugen, grasten gemächlich. Ein Elch suhlte sich im Teich. Moos hing in seinem Geweih, nachdem er den Kopf untergetaucht hatte, um nach wohlschmeckenden Wasserpflanzen zu suchen.

»*Das* ist das Land meines Volkes«, flüsterte Der im Licht läuft. »Hier wohnt Sonnenvater. Hier, im Süden, ist seine Heimat. Gesegnet seist du, Wolf, daß du mir den Weg gewiesen hast. Ich bringe mein Volk hierher. Alle gemeinsam werden wir dir zum Dank singen.«

Nur zögernd trat er den Rückweg an. Dieses herrliche Land ließ er nur widerwillig hinter sich. Der Abstieg in den blauen Schatten des Eises raubte ihm die neugewonnene Energie. Auf der anderen Seite des Eiskanals angelangt, fühlte er sich wieder kalt und matt.

Kapitel 2

Ein kräftige Bö peitschte gegen den auf einem schwarzen Felsen errichteten Steinhaufen. Eisfeuer wickelte sich fester in den mit zwei Lagen Karibufell gefütterten Umhang. Mit vor der Brust gekreuzten Armen kauerte er sich schutzsuchend zwischen die Steine.

Trotz des Schneesturms, der das Land in dichtes Weiß hüllte, konnte er noch den Himmel erkennen. Der Anblick der Myriaden von Sternen befreite seinen Kopf. Schnee rutschte von den Steinen herunter und sammelte sich als feiner Puder auf seinen langschäftigen Stiefeln.

Eisfeuer, der Hochverehrteste Älteste des Mammutvolkes, ließ die Zunge über die spärlichen Reste seiner Zähne gleiten. Die neue Lücke, die der erst vor kurzem ausgefallene Backenzahn links oben hinterlassen hatte, war ihm noch nicht vertraut. Kauen konnte er lediglich noch auf der rechten Seite. Prüfend strich er über das Zahnfleisch der Schneidezähne und beobachtete dabei die Sterne.

»So viele Jahre«, murmelte er. »Warum nahmst du mir alles, was ich geliebt habe? Großes Geheimnis dort oben, was willst du von mir?«

Doch nur der nie nachlassende Wind antwortete. Eisfeuer

lauschte in der Hoffnung, eine Stimme zu vernehmen. Er wartete auf eine Vision, die sich beim Anblick des sich wellengleich über die endlose Hochebene bewegenden Schnees einstellen sollte.

Als er sich vorbeugte, um nach Norden zu sehen, bohrte sich ein spitzes Felsstück in seinen Rücken. Er stöhnte auf. Der ziehende Schmerz machte ihm zu schaffen. Wie lange lag alles zurück? Fast zweimal zehn Finger. Damals folgte er zum erstenmal dem Ruf. Jetzt fing alles wieder von vorn an. Diesmal erreichte ihn der Ruf nach Süden und bereitete ihm schlaflose Nächte. Er glich einem leichten Ziehen, beeinflußte seine Gedanken und trieb ihn unwiderstehlich dazu, die warmen Mammutfellbehausungen des Weißen-Stoßzahn-Clans zu verlassen, hinauf auf die Felsen zu klettern, dazusitzen, zu beobachten und zu warten.

Im Süden lebte das Volk, das sie den Feind nannten. Der feindliche Stamm, dessen Land sie bejagten. Der Feind, der niemals kämpfte – der lieber all seinen Besitz preisgab und sie zur ständigen Verfolgung nach Süden zwang. Mißbilligend schnüffelte er. Wie sollte ein Krieger auf diese Weise zu einem ehrenhaften Kampf kommen? Wie sollte der Weiße-Stoßzahn-Clan je zu Ruhm und Ehre und damit in den Besitz des Heiligen Weißen Fells gelangen, des Totems seines Stammes? Die anderen Clans im fernen Westen befanden sich ständig auf dem Kriegspfad.

»Wir müssen die Feiglinge zwingen, gegen uns zu kämpfen.«

Eisfeuer rieb sich mit einem eisverkrusteten Fäustling die Nase, legte den Kopf in den Nacken und starrte durch das Schneegestöber zu den Sternen hinauf. Das Weiße Fell war das größte Heiligtum des Mammutvolkes. Es handelte sich um ein vor langer Zeit erbeutetes und sorgfältig gegerbtes Fell eines weißen Mammutkalbes. Mit feinen Strichen waren darauf die Geschichte der Clans, die Symbole der Himmelsrichtungen, die Wege von Erde und Luft und Wasser und Licht symbolisch in der Herzgegend des Fells aufgezeichnet. Die Zeichnungen waren dem Ritual entsprechend mit dem Blut eines frisch geschlachteten Mammuts ausgeführt worden. Ohne Ruhm und Ehre für das Heilige Weiße Fell mußten die Menschen unweigerlich verhungern, denn das Mammut würde sie nicht erhören. Sein Clan war dem Tode geweiht.

Müde versuchte Eisfeuer sich zu entspannen. Unter den Decken war ihm warm. Er fühlte sich wohl, trotz des Krampfes in den alten Beinen und des Felsens, der sich schmerzhaft in seinen Rücken bohrte.

In einsamen Nächten wie dieser verfolgte ihn die Erinnerung an die Frau am Strand. Eine bewundernswerte Schönheit. Er war sich vollkommen sicher gewesen, daß sie ihn an diesen einsamen Ort gerufen hatte – ihr Ruf war Teil der Vision, die er nach dem Tod seiner Frau gehabt hatte. In seiner Vision gab sie sich ihm bereitwillig hin und erlaubte ihm, sich in der Umarmung ihrer Seelen zu verlieren. Aber dann mischte sich die Beobachterin ein und veränderte alles. Die Vision endete schlagartig – und er merkte voller Entsetzen, was er getan hatte. Er hatte seine Macht mißbraucht. Zukunft und Vergangenheit klafften unüberbrückbar auseinander. Woraus Gutes hätte entstehen sollen, verbreitete Angst. Die Gegenwart der Beobachterin empfand er so deutlich wie Hunger oder Durst – oder Schmerz.

Erschrocken war er davongelaufen. Er konnte nicht fassen, was er der Frau angetan hatte, die er zu lieben glaubte. Vergeblich war er auf die höchsten Höhen geklettert, um eine Erklärung vom Großen Geheimnis zu erhalten. Er hatte zornig in die Nacht hinausgerufen und eine Begegnung mit der Beobachterin verlangt – alles vergebens.

»Ich diene dir nur als Werkzeug!« zischte er hinauf zum Himmel. »Warum hast du mich derartig benutzt, Großes Geheimnis dort oben? Was bin ich für dich, wo ich doch nur ein Mann sein will? Warum hast du mich verflucht? Warum zeuge ich keine Kinder, wo doch Söhne mein einziger Wunsch sind?«

Kopfschüttelnd schloß er die Augen. Das Geheul des Windes machte ihn innerlich ruhiger. In den Falten seines Mantels sammelte sich der Schnee.

Erschöpft ließ er die Gedanken treiben, die ihn nach Süden und immer weiter nach Süden zogen. Wie der Rauch eines grünen Dungfeuers schwebte er über das Land. Er sah, fühlte und hörte Geist und Seele von den Felsen und der unter ihm vorbeiziehenden Tundra aufsteigen. Eine Zeitlang genoß er vollkommene Freiheit. Alle Bande waren zerrissen, uneingeschränkte Seligkeit erfüllte ihn.

Auf den Felshügeln stand plötzlich ein junger Mann breitbeinig vor ihm und versperrte ihm den Weg. Seine Beine steckten in hohen Schnürstiefeln, die Kleidung glich der des Feindes im Süden. Über der Schulter trug er ein Eisbärfell. Seine Augen glänzten wie in Trance.

»Verschwinde, Mann!« befahl Eisfeuer. »Du stehst dem Weißen-Stoßzahn-Clan im Wege. Du stehst meinem Volk im Wege.«

»Was suchst du?«

»Was mir bestimmt ist zu finden. Den Weg für mein Volk. Die Söhne, die ich zeuge.«

Der junge Mann legte den Kopf schief. »Du hast bereits Söhne. Dein Schicksal erfüllt sich – falls du dich darauf einläßt. Deine Söhne sind dein Schicksal. Was wählst du? Licht oder Dunkelheit?« Er hob eine Hand.

Aus den Wolkengebirgen formte sich die Gestalt einer wunderschönen Frau, deren Haar im Wind wehte.

Der hochgewachsene junge Mann sprach weiter: »Sie ist das Licht. Wähle sie, und du wirst mit den Deinen euren Weg finden.« Wieder hob er die Hand. Er blies auf die ausgestreckte Handfläche, und ein Regenbogen entstand, der sich bis hinauf zum Himmel erstreckte.

Der junge Mann deutete auf eine dunkle Wolke. »Wähle die Dunkelheit, und ihr alle werdet sterben.«

»Verschwinde, habe ich gesagt! Wir vernichten dich, trotz deiner magischen Kräfte«, keuchte Eisfeuer und versuchte angestrengt, seine aufsteigende Furcht zu verbergen. »Wir dulden keine Träumer, keine Zauberer. Wir stehen unter dem Schutz des Großen Geheimnisses. Unsere Speere sind stärker als deine Träume – als deine Beobachterin. Spiel nicht mit uns, du Mann des Feindes. Wir zertreten dein Volk wie einen dürren Weidenzweig.«

Der junge Mann lächelte. »Also das ist dein erklärtes Ziel? Du willst vernichten? Hast du dich dafür entschieden?«

»Nein«, krächzte Eisfeuer. Kalte Angst kroch ihm das Rückgrat hinauf. »Ich suche meine Söhne. Sie sind das Schicksal meines Volkes. Und ich will das Heilige Fell.«

»Und was bist du bereit dafür zu geben?« In den Augen des jungen Mannes tanzten kleine Flammen.

Eisfeuer schluckte. »Ich . . . alles.«

»Gib mir deinen Sohn. Ich wage den gleichen Einsatz. Einen Sohn für einen Sohn. Einen Sieg für eine Niederlage. Ein Leben für einen Tod.«

»Aber ich . . .«

»Bist du einverstanden? Du gibst mir, was dir gehört, und ich gebe dir, was mir gehört?«

Mit offenem Mund starrte Eisfeuer den jungen Mann an. Widerstrebend murmelte er: »Ich würde schon . . . wenn es . . .«

»Dann ist es abgemacht.« Der junge Mann ließ sich auf alle

viere nieder, Arme und Beine vervielfachten sich. Er verwandelte sich in eine rote Spinne. Das Tier eilte den Regenbogen hinauf. Erst ganz oben wurde es langsamer. Auf dem höchsten Punkt des Regenbogens drehte es sich noch einmal um, streckte die vielen Beine aus und begann in den Farben des Regenbogens ein Netz über alle Himmel zu spinnen, in dem sich die Tautropfen der Sterne fingen.

Mit einem Schlag war Eisfeuer hellwach. Nichts als undurchdringliche Dunkelheit umgab ihn. Er stöhnte, seine Beine waren während des langen Sitzens eingeschlafen. Keuchend erhob er sich und massierte sie, um die Durchblutung anzuregen.

Er blickte durch den schneeverhangenen Himmel zu den Sternen hinauf und erkannte die Gestalt der Spinne, die, abwartend und beobachtend, in ihrem Netz saß.

»Dann ist es abgemacht«, flüsterte er, noch immer unter dem Eindruck der Vision stehend. Ein ungewohnter Schmerz wütete in seinem Herzen. »Einen Sohn für einen Sohn?« Die tiefen Falten eines längst überwunden geglaubten Kummers gruben sich um seinen Mund. »Ich habe keinen Sohn. Großes Geheimnis? Spielst du erneut mit mir? Wirfst du mich schon bald wieder achtlos beiseite wie eine Puppe aus Fischgräten? Gibt es denn keinen anderen Menschen, den du mit Leid überhäufen kannst?«

Mühsam kletterte Eisfeuer über die Steine. Langsam humpelte er den Abhang hinunter zu den in der Ebene verstreut liegenden kegelförmigen Behausungen aus Mammutfell.

Weit unten im Süden blinzelte Der im Licht läuft mit den froststarren Wimpern und wunderte sich, was er mit dem merkwürdigen Ältesten der Anderen zu schaffen hatte, dem Mann, mit dem er in seinem Traum so unbekümmert gesprochen hatte.

Wie kamen ihm nur diese Worte in den Sinn? Was bedeuteten sie? Niemals würde er so respektlos mit einem Älteren sprechen. Zwischen seinen Augenbrauen erschien eine steile Falte. Und was sollte dieser Handel mit Menschen – mit Söhnen?

Verwirrt fand er in die Wirklichkeit zurück. Einen Augenblick lang wußte er nicht, wo er sich befand. Doch dann erinnerte er sich an die Jagd. Sich vorsichtshalber vergewissernd, daß diese Jagd nicht etwa auch nur ein Traum gewesen war, streckte er die Hand aus. Beruhigt streichelte er das Wolfsfell.

So viele Träume. Ängstlich starrte er in die undurchdringliche Dunkelheit. »Ich gehe mit dir nach Süden, Wolf. Aber du, Mann der Anderen, wer bist du? Warum suchtest du mich? Wie kann ich, Der im Licht läuft, dir einen Sohn zum Tausch anbieten?«

Kapitel 3

Tanzende Füchsin zog die letzten Lederfetzen eng um das tote Baby von Lachendem Sonnenschein und bedeckte damit das winzige fahle Gesicht. Sie war eine schöne Frau mit einem ovalen Gesicht, hohen Backenknochen und glänzenden schwarzen Augen, groß und rund wie die einer Eule. In einer Mischung aus Zorn und Kummer mahlte sie mit den Zähnen. Es wollte ihr einfach nicht gelingen, eine aus Knochen gefertigte Ahle durch das harte, gefrorene Leder zu stechen.

»Verflucht du . . .«

»Was?« fragte Lachender Sonnenschein zutiefst erschüttert.

»Ich sprach mit dem Leder. Es ist so steifgefroren, daß ich die Eiskristalle knirschen höre, wenn ich mit der Ahle hineinsteche.«

»Beeil dich«, bat Lachender Sonnenschein. »Ich halte das nicht mehr aus.«

Tanzende Füchsin legte das Baby auf ihren Schoß, schob eine Hand in den Ärmel ihres Mantels und benutzte die Fellstulpe als schützendes Polster für die Faust, um mit Gewalt die Ahle durch das Leder stoßen zu können. Mit einem dumpfen Knacken gab die gegerbte Haut nach. Sie nahm die Ahle zwischen die Zähne, fädelte die letzte Sehne durch das Loch und zog sie fest. Das winzige Gesicht des Babys war für immer in dem Ledersack verschwunden.

So viele Tote. Wird die Lange Finsternis unser aller Seelen essen? Haben Licht und Leben die Welt verlassen?

Sie strich über ihren ausgemergelten Leib. Ängstlich fragte sie sich, ob Krähenrufers Samen in ihrem Schoß aufgegangen war. Seit zwei Monden war ihre Blutung ausgeblieben – aber daran war auch oft der Hunger schuld.

Ihr gegenüber saß wehklagend Lachender Sonnenschein. Sie wippte auf den Fersen vor und zurück. Das Leid verzerrte ihr dreieckiges Gesicht. Mit einem Steinsplitter schnitt sie sich in die Haut der eingefallenen Wangen, bis das Blut über ihr Gesicht strömte. Anschließend säbelte sie sich mit der scharfen Kante die Haare ab. Sie reichten ihr nun gerade noch auf den Pelzkragen. Die langen schwarzen Strähnen ließ sie achtlos auf den gefrorenen, schmutzigen Boden fallen.

»Sonnenschein?« Tanzende Füchsin sprach sie mit sanfter Stimme an. Das Bild des blau angelaufenen toten Babys, dessen Gesichtsfarbe an den Rauch eines Tranfeuers an einem kalten Morgen erinnerte, verfolgte sie. Sie hielt der Mutter den Sack mit der Kindesleiche hin, aber Lachender Sonnenschein schüttelte entsetzt den Kopf.

Tanzende Füchsin barg das Baby in der Beuge ihres linken Armes und streckte die rechte Hand aus, um tröstend Sonnenscheins Schulter zu berühren. »Hör auf damit«, befahl sie liebevoll. »Du vergeudest nur sinnlos deine Energie. Du brauchst Kraft zum Weiterleben.«

»Vielleicht will ich gar nicht weiterleben«, jammerte Sonnenschein und schlug die Hände vor ihr blutbesudeltes Gesicht. »Alle meine Kinder sind während der Langen Finsternis gestorben. Ich . . .«

»Sei still! Selbstverständlich willst du leben. Du kannst noch mehr Babys bekommen. Du bist noch nicht zu alt.«

»Hat denn niemand mehr einen Großen Traum?« Sonnenschein schluchzte hysterisch und hämmerte rhythmisch mit den Fäusten auf den Boden. Die dumpfen Schläge fanden im Herzen von Füchsin ein bitteres Echo. »Was geschieht nur mit uns? Was tun wir hier? Warum verhungern wir? Hat Sonnenvater uns den Geistern der Langen Finsternis preisgegeben?«

»Vielleicht«, antwortete Tanzende Füchsin mit scharfer Stimme. »Aber ich habe vor, weiterzuleben, und sei es nur aus Bosheit gegen Ihn. Und du wirst an meiner Seite sein. Nun quäle dich nicht länger. Wir müssen unsere Pflichten erfüllen.«

Sonnenschein wischte sich über die feuchten Augen. »Ist dein Herz ebenso leer wie dein Magen, Füchsin? Was hat Krähenrufer dir angetan?«

»Angetan?« wiederholte sie nachdenklich. Schon bei der bloßen Erwähnung des Namens ihres Mannes zersprang ihr fast das Herz vor Kummer. Finster blickte sie zu Boden. »Er hat mich stärker gemacht.«

»Du meinst weniger menschlich. Du warst stets so freundlich und ...«

»Freundlichkeit ist für die Lebenden«, sagte sie und hob schwungvoll die Felltüre hoch. Sofort drang grimmige Kälte ein, und der Wind griff nach ihren Pelzkapuzen. »Die Toten brauchen keine Freundlichkeit mehr.«

Erstaunt sah Sonnenschein sie an. »Der Geist meines kleinen Mädchens hört dich immer noch.«

»Es gibt keine Geister.«

»Du ... natürlich gibt es sie. Was glaubst du denn, wer ...«

Heftig schüttelte Füchsin den Kopf. »Nein, es gibt keine. Vor zwei Monden habe ich zu Sonnenvater und den Monsterkindern gebetet ...«

»Nach der Heirat mit Krähenrufer?«

Tanzende Füchsin ließ das Fell wieder vor die Türöffnung fallen und nickte. »Auf kein einziges Gebet erhielt ich eine Antwort.«

Sonnenschein zwinkerte die Tränen fort und schluckte den Kloß im Hals hinunter. »Vielleicht ist Krähenrufer zu mächtig, und sie können dich deswegen nicht hören.«

»Vielleicht.«

»Aber das hieße doch, daß es sie gibt«, sagte sie flehentlich. »Und dann kann mein kleines Mädchen uns hören.«

»Ja, natürlich.« Tanzende Füchsin nickte. Dunkle Röte überzog ihre Wangen. Sie schämte sich ihrer mangelnden Empfindsamkeit gegenüber dem Schmerz der Mutter. Vorsichtig nahm sie den Sack mit dem toten Kind und streichelte behutsam über den im Leder verborgenen Kopf. Was hatte sie sich nur dabei gedacht, die letzte Hoffnung der Freundin zu zerstören? »Ich meinte es nicht so, Sonnenschein. Natürlich hört sie uns.«

Sonnenschein lächelte getröstet und tätschelte begütigend Füchsins Arm. »Ich weiß, du hast es nicht so gemeint. Du bist nur hungrig und müde, wie wir alle.«

Liebevoll lächelten sie einander an, dann krochen sie hintereinander unter der Felltüre hindurch in das trübe graue Licht hinaus. Mit vor Schwäche zitternden Beinen erhob sich Tanzende Füchsin. Erschöpft half sie Lachender Sonnenschein auf.

Nicht weit von ihnen entfernt stand Krähenrufer. Bei ihrem Anblick verzog sich sein runzliges Gesicht vor Ärger. Auf der einen Seite seiner Hakennase funkelte ein tiefschwarzes Auge – das andere stierte weiß, blind und leblos ins Nichts. Sein schmallippiger

Mund verriet Mangel an Humor. In ihm regte sich keine Empfindung, noch nicht einmal für die Toten. Er hob die Hände und begann mit seiner brüchigen Altmännerstimme zu singen. Die Tonleiter auf- und abschwankend, beschwor er das Heilige Volk der Sterne, das Baby aufzunehmen, auch wenn es noch keinen Namen besaß.

Sie hatten dem Kind noch keinen Namen gegeben, denn ein Baby mußte fünfmal eine Lange Finsternis überstehen, um sich als lebensfähig zu erweisen. Bis dahin stand ein Kleinkind auf einer Stufe mit einem Tier. Als menschliches Wesen wurde es erst akzeptiert, wenn es denken und sprechen konnte. Das geschah, wenn eine menschliche Seele erschien – während einer Vision – und Wohnstatt nahm in einem Kind. Erst im Anschluß daran konnte es in die Gemeinschaft des Volkes aufgenommen werden.

Singender Wolf, der Ehemann von Lachender Sonnenschein, trat zu seiner Frau, umarmte sie und nahm Tanzender Füchsin das Kind ab. Er legte es in Sonnenscheins widerstrebende Arme. Nacheinander hoben sich die gefrorenen Felle vor den Türöffnungen, und die Menschen kamen aus dem Schutz ihrer Zelte heraus. Manche schwankten vor Schwäche. Der Hunger zehrte erbarmungslos an ihnen.

Es waren hochgewachsene, braunhäutige Menschen, um deren Augen und Münder sich tiefe Falten eingegraben hatten, ein Tribut an Sonne, Wind und Sturm. Volle Lippen, wie geschaffen zu fröhlichem Gelächter, waren schmal geworden, der Ausdruck in den Augen teilnahmslos. Unbarmherzig zerrten Windfraus Finger an den im grauen Licht schmutzig aussehenden Pelzen.

Feierlich aufgereiht folgten die singenden Menschen Sonnenschein auf ihrem Weg zu den Schneewällen außerhalb des durch Packeis geschützten Lagers. Sonnenschein schleppte sich einen Hang hinauf und stapfte mit den Füßen Trittstellen in den verharschten Schnee. Einmal geriet sie ins Stolpern und hätte beinahe das Kind fallen lassen. Schützend preßte sie es fest an ihre Brust, holte tief Luft und ging weiter.

Die anderen folgten ihren Fußstapfen. Hier und da sah man die Toten in zum Teil grausigen Verrenkungen im Schnee liegen. Zuerst waren die Alten gestorben. Wie früher, waren sie allein hinaus in die unendliche Einöde gewandert und hatten sich einen Platz gesucht, wo sie mutterseelenallein sterben konnten. Das war ihr gutes Recht. Später fehlte ihnen die Kraft dazu. Deswegen blieben sie daheim und verweigerten entweder die Nahrung, oder sie erfroren unter ihren Felldecken.

Schluchzend kniete Sonnenschein nieder und legte das Baby oben auf dem Wall ab, während sich die Leute singend um sie versammelten. Ihre Stimmen vereinigten sich zum Lied des Todes. Mit ihrem Gesang hofften sie, das Volk der Sterne gnädig zu stimmen, damit es das namenlose Baby aufnahm.

Krähenrufer hob die Hände und wandte sich an die Leute. »Es war nur ein Mädchen!« rief er. »Bringen wir das Ganze rasch hinter uns, damit wir wieder in unsere warmen Behausungen kommen.«

Schlagartig verstummte Sonnenscheins Weinen. Aus roten, verschwollenen Augen sah sie den alten Schamanen flehend an.

Tanzende Füchsin schaute wütend zu ihm herüber. »Schweig, Mann«, zischte sie leise. »Jedes Kind ist wertvoll.«

»Fürchtest du, selbst Mutter eines Mädchens zu werden? Halt den Mund . . .«

»Kaum.«

Er fuhr herum und starrte sie böse an. »Mutig, wie? Es steht in meiner Macht, deinen Schoß zu verfluchen, dann wirst du unfruchtbar.«

»Wirklich?« antwortete sie boshaft. »Dafür wäre ich dir außerordentlich dankbar.«

Unter den Leuten erhob sich leises Gemurmel. Sie mißbilligten Füchsins trotzige Herausforderung. Eine junge Frau sprach nicht so mit einem Älteren – schon gar nicht mit ihrem Mann. Füchsin bemerkte die abweisenden Blicke der anderen, und ihr Magen verkrampfte sich. Ihr Leben lang hatte sie sich vergeblich bemüht, die Regeln einzuhalten. Warum blieb sie immer eine Außenseiterin?

Langsam hob Krähenrufer das Kinn, sein schwarzes Auge funkelte wütend. Er streckte eine Hand nach ihr aus und stach ihr mit gespreizten Fingern in die Brust. »Wann begreifst du endlich? Frauen sind weniger als nichts. Sie taugen gerade dazu, den Samen eines Mannes in sich wachsen zu lassen.«

»So ist's«, rief der junge Schreiende Adler aus der hintersten Reihe der Versammelten. »Das weiß doch jeder. Los, beeilen wir uns, damit wir endlich zurückgehen können.«

»Hör zu . . .«, begann Krähenrufer.

»Ihr Narren«, unterbrach ihn eine zittrige alte Stimme. »Was glaubt ihr wohl, wer euch den Hintern gewischt hat, als ihr klein wart? Wer hat eure Tränen getrocknet, wenn ihr Angst hattet? Eure Väter etwa?«

Die Leute wandten sich um und sahen Gebrochener Zweig nachdenklich an. Sie war die Älteste des Clans und humpelte nun mühsam nach vorn. Unter ihrer warmen Fuchspelzhaube lugten widerspenstige graue Haare hervor. Die Nasenlöcher ihrer geradezu grotesk scharfen Nase bebten. Ihre alten braunen Augen schielten wild, und alle wußten, dies war ihr Ausdruck äußerster Geringschätzung. Respektvoll wichen die Leute zurück und öffneten ihr eine Gasse.

Ganz oben auf dem Schneehügel angekommen, blickte sie streng in die Menge. Sie fixierte jeden einzelnen Mann und starrte ihn durchdringend an. Manche warfen sich herausfordernd in die Brust, doch die meisten senkten aus Ehrfurcht vor dem Alter den Blick.

Sie fuchtelte mit der Hand, als wollte sie alle wegscheuchen.

»Was streitet ihr hier herum? Habt ihr vergessen, daß ein Mitglied unseres Clans gestorben ist?« Windfrau verlieh ihren Worten Nachdruck und trug sie weit über die Versammelten hinweg.

»Ihr solltet lieber darüber nachdenken, wie wir weiteres Sterben verhindern können!«

»Ja«, fauchte Krähenrufer und bedachte sie von der Seite mit einem schiefen Blick. »Wir müssen hier weg. Der Tod schleicht sich schon an jeden von uns heran.«

»Du brauchst mir gar nicht recht zu geben, du alter Schwindler«, beschimpfte ihn Gebrochener Zweig.

Krähenrufer blickte sie empört an. »Ich besitze die größten magischen Kräfte von euch allen!« verteidigte er sich und schüttelte die Faust vor ihrem Gesicht.

»Wenn du es sagst, muß es ja stimmen.«

Erschrocken zuckte Tanzende Füchsin zusammen, denn ihr Mann brüllte auf wie ein verwundeter Karibubulle. »Fordere mich nicht heraus, alte Hexe! Ich verfluche deine Seele, damit sie nie zum Volk der Sterne aufsteigt. Ich sehe dich vor mir, begraben, eingeschlossen in ewiger Dunkelheit, wo du verfaulen wirst.«

Die Leute traten weiter zurück, und Gebrochener Zweig stand dem Wütenden allein gegenüber.

»Morgen gehen wir fort!« Bei diesen Worten nickte Krähenrufer selbstzufrieden.

»Fort?« fragte Singender Wolf und strich seiner Frau über den

Kopf. »Ich war auf der Jagd und habe kein einziges Wild gesehen. Wenn wir schon beim untätigen Herumsitzen verhungern, werden wir dann nicht noch schneller verhungern, wenn wir laufen? Wir haben so entsetzlichen Hunger gelitten, daß wir sogar unsere Hunde gegessen haben, deshalb müssen wir sämtliche Lasten auf unseren Rücken schleppen.«

»Wenn wir fortgehen«, setzte Der der schreit nachdenklich hinzu, »dann werden viele sterben. Glaubst du, die Alten können mithalten? Und wohin sollen wir überhaupt gehen?« Er unterstrich seine Mutlosigkeit mit entsprechenden Gebärden. »Wo sind die Mammuts? Wo sind die Karibus?«

»Vielleicht war uns dieser Ort vorherbestimmt«, rief Singender Wolf laut, um das Schluchzen seiner Frau zu übertönen. »Du bist unser Träumer. Schlag was vor. Ich bin es leid, meine Kinder nacheinander sterben zu sehen. Zurückgehen, wo wir hergekommen sind? Aber dort leben inzwischen die Anderen. Sie töten uns. Vielleicht sollten wir uns weiter nach Süden wenden.«

»Wir *können nicht* weiter nach Süden«, krächzte Krähenrufer, dessen runzliges Gesicht vom Hunger gezeichnet war. Mit dem gesunden Auge sah er alle der Reihe nach durchdringend an. Gebrochener Zweigs wild schielende Augen hatten ihn sichtlich verwirrt. »Mein Großvater ging vor langer Zeit dorthin.« Der Wind blies ihm die pelzbesetzte Kapuze seines Mantels vom Kopf und enthüllte das von weißen Strähnen durchzogene Haar. »Eine Wand aus Eis hielt ihn auf, die so hoch aufragt, daß kein Mann imstande ist, sie zu bezwingen. Sie ist höher, als eine Möwe fliegen kann. Nur Adler können so hoch fliegen.«

»Woher weißt du, daß kein Mann diese Wand überwinden kann?« Gebrochener Zweig wischte sich mit dem Ärmel ihres Mantels die laufende Nase und straffte den müden Rücken. »Nun? Hat es dein Großvater jemals versucht?«

Schlagartig herrschte Schweigen in der Runde. Selbst Lachender Sonnenschein hörte auf zu weinen, so erschrocken war sie über die Herausforderung des bedeutendsten Schamanen ihres Volkes.

Krähenrufers Gesicht lief blutrot an. »Das war nicht nötig. Er sah sie und wußte . . .«

»Er war ein Feigling«, fiel ihm Gebrochener Zweig ins Wort. »Das wußten damals alle Leute, und wir heute wissen es auch, da brauchen wir nur dich anzusehen. Geh du zurück nach Norden, wenn du willst.

Laß dich von den Anderen umbringen.« Ihre behandschuhte Hand wies zum Horizont. »Aber ich gehe nach Süden. Reiher verschwand irgendwo in dieser Richtung. Sie war eine *wirkliche* Träumerin. Sie ...«

»Was?« spottete Krähenrufer. »Du folgst den Spuren einer Hexe? Einem verrückten Geist, der die Seelen aus den Menschen saugt und sie in die Lange Finsternis hinausbläst? Außerdem ist sie nur eine Legende. Nichts weiter als Rauch, der dein greises Gehirn umnebelt.«

»Pah! Was weißt du denn schon? *Ich kannte sie!«* zischte die alte Frau. »Sie ging nach Süden, um ...«

»Dann geh doch!« rief Krähenrufer und nickte der Menge bedeutungsvoll zu. »Das häßliche alte Weib verdient den Tod. Sie ist nutzlos für unser Volk. Sie ist zu alt, um zu jagen und zu fischen. Ihr Schoß ist so tot wie ihr Verstand. *Sie kann nicht einmal mehr einen Traum träumen.«*

Sofort erhob sich allgemeines Gemurmel. Die Gesichter wurden abweisend. Kein Traum mehr? Das bedeutete, daß die Geister den betreffenden Menschen bestraft hatten. Krähenrufer gewann wieder Oberwasser. Seine Schadenfreude war nicht zu übersehen. Die plötzliche Unsicherheit der Leute bereitete ihm hämisches Vergnügen.

Gebrochener Zweig sah ihn verachtungsvoll an: »Ich aber füge unserem Volk keinen Schaden zu mit falschen Träumen. Oder bringe – was noch schlimmer ist – es dazu, an eine längst nicht mehr vorhandene Macht zu glauben.«

Wieder steckten die Stammesmitglieder flüsternd die Köpfe zusammen.

Tanzende Füchsin bekam einen trockenen Hals und schluckte schwer. Der Haß in Krähenrufers schwarzem Auge bereitete ihr Angst. Wenn sie sein weißes Auge sah, dachte sie stets an Tod. Es erinnerte sie an die vielen, schon seit langer Zeit im Schnee erstarrten Leichen ihres Volkes.

»*Du* beschuldigst *mich*, Träume zu erfinden?« schrie der Schamane. »Du ...«

»Sag, warum du nach Norden willst«, mischte sich Rabenjäger ein. Verächtlich spuckte er vor der alten Frau aus. »Warum sollen wir diesen Weg nehmen?«

»Weil das Land dort uns gehört!« rief der Schamane, so laut er konnte, um Windfraus Brausen zu übertönen. »Sollen wir davonlaufen und die Knochen unserer Väter zurücklassen, nur weil ein paar Andere . . .«

»Ich fürchte die Anderen nicht«, erwiderte Rabenjäger lässig. »Überlegt mal in Ruhe, Leute. Was haben wir uns alles gefallen lassen? Die Anderen leben in unseren besten Jagdgründen, dort, wo sich die Wege der Karibus überschneiden. Je weiter wir nach Süden gehen, um so trockener wird das Land. Der Boden ist steinig und unfruchtbar. Die Gegend liegt höher, deshalb ist der Wind stärker. Während der Langen Helligkeit müssen wir viele Seen überqueren. Das schaffen wir nicht. Wir können keine Muscheln an den Stränden mehr sammeln. Und warum? Weil uns die Anderen vertrieben haben! Kommen die Karibus so weit nach Süden? Die Mammutherden? Seht euch das Sumpfmoos an, den Wermut, das Bültgras. Fällt euch auf, wie kurz das Gras hier wächst? Wer sagt, daß es noch weiter südlich nicht ganz verschwindet?

Dort, wo Karibu und Mammut keine Nahrung finden, verhungern auch wir.«

»Ich tötete Großvater Eisbär«, prahlte Rabenjäger, »ich töte auch die Anderen.«

»Du bist ein junger Narr«, schnaubte Gebrochener Zweig entrüstet. »Hau ab, setz dich irgendwohin und störe die Erwachsenen nicht.«

»Schweig, Alte«, wies sie Krähenrufer zurecht. »Niemanden interessiert, was du zu sagen hast. Verschwinde!«

Trotzig schüttelte Gebrochener Zweig den Kopf. »Soweit sind wir unter deiner Führung also schon gekommen. Streiten uns hier herum, anstatt für die Seele ihres Babys zu beten.« Sie zeigte auf Lachender Sonnenschein.

»Verschwinde!«

Doch sie blieb. Ihre Augen funkelten hart und kalt wie ein Obsidian. Hinter ihr stand die fast ebenso alte Kralle und nickte beifällig.

Krähenrufers Blick glitt von einem zum anderen. Einige senkten die Augen und starrten in den Schnee. Andere sahen ihn erwartungsvoll an.

»Um der ganzen Sache ein Ende zu machen, erzähle ich euch, wie es im Süden aussieht, dort, wo die Alte unbedingt hin möchte. Mein Großvater und seine Sippe jagten dort«, rief er mit lauter Stimme. »Tagelang irrten sie in der eisigen Kälte zwischen Felsen, Steinen und unüberwindbaren Seen umher. Wie wir litten auch sie großen Hunger. Viele Tage liefen sie an der Eiswand entlang. Um bei Kräften zu bleiben, aßen sie ihre Kleidung. Viele, viele starben. Sie wandten sich wieder nach Norden, weil sie hofften, auf Mammuts zu stoßen oder wenigstens eine Robbe oder einen Fuchs zu erbeuten.

Sie wanderten bis zum Salzwasser. Aber auch dort fanden sie nichts als Eis, das sich bis weit hinaus auf das Wasser erstreckte. Verzweifelt gingen sie weiter nach Westen zum Großen Fluß. Sie wußten, dort gab es Nahrung.« Er hob seine Stimme und schrie gegen den Wind an. »Dort stießen sie auf Robben, Schalentiere und Karibus. Sie überlebten. Mein Großvater sagte es meinem Vater, und der sagte es mir: *'Geh nicht nach Süden.'* Dort ist nur eine Wand aus Eis. Dort wartet der Tod.«

»Dann müssen wir nach Norden«, pflichtete ihm Der der schreit bei. »Vielleicht gehen wir ein Stück weit nach Westen, an den Bergen entlang . . .«

»Dort greift uns Windfrau an«, unterbrach ihn Grauer Fels und zeigte grinsend ihre zahnlosen Kiefer. »Vergeßt nicht, wir befinden uns mitten in der Langen Finsternis. Windfrau wird uns auslachen und nach Wolkenmutter rufen. Welche Chance hätten wir da draußen? Nun? Sagt's mir. Welche Chance haben wir inmitten eines Sturms? In Windfraus Atem erfrieren wir beim Gehen. Unsere Knochen werden . . .«

»Welche Chance haben wir hier?« fragte Krähenrufer. »Erinnert ihr euch an das Orakel aus den Eingeweiden der Möwe? Damals sagte ich, wir müssen nach Norden. Ich sagte . . .«

»Gar nichts sagtest du!« rief Gebrochener Zweig höhnisch und schüttelte die Faust. »Jahrelang hast du nichts gesehen als Dunkelheit. Aber du lügst, weil du weiter den Schamanen spielen willst. Du lügst, und deine Lügen führen uns ins Verderben!«

Aus den Augenwinkeln heraus sah Tanzende Füchsin wie Hüpfender Hase plötzlich loslief, sich rücksichtslos durch die Menge kämpfte und zwischen den toten Körpern auf den Boden warf.

»Seht doch!« schrie er. Mit weit aufgerissenen Augen starrte er auf die Erde. »Blut. Da, am Fuß von Die wie eine Möwe fliegt.«

Die Menschen scharten sich um ihn. Tanzende Füchsin achtete nicht weiter auf den Aufruhr, sondern nahm Sonnenschein in den Arm, die dringend des Trostes bedurfte. »Komm, ich singe mit dir«, sagte sie besänftigend. »Du und ich, wir begleiten dein Baby hinauf zum Volk der Sterne.« Mit ihrer süßen Stimme hob sie an, die qualvoll schöne Todesmelodie zu singen. Sonnenschein fiel leise ein.

»Eine Wolfsfährte«, grunzte Der der schreit, ohne die singenden Frauen zu beachten. »Hier ist ein Wolf heruntergesprungen.« Aufmerksam betrachtete er die Spuren im Schnee. »Da, seht ihr? Hier, von hier aus lief er weiter.« Auf allen vieren verfolgte er die Fährte. »Aieee! Blut! Hier auch. Der Wolf ist schwer verletzt.«

Suchend blickte sich Rabenjäger um. »Wo ist mein Bruder Der im Licht läuft?«

Füchsin hielt den Atem an, ihr Herz hämmerte. »Der im Licht läuft?« Beruhigend tätschelte sie rasch Sonnenscheins Arm, dann sprang sie auf die Füße, rutschte den Schneewall hinunter und eilte zu den Zelten.

Das Eis glitzerte heimtückisch. Selbst diese kleine Anstrengung raubte ihr den Atem, ihre Beine zitterten. Sie kroch unter der Felltür seiner Behausung hindurch. Unter den Mammutfellen empfing sie diffuse Dunkelheit. Ein paar alte Leute und einige sehr geschwächte Kinder musterten sie teilnahmslos. Die Decken von Der im Licht läuft waren achtlos beiseite geworfen, seine Waffen fehlten.

Hastig schlüpfte sie wieder hinaus und eilte keuchend den Hang hinauf. »Er ist fort. Seine Waffen hat er mitgenommen und . . .«

»Ein Wolf«, sagte Singender Wolf zähneknirschend. Er zog den Fäustling aus, nahm den uringetränkten Schnee auf und roch daran. »Ein hungriger Wolf. Er verhungert. Wie wir.«

»Und Der im Licht läuft hat ihn verwundet!« brüllte Der der schreit lauthals. »Vielleicht konnte Licht ihm keine große Wunde zufügen, trotzdem wird er daran sterben. Dieses Blut riecht nach Eingeweiden.«

Eine Welle der Erleichterung erfaßte die Menschen. Tanzende Füchsin lächelte. Zärtlichkeit wärmte ihr Herz. Der im Licht läuft würde sie retten. Grenzenloser Stolz erfüllte sie.

Eine grob zupackende Hand auf ihrer Schulter vertrieb ihre angenehmen Gedanken. Krähenrufer zwang sie, ihn anzuschauen. Als er ihre Augen sah, zischte er: »Glücklich, wie? Glücklich, weil Der im Licht läuft einen Wolf erlegt hat?«

Sie wand sich unter seinem Griff, aber er ließ nicht locker. »Natürlich bin ich darüber glücklich. Glaubst du, ich will sterben?«

»Ein Wolf? Für alle diese hungrigen Mäuler?« Er verstärkte seinen Griff, und sie stöhnte auf. Unwillkürlich sah sie in sein weißes totes Auge. Wie immer, lief es ihr bei diesem Anblick eiskalt über den Rücken.

»Die anderen Jäger haben noch nicht einmal einen Wolf erlegt«, stammelte sie.

»Du bist *meine* Frau. Ich weiß, wie du Der im Licht läuft ansiehst. Ich kenne dein Lächeln, sobald er auftaucht. Ich weiß, was in deinem Herzen vorgeht.« Unter seinen groben Händen schrie sie auf. »Und in seinem.«

»Was ändert das?« verteidigte sie sich. »Ich bin deine Frau. Ich kann nicht . . .«

»Vergiß das nie«, sagte er drohend und schob sie beiseite. Laut rief er: »Sobald Sonnenvater erscheint, verlasse ich diesen Ort. Ich gehe nach Norden und anschließend nach Westen um die Berge herum. Dorthin führt unser Weg – der Weg des Mammuts! Das zeigte mir mein Traum!« Ohne die Leute eines weiteren Blicks zu würdigen, drehte er sich um und stapfte zu den Behausungen zurück.

Da ertönte die schrille Stimme von Gebrochener Zweig. Wie angewurzelt blieb er stehen. »Wer folgt ihm? *Wer folgt einem Mann der falschen Träume?«*

Krähenrufers Körper erstarrte kurz, doch dann setzte er seinen Weg fort, als bedeuteten ihre Worte nicht mehr als Windfraus Heulen. Haßerfüllt sah Tanzende Füchsin ihm nach.

»Verlaß ihn«, flüsterte Gebrochener Zweig ihr ins Ohr. »Ich nehme dich in mein Zelt auf.«

»Niemand wird uns etwas zu essen geben, Großmutter.«

»Licht läßt dich nicht hungern«, wisperte sie. »Seine Gefühle für dich haben sich nicht geändert.«

Tanzende Füchsin spürte einen Kloß im Hals und räusperte sich. »Darauf kommt es jetzt nicht mehr an. Krähenrufer besitzt Macht über meine Seele. Über deine übrigens auch.«

»Meinst du diese Sache mit den abgeschnittenen Haaren und dem Sammeln von Menstruationsblut? Pah, damit kann nur ein Mann mit großer magischer Macht etwas anfangen. Mach dir seinetwegen keine Sorgen. Er ist so harmlos wie ein ausgeweideter Wolf.«

»Solange er Rückhalt im Volk hat, ist er keinesfalls harmlos, Großmutter. Er kann machen, was er will, und niemand wagt, ihm zu trotzen.«

»Du darfst dich von ihm nicht zu einem Nichts degradieren lassen«, murrte Gebrochener Zweig. »Das ist noch schlimmer, als eine Ausgestoßene zu sein.« Bevor sie zurück zu ihrem Zelt trottete, strich sie Lachender Sonnenschein mitfühlend über den gesenkten Kopf. Kralle stellte sich Gebrochener Zweig in den Weg und stieß mit leiser Stimme Verwünschungen aus. Die Alte antwortete mit einem zornigen Gackern und gab Kralle einen Stoß, damit sie an ihr vorbei konnte.

Kralle zögerte einen Augenblick, ehe sie sich drohend vor Füchsin aufbaute. Sie öffnete den Mund, als wollte sie etwas sagen, entschied sich dann aber anders. Müde wandte sie sich ab und kehrte ebenfalls ins Lager zurück.

Unruhig trat Tanzende Füchsin von einem Bein aufs andere. Sie konnte Krähenrufer nicht verlassen. Er würde sie umbringen, und die ganze Sippe stünde auf seiner Seite. Hinter sich hörte sie Rabenjägers boshaftes Lachen. Sie fuhr herum. Mit einem wissenden Blick sah er sie an. Ihr schien, als hätten seine scharfen Ohren jedes Wort verstanden, das Gebrochener Zweig ihr zugeflüstert hatte.

»Nimm dich in acht«, zischte er durch die Zähne. »Dein Mann mag seine magischen Kräfte verloren haben, aber außer Gebrochener Zweig glaubt das niemand. Sie reißen dich in Stücke, wenn du Schande über ihn bringst.«

»Ich brauche deine Ratschläge nicht.«

Grinsend betrachtete er sie von oben bis unten. »Jetzt noch nicht. Aber das wird sich ändern.«

»Niemals!«

Lächelnd streckte er die Hand aus und griff nach einer ihrer im Wind flatternden Haarsträhnen. Mit schmeichlerischer Stimme sagte er: »Wir werden ja sehen!«

Sie schlug seine Hand weg. Ganz kurz sah er tief in ihre vor Wut blitzenden Augen. »Wenn du in der Falle sitzt«, flüsterte er in verschwörerischem Ton, »dann erinnere dich . . . Ich bin für dich da.«

»Laß mich in Ruhe!«

Mit schief gelegtem Kopf sah er sie an. Lachend drehte er sich um und trollte sich den Hang hinunter.

Sie schloß die Augen und versuchte, ihren Haß zu zähmen.

Kapitel 4

Tanzende Füchsin kauerte am Rande der Gruppe, die sich im größten Zelt versammelt hatte. Sie blickte in die weiße Öde hinaus. Wie betäubt beobachtete sie drei Menschen, die sich durch den Schnee herankämpften.

Vorne ging Der im Licht läuft. Windfrau riß an seinem zerfetzten Mantel aus Karibuhäuten, in deren Falten sich gefrorener Schnee gesammelt hatte. Sein würdevolles Gesicht nötigte ihr Ehrfurcht ab.

Doch dann schlug Füchsin entsetzt die Hand vor den Mund. Er hatte sein Gesicht bemalt! Rote, blutige Striche waren auf Wangen und um seinen Mund gezeichnet, der so das Aussehen einer Schnauze angenommen hatte. Auf seiner Stirn war eine aus getrocknetem Blut getüpfelte Zeichnung eines Bären oder Wolfes zu erkennen.

Ihr Herz raste. *Dieses merkwürdige Leuchten, das in seinen Augen glimmt – wie Waltranfeuer in der Nacht. Er hat etwas Mächtiges gesehen. Ob es doch Geister gibt?*

»Ha-heee!« schrie Gebrochener Zweig, die zu ihm hinausstapfte, mit schriller Stimme. Ihre widerspenstigen grauen Haarsträhnen waren von Windfraus unbarmherzigem Griff völlig zerzaust. Sie hob einen knochigen Arm, ein dürrer brauner Finger reckte sich hoch in die eisige Luft. »Da . . . da seht ihr einen Großen Träumer! Seht ihr das Leuchten auf seinem Gesicht? Ein Geist ging darüber. Der Geist ließ Spuren eines mächtigen Traumes zurück!« Sie hüpfte vor Aufregung.

Ängstlich blickte Tanzende Füchsin auf Krähenrufer, dessen Gestalt sich dunkel vom weißen Schnee abhob. Sie sah deutlich, wie seine Kiefermuskeln mahlten.

»Mein Bruder?« spottete Rabenjäger, der sich inzwischen zu den anderen draußen gesellt hatte. »Ein Geistträumer? Ich glaube eher, er hat wirbelnde Schneeflocken mit Geistern verwechselt.«

Füchsin zog den Kopf ein, als der Blick seiner glänzenden schwarzen Augen lüstern auf ihr ruhte. Er musterte sie dreist. Sie schlug die Augen nieder und hörte ihn näher kommen. Dicht vor ihr baute er sich auf.

»Mein Bruder besitzt ein schlichtes Gemüt«, sagte Rabenjäger leise. »Er lebt in Gedanken in einer anderen Welt als du und ich.«

Sie schluckte und zwang sich, ihm offen ins Gesicht zu sehen. »Woher weißt du das?«

»Gib acht. Deine verräterischen Gedanken zeigen sich so deutlich auf deinem Gesicht wie Fußspuren im Neuschnee.« Trotz seines sarkastischen Tonfalls lag ein seltsamer Ausdruck in seinen Augen. Fast schmerzerfüllt sah er sie an. »Und ich bin nicht der einzige, der in deinem Gesicht zu lesen versteht.«

»Ich weiß nicht, was du . . .«

»Ich denke doch.« Lächelnd entfernte er sich. Obwohl er nicht weniger unter den Auswirkungen des Hungers litt als die anderen, besaß er noch immer die geschmeidige Anmut eines Raubtieres. Woher nahm er nur diese Selbstsicherheit? Er sollte verflucht werden zu einem Begräbnis unter der Erde. Aber irgend etwas in seinem Blick gab ihr zu denken. Überheblich oder nicht, Rabenjäger irrte sich nur ganz selten. Das Wissen um die Seelen – die Seelen der Menschen und Tiere – war seine große Gabe.

Zwei Kinder eilten den drei Heimkehrern entgegen. Stolpernd kamen Hüpfender Hase und Der der schreit im Gefolge von Der im Licht läuft näher. Sie schleppten große Stücke gefrorenen Wolfsfleisches auf den Schultern.

Der im Licht läuft trug ebenfalls eine Last über seinen Schultern: das weißgraue Wolfsfell samt dem Kopf des Tieres, dessen tote Augen an gefrorene Kristalle erinnerten.

»Der im Licht läuft bringt Fleisch!« rief Hüpfender Hase. Jubilierend hob sich seine Stimme hinauf in die Luft. »Und er bringt einen Traum mit!«

Wie gebannt starrten die Leute auf die das Weiterleben garantierenden Fleischstücke auf den Schultern der Jäger.

Der im Licht läuft blieb stehen und blickte von einem zum anderen. Alle schwiegen, nur Windfrau zerrte mit Gebrüll an ihrer Kleidung und peitschte ihnen die langen Haare ins Gesicht.

»Erzähl endlich«, gackerte Gebrochener Zweig aufgeregt. Sie konnte sich nicht mehr länger zurückhalten.

»Wolfstraum«, antwortete er, ohne eine Miene zu verziehen. »Aber nicht hier draußen in der Kälte. Gehen wir hinein, bevor Windfrau uns alle Wärme raubt.«

»Schneidet das Fleisch auf!« blaffte Krähenrufer verdrossen. »Verliert keine Zeit. Die Leute haben Hunger.«

»Nein«, entgegnete Der im Licht läuft mit unheimlicher Ruhe. »Der Wolf gab mir sein Fleisch, um uns nach Süden zu führen. Er kam zu mir in einem Traum und zeigte mir den Weg. Sein Körper gibt unserem Volk die nötige Kraft für diesen Weg. Sein Herzblut strömt in meinen Adern – sein Weg ist der richtige.«

»Pah! Was redest du da? Du bist noch nicht einmal ein Mann. Du merkst noch nicht einmal, wenn du träumst.«

»Wie kannst du es *wagen*! Sieh ihn dir an! Sieh ihn an, und du entdeckst die Macht der Geister! Der Traum steht deutlich in seinen Augen.« Gefährlich nahe fuchtelte Gebrochener Zweig mit ihrem ausgestreckten dürren Finger vor Krähenrufers Gesicht.

Tanzende Füchsin hielt den Atem an. Das unstete Leuchten und Flackern in den Augen des jungen Jägers erinnerte sie an die glühenden Augen eines Wolfes.

»Wir gehen nach Norden.« Krähenrufers Hand wies vage zum Horizont. »Auch ich hatte einen Großen Traum . . . *Junge*. Das Mammut ruft uns zurück auf demselben Weg, den wir gekommen sind. Wir gehen zurück.«

»Dann geht doch.« Stolz hob Der im Licht läuft das Kinn. »Die Geister kommen, zu wem sie wollen. Die Menschen haben darauf keinen Einfluß. Der Wolf gab mir seine Kraft. Der Wolfstraum führt mich – und die, die mir folgen – nach Süden. Dort, im Großen Eis . . .«

«. . .wartet der Tod!» Krähenrufers Stimme brach.

Der alte Schamane fühlte den Blick von Der im Licht läuft auf sich gerichtet. Nervös leckte er sich die Lippen und wich zurück. Er schien sich vor dem Jungen zu fürchten.

«Der Tod! Verstehst du, *Junge*?« Krähenrufers weißes Auge glühte unheilvoll, während sein schwarzes Funken sprühte wie ein über Granit gezogener Feuerstein.

»Ungeheuer klettern im Eis umher. Von dort dringen die Stimmen der ausgestoßenen Toten zu uns.« Sein Zeigefinger deutete nacheinander auf jeden in der Runde. »Sobald ihr euch dem Großen Eis nähert, hört ihr sie. Sie stöhnen und ächzen, ihre Knochen krachen unter ihrem Gewicht. Sie töten euch! Wir müssen nach Norden.«

»Du gehst nach Norden«, ertönte die vorlaute Stimme von Gebrochener Zweig. »Vielleicht bist du, gerade du allein, dazu auserwählt, von den Anderen getötet zu werden.«

Sie hinkte zu Der im Licht läuft und zerrte mit ihren klauenartigen Händen an seinen zerrissenen Hüllen. »Sieh mich an, Junge.« Ganz dicht näherte sie ihr Gesicht dem seinen, so daß sich ihrer beider Atemwolken zu einer einzigen verbanden, die über ihren Köpfen aufstieg.

Eine Weile stand sie stocksteif vor ihm, die Hände um seinen Nacken geschlungen. Sie zog ihn noch näher zu sich heran. Ihre Nasen berührten sich beinahe.

»Ha-heee!« stieß sie keuchend hervor. Urplötzlich ließ sie ihn los. Bei dieser abrupten Bewegung geriet sie ins Stolpern und ruderte wild mit den Armen in der Luft, um das Gleichgewicht wiederzufinden. Leise vor sich hin summend, setzte sie sich friedlich nieder. Erschrocken und gleichzeitig fasziniert hatten die Leute das Schauspiel verfolgt.

»Narren, alle beide«, murrte Rabenjäger aus dem Hintergrund.

»Großmutter?« Lachender Sonnenschein nahm die runzligen Hände der Alten in die ihren. »Was hast du in Lichts Augen gesehen?«

»Traum . . .«, flüsterte die alte Frau. Den Mund leicht geöffnet, starrte sie ausdruckslos vor sich hin. Sie schien ihre Umgebung kaum wahrzunehmen. »Ich sah den Wolf in seinen Augen. Den Wolf . . .«

Der der schreit trat unbehaglich von einem Bein aufs andere. Unsicher fragte er Krähenrufer: »Ist das wahr? Du hast uns an viele Orte geführt und uns geheilt, wenn wir krank waren. Nun behauptet Der im Licht läuft, deine Vision sei falsch. Wie sollen wir wissen, welche Vision die richtige ist?«

»Er ist nichts weiter als ein verwirrter Junge«, erwiderte Krähenrufer mit gleichgültiger Stimme. »Er spielt mit dem Leben unseres Volkes. Große Träume erfordern Fasten und Vorbereitung. Er hat nicht . . .«

»Er hat seit vier Tagen nichts gegessen«, bemerkte Lachender Sonnenschein. »Er gab mir, was für ihn bestimmt war. Für mein Baby.« Ihr zitternder Finger zeigte in die Richtung des Schneewalls, auf dem die Toten lagen.

»Aiieee . . .« Grauer Fels spitzte die im Alter schmal gewordenen Lippen. Ihre kleinen runden schwarzen Augen starrten Der im Licht läuft neugierig an. »Vier Tage, ha? Die magische Zahl der Geister.«

»Er ist nur ein Junge!« schrie Krähenrufer und drohte mit der Faust.

Der im Licht läuft zitterte am ganzen Leib. Er sah aus, als hätte der Schamane ihn geschlagen. »Der Wolf kam zu mir. Er rettet die,

die nach Süden gehen. Er zeigte mir den Weg durch das Große Eis. Dahinter lebt das Mammut. Dort halten sich die Büffel auf, und den Karibus wachsen neue Geweihe.«

Lichts Augen begegneten dem Blick von Tanzende Füchsin. »Ich sehe den Traum«, flüsterte sie. »Er ist da. Er spiegelt sich in seinen . . .«

»Geh in das Zelt!« befahl der alte Schamane. »Wärme meine Decken. Wir brechen morgen nach Norden auf. Aber vorher möchte ich noch einmal gut schlafen.«

»Nein«, widersprach sie. Sie blickte ihn unverwandt an. Regungslos stand sie vor ihm. Auf dem mageren Gesicht des Mannes zeigten sich rote Flecken. In grenzenlosem Zorn hob er die Hand zum Schlag und holte aus.

Sie duckte sich und hielt schützend die Arme vors Gesicht. »Faß mich nicht an«, murmelte sie.

»Geh!« schrie Krähenrufer unbeherrscht.

Hastig zog sie sich zurück, aber der Blick von Der im Licht läuft entging ihr nicht. Er trat einen Schritt vor, um ihr zu helfen, doch Gebrochener Zweig legte beschwichtigend die Hand auf seine Schulter und hielt ihn zurück.

Während sie unter der Felltür durchkroch, verfolgte sie die beschwörende Stimme ihres Mannes: »Hört nicht auf dieses Kind! Das Mammut lebt dort drüben . . . genau im Norden! Ich sah unsere Jäger bei den Herden. Tief drangen ihre Speere in die brüllenden Kälber. Die Mütter liefen mit erhobenem Rüssel davon. Aber wir sind schlau und listig! Die Kälber zappeln im tiefen Schnee, ihr Blut tränkt unsere Speere. Die Herde ergreift die Flucht. Unser Weg führt nach Norden!«

»Lügner!« erhob sich Gebrochener Zweigs wütende Stimme. »Nichts hast du gesehen. Du hast dir diese Geschichte gerade eben ausgedacht. *Deine* Augen zeigen *keinen* Traum.«

Tanzende Füchsin krümmte sich zusammen. Das Geräusch eines scharfen Schlags hallte durch die plötzliche Stille. Sie hüllte sich in Krähenrufers Decken und zog sie über den Kopf, um dieses klatschende Geräusch von Fleisch auf Fleisch nicht länger mit anhören zu müssen. Eine ohnmächtige Wut ergriff von ihr Besitz. Ihr Magen rebellierte, und sie übergab sich.

Sie fürchtete um das Leben der alten Frau und um ihr eigenes, denn auch sie hatte Krähenrufer die Stirn geboten. Er würde es ihr in der Nacht heimzahlen, das wußte sie. Sie rollte sich zusammen.

Bei dem Gedanken an die Qualen, die er sie würde erleiden lassen, stöhnte sie leise auf.

Wieder hob Krähenrufer die Hand und schlug Gebrochener Zweig. Die alte Frau ließ sich fallen und murmelte undeutliche Worte vor sich hin. Sie kroch hinaus ins Freie. Rosarote und orangefarbene Streifen färbten den grauen Himmel.

»Laß sie in Ruhe«, befahl Der im Licht läuft mit fester Stimme. Deutlich stand das Bild von Tanzende Füchsins entsetztem Gesicht vor seinen Augen. Die Kraft des Wolfes strömte reich und stolz durch seine Adern. Aus den Tiefen seiner Seele stieg unbändiger Haß auf diesen alten Mann, der sein Volk peinigte.

»Nanu? Worte der Tapferkeit aus dem Munde meines Bruders?« Rabenjäger verschränkte in Erwartung der kommenden Auseinandersetzung genüßlich die Arme vor der Brust.

»Du wagst es, den Frieden des Volkes zu stören?« verhöhnte Krähenrufer seinen Herausforderer. »Du? *Du* drohst mir?«

»Es herrscht kein Frieden, wenn eine alte Frau leidet. Du selbst hast ihn zerstört.«

»Und das wagst du, *mir* ins Gesicht zu sagen?« Krähenrufer richtete sich kerzengerade auf und warf sich in die Brust. »Mir gebührt das Recht zu bestrafen, während du . . .«

»Dieses Recht gebührt niemandem. Nicht einmal . . .«

»Ich töte dich, Junge. Meine Macht ist unendlich groß!« Ein Grinsen verzerrte das aschgraue Gesicht des alten Mannes und enthüllte gelbe, schadhafte Zähne. Er hockte sich nieder. Ein magerer Arm fuhr aus seinem Mantelärmel und malte magische Zeichen in die Luft.

Der im Licht läuft atmete tief durch und beschäftigte sich angelegentlich mit seinen Speerspitzen. »Der Wolf schützt mich. Ich habe keine Angst vor dir.« Aber im Innersten fürchtete er sich doch. Zu oft war er Zeuge der Macht des alten Zauberers geworden. Er hatte mit eigenen Augen gesehen, was dieser Mann anrichten konnte. Lautlos betete er zu dem Wolf und bat ihn um Mut.

Undeutlich nahm er Geflüster wahr, hörte sich entfernende Schritte im knirschenden Schnee und bemerkte, daß sich die anderen respektvoll zurückgezogen hatten. Niemand wollte in die Auseinandersetzung der beiden Schamanen verwickelt werden. Die beiden standen einander nun allein gegenüber. Knisternde Spannung lag in der Luft.

»In vier Wochen«, sang Krähenrufer mit monotoner Stimme, den Kopf weit in den Nacken geworfen, »schmerzt dein Magen. Dein Innerstes stülpt sich nach außen . . .« Die folgenden Worte waren nicht zu verstehen. Der alte Mann hob die Arme, seine zitternde Stimme stieg zum Himmel empor, und er bewegte sich in einem merkwürdig hüpfenden Tanz.

Der im Licht läuft kniff fest die Augen zusammen. Krähenrufers Zauberkräfte bedrängten seine Seele. »Der Wolf schützt mich«, bekräftigte er wieder und wieder. Doch sein Herz hämmerte. »Er läßt mich nicht sterben, bevor ich nicht im Land hinter dem Großen Eis angekommen bin.« Er berührte die aus Wolfsblut skizzierte Zeichnung auf seiner Stirn. »Der Wolf führt mich nach Süden in Sonnenvaters Land. Ich folge dem Wolfstraum.«

Krähenrufers Einfluß auf ihn ließ nach. Der im Licht läuft öffnete die Augen und blickte lächelnd auf den tanzenden alten Schamanen.

Ein ehrfurchtsvoller Aufschrei angesichts seiner Standhaftigkeit erklang hinter ihm. Gebrochener Zweig faßte mit den Händen an ihre Zehen und schaukelte vor und zurück wie Großvater Braunbär. Ihr breites Grinsen enthüllte die zahnlosen schwarzen Kiefer und die rosige Zunge.

»Wolfstraum!« Ihre rauhe Stimme überschlug sich. »Ha-heee! Ich gehe mit Der im Licht läuft nach Süden. Ich ziehe nach Süden mit dem Wolf!«

Sonnenvater verschwand hinter dem Horizont im Südwesten. Das fahle Licht der einsetzenden Dämmerung unterstrich die eingefallenen Wangen und die tief in den Höhlen liegenden Augen der Menschen auf gespenstische Weise. Die Dunkelheit senkte sich herab wie ein opalisierender Rauchschleier. Die flackernden Leuchtfeuer, Zeugen des Krieges der Monsterkinder, erschienen in allen Regenbogenfarben am nördlichen Himmel. Seit Anbeginn der Zeit fochten die Zwillinge, von denen einer gut und der andere böse war, ihren immerwährenden Kampf aus.

»Nach Süden geht ihr in den *Tod*! Erhöre mich, Sonnenvater! Ich, Krähenrufer, träume Deinen Traum. Spürst du meine Kraft? Ich verfluche diese . . . diese Verräter! Ihre Seelen werden nie aufsteigen zum Heiligen Volk der Sterne. Tod!« schrie er, breitete die Arme aus wie ein Adler die Schwingen und drehte sich einmal um die eigene Achse. Dann hockte er sich nieder und starrte seinem jungen Gegner unverwandt ins Gesicht.

»Ich folge dem Wolf. Jeder, der vom Wolfsfleisch ißt, folgt meinem Traum.« Mit diesen Worten drehte sich Der im Licht läuft um, bahnte sich einen Weg durch die versammelten Menschen, bückte sich unter der Felltür hindurch und verschwand in seiner Behausung.

Kapitel 5

Das dunkelrote Licht des Feuers warf flackernde Schatten auf die Zeltwände aus Mammutfell. In den Augen der Menschen standen Angst und Sehnsucht. Schweigend kauerten sie um die wärmenden Flammen.

Der der schreit hob das Ende seiner neuen steinernen Speerspitze zum Mund. Mit der Zunge ertastete er den Punkt zur Befestigung der Sehne. Er klemmte sie zwischen den abgewetzten Schneidezähnen fest und zog, bis sich der Knoten kräftig und unverrückbar anfühlte. Kritisch prüfte er die Verbindung und nickte dann zufrieden.

Singender Wolf stocherte in der Glut des Mammutdungfeuers. Zusammen mit getrocknetem Moos ergab der Dung eine dürftige Wärmequelle. Sie hatten Glück gehabt; ein Kind hatte das Brennmaterial zufällig an einer vom Wind freigewehten Stelle gefunden. In Singender Wolfs Augen lag noch immer die Trauer um sein totes Baby. Der Dung glühte rot, dick und modrig hing der Rauch in der Luft.

Der der schreit zeigte mit seinem langen Speerschaft auf die Brocken Wolfsfleisch, die in ihrer Mitte auf dem Boden lagen. »Soll ich die ganze Nacht hier sitzen und dieses Fleisch anstarren?«

»Wer ist stärker? Dein Magen? Oder deine Angst vor Krähenrufer? Du weißt, was er mit dir macht, wenn du von diesem Wolfsfleisch ißt«, entgegnete Singender Wolf und richtete seine Augen ebenfalls begehrlich auf das langsam auftauende Fleisch. Die dem Feuer am nächsten liegenden Stücke begannen bereits rötlich zu glühen.

»Schamanen!« murrte Der der schreit und drehte unentschlossen seinen Speer in den Händen. »Fechten ihre Machtspiele aus, während das Volk verhungert. Ich esse das Fleisch.« Mit diesen Worten kroch er bereits über den Boden auf die Brocken zu.

»Du gehst mit Der im Licht läuft nach Süden?« Singender Wolf blickte ihn zweifelnd an.

Einen Moment verharrte Der der schreit, ohne das Fleisch aus den Augen zu lassen. Verwirrt runzelte er die Stirn und grub seine Zahnstummel in die Unterlippe. Im Feuerschein wirkte sein rundes Gesicht fast wohlgenährt. Die hohen Backenknochen betonten die platte Nase. Aus seinen Augen hatte der Hunger jegliche Fröhlichkeit verbannt.

Unsicher zuckte Der der schreit die Achseln. »Rabenjäger behauptet, sein Bruder sei ein Narr. Ein Narr kann sich leicht etwas einreden und sogar noch daran glauben. Ihr wißt, Der im Licht läuft sieht ständig irgendwelche Dinge. Vielleicht . . .«

»Rabenjäger ist ein vernünftiger Mann. Wie können zwei Brüder nur so verschieden sein?«

»Also, was sollen wir tun? Seht euch das Fleisch an.« Er streckte die Hand aus. »Was haben die Geister mit meinem Magen zu schaffen? Was mischen sie sich ein? Um uns herum herrscht nur Tod.«

»Alle Schamanen sind verrückt«, schimpfte Singender Wolf.

»Ich esse jetzt. Traust du dem Geisterfleisch nicht?«

Singender Wolf überlegte und kratzte sich unter dem Arm. Schließlich sagte er nachdenklich: »Sei nicht dumm. Natürlich nicht. Geister sind unberechenbar.« Eine längere Pause folgte. »Krähenrufer wollte nicht für mein Kind singen. Er *wollte* nicht!« Lachender Sonnenschein, die hinter ihm saß, begann zu weinen. Ganz fest drückte er ihre Hand.

Der der schreit sah ihn mit schmerzlichem Gesichtsausdruck an. »Hast du Lichts Augen gesehen? Hast du den Traum darin gesehen?«

Unbehaglich rutschte er hin und her. »Ich weiß nicht. Da war etwas, aber . . .«

»Aber was?«

»Rabenjäger sagte . . .«

»Ich weiß, was er gesagt hat«, brummte Der der schreit angewidert und schaukelte auf den Fersen. Laut mahlte er mit den Zähnen.

Kopfschüttelnd hantierte Singender Wolf mit einem Stichel. Dieses Grabwerkzeug mit einem scharfen spitzen Ende hatte er sorgsam angefertigt. Es diente zum Ausgraben von Holz, Knochen oder Geweihen. Vom gefrorenen Boden hob er einen kleines Stück Mammutrippe auf – längst hatten sie das Knochenmark ausgesogen. Die Falten um seine Augen vertieften sich. Mit dem Grabstichel kratzte er Figuren in den Knochen. Beiläufig sagte er: »Krähenrufer hat jeden verflucht, der von diesem Wolfsfleisch ißt.«

»So? In einer Hinsicht jedenfalls haben beide, Krähenrufer und Der im Licht läuft, recht. Wir müssen fort von hier. Aber mit leerem Magen kommen wir nicht weit.«

Grünes Wasser, die Frau von Der der schreit, zog ihre Wolfspelzdecke fester um die Schultern. »Das Herumsitzen füllt unsere Bäuche auch nicht«, sagte sie mit ihrer schönen Stimme. Sie betrachtete zweifelnd ihren Mann. Nicht nur der Hunger hatte die Liebe zu ihm abstumpfen lassen. »Niemand entdeckte Wild, nicht einmal die kleinste Spur. Wenn wir noch länger hierbleiben, werden wir dann überhaupt noch die Kraft für eine lange Wanderung haben?«

Der der schreit blickte auf seinen Speer und nahm sich die Zeit, ein heiliges Lied zu summen, bevor er die Spitze in den Köcher aus der Haut eines Karibukitzes zurücksteckte. »Ich esse das Fleisch.«

»Mein Kind ist tot«, fügte Singender Wolf mit ausdrucksloser Stimme hinzu. Besorgt ruhten seine Augen auf dem von Kummer gezeichneten Gesicht von Lachender Sonnenschein. Dann fiel sein Blick wieder auf das im Feuerschein leuchtende Wolfsfleisch. »Meine Kinder sind alle tot.«

Lachender Sonnenscheins Lippen bebten, ihre Augen füllten sich mit Tränen. Das Schweigen schien sich endlos zu dehnen.

Endlich fuhr Singender Wolf fort: »Ist Lachender Sonnenschein die nächste? Ich? Bin ich der nächste? Wer verhungert als nächster?«

Hilflos zuckte Der der schreit die Achseln. Mit seinen kurzen, dicken Fingern wischte er sich Ruß aus einem Augenwinkel. »Krähenrufer sagt, wenn du das Fleisch ißt . . .«

»Mein Kind«, wiederholte Singender Wolf, »wäre zu einer Schönheit herangewachsen und hätte unserem Volk Leben geschenkt.« Er verstummte. Nach einer Weile setzte er seufzend hinzu: »Krähenrufer wollte nicht einmal für sie singen. Ein nutzloses Leben, hat er gesagt. Nichts als Tod – und hier liegt Fleisch. Wie viele Tage waren wir draußen? Wie lange haben wir kein Lebewesen gesehen in dieser verschneiten Einöde?«

»Zu lange.«

Singender Wolfs Hand umklammerte den Grabstichel, mit dem er noch immer Muster in den Knochen ritzte.

»Knochenwerfer stöberte Großvater Eisbär auf«, erinnerte ihn Grünes Wasser.

»Das ist auch so eine Sache«, meinte Der der schreit. »Hat man je gehört, daß Großvater Eisbär so weit im Süden weilt? Die Geister wollen uns von hier weghaben.« Der der schreit schnüffelte. In der Kälte lief ihm fast ständig die Nase. Mit dem Daumen prüfte er die Schärfe der Kanten der gebrochenen Speerspitze, die er eben durch eine neue ersetzt hatte. »Ich muß sie schärfen. Guter Stein für Werkzeug ist weit im Süden eine Seltenheit. Vielleicht finden wir auf der anderen Seite des Großen Eises auch Obsidian, hm? Oder guten Quarzit? Vielleicht weisen die von Krähenrufer verfluchten Toten uns den Weg? Was glaubt ihr?«

Mit weicher Stimme fragte Lachender Sonnenschein: »Was kann einem Menschen widerfahren, der Geisterfleisch gegessen hat?«

Ratlos sah Singender Wolf sie an. »Wenn ich zwischen den Träumern wählen muß, entscheide ich mich für Der im Licht läuft.«

»Er ist fast noch ein Kind.«

»Bisher hatte Krähenrufer immer recht«, meinte Grünes Wasser bedächtig und rückte ihre Felldecke zurecht.

»Zwei, die recht haben?« fragte Der der schreit erstaunt. »Und jeder geht in eine andere Richtung? Ich kann mich nicht zerreißen, nur um zwei Träumer glücklich zu machen!«

»Hast du denn den Blick von Der im Licht läuft nicht gesehen?«

»Ich glaube, ich verhungere lieber, als daß ich *mein* Innerstes nach außen stülpen lasse. Erinnert ihr euch an den Fluch, mit dem Krähenrufer Robbenflosse belegt hat? Dem sind tatsächlich alle Zähne ausgefallen.« Der der schreit wühlte in seinem Jagdbeutel und förderte scharfe Geweihsprossen und ein großes Stück Rohleder mit einem eingeschnittenen Loch zum Durchstecken des Daumens zutage. Im roten Licht des Feuers begutachtete er nochmals den Schaden an der Speerspitze. Mit einer geschickten Bewegung schob er sie halb unter das Leder, das seine Hand schützte, dann drückte er die Geweihsprosse an die Kante des Steins. Er preßte und rieb blitzschnell. Winzige Geweih- und Steinsplitter stoben auf.

»He!« knurrte Singender Wolf. »Mach das draußen. Jedesmal, wenn ich mich hinsetze, stechen mir diese kleinen Splitter in die

Hände. Sie verteilen sich überall. Auch in den Fellen steckt das Zeug.«

»Na und? Morgen brechen wir auf. Glaubst du, der Wolf stört sich daran, wenn er hier herumschnüffelt, um festzustellen, ob wir etwas vergessen haben? Im Unterschied zu dir kann er Steinsplitter von Eis unterscheiden.«

Kopfschüttelnd hörte Grünes Wasser den beiden zu. Gleich darauf konzentrierte sie sich wieder auf das Flicken einer Stiefelsohle. Mühsam trieb sie eine Knochenahle durch das dicke Leder. Hin und wieder warf sie einen kurzen Blick auf die umsitzenden Männer.

Das klickende und scharrende Geräusch des Schärfens dauerte an. Singender Wolf bemühte sich, nicht darauf zu achten, und widmete sich seinen Gravuren auf dem Mammutknochen. Von Zeit zu Zeit hielt er ihn dicht ans Feuer, um seine Arbeit zu überprüfen. »Gebrochener Zweig behauptet, Krähenrufer habe seine magischen Kräfte verloren. Krähenrufer wiederum behauptet, Licht sei nichts weiter als ein verwirrter Junge, der den Schamanen spielt.«

»Ha!« schnaubte Der der schreit verächtlich. »Gehen wir nach Norden, stehen wir vor den Lagern der Anderen. Ihr wißt genau, sie haben fast alle Angehörigen von Geysirs Sippe getötet – und viele Frauen entführt und die Zelte zerstört. Die Anderen sind böse und habgierig. Sie sind von schlechtem Geist beseelt.«

»Rabenjäger will sie alle umbringen«, bemerkte Singender Wolf nachdenklich. »Er glaubt, sie dahin zurücktreiben zu können, wo sie hergekommen sind. Vielleicht hat er recht. Ich frage mich, ob ...«

»Rabenjäger geht es nur um seinen Ruf«, schnarrte Der der schreit. Seine Gedanken wanderten in die Vergangenheit. Der im Licht läuft und Rabenjäger kämpften stets gegeneinander. Immer behielt letzterer die Oberhand. »Soll er in den Tod gehen. Die Speere der Anderen sollen sich andere Ziele suchen als meinen Bauch.« Mit seinem Daumen prüfte er die Schärfe der Schneide. »Ich esse das Fleisch. Der Wolf läßt bestimmt nicht zu, daß Krähenrufer uns peinigt. Das ist nicht seine Art.«

»Krähenrufer fürchtet den Süden«, fügte Grünes Wasser hinzu. Flink huschten ihre Augen von einem der Männer zum anderen.

»Ja«, gab ihr Singender Wolf recht. Er leckte sich die Lippen. »Woher bekommt ein Mann eigentlich magische Kräfte?«

»Von den Geistern«, erklärte Der der schreit, ohne den Blick von Singender Wolf abzuwenden. Unablässig drehte er seine frisch geschärfte Speerspitze in der Hand.

»Der im Licht läuft hat keine Angst.«

»Ahhh! Nur Narren haben keine Angst.«

Knirschend fuhr der Grabstichel in den Mammutknochen. Die geschickten Finger von Singender Wolf arbeiteten eifrig. »Ich werde Krähenrufer niemals herausfordern, sonst muß ich mich vor Großvater Eisbär verstecken. Windfrau würde ihm meinen Geruch direkt in die Nase blasen, falls Krähenrufer mir etwas heimzahlen will.«

»Mach dir nichts draus. Sobald ihm dein Gestank in die Nase weht, rennt Großvater Eisbär so schnell er kann davon.«

Singender Wolf bedachte ihn mit einem vernichtenden Blick. »Mach dich nicht lustig über mich. Mich interessiert nicht, was Gebrochener Zweig sagt. Der alte Mann besitzt Macht. Trotzdem hat Der im Licht läuft noch nicht einmal geblinzelt, als Krähenrufer seine magischen Kräfte zu Hilfe gerufen hat. Noch nicht einmal geblinzelt!« Er schaute zu der zusammengekauerten Lachender Sonnenschein hinüber. Ihr verstörtes Gesicht leuchtete gespenstisch im Feuerschein. Sie starrte wie gebannt auf das Fleisch.

Rasch senkte er die Augen und kaute an der Unterlippe. Das kleine Menschenbündel, das draußen auf dem Schneewall lag, lastete ihm schwer auf der Seele.

»Was machen wir nun?«

Lachender Sonnenschein antwortete: »Hier gibt es kein Wild und keine Möglichkeit, Nahrung zu sammeln. Wir müssen also weg und uns entscheiden, ob wir nach Süden oder zurück in den Norden gehen. Was wir im Bergland des Südens finden, wissen wir nicht. Vielleicht lediglich ein paar Winterbeeren, die Windfrau übersehen hat.«

»Und wie lange könnten wir davon leben? *Was ist, wenn sich Der im Licht läuft täuscht?* Was ist, wenn sein Traum nur in seiner Einbildung existiert?« fragte Singender Wolf schneidend.

Der der schreit warf ihm einen verstohlenen Blick von der Seite zu. »Nun, dann kommen wir wieder hierher zurück. Falls Licht sich irrt und es keinen Weg durch das Eis gibt, schließen wir uns dem Büffelrücken-Clan an. Der Clan nimmt uns sicher auf.«

Singender Wolf räusperte sich vernehmlich. Unvermittelt hörte er auf zu schnitzen und blickte starr auf den Knochen in seiner Hand. »Mein Kind ist verhungert.« Er warf den flachen Knochen hoch in die Luft. Geschickt fing Der der schreit ihn auf und hielt ihn ins Licht.

Singender Wolf schielte flüchtig zu Lachender Sonnenschein hinüber, dann beugte er sich über die Stücke des Wolfsfleisches, die dem rotglühenden Feuer am nächsten lagen.

Prüfend betrachtete Der der schreit den mit schönen Gravuren versehenen Mammutknochen. Grünes Wasser kroch zur Feuerstelle hinüber. Singender Wolf war der beste Künstler der Sippe. In den Knochen hatte er ein vierbeiniges Tier mit langer Schnauze und steil aufgerichteten Ohren geschnitten. Genau herausgearbeitet hatte er das Tier nicht – es hätte ein Fuchs oder ein Hund sein können, aber es war keines von beiden.

»Wolfsfleisch?« Angewidert verzog Der der schreit das Gesicht. »Das schmeckt ja ekelhaft!« Zögernd ließ er sich neben Singender Wolf nieder, nahm seinen geschärften Stein und schnitt lange Streifen aus dem Lendenstück. Mit der Andeutung eines Lächelns reichte er Lachender Sonnenschein und Grünes Wasser ein paar Fleischstreifen, die sie wortlos entgegennahmen.

Die beiden alten Frauen saßen dicht beieinander. Die tiefen Runzeln in ihren faltigen Gesichtern glänzten im Feuerschein wie mit Fett eingerieben. Die niedriger werdenden Flammen warfen lange, tanzende Schatten auf die Wände.

Geschickt knackte Gebrochener Zweig einen Schenkelknochen und sog das rosige Mark heraus. Mit ihrem langen gekrümmten Daumennagel säuberte sie das Knocheninnere bis auf den letzten Rest. Die Hälfte ihrer Portion hatte sie Grauer Fels abgegeben.

»Soviel zum Geisterfleisch, eh?« sagte Gebrochener Zweig mit breitem Grinsen.

Grauer Fels leckte sich die Finger sauber. »Verflucht werden ist mir lieber als Verhungern.«

»Ich weiß, daß du eine schlaue alte Hexe bist.«

»Nein, gar nichts weißt du. Hundertmal hast du zu mir gesagt . . .«

»Ach, vergiß, was ich gesagt habe. Ich habe meine Meinung geändert.«

Grauer Fels lächelte und kaute genüßlich. »Wie schade. Endlich wirst du klug, und nun hast du nichts mehr davon.«

»Komm mit uns. Ha-heee, der Süden gibt uns Kraft! Ich spüre es deutlich mit jeder Faser meines Herzens.« Mit einem Knochensplitter scharrte Gebrochener Zweig eine weißlich-rosafarbene Masse aus einem Gelenk und schob sie sich in den Mund. »Ein Vorteil, wenn man keine Zähne mehr hat«, murmelte sie vergnügt. »Da bleiben wenigstens die Knochensplitter nicht hängen.« Dann drängte sie: »Komm mit nach Süden, ich brauche dich. Es wird nicht auszuhalten sein, allein unter den Kindern. Kein vernünftiger Mensch, mit dem man reden kann. Komm mit.«

»Je weiter man nach Süden kommt, um so rauher wird das Land. Jede Menge Felsen, die man überklettern muß – und ich bin nicht mehr so flink und beweglich wie früher.« Nachdenklich senkte sie den Kopf und warf ihrer Freundin einen scheuen Blick zu. »Außerdem schulde ich Krähenrufer Dank. Er hat mir das Leben gerettet damals, als ich so hohes Fieber hatte.«

»Das hat mit heute nichts mehr zu tun.«

Grauer Fels massierte sich leise jammernd die geschwollenen Knöchel. »Kannst du dich erinnern, wie meine letzten Zähne verfault sind? Die eine Hälfte meines Gesichts war von ihrem Gift ganz aufgequollen.«

Gebrochener Zweig gackerte bestätigend und wiegte in der Erinnerung den Kopf hin und her. »Dein Gesicht sah aus wie eine aufgedunsene Walroßblase. Als ob es gleich platzt! Ha-heee!«

»Ja, und weißt du auch noch, was Krähenrufer gemacht hat?«

»Sieh mich nicht so finster an, du häßliches altes Weib. Natürlich weiß ich das. Wie könnte ich auch dein Geheul vergessen! Du hast geheult wie ein Wolf, der mit der Nase in eine Muschelschalenfalle geraten ist.« Belustigt schlug sich Gebrochener Zweig auf die Schenkel. »Wie viele Jäger mußten dich festhalten, damit das alte Einauge seine Heilkräfte an dir erproben konnte? Fünf? Oder waren es zehn?«

»Darauf kommt es *nicht* an!« sagte Grauer Fels, die langsam wütend wurde. Die Runzeln in ihrem Gesicht zogen sich drohend zusammen. Aufgebracht zischte sie: »Entscheidend ist, daß er mir das Leben gerettet hat.«

»Pah!« Gebrochener Zweig schnalzte mit der Zunge. »Er hat mit einer großen Knochenahle ein Loch durch deine Backe gebohrt. Das hätte ich auch gekonnt.«

Empört spitzte Grauer Fels die Lippen und sagte mürrisch: »Wie dem auch sei, er hat mir das Leben gerettet.« Sie schwieg einen Augenblick. »Ich gehe nach Norden.«

Bedächtig leckte sich Gebrochener Zweig den letzten Rest des fettigen Marks von den Fingern. Den Schenkelknochen hob sie auf und steckte ihn in einen Beutel. Daraus konnte sie noch eine Brühe zubereiten, dafür war sie bekannt.

»Wie du meinst. Dann geh doch.« Mit dem Zeigefinger fuchtelte sie Grauer Fels vor dem Gesicht herum. »Du wirst schon sehen, was du von seinen Zauberkräften hast. Du kehrst bald genug nach Süden um – falls dir nicht einer von den Anderen einen Speer in die Eingeweide bohrt.«

Grauer Fels befühlte mit der Zunge ihre zahnlosen Kiefer. Böse funkelte sie die Freundin an. »Speere sind mir jedenfalls lieber als die Geister im Großen Eis.«

»Was sollen die denn schon von einem häßlichen alten Weib wie dir wollen? Du machst ihnen doch nichts als Ärger – dir gehen sie bestimmt aus dem Weg.«

Ein zaghaftes Lächeln huschte über das Gesicht von Grauer Fels. »Ich habe Hüpfender Hase gesagt, er solle Der im Licht läuft folgen.«

»Du hast was? Das ist nicht recht!« keuchte Gebrochener Zweig entsetzt. »Dein Sohn muß bei dir bleiben. Singender Wolf und dieser ewig zaudernde Der der schreit schließen sich Licht an. Krähenrufers Gruppe fehlen die Jäger. Wenn du davon überzeugt bist, daß es ist richtig ist, nach Süden zu gehen, warum . . .«

»Rabenjäger ist bei uns.«

»Pah! Dem geht es doch nur um die Auseinandersetzung mit den Anderen. Jung und dumm! Ihn interessiert nur Krieg. Er hat etwas Schlechtes im Blut. Ich kann mich noch gut an seine Geburt erinnern. Blut . . . schlechtes Blut.«

Grauer Fels blickte durch einen Spalt in der Felltür, um festzustellen, wieviel Zeit ihr noch blieb. Draußen herrschte graues Dämmerlicht. »Sie bereiten sich zum Aufbruch vor.« Fast beiläufig fragte sie: »Bist du wirklich davon überzeugt, daß Reiher den Weg nach Süden eingeschlagen hat?«

»Ich weiß es. Ich sah sie fortgehen.«

»Die meisten Leute halten sie für eine reine Legende und nicht für einen Menschen aus Fleisch und Blut.«

»Nur noch die ganz Alten erinnern sich an sie.«

Grauer Fels machte ein unbehagliches Gesicht. »Man erzählt sich, wie schlecht sie war. Daß sie mit den Mächten der Langen Finsternis verkehrte. Warum ging sie fort? Hat der Clan sie verstoßen?«

Heftig schüttelte Gebrochener Zweig den Kopf. »Nein. Sie ging freiwillig, weil sie allein sein wollte.« Schuld schwang in der Stimme der alten Frau mit, Schuld und Reue.

Aus schmalen Augen sah Grauer Fels die Freundin an. »Was hast du getan? Hast du Reihers Mutter umgebracht? Du siehst so . . .«

»Frag nicht nach Dingen, die dich nichts angehen.«

»Schon gut«, erwiderte Grauer Fels besänftigend. »Ich will nicht in dich dringen.«

Langsam stand Gebrochener Zweig auf. Kopfschüttelnd streckte sie eine Hand aus, um der Freundin aufzuhelfen, die sich vergeblich bemühte, aus eigener Kraft auf die Beine zu kommen. »Und du willst dich aufmachen zu einem anderen Clan unseres Volkes? Dabei kannst du nicht einmal alleine aufstehen!«

»Ach, halt den Mund, du alter Bärenköder«, zischte Grauer Fels. Aber sie ergriff dankbar die Hand der anderen und erhob sich unter Ächzen und Stöhnen. »Sobald ich stehe, geht es mir wunderbar. Wenn ich einmal losmarschiere, gibt es kein Halten mehr. Daß ich nicht aufstehen kann, daran sind nur die vielen übergroßen Kinder schuld, die meine Hüften kaputtgemacht haben.«

Mit ungewohnt sanfter Stimme meinte Gebrochener Zweig: »Wenn das so ist, dann setz dich einfach nicht mehr hin. Bald bin ich nicht mehr da, um dir aufzuhelfen.«

Grauer Fels nickte, humpelte zur Felltür und duckte sich. Im fahlen Morgenlicht blickte sie hinüber zu der Stelle, an der Krähenrufer seine Gefolgsleute um sich scharte. »Ich seh dich oben zwischen den Sternen«, flüsterte sie und verzog ihr runzliges Gesicht zu einem traurigen Grinsen, bevor sie zu dem alten Schamanen hinübertrottete.

Gebrochener Zweig blickte ihr nach. Der vertraute Schmerz eines endgültigen Abschieds schnitt in ihr Herz.

Kapitel 6

»Wolfsträumer?«

Der im Licht läuft wandte sich um und sah Hüpfender Hase auf sich zukommen. Die, die an seinen Traum glaubten, hatten ihm diesen neuen Namen gegeben. Rabenjäger nannte ihn jedoch einen albernen Jungen. Seit ihrer Kindheit standen sich die beiden Brüder fast feindselig gegenüber, und das bewies sich oft.

»Die Leute sind abmarschbereit.«, berichtete Hüpfender Hase. »Wir dürfen keine Zeit verlieren. Die Tage sind kurz.«

»Ich weiß.« Der im Licht läuft konnte seine Augen nicht von der Gruppe losreißen, die sich um Krähenrufer sammelte. So viele Freunde befanden sich darunter, sogar Tanzende Füchsin. Der Schmerz legte sich wie ein Würgeband um sein Herz. »Ich bin soweit.«

Stirnrunzelnd sah Hüpfender Hase in dieselbe Richtung. »Du kannst nichts daran ändern. Sie gehört ihm. Ihr Vater gab sie ihm als Gegenleistung für eine Gesundbetung. Sie muß die Schuld bezahlen. Das ist nun einmal so.«

»Ich weiß. Trotzdem quält mich das Gefühl, dies sei meine letzte Chance. Wenn ich jetzt nicht hingehe und sie ihm wegnehme, dann . . .«

»Das Gefühl kenne ich. Meine erste große Liebe nahm einen anderen zum Mann. Nun, ich machte mir als Jäger einen Namen. Später, bei der Erneuerungszeremonie, fand ich eine andere Frau. Du wirst sehen, es geht vorbei.« Begütigend klopfte ihm Hüpfender Hase auf die Schulter, dann ging er zurück und verschwand in seinem Zelt.

Der im Licht läuft wollte plötzlich alleine sein. Er stapfte über eine gewaltige Schneewehe und befand sich bald außer Sichtweite des Lagers. In seinem Innern tobte die Angst. Sein Leben lang verfolgten ihn fremde Gesichter und Stimmen im Schlaf. Aus den Tiefen seiner Seele riefen sie nach ihm. Besonders deutlich hörte er eine Frauenstimme. Er hatte das merkwürdige Gefühl, als begäbe er sich nun auf die Suche nach ihr. Das verstärkte seine Angst noch.

Einbildung oder Wirklichkeit? Führe ich mein Volk auf den Weg eines Traumes, oder führe ich es in den Tod? Der Wolf war zu ihm gekommen, dessen war er sich inzwischen sicher. Trotzdem quälten ihn unausgesprochene Zweifel. Sein Unterbewußtsein flüsterte ihm Worte zu wie Betrug und Zauberei. Hatte ihn ein Träumer der Anderen mit einem Fluch belegt? Hatte er ihm diesen Traum geschickt, um ihn zu vernichten?

Der im Licht läuft blickte über das unendlich scheinende, wie ausgestorben daliegende Land. Schneewolken wogten wie Nebelschleier am Himmel, aufgewühlt von der eisigen Brise. Vor den weißleuchtenden Wolken zogen die dunklen Silhouetten krächzender Raben vorbei. Im ersten Sonnenstrahl glänzte ihr mitternachtsschwarzes Gefieder wie gleißendes Silber.

»Wolf?« rief er leise. Die Pelzhaare seines Umhangs sträubten sich im Wind. »Laß mich dort draußen nicht allein. Hilf mir.«

»Der im Licht läuft?« hörte er plötzlich eine süße Stimme hinter sich. Er kannte diese Stimme – er würde sie noch nach Tausenden von Langen Finsternissen erkennen, selbst wenn er längst oben beim Volk der Sterne wohnte. Mit geschlossenen Augen flüsterte er: »Bist du gekommen, um dich zu verabschieden?«

Sie stellte sich dicht neben ihn. Seufzend öffnete er die Augen. Trotz ihres vom Hunger entsetzlich mageren Gesichts sah sie wunderschön aus. Ihr hüftlanges schwarzes Haar hing unter der Kapuze hervor.

Ihre Blicke trafen sich. Die Miene der Frau blieb undurchdringlich, aber ein Aufblitzen in ihren Augen erinnerte ihn an das Blinken einer Messerspitze. Ihm war, als warte sie auf den letzten tödlichen Schlag ihres Herzens.

»Komm mit uns«, bat er sie.

Sie öffnete den Mund, als wolle sie etwas sagen, aber kein Wort kam über ihre Lippen. Aus ihren Augen sprachen Kummer und Angst. Rasch senkte sie den Blick und starrte auf den sich wellenförmig bewegenden Schnee. Endlich brach sie das Schweigen: »Er würde mich umbringen. Er besitzt ... Teile meines Körpers. Dinge, die ihm Macht über meine Seele verleihen. Ginge ich mit dir, könnte ich euch allen Verderben bringen. Er würde einen bösen Geist durch die Lange Finsternis zu mir schicken.«

»Wir dürfen diese Gelegenheit nicht ungenutzt verstreichen lassen. Komm mit mir, Tanzende Füchsin. Ich beschütze dich. Der Wolf ...«

»Ich habe vom Wolfsfleisch gegessen«, stieß sie hervor.

»Du?«

»Wenn ich auch nicht mitkommen kann, so wollte ich doch ein Teil deines Traumes sein. Und ich will, daß du das weißt.« Sie sah zu ihm auf.

Sie hat ihre Wahl getroffen. Er fühlte sich elend.

»Sag nichts mehr«, zischte er. »Es wäre nicht gut. Für keinen von uns.«

Sie machte drei rasche Schritte nach vorn. Tränen standen in ihren Augen. Bevor er wußte, wie ihm geschah, schlang sie die

Arme um seine Taille und barg ihr Gesicht an seiner Brust. »Legst du eine Spur für mich? Vielleicht kann ich ...«

»Ich markiere den Weg.« Die Sinnlosigkeit dieses Vorhabens drückte ihn noch mehr nieder. Krähenrufer würde sie niemals gehenlassen. Er preßte ihren zarten Körper an sich. Sogar durch die dicken Pelze spürte er ihr heftig pochendes Herz.

Sacht befreite sie sich von ihm. Mit fiebrigen Augen blickte sie in Richtung Lager. »Ich muß gehen. Sonst sucht er mich noch.«

Zögernd faßte er sie an den Schultern, aber sie entzog sich ihm. Sie sah ihn an, als wäre es das letzte Mal. Ihre Hände in den zerschlissenen Fäustlingen griffen unruhig ineinander.

»Komm zu mir, sobald du von ihm fortkannst.«

»Ja, bestimmt.« Sie nickte heftig, warf ihm einen allerletzten wehmütigen Blick zu und eilte den Hang hinab.

Einen Augenblick lang starrte er selbstvergessen auf ihre Fußspuren im Schnee, dann rief er sich laut zur Ordnung: »Sei kein Narr, du weißt, sie hat keine Wahl.« Kopfschüttelnd fügte er hinzu: »Und ich bin nicht einmal sicher, ob ich sie bei mir haben will. Was ist, wenn mein Traum nicht ...« Er wagte nicht, den Satz zu beenden.

Tief Luft holend, blickte er über die hoch aufragenden Wogen aus gefrorenem Schnee. Dort, wo Windfrau auf den Gipfeln den Schnee weggeweht hatte, zeigten sich schmutzige dunkelbraune Streifen. Über diese Felsenkämme führte der Weg nach Süden, immer höher hinauf und ungeschützt dem Wind ausgeliefert.

»Eine rührende Szene.«

Der im Licht läuft wirbelte herum und sah Rabenjäger, der eben den Hang heraufkletterte. »Einen Augenblick lang dachte ich, sie reißt aus. Sie schien beinahe davon überzeugt, Krähenrufers Vergeltung könne nie so gewaltig sein wie ihre Liebe zu dir.«

»Was willst du?« fragte Der im Licht läuft herausfordernd.

»Nun, was wohl?« Rabenjäger breitete die Arme aus. »Mich verabschieden natürlich, dummer Bruder. Das ist so üblich in einer Familie, oder nicht? Ein letzter Akt der Nächstenliebe und Höflichkeit gegenüber einem Bruder.«

»Und woher diese plötzlichen Gefühle?«

»Das weiß ich selbst nicht genau«, erwiderte Rabenjäger und legte den Kopf schief. »Du warst immer sonderbar. Ich habe nie begriffen, warum Robbenflosse und Möwe um dich herumschwänzelten, obwohl ich alles besser konnte als du. Ich konnte besser

Spuren lesen und mir ihre Geschichten besser merken. Aber bewundert haben sie immer nur dich.«

Unbehagen beschlich Der im Licht läuft. Er schluckte und fühlte sich ein wenig benommen. Seine Kehle war wie zugeschnürt. Vor seinen Augen tanzte schimmernder Nebel. Gegen seinen Willen kamen die Worte über seine Lippen.

»Du – du und ich, Bruder, wir sind die Zukunft. Führe deinen Plan nicht aus. Sonst wird am Ende einer von uns den anderen vernichten.«

Rabenjäger lachte auf. Die zerklüfteten Felsen warfen das Echo seines Gelächters höhnisch zurück. »Du willst mir doch nicht etwa drohen?«

»Unser Kampf wird die Welt in zwei Teile reißen.«

»Dann rate ich dir, es nie soweit kommen zu lassen, Bruder.« Rabenjäger grinste, und sein leidenschaftlicher, durchdringender Blick schien Der im Licht läuft zu durchbohren. »Ich bin stärker und gewitzter und leide nicht wie du an sentimentalen Anwandlungen wie Erbarmen und Mitleid. Du und mich bedrohen? Du bist noch verrückter, als ich dachte!«

»Ich bin nicht verrückt«, flüsterte er in merkwürdigem Ton. »Das steht in meinem Kopf geschrieben, die Visionen . . .«

»Ich versichere dir, ich vergesse deine kleine Warnung nicht, Bruder. Eines Tages wirst du dir wünschen, mich niemals bedroht zu haben. Das verspreche ich dir. Dafür verstümmele ich dich. Vielleicht durchstoße ich dich mit einem Knochen, bevor ich mich von dir abwende. Hmmm?«

Lachend drehte er sich um und stapfte in den Spuren von Tanzende Füchsin den Hang hinunter. Seine Stiefel verwandelten ihre zierlichen Fußabdrücke in tiefe Krater.

Der im Licht läuft schloß die Augen und versuchte, die aufsteigende Angst zu bekämpfen. Wieder hörte er die Worte des Geistes.

»Das ist der Weg, Mann des Volkes. Ich zeige dir den Weg.«

Er verspürte ein eigenartiges Prickeln im Rückgrat. Blinzelnd sah er hinauf zu den kreisenden Raben, dann schweifte sein Blick über die wellige weiße Öde. »Ich höre dich, Wolf.«

Zu allem entschlossen, kehrte er ins Lager zurück. Seine Gruppe erwartete ihn bereits. Gebrochener Zweig grinste breit und winkte ihm aufmunternd zu.

In einiger Entfernung hörte er Krähenrufers Stimme. »Beeilt euch.« Nur wenige folgten seiner Aufforderung.

Erstaunt sah Der im Licht läuft zu seiner Gefolgschaft hinüber. »So viele?«

»Ha-heee! Wolfstraum!« gluckste Gebrochener Zweig vergnügt und watschelte in südlicher Richtung davon. Ihre Rückentrage war an einem breiten Riemen befestigt, den sie um ihre Stirn geschlungen hatte. Mit ihren rachitischen Beinen heftig stampfend, übernahm sie die Führung.

Ein bittersüßes Lächeln umspielte seinen Mund. *Sie glauben, ich kann sie retten. Aber kann ich das wirklich?* Seine Augen suchten Tanzende Füchsin, die noch einige Habseligkeiten zusammenpackte. Eine unendliche Leere breitete sich in ihm aus.

Ein derber Fausthieb traf ihn zwischen die Schulterblätter, und er taumelte. »Laß das«, schalt Grünes Wasser.

»Was?«

»Du machst ein Gesicht, als hättest du sie für immer verloren«, tadelte sie. »Falls Großvater Eisbär sie nicht erwischt, siehst du sie bald wieder.«

Er öffnete den Mund, um sie zu fragen, woher sie das wisse, entschied sich aber anders. Statt dessen fragte er nur: »Hast du auch geträumt?«

»Ja, du junger Narr. Du hast Konkurrenz bekommen. Vergiß das nicht.« Sie zwinkerte ihm zu, packte ihn am Ärmel und zwang ihn, sich ihrem schlurfenden Schritt anzupassen.

Kapitel 7

Der von den Dungfeuern aufsteigende Rauch begann sich im Licht der Morgendämmerung weiß zu färben. Die kalten blauen Schatten der Nacht zogen sich zurück und schienen sich mit letzter Kraft an die Kanten der Schneewehen zu klammern. Krähenrufers kleine Gruppe eilte geschäftig im Lager hin und her und palaverte unentwegt über den Treck nach Norden. Gleichzeitig beobachteten alle interessiert den Aufbruch der Gruppe, die unter der Führung von Der im Licht läuft nach Süden ziehen wollte.

Tanzende Füchsin schloß ihren Mantel und sicherte die Rükkentrage. Der Tragegurt schnitt schmerzhaft in ihre Stirn. Verstohlen beobachtete sie, wie Der im Licht läuft auf den Hügel kletterte. Oben angelangt, drehte er sich noch einmal um und schaute zurück. Das Sonnenlicht fing sich im Wolfspelz, den er über die Schultern geworfen hatte. Er bückte sich und legte in einer bestimmten Anordnung kleine Steine auf einen Felsen.

Die Spur.

Sie straffte ihren Körper. Vor Angst zog sich ihr Magen zusammen. Brachte sie je den Mut auf, ihrem Mann die Stirn zu bieten?

»Sieh nicht zu ihm hin«, befahl Krähenrufer, der dicht hinter ihr stand, »falls du deine Augen im Kopf behalten willst.«

Sie wirbelte herum. »Ich habe nichts getan!«

»Und das läßt du auch in Zukunft besser bleiben.« Er lachte hämisch, griff in seine Tasche und holte einen kleinen Beutel aus gegerbtem Leder hervor. Sie erkannte ihn sofort: Darin sammelte er ihre Haare und andere persönliche Dinge, die ihm Macht über ihre Seele verschafften. Drohend schwang er ihn vor ihren Augen. Dabei blickte er hinüber zu Der im Licht läuft und wieder zurück zu ihr. Sein runzliges Gesicht drückte Härte aus und versprach Unangenehmes.

»Konzentriere deine Gedanken auf mich!«

Vor ihm zurückweichend, zischte sie: »Ich denke, was ich will. Du kannst vielleicht meine Seele beherrschen, nicht aber meine Gedanken.«

Grob packte er sie am Arm. Er schüttelte sie so heftig, daß sie fürchtete, er breche ihr das Genick. »Du willst wohl gern bestraft werden, he?«

»Nein, ich . . .«

»Doch, doch. Du sehnst dich geradezu nach Strafe!« Er schlug ihr brutal auf die Brust. Sie taumelte rückwärts. Er warf ihr noch einen verächtlichen Blick zu, dann eilte er davon.

Noch einmal mußte Tanzende Füchsin den Tragegurt in die richtige Position bringen. Langsam folgte sie ihm. Mit einem energischen Wink befahl er sie an die Spitze des Zuges. Sie senkte die Augen, um den neugierigen Blicken zu entgehen, die ihr folgten. Ihre ausdruckslose Miene verriet nicht, was in ihrem Kopf vorging.

Im Gänsemarsch kletterten sie auf den windumtosten Grat hinauf, erschöpfte Menschen, die nicht wußten, was die Zukunft bringen würde. Zerlumpt, hungrig, in viel zu dünner Kleidung aus zerschlissenen Karibufellen, begannen sie ihre Wanderung durch den eisigen Wind. Einige blickten über die Schulter zurück. Mit Unbehagen sahen sie die Gruppe von Der im Licht läuft in der Ferne verschwinden.

Auch Tanzende Füchsin warf einen letzten Blick auf das Mammut-Lager. An diesem Ort hatte sich für sie die Welt verändert. Alle ihre Gefühle waren erstarrt, seit man sie Krähenrufer zur Frau gegeben hatte. Wie ein wertloses altes Karibufell hatte ihr Vater sie Krähenrufer als Gegenleistung für dessen Dienste vor die Füße geworfen. Beim Tod ihres Vaters hatte sie nicht getrauert.

So viele ihrer Hoffnungen und Träume wurden in diesen vom Schnee bedeckten braunen Mammutfellbehausungen zerstört. Nun ging sie fort, verheiratet. Sie gehörte Krähenrufer, der jede Nacht auf sie kroch, mit Gewalt ihre Beine auseinanderpreßte, zustieß und dann erschlaffte. Jedesmal dankte sie dem Volk der Sterne, daß alles so schnell ging. Bei dem Gedanken an den ihr widerwärtigen alten Mann stieg ihr brennende Schamröte in die Wangen.

Das verlassene Mammut-Lager würde langsam dem Erdboden gleich werden, die Behausungen verrotten, die hinterlassenen Knochen während der Langen Helligkeit austrocknen. Die Ausscheidungen der Menschen dienten Käfern und anderen Insekten als Nahrung. Die Körper der Toten, deren Seelen oben am Himmel leuchteten, würden nicht nur von Insekten, sondern auch von Krähen und Möwen gefressen. Vielleicht kaute sogar ein zufällig vorbeikommender Wolf ein paar Bissen. In den ausgehöhlten Skeletten tummelten sich Mäuse. Ein Teil des zurückgelassenen Abfalls würde weggespült werden, der Rest sich langsam auflösen. Nichts würde bleiben als Bültgras, Seggen und Wermut.

»Einzig meine Qual wird ewig dauern«, flüsterte sie.

Bei jedem ihrer mühseligen Schritte durchzuckte sie sengender Schmerz. Um zu vermeiden, daß die Stellen, an denen ihr Mann sie gestern verletzt hatte, sich durch Scheuern entzündeten, versuchte sie, möglichst weit auszuschreiten. Die Bißwunden auf ihren Brüsten peinigten sie fast unerträglich, denn dort rieben die Karibuhäute besonders stark.

Vor sich sah sie Krähenrufers straffen Rücken. Er marschierte an der Spitze. Für einen Augenblick vergaß sie ihren Kummer, so sehr ergriff der Haß Besitz von ihr. *Du willst, daß ich an dich denke, alter Mann? Ja, ich denke an dich.* Sie gab sich ganz ihrem Haß hin und vergaß darüber alles andere. Ihre Schmerzen lösten sich in nichts auf. *Ich hasse dich,* sang sie lautlos.

Nach stundenlangem Wandern kamen sie an einen steilen felsigen Bergkamm, den sie nur kriechend bewältigen konnten. Keuchend hielt Tanzende Füchsin einen Augenblick inne. Sie richtete sich auf und schaute über das Land. Sonnenvater stand tief am weit entfernten Horizont und schickte einzelne Strahlen herunter, deren Licht die unendliche weiße Leere mit unregelmäßigen Mustern sprenkelte.

»Weiter«, befahl Krähenrufer und zog sie am Arm.

Seufzend kämpfte sie sich über schlüpfrige Felsen auf eine Hochebene hinunter. Mächtige Felsausläufer durchschnitten die große Fläche, deren Weite auch von gewaltigen Findlingen und riesigen Schneewehen unterbrochen wurde. Das Sonnenlicht wurde unbarmherzig vom Schnee reflektiert und machte sie fast blind. Sie suchte in ihrer Rückentrage nach dem ledernen Blendschutz. Erleichtert wickelte sie die schützende Schlitzbrille um den Kopf.

Rabenjäger wanderte weit voraus. Sein schwarzer Schatten inmitten der weißen Fläche erinnerte an eine Fliege auf einer Fettmasse. Er bestieg jede Schneewehe und hielt Ausschau nach Mammuts oder Großvater Eisbär. Zwar hatte Gebrochener Zweig sie eindringlich davor gewarnt, die Bärenhunde totzuschlagen, aber der Hunger hatte über die Vernunft gesiegt. Ohne die Hunde, die sie stets rechtzeitig vor Gefahr gewarnt hatten, mußten sie ständig mit einem Überfall irgendwelcher räuberischer Lebewesen rechnen. In dieser von bitterem Hunger geprägten Langen Finsternis würde ein hungriger Bär sogar eine größere Gruppe von Menschen angreifen.

Ein tiefer Schmerz schnitt in Tanzende Füchsins Herz und wurde mit jedem Schritt qualvoller. Ihre Sehnsucht nach Der im Licht läuft wurde mit zunehmender Entfernung größer. Nun hatte sie niemanden mehr, der sie liebevoll tröstete. Ihr blieb nichts außer der Brutalität ihres Mannes.

Stundenlang stapften sie mühsam voran. Nach und nach breitete Wolkenmutter ein lebhaftes, holzkohlengraues Tuch über ihnen aus. Anfangs zerrte Windfrau fast zärtlich an ihren Kleidern, doch als Sonnenvater den halben Weg über den südlichen Himmel zurückgelegt hatte, begannen heulende Böen auf sie einzuschlagen. Der Sturm blies eisige Schneepartikel von den Schneewächten herunter, die wie winzige Knochensplitter ihr Gesicht spickten.

Innerlich brannte sie vor Haß. Unentwegt wanderten ihre Gedanken von Der im Licht läuft zu Krähenrufer. Er besaß Macht über ihre Seele.

Ich beschütze dich. In ihrer Verzweiflung hielt sie nur noch Lichts Versprechen aufrecht.

Ihre zarten Brüste schmerzten unerträglich. Krähenrufer hatte ihr fürchterliche Quetschungen und Blutergüsse zugefügt. Der Gedanke an die Berührung seines Fleisches mit dem ihren verursachte ihr Brechreiz.

Der alte Schamane an der Spitze der Prozession stemmte sich mit aller Kraft gegen den Wind. Er räusperte sich häufig und spuckte Schleim aus.

»Ich kann es nicht,« flüsterte sie.

Ihre Seele schrie auf. »Ich kann nicht bei dir bleiben, alter Mann. Ich kann den Gedanken an deinen ekelhaften Mund, der sich auf meinen preßt, nicht ertragen. Ich ertrage den Gedanken an dein welkes Fleisch nicht, das sich an meinem reibt. Lieber möchte ich sterben.«

Sie blickte sich um. Die Last ihres Leids lag schwer wie ein Felsbrocken auf ihrem Herzen. Nachdenklich biß sie sich auf die Unterlippe.

Der tobende Sturm trieb die scharfen Kristalle vor sich her und hüllte die Landschaft ein, doch sie marschierten ohne Rast weiter. Inmitten der Hochebene verlangsamte Tanzende Füchsin den Schritt und reihte sich am Ende des Zuges ein. Sie trat aus der Reihe und hockte sich hin, als müsse sie sich erleichtern. Ihr Herz hämmerte entsetzlich. Schamhaft wandten die Leute die Augen von der hockenden Gestalt ab.

Im Schneegestöber kauerte sie sich zusammen, ihre Knie zitterten. Der Sturm ließ den Zug der sich entfernenden Menschen bald einem schlangenartig gleitenden, aschgrauen Band gleich im Schnee verschwinden. Nur die schon leicht verwehten Spuren zeugten noch von ihrer Anwesenheit.

Sie nahm ihren ganzen Mut zusammen und lief in den Windschatten einer Schneewehe. Dort verschnaufte sie kurz. Sie mußte schnellstens weiter. Ängstliche Blicke über die Schulter werfend, hastete sie über den vereisten Kamm der Schneewehe. Suchten sie bereits nach ihr?

Schaudernd hob sie ihr Gesicht dem wütenden Sturm entgegen und betete: »Bitte, Windfrau, bedecke meine Spur. Ich muß fort. Ich habe keine andere Wahl.«

Undeutlich, als trüge der Wind seinen Geist zu ihr, hörte sie Krähenrufers Stimme. Bruchstücke seiner über sie verhängten Flüche drangen an ihr Ohr. Ein Wort wiederholte sich laut und deutlich: »Tod . . . Tod.«

Entschlossen stolperte sie weiter. Ungeachtet ihrer stechenden Lungen lief sie, so schnell sie konnte. Sie gelangte auf einen weiteren Grat und eilte auf dem schmalen Bergkamm entlang. Hinter jeder Felserhebung versteckte sie sich und lauschte. Sie lief immer weiter. In ihrer Erschöpfung konnte sie bald auf nichts anderes mehr achten als auf die ungefähre Richtung.

»Wolf?« flüsterte sie hinauf zum grauverhangenen Himmel. »Wolf, du besitzt große Macht. Beschütze mich.«

Auch im tobenden Sturm mußte es ihr gelingen, den Markierungen zu folgen, die Der im Licht läuft für sie ausgelegt hatte. Die Erinnerung an seine freundlichen Augen und seine zärtlichen Berührungen trösteten sie.

Sie rutschte vom Grat herunter. Ihr langes Haar tanzte vor ihren Augen. Sie wischte die Strähnen beiseite und starrte auf eine unheimliche Eisformation, an der sie vorbei mußte. Die Form des Eises erinnerte sie an mehrere hintereinander stapfende Mammuts. Im Schneegestöber bildete sie sich, einen Blick auf das alte Mammut-Lager zu erhaschen.

»Kann ich in so kurzer Zeit schon so weit gekommen sein?« fragte sie sich überrascht. Stirnrunzelnd überlegte sie. Es kam ihr unwahrscheinlich vor, aber inmitten eines Sturmes schien die Zeit stets stillzustehen. Vielleicht war sie bereits viele Stunden unterwegs.

Prüfend betrachtete sie eine vor ihr aufragende Eiswand. Hin und wieder entdeckte sie blauschimmernde Höhlen und sich wellenförmig hinziehende Dämme. Der Schneefall nahm zu und raubte der arktischen Landschaft jegliche Farbe. Nur Weiß beherrschte die Szenerie. Rutschend arbeitete sie sich vorsichtig an der Wand entlang. Plötzlich versank ihre tastend vorgestreckte Hand in einer Untiefe.

»Was . . .«, murmelte sie undeutlich. Behutsam ließ sie sich nieder und spähte in eine kleine Eishöhle. Auf den Knien kroch sie hinein. Hier war sie wenigstens vor dem Wind geschützt.

Ihr Zufluchtsort war kaum größer als fünf auf acht Fuß. Die Decke erhob sich knapp einen Fuß über ihrem Kopf. An der Rückseite der Höhle entledigte sie sich der Rückentrage, schob sie in eine dunkle Ecke und sank erschöpft gegen die Wand.

»Wolf?« Die Wände warfen das Echo ihrer Stimme zurück. »Sobald sich der Sturm gelegt hat, suchen sie nach mir.«

Zitternd vor Schwäche kauerte sie sich zusammen und schloß die Augen. Sie wollte ihre Seele spüren, um festzustellen, ob Krähenrufer einen Teil von ihr in Besitz genommen hatte. Aber das vom Hunger hervorgerufene Schwindelgefühl machte jede andere Empfindung unmöglich.

Silbrige Schneeflocken wirbelten vor dem Höhleneingang. Windfraus wellenförmig wiederkehrendes Heulen dauerte an. Tanzende Füchsin ruhte aus und wartete.

Trotz der Angst kam der Schlaf rasch und hüllte ihre überanstrengten Glieder mit wohliger Wärme ein. Sanft betäubte er ihr unermüdlich arbeitendes Gehirn. In einer schimmernden Lichtsäule erschien Der im Licht läuft. Weinend stand er außerhalb der Dunkelheit. Hinter ihm glitzerte das Volk der Sterne über zerklüfteten Gipfeln. Jede Träne, die von seinem Kinn tropfte, gefror, noch bevor sie die Erde erreichte, und fiel mit einem leisen Klirren zu Boden. Weinte er um sie? Nein, sie spürte genau, sein Schmerz ging tiefer, seine verwundete Seele konnte niemand heilen, nur er allein.

Die Sehnsucht nach ihm brannte in ihrem Herzen. Sie wollte zu ihm, ihn . . .

»Ah, Tanzende Füchsin. Da bist du ja«, gurrte eine weiche Stimme und schreckte sie aus ihrem Traum auf.

Keuchend vor Entsetzen öffnete sie die Augen. Mit einem Schlag kehrte die Erinnerung zurück, Krähenrufer, die Flucht, der Sturm –

Angst.

»Rabenjäger«, sagte sie mit bebender Stimme. Tränen rollten über ihre Wangen. Der alte Mann mußte ihn geschickt haben. »Was willst du?«

Auflachend setzte er sich neben sie. Amüsiert betrachtete er die zu Tode erschrockene Frau. In einer beruhigenden Geste hob er die Hände. Sie ließ ihn nicht aus den Augen, denn sie erwartete nichts Gutes von ihm. Fieberhaft suchte sie nach einer Möglichkeit, hinaus in den Sturm zu fliehen.

»Du hast dich doch nicht verirrt, oder?«

Sie schwieg und schloß die Augen. Eine gähnende Leere tat sich in ihr auf.

»Na komm«, schalt er liebevoll. »Ich bin nicht hier, um dir weh zu tun. Sagen wir, ich bin aus reiner Neugierde gekommen.« Die Kälte hatte seine edle, gerade Nase und die hohen Backenknochen gerötet, seine vollen Lippen kräuselten sich zu einem Lächeln. Nur seine schwarzen Augen brannten dunkel und undurchdringlich.

»Neugierde?«

»Ja«, meinte er leichthin. Er schob seine Pelzkapuze zurück und schüttelte das lange Haar. »Ich habe nicht erwartet, hier mit dir zusammenzutreffen. Das ist kein Wetter für . . .«

»Hör auf«, befahl sie mit ruhiger Stimme. »Du bist mir gefolgt. *Er* schickt dich.«

»Nein«, verteidigte er sich nicht gerade überzeugend. »Ich war noch nicht bei der Gruppe. Der Sturm kam unerwartet rasch. Ich hatte keine Möglichkeit mehr, mich ihnen anzuschließen. Da sah ich dich zurück zum Mammut-Lager laufen und wollte wissen, was du da zu suchen hast.«

Kalt sah sie ihn an.

Er zog seine Fäustlinge aus und öffnete einen Beutel, dem er ein wenig Mammutdung entnahm. Mit der Spitze seines Atlatls bohrte er ein Loch in den Boden. Er legte das Brennmaterial in die kleine Grube und nahm zwei Feuerstöcke, drehte und wirbelte sie mit geschickten Bewegungen, bis sie ein leichtes Glühen erzeugten.

Umsichtig blies er in die Glut, um das Feuer anzufachen. Bald darauf tauchte eine knisternde Flamme die Höhle in spärliches Licht. Er hielt die Hände über die schwache, vom Dung aufsteigende Wärme. Eine Augenbraue spöttisch hochgezogen, sah er sie an.

Wortlos starrte sie zurück.

»Ich sah dich oben auf dem Grat.« Sein Atem bildete weiße Wölkchen. Ein schwaches Lächeln spielte um seinen Mund. »Lauf niemals über gut einsehbare Stellen, wenn du fliehen willst. Man erkennt deine Silhouette noch aus weiter Entfernung.«

Sie senkte die Augen und blickte in die rote Glut. Verzweifelt hatte sie gehofft, der Schnee würde ihre Spuren verwischen – und vielleicht hatte er das ja auch. Jedenfalls für die anderen der Sippe. Ihn hatte sie ganz vergessen. Im stillen verfluchte sie sich wegen ihrer Nachlässigkeit.

»Was willst du?« fragte sie barsch.

»Im Augenblick nur meinen Bauch füllen.« Er holte ein Stück gefrorenes Fleisch aus seinem Beutel, spießte es auf den langen Wurfspeer und hielt ihn über das Feuer.

»Und dann?«

Seufzend ließ er sich gegen die Wand fallen und rekelte sich.

Seine Augen schienen sie zu durchbohren. »Das kommt darauf an.« Nach einer Weile fügte er hinzu: »Du jagst also meinem nichtsnutzigen Bruder hinterher?«

»Ich . . .« Ein Kloß schnürte ihr die Kehle zu. »Er . . .«

»Er hat eine Spur für dich gelegt, das ist mir nicht entgangen. Ich glaube, auch das alte Einauge hat es bemerkt.«

Trotz seiner gleichgültigen Stimme trafen sie die Worte wie ein Schlag in den Magen. Ob er recht hatte? Nein, Krähenrufer hätte sie unverzüglich bestraft. Rabenjäger hatte seine eigene Art, die Dinge zu bereinigen, und dieses wohlüberlegte Vorgehen entsprach seinem Naturell, nicht Krähenrufer. »Du bist ein Lügner.«

Er lachte. »Tatsächlich? Licht ist nicht so furchtbar schwer zu durchschauen, oder findest du? Ich meine, diese drollige Szene oben auf dem Schneewall, als deine Augen sich in die seinen versenkten. Also weißt du, nur ein Narr . . .«

»Nur ein Narr? Wie kommt es dann, daß du uns durchschaut hast?« fragte sie spöttisch.

Aus den Augenwinkeln warf er ihr einen Blick zu. Ein kaum sichtbares Lächeln spielte um seine Lippen. »Du willst mir doch nicht erzählen, daß du ihn noch immer liebst? Ich war überzeugt davon, nach Krähenrufers Zärtlichkeiten hättest du ihn dir längst aus dem Kopf geschlagen.«

»Ich hasse diesen widerlichen alten . . .«

»Na, na, wo bleibt denn die Hingabe einer liebenden jungen Frau?«

»Dieses alte Einauge. Hast du das nicht auch gesagt? O doch. So nennst du den mächtigsten Mann unseres Volkes? Soviel Respekt von einem jungen Jäger einem Älteren gegenüber.«

Er gluckste vor Vergnügen. »Vielleicht verstehen wir beide uns noch ganz prächtig.«

Sie machte ein mißtrauisches Gesicht. Seine schmeichelnde, freundliche Stimme war trügerisch. Rabenjäger hatte was Bestimmtes im Sinn.

»Natürlich«, fuhr Rabenjäger fort, »hat dich mein dummer Bruder erst gefragt, ob du ihn heiraten willst, als dich dein Vater bereits Krähenrufer gegeben hatte. Ein passender Zeitpunkt, nicht wahr?«

»Sei nicht so gemein.«

Er riß überrascht die Augen auf und zeigte mit dem Finger auf sich. Flüsternd sagte er: »Aber ich bin der einzige Freund, der dir geblieben ist.«

»Freund«, höhnte sie.

»Bis jetzt habe ich dich noch nicht zu deinem Mann zurückgebracht, oder?« Er beugte sich vor und drehte den Wurfspeer, um die andere Seite des Fleisches zu rösten. In seinen eigenartigen schwarzen Augen tanzten die roten Lichtpunkte des Feuers. »Wundert dich das nicht?«

»Der Sturm ist zu stark.«

»Ich habe den Weg schon in weit schlimmeren Stürmen gefunden.«

Ihr Magen krampfte sich schmerzhaft zusammen. Es schien, als wisse ihr Körper, was ihr Verstand sich zu glauben weigerte. Instinktiv rückte sie so weit wie möglich von ihm ab. »Warum dann?«

Lässig streckte er sich der Länge nach aus und schlug die langen Beine übereinander. »Ich wollte mit dir reden.«

»Warum?«

Kopfschüttelnd lächelte er. »Wir beide hatten bis jetzt noch keine Gelegenheit zu einem Gespräch unter vier Augen.«

Eine grimmig kalte Sturmbö brach in die Höhle ein. Die Schneeflocken gefroren sofort auf ihren Gesichtern, die Flammen zischten auf. Schützend schlug Tanzende Füchsin die Arme vors Gesicht. Rabenjäger klopfte den Schnee von seinen Pelzen und blies sacht in die Glut, um das Feuer erneut anzufachen.

»Zwingst du mich, mit dir zurückzugehen?« fragte sie und bemühte sich, ihre Stimme gleichmütig klingen zu lassen.

»Ich habe mich noch nicht entschieden.«

»Und wann triffst du deine Entscheidung?«

»Hast du es so eilig?« Er hob die Hände und mimte Erstaunen. Dann blickte er sie mit ungewohntem Ernst an. »Ich habe dich übrigens immer bewundert. Weißt du noch, wie dein Vater dich zu Beginn der Langen Finsternis Krähenrufer gegeben hat?«

»Glaubst du, das könnte ich je vergessen?«

Er sah hinaus in den tanzenden Schnee. Die Dämmerung senkte sich bereits über das Land. »Ich wünschte, ich könnte es.«

Unruhig scharrte sie mit den Füßen. Der Geruch des Fleisches quälte ihren leeren Magen. »Was interessiert das dich?«

»Erinnerst du dich, wie ich damals zurückkam?«

»Du brachtest Großvater Eisbärs Fell mit. Von dem, der Knochenwerfer getötet und gefressen hat.«

Er nickte. »Das war für dich bestimmt. Für deinen Vater. Ich ... ich wollte ihn bitten, dich mir zu geben.« Plötzlich bebten seine Lippen. Rasch preßte er sie fest zusammen. »Wenn ... nun ja, falls du mich gewollt hättest.«

Die Antwort blieb ihr im Hals stecken. Das konnte unmöglich sein Ernst sein. Sie hatten in ihrem ganzen Leben kaum drei freundliche Sätze miteinander gewechselt.

»Aber du lagst bereits unter Krähenrufers Decke. Da gab es für mich nichts weiter zu sagen.« Tief sog er den Duft des Fleisches ein. »Merkwürdig, wie sich die Dinge entwickeln. Besonders zwischen meinem Bruder und mir. Du liebst ihn. Unsere Eltern, Möwe und Robbenflosse, liebten ihn auch. Und warum? Hmmm? Alles, was er macht, macht er nur halb. Verstehst du? Es ist, als lebe er nur zur Hälfte auf dieser Welt.«

»Haßt du ihn deshalb so?«

Rabenjäger nickte. Leise sagte er: »Ja.« Unvermutet brach er in lautes Lachen aus. »Aber wir werden ja sehen. Die Dinge haben sich geändert. Die wie eine Möwe fliegt ist gestorben. Ich habe Großvater Eisbär getötet. Bald bin ich der mächtigste Mann des Volkes.«

»Du bist anmaßend.«

»Was? Ich habe recht.« Er prüfte das Fleisch und setzte sich anschließend so hin, daß er ihr ins Gesicht sehen konnte. »Und ich möchte dich an meiner Seite haben.«

Sie biß sich auf die Zunge. Nun wußte sie mit letzter Sicherheit, daß sie vor ihm auf der Hut sein mußte. An seiner Aufrichtigkeit zweifelte sie nicht. Er meinte jedes Wort so, wie er es sagte.

»Aber Krähenrufer. Er verflucht ...«

Langsam schüttelte Rabenjäger den Kopf. »Mich nicht, nein. Was er dir angetan hat, weiß ich. Ich hörte ihn eines Nachts. Und ich hörte dein Gewimmer. Ich würde dir niemals so weh tun.«

Diese Worte warfen sie vollends aus dem Gleichgewicht. Sie schluckte hart, eine seltsame Enge schnürte ihr die Luft ab. »Ich ... ich verstehe nicht ...«

»Ich will dich zur Frau, Tanzende Füchsin. Nur für dich tötete ich Großvater Eisbär. Krähenrufer ist ein närrischer alter Mann. Ich brauche ihn noch, zugegeben. Trotzdem ist er ein Narr. Glaub mir, ich werde mit ihm fertig.«

»Aber seine Macht. Seine Zauberkräfte ...«

»Du *glaubst* doch nicht im Ernst daran, oder?«

»Ich ...«

»Denk über mein Angebot nach. Das ist alles, worum ich dich

bitte.« Lächelnd sah er sie an. »Ich mache dich sehr glücklich. Ich sorge für dich. Verschaffe dir den dir gebührenden Platz im Rat unseres Volkes. Du kannst keine bessere Wahl treffen.«

»Und wenn ich dein Angebot ablehne?«

Er seufzte tief. »Ich bekomme dich doch. Es wird für uns beide zwar ein bißchen schwieriger, aber es ändert nichts. Natürlich muß ich dich erst zu Krähenrufer zurückbringen, aber . . .«

»Ich gehe nicht zurück.«

»Oh, ich denke schon.«

»Nein. Ich verschwinde, sobald der Sturm nachläßt.«

»Überleg doch.« An den Fingern zählte er die einzelnen Punkte ab. »Du hast niemanden mehr. Außer ein paar Onkeln und Tanten in der Sippe von Büffelrücken war dein Vater dein letzter lebender Verwandter. Wenn ich dich zurückbringe, prangert dich Krähenrufer öffentlich an. Er belegt dich mit einem entsetzlichen Fluch, und alle haben Angst vor seinen Drohungen. Du bist eine Ausgestoßene. Jeder hält sich von dir fern. Du wirst erniedrigt und mußt um jeden Brocken betteln – falls die Leute überhaupt so barmherzig sind und dir etwas zuwerfen.«

»Mag sein.«

»Außerdem«, fuhr er unbeirrt fort, »kann dich jeder Mann auf jede Weise nehmen und wann immer er will.« Er bedachte sie mit einem kühlen Blick. »Jeder Mann, jederzeit.«

»Das würdest du machen?«

Er holte tief Luft und seufzte. »Ich denke schon. Sicher sogar.« Bedächtig schüttelte er den Kopf. »Es ist eigenartig. Ich weiß nicht, wie ich es erklären soll, aber sosehr ich dich auch liebe, ich kann die Vorstellung nicht ertragen, daß du unter Lichts Decken liegst.«

»So sehr haßt du ihn?«

»O ja.« Er lächelte versonnen.

»Lieber vernichtest du mich? Lieber ruinierst du mich, als mich zu Der im Licht läuft gehenzulassen?«

»In Wahrheit erspare ich dir ein gräßliches Schicksal.« Er kümmerte sich wieder um das Fleisch, das inzwischen völlig aufgetaut war und zu brutzeln begann. »Bei Licht erwartet dich ein jämmerliches Leben. Du würdest beten, Krähenrufer möge zurückkommen und dich mitnehmen.«

»Das bezweifle ich.«

»Das ist mir klar. Noch glaubst du mir nicht. Aber mir geht es wie meinem närrischen Bruder. Auch ich habe Träume. Ich sprach nie zu jemandem darüber. Die Bilder bestehen aus einzelnen, unzusammenhängenden Fragmenten.« Er sah sie mit merkwürdig leeren Augen an. »Aber ich sah deutlich, wie erbärmlich du dich bemühst, mit ihm und seinen Halluzinationen leben zu können. Er ist verrückt, das weißt du genau, völlig verrückt. Er ist besessen von Dingen, die an ihm nagen und ihn eines Tages auffressen werden.«

»Das stört mich nicht.«

»Wenn das so ist, hast du an meiner Stelle die Entscheidung bereits gefällt. Ich bringe dich zurück.«

»Ich will nicht.«

»Glaubst du, du hast auch nur den geringsten Einfluß darauf?«

Ängstlich fuhr sie sich mit der Zunge über die Lippen. »Ja. Du wirst mich zwar töten, Rabenjäger, aber ich kämpfe mit dir.«

»Hat dir niemand weibliches Schamgefühl beigebracht? Hat man das bei deiner Erziehung versäumt?« fragte er unbekümmert. Er griff nach seinem Speer, nahm das Fleisch ab und blies, bis es abkühlte. Anschließend schnitt er es in Streifen und reichte ihr ein Stück.

Sie starrte auf das Fleisch. Der Augenblick schien ihr endlos. Verzweifelt versuchte sie, sich gegen den Hunger zu wehren und dieses Stück nicht anzunehmen. Als er aber Anstalten machte, es zurückzuziehen, vergaß sie ihren Stolz, griff hastig zu und steckte es in ihren Beutel – für später.

»Sehr klug. Wir haben noch einen langen Weg vor uns, bis wir wieder bei unserem Volk sind.«

»Freiwillig gehe ich nicht. Du wirst mich die ganze Zeit hinter dir herzerren müssen.«

Unter dem eiskalten Blick, den er ihr zuwarf, erstarrte sie.

Tiefer Kummer glitzerte in seinen schwarzen Augen. »Ich möchte dir nicht weh tun, Tanzende Füchsin, aber ich sah etwas. Begreifst du denn nicht? Du denkst, ich will dich vernichten, dich demütigen. Aber glaub mir, ich weiß, letzten Endes wirst auch du anerkennen, daß mein Weg der richtige ist.«

Ihre Augen wurden schmal vor Angst. *Er ist wahnsinnig. Liebes Volk der Sterne, ich muß hier raus.*

Ein flüchtiges Lächeln huschte über sein Gesicht. »Ich liebe dich. Du bist der einzige Mensch auf der Welt, den ich wahrhaft liebe. Was ich vorhabe . . .«

»Dann beweise mir deine Liebe und laß mich gehen.«

Grimmig schüttelte er den Kopf. Gleich darauf runzelte er

nachdenklich die Stirn und schürzte die Lippen. »Oh, das geht nicht. Ganz einfach, weil ich dich mehr liebe, als du je verstehen wirst.«

»Willst du, daß ich sterbe? Krähenrufer wird mich nicht nur verstoßen. Er haßt mich, er wird mich . . .«

»Nein.« Er schauderte, als ob ein eiskalter Hauch ihn berührt hätte. »Nein, niemals.«

»Aber . . .«

»Ich . . . ich weiß nicht, warum. Ich habe es nur – gesehen. Geträumt wahrscheinlich, ha?« Er lachte bitter. »Wie mein Bruder, der nichts als Knochen in seinem leeren Kopf hat. Ich sehe das Bild ganz deutlich vor mir. Es kommt gar nicht darauf an, was ich will. Ich bin nur ein Blatt im Wind. Ich *muß* dich heiraten oder dich vernichten.«

Er sprach diese Worte mit derart überzeugender Sicherheit, daß ihr beinahe das Blut in den Adern gefror. Gemächlich kaute er die dünnen Fleischstreifen, wischte sich die Hände an den langen Stiefeln ab und bot ihr ein weiteres Stück an. »Iß«, sagte er mit sanfter Stimme. »Du brauchst Kraft, wenn du versuchen willst, mir zu entwischen.«

Mit starren Fingern nahm sie das Fleisch entgegen. Während sie langsam aß, genoß sie die Wärme in ihrem Mund. Sie kannte diesen beißenden, unangenehmen Geschmack: Wolf. Also hatte auch er davon gegessen. Obwohl sie es am liebsten ausgespuckt hätte, würgte sie es widerwillig hinunter.

»Was hast du sonst noch in deinen Träumen gesehen?« fragte sie, um Zeit zu schinden. Ihre angsterfüllten Augen beobachteten ihn aus der dunklen Ecke heraus.

Er reichte ihr das letzte Stück Fleisch, schluckte den letzten Bissen, den er im Mund hatte, und stocherte in der Asche des Dungfeuers. »Blut und Tod sind unterwegs.« Mit dem Kinn deutete er in Richtung Norden. »Ich sehe nicht alles, was kommt, aber ich weiß, mein Weg ist vorgeschrieben. Wie ein Karibubulle in der Brunftzeit muß ich der Natur gehorchen.«

»Auch wenn das bedeutet, die Frau, die du liebst, zu vernichten?«

Geistesabwesend nickte er. »Selbst wenn ich uns beide vernichte. Wenn ich an Sonnenvater glaubte, dann sähe ich mich als sein Spielzeug an, nur gemacht, um ihn zu amüsieren.«

Schnell sprang sie auf und stürmte los. Verzweifelt versuchte sie, an ihm vorbei durch den von Schneeverwehungen teilweise versperrten Höhleneingang zu laufen, aber seine kräftigen Arme umschlangen ihre Taille und zerrten sie zurück. Sein fester Griff ließ ihr keine Chance. Sie trat und schlug nach ihm, doch er drückte sie nieder. Seine Beine nagelten die ihren förmlich am Boden fest, seine Hände umklammerten ihre Handgelenke.

Sie starrte in sein vom Feuerschein schwach gerötetes Gesicht. Verzweifelt wehrte sie sich. Sie versuchte den Kopf wegzudrehen, denn sie wollte seinem Blick ausweichen. Seine Augen schienen Besitz von ihr zu ergreifen und in ihre tiefste Seele einzudringen.

Er ist so schön – wie Licht.

Sein Atem roch leicht nach Fleisch.

Er legte seine Wange an die ihre. Seine Haut fühlte sich wundersam warm an. Die Berührung war ihr angenehm.

»Laß mich los.« Sie schien in die weiche Schwärze seiner Augen einzutauchen. In ihrem Kopf wirbelten Visionen. Anstrengung und Hunger – oder die Macht seiner Seele, die die ihre suchte?

»Du willst nicht meine Frau werden?« fragte er traurig.

Sie sah ihm offen ins Gesicht und schüttelte betont langsam den Kopf. »Niemals.«

Er stieß einen kurzen Klagelaut aus, seine Miene zeigte innere Qual. »Dann muß ich Gewalt anwenden.«

Trotz ihrer heftigen Gegenwehr gelang es ihm, die Schnürung ihres Mantels zu lösen. Er riß die Fellschichten auseinander und gab ihren Körper dem Licht preis. Die Qual auf seinem Gesicht verstärkte sich beim Anblick der Wunden und Blutergüsse, die ihr Krähenrufer zugefügt hatte.

»Ich sagte dir, daß ich dir niemals weh tun werde«, flüsterte er. Sein Knie schob sich zwischen ihre Beine und drückte sie auseinander.

Sie biß die Zähne zusammen, drehte den Kopf zur Seite, schloß entsetzt die Augen und wartete auf den Schmerz. Aber im Gegensatz zu Krähenrufer glitt er behutsam in sie hinein. Sie spürte keinen Schmerz.

Kapitel 8

Im fahlen, grauen Licht des Nachmittags schienen die Schatten der Schneewächten mit langen Fingern nach den verhärmten Gesichtern der Menschen zu greifen. Aus dem Abzugsloch einer Schneehöhle kräuselte leichter Rauch. Irgend jemand hatte mühsam Moos und das Holz von Zwergbirken gesammelt. Zwischen verstreut herumliegenden Federn einer toten Krähe lagen die zersplitterten Knochen eines Büffels, den der Winter zur Strecke gebracht hatte. Einige Kinder drückten sich an die weißen Wände aus gefrorenem Schnee. Als sie die beiden Menschen näher kommen sahen, sprangen sie lebhaft auf. Neugierig starrten sie dem Paar entgegen. Mit hocherhobenem Kinn trat Krähenrufer dazu. Sein schwarzes Auge flammte vor Zorn.

»Rabenjäger«, bat Tanzende Füchsin inständig, »mach das nicht. Du weißt, was er mit . . .«

»Ich sagte dir bereits, ich habe keine Wahl.«

Hochmütig schritt Krähenrufer auf sie zu. Sein runzliges Gesicht drückte grenzenlosen Haß aus. Mit schief gelegtem Kopf starrte er auf die Rohlederbänder, mit denen ihre Hände gefesselt waren. »Was hat das zu bedeuten?« fragte er befremdet.

»Ich erwischte sie auf der Flucht zu Der im Licht läuft«, erwiderte Rabenjäger mit düsterer Stimme und schob Tanzende Füchsin ihrem Mann vor die Füße.

»Ich . . . ich war nicht«, leugnete sie. Sie atmete ein paarmal tief durch. In ihrer Angst fürchtete sie, sich übergeben zu müssen. Die Leute versammelten sich um sie und starrten sie verwundert an. Nacheinander sah sie jedem von ihnen ins Gesicht. Im stillen betete sie um Hilfe. Grauer Fels machte einen Schritt auf sie zu, wich aber sogleich wieder zurück.

Wütend mahlte der alte Schamane mit den Kiefern. Mit seinem knorrigen Zeigefinger stieß er Tanzende Füchsin an und schrie: »Du wolltest Schande über deinen Clan bringen? Du wolltest mich verlassen?«

»Nein, nein, ich habe mich verirrt. Der Sturm . . .« *Warum lüge ich? Warum schreie ich ihm die Wahrheit nicht einfach mitten ins Gesicht? Soll er doch mit mir das Schlimmste machen, was ihm einfällt. Bringt das nicht etwa mehr Schande über ihn als über mich?*

Rabenjäger wurde leichenblaß. Seine Miene spiegelte seine ihm fast unerträgliche Machtlosigkeit gegenüber dem alten Schamanen wider. »Ich entdeckte sie, als sie auf demselben Weg zurücklief, den wir kurz zuvor gewandert sind.«

Angewidert verzog sie das Gesicht. Sie erinnerte sich an die Nächte, die sie gezwungenermaßen mit ihm verbracht hatte. »Ich habe mich verlaufen! Ich wußte nicht, wo ich war! Ich konnte nicht . . .«

»Unseren eigenen Spuren, Krähenrufer, folgte sie zurück zum Mammut-Lager«, erklärte Rabenjäger.

»Lügner!« Trotzig sah sie ihn an. In seinen Augen las sie verständnisvolle Zuneigung, aber auch Ironie. Er hielt ihrem Blick nicht stand und schaute weg.

»Ihr bleibt nichts anderes übrig«, fügte er sanft hinzu. »Sie muß widersprechen. Aber ich bitte dich, Krähenrufer, nimm sie zurück. Sie ist wahrscheinlich keine schlechte Frau, nur ein wenig verwirrt und närrisch.«

»Ich will nicht zu ihm zurück!« schrie sie. »Ich hasse ihn!«

Entsetzt hielten die Leute den Atem an und starrten ängstlich auf Krähenrufer. Das gesunde Auge des alten Mannes glühte vor Zorn, während das blinde weiße Auge bösartig hervorzuquellen schien. Der Schamane ballte die Fäuste. Ihrer Kehle entrang sich ein leiser, erbärmlicher Schrei. Sie fiel auf die Knie und erbrach sich. Ihr leerer Magen wand sich in entsetzlichen Krämpfen.

Sie blickte zu Rabenjäger auf. Ihre Augen waren eine einzige stumme Anklage. Sollte sie ihn der Vergewaltigung bezichtigen? Nein. Wer würde ihr schon glauben? Gedemütigt senkte sie den Kopf.

»Sie versuchte, zu meinem idiotischen Bruder zu fliehen«, sagte er leise. Es schien ihn anzuwidern, diese Worte überhaupt über die Lippen zu bringen. »Ich bringe sie dahin zurück, wo sie hingehört.«

»Steh auf!« befahl Krähenrufer, faßte sie grob am Kinn und drückte ihr den Kopf in den Nacken. Er wollte die Tränen in ihren Augen sehen. Unbeholfen versuchte sie aufzustehen, aber die Schwäche überfiel sie erneut. Hilflos stürzte sie auf das Eis.

»Ich verdamme«, schrie ihr Mann und übertönte sogar Windfraus wütendes Heulen, »den Geist dieser Frau auf den immer abwärts führenden Weg. Niemals steigt er empor zum Heiligen Volk der Sterne. Ihr Körper wird nach ihrem Tod begraben, ihre Seele für immer im Erdboden bei Wurzeln und Moder und Fäulnis eingesperrt, weil sie Schande über unseren Clan brachte!«

Unter gesenkten Lidern hervor beobachtete Füchsin die alten Freunde. Kopfschüttelnd gingen sie zurück in ihre Schneehöhlen. Ein paar junge Frauen blieben noch einen Augenblick verlegen stehen, dann entfernten auch sie sich. Nur Grauer Fels, alt und zerbrechlich und ganz zusammengekrümmt unter den Pelzen, blieb.

»Krähenrufer«, sagte die alte Frau schüchtern. »Tu ihr nicht weh. Sie ist noch so jung.«

»Verschwinde!« brüllte er und fuchtelte mit den Armen. »Oder soll ich deine Beine verfluchen, damit sie all ihre Kraft verlieren? Dann kannst du nicht mehr Schritt halten mit dem Clan.«

Grauer Fels duckte sich erschrocken. »Nein, aber ich . . .«

»Dann hau ab!«

Sie warf einen mitleidigen Blick auf Tanzende Füchsin, drehte sich um und humpelte in ihre Behausung.

Krähenrufer kniete nieder. Seine schwieligen Hände gruben sich in ihre Arme, sein stechender Blick verhieß nichts Gutes. »Die Leute lachen hinter meinem Rücken über mich. Bestimmt sagen sie, ich sei nicht Manns genug, meine Frau zu befriedigen.«

»Dann stell dich einmal im Leben der Wahrheit.«

»Halt den Mund!« schrie er und schlug dermaßen gewalttätig mit dem Handrücken zu, daß ihr Kopf mit einem dumpfen Knall auf dem Eis aufschlug.

Benommen und erneut mit Übelkeit kämpfend blieb sie liegen. Windfraus eiskalter Atem strich über ihr Gesicht. Sie hörte das scharrende Geräusch von Elfenbein und Stein auf Leder. Der alte Schamane zog sein Messer aus der Scheide.

Sterben ist gut. Fühlst du, daß ich dich rufe, Der im Licht läuft? Geliebter, ich habe versucht, zu dir zu kommen. Es ist nicht deine Schuld. Quäl dich nicht mit Selbstvorwürfen.

Sie öffnete die Augen. Krähenrufers lange Obsidianklinge funkelte bedrohlich nahe vor ihrem Gesicht. Mit roher Hand riß er sie brutal an ihrem Haarschopf. Entsetzt hielt sie den Atem an. Ihr pochte das Herz bis zum Hals, doch sie versuchte tapfer, ihre Angst hinunterzuschlucken.

»Träumer?« sagte Rabenjäger und packte die Hand des alten Mannes, die das Messer hielt. »Sie hat Schande über dich gebracht und dich dem Spott des ganzen Volkes ausgesetzt, das ist wahr. Aber jetzt machst du einen Fehler.«

»Schweig!« Krähenrufers Backen leuchteten unnatürlich rot. Sein Atem ging stoßweise. »Ich töte sie, damit die Schmach ausgelöscht ist.«

»Aber ein so rascher Tod ist nicht Strafe genug.«

»Das ist allein meine Angelegenheit. Dich geht das nichts mehr an!«

Gleichgültig zuckte Rabenjäger die Achseln und ließ die zitternde Hand des alten Mannes los. »Stimmt. Aber überleg doch. Wenn du sie am Leben läßt, kannst du sie jeden Tag entehren. Das ist eine weit schlimmere Strafe, als dem Leben der Elenden auf der Stelle ein Ende zu setzen.«

Er sprach gelassen, aber Tanzende Füchsin entging die Verzweiflung in seinen Augen nicht. Wie beiläufig wog er einen seiner langen Speere in den Händen und balancierte ihn wie zum Abwurf aus.

Der alte Schamane richtete sich auf und schielte nachdenklich auf seine Frau. »Ich soll sie zur Ausgestoßenen erklären?«

Rabenjäger nickte. »Dann überlebt sie nur, wenn ihr die Leute ein paar Brocken zuwerfen. Oder sie muß ihr Essen aus der Erde heraushacken wie eine Krähe.«

»Ja.«

Tanzende Füchsin schloß die Augen. *Und du kannst mich quälen, wann immer du willst.* »Mein Mann«, sagte sie eindringlich. »Töte mich. Ich bin nicht mehr von Nutzen . . .«

»Niemand wird das bißchen Essen mit ihr teilen. Wir leiden alle Hunger«, meinte Krähenrufer nachdenklich, rieb sein runzliges Kinn und grinste breit.

Rabenjäger lächelte. »Und sie stirbt einen langsamen Tod.«

»Lebe, Frau! Du wirst schon sehen, was das Leben noch für dich bereithält«, bellte der alte Mann. Er beugte sich über sie und flüsterte böse: »Wenn Mondfrau ihr Gesicht dreht, *wirst du dir wünschen, ich hätte dir die Kehle durchgeschnitten.*«

Sehnsuchtsvoll blickte sie hinüber zu den weit entfernten, purpurrot aufleuchtenden Gipfeln. Dort war Der im Licht läuft, und er ging durch die Öffnung im Eis in das jenseits der Berge liegende Paradies. Vor ihrem geistigen Auge sah sie sein Gesicht, seine sanften Augen, und ihre Seele schrie auf in stummer Qual.

»Ich verständige das Volk«, erklärte Krähenrufer. Sie hörte seine sich entfernenden Schritte.

Tief ausatmend kniete Rabenjäger neben ihr nieder. Behutsam

hob er ihr Kinn und zwang sie, ihn anzusehen. Er erinnerte sie so sehr an Licht – mit Ausnahme des kalten Glitzerns in seinen Augen.

»Einen Moment lang dachte ich, ich müßte ihn töten. Aber diese Prüfung haben wir erfolgreich bestanden. Nun müssen wir . . .«

»Welche Prüfung?« unterbrach sie ihn.

Stirnrunzelnd starrte er sie an. Sie hatte das Gefühl, als hielte er sie plötzlich für etwas beschränkt. »Habe ich dir das nicht gesagt? Es warten noch viele Prüfungen auf uns. Jetzt mach dir erst einmal keine Sorgen. Ich kümmere mich darum, daß du genug zu essen bekommst.«

»Warum tust du das für mich?«

Sein finsteres Gesicht hellte sich auf. »Weil ich dich liebe. Außerdem bist du wichtig für die Zukunft des . . .« Er brach ab und schaute mit weit zurückgelegtem Kopf hinauf zu den dunklen Wolken. »Ich weiß auch nicht genau, warum. Aber eines Tages brauche ich dich. Vergiß nicht, du verdankst mir das Leben.«

Seine verrückten, glasigen Augen jagten ihr einen Angstschauer über den Rücken.

»Mach dir keine Sorgen«, wiederholte er. Dann legte er besänftigend seine Hand auf die ihre. »Ich verspreche dir, ich kümmere mich um dich.«

Irgendwo in der Ferne erklang der Klageruf eines Wolfes. Vom Wind über die weiße Einöde getragen, drang das Heulen flehend an ihr Ohr.

Kapitel 9

Im milchigen Licht der Abendsonne verwandelte Windfrau die Wolken in lange goldene Fetzen. Der Frost schmückte die Kapuzenränder der müde wandernden Menschen mit einer feinen Eisverbrämung. Gezeichnet von der Erschöpfung starrten die Menschen auf die endlose Kette steil aufragender Gipfel.

Der der schreit sah zurück auf die taumelnden Leute, die sich todmüde über den langgezogenen Grat schleppten. Am Ende der

Schlange ging Gebrochener Zweig. Vorsichtig setzte sie einen Fuß vor den anderen. Auf den verschneiten Felsen konnte ein Fehltritt verheerende Folgen haben. Drei der kleinen Kinder gingen vor ihr. Ganz vorne marschierte der, den sie Wolfsträumer nannten, mit geschulterten Speeren. Ihn trieben die Verheißungen seines Traumes.

Der der schreit warf einen raschen Blick auf Hüpfender Hase. Sein kleiner Cousin sah ebenso abgezehrt und ausgelaugt aus wie dieses uralte Land. Er entfernte gerade die Eiskrusten von seiner Kapuze. »Vier Wochen, hat Krähenrufer gesagt. Vier Wochen, bis wir entsetzlich Hunger leiden.«

Hüpfender Hases Mund verzog sich zu einem schmalen Strich. »Was haben wir gefangen, seit wir das Mammut-Lager verlassen haben? Gerade drei Kaninchen.«

»Und das ist schon fast eine Woche her«, brummte Der der schreit mürrisch. Sein anklagender Blick bohrte sich in den Rücken des weit voraus schreitenden Wolfsträumers. »Wir sollten umkehren.«

»Der eine Weg ist so gut wie der andere«, wisperte Grünes Wasser. »Im Mammut-Lager wären wir auch verhungert.«

Der der schreit senkte die Augen. Langsam und bedächtig hob er seine mit Fellen umwickelten Füße. Seine Erfahrung sagte ihm, daß sie diesen Grat nicht vor Einbruch der Nacht hinter sich bringen konnten. Im Grunde seines Herzens schämte er sich zutiefst. Hatte er den Glauben an den Wolfstraum so rasch verloren?

Schritt für Schritt kletterten sie weiter, jeden Tritt vorsichtig mit dem Fuß prüfend. Ihre Beinmuskeln waren von der langen Zeit des Hungers geschwächt. Jede überflüssige Bewegung raubte ihnen kostbare, unersetzliche Energie.

»Geister«, nuschelte Hüpfender Hase in seine Kapuze. »Der im Licht läuft hat den Wolf gehört. Er besitzt die Macht der Geister.«

»Glaubst du noch daran?« fragte Singender Wolf neben ihm herablassend.

»Du etwa nicht?«

»Der Wolf würde uns nie zu Tode quälen, wenn wir wirklich einem Wolfstraum folgten.«

»Seid still. Irgend etwas mußten wir unternehmen«, schalt Lachender Sonnenschein. »Keine einzige Frau beklagt sich auf diesem Marsch. Wir sparen unseren Atem für das Laufen. Das ist anstrengend genug. Ihr Männer solltet dem Vorbild der Frauen folgen.«

Tiefes Schweigen senkte sich über die Gruppe. Unsicher blickten sie sich an. Hoch über ihnen schickte Sonnenvater Silberfäden durch die langsam herabsinkenden Wolkentücher.

»Vielleicht ist dieser Weg eine Prüfung unseres Glaubens«, seufzte Grünes Wasser.

Der der schreit schielte hinauf zum grauen Himmel. »Der Hungertod ist nicht der schlimmste Tod. Von Großvater Eisbär aufgefressen zu werden, ist grausamer. Erinnert ihr euch an den alten Walroßzahn? Seine Beine waren so stark geschwollen, daß sie die Stiefel gesprengt haben. Er hatte auch Blut im Urin. Und dann war da noch ...«

»Halt endlich den Mund!« sagte Grünes Wasser aufgebracht.

Mitten in der Nacht wachte Eisfeuer auf. Um sich herum vernahm er das ruhige Atmen seines schlafenden Clans. Das Felldach des Zeltes bewegte sich wellenförmig unter den Attacken des bösartigen Windes. Trotz der Dunkelheit konnte er den kondensierenden Atem aus den Pelzdecken aufsteigen sehen. Er veränderte seine Lage unter den weichen Fellschichten und starrte nachdenklich in die nach Meerluft riechende Dunkelheit.

Ein merkwürdiger Traum; er war auf der Suche nach irgend etwas in Richtung Süden gewandert. Ihm folgte der Weiße-Stoßzahn-Clan, hungrig, voller Vertrauen. Die ganze Zeit hatte er sich gefragt, ob er nicht von einer finsteren Macht betrogen worden war. Während er und seine Sippe einen Felsenhügel hinaufstiegen, spürten sie fremde Augen auf sich gerichtet. Jemand beobachtete sie. Er drehte sich um und warf einen prüfenden Blick hinauf in den von tiefhängenden Wolken verdunkelten Himmel.

Und da hatte er die Augen der Beobachterin gesehen, die auf ihn herabstarrten.

Er machte es sich wieder bequem und versuchte, dieses merkwürdige Gefühl, diese undeutliche Vorahnung abzuschütteln. Er wollte nicht mehr daran denken. Er gähnte und wälzte sich unruhig herum. In dieser Nacht fand er kaum noch Schlaf. Stunden später schlug er die Decken zurück, zog seinen Mantel an und trat an die Felltür am Zelteingang.

»Kannst du nicht mehr schlafen, Ältester?«

»Nein, Roter Feuerstein, alter Freund.« Durch einen Spalt drang eisige Kälte ein. Unwillkürlich schauderte er. »Ich frage mich, ob ich nicht langsam den Verstand verliere.«

Roter Feuerstein kämpfte mit seinen Felldecken. Endlich hatte er sich aus den zahllosen Pelzschichten befreit und kroch zum Feuer. Er stocherte in der Asche, und es gelang ihm, die bereits verglimmende Holzkohle neu zu entfachen. »Gehst du deshalb so oft hinaus und wanderst in der Nacht umher wie ein heimatloser Geist?«

Achselzuckend beobachtete Eisfeuer, wie Roter Feuerstein den Mantel anzog, sich über das Feuer beugte und heftig in die Kohlen blies. Um dem Feuer neue Nahrung zu verschaffen, warf er noch ein wenig getrocknetes Moos in die winzige Glut. Mit zerkleinerten Weidenästen und getrockneten Blättern brachte er das Feuer zum Lodern.

»Das Licht wird die Leute aufwecken«, meinte Eisfeuer.

Roter Feuerstein grinste. Der Feuerschein zeichnete hüpfende Muster auf sein flaches, lustiges Gesicht. »Das bezweifle ich. Du hast sie gestern lange wachgehalten mit der Geschichte von der Himmelsspinne, die an ihrem Netz webt, das Sonne und Himmel trägt. Nein, die schlafen tief und fest. Die weckt nichts und niemand auf.«

Eisfeuer setzte sich mit untergeschlagenen Beinen auf das Lager des Freundes. Er grunzte zustimmend und sah zufrieden in die flackernden gelben Flammen.

»Du stirbst doch nicht, oder? Manchmal leidet ein Mann kurz vor seinem Tod an Schlaflosigkeit.«

Eisfeuer gluckste stillvergnügt. «Noch nicht, nein.«

»Was bedrückt dich dann?«

Mit seiner langfingrigen Hand griff er nach einem Stück Weidenholz. Nachdenklich stocherte er in den Flammen. Wo sollte er anfangen? »Ich träumte von einer alten Frau – einer Hexe. Ich . . .« Unentschlossen wiegte er den Kopf hin und her. »Ich kenne sie. Zumindest habe ich sie bereits einmal gefühlt.«

»Du alter Bock, du! Du fühlst Frauen? Du bist noch nicht bereit zum Sterben. Wer wäre denn so nach deinem Geschmack? Wie wär's mit meiner Tochter Mondwasser? Sie ist reif, vollentwickelt. Würde dir eine gute . . .«

»Willst du nun hören, was ich dir zu sagen habe, oder nicht?« fragte er gereizt.

»Tut mir leid. Du schienst so . . . Na ja, ich dachte, eine kleine Neckerei würde dich vielleicht entspannen.«

Begütigend tätschelte Eisfeuer das Knie des Freundes. Eine Zeitlang schwiegen beide und blickten in das Feuer. »Vor langer

Zeit habe ich dir von der Frau erzählt, die ich am Meer überfallen habe. Erinnerst du dich?«

»Ja, die Frau des Feindes«, sagte Roter Feuerstein.

»Die Hexe war dabei. Sie hat mich beobachtet.«

»Ich dachte, ihr seid allein gewesen?«

»Nein, nicht wirklich. Ich spürte die Gegenwart dieser Hexe. Sie war mir nicht fremd, erweckte im Gegenteil das Gefühl in mir, als gehöre sie zu mir wie etwas Vertrautes, das mich schon lange im Leben begleitet hat.«

Zweifelnd kratzte sich Roter Feuerstein an der Backe. »Du glaubst, sie hat dich gerufen? Dich vielleicht sogar verhext? Wir könnten versuchen, sie mit einem Geistergesang zu vertreiben. Vielleicht gelingt es uns, den Zauber auf sie zurückzuwerfen.«

»Nein.« Abwehrend hob er eine Hand. »Diesmal ist es etwas anderes. Irgendeine neue Macht hat sich erhoben und sie gestört. Mich übrigens auch. Irgend etwas Merkwürdiges ist geschehen.«

Nachsinnend starrte Roter Feuerstein in das Feuer. In seinen schmalen Augen spiegelten sich goldene Lichtpunkte. »Wie du weißt, geht es den anderen Clans nicht gut. Der Tigerbauch-Clan hat letztes Jahr sehr viel Land verloren. Hunderte junger Männer wurden in den Kämpfen mit dem Gletscher-Volk getötet. Im Westen wurde der Rundhuf-Clan vom Großen See verjagt. Wir alle werden aus unseren angestammten Jagdgründen vertrieben.«

»Die ganze Welt ist Veränderungen unterworfen, und wir sind inzwischen zu wenige und können unsere Feinde nicht mehr zurückdrängen.«

»Hat dir das die Hexe erzählt?«

Eisfeuer hustete und rieb sich den Nacken. »Unter anderem, aber darum geht es nicht. Sie brachte mich auf den Gedanken, nach Süden zu gehen. Allerdings aus einem anderen Grund.«

»Warum?«

»Es hängt mit meiner Traumwanderung zusammen, die ich vor Jahren, nach dem Tod meiner Frau, unternommen habe. Damals lief ich tagelang über schwieriges Gelände und aß zwei Wochen lang keinen Bissen. Ich erinnere mich, wie ich einmal auf einer Felsnadel einschlief. Der Fels erhob sich in unendliche Höhen. Tief unter mir konnte ich die Vögel sehen. Im Süden entdeckte ich eine riesige weiße Wand, und dahinter sah ich offenes Land mit vielen Tieren. Ein menschenleeres Land.«

»Aber im Süden lebt der Feind«, widersprach Roter Feuerstein.

»Jetzt schon, damals nicht.«

»Meinst du, wir sollten versuchen, dieses Land zu erreichen?«

»Ich bin nicht sicher. Der Traum blieb sehr vage. Am nächsten Tag begegnete ich der Frau des Feindes. Wir waren füreinander bestimmt, sie und ich. Ich fühlte ... also ich fühlte, daß es richtig war. Ihr langes Haar wehte lockend im Wind, und das Meerwasser umspülte zärtlich ihre Beine. In der Trance des Traumes ging ich zu ihr, und sie lächelte mich an. Wir vereinigten uns leidenschaftlich dort unten am Meer. Ich säte meinen Samen in ihren Leib.«

»Das war kein Traum, sondern Wirklichkeit.« Roter Feuerstein zog die buschigen Augenbrauen hoch.

»Ja – und nein.« Eisfeuer zuckte zusammen und bedeckte die Augen mit der Hand. »Als ich aufstand, sah ich in die Augen der Beobachterin, und die Vision endete schlagartig. Diese Frau ... ich habe sie vergewaltigt. Verzweifelt und weinend ließ ich sie im Sand liegen. Ich habe die Frau, die ich hätte lieben und ehren sollen, vernichtet.«

»Und du glaubst, diese Hexe, die dir den Schlaf raubt, ist daran schuld?«

»Ich weiß es nicht genau.«

Unruhig rutschte Roter Feuerstein auf seinem Hinterteil hin und her. Um sich abzulenken, holte er einen Stock und entfachte das Feuer erneut zu prasselnden Flammen. »Was geschah dann?«

»Ich drehte mich um und sah, daß sämtliche Clans meinen Spuren folgten. Alle ihre Feinde hetzten sie und trieben sie vor sich her.«

»Und damit endete der Traum?«

Eisfeuer blinzelte und zuckte fast unmerklich mit den Schultern. »Nein. Als mir an jenem Tag am Meer bewußt wurde, was geschehen war, lief ich davon. Du kannst dir vorstellen, ich wollte nur noch weg. Es war zu scheußlich. In jener Nacht plagten mich schlimme Alpträume. Die Frau aus meinem Traum stand vor mir und streckte mir die Hände entgegen. In der einen lag ein Stück Fleisch, in der anderen hielt sie ihren Speer.«

»Leben oder Tod?«

»So habe ich es auch verstanden.« Er stützte sein Kinn in die Hände. »Ich blickte hinter mich und sah die Flut hereinbrechen. Sie drohte uns alle zu verschlingen. Ich nahm das Fleisch, und die Frau sagte lächelnd: 'Du und ich, wir sind eins. Wir sind eins.' Dann nahm sie meine Hand und verwandelte sich in einen großen

Vogel, den Sturmvogel, und flog mit mir davon, weit in den Süden, mitten hinein in das neue Land hinter der weißen Wand.«

Roter Feuerstein dachte konzentriert nach. »Hast du uns deshalb immer weiter nach Süden gedrängt, obwohl es dort kaum Wild gibt?«

»In keinem anderen Traum spürte ich einen Geist mit so ungeheurer Macht. Er zwang mich nach Süden. Jetzt ist es wieder genauso. Der Geist quält mich, er hindert mich am Schlafen. Ich fühle mich getrieben. Es kommt mir vor, als ob die Hexe mich zwingt, alle Clans gen Süden zu führen.«

Roter Feuerstein stierte hinauf an die Decke, wo die Schatten des Feuers bizarre Tänze aufführten. »Die anderen Clans werden nicht mitgehen. Sie wollen heldenhaft kämpfen. Wenn wir eintreffen, zerstreut sich der Feind in alle Winde wie ein Möwenschwarm, den ein Kind mit Steinen bewirft.«

»Ich weiß.« Forschend betrachtete er das ernste Gesicht des Freundes. »Und was ist, wenn ich die Menschen nicht retten kann, bevor die Flut kommt, und alle ertrinken?«

»Zumindest unser Clan wird nach Süden gehen, und wenn es sein muß, eben ohne die anderen. Im Süden ist wenigstens eines gewiß: Der Feind ist feige. Wir werden ihn kaum zu Gesicht bekommen. Außerdem werden es ohnehin von Jahr zu Jahr weniger. Unser Clan scheucht sämtliche Clans des Feindes aus dem Weg wie lästige Fliegen.«

Eisfeuer rieb sich die Hände. Dankbar spürte er, wie die Wärme in seine Finger strömte. »Vielleicht. Aber ich träumte auch von einem jungen Mann. Einem hochgewachsenen, zornigen jungen Mann. Ich sah ihn todbringende Speere tragen. Er ist ihr Anführer. Ein Mann, der Krieger aufzuhetzen versteht. Er . . .«

»Sprich weiter.«

»Ich muß ihn töten.«

Regungslos starrte Roter Feuerstein in die Flammen. »Du hast schon häufig getötet. Warum macht es dir in diesem Fall so sehr zu schaffen?«

Entsetzliche Qual verdunkelte Eisfeuers Augen. »Ich weiß nicht, ob ich ihn töten kann.«

»Warum nicht?«

»Ich glaube . . . ich glaube, er ist mein Sohn.«

Kapitel 10

Besorgt blickte Wolfsträumer über das zerklüftete Land, dessen steile Gipfel von Windfraus rauhem Atem umtost wurden. Die unendliche Einöde gab wenig Anlaß zur Zuversicht. Die vielen tükkischen Felsspalten, in denen schneebedeckte Weiden und Zwergbirken wuchsen, waren für die Menschen gefährliche Fallen. Schon mehr als einmal war er hineingestürzt, und das Herausklettern hatte ihn immer viel Kraft gekostet. Glatte, vereiste Hänge mußten überwunden werden. Heimtückische Schneebretter stellten ein ständiges Risiko dar. Er durfte nicht stürzen. Gebrochene Knochen bedeuteten den sicheren Tod.

Er trug die Verantwortung für das Leben des Volkes, er ganz allein.

Diese Verantwortung lastete auf ihm wie das Gewicht eines riesigen Mammutstoßzahnes, doch der Geschmack des Wolfsfleisches schien für immer und ewig auf seiner Zunge zu haften. Das Feuer seines Traumes trieb ihn unaufhaltsam vorwärts.

Der Wolfstraum war Wirklichkeit.

In qualvollen Tagen und Nächten kämpfte Der im Licht läuft gegen seine Zweifel. Er versuchte sich selbst davon zu überzeugen, daß der Wolf kein falsches Spiel mit ihm getrieben hatte. Mit dem Leben seines Volkes zu spielen, das lag jenseits seiner Absicht. Müde blieb er stehen, stützte sich auf seinen Speerschaft und starrte auf einen gewaltigen Felsbrocken. Schnee bedeckte die Oberfläche des glatten grauen Findlings.

»Wieder eine vergebliche Jagd auf der Suche nach dem Traum?« flüsterte er. Er spürte die Anwesenheit der Seelenesser der Langen Finsternis. Sie lauerten ganz in der Nähe. In den wenigen kurzen Stunden, in denen Tageslicht herrschte, gelang es ihm, sie unter Kontrolle zu halten. »Ich bin zu müde.« *Könnte ich mich nur ausruhen, mich in den Schnee legen. Unter Windfraus Gesang soll mir die Lange Finsternis das Leben aus dem Körper saugen. Der Tod wäre eine Erlösung.* Er biß die Zähne zusammen und tadelte sich im stillen wegen seiner Niedergeschlagenheit. *Feigling.*

Entschlossen kämpfte er sich auf den Gipfel hinauf. Sein gepeinigter, geschwächter Körper mußte die letzten Reserven mobilisieren. Die anderen folgten ihm mit leeren Mägen. Ihre erschreckend eingefallenen Gesichter waren eine einzige Anklage. Die meisten glaubten nicht mehr an die Öffnung im Großen Eis.

»Wolf?« flehte er heiser. *»Führe mich.«*

Hinter ihm hielten Der der schreit und Hüpfender Hase an und begannen eine spitz zulaufende, gefrorene Schneewehe zu bearbeiten. Mit einem scharfen Bisonschulterblatt entfernten sie große Blöcke gefrorenen Schnees und meißelten einen geschützten Lagerplatz in die Wehe hinein.

»Müssen wir hier lagern?« fragte er leise.

Sein Blick fiel auf Gebrochener Zweig, und sein Herz zog sich vor Mitleid zusammen. Tapfer kam sie herangewatschelt. Ihr Gesicht war fahl, aber in ihren Augen leuchtete noch immer der Glaube an den Traum.

In stiller Verzweiflung ballte er die Fäuste und entfernte sich von den stöhnend schuftenden Männern – nur weg von diesen Leuten und ihren vorwurfsvollen Augen.

Windfrau blies tanzende Schneegespenster über ihn hinweg. Die Kristalle fielen in stummem Hohn auf das trostlose Land. Hinauf, immer weiter hinauf. Wie hoch waren sie in dieser schroffen Fels- und Bergregion schon geklettert? Ihm erschien das kalte, verlassene Land wie das frostige Rückgrat eines Eisungeheuers, vom Wind gepeitscht und ausgezehrt, die blauschwarzen Felsen nur schemenhaft erkennbar, bedrohlich in der sich ankündigenden Nacht.

»So viele Mäuler, Wolf. So wenig Nahrung.«

Außerhalb des Blickfeldes der anderen fiel Der im Licht läuft auf die Knie und krallte die Hände in den unförmigen Fäustlingen in den ewigen Schnee.

»War mein Traum nur eine Täuschung?« rief er den versammelten Geistern der Finsternis zu. Er senkte den Kopf und hörte ihr rastloses Rauschen. Ihre langen Finger griffen bereits nach seiner Seele.

Matt warf der Mond sein Licht auf die Hügel. Der gefrorene Schnee glitzerte silbern. Zwischen den Schneewehen schimmerten in tiefen Mulden Moos- und Birkenfeuer, deren Flammen die Eingänge zu den in den Schnee gehauenen Höhlen beleuchteten. Hin und wieder funkelte das Volk der Sterne zwischen den rasch dahinziehenden Wolken hindurch.

Tanzende Füchsin kroch auf Händen und Füßen hinter eine der

Schneehöhlen und lauschte auf die nach draußen dringenden Geräusche. Drinnen herrschte große Unruhe. Weinen begleitete die Todesgesänge. Grauer Fels war entsetzlich schwach geworden. Ihr gebrechlicher Körper konnte die quälend langen Tage endlosen Marschierens und Kletterns nicht mehr aushalten. Tanzende Füchsin versank in Kummer. Liebend gerne wäre sie hineingegangen, um die alte Frau in die Arme zu nehmen, sie hin und her zu wiegen und ihr Worte der Liebe und Dankbarkeit zuzuflüstern.

Aber sie war eine Ausgestoßene. Sie durfte keine Höhle, keine Behausung betreten, sofern sie nicht aus Barmherzigkeit dazu aufgefordert wurde. Grauer Fels hatte nicht mehr die Kraft, ihre Anwesenheit zu verlangen.

Sie zitterte in der bitteren Kälte. Ihr Atem bildete weiße Wölkchen in der Luft. Der beißende Wind schnitt scharf in ihr Gesicht. Das aus der Ferne erklingende mitleiderregende Klagegeheul der Wölfe ließ sie erschauern.

»Warum läufst du nicht weg?« schimpfte sie leise mit sich selbst. Aber sie kannte die Gründe nur zu gut. Sie hatten sich bereits zu weit von Der im Licht läuft entfernt. Außerdem fürchtete sie, die unablässig tobenden Schneestürme könnten längst die von ihm ausgelegten Spuren verwischt haben. Unbändiger Haß stieg in ihr auf. Sie durfte die Vorräte des Clans nicht anrühren. Wenn sie floh, dann ohne Essen und ohne Waffen.

Bei dieser Vorstellung verließ sie der Mut. Wenn Der im Licht läuft sie doch nur erreichen könnte. Er würde ihr helfen und sie trösten.

Plötzlich hörte das Singen in der Höhle auf.

Ihre Hände krallten sich in ihren Mantel. Sie war auf das Schlimmste gefaßt.

Hinter ihr knirschten Schritte im Schnee.

»Sie war eine gute Frau«, sagte Rabenjäger bedauernd. »Es tut mir leid, daß Hüpfender Hase nicht da ist.«

Eine Gänsehaut lief ihr über den Rücken. »Ich wünschte, ich könnte . . .«

»Aber du kannst nicht«, erwiderte er mitfühlend. »Sie fürchten, deine verfluchte Seele würde ihr den Weg hinauf zum Volk der Sterne versperren.«

Sie sah ihn an. Seine dunklen Augen glitzerten im Schein des Mondlichts. »Weshalb bist du gekommen?«

Er kauerte sich neben sie in die Dunkelheit. Sie spürte seinen warmen Atem im Gesicht. »Ich hatte eben eine flüchtige Vorahnung.«

»Was redest du nun schon wieder?«

»Wir, du und ich, werden zusehen müssen, wie unser Volk stirbt, wenn wir nicht etwas dagegen unternehmen.«

»So?« fauchte sie haßerfüllt. Aus der Höhle drang lautes Wehklagen und übertönte das Brüllen des Windes. Voller Bitterkeit murmelte sie: »Sie ist tot.«

Sie schloß die Augen und versuchte, nicht an all die vielen Toten zu denken, die sie zurückgelassen hatten. Kralle würde die nächste sein. Auch sie war schon sehr alt und gebrechlich. Sie taumelte nur noch auf ihren wackligen Beinen. Wann hörte das Sterben endlich auf?

»Ich habe ein bißchen Fleisch in deine Rückentrage gelegt. Nicht viel allerdings, nur ein paar Streifen. Ich habe sie einem Büffel herausgeschnitten, der den Winter nicht überstanden hat.

Was die Wölfe übrigließen, habe ich mir geholt, bevor es die Krähen taten. Morgen bringe ich die Knochen mit. Da ist genügend Mark drin, um noch einige Leute am Leben zu erhalten.«

Sie beachtete ihn nicht. In ihren Augen brannten ungeweinte Tränen. Sie erinnerte sich an die uneigennützige Freundlichkeit von Grauer Fels. Sie hatte ihr von dem wenigen, das ihr selbst zur Verfügung stand, viele Bissen zugesteckt. Grauer Fels hatte mit ihr geteilt, in unbeobachteten Augenblicken mit ihr gesprochen und ihr gelegentlich sogar verstohlen zugewinkt.

»Grauer Fels wird mir furchtbar fehlen«, wisperte Tanzende Füchsin. Sie fühlte sich elender als je zuvor in ihrem Leben. »Sie hatte immer ein paar nette Worte für mich.«

Schweigend saß Rabenjäger neben ihr. Sie nahm es hin, wohlwissend, daß sie später für seine Gesellschaft würde zahlen müssen. Bestimmt würde er wieder unter ihre Decken kriechen. In der Höhle begann jemand unkontrolliert zu schluchzen. Steif vor Kälte erhob sich Tanzende Füchsin. Sofort war auch Rabenjäger auf den Beinen.

»Vermutlich kommst du nachher vorbei, um wieder über mich herzufallen?«

Gleichgültig zuckte er die Achseln. »Du hast sonst niemanden, der mit dir redet. Nach dem Tod von Grauer Fels bin ich der einzige, der mit dir ein freundliches Wort wechselt. Ich behandle dich nicht schlecht. Ich gebe dir genug zu essen. Was willst du mehr?

Seit du aus der Gemeinschaft ausgestoßen bist, ißt du besser als vorher, als du noch Krähenrufers von allen anerkanntes Schätzchen warst.«

»Ich hasse dich, und du weißt das.« Rasch eilte sie davon.

»Ich bin nicht dein Feind, Tanzende Füchsin.«

»Was dann? Mein Aufseher? Warum hast du mich nicht gehenlassen? Warum hast du mich zurückgeschleppt?«

Langsam folgte er ihr. Unter den weichen Sohlen seiner Stiefel knirschte der Schnee.

»Weil ich dich liebe. Ich wollte nicht, daß du draußen im Schneesturm krepierst.«

Die Wut übermannte sie. »Du liebst mich nicht!« Um ihren Worten Nachdruck zu verleihen, spuckte sie in den Schnee. »Ich bedeute nur ein bißchen Vergnügen für dich. Und ich kann nichts dagegen tun.«

Er sah sie an. Wieder hatte er diesen verrückten Ausdruck in den Augen, den sie so fürchtete. Ihr sträubten sich beinahe die Haare. Mit einem aufreizenden Lächeln erwiderte er: »Auf diese Weise gehörst du mir allein.«

Sie wich einen Schritt zurück. »Ja, darauf legst du großen Wert. Du hast mich gebunden. Du hättest mich gleich mit einem Mammutdarmriemen fesseln sollen, das wäre das gleiche. Du behandelst mich nicht besser als einen preisgekrönten Bärenhund.«

Er legte eine Hand auf ihre Schulter und ignorierte ihr entsetztes Zusammenzucken. Brutal zwang er sie, ihn anzusehen. Sein Tonfall war so scharf wie die Schneide einer Obsidianklinge. »Ich habe dir mehr als einmal gesagt, ich liebe dich. Eines Tages wirst du mich verstehen.«

»Nimm deine Hände weg.«

Er packte noch fester zu. »Ich brauche dich. Auf mir ruhen die Hoffnungen unseres Volkes. Das habe ich gesehen, begreifst du das denn nicht? Ich kann nicht alles sehen. Aber ich weiß, ich muß die Anderen aufhalten, sonst vernichten sie uns.«

»Deine eingebildeten Visionen bringen uns allen den Tod.«

Ein tiefer Seufzer entrang sich seiner Brust. Müde sanken seine straffen Schultern herab. »Du kannst mich so sehr hassen, wie du nur willst. Ich muß unser Volk retten. Nur ich bin dazu imstande – und ein Fremder. Ich sah ihn von Angesicht zu Angesicht. Er gibt mir etwas, das unser Volk verändert.« Er breitete die Arme aus. »Ich weiß nicht, was. Nur daß mein Sohn . . .«

Mit großen Augen starrte sie ihn an. »Deshalb also willst du mich? Wegen eines Sohnes?«

»Ich bin nicht sicher.«

Ihr Angriff traf ihn unvorbereitet. Die schallende Ohrfeige, die sie ihm verabreichte, riß ihn fast von den Beinen. Erstaunt rieb er sich die Wange. Seine Lippen verzogen sich zu einem überheblichen Lächeln. »Meine Vision ist lückenhaft, aber einiges ist bereits eingetroffen. Zum Beispiel habe ich dich auf deiner Flucht im Schnee gefunden. Ich wette um mein Leben und das Leben aller Angehörigen unseres Volkes, daß auch die anderen Bilder meiner Vision der Wahrheit entsprechen. Ich werde diesem fremden Mann leibhaftig begegnen. Er ist wie . . . wie . . .«

»Mir reicht es.« Wieder spuckte sie aus. »Du bist verrückt, vollkommen wahnsinnig«! In diesem Augenblick kam Krähenrufer aus der Höhle und schritt mit den anderen im Gefolge geradewegs auf sie zu. Singend trugen sie die tote Grauer Fels auf die hohe Schneewehe hinauf. Mit ihrem Gesang schlugen sie für ihre Seele eine Brücke hinauf zum Volk der Sterne.

Hart faßte Rabenjäger sie am Arm und zog sie zur Seite. »Vergiß nie«, sagte er, »selbst wenn ich uns alle beide opfern muß, rette ich mein Volk.«

Er drehte ihr den Arm um, dann versetzte er ihr einen Stoß. Sie verlor das Gleichgewicht und fiel halb betäubt auf den eisigen Boden. Ohne sich noch einmal nach ihr umzusehen, eilte er hinter den anderen her, um mit ihnen für die Seele von Grauer Fels zu singen.

Tanzende Füchsin steckte ihr Haar wieder unter die Kapuze, sog tief die kalte Luft in die Lungen und erhob sich mühsam. Mit zusammengebissenen Zähnen schleppte sie sich hinüber zu den dünnen, zerrissenen Häuten, die ihr als Decken dienten. In ihrer Rückentrage lagen einige lange Streifen Trockenfleisch. Hungrig aß sie es. Nicht einmal der ranzige Geschmack störte sie.

In dieser Nacht kam Rabenjäger nicht zu ihr.

Kapitel 11

»Wir gehen zurück!« erklärte Hüpfender Hase und sah einen nach dem anderen an. Die Wände ihrer Eishöhle glitzerten orangerot im Feuerschein.

»Wohin zurück?« fragte Der der schreit.

Grünes Wasser legte die letzten der Weidenstückchen, die sie aus dem harten Schnee herausgeschnitten hatte, auf die glühenden Kohlen. Sie sah ihrem Mann deutlich an, daß er ihre Meinung hören wollte.

»Zurück?« meinte sie seelenruhig. »Bisher sind wir nur über Felsen geklettert. Vielleicht ist das Land weiter im Süden besser.«

»Vielleicht, aber . . .«

»Hier gibt es wenigstens ein paar Blätter, und hin und wieder finden wir eine Handvoll gefrorener Beeren. Das hatten wir im Mammut-Lager nicht. Es wäre doch immerhin möglich, daß wir ein paar Tagesmärsche weiter auf Wild stoßen.«

Singender Wolf zeigte die Zähne und wedelte mit beiden Armen in der Luft. Offene Feindseligkeit lag in seinem Blick. »Wir sind zu schwach für die Jagd. Töten erfordert Kraft.«

»Das schaffen wir schon«, versicherte Der der schreit.

»Sogar die Mäuse haben sich unter dem Schnee verkrochen«, meckerte Hüpfender Hase. »Die Kaninchen sind spurlos verschwunden. Die paar Schneehühner, die wir haben fliegen sehen . . .«

»Rabenjäger hat uns gewarnt«, haderte Singender Wolf. »Der im Licht läuft ist noch ein Kind.«

»Aber wir wollten nicht auf ihn hören.«

Gebrochener Zweig, die bisher schweigend in einer Ecke gesessen hatte, beugte sich vor. »Ihr jungen Narren«, sagte sie und nagte an den Resten des Wolfsknochens, den sie noch immer in einem Beutel mit sich herumschleppte. »Was ist los mit euch? Ihr glaubt, *er* sei ein Kind? Schaut euch doch einmal an! Was seid denn ihr?« Sie streckte ihren knochigen Arm aus dem Fellärmel ihres Mantels und zeigte auf jeden von ihnen. Ihre tief in den Höhlen liegenden Augen musterten sie durchdringend.

»Eure Mägen schnurren ein bißchen zusammen, und schon habt ihr nichts Besseres zu tun, als eure Köpfe verzweifelt in den Schnee zu stecken.«

»Aber Großmutter«, sagte Hüpfender Hase. Er gab sich keine Mühe, seinen Unmut zu verbergen. »Wir verhungern.«

»Pah! Ihr seid das Geschenk des Wolfes gar nicht wert. Verschwindet! Haut ab!« Laut schmatzend machte sie sich über den Knochen her und lugte zwischen den vom Wind zerzausten grauen Haaren hindurch.

Hüpfender Hase schloß die Augen. Selbst in dieser verzweifelten Lage wollte er einen älteren Menschen nicht offen tadeln. »Wir müssen zurück, Großmutter. Wir wollen überleben.«

»Ich glaube, bei all dem vergessen wir, daß diese Lange Finsternis anders ist als früher«, gab Grünes Wasser zu bedenken. »Es ist die schlimmste, an die ich mich erinnern kann. Die Anderen leben im Norden und Westen. Dorthin können wir nicht zurück. Wir befinden uns hier in einem neuen Land, in dem wenigstens die Gipfel schneefrei sind. Anscheinend hat der Wind den Schnee dort weggeblasen. Auf den Hochebenen im Norden müßten wir den ganzen Weg auf Schneeschuhen zurücklegen.«

»Aber wir würden früher oder später auf ein Lager unseres Volkes stoßen«, behauptete Hüpfender Hase.

»Ich bezweifle, ob diese Sippe genügend für uns zu essen hätte.« Grünes Wasser zog eine Augenbraue hoch. »Wir würden genauso verhungern.«

»Überleben«, brummte Singender Wolf. »Wir sitzen hier herum und versuchen, einen Ausweg zu finden. Schließlich wollen wir alle überleben. Und wo ist unser großartiger *Träumer*?« Er deutete nach draußen. »Er läuft davon, weil er nicht wagt, uns gegenüberzutreten.«

Unbehagliches Schweigen breitete sich aus. Nur noch das Prasseln des Feuers und Gebrochener Zweigs Schmatzen unterbrachen die Stille.

»Er versucht, die Tiere zu rufen«, sagte schließlich Grünes Wasser.

»Ha! Ihn hat doch nur der Hunger verrückt gemacht. Wer die Tiere rufen will, muß magische Kräfte besitzen. Und welche Tiere will er hier denn rufen?«

»Vielleicht ein paar Mäuse oder . . .«

»Heute ist er gestolpert und gestürzt. Das habe ich genau gesehen. Er hat jegliche Macht verloren! Er führt uns alle in den Tod!«

Der der schreit schnaubte. »Ich glaube nicht . . .«

»Vielleicht haben ihm die Geister der Langen Finsternis bereits die Seele geraubt und halten sie draußen in der Dunkelheit fest, um sich an ihr zu kräftigen, damit sie auch die unsrigen holen können.«

»Du . . .« Gebrochener Zweig flüsterte nur, doch ihre alten Augen funkelten gespenstisch im flackernden Licht. Die Wut und die Feindseligkeit auf ihrem runzligen Gesicht erschreckte sie alle. »Was hast du jemals für dein Volk getan? Wie? Nichts. Du beklagst dich nur und unternimmst nichts. Du wartest darauf, daß andere eine Entscheidung treffen, und dann stolzierst du herum und mekkerst und gibst den verantwortungsbewußten Männern und Frauen die Schuld an allem, was passiert. Du bist schlimmer als die Geister der Langen Finsternis. Mit deinem mißgünstigen Gewinsel raubst du uns allen die Seelen.«

Mit offenem Mund starrte Singender Wolf sie an. Dann sagte er wütend: »Du verrückte alte . . .«

»Wag ja nicht, mir freche Antworten zu geben, Junge. Sonst spieße ich dich mit diesem Knochen auf.« Sie stieß mit dem Knochen nach ihm und schlug ihm damit auf den Fellkragen. Verblüfft über den unerwarteten Angriff wehrte er sie rücksichtslos ab und drohte ihr mit den Fäusten.

»Du verrückter alter Brachvogel von einem Weib! Verrückt! Wie dieser verfluchte Der im Licht läuft.«

Den Knochen auf ihn gerichtet, machte sich Gebrochener Zweig unverdrossen an ihn heran. Wieder schlug sie nach ihm. »Ich will dir etwas sagen, *Junge*. Du hast nie versucht, herauszufinden, was für ein Mensch du wirklich bist und was du kannst. Du hast dich immer von Krähenrufer beeinflussen lassen. Zumindest bis er sich weigerte, für dein kleines Mädchen dort draußen im Schnee zu singen.«

»Ich weiß nicht, was du . . .«

»Da hat sich bei dir einiges verändert.« Sie klopfte ihm mit dem Knochen auf das Knie. »Da hast du deinen Glauben an Krähenrufer verloren und dich für Wolfsträumer entschieden. Und davor? Was hat dein Vertrauen in Schafnase zerstört? Vielleicht die Tatsache, daß er dich nicht zum Jagdführer ernannt hat, obwohl du das deiner Meinung nach verdient hättest?«

Singender Wolf schlug die Augen nieder. Schweigend stierte er auf den Schnee, der sich zu spiegelglattem Eis verdichtet hatte.

»Du bestehst nur aus Gefühlen, Junge. Du greinst nur. Nie denkst du darüber nach, warum du etwas tust oder warum du irgendwohin gehst. Wenn jemand unser Volk vernichtet, dann du und deinesgleichen.«

Singender Wolf knirschte zornig mit den Zähnen. Keiner sagte etwas. Voller Unbehagen senkten alle die Köpfe.

»Und du willst ein Führer sein?« Gebrochener Zweig gackerte spöttisch. »In der Phantasie vollbringst du großartige Dinge, aber du bist ein viel zu großer Feigling, um sie in die Tat umzusetzen.«

»Großmutter, er gibt sich Mühe«, wandte Grünes Wasser leise ein. »Wir machen alle eine schwere Zeit durch. Singender Wolf . . .«

»Große Mühe gibt er sich wahrhaftig nicht. Der Junge sollte einmal hinausgehen und sich selbst einer Prüfung unterziehen – ein paar Möglichkeiten ausprobieren. Dann hört er damit auf, andere Menschen zu beleidigen, die sich wahrlich größere Mühe geben als er.«

Grünes Wasser lächelte kaum merklich. »Wenn wir uns umsehen, stellen wir fest, daß viele vertraute Gesichter fehlen. Das gibt uns jedesmal einen Stich ins Herz. Du bist zu streng, wenn du noch mehr Prüfungen verlangst. Du darfst Singender Wolf nicht tadeln. Die Lange Finsternis war für ihn besonders hart.«

Gebrochener Zweig warf Grünes Wasser einen kühlen Blick zu und wandte sich sofort wieder an Singender Wolf, der sichtlich eingeschüchtert neben ihr hockte. »Stimmt das, Jungchen? War die Lange Finsternis für dich härter als für die anderen?«

Wortlos kroch er an der alten Frau vorbei zum Eingang und verschwand in der Nacht.

An Der der schreit gewandt, murmelte Hüpfender Hase: »Zuviel Hunger. Darunter leidet der Verstand.«

Der der schreit senkte den Blick. »Niemand von uns ist noch ganz zurechnungsfähig.«

»Besonders nicht Der im Licht läuft.«

Gebrochener Zweig hatte ein neues Opfer gefunden. Schon kam sie mit ihrem Knochen und bohrte ihn Hüpfender Hase mit aller Kraft in den Arm. Er kreischte entsetzt.

»Was weißt denn du vom Wolfstraum? Ich habe ihn gesehen!« grollte sie und nickte. Bei dieser heftigen Kopfbewegung verrutschte ihre mehr als ramponierte Kapuze. »Ich sah ihn in seinen Augen.«

Der der schreit dachte an seinen Cousin, der feige vor dieser alten Frau davongelaufen war. Beschwichtigend legte er eine Hand auf Gebrochener Zweigs Schulter. »Er hat es nicht so gemeint, Großmutter. Er . . .«

»*Vielleicht* hast *du* ihn gesehen!« klagte Hüpfender Hase. »Aber vielleicht ist er auch einfach verrückt, wie Rabenjäger behauptet hat.«

Mit finsterem Gesicht blickte Gebrochener Zweig auf die Hand auf ihrer Schulter. »Laß mich in Ruhe, du hohlköpfiger Narr. Oder du bist der Nächste«, warnte sie Der der schreit und wedelte drohend mit dem scharfkantigen Knochen. Der der schreit zog seine Hand zurück, als hätte er sich verbrannt. Mit wütend funkelnden Augen stieß Gebrochener Zweig hervor: »Noch sind wir nicht tot, oder seid ihr anderer Meinung?«

»Nein«, stimmte ihr Grünes Wasser besänftigend zu. »Der Große Traum ist lebendig.«

»Traum?« schrie Singender Wolf von draußen durch den Eingang. »Er hat uns alle in den Tod geträumt.«

»Nein!« Aufgebracht rutschte Gebrochener Zweig hin und her. Ihre knochigen Finger krallten sich in den Mantel des neben ihr sitzenden Der der schreit. Unter Aufbietung ihrer letzten Kräfte zerrte sie an seinem Ärmel. Er mußte sich anstrengen, daß sie ihn nicht umriß. »Hast du ihn nicht gesehen? Hast du seine Augen nicht gesehen?« Ihr Blick irrte ab. Sie lehnte sich zurück und lokkerte endlich ihren Griff. »Der Traum war da.«

»Ich glaube dir, Großmutter«, beruhigte er sie.

Grünes Wasser beugte sich vor und tätschelte ihr begütigend die Hand. »Ich sah seine Augen, Großmutter. Er hatte einen Großen Traum.«

Hüpfender Hase biß sich auf die Unterlippe und wandte den Blick ab.

Grünes Wasser warf sich unruhig im Schlaf hin und her. Irgendwann schreckte sie hoch und erwachte. Blinzelnd sah sie sich um. Die klirrende Kälte kroch sogar durch ihre dicken Felldecken. Bald würde Sonnenvater aufstehen. Sie kämpfte mit den Decken, setzte sich auf und rekelte sich.

Seit zwei Tagen saßen sie tatenlos herum. Das Volk kauerte sich unter den Decken zusammen. Der Hunger machte die Menschen teilnahmslos. Niemand hatte mehr die Kraft, weiterzugehen.

Unsere letzte Ruhestätte, dachte sie.

Sie warf einen Blick hinüber zum Lager von Der im Licht läuft.

Er war noch immer nicht zurück. Vorsichtig, um niemanden zu wecken, kletterte sie über die Schlafenden zum Höhleneingang. Sie quetschte sich hinaus und blickte über das Land. Am Himmel funkelte das Volk der Sterne. Im Südosten graute bereits die Dämmerung. Mondfraus halbes Gesicht sah hinter den nur als Silhouette sichtbaren Gipfeln hervor, an deren steilen Flanken massige Gletscher herabkrochen und majestätische, in der klaren Luft blau schimmernde Gebilde formten. Einen winzigen Augenblick hielt Windfrau den rastlosen Atem an. Im Osten öffnete sich ein breites Tal, das sich bis zu einem felsigen Hochland weit hinten erstreckte. Selbst im schwachen Dämmerlicht konnte Grünes Wasser die sich übereinander türmenden Schichten der Gletscher erkennen.

Schaudernd wandte sie sich um. Da entdeckte sie ihn.

Zusammengekauert hockte er im Schnee, den Kopf in einer unnatürlichen Haltung abgewinkelt.

Das Herz schlug ihr bis zum Hals. Grünes Wasser eilte zu ihm und rüttelte an seiner Schulter. Er rührte sich nicht. Tränen stiegen ihr in die Augen. Verzweifelt schüttelte sie ihn. »Wach auf! Der im Licht läuft!«

Entsetzt starrte sie auf die dicke Eisschicht auf seiner Kapuze. Bei normaler Atmung hätte das Eis nicht eine derartige Stärke annehmen können. Ein Teil wäre geschmolzen.

»Nein«, flüsterte sie. Sie hatte das Gefühl, in einen gähnenden Abgrund zu blicken.

Sie ließ sich auf die Fersen nieder, stopfte Schnee in einen Fäustling und klatschte ihm die kalte Masse mitten ins starre Gesicht.

»*Wolfsträumer?* Wach auf!«

Die kauernde Gestalt rührte sich nicht.

Aufgebracht warf sie ihm wieder und wieder Schnee ins Gesicht und kreischte: »Du stirbst nicht! Du überläßt uns nicht dem Hungertod! *Du hast uns hierhergeführt!*«

Immer noch regte er sich nicht.

»Nein, nein«, jammerte sie und vergrub das Gesicht in den Händen.

»Müde.«

Die leisen Worte brachten sie zur Besinnung. Keuchend fiel Grünes Wasser neben ihm auf die Knie und wischte ihm den Schnee von den Wangen. »Was?«

»Müde.«

»Steh auf!« Sie hämmerte mit den Fäusten auf ihn ein. »Steh sofort auf!«

Wie eine Wahnsinnige packte sie ihn am Arm und zerrte ihn auf die Beine. Unter seinem Gewicht taumelte sie, aber sie zwang sich, weiterzugehen. Inständig hoffte sie, sein Körper besäße noch genug Wärme, um ihn am Leben zu erhalten.

»Du verfluchter Narr! Bist du draußen geblieben, weil du dich nicht getraut hast, uns unter die Augen zu kommen? Du hättest sterben können! Was wäre dann aus uns geworden?«

»Essen«, murmelte er. »Etwas zu essen gefunden. Müde geworden. Mußte . . . mußte ausruhen.«

Wie vom Blitz getroffen blieb Grünes Wasser stehen. Sie sah ihn an, als fürchte sie, sich verhört zu haben. »Essen?«

Der im Licht läuft nickte schwach. Mit dem Kinn machte er eine kleine Bewegung. »Dort, hinter den Felsen. Aber es war so schwer. Ich konnte es nicht allein tragen.«

»Lauf, damit dir warm wird«, befahl Grünes Wasser und führte ihn zum Höhleneingang. Behutsam half sie ihm hinein.

Die Spuren seiner schlurfenden Schritte waren im Schnee deutlich sichtbar. Angestrengt stapfte sie hinauf auf den Grat. Windfraus Wut hatte an einer Stelle den Schnee vollständig weggeweht. Und da, verkeilt in einem Felsen, lag ein Klumpen aus verfilztem Fell. Grünes Wasser kannte das dicke Haarkleid und die schweren Hufe: ein Moschusochse. Das bessere Stück der Hinterseite. Nicht gerade ein Festmahl für so viele ausgehungerte Menschen, aber vielleicht genug, damit sie endlich von diesem Felsen herunterkamen und weiterziehen konnten.

Die Wölfe hatten sich an dem Kadaver schon gütlich getan. Ihre Fänge hatten klaffende Wunden hinterlassen. Vielleicht hatten sie das Aas verdorben, aber im Winter und kurz vor dem Verhungern kümmerte das niemand.

Sie holte ein langstieliges Schneidewerkzeug aus ihrem Beutel. Mit zitternden Händen meißelte sie ein Stück nach dem anderen aus dem gefrorenen Fleisch.

Kapitel 12

Erfüllt von frischer Kraft mühten sich Der der schreit, Singender Wolf und Hüpfender Hase damit ab, das Fleisch des Moschusochsen auf die Felsen zu hieven, damit die Frauen es hinunter ins Lager bringen konnten.

»Puh«, stöhnte Hüpfender Hase, als er auf dem vereisten Grat ausrutschte. Schwer atmend zerrte er eine gefrorene Schwarte hinter sich her. »Wie hat es Wolfsträumer nur geschafft, dieses Gewicht so weit zu schleppen?«

»Wahrscheinlich haben ihm die Geister die nötige Kraft gegeben«, brummte Der der schreit, der vor Anstrengung kaum noch Luft bekam.

»Geister«, grunzte Singender Wolf. »Den Menschen gelingen die unwahrscheinlichsten Dinge, wenn sie nur verzweifelt genug sind.«

»Er sagte, er sei Wolfsspuren gefolgt.«

»Wen kümmert das? Glaubt ihr vielleicht, wir sind jetzt gerettet?« schnaubte Singender Wolf verächtlich. »Vielleicht füllt uns dieses Aas für einen Tag den Bauch. Und was dann?«

Hüpfender Hase schaute bekümmert drein und kaute auf der Unterlippe. »Wolfsträumer sagte, auf der Hochebene gäbe es noch mehr.«

Ein letztes Mal mobilisierten sie all ihre Kräfte und schoben das Fleisch über den Grat. Oben angekommen, lehnten sie sich japsend mit dem Rücken gegen die Felsen. Der der schreit bedachte Singender Wolf mit einem besorgten Blick. Dieser Mann wurde mit jedem Tag schwieriger und feindseliger. Er stachelte die Leute zu Streitereien auf und verleitete sie dazu, Der im Licht läuft hinter seinem Rücken zu kritisieren. Seit ihn Gebrochener Zweig offen herausgefordert hatte, war er noch mürrischer und unleidlicher geworden. Singender Wolf säte Mißtrauen und wollte offensichtlich eine Trennung herbeiführen. Der Träumer saß nicht mehr mit ihnen zusammen am flackernden Feuer. Es schien, als fürchte er die im Flüsterton vorgebrachten höhnischen Bemerkungen.

»Los, suchen wir den Rest«, sagte Der der schreit. Die langen, dunkelbraunen Haare aus dem Fell des Moschusochsen zeigten ihnen den Weg. »Hoffentlich haben die Aasfresser sich noch nicht darüber hergemacht.«

Singender Wolf murrte: »Wir haben eine falsche Entscheidung getroffen. Ich hätte es besser wissen müssen. Folge ich Narr einem verrückten Kind!«

»Warte doch ab«, sagte Der der schreit. Er fühlte sich nicht wohl in seiner Haut und wich dem Blick seines Cousins aus. »Du wirst schon sehen. Ich wette mit dir, daß wir dort unten auf der Hochebene ...«

»Gar nichts werden wir dort unten finden. In einer Woche geht's uns wieder dreckig.«

»Du hast wirklich glänzende Laune.« Der Sarkasmus von Hüpfender Hase war schneidend kalt wie der Wind.

»Ich bin nicht verrückt. Ich weiß, wann ich ...«

»Hör auf!« bellte Der der schreit am Rande seiner Beherrschung. »Der Wolf kümmert sich um uns. Hör endlich damit auf, alle verrückt zu machen.«

Das hemmungslose Gelächter von Singender Wolf ließ ihm das Blut in den Adern gefrieren. Mit finsterem Gesicht trottete Der der schreit an der Spitze der kleinen Gruppe. Unter seinem Ärger lauerte die Angst, es könne Singender Wolf gelingen, den Clan zu spalten. Hätte doch Gebrochener Zweig seinen Cousin nur nicht so gereizt!

»Wenn uns der Wolf tatsächlich führte«, drang Singender Wolfs schrille Stimme durch den eiskalten Wind, »würde er uns auf mehr Nahrung stoßen lassen.«

Der der schreit drehte sich nicht um. Unter seinen wütenden Schritten wirbelte der Schnee auf. Sein Herz hämmerte zornig. Bald blieb ihm nichts anderes mehr übrig, als Singender Wolfs großes Maul mit der Faust zu stopfen.

»Ich gehe mit meiner Frau zurück. Warum kommt ihr nicht mit?« fragte Singender Wolf und beeilte sich, zu ihnen aufzuschließen. »Was uns im Norden erwartet, wissen wir. Wir können ...«

»Ah-hah«, machte Der der schreit und trat auf einen Felsvorsprung, von dem aus er weit über das Land blicken konnte. »Die Anderen.«

»Vor denen habe ich keine Angst.«

»Ich gehe auf die Hochebene hinunter«, murmelte Hüpfender Hase fast entschuldigend. »Dort ist der Moschusochse verendet. Vielleicht gibt's dort noch mehr von der Sorte.«

Als sie den vereisten Grat hinter sich gebracht hatten, entdeckten sie den Kadaver. Wölfe machten sich gerade über ihn her. Bei ihrem Näherkommen hoben sie die Köpfe und beobachteten sie mißtrauisch aus gelben Augen.

Laut schreiend lief Singender Wolf mitten in das Rudel hinein. »Verschwindet! Haut ab!«

Unter Geheul und Geknurre stoben die Tiere in alle Himmelsrichtungen auseinander.

»Warum hast du das getan?« brüllte Der der schreit ärgerlich. »Wir hätten einen oder zwei erlegen können, wenn du nicht dazwischengegangen wärst! Wolfsfleisch schmeckt gräßlich, aber es ist immerhin Fleisch.«

Seufzend beobachtete Hüpfender Hase die argwöhnischen Tiere, die sie in der Entfernung von etwas mehr als einem Speerwurf umkreisten.

»Ein Wolf hätte vielleicht den Tod mancher unserer Alten verhindern können.«

Singender Wolf öffnete den Mund. Ihm lag eine barsche Erwiderung auf der Zunge. Aber plötzlich schien er sich dieser bitteren Wahrheit bewußt zu werden. Mit hängenden Schultern schlich er davon.

Der der schreit schielte hinüber zu den Resten, die die Wölfe übriggelassen hatten. Der Ochse war im Tiefschnee steckengeblieben. Anscheinend war er in ein unter dem Schnee verborgenes Loch eingebrochen.

Die Wölfe hatten ihre Zeit genutzt. »Keine Innereien mehr. Das meiste Fett haben die Wölfe gefressen. Trotzdem, ein paar Tage Leben für uns alle.«

Hüpfender Hase leckte seine aufgesprungenen Lippen. »Die Leute müssen uns für verrückt halten, wenn wir den Ochsen den ganzen Weg zum Lager schleppen und bald darauf denselben Weg nach Süden wieder entlangmarschieren.« Aus den Augenwinkeln beobachtete er seine Clan-Brüder. »Wir gehen doch auf diesem Weg weiter, oder?«

Tief sog Der der schreit die eiskalte Luft ein. »Ich klettere jedenfalls nicht noch einmal über alle diese Gipfel zurück zum Mammut-Lager.«

»Gut!« stieß Hüpfender Hase hervor und fuchtelte ausgelassen mit den Armen. »Ich hole die Leute und bringe sie her.« Schon eilte er auf ihren Spuren zurück.

Der der schreit warf Singender Wolf einen vernichtenden Blick zu. Schuldbewußt wandte sein Cousin die Augen ab.

In Krähenrufers Gruppe blieb einer nach dem anderen auf der Strecke. Zwei Pfiffe schlich sich während des Marsches davon. Schieferfels stürzte und weigerte sich, wieder aufzustehen. Da sich alle vor Schwäche kaum noch auf den Beinen halten konnten, blieb ihnen keine andere Wahl, als ihn zurückzulassen. Krähenrufer ermahnte sie zwar streng, peitschte sie mit Worten und Schlägen vorwärts, aber die Menschen befanden sich bereits in einem solch jämmerlichen Zustand, daß sie seine Befehle gar nicht mehr befolgen konnten, selbst wenn sie gewollt hätten.

Auch Tanzende Füchsin quälte sich mit letzter Kraft voran. Sie war fast am Ende. Ohne Rabenjägers Hilfe wäre sie längst erfroren oder verhungert. Aber eisern hielt sie durch. Sie ging am Ende des Zuges und brachte die Nachzügler auf Trab. Manchmal hatte sie mit ihren Bemühungen Erfolg, manchmal half alles Antreiben nichts mehr.

Sogar Rabenjägers Gesicht hatte den gewohnt entschlossenen Ausdruck verloren. Es wirkte seltsam leer. Nur sein unbeugsamer Wille trieb ihn weiter. Hin und wieder brachte er von seinen Streifzügen Kaninchen, Schneehühner oder die Reste verendeter Tiere mit. Dieses bißchen Fleisch hielt sie am Leben. Viele befanden sich auf der Schwelle zum Tode und stolperten blindlings durch die Gegend. Sie wußten nicht mehr, warum oder wohin sie gingen.

In ihren Träumen sah Tanzende Füchsin das Gesicht von Der im Licht läuft. Seine tränenfeuchten Augen beobachteten sie. Besonders ein Traum kehrte häufig wieder. Der im Licht läuft stand hoch oben auf einem Hügel. Weit unter ihm kletterte Tanzende Füchsin über den rauhen Fels, zog sich über eine Kante hinauf, rutschte zurück und kletterte weiter. Aber je höher sie kam, je steiler der Fels wurde, um so weiter schien er sich von ihr zu entfernen.

Sie rief ihn, versuchte, zu ihm hinaufzugelangen, ihn zu berühren. Wieder und wieder machte sie einen erneuten Anlauf, aber alle Anstrengung war vergebens. Mit ausdruckslosem Gesicht stand er auf dem Felsen. Er bemerkte sie gar nicht, obwohl sie sich verzweifelt bemühte, ihn auf sich aufmerksam zu machen.

Erst als sie lauthals ihre Verzweiflung hinausschrie, sah er ihr ins Gesicht. Der Traum stand in seinen Augen. Langsam entfernte er sich, eingetaucht in einen hellen Lichtstrahl, und überließ sie allein der Finsternis.

»Ich hätte mich Wolfsträumer anschließen sollen«, nuschelte Kralle, die vor Tanzende Füchsin herhumpelte. »Jawohl, das hätte ich tun sollen. Wolfstraum. Gebrochener Zweig hat ihn gesehen. Sie erkannte schon immer einen Träumer auf den ersten Blick.«

Tanzende Füchsin zuckte zusammen. »Ja«, flüsterte sie. »Sie wußte Bescheid.«

Kralle blickte über die Schulter zurück und vergaß für einen Augenblick den Fluch, der die junge Frau zu einer Ausgestoßenen machte. »Ganz tief in meinem Innern wußte ich auch, daß Krähenrufer seine Macht verloren hat. Wer weiß, wo er uns hinführt?«

»Er ist ein Narr«, erwiderte Tanzende Füchsin. »Und am schlimmsten ist, daß er die Menschen umbringt, die ihm vertrauen – nur um sein Gesicht zu wahren.«

»Genau«, keuchte Kralle. Weiße Atemwolken dampften über ihrem Kopf. »Er bringt auch mich um. Ich bin müde, Mädchen. Müde und durchgefroren. Ich spüre die Kälte in jedem Knochen. Sobald ich mich nicht bewege, zittere ich am ganzen Leib. In meinem Körper steckt kein Fünkchen Feuer mehr. Kein Feuer, Mädchen.«

»Du schaffst es«, beteuerte Tanzende Füchsin. »Komm, stütz dich auf mich.«

Kopfschüttelnd blieb die alte Frau stehen. »Ich bin todmüde. Verstehst du? Ich habe die Grenze bereits überschritten.«

Erschrocken blieb Tanzende Füchsin stehen. »Nimm meine Hand. Wenn du zurückbleibst, stirbst du. Du schaffst es nicht allein.«

Kralle schluckte trocken. »Deine Hand nehmen? Damit meine Seele zusammen mit deiner begraben wird?«

Tanzende Füchsin zog die Hand zurück und senkte die Augen. »Ich wollte dir nur helfen, sonst nichts.«

»Ich habe es nicht so gemeint, Mädchen. *Seine* Flüche kümmern mich nicht mehr. Er hat keine Macht mehr über mich. Dir und mir kann er nichts mehr tun.«

Sie sahen einander tief in die Augen. Jede blickte in die Seele der anderen.

»Tut mir leid, daß ich dich verachtet habe«, flüsterte Kralle beschämt. »Ich habe mir Sorgen gemacht wegen der Leute. Ständig machte ich mir Sorgen, was sie wohl über mich denken. Und nun?« Sie machte eine drohende Gebärde. »Die ich geliebt habe, ließen mich allein. Und wer nimmt sich die Zeit, mir neuen Mut zu geben? Die Frau, die dieser Idiot Krähenrufer verflucht hat.«

»Komm weiter.« Lächelnd legte Tanzende Füchsin den Arm um

die knochigen Schulter der alten Frau. »Wir dürfen nicht zurückfallen. Rabenjäger bringt mir heute abend etwas zu essen. Ich teile es mit dir. Versuche, zu mir zu kommen, ja?«

»Krähenrufer strengt sich an, uns beide unter die Erde zu bringen.« Leise fügte sie hinzu: »Falls er dazu lange genug lebt.«

»Falls . . .«, flüsterte Tanzende Füchsin. Selbst der völligen Erschöpfung nahe, half sie der alten Frau weiter. Auch ihre Beine fühlten sich bleischwer und eiskalt an. Sie wußte, daß sie nicht mehr lange durchhalten konnte.

»Glaub mir«, brummte Kralle. »Alle hassen ihn. Irgendwann wird sich jemand dazu aufraffen, ihn zu töten.«

Im stillen hoffte Tanzende Füchsin, die alte Frau möge recht behalten.

Die Menschen nahmen die Schneeschuhe von den Rückentragen und befestigten sie an den Stiefeln. Vorsichtig begannen sie die lange Wanderung hinaus in das offene Land. Scharfe Augen prüften den Schnee und hielten Ausschau nach Spuren von Karibus, Moschusochsen oder seltenen Elchen. In ihrer Nähe trottete ein Fuchs, immerhin nah genug, um ihn deutlich zu erkennen, aber dennoch unerreichbar fern. Irgendwann eilte er davon. Bei Einbruch der Nacht gruben sie schützende Höhlen in die vereisten Schneewehen.

Der im Licht läuft kaute einen dünnen Streifen rohen Fleisches. So wenig. Ein einziges gutes Mahl. Aber genug, um sie am Leben zu erhalten. Wo waren die Mammutherden? Wenigstens ein paar dieser mächtigen Tiere mit den gewaltigen Stoßzähnen mußten doch den Winter überstanden haben. Wo waren die Karibus?

Sein Traum war so lebendig gewesen.

Zögernd ließ er den Blick über die Hügel und Berge schweifen. In der dunklen Höhle schliefen die Kinder bereits unter den Felldecken, ihre Mütter rollten sich dicht neben ihnen zusammen. Die Männer lümmelten sich lässig gegen die kalten, rohen Eiswände. Keiner sah ihn an. Sie unterhielten sich, als ob er gar nicht existiere. Allein Gebrochener Zweig zeigte ihm ihr unerschütterliches Vertrauen. Sie kam gemächlich zu ihm heraus und half ihm später beim Aufschlagen seines Lagers.

»Haben sie mich ausgestoßen, Großmutter?« fragte er flüsternd.

Sie schnaubte geräuschvoll und legte ihm die Hand aufs Knie. »Wolfstraum, Junge. Er führt uns.«

»Bist du sicher?«

»Selbstverständlich. Der Wolf will sich nur vergewissern, ob wir uns seiner Hilfe auch würdig erweisen.«

Er neigte den Kopf. Sein langes schwarzes Haar fiel ihm über die Brust. Er zerrte an den Sehnenschnüren seiner Stiefel und fragte: »Was ist, wenn mir nur der Hunger einen Streich gespielt hat?«

»Hunger – oder ein Schlag auf den Kopf, was spielt das schon für eine Rolle, solange der Traum kommt und eine Vision bringt?«

Er blickte sich im trüben Licht der Höhle um. »Sie sehen mich nicht einmal an.«

Ihre mageren Finger krallten sich in sein Knie. »So ist das also? Du brauchst ihre Zustimmung, bevor du selbst glaubst, was dir der Wolf gesagt hat?«

»Ich bin nicht sicher . . .«

»Wenn das so ist, hast du hier drinnen nichts mehr zu suchen. Geh hinaus in die Dunkelheit und rufe den Wolf!«

Sie murmelte noch irgend etwas Unverständliches, fuchtelte mit den Armen und watschelte auf dünnen, sehnigen Beinen zu ihrem Lager. Ein durch nichts zu erschütternder Glaube glänzte in ihren alten Augen.

Dummes altes Weib. Was wußte sie schon? Schon hundertmal hatte er den Wolf gerufen und nie eine Antwort erhalten. Die Erinnerung an die Macht, die ihn gegenüber Krähenrufer gestärkt hatte, verblaßte mehr und mehr. Sie verflüchtigte sich wie ein fliehender Geist.

»Wolfstraum«, murmelte die alte Frau mit rauher Stimme, während sie es sich auf ihrem Lager bequem machte, »Wolfstraum.«

Der im Licht läuft rollte sich zusammen und zog die Decken über den Kopf. Er hoffte, die warme Schwärze werde die tief im Inneren lauernden Ängste besänftigen.

Am nächsten Morgen nahm er seine Rückentrage und ging hinüber zu Hüpfender Hase und Singender Wolf, deren angeregte Unterhaltung bei seinem Erscheinen sofort verstummte. Ihre zornigen Augen klagten ihn an.

»Ich . . .« Er suchte nach den passenden Worten. Mit einem flehenden Lächeln sah er sie an. »Seid ihr fertig?«

»Natürlich«, antwortete Singender Wolf kühl.

Er nickte und begab sich, den Blicken der Menschen ausweichend, an das Ende des Zuges. Dort stellte er sich neben Gebrochener Zweig. Hüpfender Hase übernahm die Führung. Mit weitausgreifenden Schritten glitt er auf seinen Schneeschuhen dahin. An diesem und auch am darauffolgenden Tag konzentrierte er sich ausschließlich darauf, mit jedem Schritt und mit jedem Atemzug den Wolf zu rufen. In seiner Erinnerung sah er blühende Wiesen und die in der Sonne leuchtenden Felle großer Tierherden in einer überwältigend fruchtbaren Landschaft.

Kapitel 13

Dunkle Wolken ballten sich am Horizont zusammen. Der eiskalte Wind roch nach Sturm. Fahles Sonnenlicht fiel in fleckigen Streifen auf Kralles von tiefen Falten gefurchtes Gesicht. Zitternd quälte sich die alte Frau, gestützt auf Tanzende Füchsin, vorwärts. Ihr Körper wand sich in Krämpfen.

»Bleib am Leben«, flehte Füchsin. »Leb weiter, Großmutter. Lebe.«

Fürsorglich zog sie die Fetzen des abgetragenen Karibufells enger um die alte Frau. Aber ein einziges, zerschlissenes Fell reichte kaum aus, um sie warmzuhalten. Sie wanderten über die Gipfel hinunter ins Tiefland. Hier gab es keine schneefreien Stellen mehr. Keinen freiliegenden Dung, kein Karibu und kein Torfmoos, keine Weide und keine Birke.

Das war das Ende. Alle wußten es.

»Du bist ein gutes Mädchen, Füchsin«, flüsterte Kralle. »Meine Beine fühlen sich richtig warm an. Meine Füße sind so heiß, als wäre ich über Kohlen gegangen. Du weißt, was ich meine. Eben rundum behaglich.«

Tanzende Füchsin schloß die Augen. »Das ist schön.«

»Erfrieren ist nicht der schlechteste Tod.« Kralle seufzte. »Wirklich nicht, glaub mir. Man schläft einfach ein.«

»Großmutter, du gehst noch nicht zu . . .«

»O doch. In meinem Innern breitet sich tiefe Kälte aus. Eine tödliche Kälte. Merkwürdig, erst schmerzt und dann wärmt sie dich.«

»Schweig. Spar deine Kräfte.«

»Bald schlafe ich und liege im Warmen. Dann geht es mir gut«, hauchte sie. Ein schwaches Lächeln umspielte ihre aufgesprungenen Lippen.

Tanzende Füchsin hielt sie eisern fest. Die Glieder der fast bis zum Skelett abgemagerten Frau fühlten sich so spröde an wie trokkene Äste.

»Wenigstens sterbe ich nicht allein«, wisperte Kralle.

Ein ganzes Stück voraus sah Tanzende Füchsin Krähenrufer. Im stiebenden Schnee versuchte er offensichtlich unter Qualen, hoch aufgerichtet zu gehen. Doch seine Anstrengungen waren vergeblich. Er strauchelte, fiel in den Schnee, rollte zur Seite und blieb regungslos liegen.

Tanzende Füchsin lächelte.

»Ein Pfad«, sagte Der der schreit gleichmütig. Er bückte sich, untersuchte den zertrampelten Schnee und folgte der Fährte ein paar Schritte. Plötzlich stieß er auf Mammutdung, üppigen, mit Stöcken durchsetzten Winterkot.

Der im Licht läuft blickte in die ängstlichen Gesichter seiner Gefolgsleute. Erst vor kurzem war ein kleines Mädchen unter den Decken erfroren. Singender Wolf half einem anderen kleinen Mädchen auf die Beine, das kaum noch zu einer kontrollierten Bewegung fähig war.

Ein Mammut? Wie sollten halbverhungerte Menschen ein Mammut töten? Die Stöcke im Kot bewiesen, daß es irgendwo in der Nähe Futter geben mußte. Wo es Futter für Mammuts gab, konnte es auch Hasen geben. Vielleicht gelang es ihnen, einen Hasen zu fangen? Oder ein Karibu zu erlegen? Doch nicht einmal diese kleine Hoffnung drang in das Bewußtsein der Menschen. Mit stumpfen Augen starrten sie teilnahmslos vor sich hin.

»Wir können nicht weiter«, sagte Lachender Sonnenschein tonlos. »Ich jedenfalls kann es nicht.«

Grünes Wasser gesellte sich zu ihr. Aufmerksam sah sie in Lachender Sonnenscheins Augen. Sie zog einen Fäustling aus und befühlte mit der bloßen Hand Sonnenscheins Wangen. »Wir müssen eine Weile ausruhen. Wenn wir in diesem Tempo weitermarschieren, bricht sie zusammen.«

»Ich auch«, erklärte der junge Moos. Schwankend bemühte er sich, das Gleichgewicht zu halten.

Der der schreit kehrte zurück. Suchend blickte er über die graue Landschaft und hinauf zu den tiefhängenden Wolken. Wütend biß Windfrau in sein Gesicht und schlug ihm stechende Schneeflocken auf die Wangen.

»Machen wir Rast. Die Dunkelheit bricht herein. Wer noch gehen kann, folgt morgen mit mir der Mammutfährte.«

Der im Licht läuft konnte nicht schlafen. Nagende Zweifel hielten ihn wach. Er bückte sich, schnitt ein Stückchen aus dem festgetretenen Schnee und hob es auf. Er mußte auf eine Lösung kommen, vielleicht blieben dann wenigstens ein paar seiner Leute am Leben. Sein Glaube an den Traum war inzwischen so dünn geworden wie ein Karibuhaar. *Hatte er die Wirklichkeit gesehen?* Er wußte es nicht mehr.

Grünes Wasser beobachtete ihn verstohlen. Schließlich ging sie zu ihm hinüber und legte ihm eine Hand auf die Schulter. »Ich weiß nicht, woran du denkst. Aber nimm dir Singender Wolfs Worte nicht zu sehr zu Herzen.«

Er zuckte zusammen und sah zu ihr auf. »Vielleicht hat er recht. Ich . . . ich bin für alles verantwortlich. Ich habe euch hierher geführt.«

»Du hast dein Bestes getan, Wolfsträumer. Wer so handelt wie du, besitzt große Ehre und Würde, denn mehr kann niemand geben.«

»Mein Bestes?« murmelte er und grub zerstreut mit der Hand im Schnee, während sein Blick über die vom Wind geschaffenen Schneeskulpturen glitt. »Ist das genug? In ihren Augen lese ich ihre Gedanken. Ich sehe, was sie . . .«

»Sie sind nur müde«, schalt sie ihn. »Du darfst nicht zu streng über sie urteilen.«

Nachdenklich sah er über die Schlafenden hinweg. Hinter den Schneewehen, die ihren Lagerplatz wie hohe Mauern einfaßten, leuchtete blutrot der Himmel. »Singender Wolf nannte mich einen falschen . . .«

»Ich weiß. Aber er ist verstört. Er muß sich mit Dingen auseinandersetzen, die er nicht begreift. Er fühlt sich zum erstenmal in seinem Leben vollkommen hilflos, weil er nicht imstande ist, seine Familie zu ernähren.«

Er nahm das warme Verständnis in ihrem zarten Lächeln wahr und senkte beschämt die Augen. »Niemand von uns kann seine Lieben ernähren.«

»Das ist furchtbar für einen Mann.«

»Einen Mann?«

Grünes Wasser nickte. »Mir haben die Männer schon immer leid getan. Sie übernehmen die Verantwortung für so vieles, an dem sie gar keine Schuld tragen. Nimm zum Beispiel Singender Wolf. Auf ihm lastet die Schuld am Tod seines Babys. Jedesmal, wenn er Lachender Sonnenschein ansieht, drücken ihn die Schuldgefühle fast zu Boden. Er fürchtet, Sonnenschein verläßt ihn und geht zu einem anderen Mann – einem besseren Ernährer.«

»Das ist doch albern.« Wolfsträumer biß sich auf die Lippen. »Sie liebt ihn.«

»Aber Singender Wolf weiß das nicht. Männer sind nun einmal so.« Sie zwinkerte ihm zu. »Du kannst froh sein, daß du uns hast. Wir halten dir den Ärger vom Leib. In Zeiten wie diesen bleiben nur die Frauen gesund und stark an Körper und Geist. Uns bleibt gar nichts anderes übrig.«

Er nahm eine Handvoll Schnee und ballte die Faust. »Ich war und bin verantwortlich.«

Beruhigend streichelte sie seine Schulter. »Ruh dich aus. Ich glaube an dich. Lachender Sonnenschein, Ocker und Gebrochener Zweig – wir alle glauben an dich. Wir alle wissen, was du für uns getan hast – und zollen dir dafür Anerkennung.«

Wieder schenkte sie ihm ihr warmes, freundliches Lächeln. Sie nickte ihm aufmunternd zu und ging langsam hinüber zu ihrem Lager in einer der drei Schneehöhlen, die sie in den festen Schnee geschlagen hatten.

Seine Gedanken schweiften ab. Wieder sah er die Mammutfährte vor sich. Das letzte Mal hatten ihn Wolfsspuren zu dem toten Moschusochsen geführt. Vielleicht kam der Wolf dieses Mal selbst. Oder vielleicht stolperte er wenigstens wieder über ein Tier, das dem strengen Frost zum Opfer gefallen war – Überleben für Grünes Wasser und die anderen.

Auf wackligen Beinen trat er hinaus in die Abenddämmerung. Die Mammutfährte erreichte er in der Nacht. Müde tastete er sich über den unebenen felsigen Pfad.

Das Jaulen von Schwarz weckte Reiher.

Sie setzte sich auf und rieb sich mit den eiskalten, steifen Fäusten die Augen. »Der bellt aber merkwürdig«, brummte sie.

Die Kohlen in dem aus aufeinandergestapelten Steinen errichteten Feuerloch glühten rot. Reiher erhob sich, zog den Mantel an und holte ihre Speere. Wieder dieses seltsame Jaulen, diesmal fast vom Heulen des Windes übertönt. Sie stieg in die Stiefel, zog die Sehnenschnüre zu und band die Haare mit einem Lederriemen zusammen, ehe sie die Kapuze aufsetzte. Jetzt fehlten nur noch die Schneeschuhe.

Bevor sie ging, warf sie noch ein Reisigbündel ins Feuer, dann duckte sie sich unter der Felltür und trat ins Freie. Schnee wirbelte durch die Dunkelheit – einer tanzenden Kaskade gleich stürzte er auf sie herab. Sie zögerte kurz, ob sie die Kapuze abnehmen sollte, um besser zu hören. Aber dazu war es zu kalt. Außerdem durften ihre Haare nicht naß werden, sonst verlor sie zuviel Körperwärme.

Wieder bellte Schwarz. Sie schätzte die ungefähre Richtung, aus der das Bellen kam. Wieder zögerte sie. Sie kannte diese Gegend zwar sehr gut, aber bei einem solchen Sturm ging nur ein Narr hinaus. Doch das seltsame Gebell von Schwarz beunruhigte sie.

»So habe ich dich noch nie jaulen hören«, murmelte sie befremdet und entfernte sich zielstrebig von ihrer Höhle.

Sie pfiff. Gleich darauf vernahm sie ein schwaches Geheul. Ächzend bückte sie sich und schob die Füße in das gurtähnliche Gewebe der Schneeschuhe. Mit unbewegtem Gesicht befestigte sie den Speer am Atlatl und stapfte auf dem knirschenden Schnee den Hang hinunter. Die volle Wucht des Windes traf sie und machte ihr das Pfeifen mit den froststarren Lippen fast unmöglich. Der heranpeitschende Schnee gefror sofort auf der Vorderseite ihres Karibumantels. Mit vom Schnee verklebten Augen ging sie mit gesenktem Kopf weiter.

In einiger Entfernung hörte sie aufgeregtes Gebell.

Sie blieb stehen und ruhte sich ein wenig aus. Ihre alten, müden Beine schmerzten bei jedem Schritt durch die tiefen Schneewehen. Wieder pfiff sie und lauschte auf Blacks Antwort. Sie hatte das Gefühl, schon eine Ewigkeit durch die Nacht zu laufen und sich Windfraus unablässigen Attacken auszusetzen. Endlich wurde das Bellen von Schwarz lauter.

In der Dunkelheit sprang er winselnd auf sie zu, die Hündin Weiß folgte ihm wie immer auf den Fersen. Schwarz rannte davon. Unverdrossen folgte sie ihm.

Fast hätte sie den Mann übersehen. Halb vom Schnee verschüttet lag er da, das Gesicht schützend in den Armen vergraben. Schwarz hatte den Schnee um den Mann herum niedergetrampelt. Winselnd und schwanzwedelnd blickte der Hund zu ihr auf.

»Da also«, gurrte sie. »Bist ein guter Hund. Genau wie ich es dir beigebracht habe, was?«

Sie kniete nieder und versuchte, in der Dunkelheit die Kleidung des Mannes zu erkennen. »Einer vom Volk. Hier?« Sie blinzelte. Das Gefühl der Vertrautheit war ihr unheimlich.

Nachdenklich blickte sie auf ihn hinab. Schließlich zog sie den erstarrten Arm von seinem Gesicht und betrachtete die schlaffen Züge. »Zu spät.« Sie seufzte. »Scheint erfroren zu sein.«

Kapitel 14

Reiher trat ihn in die Rippen. Ein Stöhnen antwortete ihr.

»Komm schon«, zischte sie. »Steh auf.«

Nur mit äußerster Mühe bekam sie ihn auf die Beine. Immer wieder glitt sie auf dem rutschigen Boden aus. Die Mammutfährte. Er mußte dem alten Bullen auf seinem Weg zu den heißen Quellen gefolgt sein.

»Schwarz«, sagte sie und schwankte unter dem Gewicht des Mannes. »Nach Hause, Schwarz.«

Der Hund gehorchte und verschwand in der stockdunklen, stürmischen Nacht. Der Rückweg dauerte endlos. Ihre Lungen stachen, sie bekam kaum noch Luft. Er gab sich ungeheure Mühe, nicht zu fallen. Sogar durch die vielen übereinanderliegenden Schichten seiner Kleidung konnte sie seine Knochen spüren. Halb verhungert. Vorsichtig einen Fuß vor den anderen setzend, kamen sie langsam voran. Black rannte hin und her, die Nase unentwegt im Schnee, und zeigte ihr den Weg.

Eine Stunde später erklommen sie endlich den Grat. Reiher befand sich am Rande des Zusammenbruchs. Der Fremde fiel auf die Knie und riß sie beinahe mit zu Boden. Heftig atmend packte Reiher seine Kapuze, hielt sich daran fest und schlitterte mit ihm den Hang hinunter.

Heftige Krämpfe begannen seinen erschöpften Körper zu peinigen.

»Wag bloß nicht, jetzt zu sterben, nach all der Mühe, die ich mir gegeben habe!« grollte sie. Sie zog die Fäustlinge aus und öffnete mit blaugefrorenen Händen seinen Mantel. Die Hunde schnüffelten unruhig.

Die froststarre Fellkleidung ließ sich nur mit Mühe abstreifen. Reiher wandte ihr Gesicht ab, um den von dem Mann aufsteigenden Geruch nicht einatmen zu müssen. Trotzdem stiegen ihr die Ausdünstungen von Krankheit und altem Schweiß unangenehm in die Nase. Sie biß die Zähne zusammen und zog ihm auch sein letztes Kleidungsstück aus. Anschließend entkleidete sie sich, schleifte ihn ohne Rücksicht auf seine empfindliche Haut über die Felsen und ließ ihn in den von heißen Quellen gespeisten Teich gleiten.

Der Wind trieb dichte Wolken aufsteigenden Dampfes durch die Dunkelheit und hüllte sie damit ein wie in ein feuchtes warmes Tuch. Sie hielt den Körper des Mannes fest. Die Berührung seiner nackten Haut mit der ihren war ein ganz ungewohntes Gefühl. Sorgfältig achtete sie darauf, daß sein Kopf nicht unter Wasser geriet. Ängstlich prüfte sie seinen Herzschlag und lauschte auf seine Atemzüge. Er kam wieder zu Bewußtsein.

»Du bist in Sicherheit«, erklärte sie. »Jetzt will ich wissen, was du hier zu suchen hast.«

Der Junge flüsterte ein paar undeutliche Worte. Das Gestammel war nicht zu verstehen. Trotz der Dunkelheit erkannte sie ihn nun.

Alles in ihr verkrampfte sich.

»Lange her . . .«, murmelte sie. »Aber du bist doch noch gekommen.«

Am nächsten Abend hockte Reiher unter der Felltür ihrer Höhle. Sie hatte dem Jungen den Rücken zugewandt, doch sie spürte seine Blicke. Er sprach kein Wort, sondern hing seinen Gedanken nach.

Bis jetzt hatte sie ihn nicht drängen wollen, aber lange konnte sie nicht mehr warten.

Sie ließ ihren unerwarteten Besucher zurück und ging alleine zu den feuchten Felsen am Teichufer. Plötzlich verharrte sie. Schwerfällig polterte das alte Mammut den Hang herunter und marschierte geradewegs in den Teich. Mit dem Rüssel saugte es Wasser ein und bespritzte unter lautem Prusten seinen Rücken.

»Bist du also tatsächlich wieder zurück! Weißt du, daß du mir einen Menschen angeschleppt hast? Er ist deiner Fährte gefolgt.«

Lautes Schnauben und Prusten waren die einzige Antwort. Das riesige Tier trottete stets vor einem Sturm zu den warmen Quellen, labte sich am mineralischen Wasser und watete im dampfenden

Naß. Sie hatte großes Verständnis dafür, wußte sie doch aus eigener Erfahrung, wie sehr alte Knochen und Gelenke gerade vor einem nahenden Sturm schmerzten.

Leise sprach sie auf die beiden Hunde ein, die mit gespitzten Ohren neben ihr saßen. Mit einer Handbewegung bedeutete sie ihnen, sich ruhig zu verhalten.

Sie und der alte Bulle hatten eine Art Waffenstillstand vereinbart. Keiner verletzte das Territorium des anderen. Vom Felsen herab behielt sie das bis zum Bauch im dampfenden Wasser stehende Mammut wachsam im Auge. Den Rüssel schwenkend, spritzte es spielerisch mit dem Wasser.

Vom Felsen vor dem eisigen Wind geschützt, beobachtete sie die Umgebung. Leichtes Schneetreiben herrschte, doch die winzigen Flocken schmolzen auf den warmen Steinen sofort. Wie von Zauberhand tauchte plötzlich ein Karibu aus dem Dampfschleier auf. Das junge Tier legte den Kopf schief, schüttelte ihn, trottete hinunter zum Teich und trank bedächtig. Hin und wieder blickte es mißtrauisch zu Reiher herüber, aber ihre unbewegliche Gelassenheit schien es zu beruhigen.

Schwarz wurde ungeduldig und bewegte sich unruhig. Sie gab ihm ein Zeichen, sich still zu verhalten. Weiß winselte leise und richtete die Augen begehrlich auf das Karibu.

Grunzend hob das alte Mammut den Rüssel und kehrte gemächlich ans Ufer zurück. Bei jedem Schritt des massigen Tieres entstanden Wellen mit silbernen Kronen, die gegen die Uferfelsen klatschten. Unter seinem Gewicht knirschte der Fels. Das Wasser rann ihm in Bächen vom struppigen dunkelbraunen Fell.

»Ja, ja«, gurrte Reiher. »Am besten gehst du jetzt zurück zu deinen Kühen. Wie viele hast du denn? Drei? Und zwei Kälber, um die du dich auch noch kümmern mußt? Sieh dich vor, mein Alter. Die Lange Helligkeit läßt nicht mehr lange auf sich warten. Dann kommen die Jungen und versuchen, dir deinen Platz streitig zu machen. Sie wollen die alten Damen für sich haben, eh?«

Bei ihren Worten drehte es sich um und sah sie grunzend an.

»Ach, mach dich nicht wichtig.« Lässig winkte sie ab. »Du willst dich doch wohl nicht mit einer alten Frau anlegen, oder? Das ist unter deiner Würde.«

Grüßend hob es den Rüssel, das Maul arbeitete emsig und geräuschvoll. Plötzlich drehte es sich um und trabte davon. Wie ein lebendiger Berg aus Haaren und Fleisch verschwand es im Sturm.

Die hoch aufragende, dunkle Masse verschmolz mit dem vom Teich aufsteigenden Dunst.

Schwarz schnüffelte mit zitternder Schnauze hinter dem riesigen Tier her.

Das Karibu sah sich argwöhnisch um. Reiher wartete, bis es seinen Durst gestillt hatte und hochmütig die feuchte schwarze Nase in die Luft streckte. Dann lief das Tier davon und verschwand in aufspritzenden Wasserkaskaden.

Nun machte sich Reiher auf den Weg zum Teich. Bis zu den Hüften watete sie hinein. Mit einer eleganten Bewegung tauchte sie unter und genoß die liebkosende Berührung des Wassers. Im warmen Wasser wurden ihre Glieder rasch geschmeidig. Sie durchschwamm den Teich, prustete und spuckte das schwefelhaltige Wasser aus. Am anderen Ufer stand sie auf.

Ah, die Hitze hatte gutgetan. Sie wrang die langen Haare aus und rieb sie, so gut es ging, mit den Händen trocken. Ein wohliger Seufzer entrang sich ihrer Brust. Übermütig plantschte sie im Wasser. Eine kalte Brise strich über die Wasseroberfläche und riß die Nebelschleier auf. Eiskristalle bildeten sich in ihrem Haar.

Ängstlich überwachte Schwarz vom Ufer aus jede ihrer Bewegungen. Er war ihr über die Felsen am Ufer entlang gefolgt.

Reiher ließ sich treiben, bis die Dunkelheit hereinbrach. Sie spürte die Lebendigkeit in ihre alten Gelenke zurückkehren. Es war die reinste Wonne. Einen größeren Reichtum als diesen Teich konnte sie sich nicht vorstellen. Hoch oben in den Felsen, verborgen im Nebel, schleuderte der Geysir zischend eine Fontäne hinaus. Dampfschwaden wogten hinunter zum Teich, wenn das heiße Wasser himmelwärts schoß. Die Wassertropfen erzeugten ein melodisches Stakkato auf den Felsen.

Erfrischt paddelte Reiher zurück ans Ufer. Sie schüttelte das Wasser von Armen und Beinen, hob ihre Kleider auf und machte sich auf den Rückweg zu ihrer Höhle. Ihre Füße prickelten angenehm im kalten Schnee. Schwarz folgte ihr in Begleitung von Weiß. Die beiden Hunde hielten die Nasen in den Wind und schnüffelten neugierig.

Sie schlug das Karibufell beiseite und betrat ihre Behausung. Bevor sie sich anzog, warf sie ein Birkenscheit auf die glühenden Holzkohlen und stellte sich nackt an das Feuer, um sich vollends zu trocknen. Der Junge saß ihr gegenüber und beobachtete sie unsicher. Mit seinem ovalen Gesicht, den großen Augen und vollen

Lippen sah er sehr gut aus, dazu war er noch groß und breitschultrig.

Schwarz ging nervös am Eingang auf und ab und warf ihr immer wieder einen mißbilligenden Blick zu.

»Hunger?« murmelte Reiher.

Schwarz wedelte mit dem Schwanz und nieste laut. Spielerisch streckte er sich.

»Also gut, haut ab! Seht zu, was ihr findet.« Sie wedelte mit der Hand, und sofort verschwanden die beiden Hunde unter der Felltür hinaus in der Nacht.

Reiher trocknete ihr Haar am prasselnden Feuer. »Du siehst aus, als weiltest du wieder unter den Lebenden«, bemerkte sie beiläufig.

Der Junge warf den Kopf in den Nacken. »Ich schon, aber ich mache mir Sorgen um meine Leute. Als ich fortging, lebten sie noch. Aber wer weiß, wie es in den drei Höhlen aussieht, wenn ich zurückkomme.«

»Morgen, sobald es hell ist, gehen wir hin.« Sie seufzte. »Für mich bedeutet das leider Schluß mit meiner Ungestörtheit.«

Er schwieg und aß bedächtig das gepreßte Dörrfleisch mit Trockenbeeren. Die Mischung aus Beeren und Fett war genau das Richtige für seinen ausgemergelten Körper.

Sie konnte den Blick nicht von ihm abwenden. »Du bist schöner geworden, als ich dachte.«

Verblüfft blickte er auf. »Was?«

»Laß gut sein. Ich erkläre es dir später. Zuerst sagst du mir, warum du hier bist.« Sie stieß das Holzscheit tiefer in die Glut. »Ich war sicher, der alte Krähenrufer warnte jeden davor, hierherzukommen.«

»Hat er auch.« Traurig starrte er zur Decke hinauf. Er sah sehr schuldbewußt aus. »Ich habe die Leute trotzdem hergeführt.«

»Eine weise Entscheidung.« Sie schüttelte ihr ergrauendes Haar. Sie war es nicht mehr gewohnt, mit einem Menschen zu sprechen. Ihre früher angenehme, wohlklingende Altstimme war im Laufe der Jahre rauh geworden.

Er stützte den Kopf in die Hände. Sein Anblick rührte ihr Herz. Eine schwere Bürde lastete auf ihm, das verrieten ihr seine ängstlichen Augen.

»Möchtest du mit mir darüber sprechen?«

Unbehaglich zuckte er die Achseln. »Ich . . . ich habe geträumt.

Wir begannen zu verhungern. Der Hunger verwirrt den Verstand eines Menschen.«

»Natürlich sieht ein hungriger Mensch seltsame Bilder, aber das ist etwas ganz anderes als ein Großer Traum.«

»Woher weißt du das?« fragte er. In seiner Stimme schwangen zugleich Angst und Hoffnung mit.

»Ich weiß es eben.«

Das Blut stieg ihm ins Gesicht. Unsicher zauste er sein langes Haar.

»Der Wolf rief mich . . . Ich meine . . .«

Reihers Herz schlug schneller. Sie beugte sich zu ihm hinüber und hob sein Kinn. »Sieh mir in die Augen, Junge. Erzähle mir, was der Wolf dir gesagt hat.«

Er schluckte. Sie spürte, wie seine Kiefer mahlten. »Ich hörte einen Wolf, der sich am Körper meiner Mutter zu schaffen machte. Ich . . . ich dachte eigentlich nur an sein Fleisch.« Nachdem er stockend angefangen hatte zu erzählen, sprudelte bald die ganze Geschichte wie eine Fontäne aus einem Geysir aus ihm heraus. Sie unterbrach ihn erst, als er von seinem Versuch berichtete, die Tiere zu rufen.

»Und als du versuchtest, die Tiere zu rufen, was ist da geschehen?«

Kopfschüttelnd hielt er die Hände über das wärmende Feuer. »Ich fühlte sie nicht, ich konnte es nicht. Ich bin kein Träumer. Ich habe etwas Furchtbares getan. Ich habe meine Leute an das Ende der Welt geführt.«

»Dein Verstand hat dich gehemmt. Er ließ nicht zu, daß du die Tiere riefst. Hast du an andere Dinge gedacht? Warst du verzweifelt?«

Eingeschüchtert nickte er.

Reiher machte ein finsteres Gesicht. »Trotzdem behauptest du, bei deiner Konfrontation mit Krähenrufer die Macht des Wolfes gespürt zu haben.«

Er warf ihr einen bösen Blick zu. Ein Funken Widerstand regte sich in ihm. »Ja. Ich *spürte* seine Kraft. Sie war da – damals.«

»Ja«, meinte sie nachdenklich. »Das glaube ich dir gern. Aber warum ist sie jetzt nicht mehr da? Hat dich niemand gelehrt . . .«

»Ich weiß nicht, warum!« rief er. Er saß da wie ein Häufchen Elend.

»Wer ist heute der bedeutendste Träumer des Volkes?«

»Krähenrufer.«

Sie zog eine Augenbraue hoch. Was war in all den langen Jahren ihrer Abwesenheit geschehen? »Ich hatte immer das Gefühl, irgend etwas stimmt nicht mit ihm. Er war kein wirklicher Träumer. Er machte stets nur halbe Sachen. Er veränderte seine Visionen nach eigenem Gutdünken und ließ sich niemals wirklich darauf ein. Zu einem Großen Traum gehört Freiheit – Abgeschiedenheit.«

»Gebrochener Zweig sagte . . .«

»Gebrochener Zweig?« keuchte Reiher. »Lebt diese verräterische Hexe immer noch?«

Der Junge zuckte zusammen. »Jedenfalls bis vor kurzem, als ich sie zuletzt gesehen habe.«

Reiher gluckste und schlug sich auf die Schenkel. Doch plötzlich erinnerte sie sich all der unerfreulichen Dinge in der Vergangenheit und sagte hartherzig: »Ich glaube, ich sollte ihre Gelenke mit einem Fluch belegen.«

»Du kennst sie?«

Aus den Augenwinkeln schielte sie zu ihm hinüber. »Ja.«

»Ich hätte nie gedacht, daß noch irgend jemand auf der ganzen Welt lebt, der so alt ist wie sie. Sie muß ungefähr . . .«

»Da siehst du's. Man sollte nie die Hoffnung aufgeben. Sie wird nicht mehr lange unter uns weilen, wenn ich mich erst einmal mit ihr beschäftige.«

Er runzelte die Stirn. »Sie ist zur Zeit meine einzige Freundin. Sie glaubt an Träume und spricht viel darüber.«

»Tatsächlich? Früher behauptete sie, ich sei verrückt, wenn ich Träume hatte. Sie sagte dann, ich hätte böse Geister in den Eingeweiden.«

Ungläubig hielt Der im Licht läuft den Atem an. »Du hast Träume?«

»Ja.«

»Haßt du Gebrochener Zweig deshalb? Weil sie sich abfällig über deine Träume geäußert hat?«

Sie antwortete nicht gleich. Erinnerungen überwältigten sie. »Nein . . . nein. Früher einmal, vor langer Zeit, ging es um einen Mann. Einen großen Jäger. Er jagte Großvater Braunbär, dafür war er weithin bekannt. Er verspottete die Bären, damit sie ihm nachhetzten. Dann lockte er sie in einen Hinterhalt. Er versteckte sich, lief in einem weiten Bogen um sie herum und schleuderte ihnen die Speerspitze direkt in die Schulter. Einfach so. Er hat viele Bären erlegt. Ich habe diesen Mann geliebt und wäre bei ihm geblieben, wenn nicht Gebrochener Zweig – sie war damals eine große Schönheit – ihre Beine um seinen Leib geschlungen und ihm den Kopf verdreht hätte. Übrigens, was die Träume angeht . . .«

Urplötzlich dämmerte ihm, wen er vor sich hatte. Begreifen stand in seinen Augen. Er erinnerte sich an zahlreiche alte Geschichten. »Du – du bist *Reiher*?«

Wie ein großer Weißkopfadler einen Fisch, so beobachtete sie ihn lauernd unter halbgeschlossenen Lidern hervor. Zögernd fragte sie: »Macht sie mich immer noch schlecht?«

»Die Leute sagen, du seist nur eine Legende.«

»Bis auf Gebrochener Zweig, da gehe ich jede Wette ein.«

Er nickte und verkroch sich in die hinterste Ecke der Höhle. Belustigt registrierte sie seine wachsende Furcht. Die Anspannung grub harte Linien um seinen Mund. Verrückter Kleiner, ob er jetzt wohl dachte, sie würde ihn verhexen?

»Du brauchst dich nicht so weit wegzusetzen«, fügte sie sanft hinzu. »Der einzige Notausgang ist dort oben.« Sie deutete hinauf zum rußgeschwärzten Abzugsloch. »Ein- oder zweimal habe ich diesen Ausgang benutzt, weil Großvater Braunbär sich weder vom Feuer noch von meinen Speeren beeindrucken ließ.«

Nervös leckte er sich die Lippen. »Krähenrufer sagte . . .«

»Hast du auf sein Geschwätz gehört? Nicht sehr klug von dir, nicht wahr? Also schön, um dich zu beruhigen, ich fresse keine kleinen Kinder.«

Diese Worte beruhigten Der im Licht läuft ganz und gar nicht. »Gebrochener Zweig behauptet, du sprichst mit den Tieren. Du rufst sie, und sie kommen.«

»Natürlich. Jeder Träumer macht das.«

Er duckte sich wie unter einem Schlag und blickte schuldbewußt drein. »Ich kann es nicht.«

»Du bist ja noch sehr jung.«

»Manche behaupten auch, du sprichst mit den Geistern der Langen Finsternis. Du hättest die gleiche Macht wie sie. Daß du Tote lebendig machen kannst . . . oder einem Lebenden die Seele aus dem Leib saugen und sie in den Wind hinausblasen kannst, wo sie für immer und ewig wehklagen muß.«

»Mäusedreck!« zischte sie gereizt. Mit schief gelegtem Kopf sah sie ihn prüfend an. »Ich mache nichts anderes als jeder wirkliche Träumer. Nur mache ich es lieber hier draußen allein, weit weg von verwirrten, bösartigen alten Weibern und dummen jungen Liebespaaren.«

Noch immer entspannte er sich nicht. Sein Blick irrte suchend durch den Raum. Anscheinend wägte er seine Fluchtchancen ab für den Fall, daß ihm Gefahr von ihr drohte. »Warum bist du allein? Wenn du den Leuten kein Leid zufügst . . .«

»Aus demselben Grund, aus dem du hier sein solltest.« Aus schmalen Augen beobachtete sie wie er zusammenzuckte. *»Wegen der Träume, Junge!* Wenn du ständig von Menschen umgeben bist, hast du keinen klaren Kopf. Du kannst dich nicht auf das Wesentliche konzentrieren.«

Verwirrung spiegelte sich in seinen Augen.

Sie nickte. »O ja, ich kenne dich, Der im Licht läuft. Ich sah dich am Tag deiner Geburt. Und an jenem Tag, an dem deine Mutter dich *empfangen* hat! Du sahst mir in die Augen. Ein Träumer, schon damals. Und dein Bruder? Wie heißt er?«

»Rabenjäger.« Traurig flüsterte er diesen Namen.

Sie nickte beifällig. In der Erinnerung kehrte die Vision zurück.

»Sehr passend. Greift er immer noch nach schwarzen Federn? Trachtet er immer noch nach Blut? So wurde er geboren, weißt du, im Blut.«

»Er ging mit Krähenrufers Gruppe, um den Anderen gegenüberzutreten. Er . . .«

»Dort wartet der Tod«, murmelte Reiher. »Es sind zu viele.« Sie blickte auf. »Oh, ich sah es kommen. Die Welt verändert sich, Junge. Das Eis schmilzt. Die Herden wandern, und die Menschen folgen den Tieren. Ich will dir etwas sagen.«

Ein wenig ängstlich fragte er: »Was?«

»Hin und wieder durchquerte ich das Land. Ich wanderte über die Berge im Westen bis ans Salzwasser. Dort setzte ich mich immer auf einen Felsen und beobachtete die Brandung. Weißt du, in den sich brechenden Wellen kann man viele Dinge sehen. Dort kommen gute Träume.« Sie versank in Erinnerungen. »Das letzte Mal war ich vor drei Jahren dort. Aber über meinen Fels spülten die Wellen.«

»Und?«

»Das bedeutet, daß das Wasser steigt, Junge.«

Einen endlos scheinenden Augenblick lang sahen sie sich in die Augen, bevor er es wagte, die entscheidende Frage zu stellen. »Wird es das ganze Land überfluten?«

»Woher soll ich das wissen?«

»Hattest du keinen Traum?«

»Großes Mammut, nein! Mir fiel nur der Unterschied auf, als ich mich dort aufhielt.«

»Oh«, seufzte er erleichtert.

»Hätte ich einen Traum gehabt und wäre ins Wasser gegangen, hättest du dich dann in die Wellen geworfen und mich gerettet?«

»Schon möglich.«

Kichernd klopfte sie ihm auf den Arm. »Du gefällst mir, Junge. Du hast Respekt vor uns Älteren.«

Er lächelte kaum merklich.

»Wie um alles in der Welt kommt jemand auf die Idee, in die Jagdgründe der Anderen zu gehen? Niemand kann sie besiegen.« Sie winkte ihn zu sich. »Das Volk hat nur die Wahl zwischen zwei Möglichkeiten. Es kann kämpfen – und sterben. Oder sich den Anderen anschließen, aber dann wird es von ihnen aufgesogen wie Blut von einem Fuchsfell.«

»Aufgesogen? Aber Sonnenvater gab uns das Land und die Herden.«

»Nichts ist ewig, Junge. Nicht das Mammut, nicht du, nicht ich, nicht einmal unser Volk. Nichts hat Bestand.«

Sein Blick wurde glasig. Er schien in weite Fernen zu starren. »Der Mann vom Weißen-Stoßzahn-Clan sagte . . .«

»Was für ein Mann?«

»Er war groß und hatte schwarzes Haar, das schon grau wurde. Er kam zu mir, und ich sah einen Regenbogen.« Unsicher blickte er sie an. Er fürchtete, sie hielte ihn für einen Lügner. »Ich versprach, ihm einen Sohn für einen Sohn zu geben. Ich . . . ich bat ihn, sich zwischen hell und dunkel zu entscheiden.«

»Du kanntest ihn?«

»Nein.«

Stocksteif richtete sich Reiher auf. Ihre Lippen zogen sich zu einem dünnen, weißen Strich zusammen. »Sein Gesicht, hatte es eine ovale Form? Hatte er eine schmale Nase? Volle Lippen?«

Ganz langsam nickte der Junge.

Reiher versank in der Vergangenheit. Deutlich sah sie den Mann mit dem hageren Gesicht und dem weißen Fell über den Schultern vor sich, der im groben Sand eine Frau des Volkes vergewaltigte.

»Kennst du ihn?«

Reiher nickte. »Er ist dein Vater.«

Verblüfft kniff Der im Licht läuft die Augen zusammen. »Robbenflosse ist mein ...«

»Robbenflosse hat dich an Kindes Statt angenommen. Nein, dein leiblicher Vater ist der Mann aus dem Traum.« Mit Mühe brachte sie ein verzerrtes Lächeln zustande. »Und du hast ihm einen Sohn für einen Sohn versprochen? Interessant. Was bedeutet das?«

»Ich weiß es nicht.«

Ein langes Schweigen folgte.

Reiher grübelte. »Irgend etwas fehlt. Ein Regenbogen ist die Straße der Farben hinauf in die Welt der Monsterkinder; sie führt einen Träumer mitten hinein in ihren Krieg. Geht es darum? Das Gute kämpft gegen das Böse?«

»Vielleicht.«

»Du bist nicht gerade eine große Hilfe, oder bist du anderer Meinung?«

Peinlich berührt blinzelte er. »Ich begreife die Bedeutung meiner Träume nie. Ich bin ratlos. Ich meine ...«

»Dagegen müssen wir etwas unternehmen.«

»Was denn?«

»Darüber reden wir später. Jetzt erzähl mir lieber, welche Gefühle du während des Traumes hattest. Hattest du das Gefühl, das Volk stirbt durch die Hand der Anderen? Durch die Hand deines Vaters?«

»Der Wolf sagte mir, wie ...« Er verhaspelte sich und kam nicht weiter. Unschlüssig wiegte er den Kopf.

»Wie?«

Der im Licht läuft starrte in die glühenden Kohlen. »Wie man durch das Große Eis kommt.«

»Der Wolf hat dir den Weg gezeigt?«

Er nickte heftig. »Er sagte, wenn wir diesen Weg gehen, wird das Volk gerettet.«

Nachdenklich runzelte Reiher die Stirn. »Dann machst du dich am besten bald auf den Weg. Ich sah die Anderen rasch näher kommen. Dir bleibt nicht mehr viel Zeit.«

Kapitel 15

Der der schreit kroch zum Eingangsloch der Schneehöhle. Er mußte den hereingewehten Schnee hinausschieben. Sie hatten nicht genügend Zeit gehabt, den Eingang schneedicht anzulegen. Der Wind blies den Schnee ungehindert herein. Die Welt bestand nur noch aus einer einzigen wirbelnden weißen Wolke. Er wägte ihre Möglichkeiten ab. Sollten sie weiterziehen? Mit Hilfe des Windes konnten sie die Richtung bestimmen. Aber wem war damit gedient? Der Weg konnte auf einer steil abfallenden Klippe enden, oder sie konnten in einen Sumpf geraten. Wohin sollten sie gehen? Die Kinder waren zu schwach. Sie konnten mit den Erwachsenen nicht mehr Schritt halten. All diese Gedanken entsetzten ihn.

Er ließ sich in den Schnee fallen und starrte abwesend in den nicht nachlassenden, tobenden Sturm. Vom eisigen Boden stieg bittere Kälte auf. Dieser Sturm konnte noch tagelang andauern.

»Wir sind am Ende«, flüsterte er.

Den Jägern fehlte die Kraft. Nur mit Aas konnten sie überleben.

»Vielleicht hätten wir doch nach Norden gehen sollen«, murmelte er und blickte hinüber zu seiner schlafenden Frau. Ihre Nasenflügel bewegten sich kaum. »Es tut mir leid, Frau. Sehr leid. Ich brachte dich hierher. Ich bin auf einen Narren hereingefallen.«

Er streckte die Hand aus und streichelte behutsam die ihre. Wenigstens erwartet uns kein so schlimmer Tod, dachte er. Erfrieren ist immer noch besser, als langsam an einer Krankheit zu verfaulen. Zum Schluß würden sie den Wölfen als Nahrung dienen.

Die Ironie dieses Gedankens entging ihm nicht. Leise lachend sah er hinaus in die weiße Unendlichkeit. Seine Augen suchten nach etwas, irgend etwas mußte sich dort draußen bewegen. »Hast du das gewollt, Wolf? Hast du den Jungen absichtlich getäuscht und hierhergelockt, damit deine Brüder etwas zu essen haben?«

Er neigte den Kopf. »So wird es gewesen sein. Jeder muß für seine Lieben sorgen, so gut er kann.«

»Wir sind alle aus einem Stück, mein lieber Mann«, sagte Grünes Wasser im Tonfall der Alten, wenn sie sich im Winter des Nachts um die Feuer versammeln und miteinander sprechen. »Einmal waren wir Sterne. Sonnenvater warf uns herab vom Himmel. Die Bisamratte sah uns fallen und tauchte in das Meer. Sie beförderte soviel Schlick und Dreck auf die Erde, daß wir weich fielen.

Dann blies Sonnenvater Leben in uns und die anderen fallenden Sterne. Er machte uns alle zu Brüdern. Wir alle sind ein- und dasselbe Geschöpf. Wir essen Wölfe; sie essen uns. Wir sind ein Leben.«

»Du scheinst das ganz ruhig hinzunehmen.«

Gleichmütig zuckte sie die Achseln.

Er legte sich neben sie, schob den Arm unter ihren Kopf und rieb seine Wange an der ihren. »Aber wer betet für unsere Rückkehr zu den Sternen?«

Draußen heulte Windfrau. Schnee tanzte herein, legte sich kalt auf ihre Felldecken und überzog ihre Gesichter mit weißem Frost.

»Vielleicht der Wolf.«

»Hoffentlich.«

Er legte seine Hand auf die von Grünes Wasser, schloß die Augen und fiel in einen unruhigen Halbschlaf. In seinem Traum war er wieder ein junger Mann. Schüchtern lächelnd folgte ihm Grünes Wasser, ihm, dem stolzen jungen Jäger, der soeben ganz allein sein erstes Wild erlegt hatte. In seinem Rücken spürte er den Blick ihrer wissenden Augen. Sie hatte ihn stets durchschaut.

Wieder erwachend, dachte er nach. Grünes Wasser wußte alles. Ihr Leben folgte einer vorgeschriebenen Ordnung. Sie war auf jedes Ereignis vorbereitet und nahm es hin. Nicht einmal der Tod ihres ersten Kindes – gleich zu Beginn der Langen Finsternis war es verhungert – änderte ihre Haltung. Der Tod kam. Er war unvermeidlich. Sie trauerte, fand sich mit ihm ab und blickte in die Zukunft.

Eine bewundernswerte Frau – welch eine Verschwendung an ihn.

Von oben fiel Schnee auf ihn herab. Hielt das Dach der Höhle? Seufzend fragte er sich, ob es sinnvoll war, aufzustehen und den Schnee wegzuschaffen, damit sie wieder freier atmen konnten. Wenn sie aber sowieso dem Tod geweiht waren, dann bedeutete Ersticken weniger Leiden.

Der Hund von irgend jemandem winselte. Aber das war laufend so. Entweder winselten die Hunde oder kämpften miteinander oder fraßen.

Energisch schüttelte er den Kopf. Der Hunger erzeugte seltsame Halluzinationen. *Ein Hund? Sie hatten alle Hunde aufgegessen!*

»Einbildung«, schimpfte er und blickte fassungslos in ein schwarzes Hundegesicht, das ihn vom Höhleneingang her anstarrte.

Der der schreit blinzelte. Das hechelnde Schnaufen des Tieres dröhnte in seinen Ohren. *Essen!* Schnell griff er nach seinen Speeren, seine Muskeln zitterten. Dieser verfluchte Hunger raubte einem Mann die letzte Kraft.

»Komm her, Schwarz«, rief eine scharfe Stimme genau in dem Moment, als Der der schreit seinen Speer zum Wurf anlegte. Grünes Wasser setzte sich auf. Verzweifelte Hoffnung stand in ihren Augen.

Der schwarze Hund verschwand in einer aufstiebenden Schneewolke.

Der der schreit nahm all seine Kraft zusammen und kroch zum Eingangsloch. Erstaunt sah er vor sich das von einer Kapuze eingerahmte Gesicht einer alten Frau.

»Habt ihr Hunger da drin?« fragte sie. »War ein ausgesprochen hübscher Sturm. Nicht so ein häßlicher, bei dem man am liebsten zu Hause am Feuer sitzt, sondern einer, der direkt zum Hinausgehen einlud. Deshalb nahm ich ein paar Därme, stopfte sie mit Fett und machte einen netten, kleinen Spaziergang.«

Der der schreit starrte sie sprachlos an. Endlich faßte er sich. »Bist du ein Geist? Willst du meine Seele in die Lange Finsternis blasen?«

»Halt den Mund«, rief Grünes Wasser und schob ihn beiseite.

Die alte Frau schlängelte sich durch die enge Öffnung. Der schwarze Hund blieb ihr dicht auf den Fersen.

»Schwarz!« zischte die alte Frau. »Geh sofort raus.« Sie machte eine rasche Bewegung, und der Hund zog sich eilig zurück.

»Wo ist Gebrochener Zweig?« fragte die Frau mit einem bösen Funkeln in den Augen.

»In der Höhle nebenan. Du kennst sie?« erkundigte sich Der der schreit neugierig.

Sie ließ ihn nicht aus den Augen. »Ob ich sie kenne? Vor fünfundzwanzig Langen Finsternissen schwor ich, sie zu töten, käme sie mir jemals wieder unter die Augen. Eine lange Zeit, um einen Schwur einzulösen.«

Außer der Kälte und dem nagenden Hungergefühl im Magen existierte für Tanzende Füchsin nichts mehr auf der Welt. Nur Kralles rasselnder Atem erinnerte sie daran, daß sie nicht allein war, daß es noch andere Menschen gab und daß die Welt einmal Wärme, Sonne und Lachen erlebt hatte.

Windfrau wühlte den Schnee auf und spickte die dünn geschabten Karibudecken, unter denen sie sich aneinanderkuschelten, mit scharfen Eiskristallen. So wenig Körperwärme, so wenig Energie. Trotz der Felle, trotz der mehrfach übereinandergetragenen Pelzmäntel fraß sich die Kälte bis ins Mark.

»Wer singt uns hinauf zum Volk der Sterne?« überlegte sie laut.

»Vielleicht ein Mammut, ha?« nuschelte Kralle, ohne den grauen Kopf zu bewegen, der an Tanzende Füchsins Schulter ruhte.

»Vier Tage liegen wir schon hier. Ich wüßte gern, ob außer uns noch jemand am Leben ist.«

»Meine größte Sorge ist«, wisperte Kralle, »daß du wieder pinkeln mußt. Wenn du aufstehst, erfriere ich.«

»Ich werde wohl müssen. Dir wird auch wärmer, wenn du das überflüssige Wasser nicht im Körper hältst. Es zieht die Hitze heraus. Von dem wenigen, was davon noch übrig ist, darf man nichts vergeuden.«

»Ah, das weiß ich. Aber ich kann nicht aufstehen, Mädchen. Ich kann es einfach nicht. Soll ich vielleicht in diesem Schneetreiben meinen nackten Hintern herausstrecken? Nein, schon der Gedanke daran bringt mich um. Mein Lebensfaden ist zu dünn . . . zu dünn.«

Tanzende Füchsin schloß die Augen. »Ich danke dir für die Zeit, die du mit mir verbringst, Kralle. Ich glaube, ohne dich hätte ich nicht so lange durchgehalten.«

»Pah«, zischte Kralle leise. »Ich bin gern mit dir zusammen.« Sie drehte ihr verhärmtes Gesicht zur Seite und starrte auf die Eiswände. »Ich wäre froh, wenn wir beide uns Der im Licht läuft angeschlossen hätten. Wolfstraum. Da steckt wirkliche Macht dahinter.«

»Ich habe es versucht.«

»Ja, ich weiß.« Der Kopf der alten Frau bewegte sich. Sie schluckte schwer. »Ich . . . weiß.«

Tanzende Füchsin hob einen Zipfel ihrer Karibudecke. Die wirbelnden Schneeflocken erschienen ihr wie tanzende Geister. Die Erde war eingehüllt in einen weißen Schleier. Einzelheiten konnte sie längst nicht mehr erkennen. Schrecklich, wenn die Seele in einer solch öden Welt den Körper verläßt.

»Der im Licht läuft?« rief sie leise. »Eines Tages, vielleicht oben bei den Sternen, sehen wir uns wieder. Dann halte ich dich fest und liebe dich.«

Sie schloß die Augen und zwinkerte die aufsteigenden Tränen fort. Erneut bohrte sich der Schmerz über den Verlust wie ein Speer in ihre Brust.

»Rufst du immer noch nach meinem närrischen Bruder?«

Rabenjägers selbstbewußte Stimme durchdrang selbst Todesträume. Mit äußerster Willenskraft versuchte sie, seine gehässigen Worte zu überhören.

»Nun mach schon, meine liebe Tanzende Füchsin«, ertönte die Stimme erneut. »Komm unter der Decke vor und iß etwas.«

Kralle neben ihr bewegte sich. Tanzende Füchsin hob trotz Kälte und Schnee das Karibufell und blickte in Rabenjägers hübsches Gesicht.

»Einen Tagesmarsch von hier entdeckte ich Schafnases Lager. Sein Clan hat ein Höhlenlager eingerichtet. In ein paar Minuten brennt das Feuer. Mach etwas Fett warm. Ich glaube, damit können wir die retten, die noch am Leben sind. Bis es soweit ist, halte dich unbedingt warm.«

»Wir leben«, flüsterte sie. *Oh, Der im Licht läuft, ich lebe weiter!*

»Ein guter Junge, dieser Rabenjäger«, murmelte Kralle. »Du könntest einen Schlechteren haben als ihn, Füchsin. Einen viel Schlechteren.«

Tanzende Füchsin zuckte zusammen. Eisige Kälte kroch ihr über den Rücken.

Kapitel 16

Fahle Sonnenstrahlen durchdrangen die enge Öffnung der Eishöhle und ließen die hohlen Wangen der Menschen noch eingefallener erscheinen. Eng aneinandergeschmiegt lagen die Leute unter den Decken. Sie sprachen kaum. Die Verzweiflung war mit Händen greifbar – keiner hatte noch ein Fünkchen Hoffnung.

»Großmutter?« fragte Roter Stern, ein fünf Jahre altes Mädchen mit großen braunen Augen und einem bis auf den Tod abgezehrten Gesichtchen. Sie mußte all ihre Kraft zusammennehmen, um die Kapuze von Gebrochener Zweigs Kopf zu ziehen.

»Hmmm?«

»Großmutter, mir ist so kalt.« Sie umklammerte die Puppe aus Fischgräten, als gäbe sie ihr noch Halt, und drückte sie fest an ihre Wange.

Gebrochener Zweig versuchte, richtig wach zu werden. Sie rieb sich mit den Fäusten die Augen und blickte auf das bittende Kind. Roter Stern sah sie blinzelnd an. Eiskristalle schimmerten auf ihren Wimpern. Flehend streckte sie der alten Frau die Ärmchen entgegen.

»Komm her, Kind«, murmelte Gebrochener Zweig liebevoll und zog die Kleine an sich. Sie zurrte die starren, gefrorenen Dekken ganz fest um sich und das Kind. Zärtlich küßte sie seine Stirn.

»Danke.« Müde seufzend lehnte sich das Mädchen an die Brust der alten Frau. Es zog einen Handschuh aus, steckte den Daumen in den Mund und lutschte heftig daran. »Ich habe Hunger.«

»Ja. Aber es dauert nicht mehr lange. Der Wolfsträumer kehrt bald zurück. Er holt uns ab. Bestimmt spricht er gerade mit dem Wolf.«

Ungläubig runzelte Roter Stern die Stirn. »Lügst du mich an, weil ich noch ein Kind bin?«

»Nein, natürlich nicht«, widersprach Gebrochener Zweig etwas verletzt. »Er kommt zurück. Du wirst sehen.«

»Vielleicht ist er tot und kann nicht mehr kommen.«

»Wer hat denn das gesagt?«

Verlegen schloß Roter Stern die Augen. Sie wollte nicht petzen. »Na ja . . .«

»Komm schon. Wer außer mir weiß hier schon Bescheid?« versuchte Gebrochener Zweig das Mädchen zum Sprechen zu bringen.

»Singender Wolf sagte, vielleicht hat ihn Großvater Eisbär gegessen, und wir alle sterben, weil wir ihm gefolgt sind.«

Verächtlich schürzte Gebrochener Zweig die Lippen. »Ach weißt du, Singender Wolf ist ein Narr. Hör lieber auf mich. Ich lebe schon zweimal so lang wie er und kenne mich aus in der Welt. Wolfsträumer kommt zurück.«

Roter Sterns Magen knurrte laut, und sie preßte ihre winzige Hand dagegen. »Er brummt und zieht sich zusammen.«

»Vielleicht ist eines der Monsterkinder herabgestiegen und hineingekrochen, ha?«

Roter Stern kicherte ungläubig. »Du weißt ganz genau, daß sie nie vom Himmel herabsteigen.«

»Wirklich nicht?«

Das Mädchen schüttelte den Kopf.

»Nein. Darum brauchen wir auch keine Angst vor ihnen zu haben. Sie sind gefangen im Licht des Regenbogens, eingesperrt für alle Zeiten.«

Lächelnd tätschelte Gebrochener Zweig ihr die Wangen. »Du erinnerst dich sehr gut an die alten Geschichten, das muß ich schon sagen.«

»Du hast mir gesagt, ich darf sie nicht vergessen. Weißt du das nicht mehr?«

»So? Tatsächlich?«

»Ah-ha. Als ich noch ganz klein war, hast du gesagt, du versohlst mir den Hintern, wenn ich auch nur eine einzige vergesse.«

»Das habe ich gut gemacht. Es hat funktioniert.«

Roter Stern kuschelte ihre Wange an die Pelze der alten Frau und schien konzentriert nachzudenken. Gebrochener Zweig strich mit der behandschuhten Hand über die Falten auf der Kinderstirn.

»Was ist denn das? Du willst wohl aussehen wie ich?«

Zaghaft sahen sie die braunen Augen des Mädchens an. »Großmutter, wie ist der Tod?«

Die Frage schnürte der alten Frau fast das Herz ab. Sie hustete und drückte das Kind fest an sich. Diese Frage hatte sie sich selbst schon oft genug gestellt. »Oh, er ist nicht so schlimm. Ausgenommen bei einigen ganz alten . . .«

»Was ist, wenn ein Bär kommt und mich bei lebendigem Leib verschlingt?«

Gebrochener Zweig zog ein Steinmesser aus ihrem Gürtel und drehte es so, daß die Obsidianklinge im düsteren Licht drohend aufblitzte. »Wenn ein Bär das wagt, schlitze ich ihm mit diesem Messer den Bauch auf und hole dich heraus.«

»Aber was ist es wohl für ein Gefühl, wenn . . . wenn der Bär wegläuft und du mich nicht herausholen kannst?«

»Na ja«, antwortete Gebrochener Zweig und betrachtete nachdenklich die unregelmäßigen Muster der kalten blauen Schatten auf der Decke. »Das ist ein Gefühl wie beim Einschlafen. Du weißt schon, so ein sanftes Weggleiten. In der einen Minute bist du noch wach, und in der nächsten schläfst du.«

Roter Stern nickte. »Es tut wirklich nicht furchtbar weh?«

»Nein, Kind. Jedenfalls nicht lange.«

»Vielleicht dauert es nur eine Minute?«

»Oh, so lange dauert es nicht. Du merkst es kaum, so schnell geht es.«

Roter Stern stieß einen leisen Seufzer der Erleichterung aus, steckte wieder den Finger in den Mund und rieb mit der anderen Hand das Bisamfellgesicht ihrer Puppe an ihrer juckenden Nase. »Ich habe mir deswegen große Sorgen gemacht.«

»Frag mich nur. Ich sage dir alles, was du wissen willst.«

»Lachsflosse sagte, man hat lange Zeit so entsetzliche Schmerzen, daß man schreit und schreit, bis die Seelenesser kommen und einen holen.«

»Er ist doch erst sieben«, brummte sie. »Was weiß er denn schon?«

»Knochenwerfer war sein Onkel. Er sagte, nachdem ihn der Bär erwischt hat, hörte er ihn tagelang furchtbar stöhnen und schreien.«

»Pah! Knochenwerfer ging allen auf die Nerven. Wahrscheinlich hat er Großvater Eisbär Verdauungsprobleme beschert, *das* wird Lachsflosse gehört haben.«

Blinzelnd schielte Roter Stern auf die mit Fellen umwickelten Füße von Gebrochener Zweig. »Was geschieht danach?«

»Du meinst nach dem Tod?« Das Mädchen nickte. »Nun, dann wachst du auf und fliegst zwischen den Sternen umher. Du schwebst wie ein Adler.«

»Weil ich wieder zum Volk der Sterne gehöre?«

»Genau.«

Nachdenklich runzelte sie die Stirn.

»Großmutter, glaubst du wirklich, Der im Licht läuft hatte einen Großen Traum?«

»Daran habe ich nicht den geringsten Zweifel, Mädchen. Ich habe Träumer gesehen – richtige Große Träumer . . .« Ihre Stimme brach. In Gedanken versetzte sie sich zurück in die bittersüßen Tage vor fünfundzwanzig Jahren. »Richtige Träumer . . .«

Vom Höhleneingang her hörten sie Hundegebell und das raschelnde Geräusch gefrorener Felle. Roter Stern sprang auf und stieß einen kleinen Freudenschrei aus.

»Er ist zurück!« rief sie mit schriller Stimme und kroch auf die Öffnung zu. »Der im Licht läuft! Der im Licht läuft!«

Gebrochener Zweig schloß die Augen und richtete ein leises Dankgebet an den Wolf.

»Hallo«, hörte sie Roter Stern verwundert sagen. Offensichtlich kannte sie die Person nicht, die draußen stand.

»Bist du hungrig, Kleine?« fragte eine unbekannte Frauenstimme.

»O ja, mein Magen knurrt und stöhnt.«

»Hier. Iß, dann geht es dir gleich besser.«

»Danke!« Roter Stern schlüpfte zurück. Sie hielt ein großes Stück gefüllten Darm in der Hand.

An wen erinnert mich bloß diese Stimme ... Sie löste Angst und Reue in ihr aus. Tränen standen in Gebrochener Zweigs Augen. Fast hätte sie laut geschluchzt, aber sie schluckte ihre Rührung energisch hinunter.

»Gebrochener Zweig?« fragte die rauhe Frauenstimme im Befehlston. »Bist du da drin?«

»Ja«, antwortete sie erschrocken. »Wer ...«

»Komm raus, bevor ich reinkomme und dich hole.«

»Wer bist du?«

Als sie keine Antwort erhielt, warf Gebrochener Zweig nach kurzem Zögern die Decken beiseite und kroch auf Händen und Füßen hinüber zu der schmalen Öffnung. Im weißen Dunstschleier sah sie schemenhaft eine Gestalt mit Kapuze. Vom grellen Licht geblendet, kniff sie die Augen zusammen und richtete sich mühsam auf. Ihre schwachen, zittrigen Beine trugen sie kaum. Sie versuchte, das Gesicht unter der Karibukapuze zu erkennen, aber Windfraus eisiger Atem trieb ihr Tränen in die Augen und trübte ihren Blick.

»Verflucht will ich sein«, brummte die Frau. »Deine ach so wunderhübsche Nase! Jetzt ist sie so scharf und häßlich wie die Speerspitze von irgendeinem Jäger. Bei diesem Anblick geht es mir doch gleich viel besser.«

»Wer bist du?« fragte Gebrochener Zweig streng. »Kenne ich dich?«

»Du alte Hexe. Natürlich kennst du mich. Oder kannst du eine Frau vergessen, deren Herz du gebrochen hast?«

Gebrochener Zweig keuchte. Langsam dämmerte ihr, wen sie vor sich hatte. Ihre Hände flatterten unkontrolliert über den Schultern der Frau. Am liebsten hätte sie sie berührt, um sich zu vergewissern, daß sie wirklich aus Fleisch und Blut war. Schließlich gewann sie die Fassung zurück. Sie schlug eine Hand vor den Mund und starrte die Frau beklommen an. »Heiliges Volk der Sterne ... *du* bist das.«

»Natürlich bin ich das«, brauste Reiher auf. »Die Herzen wie vieler Menschen hast du denn inzwischen gebrochen?« Nach kurzem Nachdenken fügte sie hinzu: »Sicher haben sich im Laufe der Zeit einige angesammelt.«

Zaghaft streckte Gebrochener Zweig die Hände nach den Sehnenbändern von Reihers Mantel aus. Unbeholfen stolperte sie nach vorn, schlang ihre gebrechlichen alten Arme um Reiher und drückte sie an sich, als müsse sie ein Trugbild festhalten, das sich jeden Augenblick wieder verflüchtigen könnte. »Ich dachte, du wärst längst tot.«

Reiher klopfte Gebrochener Zweig so liebevoll sie nur konnte auf den Rücken. »Bisher hatte ich noch keine Lust zum Sterben. Ich malte mir jahrelang unser Wiedersehen aus.«

Langsam wich Gebrochener Zweig zurück. Neugierig blickte sie in das ovale Gesicht der Medizinfrau. Reihers einst sehr reizvolle Gesichtszüge waren immer noch fein geschnitten, ihre Lippen voll und die Nase frech nach oben gerichtet. »Du willst mich immer noch töten?«

Reiher holte tief Luft. Mit finsterem Gesicht sagte sie: »Nicht unbedingt. Es ist nicht mehr so wichtig wie früher.«

»Hast du deine Meinung wegen meiner Nase geändert?«

»Hauptsächlich. Vielleicht gebe ich mich ja damit zufrieden, deine Gelenke zu verfluchen.«

»Das kannst du dir sparen. Das hat schon jemand anderer für dich erledigt. Im Winter kann ich mich kaum noch bewegen.«

»Tatsächlich?«

Gebrochener Zweig nickte. Die alte Schuld fraß an ihr und verursachte ihr Herzbeschwerden. »Du weißt genau, ich wollte dir nie weh tun. Es war nur so, daß ich . . .«

»Oh . . .« Reiher schüttelte heftig den Kopf. »Du hast mir einen Gefallen erwiesen, wirklich. Ich hätte sonst nie den Mut aufgebracht, mich ganz den Träumen hinzugeben. Dazu bedurfte es einer tiefen Wunde.«

»Ich habe sie dir zugefügt, nicht wahr?«

»Allerdings.«

»Nachdem du uns verlassen hattest, fühlte ich mich nie mehr richtig wohl. Eine große Leere breitete sich in mir aus.«

»Danach, sicher. Aber vorher hast du keinen Gedanken an mich verschwendet. Als es darauf ankam, war ich dir vollkommen gleichgültig!«

Gebrochener Zweigs Augen wurden schmal. »Natürlich. Ich konnte dich nicht ausstehen.«

»Weißt du, du warst auch nicht gerade liebenswert. Mit deiner scharfen Zunge hast du in dieser schrecklichen Zeit überall herumgetratscht. Ich..«

»Großmutter?« Roter Stern unterbrach das Gespräch. Schüchtern lugte sie aus der Höhlenöffnung heraus. »Komm und iß, sonst ist nichts mehr da.«

»Ich komme in einer Minute, Kind«, rief sie ihr über die Schulter zu.

Gebrochener Zweig schielte zu Reiher hinüber. Über das Gesicht der früheren Feindin glitt langsam ein Lächeln. Mit einem Augenzwinkern sagte sie barsch: »Komm mit mir. Ich habe genau das Richtige für deine Gelenke.«

»Was? Du willst eine Gesundbetung vornehmen? *An mir?*«

Kopfschüttelnd antwortete Reiher: »Nein, ich habe etwas viel Besseres für dich.«

»Was könnte denn . . .«

Entsetzt riß Gebrochener Zweig die Augen auf. Keuchend stieß sie hervor: »Du willst mir doch nicht etwa die Glieder abtrennen, oder?«

»Ich könnte, wenn ich wollte«, sagte Reiher milde lächelnd. Mit einer Handbewegung forderte sie Gebrochener Zweig auf, ihr auf die windumtoste Hochebene zu folgen, wo Der im Licht läuft bereits von den anderen umringt wurde. Alle waren aus ihren Eishöhlen gekrochen und hatten sich in unbändiger Freude um ihn versammelt. Sie umarmten ihn und versicherten ihm lautstark, nie auch nur im geringsten an ihm gezweifelt zu haben.

Gebrochener Zweig schürzte die Lippen und starrte hinunter auf die dünnen, sich wie Ranken um ihre Füße schlingenden Schneeformationen.

»Verflucht seist du«, flüsterte sie, den Blick unverwandt auf Reihers Rücken gerichtet. »Du bist die einzige unter den Träumern, an deren Macht ich je geglaubt habe.« Sofort bedauerte sie ihre Worte und fügte rasch hinzu: »Du und Der im Licht läuft.«

In diesem Augenblick hörte Reiher sie schreien: »Ich habe sie gefunden. Die alte Hexe kann man wohl nie mit gutem Gewissen sich selbst überlassen.«

Ein leises Glucksen drang aus Gebrochener Zweigs Kehle. Tief atmete sie die frische Luft ein. Zum erstenmal seit Tagen hielt sie sich außerhalb der Höhle auf. Die eisige Hochebene glitzerte wie mit Perlen besetzt. Die am Himmel dahinziehenden Wolken begannen zu leuchten. Ihre Ränder erstrahlten in schimmerndem Gold.

»Großmutter?« Roter Stern zupfte sie am Ärmel. »Ich habe dir etwas aufgehoben. Aber wenn du jetzt nicht gleich ißt, ist es weg, weil mein Magen bald wieder zu knurren anfängt.«

Das Mädchen streckte ihr ein Stück mit Fett gefüllten Darm hin. Gebrochener Zweig bückte sich und nahm die lebensrettende Mahlzeit entgegen. »Vielen Dank, meine Kleine. Du bist ein gutes Mädchen.«

Roter Stern legte den Kopf in den Nacken und blinzelte hinauf zur Sonne. »Großmutter? Bedeutet das, Der im Licht läuft hatte tatsächlich einen richtigen Traum?«

»Ja, natürlich. Habe ich dir nicht gesagt, er kommt zurück?«

»Dann fressen uns die Bären nicht? Wir kommen alle davon?«

Gebrochener Zweig biß ein Stück von dem köstlich riechenden Fleisch ab und warf einen raschen Blick auf Reiher. Die alte Medizinfrau sprach auf die begeisterten Leute ein und unterstrich ihre Worte mit eindrucksvollen Gesten. Was sie sagte, drang nur gedämpft zu ihr herüber. Die Worte vermischten sich mit Windfraus Heulen zu einer einzigen wehmütigen, doch zugleich kraftvollen Melodie der Wildnis.

»Wir sind gerettet, Kleine«, sagte Gebrochener Zweig. Gefrorene Tränenkristalle glitzerten an ihren Wimpern. Mit dem Ärmel wischte sie sie ab. »Unsere Seelen liegen in den Händen der mächtigsten Träumerin, die unser Volk je hatte, seit Sonnenvater persönlich auf der Erde weilte.« Zärtlich tätschelte sie Roter Sterns magere Wange. »Du brauchst dir keine Sorgen mehr zu machen, Kind. Wir kommen davon. Wir sind gerettet.«

Kapitel 17

Die Menschen ruhten sich aus, aßen und kamen wieder zu Kräften. Als der Sturm endlich abflaute, führte sie Reiher über die mit Neuschnee bedeckte Hochebene. Schwarz lief voraus, steckte seine Nase tief in das weiße Pulver und schnüffelte nach dem richtigen Weg.

Bei Sonnenuntergang erreichten sie einen Grat und entdeckten voller Begeisterung Reihers Tal. Ehrfürchtig genossen sie den wunderbaren Anblick. Einen Wimpernschlag lang unterbrach Windfrau ihr ständiges Heulen und ließ ihnen Zeit, in Ruhe auf das kleine Tal hinabzusehen. Klares Wasser sprudelte aus einer Felsspalte und stürzte steil hinunter in einen türkisfarbenen Teich. Soweit das Auge reichte, sahen sie offenes Wasser, über dem Dunst aufstieg. Zahlreiche Weidenbäume bogen sich unter der Last des schweren Schnees; ganz in der Nähe senkten sich grasbewachsene Mulden. Hier war der Schnee bereits geschmolzen.

»Wie lange lebst du schon hier?« fragte Grünes Wasser die Medizinfrau schüchtern.

»Eine ganze Weile«, rief Reiher und setzte sich an der Spitze des Zuges wieder in Bewegung. »Auf mich macht dieses Tal stets den Eindruck, als sei die Erde aufgebrochen und spucke dieses heiße Wasser aus. Vor ungefähr zwanzig Jahren bebte die Erde. Damals bin ich zu Tode erschrocken. Vorher war die heiße Quelle nichts weiter als ein spärlich tröpfelndes Rinnsal. Doch dann schoß das Wasser in hohen Fontänen in die Luft. Geht nicht zu nah an den Geysir heran, sonst werdet ihr gekocht. Und ich meine, was ich sage. Ich koche mein Fleisch dort.«

Ungläubig schüttelte Grünes Wasser den Kopf. Früher hatte sie derlei Geschichten gehört. Alter Geysir – inzwischen war er längst tot – hatte oft von solchen Dingen erzählt. Ob er hier gewesen war? Langsam stieg Grünes Wasser hinter den anderen hinunter zu dem dampfenden Teich. Dabei ging ihr vieles durch den Kopf. Geschichten darüber, wie Reiher das Volk verlassen hatte, wie sie üblen Handel mit den Geistern der Langen Finsternis betrieb. Zögernd blickte sie über die Schulter zurück auf die weiße Einöde. Nun, es gab Schlimmeres.

Am Ufer des dampfenden Teiches angelangt, verschwand Reiher in einer Felsspalte und kehrte mit einem Stapel Karibufelle zurück.

»Hier«, sagte sie und ließ die Felle auf den Boden fallen. »Drinnen habe ich noch mehr, falls ihr damit nicht auskommt. Richtet eure Behausungen her. In der Zwischenzeit bereite ich den Moostee zu und sehe mich nach Fleisch um.«

Eine Welle der Erleichterung durchflutete die Menschen. Gemeinsam errichteten sie provisorische Unterkünfte. Einige Stunden später kehrte Reiher zurück und betrachtete anerkennend ihr Werk.

»Kommt und setzt euch«, befahl die alte Frau. »Wir müssen einiges besprechen.«

Die Leute versammelten sich am Teichufer und genossen dankbar den feuchtwarmen Dunst. Reiher hatte vor ihrer Felshöhle eine Feuerstelle errichtet.

Die Felsbrocken warfen lange Schatten im Schein der züngelnden Flammen, die ihr bernsteingelbes Licht über den grünlich schimmernden Teich ergossen. Sie verteilte Fleisch und forderte die Leute auf, sich selbst aus dem Lederbeutel mit heißem Moostee zu bedienen.

Schließlich saßen alle zufrieden kauend um das Feuer. Die Medizinfrau erklärte: »Ein paar Wochen lang kann ich euch von meinen Vorräten abgeben. Aber danach . . .«

Singender Wolf nickte und füllte ein Horn mit starkem schwarzem Tee. »Wieviel Wild gibt es hier?«

Reiher zog eine Schulter hoch. »Genug. Eine kleine Karibuherde überwintert in einer Senke weiter flußabwärts. Der Wind hält den Platz dort schneefrei. Die Tiere finden genügend Weidenschößlinge, Flechten und Gras. Anscheinend wächst dort das Gras von Jahr zu Jahr üppiger. Seit ich hier bin, hat sich in dieser Gegend eine Menge verändert. Mal sehen, was sich in der nächsten Zeit so alles tut. Ich bin ja schon lange hier. Als ich herkam, war Gebrochener Zweig noch jung genug, um mir meinen Mann wegzunehmen.«

Gebrochener Zweig setzte sich stocksteif hin und hörte mitten im Kauen auf. Ihre Augen verengten sich böse.

»Was das Jagen angeht«, räusperte sich Der der schreit, »schlage ich vor, wir teilen mehrere Treibergruppen ein. Grünes Wasser und Sonnenschein übernehmen die Flanken, und die Kinder bleiben zwischen den Felsen. Ihr treibt die Tiere, damit sie in Bewegung bleiben. Mit Singender Wolf, Hüpfender Hase und mir sind wir immerhin drei Männer, die . . .«

»Vier«, unterbrach ihn Reiher und machte eine Kopfbewegung zu Der im Licht läuft, der bisher noch kein Wort gesagt hatte, sondern mit gesenktem Kopf in der Runde saß.

Murren erhob sich. Kaum hatten die Leute ihre Bäuche gefüllt, jammerten sie wieder über die Ungerechtigkeit des Schicksals und schimpften Der im Licht läuft einen falschen Träumer.

Spöttisch zog Reiher die Augenbrauen hoch. »Ihr Narren. Er sieht mehr, als ihr je verstehen werdet.«

Verlegenes Schweigen breitete sich aus. Das Licht der Flammen flackerte über ihre angespannten Gesichter.

Der im Licht läuft ergriff das Wort. »Großmutter, laß gut sein. Ich . . .«

»Schweig, Junge. Du und ich, wir sind noch längst nicht fertig miteinander.« Sie nahm nicht die geringste Rücksicht auf seine Verlegenheit. »Du weißt immer noch nicht, wer und was du bist, eh? Wenn du so weitermachst, wirst du es wohl nie erfahren.«

»Wolfstraum«, murmelte Gebrochener Zweig mit leuchtenden Augen.

Reiher legte den Kopf schief. »Du hast ihn gesehen?«

»In seinen Augen.«

Reiher nickte zufrieden. »Hat sich seit meinem Weggang viel verändert? Keine bedeutenden Träumer mehr?«

Gebrochener Zweig winkte verächtlich ab. »Früher hatte Krähenrufer echte Träume, aber mittlerweile nicht mehr. Diese jungen Leute da, die haben nie einen wirklichen Träumer kennengelernt. Du mußt zurückkommen, Reiher. Das Volk braucht dich. Ihm fehlt das Herz. Das Feuer. Die alten, wahrhaften Weisheiten sind verweht wie Rauch in Windfraus Atem.«

Reihers Zeigefinger deutete auf den einsam in der Runde sitzenden Mann. *»Er ist die Zukunft.«*

Wortlos schüttelte Wolfsträumer den Kopf. Er erhob sich und verschwand in der Nacht.

Ein langes Schweigen folgte, bis endlich Gebrochener Zweig kopfschüttelnd sagte: »Ich weiß nicht. Die Kraft hat ihn verlassen.« Sie seufzte. »Ich kann die Vision in seinen Augen nicht mehr erkennen.«

»Du irrst dich.« Reiher grinste breit. »Wie immer.«

Singender Wolf räusperte sich laut. »Er ist zu jung. Sein Bruder Rabenjäger hat behauptet, er sähe ständig irgendwelche Dinge und neige von jeher zu Selbsttäuschungen.«

»Rabenjäger?« Reihers dürrer Finger stach nach Singender Wolf. »Du hörst auf *ihn*?« Ihre Augen wurden schmal vor Zorn. »Was ist los mit dir? Hat dir dieser madenzerfressene Krähenrufer den Kopf vernebelt? *Verflucht seid ihr alle. Ohne Träume gibt es kein Leben!«*

Mit trotzig vorgeschobenem Kinn erwiderte Singender Wolf: »Der im Licht läuft hat uns beinahe in den Tod geträumt.«

»Narren.« Angewidert schüttelte Reiher den Kopf. »Glaubt ihr,

ihr seid nur zum Fressen auf der Welt? Ha? Euer einziger Daseinszweck ist essen und Kinder zeugen, glaubt ihr das? Verflucht sollt ihr sein! Kein Wunder, daß das Volk stirbt! *Ihr müßt träumen, wenn ihr überleben wollt!*«

»Ja!« rief Gebrochener Zweig und klatschte begeistert in die Hände. »Seht ihr?« Sie zeigte auf Reiher. »Sie besitzt magische Kräfte! Sie ist eine Träumerin! Hört ihr, wie sie spricht? Hört ihr den Zauber? Ha-heee! Der Wolf führte uns her. Wolfstraum!«

»Was ist mit dem Jungen, mit Wolfsträumer?« Reiher kreuzte die Arme vor der Brust. Unter ihrem durchdringenden Blick schlug Singender Wolf die Augen nieder. Schamröte färbte seine Wangen.

»Er fühlt sich schuldig.« Gebrochener Zweig machte eine wegwerfende Handbewegung. »Ein kleines Mädchen ist gestorben, aber alle anderen haben überlebt.«

Reiher strich sich übers Kinn. »Hat euch Krähenrufer gesagt, Träume kämen ganz von selbst, mit selbstverständlicher Leichtigkeit? Hat er das jemals gesagt?«

Niemand wagte zu antworten, aber die schuldbewußten Gesichter ringsum sagten ihr genug. »Aber so ist das nicht. Träume brauchen Schmerz und Leid . . . ja, sogar den Tod. Vergeßt das nie.«

Sie schüttelte sich, ihr von grauen Strähnen durchzogenes Haar wogte wild um ihre Schultern. »He, Singender Wolf?«

In seinen Augen spiegelte sich gleichzeitig Entrüstung und Argwohn. »Was?«

»Du hältst dich sicher für einen Jäger?«

»Ich bin der beste . . .«

»Nein, das bist du ganz und gar nicht. Ich nehme dich einmal auf eine richtige Jagd mit. *Eine Traumjagd.* Ich *rufe* die Karibus. Ich kenne den richtigen Platz. Die Karibus hören mich, und sie hören auf mich. Wenn ich sie darum bitte, helfen sie dem Volk.«

Unsicher ließ Singender Wolf den Blick über die Runde schweifen. »Du meinst, wir müssen uns nicht an sie heranpirschen? Keine Treiber einteilen?«

»Nein. Der Traum bringt sie her. Jetzt laßt mich in Ruhe.« Sie erhob sich und folgte Wolfsträumer hinaus in die bläuliche Dämmerung.

Unschlüssig kaute Singender Wolf auf der Unterlippe. Sein Gesicht drückte große Verwirrung aus. Er sah Gebrochener Zweig nach, die plötzlich ebenfalls eilig in die Dunkelheit hinauswatschelte.

Als sie an ihm vorbeikam, verharrte sie kurz und sah ihn finster an. »Habe ich dir nicht gesagt, du sollst den Mund halten? War das nötig?«

Er senkte den Blick.

Der im Licht läuft vernahm leise Schritte und gab sich Mühe, seine Niedergeschlagenheit zu verbergen. »Ich bin nicht die Zukunft. Ich bin nicht der Richtige.«

»Nein?« Von Reihers Stimme schien eine besondere Kraft auszugehen.

»Nein.«

Sie legte eine Hand auf seine Schulter. »Sag mir noch einmal, was du gesehen hast.«

»Ich ... ich ging mit dem Wolf durch eine Öffnung im Eis. Wir kletterten über Felsen. Auf der anderen Seite breitete sich ein endlos grünes Tal aus. Dort grasten Karibus, Elche, Wapitis, Mammuts und viele Tiere, deren Namen ich nicht kannte. Im Traum erschien mir dieser Mann der Anderen, den *du* meinen Vater nanntest.«

»Ich wußte in der ersten Stunde deines Lebens, daß du ein sehr mächtiger Träumer sein wirst.«

Er schüttelte den Kopf. Am liebsten hätte er geweint. »Ich bin kein Träumer.«

Der Anflug von Feindseligkeit in ihrer Stimme überraschte ihn. »Wenn du dir das weiterhin einredest, wirst du am Ende recht behalten. Das garantiere ich dir«, zischte sie.

Erleichtert lauschte Der im Licht läuft ihren sich entfernenden Schritten.

Eine Zeitlang herrschte völlige Stille, dann dröhnte Gebrochener Zweigs Stimme durch die Dunkelheit. »Was hat sie zu dir gesagt?«

Im Dunkeln erkannte er schemenhaft ihre Silhouette. »Daß ich ein Träumer bin.«

»Das ist nichts Neues.«

Er schüttelte den Kopf. »Ich begreife das alles nicht. Und dann dieser Mann in meinem Traum.«

»Mann?«

Er nickte. »Reiher behauptet, Robbenflosse sei nicht mein Vater.«

»Was hat sie noch gesagt?«

Ihm entging die Härte in ihrer Stimme nicht. Er bemerkte ihre wachsende Spannung. Unentschlossen biß er sich auf die Zunge. Sollte er es ihr erzählen?

»Daß meine Mutter vergewaltigt wurde. Daß ich der Erstgeborene bin und in einem Lichtstrahl lag. Daß Rabenjäger nach mir geboren wurde; völlig mit Blut besudelt legte man ihn neben mich. Daß eine Rabenfeder herniederfiel und er nach ihr griff.«

»Ha-heee«, keuchte sie erschrocken und schlug die Hand vor den Mund. »Ja, genauso war es. Ja, ich war dabei, ich weiß es. Ich selbst biß deine Nabelschnur durch. Wo . . . wo wurde deine Mutter . . .«

»Am Strand, am Salzwasser. Reiher sagt, sie habe Muscheln gesammelt.«

Gebrochener Zweig sank auf einen Felsen. »Ja, ich kenne dieses Gerücht.« Sie sah hinauf zum aufgehenden Mond. »Ein Traum. Und sie hat dich gesehen?«

Der im Licht läuft nickte entschieden. »Sie behauptet, ich hätte ihr in die Augen geblickt.«

»Ha-heee, ich wußte es. Wolfsträumer. Schon damals warst du etwas . . . etwas Besonderes.«

Ärgerlich stapfte er auf und ab. »Ich will aber nichts Besonderes sein! Ich will nichts weiter sein als ein ganz gewöhnlicher Jäger! Nichts anderes!«

»Was hat sie noch zu dir gesagt? Etwas über unser Volk?«

»Daß die Anderen uns töten werden. Oder uns aufsaugen wie Fuchsfell das Blut.«

Gebrochener Zweig schlug die Hände über dem Kopf zusammen. »Du wendest dich von deinem Volk ab?«

»Nicht ich! Ich bin es nicht, der das Volk retten kann!« Er gab sich große Mühe, ruhig zu bleiben und nicht zu schreien. »Ich habe den falschen Weg gewählt! Krähenrufer hatte recht.«

»Immerhin sind wir noch nicht tot«, murmelte Gebrochener Zweig. »Wenn du nicht der Richtige bist, wer dann?«

Er lauschte dem Zischen und Sprudeln des Geysirs und starrte in die gewaltige Wasserfontäne, deren Weiß im Mondlicht funkelte. »Ich weiß es nicht!« klagte er und vergrub den Kopf in den Armen. »Ich weiß es einfach nicht!«

»Kein anderer kommt in Frage.«

»Woher weißt du das?«

»Wer denn?«

»Ich weiß es doch auch nicht! Wenn dieser Mann, den ich in

meinem Traum gesehen habe, mein Vater ist, dann liegen uns vielleicht Träume im Blut!«

»Was soll das heißen?«

»Vielleicht ist Rabenjäger der Retter des Volkes!«

Gebrochener Zweig rührte sich nicht. Nachdenklich blickte sie zum Himmel hinauf.

Kapitel 18

Aus dem grauen Dunst lösten sich schwarze Silhouetten. Die Karibus kamen. Von seinem Versteck aus beobachtete Der im Licht läuft aufmerksam die Tiere. Sie schienen absichtlich genau zwischen die an weit auseinandergezogen Stellen wartenden Treiber zu gehen.

Rechts von ihm saß Reiher und leierte leise einen monotonen Singsang. Zu seiner Linken hockte Singender Wolf, dessen Blick mit wachsendem Unbehagen zwischen den Karibus und Reiher hin und her wanderte.

Eine seltsame Wärme durchflutete die Brust von Der im Licht läuft. Die Frauen kauerten nebeneinander auf beiden Seiten der Herde, die Speere wurfbereit an den Atlatls befestigt. Nur Reihers leiser Jagdgesang unterbrach die Stille.

Mit heftig hämmerndem Herzen starrte Der im Licht läuft auf die Tiere; je näher sie kamen, um so deutlicher konnte er die schwarzen Nasen, die wehenden weißen Bärte und die grauen Flanken wahrnehmen. So viele?

»Tötet nur dreißig«, hatte Reiher gewarnt. In ihren Augen glänzte noch das Licht des Traumes. »Das habe ich versprochen. Nur dreißig. Macht schnell, habt Erbarmen. Sie sollen nicht leiden.«

»Nur dreißig«, flüsterte er.

Die Leitkuh befand sich inzwischen fast auf gleicher Höhe mit ihm. Sie warf den Kopf in den Nacken. Deutlich konnte er die weißen Atemwolken aus den schwarzen Nüstern quellen sehen. Plötzlich sprang sie einen Schritt vor und stieß mit dem Kopf nach ihm.

Der im Licht läuft nahm Reihers Gesang auf und drückte seine

Bewunderung für die vollkommene Schönheit der Kuh aus. Er versprach, ihre Seele singend zum Heiligen Volk der Sterne zu begleiten.

»Du wirst durch mich leben«, sang er. »Dein Leben ist unser Leben. Teilt mit uns, Brüder und Schwestern der Sterne.« Das Tier kam noch einen Schritt näher. Abwartend hielt es inne. Dann winkelte es ein Bein an und hob den Huf.

Ihre Blicke trafen sich, und eine sanfte Harmonie breitete sich in ihm aus. Er fühlte seine Seele mit der des Tieres verschmelzen. Eine Einheit mit allem Lebendigen durchfloß ihn und ließ ihn Teil eines ineinander verwobenen, tanzenden Ganzen werden.

Sein Herz zersprang beinahe vor soviel Liebe. Er bat die Leitkuh um Verständnis für sein Handeln. »Bitte, Mutter. Das Volk braucht dich. Hörst du unsere Schreie? Es tut mir sehr leid, daß ich dich um dieses Opfer bitten muß.«

Angezogen von der magischen Kraft des Traumes trat sie noch näher. Er hörte das Knirschen des Schnees unter ihren gespreizten Hufen. Sie atmeten dieselbe Luft. Ihre Angst wurde die seine. Immer näher kamen die Tiere den tödlichen Speeren. Die alte Kuh ging seitwärts davon.

Beherrscht von der in seinen Adern fließenden Macht des Traumes erhob sich Der im Licht läuft. Hoch aufgerichtet und regungslos blieb er stehen. Jede Faser seines Körpers war gespannt. Er warf den Speer, sah die Speerspitze tief in die Seite der Kuh eindringen und spürte die Spitze ihre lebenswichtigen Organe verletzen. Sie rührte sich nicht. Er legte eine zweite Spitze in die Rille ein, balancierte den Atlatl und warf mit aller Kraft auf einen jungen Bullen, der erst vor kurzem sein Geweih abgeworfen hatte. Die verschorfte Knochenwunde leuchtete weiß vor dem Schwarz des Fells, das Blut aus der Speerwunde tropfte herab.

Die Kuh brach in die Knie, blutiger Schaum sammelte sich vor ihrem Maul. Der im Licht läuft sang ununterbrochen. Seine Seele teilte den Schmerz der Karibus. Tränen traten in seine Augen, liefen ihm über die Wangen und hinterließen schmutzige Streifen auf seinem Gesicht. Aus den Augenwinkeln heraus sah er Singender Wolf seine Speerspitzen werfen. Von beiden Seiten liefen die Frauen herbei und schleuderten ihre Spitzen in die kopflose Herde. Grünes Wasser hob den Arm, und schon steckte ihr Speer in der Schulter eines Bullen. Lachender Sonnenschein stürmte herbei, warf sich mit ihrem ganzen Gewicht in den Wurf der mit einem

Steinkopf bewehrten Lanze und erschlug eine junge Kuh. Ein Tier nach dem anderen ging zu Boden.

»Genug!« rief Reiher und erhob sich. Ihre Trance war zu Ende.

Sofort machten die Karibus kehrt und durchbrachen die Reihe der Frauen. Ihre fliehenden dunklen Hufe wirbelten lockeren Schnee in die Luft.

Ein verwundetes Karibu humpelte zur Seite, machte einen Bogen und stellte sich demütig vor Reiher. Die alte Frau bereitete ihren Speer vor, balancierte zielsicher die Waffe aus und warf. Die junge Kuh drehte sich wankend und stürzte auf die Seite. Ihre Beine zuckten in wilden, sinnlosen Fluchtbewegungen.

Nur der keuchende Atem sterbender Tiere störte die Stille.

Der im Licht läuft holte tief Luft. Obwohl völlig erschöpft, fühlte er sich federleicht. Über die Entfernung hinweg senkte sich Reihers Blick tief in den seinen.

»Weißt du, was du getan hast?« rief sie ihm zu.

Er schüttelte den Kopf. »Was?«

»Du hast sie her gerufen. *Es ist dir gelungen.*«

Der im Licht läuft setzte sich müde auf einen Felsen. Sprachlos vor Erstaunen starrte er in den blutgetränkten Schnee. Tief in seinem Herzen fühlte er noch immer den Schmerz der Kuh.

»Es tut mir so leid, Mutter«, sang er klagend. Traurig blickte er auf das tote Tier.

Kapitel 19

Das Ende der Langen Finsternis nahte.

Die Geister, die mit Windfraus wildem Atem ihr Unwesen trieben, traten winselnd den Rückzug nach Norden an. Wärmere Winde aus Südwesten machten den Schnee naß und schwer. An den wenigen Tagen, an denen die Sonne schien, erglänzten die Berge im Westen blendend weiß. Schmelzwasser tropfte von den messerscharfen Felskanten. Der Fluß im Norden verwandelte sich in einen reißenden Strom.

Weißschäumende Gischtschleier stäubten auf, wenn die Wassermassen von Felsen zu Felsen donnerten.

Die Menschen machten Jagd auf die Karibus und – etwas Besseres gab es gar nicht – auf die kleinen Herden der Moschusochsen, die in den Gebirgsausläufern nach Nahrung suchten. Das Fleisch der Moschusochsen gehörte zu den Lieblingsspeisen des Volkes. Es schmeckte köstlich und war reich an Fett – sogar nach diesem schrecklichen Winter.

»Laßt das Mammut in Ruhe«, befahl Reiher. Der alte Bulle kam nach wie vor zum Teich und badete seine alten Gelenke. »Er führt eine Herde von Kühen und Kälbern an. Ich kenne jedes einzelne Tier. Diese Tiere rufe ich nicht mit einem Traum.«

Die Leute erholten sich und kamen rasch wieder zu Kräften. Sie nahmen die Tierkadaver aus und ließen das Fett aus. Die Gesichter wurden voller, die Glieder bildeten neue Muskeln. Der Gesundheitszustand aller besserte sich zusehends.

Lachend und singend machte Der der schreit die Gegend unsicher. Auf seinen Streifzügen entdeckte er Quarzit, der sich hervorragend für lange Speerspitzen eignete. Als bester Steinzuschneider seines Volkes prüfte er mit Kennermiene den mehr als kopfgroßen Findling, bevor er dicke Keile davon abspaltete. Die plumpen Steinsplitter verfeinerte er mit gezielten Schlägen seines Hammersteins.

»Guter Werkstoff!« rief er Singender Wolf zu. »Sieh doch, wie ausgezeichnet sich der Stein bearbeiten läßt. Ich mache ihn breit und flach, dann liegt er gut in der Hand.«

»Es gehört wirklich nicht viel dazu, dich glücklich zu machen. Da genügen schon solch lächerliche Kleinigkeiten.« Singender Wolf schüttelte mißbilligend den Kopf.

»Ah-ha.« Er konnte nicht widersprechen, Singender Wolf hatte recht. Er holte ein Karibugeweih aus seiner Rückentrage und strich mit den Händen über die vom häufigen Gebrauch glatte, abgeschliffene Oberfläche des Werkzeugs. Er benutzte es zur Ausarbeitung einer Rohform. Er glättete den Stein und schliff ihn auf beiden Seiten ab, bis er eine linsenförmige Kontur angenommen hatte. Während er mit dem Geweih lange dünne Späne von der Rohform schabte, sang Der der schreit fröhlich beschwörende Geistergesänge. Nacheinander fertigte er einen ganzen Vorrat an Grundformen an. Die meisten verstaute er für später in seiner Rückentrage. Aus den linsenförmigen Steinen konnte er die unterschiedlichsten Werkzeuge herstellen, Kratzer, Messer, Grabstichel, einfache Stichel und natürlich auch Speerspitzen.

»Schön, dich wieder einmal bei der Arbeit zu sehen«, meinte Singender Wolf versöhnlich und setzte sich zu ihm.

Laut pfeifend verrichtete Der der schreit seine verantwortungsvolle Aufgabe. Bei dieser Arbeit erholte sich seine Seele. »Der Geist eines Menschen geht in den Stein ein, verstehst du. Dieses Wunder erfüllt mich jedesmal mit neuem Staunen. Guter Werkzeugstein wie dieser Quarzit oder hervorragender Hornstein nehmen die Seele am besten auf.«

Nach Fertigstellung der Grundform nahm Der der schreit das Geweih und ein Stück Leder und schliff vorsichtig die Spitze zurecht. Mit Sandstein schmirgelte er die scharfen Kanten ab und schuf einen Ansatzpunkt für die Geweihsprosse. Wenn er die Geweihsprosse direkt anlegen konnte, war ein genaueres Arbeiten möglich. Eifrig schabte er lange dünne Splitter von der Spitze. Das Ergebnis war eine nadelscharfe Speerspitze mit parallelen Seiten, gerade so breit wie seine Hand. Ganz zum Schluß glättete er die Spitze noch mit Sandstein, damit die scharfen Kanten nicht die Sehnen, mit denen er sie am Schaft befestigte, verletzten.

»Sieh her«, flüsterte er ehrfürchtig. »Wahrhaftig eine Schönheit.«

»Und hier ist der passende Schaft dazu.« Singender Wolf hob einen jungen Birkenstamm hoch und untersuchte ihn sorgfältig auf Unregelmäßigkeiten hin. Drei Dutzend Stämmchen hatte er gesammelt, aus denen er Werkzeuge herstellen wollte. Mit Hilfe einer Geweihsprosse formte er aus den abgeschabten Steinsplittern, die haufenweise zu den Füßen von Der der schreit lagen, feines, an einer Seite mit einem Stein scharfgeschliffenes Werkzeug. Damit schälte er vorsichtig die Rinde von den Stämmen und glättete die Astknoten. Mit einem drehbaren Knochenschaft richtete er den Stab über der Glut gerade. Das gelungenste Exemplar diente als Speerschaft für die hervorragend gearbeitete Spitze von Der der schreit.

»Weißt du, eine Zeitlang dachte ich, wir hätten niemals mehr Gelegenheit zu einer solchen Arbeit.« Der der schreit paßte mit großer Sorgfalt seine Speerspitze in die Rille ein.

»Wolfstraum, ha?«

Der der schreit grinste breit. »Was willst du? Wir leben, Cousin.«

Grünes Wasser, Lachender Sonnenschein und die anderen Frauen verbrachten die Tage mit Näharbeiten. Sorgsam nahmen sie Maß, denn die Fellkleider mußten genau passen. Stich für Stich säumten sie die Felle. Der Pelz kam auf die Innenseite, weil die Mäntel dann besser wärmten. Das Material, das direkt auf der Haut getragen wurde, mußte den bei der bitteren Kälte tödlichen Schweiß aufsaugen.

»Sieh gut zu, damit du lernst, wie man es richtig macht«, sagte Grünes Wasser zu Roter Stern.

»Das sind nur die Mäntel, die als Außenschicht getragen werden?« meinte sie mit großen Augen.

»Genau. Die Unterkleidung können wir noch nicht anfertigen. Damit müssen wir warten, weil wir dafür die Haut von Karibukälbchen brauchen. Aber für diese schweren Mäntel, die große Kälte abhalten müssen, nehmen wir Winterfelle. Siehst du? Die Pelzhaare müssen ganz dicht sein. Wenn wir die Tiere später töten, bekommen sie schon ihr Sommerfell, und die Haare fallen aus.«

»Wir brauchen also zwei Mäntel«, folgerte Roter Stern. »Einen äußeren und einen inneren.«

Grünes Wasser zerzauste ihr liebevoll die Haare. »Du machst bestimmt einmal den schönsten von allen, nicht?«

»Ja!« kicherte Roter Stern. »Sie sehen fast wie Zelte aus. Sieh doch, sie hängen fast bis zu den Knien und hüllen uns ein wie ein Zelt. Und die langen Stiefel reichen bis unter die Mäntel. Das sieht lustig aus.«

»Immerhin erfrierst du darin nicht«, erklärte Lachender Sonnenschein und betrachtete prüfend den neuen Mantel. Das Kleidungsstück wog mehr als zehn Pfund und schützte vor dem Erfrieren selbst in der beißendsten Kälte der Langen Finsternis.

»Meiner wird der schönste!« prahlte Roter Stern. »Ihr werdet schon sehen.«

Grünes Wasser lächelte. Zufrieden schloß sie die Augen und genoß die warmen Sonnenstrahlen auf ihrem Gesicht. »Ja, dank Wolfsträumer werden wir das tatsächlich noch sehen.«

Gebrochener Zweig watschelte rastlos umher. Ihr größtes Vergnügen war ein Bad im heißen Teich. Genüßlich ließ sie sich im Wasser treiben oder zupfte an der wunderlichen gelben Kruste, die sich an den Stellen bildete, an denen das Wasser an die Felsen leckte.

Auf den Felsen, die über die langsam tauenden Schneewehen hinausragten, sammelte sie Moos, Flechten und welke Blätter, aus denen sie starken schwarzen Tee braute. Als nach der Schneeschmelze die Brombeersträucher, Blaubeeren, Bärentrauben und

Preiselbeeren zum Vorschein kamen, hingen noch dicke Beeren daran, konserviert während der Langen Finsternis. Der Beerensaft schmeckte süß und kräftig.

Die Kinder waren ständig in Bewegung, lachten und spielten und plantschten im warmen Wasser. Endlich funkelten ihre Augen wieder vor Vergnügen.

In einiger Entfernung von Reihers Höhle beobachteten Der der schreit, Hüpfender Hase und Singender Wolf die über dem heißen Teich aufsteigenden Dampfwolken. Gelegentlich warfen sie verstohlene Seitenblicke auf Der im Licht läuft, der unten am Ufer mit der alten Medizinfrau sprach. Reihers gackerndes Lachen durchschnitt die Luft wie ein Messer.

Hoch aufgerichtet atmete Der der schreit tief die bereits nach Frühling riechende, würzige Luft ein. Von Süden her zogen Raben, deren Flugkünste er interessiert bewunderte. Ein Schwarm aasfressender Möwen schwenkte nach Westen ab. »Karibus«, murmelte er. »Da muß eine Herde im Anmarsch sein.«

»Dann lassen die verdammten Fliegen auch nicht mehr lange auf sich warten.« Hüpfender Hase blickte nach Westen und schob die schmale Unterlippe vor. Er machte ein Gesicht, als bedaure er seine nächsten Worte schon im voraus. »Und die Clans versammeln sich in ungefähr einer Mondwende.«

»Zur Erneuerungszeremonie, meinst du?«

»Ja, natürlich.«

»Gehst du hin?«

Hüpfender Hase senkte den Blick und stieß verlegen mit der Stiefelspitze gegen einen Felsen. »Meine erste Frau ist gestorben. Ich möchte wieder heiraten. Wo soll ich mich nach einer Frau umsehen, wenn nicht bei der Erneuerung? Da kommen alle Clans zusammen.«

»Das stimmt.«

»Wir haben Fehler gemacht, aber das Leben geht weiter.«

Der der schreit blies die Backen auf und spuckte weit aus. »Fehler?«

Ohne darauf einzugehen, fügte Hüpfender Hase hinzu: »Auch wüßte ich gern, ob meine Mutter noch lebt.«

»Sie ist kräftig.«

»Der im Licht läuft bleibt wohl hier«, meinte Singender Wolf und schielte hinüber zu dem jungen Mann, der gerade leise etwas zu Reiher sagte. »Die alte Frau will auf keinen Fall zurück. Ich glaube, Der im Licht läuft weiß selbst noch nicht einmal, daß er bleiben will, aber er bleibt, ihr werdet sehen.«

Der der schreit legte den Kopf schief. »Entwickelst du dich langsam zu einem Experten, was Der im Licht läuft angeht? Ich denke, du kannst ihn nicht leiden.«

Singender Wolf verzog keine Miene. »Erinnert ihr euch an den Tag oben in den Bergen, als Gebrochener Zweig über mich hergefallen ist? Das war aber noch gar nichts gegen das, was mir Reiher vor ein paar Tagen an den Kopf geworfen hat.«

»Was hat sie denn gesagt?«

»Sie ... sie ist klug. Sie kennt und durchschaut die Menschen. Zu mir hat sie gesagt ... also, sie hat gesagt, ich könnte ein großer Führer sein, wenn ich endlich lernte, überlegt an die Dinge heranzugehen. Sie sagte, ich könnte einer der besten Anführer des Volkes werden, wenn ich mir zutraue, erst einmal den Mund zu halten und nachzudenken, bevor ich etwas unternehme.«

»Ich glaube, da hat sie recht. Klug bist du, das muß man dir lassen – nur leider viel zu gefühlsbetont und zu leicht erregbar.«

Singender Wolf biß sich auf die Unterlippe. »Lachender Sonnenschein und ich, wir haben darüber gesprochen. Auch sie meint, es sei endlich an der Zeit, zuerst nachzudenken, bevor ich lospoltere.«

Der der schreit grinste. »Dann wirst du also ein richtiger Anführer, mein Freund. Und wenn wir das nächste Mal Hunger leiden, muß ich mir nicht mehr überlegen, wann ich eine Speerspitze in dich hineinjage.«

»Hast du solchen Haß empfunden?«

»O ja. An dem Tag, als wir den Moschusochsen entdeckten.«

Traurig ließ Singender Wolf den Kopf hängen und starrte auf das junge sprießende Gras. »Ich kann dich verstehen. Ich war keine sehr angenehme Gesellschaft. Ich habe immer nur geklagt und gemeckert.«

»Zu schade, daß du die Spitzen am Ende nicht schmaler machen kannst.« Hüpfender Hase schlang eine angefeuchtete Sehne um eine Speerspitze, die ihm Der der schreit gegeben hatte. Eine tiefe Falte grub sich in seine Stirn. »Ich wüßte zu gern ... der Wolfstraum. Meinst du ...«

»Ich meine gar nichts zu irgendwelchen Geistern«, sagte Der der schreit und rieb seine breite, platte Nase. »Aber Tatsache ist: Der im Licht läuft fand den Moschusochsen, und wir blieben erst einmal am Leben. Als wir alle wieder kurz vorm Verhungern waren, brachte er Reiher zu uns. Erinnert ihr euch, was sie gesagt hat? Träume kommen nicht von selbst, man muß sich Mühe geben.« Er sah in Richtung Osten und fügte hinzu: »Aber seit wir hier sind, tut sich nichts mehr.«

»Reiher sagt, das Große Eis ist einen Fünftagemarsch von hier entfernt.«

»Aber sie weiß nichts von einer Öffnung im Großen Eis«, nuschelte Der der schreit.

»Diese Geisterträume machen die Leute verrückt«, erklärte Hüpfender Hase. »Ich glaube, es steckte von Anfang an im Kopf von Der im Licht läuft. Ich glaube, er . . .«

»Der im Licht läuft betrügt nicht mit Träumen«, widersprach Der der schreit energisch.

»Das habe ich auch nicht gesagt!« Hüpfender Hase warf einen ärgerlichen Blick auf Der im Licht läuft. »Ich glaube, *er* hat anfangs an seinen Traum geglaubt. Aber den Wolfstraum gibt es nicht mehr.«

»Daß er den Traum inzwischen nicht mehr deuten kann, bedeutet nicht, daß es ein falscher Traum war«, entgegnete Der der schreit, obgleich auch er seine Zweifel hegte. Tief in seinem Innern glaubte er nicht mehr daran, daß der Junge den Wolf tatsächlich gesprochen hatte.

Gleichmütig zuckte Hüpfender Hase die Achseln. »Was ist mit der Versammlung der Clans? Was ist mit meiner Mutter? Warum weiter nach Süden gehen, wenn es hier Nahrung in Hülle und Fülle gibt? Dort draußen im Eis finde ich keine Frau, die meine Decken wärmt.«

Der der schreit wurde unruhig. »Wenn wir zurückgehen, stellen wir Der im Licht läuft als Betrüger hin. Dann ist er für immer und ewig gebrandmarkt. Den Ruf wird er nie wieder los. Die Leute vergessen nicht.«

»*Er* hat geträumt. Nicht wir«, fuhr ihn Hüpfender Hase an und schlug mit der Hand auf einen Felsen. »Ein Mann kann nicht für den Traum eines anderen die Verantwortung übernehmen. Das ist sein Problem. Er muß selbst damit fertig werden.«

»Er gibt sich die Schuld, daß wir nicht auf einem leuchtenden, von Sonnenvater persönlich gesandten Strahl den Weg bis hinter das Große Eis zurückgelegt haben«, brummte Der der schreit. »Ich hasse es, ihn leiden zu sehen.«

»Wunderbar«, erwiderte Hüpfender Hase und stemmte die Arme in die Hüften. »Du siehst ihn nicht gern leiden. Schön. Ich auch nicht, aber ich will zur Erneuerung, ich möchte tanzen und die Mädchen betrachten. Ich möchte herausfinden, ob meine Mutter noch lebt. Sieh dich doch um. Hier ist nichts. Mach dir das endlich klar. Kein Zauberweg führt nach Süden. Keine riesigen Herden tummeln sich hier. Wir befinden uns am Ende der Welt! Alles, was uns bleibt, ist der Weg zurück. Wir tragen Verantwortung. Wir müssen unsere Pflichten erfüllen. Den Tanz des Dankes, die Rituale bei der Erneuerung . . .«

»Woher *weißt* du, daß es keinen Zauberweg gibt? Wir haben nicht nach der Öffnung im Großen Eis gesucht, von der Der im Licht läuft gesprochen hat. Am Fluß entlang müssen wir, so hat es die Vision gezeigt«, erklärte Singender Wolf mit Nachdruck und blickte von einem zum anderen.

»Geh doch nachsehen. Ich versäume den Tanz des Dankes jedenfalls nicht. Das ist unvorstellbar«, entgegnete Hüpfender Hase scharf.

»Unvorstellbar«, seufzte auch Der der schreit nach einigem Zögern.

»Erinnert ihr euch an letztes Jahr? Wir waren nicht bei der Erneuerung, und die Lange Helligkeit verschwand viel zu früh,« rief ihnen Hüpfender Hase ins Gedächtnis.

»Vielleicht war das ganz allein die Schuld des Volkes, ha? Wer kann das wissen?«

»Na gut«, lenkte Singender Wolf ein. »Aber wenn wir zurückgehen, müssen wir uns bald auf den Weg machen. Wir müssen die Tundra durchqueren. Ihr wißt, wie es später dort aussieht. Das ist der reinste Sumpf, wenn der Boden aufgetaut ist. Das Bültgras schlingt sich wie Fußangeln um die Knöchel. Man stolpert leicht und bricht sich was. Wir müssen während der Frühlingsstürme rüber, solange der Boden noch gefroren ist. Auf gefrorenem Boden kann man gut laufen.«

»Und Der im Licht läuft?«

Hüpfender Hase zuckte die Achseln. »Die Entscheidung bleibt ihm überlassen. Wir können doch immer wieder hierherkommen und nachsehen, ob er . . .«

»Reiher hat gar nicht gern Gesellschaft«, erläuterte Der der schreit. »Wollt ihr, daß sie böse auf uns wird, weil wir dauernd wiederkommen?«

Singender Wolf hob einen Stein auf und kratzte damit eine Zeichnung in die Erde. Gleichgültig zuckte er die Achseln.

»Ich jedenfalls nicht«, erklärte Hüpfender Hase aufgeregt. »Ich möchte auf keinen Fall, daß eine so mächtige Zauberin böse auf mich ist.«

Singender Wolf knirschte laut mit den Zähnen. Der der schreit ließ ihn nicht aus den Augen. Weit hinten am Horizont sammelten sich weiße Wolkenbäusche, die Richtung Süden zogen.

»Irgend etwas ist geschehen. Fühlt ihr das nicht?« Singender Wolf blickte von einem zum anderen.

»Was meinst du?«

»Ich meine ... ich meine, ich fühle mich magisch zum Großen Eis hingezogen. Ganz so, als ob es da wirklich eine Öffnung gäbe.«

»Tatsächlich?«

Singender Wolf verzog sein schmales Gesicht zu einer Leidensmiene, aber er nickte tapfer.

Unschlüssig nagte Hüpfender Hase an der Unterlippe. Nach längerem Schweigen sagte er: »Wir gehen zur Erneuerung. Wir können ja zurückkommen und unser Lager am Fuß der Berge aufschlagen, dort, wo Windfrau den Schnee wegbläst. Schließlich wissen wir, daß es hier Wild gibt. Und wenn wir wieder da sind, können wir meinetwegen einmal nachsehen.«

»Was ist mit den Anderen?«

»Die kommen nie hierher!« rief Hüpfender Hase. »Warum sollten sie auch? Sie ...«

»Sie folgen dem Wild, genau wie wir«, gab Der der schreit zu bedenken. »Wenn sie nicht während dieser Langen Finsternis gekommen sind, dann vielleicht während der nächsten oder übernächsten.«

Bange Besorgnis breitete sich unter den Männern aus. Hüpfender Hase hielt schnüffelnd seine platte Nase in die Luft. »Das glaube ich nicht.«

»Das solltest du aber. Der im Licht läuft hat recht. Wenn wir diesen Ort gefunden haben, dann finden ihn die Anderen auch.«

In einer hilflosen Geste hob Hüpfender Hase die Hände. »Wir müssen zur Erneuerung. Wir müssen zurück. Das ist der vorbestimmte Weg unseres Volkes. Es ist der einzig richtige Weg. Wir haben keine andere Wahl.«

»Der einzig richtige, der vorbestimmte Weg«, echote Der der schreit. Bedauern schwang in seiner Stimme mit.

KAPITEL 20

Entlang der sich durch das Land schlängelnden Schmelzwassergräben prangten Büsche in jungem Grün. Der beißende Geruch von Weiden und Wermut lag in der Luft. Zwischen grasbewachsenen Hügeln, die sich wogenden Wellen gleich durch die Landschaft zogen, schimmerten hin und wieder Sumpfflächen.

Tanzende Füchsin kauerte in dem Versteck, das sie sich mit Sorgfalt in den Hang gegraben hatte. In gespannter Aufmerksamkeit zwang sie sich zu völliger Ruhe und Bewegungslosigkeit. Gerne hätte sie ihr Gewicht verlagert, denn ihr drohten die Beine einzuschlafen.

Da, eine Bewegung.

Sie erstarrte und wagte kaum zu atmen. Die mannshohen Seggen versperrten ihr den Blick, sie konnte nur einen graubraunen Farbklecks erkennen. Entsetzen packte sie. Nicht Großvater Braunbär! An einem so erstaunlich warmen Morgen wie diesem schlenderte er sicher noch hungrig vom Winter auf der Suche nach etwas Eßbarem in der Gegend umher.

Zum Glück blies ihr der Wind ins Gesicht. Kein Raubtier konnte ihre Witterung aufnehmen.

Mit hämmerndem Herzen wartete sie, die Augen unverwandt auf den braunen Punkt gerichtet. Sie hörte, wie das Tier den Kopf schüttelte. Der Wind trug ein leises Schnüffeln an ihr Ohr. Ein Elch! Wie lange hatte sie keinen Elch mehr gesehen? Fünf Jahre? Länger? Das letzte Mal jedenfalls weit im Westen, in dem Land, aus dem die Anderen das Volk mit Gewalt vertrieben hatten.

Sie vergaß Angst, Hunger und Müdigkeit. Fest umklammerten ihre langen Finger den schlanken Speerschaft. Instinktiv wußte sie, daß der Speer noch in der Rille des Atlatls saß. Vielleicht heute. Vielleicht.

Tanzende Füchsin verdrängte die Erinnerung an das Jagderlebnis eine Woche zuvor. Sie hatte den Speer zu schnell geworfen, die Spitze hatte nicht genug Wucht gehabt und war nicht in das Fleisch des Karibus eingedrungen, sondern hatte nur einen langen Striemen im Fell hinterlassen. Erschrocken war das Tier zur Seite gesprungen und geflüchtet. Dieses Mal nicht. Dieses Mal mußte ihr Wurf perfekt gelingen.

Auf den Elch lauernd, versuchte sie sich an alles zu erinnern, was sie über diese Tiere wußte. Viel war es gerade nicht. Normalerweise durchstreiften sie diese hoch im Norden gelegene Steppe nicht. Meist blieben sie jenseits der Berge im Süden des alten Landes, denn dort, auf den offenen Wiesen unterhalb der großen Wälder, wuchs üppiges Gras. Die Anderen hatten ihrem Volk diese Jagdgründe weggenommen.

Der Elch kam näher. Trotz der hohen Seggen konnte sie ihn jetzt deutlich erkennen. Vielleicht hatte das Wetter eine ganze Elchherde so weit nach Osten gelockt? Ein großes wippendes Ohr geriet in ihr Blickfeld. Das Tier senkte den Kopf.

Sie ließ es nicht aus den Augen. Ihre Muskeln strafften sich. Der Wadenkrampf war längst vergessen.

Jetzt? Nein, warten. Noch ein bißchen warten.

Der Elch hob den Kopf und blickte nach Norden. Seine Ohren richteten sich steil auf, die großen Nüstern bebten. Ein zweites Tier – ein Kalb – trottete heran.

Tanzende Füchsin bekam eine trockene Kehle. Die Anspannung in ihren Muskeln schien ihr unerträglich. Ihr Herz pochte, als wolle es zerspringen. So viel Fleisch! So viel!

Hocherhobenen Hauptes ging die Elchkuh ein paar Schritte weiter. Sie witterte mit ihrer Knollennase. Ihr feiner Geruchssinn konnte wahrnehmen, was ihren weniger guten Augen verborgen blieb. Das Kalb neigte den Kopf über die Quelle, die als schmales Rinnsal den Hang hinabfloß. Diesen Platz konnte Tanzende Füchsin aus ihrem Versteck heraus gut überschauen. Argwöhnisch blickte sich das Kalb um. Anscheinend fürchtete es einen Angriff aus dem Hinterhalt.

Sie hatte ihr Versteck hervorragend gewählt. So früh im Jahr mußten sich die Tiere meist mit Schmelzwasser zufriedengeben. Die kleine Frischwasserquelle zog das Wild an wie eine schwärende Wunde die Fliegen.

Warte, befahl sie sich. Wenn sie ihren Durst gelöscht haben, sind die Tiere viel gelassener. Hab Geduld. Nach dem Kalb senkte endlich auch die Kuh den Kopf und trank. Sie schien großen Durst zu haben. Erst nach einer ganzen Weile trat das Tier zurück, riß mit dem Maul Grasbüschel aus und kam grasend näher und näher.

Elche besitzen neben ihrem guten Geruchssinn auch ein hervorragendes Gehör. Es sind gewaltige Tiere mit einer äußerst dicken Haut. Ihr einziger Schwachpunkt sind die Lungen. Nur ein treffsicherer Wurf zwischen die Rippen konnte sie töten. Plötzlich kam ihr diese Erinnerung wieder in den Sinn. Jemand hatte ihr das vor langer Zeit erzählt.

Das Kalb drehte sich zur Seite. Es befand sich höchstens noch zehn Schritte von ihr entfernt. Von ihrem Platz aus konnte Füchsin beinahe die einzelnen weißen Härchen an den Hinterbeinen zählen.

Jetzt!

Gewandt erhob sich Tanzende Füchsin und nahm den Arm zurück. Ihre Muskeln strafften sich, und sie katapultierte mit dem Atlatl den Speer nach vorn. Sie legte ihr ganzes Gewicht in diesen Wurf. Die Speerspitze segelte durch die Luft und traf direkt hinter die Rippen.

Der riesige Elch machte einen Sprung, schlug brüllend mit den Hinterbeinen aus, bockte zweimal und krümmte sich dann zusammen. Das Kalb stieß einen markerschütternden Schrei aus.

Tanzende Füchsin schob eine zweite Speerspitze in die Rille, balancierte den Atlatl aus und schleuderte die Spitze genau in dem Augenblick, als die Kuh mit lautem Hufgetrappel flüchtete. Das verwirrte Kalb folgte ihr. In dem Durcheinander verfehlte der zweite Wurf sein Ziel.

»Sehr gut! Du hast die Mutter getroffen!« rief Kralle von oben. »Ein guter Wurf. Du hast sie getötet, Füchsin!«

Sie nickte. Eine tiefe Befriedigung erfüllte sie. Sie hörte die alte Frau den Hang herunterkommen. Steine kollerten, Kies knirschte unter ihren Füßen.

Die Kuh verlangsamte ihre Flucht und ging auf die letzten Schneewehen zu, die sich am Fuß der Hügelkette entlangzogen. Ehe sie verschwand, verharrte sie einen Augenblick oben auf dem Hügelkamm.

Tanzende Füchsin prägte sich die Stelle genau ein, dann ging sie hinüber zu dem Platz, an dem sie das Tier getroffen hatte, und untersuchte die Spuren.

Grinsend kam Kralle durch die hohen Seggen herangeschlendert. Sie bückte sich und betrachtete eingehend den frischen Mist und die herzförmigen Hufspuren.

»Siehst du«, verkündete sie triumphierend, »ich habe dir gesagt, das ist ein guter Platz. Ich erinnerte mich daran, weil wir hier einmal gelagert haben. Wie lange ist das her? Zehn Jahre? Jedenfalls eine lange Zeit. Ich war danach nie wieder so weit im Süden. Mein Mann wollte hierher. Er wollte in dieser Gegend jagen, aber es sah gar nicht gut aus. Je weiter wir nach Süden kamen, um so dürftiger wurde die Vegetation.«

»Und Der im Licht läuft ist noch viel weiter südlich als wir«, murmelte Tanzende Füchsin. Ihre Augen suchten den Horizont im Süden ab, aber sie sah nur vergletscherte Hügel und Berge. »Großmutter, was hältst du von einem Spaziergang? Er wird wohl recht kurz werden, denn als ich sie aus den Augen verlor, ging sie schon sehr langsam.«

Kralle mümmelte an ihrem Zahnfleisch. Ihre alten Augen prüften genau die Spuren. »Hier ist Blut. Dunkles Blut. Aus der Leber. Du hast sie voll getroffen.«

»Du hast nichts verlernt.«

»Gar nichts, Kind.« Kralle gluckste vergnügt. »Nur meine Muskeln lassen zu wünschen übrig.«

Nebeneinander folgten sie der Fährte des verwundeten Tieres. Die Sonne stand bereits weit im Westen.

»Hier wurde sie langsamer«, erklärte Füchsin und deutete auf eine große Blutpfütze. Sie blickte auf und maß mit der Hand den Stand der Sonne am Horizont. Drei Handbreit links vom Licht? Das konnte knapp werden. Die Vorstellung, sie könnte den Elch an Wölfe verlieren, machte sie rasend.

»Sie ist nicht mehr weit gekommen«, fügte Kralle mit großem Nachdruck hinzu. »Sieh dir das an. Schaum. Der ist aus ihrer Nase gelaufen. Sie ist tot, und wir stehen hier herum.«

»Zumindest liegt sie am Boden.«

»In diesem Fall ist sie so gut wie tot. Sie verblutet innerlich. Wir haben sie.«

Die Augen unverwandt auf die Spuren gerichtet, gingen sie weiter. Die Blutlachen wurden immer größer. Das Kalb folgte treu seiner verletzten Mutter.

»Du hast länger durchgehalten, als ich dachte.« Kralle beobachtete Tanzende Füchsin aus den Augenwinkeln.

Tanzende Füchsin wandte ihr das Gesicht zu und mußte, geblendet von der Sonne, blinzeln. »Und ich halte noch länger durch.«

»Ein wenig überrascht mich das schon. Ich hätte nie erwartet, daß du so kräftig bist. Ich dachte, in spätestens einer Woche läufst du zur Sippe zurück.«

»Warum hast du mich dann begleitet?«

Kralle schnitt eine Grimasse. »Das weiß ich auch nicht. Vermutlich wollte ich einfach wissen, ob du es schaffst. Ist lange her, daß eine Frau das Volk verlassen und ihr Leben in die eigenen Hände genommen hat. Männer zogen hin und wieder allein hinaus. Aber eine Frau? Reiher war die letzte, und seitdem sind mehr als zwanzig Lange Helligkeiten vergangen.«

Füchsin nickte bedeutsam und wünschte sich, Reihers vielgepriesene Gabe zu Träumen zu besitzen, weil sie dann hätte prüfen können, ob sie die richtige Entscheidung getroffen hatte. Ihr Leben würde von nun an schwerer werden. »Ich konnte nicht bleiben«, sagte sie schlicht.

»Du magst Rabenjäger nicht. Das stimmt doch, oder?«

Sie wollte den Kopf schütteln, überlegte es sich aber anders und antwortete: »Ich ... Um ganz ehrlich zu sein, ich weiß es selber nicht. Ich hasse ihn nicht wirklich.« Sie lachte kurz und spöttisch auf. »Kannst du dir das vorstellen? Er brachte mich mit Gewalt zu Krähenrufer zurück, obwohl er genau wußte, welche Demütigung mich erwartete. Bevor du dich mit mir zusammengetan hast, kam er fast jede Nacht unter meine Decken. Und ich ... ich weiß noch nicht einmal, *was* ich von ihm halte.«

»Bist du deshalb hier draußen?«

Lächelnd nickte sie. »Und zum erstenmal in meinem Leben bin ich frei, Großmutter.«

»Wenn du zurückgehst, ist es damit aus und vorbei.«

Tanzende Füchsin zuckte die Achseln. »Bestimmt kommt Der im Licht läuft zur Erneuerung.«

»Sofern er noch lebt.«

Sie biß sich auf die Lippen. Eine gähnende Leere breitete sich in ihr aus. »Ja, wenn er noch lebt.«

»Du gehst also hin. Möchtest du ihn heiraten?«

»Ich weiß nicht, ob er mich noch will.«

»Das wirst du schon merken. Aber vergiß nicht, Rabenjäger wird auch dort sein. Und Krähenrufer.« Kralle machte ein finsteres Gesicht. »Warum lebt ausgerechnet dieser alte Halunke noch? So viele gute Menschen sind erfroren, und verhungert.«

Tanzende Füchsin schüttelte den Kopf. »Das ist Pech.«

Kralle schielte von der Seite zu ihr hinüber. »Niemand kann dir etwas anhaben. Eine Frau hat das Recht, ihren Mann zu verlassen, wenn er sie schändlich mißbraucht. Und Krähenrufer hat dich mißbraucht und beleidigt. Inzwischen weiß das jeder. Es hat sich herumgesprochen.«

In einer hilflosen Geste hob Tanzende Füchsin die Hände. Die Abendkälte durchdrang ihren Mantel. Sie fröstelte. Inzwischen warf das Licht der untergehenden Sonne lange schwarze Schatten über die Tundra und ließ die jungen Triebe der Riedgräser und des Wermuts silbrig glitzern.

»Glaubst du, ich habe die richtige Wahl getroffen?«

Kralle seufzte. »Mich darfst du nicht fragen, Kind. Ich kann das nicht beurteilen. Meine Tage sind gezählt. Außerdem verdanke ich dir mein Leben. Ohne dich wäre ich erfroren. Solange meine Seele in meinem Körper wohnt, gehört dir ein Teil davon. Aber um ehrlich zu sein, ich bin neugierig, und es freut mich und macht mich glücklich, wenigstens eine Zeitlang immer der Nase nach gehen zu können. Frißt uns ein Bär, so hat es eben sein sollen. Das ist ein ehrenhafter Tod. Wenn ich sterbe, begleiten mich deine Gebete zum Volk der Sterne. Mehr kann ich nicht verlangen.«

»Ich bin auch zufrieden.«

Kralles Gesicht wurde sehr ernst. »Du kannst nicht mehr lange so weitermachen, ist dir das klar? Eines Tages nimmt dich irgendein Mann. Ein Kind wächst in deinem Bauch, und du brauchst die Gemeinschaft. Das ist der Fluch der Frauen. Immer kommt irgendein Mann daher, der seinen Schwanz in dich hineinschiebt. Entweder versetzt du sie mit deiner Blutung in Angst und Schrekken, und sie wollen dich nicht um sich haben – oder sie spreizen deine Beine und besteigen dich.« Sie schüttelte den Kopf.

»Solange Rabenjäger mich nicht aufspürt, kümmert mich das nicht weiter«, sagte Tanzende Füchsin leichthin und beobachtete den Sonnenuntergang.

Kralles Blick schweifte suchend durch die blauen Schatten der Abenddämmerung. »Wo ist bloß dieser Elch?«

»Da unten.« Tanzende Füchsin deutete auf einige kleine Höhlen am Fuße eines Hügels. Eine breite Blutspur tränkte die kiesige Erde. Sie führte direkt zu einer der Höhlen.

»Da ist sie«, keuchte Kralle aufgeregt und wies mit ihrem knochigen Zeigefinger auf die Elchkuh.

Auch Füchsin sah das Tier. Sie sah den langen Kopf, die gesenkten Ohren. Das Kalb stand hilflos daneben. Sein Blick wanderte unentwegt zwischen den Frauen und seiner entkräfteten Mutter hin und her.

»Ich hatte gehofft, sie wäre schon tot. Wie lange ist es noch einigermaßen hell?«

»Nicht mehr lange. Aber . . . warte. Ihr Kopf ist herabgesunken. Warte. Ha! Sie kann ihn nicht mehr heben.« Nach dem langen Marsch zitterten Kralles alte Beine, aber sie setzte sich dennoch in Bewegung und eilte den Hügel hinunter. »Heute abend machen wir uns ein Feuer und essen Leber und Herz, Mädchen. Eine großartige Jägerin bist du geworden! Der im Licht läuft wird vor Freude in die Luft springen, wenn er eine solch tüchtige Frau bekommt.«

Tanzende Füchsin strahlte vor Glück. Ja, Der im Licht läuft würde stolz auf sie sein. In Verbindung mit ihm erschien ihr der Gedanke an die Umarmung eines Mannes und die Geburt von Kindern nicht unangenehm. Sie sehnte sich nach seinen starken Armen, die sie die langen Winternächte über festhielten und wärmten.

Kapitel 21

Deutlich hob sich die Silhouette von Der im Licht läuft auf dem Hügel oberhalb von Reihers Tal gegen den Himmel ab. Sein hüftlanges schwarzes Haar wehte ihm Wind. Er war mit leichten Fuchshäuten bekleidet, und seine Muskeln glänzten im goldenen Licht des Tages – eine majestätische Erscheinung. Tief unter ihm wanderte sein Volk auf gewundenen, matschigen Wegen zwischen den tauenden Schneewehen. Wie gleißendes Silber blitzten die herabschießenden Wasserbäche im Schein der schrägstehenden Sonne auf. In Abwehrhaltung kreuzte er die Arme vor der Brust. Er hoffte inständig, der Schmerz werde nachlassen. *Sie gehen fort. Ich fühle mich wie eine verlassene Muschelschale: leer und nutzlos.*

Gemächlich schlenderte Reiher über den Hügel auf ihn zu und stellte sich neben ihn. Mit der Hand schirmte sie die Augen vor Sonnenvaters blendendem Licht ab. Ihr sauberes Fellkleid roch nach dem Schwefel der heißen Quellen. »Du gehst nicht mit?«

»Wie könnte ich?« fragte er bitter. »Was würden sie sagen? Der Wolfstraum . . .«

»Sie haben überlebt«, erinnerte sie ihn. »Was mich angeht, ich bin froh, daß du bleibst.«

»Warum?«

»Weil du noch nicht bereit bist.«

Überrascht versuchte er, in ihren fröhlich funkelnden Augen zu lesen. »Was willst du damit sagen?«

»Wir haben einander schon einmal in die Augen gesehen. Vor siebzehn Langen Helligkeiten. Damals schon hast du mich gesucht – *aus einem einzigen Grund*.«

Sie lächelte, ohne dabei ihre braunen, schadhaften Zähne zu zeigen. »Nein, du kannst dich nicht mehr daran erinnern – aber glaub mir, es stimmt.«

»Ich verstehe nicht . . .«

»Ich weiß.« Tief senkte sie ihren Blick in den seinen, als suche sie seine Seele zu ergründen. »Ob es dir bewußt ist oder nicht, Wolfsträumer, du hast dich entschieden. Du wähltest mich, meinen Weg. Ich sah es deutlich, als du die Karibus mit einem Traum gerufen hast. Dir geht es wie mir. Die magische Macht verhöhnt dich, sie bringt deinen Verstand durcheinander, *zwingt dich, das in dir verborgene Licht zu erkennen*.

Die Angst legte sich ihm wie eine Schlinge um die Brust und schnürte ihm die Luft ab. «Mich interessiert die magische Macht nicht. Diese Macht ist für jemand anderen bestimmt, der . . .«

»Für wen?«

»Jemand, der ihrer würdig ist.«

Sie kicherte leise und schüttelte den grauhaarigen Kopf. »Du beugst dich also der Feigheit, wie?«

Stocksteif richtete er sich auf. »Ich beuge mich der Vernunft. Ich habe mich selbst zum Narren gehalten.«

»Dir gefällt das Gefühl, das sich während eines Traumes einstellt, nicht wahr?«

»Natürlich«, gab er unumwunden zu. Dieses *Gefühl* tröstete und beruhigte ihn wie ein wärmendes Feuer in einer kalten Winternacht.

»Aber es gefällt dir wiederum auch nicht so gut, daß du bereit bist, dafür deine Seele aufzugeben. Du möchtest dich lieber nur oberflächlich damit befassen. Wie ein Kind, das mit dem Feuer spielt, hoffst du, niemals dein kostbares Selbst riskieren zu müssen, um die Geheimnisse der Flammen zu ergründen.«

»Ich bin Der im Licht läuft, der Bastard eines Mannes der Anderen«, schimpfte er erbost. »Ich bin nicht . . .«

»Na und?« Sie warf ihm einen schiefen Blick zu und zog die Augenbrauen hoch.

Furcht und eine unendliche Sehnsucht nach seinem früheren Leben ergriffen Besitz von ihm. Ein stummer Schrei stieg in seiner Kehle auf, ein Flehen nach der Sicherheit und Gewißheit, die er vor seinem Traum empfunden hatte. Oh natürlich, er hatte ständig Hunger gelitten, aber seine Seele hatte aus einem Stück bestanden. Seelische Qual war ihm fremd gewesen. Inzwischen hatte er das Gefühl, aus lauter Bruchstücken zu bestehen wie eine tausendfach zersplitterte Speerspitze.

»Ich gehöre einfach nicht mehr zu meinem Volk. Ich bin seiner unwürdig!«

»Warum?«

»Ich passe nicht mehr dazu.«

»Niemand gehört voll und ganz dazu. Jeder ist auf seine Art ein Außenseiter. Das ist ein Teil des Fluches, der auf menschlichen Wesen lastet.«

»Ich gehörte zu ihnen – bis der Wolf mich rief.«

»Und warum, glaubst du, hat sich dadurch etwas geändert?«

Unruhig scharrte er mit den Füßen. »Ich bin ein anderer geworden.«

»Ja, natürlich.«

Er spürte einen Kloß im Hals und konnte kaum sprechen. Aufgeregt bemühte er sich, sein wahres Selbst wiederzufinden, doch es blieb verborgen im Unterbewußten. »Warum ich?«

»Weil du die Seele der Welt berührt hast. Du sahst die Monsterkinder kämpfen, hörtest das donnernde Schweigen ihrer klirrenden Waffen und sahst das Spiegelbild der leuchtendhellen Dunkelheit deiner eigenen Seele in ihren Augen.«

»Worte«, brummte er, aber die Wahrheit hämmerte warnenden Trommeln gleich in seinem Innern. »Nichts als Worte.«

»Ja, du hast dich verändert. Der im Licht läuft starb, als der Wolf ihn rief.«

Reglos starrte er über die im Sonnenlicht schimmernden Felsen hinaus auf das wilde Land. Er holte tief Luft und hielt lange den Atem an. *Ich bin halb tot, sie hat recht. Warum kann ich nicht so leben, wie ich will? Wo ist Tanzende Füchsin? Was ist mit mir geschehen? Alles, was ich will, ist die Frau, die ich liebe, ein sicheres Lager und zusehen, wie meine Kinder aufwachsen. Ist das so schlimm? Ist das zuviel verlangt?*

Reiher hinkte um ihn herum und baute sich vor ihm auf. Um ihn wieder auf sich aufmerksam zu machen, griff sie nach einer seiner langen, im Wind flatternden Haarsträhnen und zog kräftig daran. »Merkst du nicht, was du tust?«

»Nein.«

»Du suchst verzweifelt nach den Lebensfäden, die den toten Der im Licht läuft wieder zusammenfügen könnten. Du solltest ihn vergessen.«

»Ich kann ihn nicht vergessen!« rief er zornig. *»Er ist ich!* Sonst bin ich nichts. Ich bin . . .«

»Pah! Führ dich nicht auf wie ein Narr. Wäre er deine ganze Persönlichkeit, hättest du nie den Wolf rufen hören.«

Er hatte das Gefühl, jeden Augenblick zu explodieren. »Ich weiß nicht, wovon du redest.«

»So? Das weißt du nicht?« Ihr rauhe alte Stimme klang nicht mehr freundlich und tröstend. »Ich weiß genau, wie du dich fühlst. Zerrissen zwischen dieser Welt und der Welt des Träumers. Auch ich stand einmal zwischen zwei Welten. Zum Glück hatte ich Gebrochener Zweig. Sie nahm mir die Entscheidung ab. Jahre vergingen, bis ich gelernt hatte, die Türen meiner Seele zu öffnen. Dir bringe ich es bei. Mit meiner Hilfe lernst du es in einem Zehntel der Zeit.«

»Du brauchst mir gar nichts beizubringen.«

Ein verständnisvolles, mitfühlendes Lächeln umspielte ihren Mund. »Willst du dein Leben lang ein Dilettant bleiben, ha?«

»Vielleicht.«

»Ich warne dich. In diesem Fall endest du wie Krähenrufer, ausgebrannt, unfähig, dich dieser Macht zu überlassen, verloren zwischen Wahrheit und Lüge.«

»Das ist mir gleichgültig!« rief er heiser und kehrte ihr den Rücken zu. »Es ist allein meine Entscheidung.«

»Deine Einwände lasse ich nicht gelten.«

Ihre Schritte entfernten sich. Sie ging den Abhang hinunter zu den heißen Quellen. Seine Kehle war wie zugeschnürt, sein Herz hämmerte. Er schaute über das Land und sah sein Volk in der Ferne verschwinden. Die Leute verkleinerten sich zu winzigen, sich bewegenden Punkten auf der lichtüberfluteten Hochebene. Unaufhaltsam bahnten sie sich ihren Weg zwischen vergletscherten, in Schneefutteralen steckenden Felsen.

Der unwiderstehliche Drang ihnen zu folgen schien ihn zu zerreißen und sein Inneres auszuhöhlen. Dieser Weg führte zurück in die vertraute Welt, zu seinem Volk und dem Trost der Gemeinschaft. Dieser Weg führte zu Lachen, warmen Feuern in der Nacht, den alten Legenden. Seine letzte Verbindung zu der Sicherheit, zu seinem angestammten Platz unter den anderen, der stets ein Teil seines Lebens war, würde sich mit ihren Spuren im Schnee auflösen.

Zu viel! Ich kann dieses Leben nicht aufgeben!

Entschlossen hob er seine Speerspitzen und Schneeschuhe auf, die er achtlos auf den Boden geworfen hatte, und rannte den Spuren seines Volkes hinterher. Kaum hatte er einige Schritte zurückgelegt, blieb er stehen und blickte zurück zu den Hügeln, zurück auf Reihers Teich. Angst fraß sich in sein Rückgrat. Eiseskälte überschwemmte ihn.

»Nein«, schalt er sich leise, als ihn die Sehnsucht zur Umkehr packte. »Nein, ich bin nicht der Richtige.«

Weiter dem Pfad folgend, versuchte er, das Gefühl, die falsche Entscheidung getroffen zu haben, zu unterdrücken. Doch sein Herz ließ sich nicht belügen. Seine Schritte führten ihn nicht in die Freiheit.

Die Nacht holte ihn im offenen Gelände ein. Der Sonnenuntergang am fernen Horizont färbte die Wolkenbänder brennend Orangerot. Allein und verlassen kauerte er sich in eine Felsnische, die Sonnenvater im Laufe des Tages aufgeheizt hatte. Die Wärme würde noch einige Zeit anhalten. Verzweifelt versuchte er einzuschlafen.

Träume suchten ihn heim. Visionen. Bilder der Traumjagd, das grüne Tal mit grasendem Wild, die letzten rasselnden Atemzüge des Wolfes. Die Bilder drängten sich ihm auf, verspotteten ihn, lockten ihn wie die zärtlich ausgestreckten Arme einer Geliebten. Der bittere Geschmack des Wolfsfleisches lag auf seiner Zunge. Im Traum tollte der Wolf im saftigen Gras, doch plötzlich unterbrach er sein Spiel, drehte sich zu ihm um und hob die Schnauze. »Verschmähst du meine Verheißung?« fragte er.

»Nein! Nein, ich ... es gibt einen Würdigeren als mich, jemanden, der ...«

»Ich habe dich gewählt.«

»Nein!«

Wie vom Donner gerührt erwachte er und blickte angstvoll in die stockdunkle Nacht.

Schweiß lief ihm in Strömen über die Brust. Seine Haut juckte.

Der harte Fels bohrte sich in sein Fleisch, die frostige Kälte fraß sich durch seine langschäftigen Stiefel.

»Ich habe Angst!« flüsterte er. Tränen traten ihm in die Augen. Mit der Faust schlug er auf den Felsen. »Entsetzliche Angst. Was ist bloß mit mir geschehen?«

Der Wind trug einen beißend scharfen Geruch heran. Er stützte sich auf die Ellenbogen und lehnte sich zurück. Draußen in der Nacht begann ein Wolf aufzuheulen, ein ganzer Wolfschor fiel ein. Unheimlich, als ob sie ihn suchten, gellte das Heulen in seinen Ohren.

Kapitel 22

Eine frische Brise strich über die kabbeligen, von weißem Schaum gekrönten Wellen. Eisfeuer saß auf einem hohen Felssockel und schaute über den tosenden Großen Fluß. Die sanften Hügel am anderen Ufer verschwammen in schimmerndem Blaugrün. Weiter im Osten blitzte das grandiose, ehrfurchtgebietende Weiß des Großen Eises. Er warf einen Blick über die Schulter auf die schneebedeckten Gipfel der mächtigen Berge. Die Lange Helligkeit hatte ihren Höhepunkt erreicht. Das Land pulsierte vor Leben.

Schwärme von Gänsen breiteten die stolzen Flügel aus und flogen empor zum azurblauen Himmel. Vögel schwebten über dem Wasser und stießen herab, um Fische zu fangen. Eine tiefe Sehnsucht erfüllte seine Brust, als er den Flug der Vögel verfolgte.

»Seit vier Tagen beobachtest du jetzt schon die Schneegänse«, bemerkte Roter Feuerstein, der eben zu ihm heraufgekommen war. Er blieb hinter ihm stehen.

Eisfeuer drehte sich nicht um. »Vögel sind wundervolle Geschöpfe. Stell dir vor, was sie von dort oben alles sehen können.« Er ließ seinen Blick zum fernen Horizont im Süden schweifen. Der Ruf schlummerte tief in seinem Innern, unbewußt, drängend.

»Sie machen allerdings auch eine Menge Lärm. Sie kreischen und schreien, und dumm sind sie obendrein. Wenn du mit Gras ausgestopfte Schneegansattrappen auslegst, fallen sie darauf herein und fliegen dir geradewegs ins Netz.«

Eisfeuer wandte den Kopf und beäugte den Freund unter halbgeschlossenen Lidern hervor. »Ich hoffe, du hast einen ausreichenden Grund für diese Störung. Ich will in Ruhe nachdenken.«

»Seit zwei Tagen hast du nichts gegessen. Mondwasser macht sich Sorgen um deine Gesundheit.«

»Deine Tochter macht sich ständig Sorgen um meine Gesundheit. Und du denkst, wenn ich zwanzig Jahre jünger wäre, würde sie sich um meine Kinder kümmern.«

Ohne eine Miene zu verziehen, spreizte Roter Feuerstein die Finger. »Sie braucht dich nicht zwanzig Jahre jünger.«

Eisfeuer konzentrierte sich wieder auf die Gänse, die nach Süden abdrehten. »Ich hatte eine Frau – und danach einmal eine Vision. Das reicht mir an Frauen für mein ganzes Leben.«

Roter Feuerstein trat unruhig von einem Bein aufs andere. Seine Stiefel scharrten über das lose Geröll. »Ich weiß.« Das klang fast unterwürfig. Mit gedämpfter Stimme fuhr er fort: »Ich meinte das mit Mondwasser nicht ernst. Aber sie schon, das weiß ich. Sie betet dich seit ihrer Kindheit an. Damals hast du sie hoch in die Luft geworfen und ihr Geschichten erzählt.«

Bei der Erinnerung an das kleine rundgesichtige Mädchen, dessen Haare flogen, wenn er sie hochwarf und wieder auffing, mußte er lachen. »Sie soll sich nach einem jungen Mann umsehen.«

»Genug jetzt von Mondwasser. Du bist anderweitig in Anspruch genommen.« Roter Feuerstein setzte sich auf den kleinen Fels unter Eisfeuers Ausguck. »Was ist los, Ältester? Was siehst du hier draußen? Was müssen wir wissen?«

Eisfeuer schlang die Hände um die Knie, lehnte sich zurück und blickte gen Süden. Seit Tagen betete er zum Großen Geheimnis. Er bat um eine Vision und eine Erklärung für den wachsenden Druck in seiner Brust. Aber bisher hatte er keine Antwort erhalten.

»Ich kann es dir noch nicht sagen. Nur«, flüsterte er und legte seine wettergegerbte Hand aufs Herz, »ich fühle es hier drin. Die lange Wartezeit ist fast vorbei, alter Freund.«

»Ist das gut?«

Eisfeuer lächelte grimmig. »Nein, aber auch nicht schlecht.«

»Was dann?«

»Das Große Geheimnis erschafft den Weg und zeigt ihn uns. Ob gut oder schlecht, wer weiß das schon? Was zählt ist, daß sich die Dinge ändern. Auch wir werden uns ändern. Wir werden nie mehr dieselben sein.«

Aufmerksam hörte Roter Feuerstein zu. Er nickte unmerklich, aber sein runzliges Gesicht zeigte Zweifel. »Wenn ich dich so reden höre, verstehe ich zwar deine Worte, aber ich weiß nie, was sie bedeuten.«

Eisfeuer lächelte ihm herzlich zu. Beruhigend legte er eine Hand auf den Arm des Freundes und sagte: »Ich weiß es auch nicht genau. Aber das macht nichts. Im Grunde sind wir dem Lauf der Dinge gegenüber machtlos.«

Kapitel 23

Verzweifelt und von panischer Angst erfüllt, bemühte sich Der der schreit durchzuhalten. Der Büffel wirbelte mit unglaublicher Geschwindigkeit im Kreis herum. Die Fliehkraft lockerte den Griff des Jägers, dessen Hände trotz aller Anstrengung am Holz des Schafts entlangglitten. Seine stählernen Muskeln dehnten sich bis zum Zerreißen, seine Finger drohten, aus den Gelenken zu springen, aber er kämpfte zäh und verbissen. Sein Herz pumpte in hämmerndem Stakkato. Plötzlich verschwand die Welt hinter einem Nebelschleier, und seine Füße verloren den festen Halt.

Der Büffel war auf dem Eis zu Boden gegangen und hatte den Jäger mit sich hinuntergezogen. Fast riß ihm die Wucht des Sturzes den Speerschaft aus den Händen. Seine Lungen keuchten und brannten.

Irgendwann blieb Der der schreit, zu keiner weiteren Bewegung fähig, wie betäubt liegen. Seine Augen weiteten sich vor Entsetzen, denn der Büffel kam wieder auf die Beine und übersprühte ihn mit einem Regen eisiger Kristalle. Wütend warf das Tier den Kopf zurück und glotzte den am Boden liegenden Mann aus schmerzgepeinigten, blutunterlaufenen Augen an. Blutiger Schleim troff ihm aus den Nüstern. Sein heißer Atem stieß Dampfwolken in die kalte Luft. Das Tier sammelte noch einmal die geballte Kraft seiner mächtigen Schultern und Flanken.

Er tötet mich! Unfähig sich zu bewegen, sah Der der schreit den Büffel mit seitlich gedrehtem Kopf auf sich zustürmen. Fast spürte er schon den Stoß des langen schwarzen Horns.

Er öffnete den Mund, um zu schreien.

Kein Laut kam über seine Lippen.

Im letzten Augenblick drehte der Büffel ab. Die mächtigen schwarzen Beine überschütteten den Jäger mit einem aufspritzenden Schwall aus schmutzigem Schnee und Kies. Eine zweite Speerspitze steckte in einem eigenartigen Winkel in der Flanke des Tieres. Die Flanke zitterte, als versuche der Büffel, eine bösartige Pferdebremse zu verscheuchen.

»He! Whooo!« brüllte jemand. Der Büffel wich zurück, feuchtglänzende schwarze Hufe tanzten vor der Nase von Der der schreit. Noch ein Schritt zurück und . . .

Erschrocken sprang der Büffel zur Seite. Eine weitere Speerspitze bohrte sich in seinen Leib. Das riesige Tier grunzte, schwankte und atmete stoßweise. Die zottige schwarzbraune Masse ragte turmhoch über Der der schreit auf.

Dieser schluckte ängstlich und versuchte krampfhaft, ruhig zu bleiben. Er drehte den Kopf und sah die rasch größer werdende Blutlache zwischen den Vorderbeinen des Tieres.

Der Jäger verspürte einen stechenden Schmerz in den Lungen. Bei jedem Atemzug rasselte es bedrohlich in seiner Brust. Der Koloß stampfte dröhnend mit den Beinen und kämpfte schwankend um sein Gleichgewicht.

Wieder ertönten verzweifelte Schreie und Rufe, die in der frostklirrenden Luft des Nachmittags widerhallten und den Büffel ablenken sollten.

Der der schreit versuchte entsetzt, aufzustehen und den seinen Körper einhüllenden Schleier aus Angst und Schmerz zu durchdringen.

Blinzelnd starrte er hinauf zu dem riesigen, sich inzwischen langsamer bewegenden Ungeheuer.

Der Büffel schnaubte gequält. Bei jedem Atemzug zuckten seine Flanken. Mit hocherhobenem Kopf blieb er stehen. Der gewaltige Körper bebte unter dem Einschlag weiterer Speerspitzen.

Der der schreit griff nach seinem zerbrochenen Speerschaft und stieß nach dem Tier.

Die Augen des Büffels starrten ihn haßerfüllt an. Wieder senkte der Büffel den Kopf, um ihn auf die Hörner zu nehmen. Der der schreit stach mit dem Schaft in das Auge des Tieres, das vor Schmerz zurückzuckte.

Aufkreischend versuchte sich Der der schreit im letzten Augenblick zur Seite zu rollen, doch schon stieß das gewaltige Horn in den gefrorenen Boden und nagelte seinen Mantel auf der Erde fest.

Der der schreit wartete wimmernd auf den entsetzlichen Schmerz, der nun kommen mußte.

Er krümmte sich zusammen. Die Angst betäubte seinen gepeinigten Körper. Aber nichts geschah.

»Na, das war vielleicht ein Anblick.«

Beim Klang dieser ruhigen Stimme sah Der der schreit auf und blickte direkt in Hüpfender Hases Gesicht, der sich kopfschüttelnd über ihn beugte.

»So etwas habe ich noch nie gesehen«, fügte Singender Wolf mit gespielter Ehrfurcht hinzu. Er legte den Kopf schief und schürzte die Lippen. »Sieht aus, als ob er verblutet.«

Der der schreit wischte sich Blut und Schmutz aus dem Gesicht. Er versuchte, sich aufzusetzen – doch das Horn des Büffels hielt ihn noch immer am Boden fest. Um sich zu befreien, schrie Der der schreit laut auf. Das schwerverwundete Tier erbebte und ließ den Mantel los.

»Es liegt an der Spitze.« Der der schreit untersuchte die erste Speerspitze, die er dem Bison in die Seite geworfen hatte. »Das ist die erste. Wie ihr seht, ist sie auf diese Rippe geprallt und dabei zersplittert.« Er hob ein Rippenstück auf und zeigte allen, wo die linsenförmige Spitze den Knochen getroffen hatte. Anschließend deutete er auf die stumpfe Steinspitze, die unter dem Aufprall auf der Rippe zerbrochen war.

»Die beste Speerspitze hilft nichts, wenn sie eine Rippe trifft. Dieses Risiko gehört zur Jagd. Aber diese da« – er hob eine andere Speerspitze auf – »hat keine Rippe getroffen. Ich warf, sie traf und der Büffel drehte sich um.« Seine Lippen zuckten, als er die blutgetränkte Spitze ansah, die noch immer an einem armlangen, zersplitterten Stück Schaft hing.

Nachdenklich kratzte er sich am Kopf. »Ich wußte nicht, was ich tun sollte, als diese Hörner mich aufzuspießen drohten, deshalb griff ich eben nach dem Speer. Ich dachte, das wäre das Sicherste. Aber ich hatte mich verschätzt. Die Stelle, an der die Spitze am Schaft befestigt ist, ist zu dick. Sie bildet eine Art Knoten, und deshalb dringt die Spitze nicht tief genug ein.«

»So?« Verständnislos zog Grünes Wasser eine Augenbraue hoch. »Und was bedeutet das?«

»Eine Menge neuer Kleider.« Lachend hob Hüpfender Hase den schmutzigen, zerrissenen Mantel von Der der schreit hoch und hielt sich die Nase zu. Der Geruch von Büffelblut hing unangenehm in der Luft.

Der der schreit brummte und warf ihm unter halbgeschlossenen Lidern einen zornigen Blick zu. »Ich muß eine bessere Spitze machen.«

»Unser Volk verwendet seit ewigen Zeiten solche Spitzen«, wies ihn Singender Wolf aufgebracht zurecht. »Speerspitzen macht man nun mal so.«

»Warum?«

»Weil man sie eben so macht, darum.«

Der der schreit kratzte sich am Kinn und starrte auf die Spitze. »Das Problem ist die Verbindung zum Schaft. Die Stelle ist zu dick.«

»Das habe ich dir schon einmal gesagt«, erinnerte ihn Hüpfender Hase.

»Mach doch den Schaft dünner.«

»Dann ist er zu schwach«, meinte Der der schreit. »Unsere Speere brechen ohnehin schon zu schnell. Weiden und Zwergbirken sind lausiges Material.«

»Du mußt die Verbindungsstelle schmäler machen«, beharrte Hüpfender Hase.

»Eine schlankere Spitze?« Der der schreit ging hinüber zum Feuer, kniff ein Auge zu und schielte hinunter auf die von ihm gefertigten Rohformen.

»Dünne Spitzen macht unser Volk nicht«, erklärte Singender Wolf mit Nachdruck. »Es ist schon schlimm genug, daß Der im Licht läuft alles verändern will. Jetzt kommst du daher und willst auch noch die Speerspitzen umgestalten!«

Der der schreit ignorierte diese Bemerkung und hob nachdenklich eine der Rohformen auf.

»Machst du einen Spaziergang?«
Der im Licht läuft erstarrte, griff nach seinen Speeren und blickte überrascht zu den kantigen grauen Felsen hinauf.

»Wenn ich Großvater Braunbär wäre, hätte ich dich zum Abendessen verspeist.« Gebrochener Zweig schmatzte mit ihren zahnlosen Kiefern.

»Aber wenn ich dich so ansehe, wäre es wohl eine recht armselige Mahlzeit geworden. Du willst ein Jäger sein? Na, ich weiß nicht. Du läufst herum und siehst und hörst nichts.«

Er atmete tief durch. Die Angst wich, und er entspannte sich.

»Was machst du denn hier?«

»Ich? Was machst *du* hier?« Kichernd ließ sie sich nieder und rutschte auf dem glatten Fels hinunter. Wortlos streckte er ihr die Hand hin, um ihr aufzuhelfen. Ihre Hand fühlte sich an wie eine Vogelkralle. Als sie sicheren Boden unter den Füßen hatte, seufzte sie erleichtert. Ihre braunen Augen blickten ihn scharf an.

»Gehst du zurück?« fragte er. Er fürchtete, sie würde wieder über den Wolfstraum reden, aber zu seiner Erleichterung war das nicht der Fall.

»Reihers Teich hat mich zwar um zehn Jahreszeiten jünger gemacht, aber trotzdem tun mir die Beine weh. Außerdem bin ich schon oft genug bei der Erneuerungszeremonie gewesen. Ich habe genug getanzt. Wenn Sonnenvater noch immer nicht weiß, wie dankbar ich ihm bin, begreift er es nie. Für mich gibt es dort nichts mehr zu erledigen.«

Belustigt sah er sie an. Der Wind zerrte an ihren grauen Haaren.

»Und du? Wohin des Wegs?«

Er zögerte. Schließlich wußte er es selbst nicht genau. Er fühlte sich wie ein Blatt im Wind, in wilden Pirouetten gewirbelt von der Laune einer unbekannten Macht. »Ich . . .«

»Ich glaube, du folgst den Spuren deines Volkes«, sagte sie und blickte ihn prüfend an. »Du hast einen langen Weg vor dir, jedenfalls einen längeren, als diese alte Frau noch zurückzulegen gedenkt.«

Er senkte die Augen. Seine Hände umklammerten die Speerschäfte so fest, daß die Knöchel weiß hervortraten.

»Hast aufgegeben, wie? Kannst den Gedanken nicht ertragen, daß deine Träume Wirklichkeit werden? Läßt dich lieber wieder von Krähenrufer herumkommandieren? Willst du Zielscheibe des Spottes werden?« Mißbilligend schüttelte sie den Kopf. »Der Wolf hätte wirklich eine bessere Wahl treffen sollen.«

»Was ich mache, Großmutter, geht nur mich etwas an.«

»Vermutlich.« Sie wedelte mit den Händen, als wolle sie ihn verscheuchen. »Geh schon. Mach dich auf den Weg. Ich, ich muß ein paar wichtige Dinge erledigen. Ich habe noch nicht mit dem Leben abgeschlossen.«

Mit diesen Worten humpelte sie auf dem Weg zurück, den er gekommen war.

Der im Licht läuft knirschte laut mit den Zähnen. Sein Herz schlug heftig. Mit Mühe unterdrückte er einen Brechreiz. Er drehte sich um und beeilte sich, um sie einzuholen.

»Geh doch«, knurrte sie. Ihr gekrümmter Körper schwankte bei jedem Schritt. »Wirf dich doch Krähenrufer zu Füßen. Mir geht's gut. Ich bin schon über diese Hochebenen gestolpert, da hat deine Mutter noch nicht einmal richtig ins Leben geblickt.«

»Aber ich . . .«

»Was? Sprich lauter, Jungchen. Windfrau malträtiert meine Ohren bereits so lange, daß ich schon fast taub bin.«

»Ich habe meine Mutter nie gekannt«, sagte er etwas lauter. Er wollte, daß sie weiterredete, denn er brauchte Unterstützung bei der Entscheidung, die seine Seele zu zerreißen drohte. Woher sollte er wissen, was richtig war?

»Du hast nie . . . Nein, natürlich nicht! Sie starb, weil sie deinem nichtsnutzigen Bruder das Leben schenkte. Schon damals war er hinterhältig. Er kam mit den Füßen zuerst auf die Welt. Die wie eine Möwe fliegt hat vergeblich versucht, ihn umzudrehen. Seit seiner Geburt macht er nichts als Ärger. Eine Zeitlang dachte ich, du hättest einen guten Einfluß auf ihn, aber da habe ich mich geirrt. Er neigt zur Gewalttätigkeit.«

»Er war schon immer aggressiver als ich . . .«

»Ja, das weiß ich. Die alte Möwe wußte das auch. Du hast sie an ihre verstorbene Tochter erinnert. Mit dem Mädchen stimmte es von Geburt an nicht. Ein Teil ihres Rückens war offen. Das Rükkenmark lag frei, weder Haut noch Knochen drüber. Das Kind konnte nie seine Beine gebrauchen. Ist schon früh gestorben. Möwe hat sie sehr geliebt. Sie war überglücklich, als sie euch beide bekam.«

»Gebrochener Zweig«, begann Der im Licht läuft zögernd. »Wußtest du, daß Rabenjäger und ich nur halb zu unserem Volk gehören?«

Achselzuckend legte sie ihm eine Hand auf die Schulter. »Manche von uns ahnten es, aber deine Mutter verriet nichts, und im Grunde war es uns egal.«

»Wieso nicht?« rief er ungläubig. »Die Anderen sind unsere Feinde!«

»Weil unser Volk sich über jede Geburt freut, die unsere Art am

Leben erhält. Ihr gehört zu uns, nicht zu den Anderen. Wir wollten euch.«

Er seufzte. Tief in seinem Innern focht er einen schweren Kampf gegen seine Ängste aus. Ein stummer Schrei stieg in seine Kehle.

Aus den Augenwinkeln schielte sie zu ihm hinüber. »Wie lange bedrückt dich das schon?«

Er machte eine wegwerfende Handbewegung. »Seit Reiher es mir gesagt hat.«

»Ach, vergiß das. Nachdem du fünfmal eine Lange Finsternis überlebt hattest und eine menschliche Seele in dir einzog, da war es die Seele eines Angehörigen unseres Volkes. Diese Seele hatte mit den Anderen nichts zu tun.«

»Trotzdem fließt in meinen Adern Blut der Anderen.«

»Wenn es dir hilft, dann betrachte dich einfach als Mittler zwischen zwei Welten.«

»Als Mittler zwischen . . .« Die Worte hallten in seinem Kopf wider:

Mittler . . . zwischen . . . Welten . . .

»Natürlich mußt du dich eines Tages damit auseinandersetzen. Teile dein Blut. Wie die alte Möwe ihre Milch zwischen euch Brüdern.«

In seinem Kopf drehte sich alles, und er stolperte. Vor seinem geistigen Auge tauchten Bilder auf; ein blutiges Netz erstreckte sich von seiner Brust zum Lager der Anderen und schlang sich um einen großen Mann mit silbrigem Haar. Der Mann wandte sich um und starrte ihn atemlos an.

»Das rote Netz«, keuchte er. »Ich sehe Teile . . .«

»Was?« fragte Gebrochener Zweig scharf.

Die Vision brach ab. Er schnappte hörbar nach Luft und riß die Augen auf. »Ein Netz, das sich ausbreitete wie . . .«

»Was bedeutet das?«

»Ich weiß nicht. Es erschien aus dem Nichts und spannte sich aus zwischen mir und einem Mann der Anderen.«

»Wie willst du jemals die Bedeutung deiner Visionen herausfinden?«

Ein tiefer Abgrund klaffte in seiner Seele. Sie wollte wissen, ob er jemals bereit war, die Verantwortung für seine Visionen zu übernehmen und tiefer in sich hineinzusehen, um ihre Wurzeln zu entdecken.

»Du weißt, *warum* du die Bedeutung nicht kennst, nicht wahr? Ich habe viele Träumer gesehen, Dutzende!«

»Warum?«

»Weil du nur Brei in deinem Kopf hast.«

Nach einer Pause sagte sie: »Halte dich an Reiher, sie hat sich dir doch als Lehrerin angeboten, oder nicht?«

Er nickte.

»Eine bessere kannst du dir nicht wünschen. Vergiß diesen Narren Krähenrufer. Er ist ein Schwindler, der aus reiner Machtgier irgend etwas erfindet. Dabei ist ihm jedes Mittel recht.«

»Aber das Volk hört auf ihn.«

Sie seufzte und fuchtelte mit ihren klauenartigen Händen. »Die Leute wissen nicht mehr, was ein wirklicher Träumer ist. Wir benötigen echte Träumer, wie Reiher eine ist. Ein junger Spund wie Rabenjäger hat doch keine Ahnung, wie mächtig ein wahrer Träumer sein kann!«

»Mächtig ... noch mächtiger als die Monsterkinder und ihr Krieg?«

Schnüffelnd nickte sie. »Du *weißt* es, eh? Und trotzdem marschierst du *immer noch* der unwissenden Herde hinterher, schleichst in die Versammlungen der Clans und redest dir ein, alles würde vorübergehen? Es geht nicht vorüber.«

Er kreuzte die Arme vor der Brust und machte ein Gesicht, als fürchte er, in den gähnenden Abgrund seiner Seele zu stürzen. »Ich weiß. Genau das zerreißt mich ja.«

Gebrochener Zweig sah ihn eindringlich an. »Dann entscheide dich. Ignoriere den Ruf des Wolfes und passe dich wieder den Gepflogenheiten deines Volkes an, oder befolge die Weisungen, die dir der Wolf gab – *rette dein Volk.*«

»Und wenn ich mich dabei verliere?«

»Ach was, du kleiner Idiot. Du wirst dich finden! Zögere nicht länger und entscheide dich. Jetzt.«

Sie stemmte die Hände in die Hüften und sah ihn scharf an. »Du schiebst die Entscheidung hinaus und weiter hinaus, und plötzlich hast du eine Frau und vier Kinder. Aber du hast niemals die Verantwortung für dich selbst übernommen – dein ganzes Leben lang nicht. Und du wirst niemals mehr dazu imstande sein.«

In seinem Kopf herrschte ein entsetzliches Chaos. Er war zu keinem klaren Gedanken fähig. Die alte Frau ließ ihn nicht aus den Augen. Weit hinten am Horizont zog ein Rudel Wölfe mit federnden Schritten Richtung Süden. Bei ihrem Anblick änderte sich sein Gesichtsausdruck. Er fühlte den raschen Pulsschlag der Tiere in seinem Herzen. Für einen Moment betrachtete er die Welt mit ihren Augen. Entschlossen schluckte er seine Angst hinunter und wandte sich zu Gebrochener Zweig.

»Gehen wir, Großmutter«, sagte er langsam. Er hatte das Gefühl, ein Entwurzelter zu sein, wie ein welkes Blatt hinweggefegt von Windfraus kaltem Atem.

Sie gluckste vergnügt in sich hinein und klopfte ihm anerkennend auf die Schulter. Gemeinsam machten sie sich auf den Weg zu Reihers Tal.

Kapitel 24

Eisfeuer schauderte. Er spürte Hände auf seinem Körper. Langsam drang Stimmengewirr an sein Ohr. Der Nebel lichtete sich.

»Wach auf!« brüllte ihn jemand an. Roter Feuerstein. Niemand sonst hatte eine so kratzige, rauhe Stimme.

Blinzelnd öffnete er die Augen und erkannte Felle, Füße und Knie, die sich in den weichen Boden drückten.

»Was ist geschehen?« Seine krächzende Stimme brach. Roter Feuerstein beugte sich über ihn, um ihn besser zu verstehen.

Eisfeuers Blick war nach der Vision noch nicht ganz klar. Nur verschwommen nahm er den mit weißen Wolken getupften Himmel wahr. Dem Stand der Sonne nach mußte es früher Morgen sein. Das Lager befand sich in der Nähe, er hörte die Stimmen von Frauen und Kindern. Kümmerlicher Wermut wuchs auf der mageren, steinigen Erde. Am südlichen Horizont erschienen glühende orangerote Streifen. Das Gebilde erinnerte ihn an die roten Fäden eines – Netzes.

In größter Verwirrung breitete Roter Feuerstein die Arme aus. »Ich weiß es nicht. Du gingst wieder einmal zu deinem Hügel. Plötzlich hast du geschrien. Wir alle sahen, wie du dich um dich selbst drehtest und hinauf zur Sonne starrtest. Dann hast du gekreischt, die Arme gehoben und in die Luft geschlagen, als ob dich etwas umschwirrt.«

»Als ob du Speere abwehrst«, fügte Walroß hinzu. Sein Gesicht verzog sich besorgt. »Du weißt schon – *wie im Kampf.*«

Eisfeuer überlegte. Die Vision kehrte zurück. »Ja«, keuchte er und sah wieder die blutroten Fäden, die sich um ihn schlangen. »Jetzt erinnere ich mich.«

»Erzähl es uns«, bat Roter Feuerstein. »Was hast du gesehen?«

»Rote Fäden krochen auf mich zu. Wie die Fäden eines Spinnennetzes. Sie kamen aus dem Süden. Der Träumer des Feindes spann das Netz – er benahm sich wie eine sonderbare Spinne.«

»Beschwören sie einen Zauber gegen uns herauf?« wollte Schafschwanz wissen und klopfte zornig mit seinen Speeren auf den Boden.

»Das werden sie noch bereuen«, fügte Wieherndes Pferd nachdrücklich hinzu. »Wir zeigen es ihnen! Wir zeigen ihnen, wie das Mammutvolk mit denen umgeht, die . . .«

»Nein«, krächzte Eisfeuer. Mit einiger Anstrengung gelang es ihm, sich aufzusetzen. Er fühlte sich noch immer ein wenig benommen. »Der Zauber war nicht gegen uns gerichtet. Zuerst hatte ich Angst. Ich fürchtete das Netz des Träumers. Aber schließlich – ja, schließlich hat es mich wärmend eingehüllt. Es zog mich. Immer weiter nach Süden zog es mich zu den . . . zu den . . .« Stirnrunzelnd schüttelte er den Kopf.

»War die Beobachterin wieder da? Hat sie dir das angetan?« Beunruhigt blickte Roter Feuerstein den Freund an.

»Nein, nicht die Beobachterin. Ihre Gegenwart spürte ich nicht.«

»Nein? Überleg weiter. Versuch dich zu erinnern, alter Freund«, bat Roter Feuerstein inständig.

Ratlos sah Eisfeuer ihn an. »Ich kann nicht. Ich erinnere mich nicht mehr. Die Vision brach ab.«

»Nach Süden.« Ein blutrünstiges Lächeln erschien auf dem mordlustigen Gesicht von Wieherndes Pferd. »Zum Feind.«

Eisfeuer sah ihn an. Eine Vorahnung bemächtigte sich seiner. »Nimm dich in acht, Wieherndes Pferd. Die Dinge sind anders, als du sie siehst.« *Sie sind anders, wenn die mächtigen Fäden der Zauberkraft das Leben und die Seelen der Menschen umschlingen.*

Kapitel 25

Gebrochener Zweig und Der im Licht läuft kletterten hintereinander den Felsenpfad hinauf zu Reihers Hügel. Oben stand die alte Träumerin und beobachtete sie.

Als die beiden auf sie zukamen, wandte sie sich an Gebrochener Zweig. »Wieder zurück? Willst du dir doch noch deine gerechte Strafe abholen, Alte?«

»Ach was, halt den Mund«, murrte Gebrochener Zweig und reckte den dürren Hals, um der Träumerin Auge in Auge gegenüberzustehen. »Wenn du willst, dann töte mich, aber bitte während ich in deinen heißen Quellen liege und meine schmerzenden Knochen labe.«

Reiher brach in schallendes Gelächter aus. Mit vergnügtem Augenzwinkern sagte sie: »Na los, geh dich laben. Sobald ich etwas Zeit habe, komme ich und töte dich.«

»Mir wär's recht, wenn wir uns vorher noch ein wenig unterhalten könnten«, meinte Gebrochener Zweig mit sanfter Stimme. »Außer uns erinnert sich niemand mehr an die alten Zeiten. Mir fehlen unsere Gespräche sehr.«

Reiher lächelte wehmütig und senkte die Augen. »Mir geht's genauso.«

»Und bring diesem Jungen bei, was es mit den Bildern in seinem Kopf auf sich hat.« Gebrochener Zweig deutete mit dem Daumen auf ihn. »Er wird noch verrückt, wenn er das nicht bald lernt.«

Unter Reihers Blick begann sein Herz aufgeregt zu flattern. Eine Flamme brannte in ihren Augen. Sein Magen krampfte sich zusammen.

»Du bist nun nicht mehr Der im Licht läuft. Ist dir das klar?«

»Ja«, murmelte er. Die Angst raubte ihm die Stimme. »Das habe ich inzwischen begriffen.«

In der darauffolgenden Nacht saßen die drei um Reihers Feuer. Die Höhlenwände leuchteten im weichen Licht. Der im Licht läuft fühlte sich von den Schädeln in den Ecken mißtrauisch beobachtet – ganz so, als zweifelten sie an seinen guten Vorsätzen. Ihm war nicht wohl in seiner Haut. Unruhig rutschte er hin und her, zog die Knie an und stützte sein Kinn darauf. Über drei Stunden hatte er der alten Träumerin zugehört, sogar sehr aufmerksam zugehört, aber verstanden hatte er nur wenig. Ihm gegenüber am Feuer saß Gebrochener Zweig. Sie hatte sich die ganze Zeit schweigend mit der Zubereitung eines Hasen beschäftigt, den sie ein paar Stunden zuvor mit einer Schlinge gefangen hatte.

»Magie? Die Welt ist voll davon. Aber dieser Zauber ist nicht so, wie du ihn dir vorstellst«, erläuterte Reiher. »Ich kann keine Felsen verrücken. Ich kann keine Toten zum Leben erwecken. Die Welt ist bestimmten Regeln unterworfen. Die vorgegebene Weltordnung hält alles zusammen. Ein Träumer muß sich fallen lassen, in die Welt versinken, bis sie ihn verschluckt, bis er aufhört zu existieren.« Mit großem Ernst sah sie ihn an. »Hörst du mir auch zu?«

»Ja, natürlich.«

»Was geschieht deiner Meinung nach, wenn du die Tiere rufst und sie deinem Ruf folgen?«

»Sie hören mich und . . .«

»Falsch.« Reiher beugte sich weit vor und blickte ihm tief in die Augen. Er schluckte nervös.

»Was denn dann?«

»Sie hören nicht dich. Sie hören ihre eigene Stimme. Sie ruft sie in den Tod.«

»Was soll das heißen?« fragte er verwirrt und stocherte unruhig mit einem langen Stock im Feuer.

»Das heißt, aller Zauber oder, wenn dir das lieber ist, jeder Traum basiert auf einer Grundregel, und diese lautet: Es gibt nur *Ein Leben.*« Mit einer unvermutet raschen Bewegung warf sie noch ein Holzscheit ins Feuer. Ein Funkenregen stob auf.

Ihre Augen leuchteten. Geduldig wartete sie auf seine Reaktion, aber er war derart eingeschüchtert, daß ihm die passenden Worte nicht einfielen. Endlich stieß er hervor: »Erzähl weiter.«

»Sicher hast du schon gesehen, daß eine nur mit einem großen Stein bewaffnete Mutter auf Großvater Eisbär losstürmt, der eines ihrer Kinder an sich gerissen hat.«

Er nickte.

»Warum macht sie das?«

»Um ihr Kind zu retten.«

Verächtlich spuckte Reiher in das Feuer. »Großes Mammut, nein.« Er zuckte zusammen. Ihr offen gezeigtes Mißfallen verstörte ihn vollends. Worauf wollte sie hinaus? Er konnte doch stets nur von seinen eigenen Gefühlen und Gedanken ausgehen. »Ich verstehe nicht.«

»Sie macht es, um *sich selbst* zu retten.«

»Aber Großvater Eisbär hat nicht sie, sondern ihr Kind in seiner Gewalt.«

»Das Kind ist ihr Selbst«, flüsterte sie geheimnisvoll. »Manchmal berühren Menschen das Eine Leben – sie fühlen sich untrennbar mit anderen Lebewesen oder Orten verbunden. Darauf gründet sich alles. Diese Verbindung darfst du nie abreißen lassen.« Weit breitete sie die Arme aus. Ihr hypnotischer Blick nagelte ihn fest. »Darum kommt das Karibu. Für einen winzigen Augenblick bist du in Kontakt mit dem Einen. Wenn du es nun rufst und bittest, sich zu opfern, hört es seine eigene Stimme und kommt. Durch dieses Opfer lebt es weiter.«

»Wenn es nur das Eine Leben gibt, warum empfinden das dann nicht alle Lebewesen? Warum stehen wir nicht immer in Kontakt damit?«

Sie wandte die Augen nicht von ihm ab. Der Gegenwart von Gebrochener Zweig, die am Feuer das Fleisch briet, schien sie sich kaum bewußt.

»Dem steht fast immer der Verstand im Wege. Mit dem Verstand blockieren die Menschen ihre Fähigkeit zu Träumen. Sie glauben nicht daran und verschließen sich der Stimme des Einen Ganzen. Wenn sie in sich hineinhören, hören sie diese Stimme. Aber ein Mensch muß erst die Mauer niederreißen, die sein Verstand aufgebaut hat, bevor er frei ist zu hören. Und das gelingt nur den wenigsten. Die meisten wollen es allerdings auch gar nicht. Es ist ihnen zu mühsam. Statt dessen überhäufen sie ihren Verstand mit belanglosem Unsinn, mit Klatsch und Tratsch und Rachegedanken.«

»Aber die Geschöpfe *sind* verschieden.« Abwehrend hob Wolfsträumer die Hände. »Sieh doch unsere Entwicklung an. Nur der Mensch benutzt Speere zur Jagd. Nur der Mensch wärmt sich am Feuer.«

Reiher griff hinter sich und nahm einen der vom Alter dunkel verfärbten Schädel von der Wand. »Dies ist ein Mensch.« Sie holte einen zweiten herunter. »Und das ist ein Bär. Beide haben Zähne, beide haben die gleichen Knochen, nur verschieden geformt. Zwei Augen. Ja? Eine Nase. Ziehst du einem Bären das Fell ab, sieht er fast aus wie ein Mensch. Die Füße haben die gleichen Knochen. Abgesehen vom Pelzkleid und den verschiedenartig geformten Knochen besitzen alle Lebewesen Gemeinsamkeiten. Du hast

Fingernägel. Ein Bär hat Krallen. Ein Karibu Hufe. Das ist die Grundregel. Alles ist das gleiche.«

Gebrochener Zweig schniefte laut und unterbrach damit sofort die Spannung zwischen den beiden anderen. Sie pustete eine graue Haarsträhne aus dem runzligen Gesicht und flüsterte: »Nach den Überlieferungen unseres Volkes waren alle Geschöpfe einmal Sterne, jedes wurde aus dem gleichen Sternenstaub geformt. Sonnenvater ließ uns auf die Erde fallen und hauchte uns Leben ein. Die Menschen waren von allen Geschöpfen am ärmsten dran. Sonnenvater hatte vergessen, uns ein Fellkleid zu geben. Die Karibus überlassen uns ihr Fell, wenn wir sie essen. Ein Geschenk von einem Bruder für einen Bruder. Wir bekamen nicht den Rüssel des Mammuts, dafür aber Hände, mit denen wir die gleichen Dinge verrichten können.«

Wolfsträumer machte ein nachdenkliches Gesicht. »Ich erinnere mich gut an diese Legenden, Großmutter.«

Reiher stieß ihm mit dem Zeigefinger an die Schläfe. »Wirklich? Was in dir erinnert sich daran?«

Rasch zeigte er auf seinen Bauch. »Meine Leber. Ich ...«

»Pah!« machte sie verächtlich und hieb mit der Faust in die Luft. »Ich weiß, das Volk glaubt daran, aber es stimmt nicht. Es ist dein Gehirn, das sich erinnert – und der Traum.«

»Wie kommst du darauf, daß es das Gehirn ist?«

Reiher lehnte sich zurück und schob die Unterlippe vor. »Was geschieht, wenn ein Mensch einen schweren Schlag auf den Kopf bekommt? Er vergißt vieles. Verliert er einen Arm, vergißt er nichts. Hat er Bauchschmerzen, so verändert sich sein Denkvermögen nicht. Trägt er aber Verletzungen an den das Gehirn schützenden Schädelknochen davon, wandelt sich sein Denken. Ist die Verletzung sehr schlimm, denkt er überhaupt nicht mehr. Das betrifft alle Lebewesen. Schlag einem Karibu den Kopf ein, und es stirbt. Sein Bewußtsein ist sofort ausgeschaltet.«

»Vermutlich.«

»Du sollst nicht vermuten«, herrschte sie ihn an. »Du sollst wissen. Lernen. Dir eigene Gedanken machen. Glaub nicht alles, was dein Volk dir erzählt hat. Frage!«

Gebrochener Zweig nahm eine drohende Haltung an. »Willst du damit sagen, ich hätte mit Sonnenvater und dem Sternenstaub die Unwahrheit gesagt?«

Reiher blinzelte verwirrt, als hätte sie noch nie einen Gedanken an diese Überlieferung verschwendet. »Nein. Das gehört zu den wenigen Dingen, bei denen du immer recht gehabt hast.«

»Du alte Hexe. Ich sollte dich . . .«

»Woher weißt du das alles?« fiel ihr Wolfsträumer ins Wort. Seine innere Angst wuchs ständig. Was tat er hier? Wenn er Reihers Lehren übernahm und sich danach richtete, verlor er vollständig den Kontakt zu der Welt, die er liebte. »Warum wissen das nicht alle?«

Reiher lachte leise und blickte zu Gebrochener Zweig hinüber. Achselzuckend sagte sie: »In den Lagern des Volkes hat niemand Zeit. Häute müssen gegerbt, Fleisch muß erjagt, Moose und Flechten müssen gesammelt werden. Kinder brauchen *ständig* jemanden, der sich um sie kümmert, sonst streiten sie oder verletzen sich beim Spielen.

Aber ein Träumer braucht einen freien Kopf. Er muß denken und fühlen können, ohne sich Sorgen zu machen, wer mit wem zankt. Ohne von irgendeinem albernen Unsinn gestört oder unterbrochen zu werden.«

Sie rieb ihre Nase. »Bevor das Volk hier war, konntest du an diesem Ort hören und fühlen, die Welt hüllte dich ein. Das Land atmet. Die Tiere folgen ihren vorbestimmten Wegen. Jahreszeiten sind Kreisläufe. Alles dreht sich im Kreis. Alles ist untrennbar miteinander verbunden. Das Gras wächst, wo der Kot des Mammuts fällt. Der Wind trägt den Samen über das Land und verteilt ihn. Das Mammut frißt Gras und erzeugt wiederum Dung.

Die Leute wissen das zwar, haben aber überhaupt keine Ahnung, was das bedeutet. Aber wer kann schon an das Eine Leben denken, wenn drei Kinder nach Essen schreien und ein anderer im Zelt Witze erzählt?«

»Zum Träumen braucht es also nur das Alleinsein?« fragte er skeptisch. Das klang ihm zu einfach.

Lachend warf sie den Kopf in den Nacken. »Alles, was du tun mußt, ist, dich selbst befreien.«

»Und wie soll ich das machen?«

Sie grinste überheblich. »Zuerst mußt du gehen lernen.«

»Gehen?« wiederholte er verblüfft.

»Ja, sicher. Anschließend lernst du *tanzen*.«

»Tanzen?«

»Ah-hah. Dann lernst du, den Tanz anzuhalten und einen Blick auf den Tänzer zu werfen.«

Er schüttelte den Kopf. »Wovon in aller Welt sprichst du eigentlich?«

»Vom Einen Leben. Alles ist ein Großer Tanz, und du mußt die Bewegungen fühlen, wenn du sie verstehen willst.«

»Du glaubst, ich könnte bis heute noch nicht gehen?«

Sie schnüffelte leise. »Wolfsträumer, du kannst noch nicht einmal kriechen.«

Er rollte den Saum seines Mantels zusammen und verkrallte die Finger darin.

»Und du willst mir all das beibringen?«

»Bist du bereit zu lernen?«

Eine ungewohnte Trockenheit stieg aus seiner Kehle auf und dörrte seinen Mund aus. *Bin ich das?* »Ja.«

»Dann komm mit.« Sie stand auf. Bei dieser Anstrengung krachten ihre Gelenke. Mit einer energischen Handbewegung schlug sie die Felle am Eingang zur Seite.

Bevor er hinausging, fiel sein Blick noch einmal auf den Bärenschädel, dessen leere Augenhöhlen ihn aus dem Dunkeln anstarrten. Entschlossen ballte er die Fäuste. Er würde lernen.

Sie führte ihn über den Hügelkamm zu einem Platz hoch über den heißen Quellen. Tief unten spritzte und sprudelte das Wasser, zischend berührte es die Felsen. Unter dem sternenübersäten Nachthimmel breitete sie eine Decke auf einem großen Stein aus. »Setz dich. Bleib hier, bis ich dich abhole. Deine *einzige* Aufgabe ist es, einen freien Kopf zu bekommen. Entdecke die Stille hinter allen Geräuschen.«

Ungläubig blickte er sich um. »Hier herrscht keine Stille. Ununterbrochen hört man die verschiedensten Geräusche und Laute.«

Im bleichen Licht der Sterne sah er ihr lückenhaftes Gebiß aufblitzen. Sie stemmte die Hände in die Hüften und sah hinüber zu den steilen Hängen der weit entfernten Gipfel. »Du glaubst, dort wäre eine Öffnung?«

Er starrte nun gleichfalls hinüber zu den zerklüfteten Eisgipfeln. Wehmut erfaßte ihn. »Ja.«

»Zuerst mußt du die Öffnung in dir selbst finden, erst dann kannst du die im Eis entdecken.«

Einen Moment kniff er fest die Augen zusammen. Fassungslos verzog er den Mund. »Das ist doch nur dummes Geschwätz. Das Eine Leben, der Große Tanz, die Öffnung. Was willst du . . .«

»Alles ist dasselbe. Alles *ist* Nichts.« Sie kicherte vergnügt.

Er zog die Augenbrauen hoch. »Du hast anscheinend vollkommen den Verstand verloren.«

Ausgelassen schlug ihm Reiher auf die Schulter. »Genau! Und genau das mußt du auch. Komm. Setz dich. Verbanne alle Worte aus deinem Kopf. Laß nicht einen Gedanken zu. Nicht ein einziges Bild darf deinen Verstand beschäftigen. Du mußt den Verstand verlieren, ganz leer sein, bevor du dich füllen kannst. Klingt doch leicht, oder?«

Er nickte. »Natürlich. Ich muß nur die Stimme meines Verstandes ausschalten.«

»Ich dachte mir, daß du das sagst.« Sie drehte sich um und ging. Ihre Schritte entfernten sich in der Dunkelheit. Bevor sie hinter den Felsen verschwand, hörte er noch ihre leise Stimme: »Vergiß nicht, du selbst bist dein einziger Feind.«

Unschlüssig kratzte sich Wolfsträumer am Kinn. Er beobachtete den vom Geysir aufsteigenden Dampf, leuchtendes Silber im Sternenlicht.

»Na gut.« Er seufzte. »Dann wollen wir mal.« Er schloß die Augen, verbannte alle Worte aus seinem Kopf und konzentrierte sich ausschließlich auf das Geräusch der heißen Quellen. Es war ganz leicht – etwa ein halbes Dutzend Herzschläge lang.

Dann stahlen sich klammheimlich Worte in seine Gedanken. Längst vergessene Begebenheiten gingen ihm durch den Kopf. Bruchstücke von Unterhaltungen sickerten ein von irgendwoher. Selbst das Geräusch der Quellen beeinträchtigte seine Anstrengungen um einen freien und klaren Kopf. Nichts half. Die Nachtkälte und das unbequeme Lager auf dem Fels waren ihm stets gegenwärtig.

Das Gesicht von Tanzende Füchsin drängte sich in seine Erinnerungen, und ein verzehrendes Verlangen, eine ungeheure Sehnsucht nach ihr durchflutete ihn. Er versuchte, dieses Bild zu vertreiben, doch sein Verstand schwatzte unentwegt mit sich selbst.

Kaum hatte er dieses Bild bezwungen, hörte er auch schon Möwes Stimme, deren lieblicher Klang ihn tröstete. Tagträume folgten, entstanden aus dem Aufruhr seines Verstandes.

»Du selbst bist dein einziger Feind.« Reihers Worte schienen seine angestrengten Bemühungen zu verhöhnen. Sein Gesäß schmerzte, und sein Magen knurrte.

Die Stunden zogen sich endlos hin.

Gedankenversunken betrachtete er den Sonnenaufgang. Beim

Anblick der roten und blauen Schattierungen, die den Himmel färbten, lächelte er. Doch der Gedanke an den vor ihm liegenden Tag brachte ihn der Verzweiflung nahe. Angestrengt kämpfte er gegen seinen Verstand. Aus dem aufsteigenden Dampf der heißen Quellen schuf seine Phantasie eigenwillige Figuren. Der leichte Wind trug vertraute Stimmen an sein Ohr.

Sein Gesäß war inzwischen gefühllos. Ein lautes Rumpeln erinnerte ihn schmerzlich an seinen leeren Magen.

Es wurde immer schlimmer.

Irgendwann schien er eingeschlafen zu sein, aber die Fliegen weckten ihn wieder auf. Winzige Stechmücken peinigten ihn.

»Ein großartiger Träumer bist du«, tadelte er sich scharf. Er war bitter enttäuscht und hätte am liebsten laut aufgeschrien.

Der Tag dauerte und dauerte. Ob Reiher ihn vergessen hatte? Befand sie sich in Trance und achtete nicht auf die Zeit? Sollte er nach ihr sehen?

»Ich bleibe.«

Erbarmungslos brannte die Sonne vom Himmel. Er begann zu schwitzen, und der Durst brachte ihn fast um. Die Insekten plagten ihn immer mehr. Von seinem Schweißgeruch unwiderstehlich angezogen, summten sie wie eine schimmernde Wolke um ihn herum. Kriebelmücken und Moskitos saugten ihm das Blut aus, krochen in seine Nase, zerstachen ihm Hals und Brust. Verzweifelt rollte er sich hin und her und zog die Kapuze über den Kopf. Süßes Vergessen . . .

Ein harter Tritt in die Rippen brachte ihn wieder zu sich. Im Westen zeigte ein schwaches Leuchten Sonnenvaters Rückzug an. Es war spät geworden.

»Eingeschlafen?« murrte Reiher und blickte hinunter auf sein von Insektenstichen verschwollenes Gesicht. »Hattest du einen Traum?«

»Ah . . . ja. Ich fühlte mich zurückversetzt . . .«

»Hast du die Stille gehört?«

»Hier gibt es keine Stille!« widersprach er und funkelte sie zornig an.

»Großes Mammut, du bist noch schlimmer dran, als ich dachte.« Sie machte auf dem Absatz kehrt.

Unsicher stand er auf. Noch leicht schwankend, klopfte er sich den Staub von den Kleidern. Er kam sich vor wie ein grauenhafter Versager. Niedergeschlagen folgte er ihr.

Kapitel 26

Tanzende Füchsin und Kralle saßen nebeneinander am Fuß einer steil aufragenden Basaltwand. Zwischen den Felsspalten wuchsen Gräser und Flechten und zauberten ein unregelmäßiges grünes und schwarzes Muster auf den Stein.

Am wolkenverhangenen Himmel kreiste neugierig ein mächtiger Adler. Gelegentlich stieß er tief herab und nahm sie näher in Augenschein.

»Die ist nicht besonders gut.« Kritisch prüfte Tanzende Füchsin die Speerspitze, an der sie recht lange gearbeitet hatte. In den Steinsplittern zu ihren Füßen fing sich das Licht. Der Basalt ließ sich nicht so gut verarbeiten wie der farbenprächtige Hornstein oder der feinkörnige Quarzit, den Der der schreit als Material für Steinwerkzeuge besonders schätzte.

»Na ja, es geht. Auf die Spitze kommt es an, Füchsin. Die Spitze muß scharf sein, damit sie einschneidet. Als nächstes kommt jetzt die Verbindung dran. Ich erinnere mich noch genau, was mein nichtsnutziger Mann immer gesagt hat: ›Ist der Stiel der Speerspitze zu dick, hängt sie nach unten, und der Flug des Speeres verlangsamt sich.‹ Er hat gute Speere gemacht. Merk dir das, Mädchen, wenn die Verbindungsstelle zum Schaft nicht genau stimmt, dreht sich die Spitze beim Aufprall, anstatt einzudringen.«

Nachdenklich saugte Tanzende Füchsin an der blutenden Schnittwunde in ihrer Hand. Darunter litten alle Steinbearbeiter. Sie hatte sich einen Steinsplitter tief in das Gewebe zwischen Daumen und Zeigefinger getrieben. Zu ihren Füßen lag ein riesiger Haufen Steinspäne – darunter auch etliche lange, dünne Spitzen, die ihr unter den Händen zerbrochen waren, weil sie zu tief in den Stein geschnitten hatte. Erneut hob sie die Spitze hoch und grinste breit.

»Jetzt«, fügte Kralle sanft hinzu, »mußt du ihr Leben einhauchen. Das ist das Entscheidende – sie lebendig machen, damit sie weiß, sie muß tief in die Flanke eines Tieres eindringen, um dort Leben zu suchen. Benutze die Kraft deiner ganzen Seele, Mädchen. Sing!«

Gehorsam nickte Tanzende Füchsin. Sie fühlte die Kraft ihrer Seele über die Speerspitze hinwegstreichen. Freudig erregt schlug sie mit der Spitze in ihre blutende Hand und versetzte sich in die

Lage des schwarzen Steins. Ein warmes Gefühl breitete sich in ihr aus.

»Jetzt mußt du noch die Verbindung und den Schaft herstellen«, wies Kralle sie an. »Du mußt der ganzen Waffe deine Kraft leihen. Die Spitze ist nur ein Teil des Ganzen. Ohne einen starken geraden Schaft kann die Spitze nicht töten. Ohne eine Spitze ist der Schaft harmlos. Die Verbindung macht aus beiden Teilen ein Ganzes. Anschließend mußt du noch die Rillen einkerben und die Federn festbinden. Das ist sehr wichtig, denn die sorgen für ein gutes Flugverhalten des Speeres.«

»Ich habe mir nie klargemacht, wieviel Wissen und Geschick zum Herstellen eines guten Speeres gehören.«

Kralle kratzte ihre juckende Knollennase. »Stell dir vor, er wäre ein Mann und eine Frau. Die Nahtstelle ist die Hochzeit, die aus beiden eine Einheit macht und beide Machtbereiche verbindet. Und dann schließ den Geist von Stein, Holz, Tier und Vogel mit ein. Nur aus der Vereinigung entsteht Kraft. Aus der Einheit von männlich und weiblich, begreifst du?«

Tanzende Füchsin starrte auf die Spitze, ohne sie zu sehen. »So wäre es bei Der im Licht läuft und mir«, flüsterte sie kaum hörbar.

»Du hast ihn dir noch immer nicht aus dem Kopf geschlagen, wie?«

Mit einer schwungvollen Bewegung warf Tanzende Füchsin die langen schwarzen Haare über die Schultern. Sehnsüchtig blickte sie nach Süden. »Nein, Großmutter, das kann ich nicht. In meinen Träumen kommt er zu mir. Meine Nächte sind einsam und leer, aber ich höre seine Stimme, spüre seine Arme.«

»Es dauert nicht mehr lange bis zur Erneuerung. Dort wirst du ihn wiedersehen.«

Tanzende Füchsin seufzte tief. »Hoffentlich.«

»Du würdest tatsächlich deine Freiheit für ihn aufgeben? Nach all der Anstrengung? Nachdem du endlich gelernt hast, aus eigener Kraft zu überleben?«

Unbehaglich zog Tanzende Füchsin ihre schmalen, aber muskulösen Schultern hoch. »Ich überlebe lieber mit seiner Hilfe. Was soll daran schlecht sein?«

Kralle überlegte. Dabei bohrte sie ihre Zunge durch eine große Zahnlücke und blickte hinauf zum sich langsam verdunkelnden Himmel. »Ehrlich gesagt, Kind, ich weiß es nicht. Ohne Kinder stirbt unser Volk. Aber wenn du ein Baby hast, kannst du nicht mehr jagen. Die Männer sind frei. Sie müssen sich nicht ständig um ihre Nachkommen kümmern. Frauen dagegen schon.«

»Würdest du denn nicht auf mein Kind aufpassen, während ich auf die Jagd gehe?«

Kralle lächelte. »Doch, natürlich. Aber ich lebe auch nicht ewig.«

Tanzende Füchsin nickte nachdenklich. »Ich könnte mein Baby auch mit auf die Jagd nehmen. Ich könnte die Tiere einen Abhang hinuntertreiben, so wie wir es mit dem Büffel gemacht haben. Oder eine Fallgrube benutzen, wie du es mir gezeigt hast, als wir das Karibu gefangen haben. Ich kann Backenhörnchen ausräuchern, Mäuse erschlagen, Vogeleier aus den Nestern holen und Hasen mit der Schlinge fangen. Ich muß nicht auf die *Pirsch* gehen wie ein Mann.«

»Und was machst du solange mit dem Baby?«

»Bei der Jagd auf Kleinwild kann ich es auf dem Rücken tragen. Bei größerem Wild suche ich einen sicheren Platz, wo ich es hinlegen kann. Später komme ich zurück und hole es.«

»Das *kannst* du machen, das stimmt schon.« Sie schielte schrecklich und verzog ihr runzliges Gesicht zu einer kaum wiederzuerkennenden Fratze. »Aber zieh auch eine andere Möglichkeit in Betracht. Was passiert, wenn dich ein verwundeter Büffel tötet? Du jagst allein. Was geschieht nun? Siehst du, das ist der entscheidende Unterschied. Stirbt ein Mann, ist sein Kind zu Hause in Sicherheit. Aber wenn du stirbst und hast dein Kind auf die Jagd mitgenommen, nun . . .«

»Das heißt, ich brauche ständig Leute, die auf mein Kind aufpassen, während ich jage.« Ärgerlich schüttelte sie den Kopf.

»Oder du verzichtest auf Kinder.« Kralle beugte sich vor und umklammerte ihre Knie. »Und was wird dann aus unserem Volk?«

»Alles, was ich will, ist Der im Licht läuft lieben und mit ihm zusammensein. Warum muß ich dafür meine Freiheit aufgeben?«

»Weil Sonnenvater Männer und Frauen verschieden gemacht hat. Sag mir, was geschähe, wenn Der im Licht läuft gerade jetzt über diesen Hügel dort käme? Was denn, ha? Wie lange würde es dauern, bis du mit ihm unter einer Decke liegst?«

Tanzende Füchsin senkte die Augen.

»Ha-ha. Genau das habe ich mir gedacht. Das ist das ganze Elend, Mädchen. Jedes Lebewesen spürt den Drang zur Vereinigung.

Dieser Wunsch geht tief, er hält uns alle am Leben. Die Männer sind noch schlimmer als die Frauen. Immer wollen sie ihren Speer in dich stecken. Aber eine Frau – jedenfalls eine junge, verliebte Frau – ist nicht viel besser. So hat uns Sonnenvater nun einmal erschaffen.«

»Und das nimmt uns die Freiheit?«

»Es geht nicht anders.« Gleichgültig zuckte Kralle die Achseln. »Den Göttern sei Dank, daß Sonnenvater klug genug war, uns die Last mit den Kindern aufzubürden. Schwer zu sagen, was passiert wäre, wenn er den dummen Männern diese Verantwortung übertragen hätte. Wahrscheinlich wäre die Menschheit längst ausgestorben.«

Abwesend strich Tanzende Füchsin mit einem Finger über die Speerspitze. *Könnte ich es ertragen, ihm nahe zu sein? Könnte ich es aushalten, ihn tagtäglich zu sehen, ohne ihn zu umarmen? Könnte ich Der im Licht läuft aufgeben, um hier draußen ein eigenständiges Leben zu führen?* Sie schluckte schwer und blickte hinauf zur Sonne. Die Zeit der Erneuerungszeremonie rückte näher. Eine tiefe Kluft tat sich unter ihrem Herzen auf.

»Für ihn«, flüsterte sie, »würde ich alles aufgeben.«

Kralle nickte und stieß einen lauten Seufzer aus. »Ich glaube, du bist verrückt – aber ich verstehe dich.«

An einen Sommer wie diesen konnte sich Wolfsträumer nicht erinnern. Blauhimmelmann glühte über ihm und verbarg sich zeitweilig hinter einzelnen Wolken. Die Fliegen, Moskitos und Kriebelmükken fielen in Scharen über das Land her. Weidenschößlinge und Krüppelbirken wuchsen aus Felsnischen und säumten die von Blüten gelbgesprenkelten Ufer des Flusses. Lächelnd ging Gebrochener Zweig durch den Sonnenschein und attackierte mit ihrem Grabestock Moose und Pflanzen. Sie bereitete ein Festmahl nach dem anderen zu. Die sanfte Brise wehte süßen Blütenduft zu ihm herüber, der eine reiche Bärentraubenernte versprach. Sauerampfer und wilder Rhabarber übertrafen mit ihrem leuchtenden Grün das sanfte Schimmern der Weiden und Erlen.

Über ihm zogen Schneegansschwärme ihre Bahn. Enten und krächzende Raben flogen mit schwirrendem Flügelschlag dahin. Von dem im Osten gelegenen Teich erklang der einsame Ruf eines Brachvogels. Adler zeigten ihre eleganten Flugkünste und schraubten sich hoch hinauf in das endlose Blau.

Wolfsträumer ließ sich im Wasser treiben, dankbar für den Gestank des Geysirs, der die Schwärme blutsaugender Mücken fernhielt. Am Tag zuvor war er mit Reiher zum Großen Fluß gegangen. Die Gewalt des lärmenden, tosenden Wassers hatte ihn zutiefst erschreckt. Eine solche Kraft! – Der Boden vibrierte unter dem Rauschen der aufgewühlten Fluten.

»Soviel Wasser hat er noch nie gehabt«, murmelte Reiher und blickte überrascht auf den entfesselten Strom. »Noch nie.«

»Woher kommt das nur?«

Ihr Gesicht zeigte keinerlei Regung. Es sah aus wie aus Stein gemeißelt. »Von deinem Großen Eis, Wolfsträumer.«

So viel? So gewaltig war nur das Salzwasser – aber verglichen mit diesem Fluß, der seine Wasser in den Norden peitschte, schien es ihm in der Erinnerung beinahe zahm.

Entspannt legte er sich zurück. Das warme Wasser umschmeichelte ihn und machte seinen Kopf frei. Frieden erfüllte ihn. Die Schlacht war fast gewonnen. Wieder und wieder nahm er den Kampf gegen sich selbst auf. Jeder Versuch brachte ihm längere Phasen der Stille. Reiher hatte unendliche Geduld mit ihm.

»Kein Kind lernt an einem Tag laufen«, tröstete sie ihn immer wieder.

Das seinen Körper liebkosende Wasser beruhigte ihn. Inzwischen hatte er entdeckt, daß die Stimme des Wassers einer menschlichen Stimme ähnelte. Lärm betonte das Schweigen, schuf Schweigen aus reinster Stille.

Seine Sinne spürten ihre Gegenwart. Er hob den Kopf und beobachtete sie beim Auskleiden. Selbst in ihrem hohen Alter hatte sich Reiher ihre Schönheit bewahrt. Ihre Brüste, obwohl nicht mehr so straff wie in ihrer Jugend, hatten ihre Form behalten, ebenso ihr flacher Bauch, den keine Schwangerschaft verunstaltet hatte. Die festen Arme und Beine besaßen unnachahmliche weibliche Eleganz.

Und Tanzende Füchsin? Würde sie in Reihers Alter auch noch gut aussehen? Er versuchte sich ihr Bild ins Gedächtnis zurückzurufen. Ihre strahlende Jugend nahm vor seinem geistigen Auge Gestalt an. In der Phantasie kam sie auf ihn zu, mit schwingenden Hüften, ihn mit verheißungsvollen Augen ansehend. Seine Männlichkeit wurde hart und steif.

Ihr Haar leuchtete blauschwarz in der Sonne und fiel üppig über ihre anmutigen Schultern. Wie eine schlanke Robbe tauchte sie in den Teich, das Wasser perlte auf ihrer braunen Haut. Neben ihm drehte sie sich auf den Rücken. Ihre Brüste bebten. Er zog sie an sich, und sie umschlang ihn mit beiden Beinen. Er fühlte, wie sie sich öffnete, bereit zum ...

»Denkst du an etwas Bestimmtes?« fragte Reiher. Sein Traumbild zerplatzte schlagartig. Er zuckte heftig zusammen. Wasser lief ihm in die Nase, er hustete und prustete und versuchte verzweifelt, festen Boden unter die Füße zu bekommen.

Eine boshafte Flamme leuchtete in ihren Augen. Sie blickte auf seinen erigierten Penis, der aus dem Wasser ragte. »Doch nicht mit einer alten Frau. Ich bin zu alt ... selbst für einen hübschen Jungen wie dich.«

Entsetzt keuchend ließ er sich vornüber ins Wasser fallen, um sich ihrem spöttischen Blick zu entziehen. Die Scham floß brennendheiß durch seine Adern.

Sie lachte, tauchte unter ihn und zwang ihn, sich wieder umzudrehen, um sich zu verbergen.

Als ihr Kopf wieder an die Oberfläche kam, zwinkerten ihre alten Augen vergnügt. Er paddelte und hielt gerade noch das Kinn über Wasser. »Ich bin immer noch ein Mann«, rief er, denn nun siegte sein Zorn über die Verlegenheit. »Auch Träume nehmen *das* nicht weg.«

Kichernd wischte sie sich die Wassertropfen vom Gesicht. »Oh, gut, du bist ein Mann. Anscheinend denkt ihr immer nur an das eine.« Nach einer kurzen Pause setzte sie hinzu: »Verzeih einer alten Frau. Die Vereinigung gehört zum Großen Tanz.«

Er plätscherte mit der Hand im Wasser und hoffte, die kräuselnden Wellen würden seinen aufragenden Penis verdecken. Sein Verlangen ließ nach, und er fühlte sich besser.

»Ich habe nicht an dich gedacht.«

Sie schwamm zu einem Felsen und setzte sich. Das Wasser lief in Bächen über ihren Körper. »Ah so, also an eine junge Frau.« Sie ließ ihren Blick über die teilweise im Schatten des weißen Dampfes liegenden Weiden schweifen. »Wartet sie auf dich?«

»Sie ist nicht ... Krähenrufer nahm sie zur Frau.« Wütende Enttäuschung packte ihn. »Sie hat vom Wolfsfleisch gegessen. Sie glaubte an den Traum – aber sie folgte ihm. Eine Frau darf nicht ...«

»Mit einem anderen Mann davonlaufen«, vollendete sie seinen Satz. »Trotzdem hätte sie es tun können.«

»Das hätte ihr Unehre eingebracht. Sie würde nie . . .«

»Ich glaube eher, sie *fürchtet* Krähenrufer. Jedenfalls das, was er ihr antun kann.« Sie schüttelte das Wasser aus ihrem Haar. Sein Gesichtsausdruck bereitete ihr Sorgen. »Was sehe ich da in deinen Augen? Eine unglückliche Liebe?«

»Schweig«, warnte er sie. Der Schmerz über den Verlust der geliebten Frau raubte ihm den Atem.

Sie nickte und lenkte ein. »Ich wollte dich nicht quälen. Ihre Liebe ist deine Last.«

»Last?« wiederholte er verständnislos. »Eher Trost.«

»Bald wirst du das anders sehen, glaube mir.«

»Hast du dich nie nach einem Mann gesehnt? Hast du deinen Bärenjäger nicht geliebt?« Kaum hatte er die Worte ausgesprochen, bereute er sie auch schon.

Scheinbar teilnahmslos betrachtete sie ihn. Sie schwieg lange. »Doch. Ich hätte alles für ihn hingegeben. Ich spielte sogar mit dem Gedanken, Gebrochener Zweig umzubringen, nachdem sie sich hinterlistig unter seine Decken geschmeichelt hatte.«

»Warum bist du nie zurückgegangen? So hübsch wie du bist, hätte dich jeder andere Mann gerne genommen.«

Seufzend schüttelte sie den Kopf. »Nein, für mich gab es keinen Mann.« Sie blickte hinauf zum Himmel. »Wolfsträumer, eines mußt du wissen. Träume – wirkliche Träume – lassen keinen Platz für eine Ehe. Leben ein Mann und eine Frau zusammen, beansprucht jeder einen Teil des anderen. Die Probleme des einen werden zu denen des anderen. Aus dem Geschlechtsakt entstehen Kinder, die ganze Aufmerksamkeit erfordern – und sie haben Anspruch darauf. Es ist anstrengend, aus einem Kind ein menschliches Wesen zu machen. Kinder haben kein Zeitgefühl, sie fordern *jetzt* Aufmerksamkeit. Du kannst keinen Traum haben, wenn dein Kind hungrig ist oder eine wichtige Frage an dich stellt oder sich an einem Steinsplitter geschnitten hat.«

»Bist du deshalb noch hier? Nach all den langen Jahren?«

»Ja, darum. Kein Mann, keine Versuchung. Es gibt nur mich, meine Gedanken und Träume. Ich fällte diese Entscheidung, als Bärenjäger sich Gebrochener Zweig zuwandte.« Ein müdes Lächeln umspielte ihren Mund. »Damals war ich jung und sehr verletzt. Ich wollte ihn nicht mehr sehen – und sie auch nicht.«

»Aber jetzt ist sie hier.«

Reiher reckte den Kopf. »Seitdem ist viel Zeit vergangen. Er ist seit vielen Langen Finsternissen tot. Wir haben uns beide verändert, Gebrochener Zweig und ich. Und sie hat mir einen anderen Mann mitgebracht. Einen sehr viel wichtigeren Mann, als ein Liebhaber es je sein könnte.

Oh, ich könnte von Zufall reden, aber wenn ich lange genug darüber nachdenke, stelle ich fest, daß hinter allem ein tieferer Sinn steckt. Vielleicht hast du mich gerufen – sogar damals schon.«

Nachdenklich setzte er sich neben sie. »Bist du sicher, daß du damals mich in deinem Traum gesehen hast?«

Ihre Augen sprachen deutlicher als Worte. Sie zweifelte nicht daran.

»Aber warum hast du gerade mich gesehen?«

Sie holte tief Luft. »Ich weiß nicht genau, warum, aber du bist für dein Volk in irgendeiner Weise wichtig. Vielleicht müssen alle sterben, wenn du den Durchgang durch das Eis nicht findest.«

Eine Welle der Angst schlug über ihm zusammen. Unsicher tastete seine Hand über die rauhe Oberfläche des Felsens. »Was soll ich machen wegen Tanzende Füchsin? Tag für Tag drängt sie sich mehr und mehr in meine Gedanken. Ich kann mich nicht konzentrieren.«

»Das ist deine Entscheidung, Wolfsträumer.« Ihre braunen Augen blieben ausdruckslos. »Die Gaben, über die du verfügst, sind sehr mächtig. Du hast dich verändert. Du bist nicht mehr der Mann, den sie gekannt hat. Du hast dich so schnell in einen anderen Menschen verwandelt, daß sie dich kaum wiedererkennen wird. Ob sie dafür Verständnis aufbringt? Entscheidender ist allerdings, ob du wieder der Mann werden möchtest, der du vor deinen Träumen warst.«

»Sag du es mir. Du bist den Weg gegangen.«

»Ich kann diese Fragen nicht für dich beantworten. Ich kann dir nur eines sagen. Mit Träumen ist es ähnlich wie mit dem Essen einer Zauberpflanze. Wer einmal damit angefangen hat, bekommt nie genug davon. Es erfüllt dich ganz, treibt dich, leitet dich.«

»Unablässig? Bleibt denn keine Zeit mehr für . . .«

»Unablässig.«

Stirnrunzelnd verfolgte er den Weg der wirbelnden Dampfschwaden. »Das ist ein hoher Preis.«

»Ein schrecklicher Preis.«

Er stützte das Kinn in die Hand und sah ihr lange in die Augen. Feuchte Strähnen ihres silberdurchwirkten Haares hingen über ihre

Brüste. Ein grimmiges Lächeln kräuselte ihre Lippen. »Ist die Rettung des Volkes diesen Preis wert?«

Kapitel 27

Die Zwergbirken und Weiden reckten ihre Äste durch den Dunst der heißen Quellen zum türkisfarbenen Himmel hinauf. Die gelbgrünen Krusten auf den Steinen am Teichufer funkelten im goldenen Sonnenlicht.

Wolfsträumer schüttelte das vom Dampf feuchte lange Haar, das ihm in Ringeln auf der Stirn klebte. Sein ovales Gesicht glänzte schweißnaß.

Er beobachtete Gebrochener Zweig, die mit einem handgroßen Stein getrocknete Backenhörnchen zu Brei zerstampfte. Unter das Fleisch mischte sie zerdrückte Beeren. Diese Masse stopfte sie in einen Karibudarm. Sobald sie eine Handvoll davon in den Darm gesteckt hatte, goß sie heißes Fett nach. Mit einem Stock drückte sie soviel von der klumpigen Masse hinein, bis der Darm zum Bersten voll war.

In Gedanken versunken erinnerte er sich an die letzte Jagd. Sie hatten wieder die Karibus gerufen. Dabei hatte er die Eine Stimme zu hören geglaubt, die Stimme, die alle Lebewesen teilten. Er hatte einen einzigen Atem vernommen. Oder hatte er sich das nur eingebildet? Hinter ihm knirschten Reihers Schritte im Kies. Lächelnd wandte er sich um.

»Komm«, sagte sie und wies mit einer Kopfbewegung hinüber zu ihrer Höhle.

Er folgte ihr. Aus der blendenden Helligkeit in die dunkle Höhle kommend, verlor er kurz die Orientierung. Sie warf ihm ein prächtig gegerbtes Fell zu. Trotz der Dunkelheit fing er es auf.

»Die Fliegen sind verschwunden. Der Frost hat sie in ihre Verstecke zurückgetrieben. Wie viele Tage hast du nichts mehr gegessen?«

»Drei.«

»Dann geh hinauf. Mindestens einen Tagesmarsch von hier. Denk an den Tanz. Träume.«

Er schritt zum Ausgang, blieb stehen und drehte sich noch einmal um. »Dieses Mal habe ich die Karibus gerufen, nicht wahr?«

Aufmerksam musterte sie ihn. »Ich habe nichts gemacht. Du riefst; sie kamen. Wir haben genug getötet für den ganzen Winter. Das Fett und das Fleisch reichen für die lebensnotwendigen Kräfte in der kalten Zeit.«

»Ich dachte . . .« Er zögerte. Auf keinen Fall wollte er eine möglicherweise falsche Wahrnehmung offenbaren.

»Was?«

»Einen Augenblick dachte ich, ich hätte den Atem des Einen gehört.«

»Wie hat es sich angehört?«

»Es war kein Geräusch – nicht wirklich.«

Ihr Mund verzog sich zu einem seltsamen Lächeln. »Wenn das so ist, hast du ihn vielleicht gehört. Gibt es diese Eine ›Stimme‹, die wir mit den Tieren teilen, die tiefer in unsere Seele dringt als die Geräusche der Natur, die wir glauben, rings um uns zu hören?« Ihr Blick verschleierte sich, sie gab ihm ein Zeichen zu gehen. »Träume. Lausche der Stimme.«

Beklommen trat er hinaus ins Licht. Er wandte sich nach Westen. Immer wieder machte sie das. Stets ließ sie ihn im Ungewissen, ob er etwas wirklich wahrnahm oder sich nur einbildete. Waren die Tiere seinem Ruf gefolgt? Gab es tatsächlich Eine Stimme für das Eine Leben? Oder waren die Tiere nur zufällig in seine Falle gegangen? Was war Wirklichkeit, was Phantasie?

In diesem Jahr waren die Behausungen nur notdürftig geflickt worden. Sie wirkten heruntergekommen und schäbig. Langsam ging Tanzende Füchsin den Hang hinunter. Kralle humpelte müde hinter ihr her. Die alte Frau war nicht mehr so widerstandsfähig wie früher. In den entsetzlichen Hungertagen war ein Teil ihrer Seele verkümmert. Sie hinkte daher wie eine alte Vogelscheuche in zerlumptem Fell.

Vor ihnen schmiegte sich das weitläufige Lager an den Rand der sumpfigen Ebene. Am nördlichen Horizont breitete sich die Tundra aus, die von hier nur als grüner Dunstschleier erkennbar war. Die Fliegen und Stechmücken waren eine entsetzliche Plage. Im Osten rauschte der Große Fluß. Sein über die Ufer tretendes Hochwasser hatte moorige Zonen geschaffen. Im Süden erhob sich vor dem Horizont die undeutliche Masse der zerklüfteten grauen

Hügel, im Westen verschmelzend mit den Zackenzähnen der Gebirgsgletscher.

Von den Zelten stieg blauer Rauch hinauf zum Himmel. Der Geruch nach gekochtem Fleisch, nassen Hunden und Abfällen lag in der Luft. Neben einem Zelt stand ein Gestell, an dem Fische zum Trocknen aufgehängt waren; ein kleiner, mit einem Stock bewaffneter Junge bewachte sie, damit die Hunde nicht drangingen. Die Leute saßen dicht gedrängt um die glühenden Feuer, denn der Qualm hielt die Mücken ab. Sie unterhielten sich angeregt.

»Du brauchst nicht auf mich zu warten«, sagte Kralle mit schwacher, zittriger Stimme. »Geh schon. Geh und suche deinen Der im Licht läuft. Ich komme nach.«

Lächelnd ging Tanzende Füchsin los – plötzlich aber blieb sie wie vom Blitz getroffen stehen.

»Was hast du?«

»Krähenrufer. Bestimmt ist er da. Und alle die anderen Überlebenden. Sicher hat sich bereits herumgesprochen, daß er mich verflucht hat. Großmutter, ich möchte mir dir zusammen hingehen.«

Kralle beobachtete sie aus den Augenwinkeln. »Traust dich nicht alleine, eh?«

Verlegene Röte stieg in Tanzende Füchsins Wangen. »Ich ... Vielleicht. Aber ich bin es dir ohnehin schuldig. Wir gehen zusammen. Das gehört sich so.«

Warum lüge ich?

Die Hunde bemerkten sie zuerst. Bellend, japsend und knurrend liefen sie ihnen mit gesträubtem Fell entgegen. Tanzende Füchsin hielt sie mit ihren Speeren auf Abstand. Die Kinder folgten den Hunden auf den Fersen. »Wer seid ihr? Wer seid ihr?« wollten sie wissen.

»Das ist Kralle«, stellte sie vor. »Ich bin Tanzende Füchsin.«

Ein größerer Junge, offenbar der Anführer der Kinderhorde, blieb stehen, verpaßte einem der großen Hunde einen Fußtritt, weil er nicht sofort aus dem Weg ging, und stellte sich mit finsterem Gesicht vor sie hin. Er war groß und dünn, hatte ein langes Gesicht und kleine, stechende Augen. »Bist du die Frau, die Krähenrufer verflucht hat?«

Tanzende Füchsin erstarrte. »Ja.«

Die kleinen Augen verengten sich tückisch. »Du willst zur Erneuerung? Wird deine Seele nichts Böses anrichten? Keine Krankheit bringen oder die Anderen zu uns führen?«

Kralle berührte leicht ihre Schulter. »Wer bist du, dummer Bengel? Hat dir niemand Benehmen beigebracht?« Mit ihren dünnen Stöckchenbeinen trat sie nach ihm. Erschrocken riß der Junge die Augen auf und wich zurück.

»Tut mir leid!« brüllte er. »Verzeihung, Großmutter. Ich meinte nicht dich. Ich wollte nur . . .«

»Du benimmst dich wie ein Tier!« Kralle spie Gift und Galle. »Ah, davon werden deine Eltern erfahren! Das verspreche ich dir. Und euer Clanführer auch. Das Jahr mag hart gewesen sein, aber das ist noch lange keine Entschuldigung für triefnasige Dreckspatzen wie dich, ihre Manieren zu vergessen und sich aufzuführen wie lästige Maden!«

Beschämt senkte der Junge die Augen, machte auf der Ferse kehrt und lief davon. Die anderen Kinder hatten das Schauspiel mit weit aufgerissenen Augen verfolgt. Nach kurzem Zögern rannten sie dem größeren Jungen hinterher.

»Anscheinend bin ich eine Berühmtheit geworden«, seufzte Tanzende Füchsin. »Das kann sehr unerfreulich werden.«

Kralle drehte sich um und sah ihr ins Gesicht. »Das hast du gewußt, bevor wir herkamen. Mach dir keine Sorgen. Krähenrufer hat inzwischen so viele Leute auf dem Gewissen, daß es sich die Überlebenden zweimal überlegen werden, ob sie seinen Fluch ernstnehmen.«

»Wir werden ja sehen.«

Vorbei an zahllosen Fellbehausungen stapften sie weiter und sahen Hunderte neuer Gesichter.

»Sieh mal da«, sagte Kralle plötzlich und deutete auf eines der Zelte. »Sind das nicht Der der schreit und Singender Wolf?«

Mit angehaltenem Atem suchte Tanzende Füchsin nach einem ganz bestimmten Gesicht in der Umgebung der beiden Männer. »Ich sehe ihn nicht.«

»Ich auch nicht. Aber die Tatsache, daß zwei seiner Cousins hier sind, bedeutet, daß er mit dem Weg nach Süden gut gewählt hat. Sie sind am Leben.«

Stolz stieg in ihr auf. Ein breites Lächeln ließ ihr Gesicht erstrahlen. »Ja, er hatte Erfolg.«

Kralle mümmelte und murmelte irgend etwas Unverständliches vor sich hin.

»Na gut, suchen wir ihren Helden. Vielleicht nimmt er uns in sein Zelt auf, eh? Könnte doch sein, er braucht eine alte Frau, die für ihn näht. Oder eine Köchin? Vielleicht auch eine, die den mißratenen Bengeln die alten Legenden erzählt?«

Grinsend tätschelte Tanzende Füchsin den Rücken der Alten. »Nach Möwes Tod ist er für die Gesellschaft einer alten Frau sicher dankbar.«

Vor dem Zelt von Der der schreit riefen sie höflich nach den Bewohnern. Grünes Wasser duckte sich unter dem Türfell durch und wehrte hektisch wedelnd den Mückenschwarm ab, der sie schwirrend umtanzte. Ein langsames Lächeln des Erkennens glitt über ihr Gesicht. »Tanzende Füchsin!«

»Grünes Wasser! Du lebst. Der Wolfstraum – er hatte recht.«

Grünes Wasser umarmte sie herzlich, dann schloß sie Kralle in die Arme. Nach der Begrüßung trat sie einen Schritt zurück und musterte Tanzende Füchsin prüfend. Ihr breites Gesicht strahlte vor Freude. »Ja, der Traum hielt uns am Leben. Vielleicht hätte er uns sogar zur Öffnung im Großen Eis geführt, wer weiß das schon? Aber wir entdeckten unterwegs einen Zufluchtsort.«

Hoffnungsvoll sah sich Tanzende Füchsin um. »Und Der im Licht läuft?«

»Er ist nicht hier.«

»Nicht hier.« Ihr Herzschlag stockte.

Ruhig und gelassen nahm Grünes Wasser ihre Hand und geleitete sie in das niedrige Zelt hinein. »Er blieb bei der alten Reiher. Sie lehrt ihn alles, was ein Träumer wissen muß.«

»Reiher!« keuchte Kralle.

Grünes Wasser nickte. »Ja, sie ist eine Frau aus Fleisch und Blut, nicht nur eine Legende.«

Die drei Frauen setzten sich auf die dicken Felldecken. Verwirrt blickte Tanzende Füchsin zu Kralle hinüber, deren Gesicht eine seltsame Zurückhaltung ausdrückte. Sie glaubte ein Geheimnis in den Augen der Alten zu entdecken. »Warum blieb er bei ihr? Er ist doch bereits ein Träumer.«

Grünes Wasser beugte sich vor und sah sie ernst an. »Er will ebenso mächtig werden wie Reiher. Vielleicht sogar ein noch größerer Träumer werden als sie.«

Kralle umschlang mit ihren von Altersflecken übersäten Händen ihre Knie. Herausfordernd sah sie Tanzende Füchsin an. »Wenn das wahr ist, Mädchen, wird er niemals Zeit für dich haben.«

»Ich . . .«

»Ein Träumer!« zischte Kralle halblaut. Ihre Augen starrten auf einen imaginären Punkt. *»Ein richtiger Großer Träumer!* Das Volk braucht einen Träumer. Wir haben schon so lange keinen mehr. Und jetzt ... Wer hätte gedacht, daß es gerade Der im Licht läuft sein wird?«

»Aber ich ...«

Erschrocken fuhr Kralle zusammen. Nur mit Mühe schien sie wieder in die Gegenwart zurückzufinden. »Nein, du kannst das natürlich nicht verstehen! Mädchen, wenn er ein richtiger Träumer wird, ist er besessen. Oh, sicher, er hat dich noch nicht vergessen, und falls er dich gern hat, wird der Gedanke an dich ihn hin und wieder sogar von seinen Träumen ablenken. Aber über eines mußt du dir im klaren sein, Füchsin. Selbst wenn du ihn eine Zeitlang für dich gewinnst, mußt du ihn wieder wegschicken. Er wird dir niemals gehören. Niemals.«

Eine eiskalte Hand schien ihr Herz zu umklammern. »Warum nicht?«

»Die Visionen sperren die Seele eines Träumers in einen Käfig und lassen sie niemals wieder heraus.«

Kapitel 28

Zerklüftete Felsen, überragt von einzelnen gewaltigen Findlingen, umgaben das kleine Lager. Die Blätter der kleinen, in den Felsspalten wachsenden Sträucher glänzten silbrig im Sternenlicht der kalten klaren Nacht.

Fünf hochgewachsene, langbeinige Männer schritten langsam durch das Felsenlabyrinth. Die Kapuzen baumelten ihnen über die Rücken. Aus den Fellen, die sie über die Köpfe gezogen hatten, starrten die blinden Augen von Wölfen, Füchsen und Adlern. Mammutfelle umschlangen ihre Hüften wie mächtige Gürtel. Kräftige Hände umklammerten lange, mit Adlerfedern befiederte Speere.

Sie bemerkten weder Rabenjäger noch die anderen jungen Männer, die sich hinter den Felsen versteckt hielten. Sie mochten wilde, kampferprobte Krieger sein, aber sie waren auch hochmütig.

Heftig klopfenden Herzens, jeden Muskel vor Aufregung und Aufmerksamkeit angespannt, wartete Rabenjäger. Bald. Sehr bald. Der erste Mann lief geradewegs in die Falle. Abwarten. Keiner durfte entkommen.

Trotz seines vor Angst trockenen Mundes und dem dröhnend in seinen Adern rauschenden Blut befand sich Rabenjäger in Hochstimmung. Hier, genau vor ihm, liefen die Mörder seines Volkes. Endlich konnte er zurückschlagen. Mit dieser Tat würde sein Volk die Selbstachtung wiederfinden, unter *seiner* Führung. Trotz seiner Jugend gebührten ihm dafür Macht und Befehlsgewalt. In seiner Brust glühte das sichere Gefühl der Unbesiegbarkeit.

»Schsch!« zischte er hinüber zu Hüpfender Hase, dessen Füße auf lockerem Gestein ins Rutschen gerieten. Kleine Steine prasselten nach unten.

Der letzte der Anderen kam in Reichweite.

Rabenjäger spannte die Muskeln, erhob sich und warf den Speer mit der Sicherheit langjähriger Erfahrung. Die Spitze bohrte sich in die Brust des Mannes. Dieser drehte sich um die eigene Achse und keuchte: »Nein!« Er zitterte und ließ den Atlatl fallen. Sein Gesicht drückte verständnislose Überraschung aus. Bevor er begriff, was geschah, stürzte er auch schon zu Boden.

Ängstliches Gemurmel erhob sich. Die Anderen rannten, blindlings erhoben sie ihre Waffen, aber sie standen sich gegenseitig im Wege.

»Dort sind sie!« schrie einer und deutete hinauf auf die Felsen.

Rabenjäger legte eine neue Spitze in die Kerbe und trieb sie zielsicher in die Brust eines Gegners. Hüpfender Hase, Treffender Blitz, Drei Stürze und Schreiender Adler drangen von allen Seiten auf die Anderen ein. Speere schwirrten durch die Luft.

Der Kampf dauerte nicht lang. Sich vor Schmerzen krümmend, lagen die Anderen auf dem Boden. Sie stöhnten und ächzten, blutverschmierte Hände umklammerten krampfhaft die aus den Körpern ragenden Schäfte. Leichtfüßig sprang Rabenjäger vom Felsen herunter. Zwei! Er hatte zwei getroffen! Brutal riß er die Speerspitze aus dem Körper des ersten und betrachtete befriedigt das geronnene Blut.

»Nein! Nein!« hauchte der Mann. Seine Augen begegneten Rabenjägers Blick. Der gehetzte Ausdruck verschwand. Blicklos starrte er in die Luft, blutiger Schaum rann über seine Lippen.

»Dreckiger Mörder!« knurrte Rabenjäger und spuckte dem

Mann ins Gesicht. Dann wandte er sich dem zweiten zu und stieß ihm den Speer mitten ins Herz.

Die Männer seiner siegreichen Truppe kletterten langsam von den Felsen herunter. Rabenjäger ging von Mann zu Mann und beförderte die Schwerverletzten mit gezielten Speerstößen endgültig ins Jenseits.

Beim Anblick des Mannes, den seine Speerspitze getroffen hatte, schüttelte Hüpfender Hase wie betäubt den Kopf.

Neugierig betrachtete Rabenjäger die Toten. »Im Tod sind sie gar nicht so furchterregend, eh? Die hindern uns nicht mehr an der Rückkehr ins Land unserer Ahnen – in das Land, das Sonnenvater uns gegeben hat! Ein neuer Tag ist angebrochen. *Wir sind das Volk!*«

Treffender Blitz lächelte stolz. »Das Volk«, wiederholte er. Dann sprang er aus Freude und Erleichterung in die Luft und stieß einen übermütigen Schrei aus.

Nach und nach wurden auch die übrigen vom Feuer der Begeisterung angesteckt. Rabenjäger klopfte seinen Männern anerkennend auf die Schultern und pries ihren Mut und ihre Schlauheit.

»Wir denken nicht mehr daran, davonzulaufen. *Davonlaufen*, vor *denen* da?«

Er hob eine Faust und schüttelte sie wütend. »Nie mehr, eh, meine Freunde? Nein, nie mehr! Gemeinsam schlagen wir diese Halunken und treiben sie dahin zurück, wo sie hergekommen sind!« Er schickte ein Triumphgeheul zu den Himmeln hinauf. »Wir lassen uns nicht mehr wie verängstigte Karibus aus dem Land verjagen, in dem die Knochen unserer Väter für immer in Frieden ruhen!«

Schreiender Adler biß die Zähne zusammen und nickte. »Nie mehr.«

»Folgt mir!« befahl Rabenjäger in verschwörerischem Ton. »Folgt mir, und wir vertreiben die Anderen aus *unserem* Land!«

Leise stimmte Schreiender Adler einen monotonen Singsang an: »Rabenjäger, Rabenjäger! *Rabenjäger!*« Die Melodie wurde von den anderen aufgegriffen und erschallte lauter und lauter zwischen den Felswänden.

Eisfeuer überließ seine Seele dem Rhythmus des Liedes, das die Sänger des Weißen-Stoßzahn-Clans angestimmt hatten. Der Älteste, Roter Feuerstein, führte den Chor der jungen Männer an. Die alten Lieder sollten die Seelen der Tiere versöhnlich stimmen, damit sie auch künftig in die Reichweite der Waffen des Mammutvolkes kämen. Der Sommer befand sich auf dem Höhepunkt. In der endlosen Helligkeit der Sonnenwende schwebte die Sonne wie ein goldener Ball am Himmel, ein Geschenk des Großen Geheimnisses. Die Zelte des Weißen-Stoßzahn-Clans standen in diesem Jahr auf den Hügeln und nicht wie sonst im Tal, denn der Wind blies nur mäßig. Eisfeuer roch den Duft gerösteten Büffel- und Karibufleisches. Bei dem Gedanken an ein knapp neben der Wirbelsäule herausgeschnittenes Kalbsrückenstück lief ihm das Wasser im Mund zusammen. Ein unvergleichlich wohlschmeckendes Festmahl.

Junge, rhythmisch in die Hände klatschende Frauen mit glückstrahlenden Gesichtern umringten die Tänzer. Zahlreiche Hunde suchten schnüffelnd nach Abfällen. Die Rüden hoben das Bein und markierten ihre Behausung. Knurrend und mit drohend hochgezogenen Lefzen verteidigten sie die Rangordnung innerhalb des Rudels.

Die Zelte zeugten von Wohlstand. Die rundgesichtigen Kinder steckten in neu angefertigter Kleidung, die sich über kräftigen Armen und Beinen spannte. Das Schönste aber war, daß keine trauernden Witwen am Rand des Zeremonienlagers des Weißen-Stoßzahn-Clans standen, keine kurzen Haare waren zu sehen. Nach den Schrecken der Langen Finsternis hatte ihnen dieser herrliche Sommer nur Gutes gebracht – ein Geschenk des Großen Geheimnisses, das sie im letzten furchtbaren Winter vergessen zu haben schien.

Vor Eisfeuer sprangen, hüpften und tanzten die jungen Männer. Ihre Füße stampften im Rhythmus des auf- und abschwellenden Gesangs. Er schloß die Augen und atmete tief den Rauch des Weidenfeuers ein. Eine heilige Pflanze, die Weide. Der Geruch ihres Holzes beruhigte und reinigte die Seele. Bei den alljährlichen Festlichkeiten des Clans vereinigte die Weide sie alle zu einem einzigen Ganzen.

Eisfeuer öffnete die Augen und starrte in das Feuer. Er fühlte sich vollkommen im Einklang mit der Welt. Die Flammen züngelten und loderten, gelbe Lichtpfeile schossen hinauf, Funken sprühten. Er fand innere Ruhe und genoß den Frieden dieses Abends.

Das ständig wechselnde Muster der glühenden Kohlen versetzte ihn in Trance. In die vom Wind angefachte Glut starrend, fühlte er den Zauber, ohne sich dessen sofort bewußt zu sein. Aus einem Lichtstrahl heraus formte sich ein Gesicht und sah ihn an.

»Wer bist du?« fragte er. Längst nahm er die Tänzer nicht mehr wahr. Er hörte nur noch den monotonen Singsang.

»Das fragst du mich, Vater?«

Eisfeuer schlug sich mit der Faust vor die Brust. »Wer . . .?«

»Ich sandte dir einmal einen Regenbogen. War das nicht genug?«

»Vater? Du nennst mich Vater?«

»Du bist der Mann, der meine Mutter vergewaltigte. Willst du nun auch noch uns zerstören? Geh weg. Verlasse das Land, das Sonnenvater uns gegeben hat. Gib uns . . .« Plötzlich stieß er einen Schrei aus.

Ein stechender Schmerz durchbohrte Eisfeuers Brust. Ihm war, als träfe ihn eine scharfe Speerspitze.

»Tod«, flüsterte das Gesicht im Feuer. »Mein Bruder hat die Anderen getötet. Siehst du sie? Siehst du ihre blutenden, zerschlagenen Körper?«

In Eisfeuers Unterbewußtsein kristallierte sich eine Vision heraus. Fünf liegende Gestalten, von tiefen Wunden übersät. In dem geronnenen Blut tummelten sich Fliegen und legten ihre Eier in elfenbeinfarbenen Häufchen in das zerfetzte Fleisch.

»Ringwerfer, Fünf Sterne, Mausschwanz . . .« Nacheinander nannte Eisfeuer sie beim Namen. Klar und deutlich sah er das Bild vor sich. Unablässig starrte er auf das Gesicht im Feuer. Er schluckte den Kloß im Hals hinunter. »Du? Du hast das getan?«

»Mein Bruder Rabenjäger – dein Sohn – hat das getan. Ich bin Wolfsträumer – geboren aus deinem Samen, Mann der Anderen. Du erntest die Früchte deiner Gier. Deine Saat wuchs heran auf der steinigen Erde unseres Volkes. Mit Rabenjäger ziehen Leid, Tod und Verderben.«

Eisfeuer schüttelte den Kopf. »Wir töten euch. Das ist eine Sache der Ehre. Wir sind kampferprobte Männer. Ihr seid weich, ihr plärrt wie verwundete Karibukälber. Meinen Kriegern entkommt ihr nicht. Für diese Tat metzeln sie euch nieder.«

»Überlege gut, Vater. Dein Sohn, geboren im Blut, kommt. Dein Sohn, geboren im Licht, geht. Welchen Weg wählst du?«

»Wählen? Was meinst du? Wolfsträumer, welche Botschaft bringst du mir?« Er beugte sich vor. »Welche?«

»Tod – oder Leben. Gibt es eine andere Botschaft, Vater?« Die

Flammen knisterten. Ein Funkenregen erhob sich in dunkelrotem Wirbel in die Nacht.

»Wolfsträumer? *Wolfsträumer?*« Nur das Knistern der dürren Weidenäste antwortete. Der heilige Rauch hüllte ihn ein wie eine wärmende Decke.

Blinzelnd sah sich Eisfeuer um. Der Zauber seiner Vision verschwand im Feuer.

»Alter Freund?« Roter Feuersteins Stimme klang wie aus weiter Ferne. Zögernd drängte sie sich in die Stille.

Eisfeuer rieb sein maskenhaft starres Gesicht und spürte die warme Hand des Sängers auf seiner Schulter. Er sah hinüber zu den Tänzern, die ihn beobachteten und sich fragende Blicke zuwarfen.

»Was . . . was ist geschehen?«

Roter Feuerstein wich seinem Blick nicht aus und machte kein Hehl aus seiner tiefen Besorgnis. »Du standest da und schriest in das Feuer. Als ob du laut mit jemandem sprechen würdest, der sich im Feuer befindet. Ich habe sofort nachgesehen, aber da waren nur glühende Holzkohlen.«

Ein plötzlicher Schauder überlief Eisfeuer. Aus seinem Unterbewußtsein tauchte das Bild der toten Jäger auf. Er hörte wieder das schreckliche Summen der Fliegenschwärme. »Tod. Er sagte, der Tod kommt. Mein Sohn kommt. Er wurde im Blut geboren.«

Langsam ging Eisfeuer an den wie erstarrt stehenden Tänzern vorbei.

Das Entsetzen in ihren aschfahlen Gesichtern nahm er kaum wahr.

Kapitel 29

Prasselnde Freudenfeuer aus Erlen- und Weidenholz schickten Rauchwolken mit orangerot glühenden Funken hinauf zum malvenfarbenen Himmel. Die Leute tanzten und priesen in Lobliedern die Seelen der Tiere, die sie das Jahr über genährt hatten. Die viertägige Zeremonie ging ihrem Ende entgegen. Jeder Tag war einer Jahreszeit gewidmet. Mit Leib und Seele tanzten sie für die Erneuerung der Welt und sandten Dank und Freude hinauf zum Heiligen Volk der Sterne. Nun folgte noch das Festessen. Mit den gewaltig lodernden Feuern sollte den Geistern ein sichtbares Zeichen ihrer Freude und Freigiebigkeit gegeben werden, damit sie den Clans auch im kommenden Jahr gnädig gestimmt sein mochten.

Im rötlichen Schein der Mitternachtssonne warfen die Zeltwände aus Mammut-, Karibu- und Moschusochsenfellen unheimliche Schatten auf das zertrampelte Gras. Windfrau, von der Langen Helligkeit fast völlig zum Schweigen verurteilt, strich kaum wahrnehmbar über das Lager. Die Luft war geschwängert vom Duft gerösteten Fleisches. Überall erklang fröhliches Gelächter.

»So wenige«, murrte Rabenjäger. Zorn erfaßte ihn.

»Ich kann mich an keine Lange Finsternis erinnern, die so viele Opfer gefordert hat wie diese«, erklärte Treffender Blitz. »Aber ich kenne auch keinen derart warmen Sommer.«

Sich ein wenig abseits von den Zelten haltend, gingen die Krieger auf das am höchsten lodernde Feuer zu.

Nebeneinander – eine sichtbare Phalanx des Widerstands – warteten sie auf das Ende des Heiligen Tanzes. Endlich erklang die abschließende Anrufung des Heiligen Volks der Sterne.

Krähenrufer löste sich aus der Menschenansammlung. Bizarre Schatten tanzten auf seinem runzligen Gesicht. Gekleidet in ein leichtes Sommerfell, schritt er erhobenen Hauptes und mit überheblicher Miene auf einen freien Platz zu. Er hob die Hände. »Das Volk lebt!« rief er.

Die Sänger verstummten. Aller Augen richteten sich auf den alten Schamanen.

Krähenrufer lächelte. »Wir danken dem Heiligen Volk der Sterne. Die Seelen der Tiere hören uns und freuen sich mit uns. Ihre Kraft und Stärke lebt in uns weiter. Wir leben dank ihrer Opfer. Von oben blicken sie auf uns hernieder, auf unsere Freude und Dankbarkeit.«

Das Volk brach in einen einzigen Jubelschrei aus, halb dankbar, halb hoffnungsvoll. Nun war es Zeit für das Festessen! Die Menge begann sich zu zerstreuen. Unter lautem Stimmengewirr strebte sie den verschiedenen Kochfeuern zu.

»Das ist noch nicht alles!« Majestätisch trat Rabenjäger vor. Im blutroten Feuerschein wirkte er merkwürdig fremd. Er spürte die Zurückhaltung seiner Männer, wußte aber auch, daß sie ihm trotz ihrer Vorbehalte folgen würden.

Verblüfft drehte sich Krähenrufer um. Sein weißes totes Auge glänzte im Licht der Flammen.

»Während ihr getanzt habt«, begann Rabenjäger, »entfernte ich mich. Vier gingen mit mir.« Stolz sah er in die neugierig aufgerissenen Augen. »Wir kehren siegreich zurück!«

Nur das Zischen der Feuer unterbrach die folgende Stille. Er hob den Speer hoch, den er aus der Brust der Anderen gezogen hatte. Abwartend schauten ihn die Leute an.

Rabenjäger präsentierte ihnen das tödliche Wurfgeschoß mit der von getrocknetem Blut schwarz gefärbten Spitze. »Hier, Leute, das bedeutet Sieg.«

Krähenrufer hastete auf ihn zu. Sein schwarzes Auge blitzte wütend. »Du hast ein Tier getötet! Niemand darf während der Dankzeremonie ein Tier töten! Das weißt du genau. Wie konntest du . . .«

»Ich tötete keinen unserer vierbeinigen Brüder«, entgegnete Rabenjäger und lächelte zynisch. »Ich beging kein Sakrileg.«

In der Menge breitete sich Unsicherheit aus, eine Stimme rief: »Was dann?« Geringschätziges Gemurmel, aber auch neugieriges Gewisper erklang.

»Gemeinsam« – Rabenjäger zeigte auf seine Gefolgsleute – »töteten wir, Männer des Volkes, die Krieger der Anderen.« Um das einsetzende Palaver zu übertönen, brüllte er: »Die Anderen töteten Stammesangehörige des Volkes. Töteten unsere Verwandten und vertrieben sie aus dem Land ihrer Ahnen – weit weg von den großen Herden!«

»Nein!« rief ein alter Mann und trat vor. »Wir töten nicht! Das entspricht nicht unserer Lebensart! Wir sind friedliche Menschen.«

»Wir können nicht mehr davonlaufen!« schrie Rabenjäger und schüttelte den blutbesudelten Speer. »Dieses Land gehört uns. *Uns!* Wo sollen wir noch hingehen? In das Große Eis? In das Salzwasser? Die Anderen haben uns in die Enge getrieben!«

»Sie werden kommen und uns töten!« Kopfschüttelnd zog sich der alte Mann zurück. »Das ist nicht die Art unseres Volkes. Wir töten keine Menschen! Rabenjäger bringt ihren Zorn über uns. Was sollen wir . . .«

Treffender Blitz drängte sich durch die aufgewühlte Menge nach vorn. »Sie haben Geysir, meinen Vater, umgebracht! Ich – *ich* bin in der letzten Jahreszeit zum letzten Mal vor ihnen weggelaufen! Hörst du mich, Großvater? Ich bin es leid, davonzulaufen.

Hört mir zu. Alle! Wir können sie schlagen, sie dahin zurücktreiben, wo sie hergekommen sind! Hört auf Rabenjäger, er hat einen Weg gefunden.«

»Das ist nicht unser Weg!«

»Feiglinge!« beschuldigte sie Rabenjäger und übertönte die Stimme des alten Mannes. »Haben wir kein Recht zur Verteidigung unseres Landes? Dürfen wir unsere Frauen und Kinder nicht schützen?«

»Aber die Anderen . . .«

»Glaubt ihr, sie lassen uns in Ruhe, nur weil wir sie in Ruhe lassen?«

»Warum nicht?« rief der alte Mann herausfordernd. »Wir bedrohen niemanden.«

Rabenjäger platzte fast vor Zorn. Wütend biß er die Zähne zusammen.

Als er sich ein wenig gefaßt hatte, überschrie er die Versammlung: »Haben sie Geysirs Clan in Ruhe gelassen? Ha?« Er packte den neben ihm stehenden Mann am Arm und zerrte ihn wütend nach vorn. »Fragt Treffender Blitz. *Sie haben seine ganze Familie umgebracht.*«

Der alte Mann scharrte nervös mit den Füßen. »Das tut mir leid für den Jungen, aber sicher hat Geysir die Anderen verärgert, sie derartig aufgebracht, daß sie seine Leute töteten.«

»Nein!« Die Bitterkeit in der Stimme von Treffender Blitz war nicht zu überhören. »Nichts dergleichen haben wir gemacht!«

Rabenjäger ließ für kurze Zeit das bedrückende Schweigen auf den Menschen lasten. Nach einer Weile brüllte er: »Es ging nur um die Herden!«

»Wir müssen ihnen klarmachen, daß wir ihnen nichts Böses wollen. Wir teilen uns die Tiere.«

»Du meinst, wir sollen unsere Arme ausbreiten und die Mörder willkommen heißen? Sie anerkennen? Ihnen von Sonnenvater und dem Heiligen Volk der Sterne berichten? Ihnen beibringen, wie menschliche Wesen zu leben?« Rabenjäger verstummte. Er wischte sich mit dem schmutzigen Ärmel über den Mund und starrte auf die in düsterem Schweigen verharrenden Menschen. »Sie wollen nichts annehmen von uns außer unserem Blut!«

Klar und deutlich erhob sich seine Stimme über die grasbewachsene Ebene.

Einige der jungen Männer grunzten zustimmend. Die Alten

murmelten Unverständliches und schienen sich in ihrer Haut nicht wohl zu fühlen. Eine alte Frau bedeckte ihr Gesicht mit einem Fuchsfell und wiegte sich unter Klagelauten vor und zurück.

Maus schob sich durch die Menge und stellte sich neben ihren Mann Treffender Blitz. »Mein kleiner Junge ist tot«, rief sie schüchtern. »Was nützte sein Tod dem Anderen, der ihn umgebracht hat? Dieser Andere gehört nicht zu unserem Volk – und er lebt nicht nach der Art unseres Volkes!« Sie geriet immer mehr in Fahrt. »Ich bin *stolz* auf meinen Mann, weil er Krieger der Anderen getötet hat! Hört mich an! Wie viele müssen noch weinen? Wie viele sollen im kommenden Jahr ihren Speeren zum Opfer fallen? Denkt darüber nach, bevor ihr euer Gesicht hinter den Händen verbergt und jammert.«

»Sie hat recht!« brüllte Rabenjäger so laut er konnte und stieß die geballte Faust in die Luft. »Brachte Sonnenvater uns hierher, damit die Anderen zu ihrem Vergnügen Jagd auf uns machen? Ihr alle wißt, wie Großvater Braunbär mit einem Lachs spielt. Er wirft ihn aus schierem Vergnügen in die Luft, fängt ihn wieder auf, schlägt ihn mit den Krallen tot und läßt ihn einfach liegen und verfaulen, weil sein Bauch bereits voll ist. Ich will nicht zum Spielzeug der Anderen werden.

Von nun an soll jeder wissen, *ich werde kämpfen und töten, um das Land meiner Väter zu behalten!*« Kraftvoll rammte er den Speer in die Erde, ein blutbeflecktes Totem. Zornig kreuzte er die Arme vor der Brust, spreizte die Beine, richtete sich stolz auf und blickte mit unbewegtem Gesicht über die Menge. Das flackernde Licht der Freudenfeuer glänzte in seinen schwarzen Augen.

Die jungen Männer nickten. Das Stimmengemurmel schwoll an. Er schien sie überzeugt zu haben. Rechtschaffener Zorn war aus den Stimmen herauszuhören. Die jungen Frauen blickten mit stolzem Lächeln zu ihm auf.

Nur die älteren Leute wiegten sich unsicher hin und her und äußerten flüsternd ihre Bedenken.

Krähenrufer hob die schwieligen Hände, drehte die Handflächen nach außen und brachte sie zum Schweigen. »Ich ... ich wünschte, das wäre nicht geschehen.« Er drehte sich um und starrte Rabenjäger an. »Aber jemand mußte etwas unternehmen.«

»Nein, kein Krieg mit den Anderen«, jammerte der alte Mann. »Was folgt als nächstes? Weitere Überfälle? Nein, das ist der falsche Weg!«

»Das ist der Tod auch!« rief Rabenjäger mit hocherhobenem Kinn und streckte in machtvoller Gebärde den Arm aus. »Dort liegt das Große Eis, genau im Osten von hier. Riesige Eishauben lasten auf den großen Bergen. Im Eis gibt es kein Wild, Großvater – nur Hunger. Und im Süden liegen Hügel und Berge, zerklüftete Felsen, verdorrtes Land und noch mehr Eis! Ihr alle wißt, was wir den Anderen kampflos überlassen haben! Die Gaben des Salzwassers, das Wild der grasbewachsenen Ebenen. Nur wenn wir die Anderen vertreiben, können wir in Frieden leben.«

Nun trat Singender Wolf vor. »Der im Licht läuft sagte, es gäbe einen Weg durch das Große Eis in ein Land mit überreichem Wild . . .«

»Aber du bist hier«, antwortete Rabenjäger selbstgefällig. »Soviel zum Wolfstraum.«

Seufzend schüttelte Singender Wolf den Kopf. »Ich . . . ich weiß auch nicht. Wir haben überlebt.« Er nahm all seinen Mut zusammen und rief: »Hört ihr? Wir leben!«

»Und wo ist mein Bruder?«

»Er blieb bei der alten Reiher.« Die Worte schwebten dröhnend über der darauffolgenden Stille.

»Er blieb bei einer Hexe.« Rabenjäger lachte höhnisch. »Wahrscheinlich beschwört er mit ihr die bösen Geister, damit sie uns töten, weil wir ihn und seine verlogenen Träume nicht ernstnehmen!«

Eingeschüchtert versuchte Singender Wolf zu widersprechen: »Er ist ein guter Junge! Er hat nie . . .«

»Warum ist er dann nicht hier und berichtet uns mehr über den Weg durch das Große Eis?«

»Ich weiß es nicht«, murmelte Singender Wolf gedemütigt.

»Unser Schicksal liegt in unserer Hand, in der Hand junger Männer mit hervorragenden Speeren!«

»Und die Anderen?« wagte ein alter Mann einzuwenden. »Glaubst du, sie lassen sich einfach von uns töten? Glaubst du nicht, sie schlagen zurück und bringen uns um?«

Rabenjäger schüttelte den Kopf. »Hüpfender Hase? Wie viele von uns starben gestern?«

Hüpfender Hase trat von einem Bein aufs andere und wirkte sichtlich beunruhigt. »Keiner.«

»Wie viele Speere verloren wir?«

»Keinen.«

»Oh, sicher, einige werden sterben«, fuhr Rabenjäger fort.

»Vielleicht sterbe ich!« Langsam schritt er im Kreis um seinen blutigen Speer. »Aber ich will nicht sterben wie ein Karibu in der Falle und bei vollem Bewußtsein zu Tode geprügelt werden. Hat unser Volk jegliche Ehre verloren?«

Treffender Blitz stellte sich neben Rabenjäger. Die Gesichter der beiden Männer glühten orangerot im Feuerschein. »Wenn wir tatenlos herumsitzen und uns von den Anderen abschlachten lassen, wird niemand mehr dasein, der unsere Seelen hinauf zum Heiligen Volk der Sterne singt! Sonnenvater wird unsere Seelen in die ewige Dunkelheit verbannen.«

»In die ewige Dunkelheit! Weil wir Feiglinge waren«, setzte Rabenjäger unheilvoll hinzu.

Ein Raunen der Zustimmung erhob sich unter den jüngeren Leuten. Die Alten und einige Mütter mit Kindern auf dem Rücken blickten sich unbehaglich um. Mit großen Augen verfolgten die Kinder das Geschehen. Die Kleinsten lutschten am Daumen, die größeren nahmen ihre Brüder und Schwestern bei der Hand.

Am Rande der Menge entdeckte Rabenjäger plötzlich Tanzende Füchsin. Ihr schönes Gesicht hatte sich verdüstert. Selbst in diesem Moment äußerster Anspannung lächelte er ihr zu. Sie senkte die Augen.

Sie ist zurückgekommen. Später . . .

»Das ist unsere Zukunft, mein Volk.« Rabenjäger strich mit der Hand über den blutverkrusteten Speer. »Nur wir selbst können uns retten. Vier Tage werde ich fasten. Am fünften Tag verlasse ich euch und vertreibe noch mehr Andere aus unserem Land. Ich nehme jeden mit, der sich mir anschließen will.« Sein Blick glitt suchend über die jungen Männer. »Sollte niemand den Mut dazu aufbringen, gehe ich allein!«

Aus den Augenwinkeln heraus beobachtete er Tanzende Füchsin, die sich verstohlen in den Schatten zurückzog und eilig verschwand.

Er drehte sich um und folgte ihr in die Dunkelheit. Hinter ihm erhob sich lautes Palaver. Er hatte gewonnen. Er fühlte sich wie ein Mann, dem beim Würfelspiel mit Karibuzehenknochen der beste Wurf geglückt war.

»Das ist nicht gut.« Kopfschüttelnd duckte sich Grünes Wasser durch den Eingang in ihr Zelt. »Dieses Mal hat es Rabenjäger wohl geschafft.«

»Ich will jagen, sonst nichts«, meinte Der der schreit und trat hinter ihr ins Zelt. »Was gibt's weiter zu sagen, eh?«

»Und die Anderen? Sie sind – he! Da ist ein Fuß unter meinen Decken!«

»Ein Fuß?«

»Ich bin's, Tanzende Füchsin«, flüsterte eine flehende Stimme. »Bitte, ich mußte doch irgendwohin.«

Grünes Wasser entging die wachsende Unruhe von Der der schreit keineswegs. »Du mußtest?«

»Rabenjäger«, wisperte Tanzende Füchsin verzweifelt. »Er wird mich suchen. Er will . . . er will . . .«

»Es interessiert mich nicht, was er will«, begann Der der schreit. »Du kannst nicht einfach unter meine Decken kriechen. Wie stellst du dir das vor?«

»Halt den Mund«, befahl Grünes Wasser. »Rabenjäger will sich auf sie legen. Es ist nicht zuviel verlangt, einer Frau, die um Schutz vor einem solchen Mann bittet, zu helfen.«

»Will sich auf sie legen!« Die Stimme von Der der schreit überschlug sich fast.

»Ich gehe schon«, murmelte Tanzende Füchsin. »Ich wollte euch keine . . .«

»Sei still«, zischte Grünes Wasser. »Die Decken reichen für uns alle.«

»Nein, das geht nicht. Krähenrufer hat mich verflucht. Ich darf eure Seelen nicht mit der meinen verderben. Ich kann nicht bei euch bleiben. Daran hätte ich denken müssen.«

»Krähenrufer! Der kann doch noch nicht einmal aus einer Larve eine Mücke machen.« Der der schreit schlug sich vor Lachen auf die Schenkel.

»Es sind genügend Decken da«, wiederholte Grünes Wasser. »Und ich bin mit meinem Mann einer Meinung. Wir haben Träumer gesehen. Krähenrufer ist ein Hochstapler.«

»Er hat mich aus seinem Zelt geworfen und mich verflucht«, warf Tanzende Füchsin ein.

»Davon habe ich gehört. Und ich weiß auch, daß er dich geschlagen hat!«

»He!« Der der schreit empörte sich. »Hat ein Mann nicht mehr das Recht, seine Frau zu schlagen? Er kann sie schlagen, wann immer er will.«

»Komm *du* einmal über mich wie ein Mammutbulle in der

Brunft, dann wirst du merken, wie schnell deine Decken draußen im Schnee liegen!«

»Ich habe nie . . .«

»Eben«, besänftigte ihn Grünes Wasser. »Das ist der Unterschied.«

»Ich glaube, ich gehe besser«, beharrte Tanzende Füchsin.

»Du bleibst.« Der der schreit gab ihr einen kleinen Schubs. »Grünes Wasser hat recht, die Decken reichen für uns alle.«

»Und *du* wirst dich anständig benehmen«, fügte Grünes Wasser trocken hinzu und schlug Der der schreit kräftig in die Rippen.

»Autsch! Was soll das?«

»Nur eine kleine Warnung. Das letzte, was du dir wünschen solltest, ist, in der peinlichen Situation überrascht zu werden, wenn du versuchst, dein kleines Ding in Tanzende Füchsin zu stecken.« Grünes Wasser schlüpfte unter die dünnen Sommerfelle.

»Kleines Ding? *Klein! Au, aua!*«

Kapitel 30

»Ah, hier bist du.«

Beim Klang von Rabenjägers kühler Stimme richtete sich Tanzende Füchsin stocksteif auf. Fest umklammerte sie den Grabestock, mit dem sie gerade stärkehaltige arktische Kartoffelknollen aus der harten Erde herausholte. Ihr Beutel war bereits prall vollgefüllt mit Sauerampfer und eßbaren Wurzeln. Sie blickte über die grauen Hügel hinüber zu den Bergen im Westen. Im klaren Licht wirkten sie greifbar nahe. Das wogende Grün um sie herum, die Grasbüscheln und Bültgräser, bildete einen starken Kontrast zum verwitterten Grau der Steine, die das Schmelzwasser vom steilen Abhang heruntergewaschen hatte.

Sie drehte sich um. Da stand er, hochgewachsen, mit verschränkten Armen, den Kopf schief gelegt. Sein langes Haar fiel ihm wie ein blauschwarzer Umhang lose über die Schultern. In seinem edel geschnittenen Gesicht entdeckte sie Neugierde, Herausforderung und Freundlichkeit. Er beobachtete sie unter den halbgeschlossenen schweren Lidern seiner dunklen Augen.

»Ich habe dich am Abend des Tanzes gesucht.«

»Ich dachte, du ziehst dich in die Einsamkeit zurück und hoffst auf eine Vision.«

Ein feines Lächeln kräuselte seine Lippen. »Ah ja.« Er holte tief Luft. Seine Brustmuskeln wölbten sich eindrucksvoll. »Dieses Jahr wird von Erfolg gekrönt. Dieses Jahr treiben wir sie zurück in den Norden. Wir schaffen Raum für unser Volk – wenigstens eine Zeitlang.«

Sie ließ ihn nicht aus den Augen. Grünes Wasser und Lachender Sonnenschein arbeiteten hinter der kleinen Anhöhe. Falls nötig, brauchte sie nur zu schreien.

»Was willst du?«

Er sah sie mit gespielter Überraschung an. »Hast du mich nicht verstanden? Ich rette unser Volk vor den Anderen. Ich..«

»Was willst du von mir?« unterbrach sie ihn kühl.

Er lachte. »Ach so. Was fragst du? Du gehörst mir. Wer außer mir will dich denn? Mein alberner Bruder hat sich davongemacht, weil er ein Träumer werden möchte. Der Narr!« Diese Worte unterstrich er mit einer verächtlichen Geste. »Hat mir der Kerl doch von seinen Visionen erzählt. Von Sonnenvater, der angeblich weit im Süden wohnt, und fremdartigen Tieren. Von rotbraunen Karibus mit Hintern in der Farbe gegerbten Leders. Von einem kleineren Wild, lederbraun und weiß, das seine Hörner abstößt und schneller ist als Windfrau. Dann sagte er noch etwas von einem Hunde-Wolf mit buschigem Schwanz und einer Schnauze wie ein Fuchs. Sehr schnell, hat er gesagt. Und klüger als der Wolf.« Er brach in schallendes Gelächter aus. »Klüger als der Wolf? Ich könnte wetten, sein vergötterter Geist ist davon nicht gerade begeistert!«

»Ich würde an deiner Stelle nicht so geringschätzig über seine Träume reden«, erwiderte sie unfreundlich.

»Nein?« Großspurig kam er auf sie zu. »Und warum nicht? Sag's mir, Füchsin. Ich schätze deinen Rat. Schließlich wirst du eines Tages meine Frau.«

Sie sah auf und merkte nun, wie dicht er vor ihr stand. Der kaum wahrnehmbare Geruch seines Körpers stieg ihr angenehm in die Nase. Fast empfand sie Furcht vor ihm. Als sie seinem Blick begegnete, spürte sie die von seiner Persönlichkeit ausgehende magische Anziehungskraft. Erinnerungen an die Zeit der Langen Finsternis kehrten zurück. Rabenjägers Körper unter ihren Decken.

»Nein«, flüsterte sie und gab sich große Mühe, das Zittern in ihrer Stimme zu verbergen.

Sein magnetischer Blick ließ sie nicht los und drang tief in ihre Seele. Die lodernde Intensität in seinen Augen wurde plötzlich sanft und lockend, und eine Gänsehaut lief ihr über den Rücken.

»Du wirst eine Führerin unseres Volkes, Füchsin.« Sein warmer Tonfall liebkoste sie. Wärme durchströmte ihren Leib. »Allerdings nur, wenn du dich mit mir zusammen tust.«

»Eine Führerin?«

Er nickte nachdrücklich. »Eine große Führerin. Darum ließ ich dich allein in die Wildnis gehen. Kralle hat dich dort draußen gut unterrichtet, nicht wahr? Oh, ich habe beobachtet, wie du den Elch erlegt hast. Sehr gut. Ein wunderbarer Wurf.«

»Was?« fragte sie entsetzt und wich einen Schritt zurück.

»Ich bin dir während der ersten Hälfte der Langen Helligkeit stets gefolgt. Ich habe dich beobachtet und bewundert. Ich muß zugeben, manchmal geriet ich in Versuchung, dich aus dem Hinterhalt zu überfallen und mich an deinem köstlichen Körper zu ergötzen.«

»Du – du bist uns gefolgt? Die ganze Zeit?«

»Ja, natürlich. Ich wollte doch nicht, daß der Frau, die ich über alles schätze, ein Leid geschieht – nicht, seit du mich nach dem Abmarsch vom Mammut-Lager so leidenschaftlich geliebt hast.«

Sie schauderte.

»Ich habe dir nie weh getan«, erinnerte er sie. »Ich liebe dich mehr als alles auf der Welt. Ausgenommen vielleicht unser Volk.«

Schwankend drehte sie sich und drohte, zu Boden zu fallen. Doch seine Arme fingen sie auf, umfaßten sie warm und schützend. Seine Hände streichelten die Linie ihrer Backenknochen und hinterließen eine feurige Spur auf ihrer Haut.

»Ich . . . ich werde dich niemals lieben! Niemals. Du hast mich gezwungen. Nur zu deinem eigenen Vergnügen hast du mich benutzt wie . . . wie eine . . . Du hast mich zu Krähenrufer zurückgebracht und mich vor seine Füße geworfen – mich gedemütigt vor unserem Volk. Nein, ich werde immer wieder vor dir weglaufen. Ich will weg von dir.«

»Ich weiß.« Seine Stimme klang ernst.

Sie entzog sich ihm mit Gewalt und stemmte die Fäuste in die Seiten. »So, du weißt das?« schrie sie herausfordernd. Ihre Wut wurde übermächtig. »Was weißt *du*? Was weißt du von Krähenrufers Liebkosungen, von meiner Verzweiflung? Woher willst du wissen, wie es Kralle und mir von jenem Tag an erging, an dem wir uns aus Schafnases Lager davongeschlichen haben?«

»Die Visionen.« Die Traurigkeit in seinen Augen wuchs. »Ich versprach, dir niemals ein Leid zuzufügen. Aber ich habe deine Macht gesehen, Füchsin. Nicht jetzt, nicht in der nächsten Zeit, aber eines Tages wird dein Wort Gesetz sein. In der Vision bist du die Kraft unseres Volkes und ich . . .«

»Und du machst dich über die Träume von Der im Licht läuft lustig?« rief sie kopfschüttelnd.

»Spieltest du in seinen Visionen überhaupt je eine Rolle?«

Nervös griffen ihre Finger ineinander. »Nein. Er . . .«

»Aber *ich* habe Visionen von dir. Wir sind miteinander verbunden – du und ich. Ich sah die Veränderung, die mit dir vorgeht. Und es ist meine Pflicht, dich auf den richtigen Weg zu bringen. Ich muß dir helfen, in die Rolle hineinzuwachsen, die dir bestimmt ist.«

Böse zischte sie: »Ich bestimme selbst, wer und was ich sein will. Von deiner verdrehten Phantasie lasse ich mich jedenfalls nicht dirigieren!«

Langsam schüttelte er den Kopf. »Ich liebe dich, deshalb möchte ich dich gerne schonen. Aber ich kann es nicht. Mein Platz ist vorherbestimmt und deiner ebenso. Eines Tages werden wir zusammensein. Uns gehört die Macht. Das Schicksal unseres Volkes liegt allein in unseren Händen. Du wirst mich lieben und verstehen, warum ich nicht anders handeln konnte.«

Angesichts des seltsamen Blicks in seinen wild funkelnden Augen blieb ihr jeder Widerspruch im Halse stecken. »Du bist wahnsinnig«, war alles, was sie herausbrachte.

Noch immer sah er sie mit dieser intensiven Leidenschaft an. »Vielleicht. Vergiß nicht, ich habe geschworen, dich zu lieben. Mein Zorn gilt den Anderen, die uns vertreiben wollen. Für dich empfinde ich nur Zärtlichkeit, und ich schreie innerlich auf bei dem Gedanken an das, was dir bevorstehen könnte. Doch wenn du zu mir kommst . . .«

»*Niemals* komme ich zu dir!« schleuderte sie ihm voller Verachtung ins Gesicht. »Vorher umarme ich einen der Anderen, bevor ich . . .«

Er wich zurück. Sein Gesicht verfinsterte sich. »Nein! Sag das nie wieder! Du – du gehörst mir! Mir, verstehst du? Was glaubst du, warum ich kämpfe? Damit du in die Hände der Anderen fällst? Nein, damit du rein bleibst – rein für meinen Samen, damit wir beide, du und ich, die Bedeutendsten unseres Volkes, eine neue Linie gründen . . .«

Hastig zog sie sich weiter von ihm zurück. »Wahnsinn«, flüsterte sie. »Du bist wahnsinnig!« Er schüttelte den Kopf.

»Nein«, bat er inständig. »Du siehst es nur nicht! Ich sehe das Kind in deinem Schoß. *Mein Kind!*« Seine Lippen verzogen sich zu einem zittrigen Lächeln, Tränen traten in seine Augen. Er streckte eine Hand aus, um sie zu berühren. »Ich habe unseren Sohn gesehen!«

»Nein!« schrie sie. Sie wirbelte herum und ergriff die Flucht. Den Fellbeutel mit den gesammelten Wurzeln ließ sie fallen. So schnell sie konnte, stürmte sie über den Hügel. Erst als Grünes Wasser schützend ihre Arme um sie legte, beruhigte sie sich ein wenig. Aber noch zitterte sie am ganzen Leib.

»Was ist passiert?«

»Rabenjäger«, versuchte sie zu erklären. Aber sie war außer sich und fand keine passenden Worte. »Er ist verrückt, vollkommen wahnsinnig.«

»Beruhige dich, alles ist gut. Er wird dich nicht mehr belästigen.« Grünes Wasser drückte sie ganz fest an sich.

Tanzende Füchsin warf einen ängstlichen Blick über die Schulter. Er war ihr nicht gefolgt. Sie sah nur wogendes Gras, Wermut und Seggen auf den sanften Hügeln.

»Warum trifft es immer uns?« Abwehrend hob Der der schreit die Hände und starrte hinüber zu der Menschenansammlung, die ungefähr einen Speerwurf entfernt lautstark stritt. Die Älteren versuchten gestenreich, in die verbohrten Köpfe der vor Kriegsbegeisterung glühenden jungen Männer, die schon ungeduldig mit ihren Speeren spielten, etwas Vernunft zu bringen. Streit herrschte im Lager.

Rabenjägers aufpeitschende Worte hatten die Stimmung zum Kochen gebracht.

In den Zelten herrschte eine gedrückte Atmosphäre. Die Frauen beschäftigten sich mit Näh- und Ausbesserungsarbeiten und sahen dabei immer wieder mit kummervollen Augen auf ihre streitenden Männer. Das fröhliche Lachen der spielenden Kinder war verstummt, selbst die Hunde zogen den Schwanz ein. Es wurde nicht mehr gesungen, und die Männer maßen ihre Kräfte nicht mehr im friedlichen Wettstreit beim Speerwerfen.

Kopfschüttelnd überprüfte Der der schreit seinen rasch abnehmenden Vorrat an Quarzit-Speerspitzen. Er nahm eine davon in die Hand und betrachtete den Stein genau. Seine erfahrenen Augen suchten nach irgendeinem Mangel, einer Unregelmäßigkeit. Während er die Kanten der Spitze mit geriffeltem Sandstein glattschliff, kaute er mit den Zahnstummeln auf seiner Unterlippe.

»Zuerst Der im Licht läuft mit seinem Traum!« maulte er. »Und jetzt Rabenjäger mit seinem Krieg. Anstatt Mammuts und Karibus zu jagen, will er Jagd auf die Anderen machen! Wir haben wirklich nichts als Ärger.«

Singender Wolf blickte von seiner Arbeit auf. Er schnitzte an einem Stück Mammutstoßzahn, aus dem er einen kunstvoll gefertigten Haken für den Atlatl herstellte. Lachender Sonnenschein saß dicht neben ihm und flickte seine Mokassins. In ihr wuchs neues Leben heran.

»Reiher hatte ganz recht«, brummte er. »Die Welt verändert sich. Nichts ist mehr wie früher.«

»Rabenjäger und Der im Licht läuft haben unser Volk in zwei Teile gespalten.«

Nachdenklich hob Grünes Wasser den Kopf. »Auf welche Seite sollen wir uns schlagen? Der im Licht läuft hat uns sicher geführt – in Reihers Tal. Das dürfen wir nicht vergessen.« Mit einem abgerundeten Kieselstein rieb sie einen Brei aus Hirn und Urin in das Leder aus Karibukalbshaut. So wurde die als warme und leichte Unterkleidung dienende Haut besonders weich und geschmeidig.

Neben ihr saß Tanzende Füchsin und nähte die bearbeiteten Kalbslederstücke zusammen. Das volle Haar fiel wie eine schwarze Welle über ihre Schultern.

»Wir hätten in Reihers Tal bleiben sollen«, pflichtete ihr Der der schreit bei. »Auf all das hier kann ich gut verzichten.«

»Du bist früh dran«, bemerkte Grünes Wasser ironisch.

»Was?«

»Wir *hätten*... wir *hätten*...« Liebevoll lächelte sie ihm zu und amüsierte sich über sein finsteres Gesicht.

»Was glaubst du«, fragte Singender Wolf gespannt, »warum Krähenrufer nichts dazu gesagt hat?«

Der der schreit zuckte die Achseln. »Ich glaube, er wartet auf etwas.«

Tanzende Füchsin rümpfte die Nase.

»Du weißt, was Reiher über ihn gesagt hat. Gebrochener Zweigs Meinung kennst du auch.« Lachender Sonnenschein griff nach den neben ihr auf dem Boden liegenden Stiefeln. »Sie behauptete, er träumt gar nicht. Und Reiher muß es wissen. Vielleicht wartet er ab, aus welcher Richtung der Wind weht, damit er sich einen passenden *Traum ausdenken* kann.«

»Reiher glaubt an den Traum von Der im Licht läuft«, nuschelte Der der schreit.

Er ließ seinen Daumen über die Kanten der Speerspitze gleiten und nickte befriedigt. Anschließend beugte er sich vor und hob ein Werkzeug auf.

»Aber die Leute erzählen, sie sei schlecht. Eine Hexe«, flüsterte Lachender Sonnenschein.

»Uns hat sie nicht das geringste Leid zugefügt. Sie gab uns zu essen. Ihr verdanken wir unser Leben. Nein, sie ist nicht schlecht. Und sie ist eine richtige Träumerin. Erinnert ihr euch, wie sie die Karibus rief?«

»Wißt ihr noch, wie Der im Licht läuft die Karibus rief?«

»Ja.« Der der schreit schlug mit einem Stock auf die Kante des Steins, den er bearbeitete. Dünne Splitter spritzten auf. »Guten Werkzeugstein gibt es hier. So etwas findet man selten.«

Tanzende Füchsin rückte näher, ganz gefesselt von seiner Arbeit.

»He!« beschwerte sich Singender Wolf lautstark. »Laß das! Diese Splitter verteilen sich überall. Wenn ich mich das nächste Mal hinsetze, steckt mir einer im Hintern!«

Mißbilligend sah ihn Der der schreit an. Er nahm wieder die Speerspitze an sich. »Kein Mann kann eine gute Speerspitze fertigen, wenn du dich so anstellst. Aber sobald ich damit fertig bin, willst du die Spitze haben, stimmt's? Und dann versuchst du, mir dafür eines deiner Bildchen anzudrehen.«

»Ja, du machst die besten Speerspitzen, die ich je gesehen habe. Was soll ich machen? Soll ich meine Familie hungern lassen? Übrigens besitzen meine Bildchen, wie du sie nennst, Zauberkraft. Sie bringen Glück.«

»Dann hör auf, wegen ein paar Steinsplittern herumzubrüllen. Ich kann nun mal keine Spitze machen, ohne . . .«

»Ich will diese Spitze haben«, unterbrach ihn Tanzende Füchsin keck, ohne den Blick vom Stein zu wenden. »Ich tausche dafür zwei Fuchsfelle ein. Gute Felle. Sie eignen sich zum Einfassen von Mantelkapuzen oder zum Füttern von Fäustlingen.«

»Sie gehört dir.« Triumphierend sah Der der schreit zu Singender Wolf hinüber, der irgend etwas Unverständliches murmelte und sich entschlossen über seine Schnitzarbeit beugte.

»Mach mir einen abnehmbaren Vorderschaft – vielleicht tausche ich ihn gegen ein paar Spitzen ein«, bemerkte Der der schreit ein wenig zaghaft.

»Speerschäfte aus zwei Teilen?« Entsetzt fuchtelte Singender Wolf mit den Händen. »Du hast wohl den Verstand verloren.«

»Nein. Ich denke darüber nach, seit mich der Büffel fast erwischt hat.« Der der schreit machte ein ernstes Gesicht. »Denk auch mal darüber nach, ja?«

»Meinst du nicht, wir sollten uns auf Rabenjägers Seite schlagen?« erkundigte sich Lachender Sonnenschein und brachte die Unterhaltung wieder auf das ursprüngliche Thema zurück. Diese Angelegenheit beschäftigte sie schließlich alle am meisten.

Singender Wolf kratzte sich am Kinn. »Merkwürdige Dinge geschehen. Was ist, wenn er recht hat? Was wäre passiert, wenn sich Geysirs Leute gewehrt und gekämpft hätten? Ich wünschte, ich wüßte es. Aber ich weiß es nicht.«

»Kämpfen liegt uns nicht«, antwortete Der der schreit. »Ich erinnere mich noch gut an eine Geschichte. Die wie eine Möwe fliegt hat sie häufig erzählt. Damals, als zwischen uns und den Anderen noch Krieg herrschte, ist unser Volk hierhergekommen. Es wollte in Frieden leben. Sonnenvater führte uns in dieses Land und verbot uns, einander zu töten.«

»Vielleicht brachte Sonnenvater auch die Anderen hierher? Versteht ihr, als eine Art Prüfung für uns.«

»Möglich.« Sinnend blickte Singender Wolf in die Ferne. »Vielleicht sprach er durch die Stimme von Der im Licht läuft, um uns einen anderen Weg zu zeigen.«

»Der im Licht läuft! Der im Licht läuft! Ich kann den Namen nicht mehr hören.«

»Außer einem kleinen Mädchen ist niemand gestorben. Meine Frau und ich haben überlebt.« Singender Wolf schüttelte den Kopf. »Er brachte uns zu Reiher, einer Träumerin. Einer wirklichen Träumerin. Nicht so eine Hochstaplerin wie Krähenrufer.«

»Krähenrufer«, murmelte Tanzende Füchsin böse. Angewidert schloß sie die Augen.

»Was er dir angetan hat, war gemein«, gab ihr Singender Wolf recht.

»Vergiß nicht, Rabenjäger hat ihm dabei geholfen.«

»Hältst du ihn tatsächlich für verrückt?«

Sie nickte mehrmals kurz hintereinander. »Irgend etwas verwirrt seinen Geist. Er behauptet, Träume zu haben. Aber ich weiß nicht, was ich davon halten soll.«

Seufzend blickte Der der schreit auf Tanzende Füchsin. Sein breiter Mund verzog sich nachdenklich. »Anscheinend kommen wir immer wieder auf die beiden Brüder zurück, ha? Nichts als Ärger mit den beiden.«

»Der im Licht läuft hat dir wenigstens nicht nahegelegt, daß du in den Kampf ziehen und dir einen Speer in den Bauch werfen lassen sollst«, erwiderte Grünes Wasser und zog die Augenbrauen hoch. »Ein Führer sollte in erster Linie die Gesundheit seiner Leute im Auge behalten. Ich kann mir nicht helfen, aber ich bin überzeugt, wir gehen den Anderen besser aus dem Wege.«

»Der im Licht läuft will den Kampf nicht«, pflichtete ihr Lachender Sonnenschein bei. »Aber er schickt uns die Geister im Großen Eis auf den Hals.« Mit Hilfe der Zähne zog sie einen festen Knoten. Prüfend betrachtete sie die fertigen Stiefel.

»Morgen kommt Rabenjäger zurück. Die meisten jungen Männer wollen sich ihm anschließen. Sie sind alle begierig darauf, die Anderen mit ihren Speeren zu spicken.« Energisch kratzte Singender Wolf auf seiner Schnitzerei. Seine Hand umklammerte krampfhaft den Grabstichel. »Wenn Krieg notwendig ist, ist jetzt die beste Zeit dafür. Wir haben genug Fleisch. Die Erneuerung ist zu Ende. Wäre nicht weiter schlimm, wenn wir in der nächsten Zeit nicht jagen können.«

»Ich gehe nicht mit«, erklärte Der der schreit. Grünes Wasser atmete erleichtert auf. »Ich bleibe bei meiner Familie. Ein Kleines ist auch wieder unterwegs.«

Singender Wolf sah seine Frau an. »Vielleicht . . . ich gehe vielleicht.«

Lachender Sonnenschein setzte sich kerzengerade auf und sah ihn entsetzt an. »Nein, nicht du.«

»Vielleicht sollte jemand wie ich als Zeuge dabei sein.«

»Nein«, flüsterte sie und legte ihre Hand liebevoll auf die seine.

Singender Wolf bedachte seine Frau mit einem zurechtweisenden Blick. »Vielleicht ist es an der Zeit, Gebrochener Zweigs und

Reihers Worte zu beherzigen. Die Alten sind klug, darum achten wir sie schließlich. Wir lernen von ihnen. Ich muß beide Seiten kennenlernen. Wenigstens ein vernünftiger Mensch sollte mitgehen und dem Volk später berichten, was tatsächlich geschah. Ich traue Rabenjäger nicht.«

Eine langes Schweigen senkte sich über die Runde. Endlich wandte sich Singender Wolf an Der der schreit. »Falls ich nicht zurückkomme, singst du dann meine Seele hinauf zum Heiligen Volk der Sterne?«

Lachender Sonnenschein biß die Zähne zusammen und starrte ins Leere.

»Wir alle begleiten dich hinauf zum Heiligen Volk der Sterne.« Der der schreit nickte ernst. »Aber vergiß nicht, es liegt nichts Gutes in . . .«

»Nimmst du dich Lachender Sonnenscheins an? Machst du sie zu deiner Nebenfrau? Sorgst du für mein Kind?«

Der der schreit wagte keine Einwände, sondern nickte. »Ja. Du und ich, wir haben eine lange Zeit zusammen verbracht. Gemeinsam jagten wir Mammuts. Wir retteten einander das Leben. Ich tue für dich, was du auch für mich tun würdest. Ich nehme Lachender Sonnenschein zur Frau. Dein Kind wird wie mein eigen Fleisch und Blut sein.«

Singender Wolf starrte auf seine Hände. »Vielleicht erfahre ich die Wahrheit über die beiden Brüder. Einer von beiden muß recht haben.«

Schweigend kaute Lachender Sonnenschein auf der Unterlippe. In ihren Augen lag Entsetzen. Tanzende Füchsin nahm ihre Hand und drückte sie fest.

»Und vielleicht«, stöhnte Sonnenschein, »findest du heraus, daß Reiher recht hatte mit dem, was sie über dich sagte.«

Kapitel 31

Singender Wolf schlich wachsam durch den grauen Morgendunst. Er blickte über den Rand der Felsenterrasse hinunter auf die sandige Ebene. Dort befand sich das Lager der Anderen. Die Zelte säumten das Ufer des breiten Flusses, dessen leises Rauschen in der Stille der Morgendämmerung deutlich zu ihm herüberklang. Er warf einen Blick über die Schulter auf Rabenjäger. In den Augen des Kriegers brannte eine leidenschaftliche Flamme. Er erweckte den Eindruck, als könne er sie alle durch einen geheimnisvollen Zauber töten. Zwei Kinder – schon vor den Erwachsenen auf den Beinen – huschten zwischen den Zelten der Anderen hin und her. Gelächter schallte durch die kalte Luft.

Eine trostlose Leere breitete sich in Singender Wolf aus.

Sie würden Kinder töten?

Dort unten trat gerade ein Mann aus seinem Zelt. Gähnend reckte er sich und sah hinüber zum Horizont. Im Osten flammten rote und orangefarbene Lichtbänder auf.

»Fertig?« flüsterte Rabenjäger und machte sich bereit zum Sprung über die steile Felsklippe.

Die jungen Männer nickten gleichzeitig und leckten sich nervös die trockenen Lippen. Singender Wolfs Herz krampfte sich hilflos zusammen.

»Los!«

Rabenjäger stieß einen markerschütternden Kriegsruf aus, sprang über die Klippe und stürmte in das Lager der Anderen. Die Krieger seines Volkes steigerten sich in eine rasende Wut und schrien laut ihren Haß hinaus.

Singender Wolf folgte Treffender Blitz in eine dunkle Behausung. Voller Entsetzen beobachtete er, wie der Freund den Speer hob und ihn wie einen Spieß in die Kehlen alter Leute bohrte, die sich mit den neugeborenen Babys auf dem Schoß in einer Ecke zusammengekauert hatten.

Wie gelähmt blieb er stehen. Treffender Blitz stieß ihn rücksichtslos beiseite, lief geduckt aus dem Zelt und drang in das nächste ein. Singender Wolf drehte es den Magen um, als er auf das Gemetzel starrte. Blicklose Augen stierten ihn an. Der Geruch des Blutes erfüllte ihn mit Grausen.

»Komm schon!« schrie ihn Treffender Blitz von draußen an.

Unsicher ging er hinaus in den kalten Morgen. Krampfhaft schluckend versuchte er, seiner Übelkeit Herr zu werden. Aus den Augenwinkeln nahm er rechts eine rasche Bewegung wahr. Ein Krieger der Anderen schleuderte seinen Speer nach ihm. Das Wurfgeschoß schlitzte seinen Unterarm auf. Instinktiv warf sich Singender Wolf auf die Seite und bohrte seinen Speer in den Hals des Mannes. Der Andere fiel brüllend zu Boden. Sein Schrei war eine Mischung aus Angst und unbändigem Haß.

Verstört rannte Singender Wolf durch das Lager, sprang über Leichen und stieß verängstigte Frauen und Kinder beiseite, die verzweifelt zu fliehen versuchten. Wehgeschrei gellte durch den Morgen.

Er erspähte Rabenjäger und stolperte keuchend in seine Richtung. Ihr Anführer hatte die Bewohner eines Zeltes im Schlaf überrascht. Vom Schlaf noch benommene Männer versuchten, zu ihren Waffen zu kriechen. In diesem Augenblick existierte nur noch Schreien und Weinen auf der Welt.

Ein kleiner Junge, kaum drei Jahre alt, krabbelte weinend unter einer Decke hervor. Die Tränen hinterließen Streifen auf seinem schmutzigen Gesicht. Rabenjäger rief: »Packt ihn! Wenn er erwachsen wird, tötet er uns!«

Treffender Blitz lief los, erwischte den Jungen am Knöchel und zerrte ihn vollends unter der Decke hervor. Der Kleine kämpfte heldenmütig, brüllte vor Grauen und schlug seinem Peiniger mit den Fäusten ins Gesicht und auf die Arme. Treffender Blitz bekam einen großen Stein zu fassen und hob ihn hoch über den kleinen Kopf des Jungen.

»Nein!« kreischte Singender Wolf den Tränen nahe. Doch der riesige Stein sauste herab und zerschmetterte den kleinen Kopf.

Sofort sprang Treffender Blitz wieder auf die Beine. Er warf Singender Wolf einen Blick äußerster Verachtung zu und lief eilig davon.

Einige Überlebende flohen in Richtung Westen. Achtlos ließen sie ihre Waffen fallen, zerrten die Alten hinter sich her und trugen die Kinder auf den Armen. Sie wollten nur noch weg.

»Verfolgt sie!« befahl Rabenjäger. Einige junge Männer seines Volkes stürzten den auf die Hügel Fliehenden nach. Ein keuchender Krieger der Anderen lag in erbarmungswürdigem Zustand zu Füßen Rabenjägers. Ein Speer ragte aus seinen Eingeweiden. Brutal zog Rabenjäger den Speer mit einem Ruck ein Stück heraus. Er kniete neben dem Mann nieder und lächelte in geheuchelter Freundlichkeit. »Ich töte dich nicht«, säuselte er.

»Ich sterbe sowieso«, stieß der Mann hervor und rollte sich unter Höllenqualen zur Seite, weg von Rabenjäger. Er hatte ein dreieckiges Gesicht mit einer großen Knollennase.

»Ja sicher, aber so dauert es länger und ist äußerst schmerzhaft.«

Der Andere lächelte gequält, Haß blitzte in seinen Augen auf. »Am besten rennst du so schnell und so weit du kannst, du Mann des Feindes. Eisfeuer wird nicht rasten und ruhen, ehe er euch nicht in eurem Versteck aufgestöbert hat. Dann fegt er euch wie Dreck vom Angesicht der Welt.«

Lachend stand Rabenjäger auf und blickte verächtlich auf ihn hinunter. »Eisfeuer. Wer soll denn das sein? Irgendein falscher Schamane?«

»Der größte Schamane der Welt. Er kündigte euer Kommen an.«

Rabenjäger schnaubte geringschätzig. »Warum hat er euch dann nicht gewarnt, damit ihr entkommen konntet?«

Der Andere trat mit beiden Beinen nach Rabenjäger, umklammerte ihn und warf ihn mit einem Ruck zu Boden.

Rabenjäger rappelte sich auf und stieß dem Mann mit voller Wucht die Fußspitze in die Seite. Die Gedärme quollen aus der klaffenden Bauchwunde. »Wie tapfer du wirklich bist, wird sich in drei Tagen herausstellen, wenn das Blut wie ein schwarzer Fluß durch deine Adern läuft.«

Singender Wolf hielt den Atem an. Er empfand Hochachtung vor dem schwerverletzten Mann, der genau wußte, welch schrecklicher Tod ihn erwartete. Trotzdem wehrte er sich unter Aufbietung seiner letzten Kraft. In ein paar Stunden würde die Wunde zu faulen und zu eitern beginnen. Die wie grüner Schleim schäumenden Säfte der Eingeweide würden Fliegen und Tiere anziehen. Anschließend folgten unweigerlich die auf den Tod des Mannes wartenden Aasfresser oder, noch schlimmer, Großvater Braunbär. Keinem Tier würde der Gestank entgehen. Selbst wenn er sich eine Zeitlang gegen die Tiere zur Wehr setzen konnte, erwartete ihn ein unerträglich qualvoller Tod.

Bevor er sich hochmütig entfernte, spuckte Rabenjäger dem Unglücklichen ins Gesicht. Er winkte seinen Gefolgsleuten und knurrte: »Kommt. Wir müssen sichergehen, daß niemand überlebt.«

Singender Wolf sah sie Zelt für Zelt kontrollieren. Irgendwo wimmerte kläglich ein Baby; das Weinen erstarb plötzlich und für immer.

Mit zitternden Knien ging er zu dem sterbenden Anderen. Der Mann hatte sich zusammengerollt und preßte in sinnloser Anstrengung die auf der Erde liegenden Gedärme gegen seinen Leib. Vergeblich versuchte er, sie zurück in seinen aufgeschlitzten Bauch zu stopfen.

»Ich töte dich, wenn du es möchtest«, murmelte Singender Wolf. Er erkannte seine eigene Stimme nicht mehr.

Der Andere sah ihn erstaunt an. »Warum? Warum willst du das tun?«

»Weil du bewundernswert mutig bist.«

Nachdenklich sah ihn der Andere an. Sein Kopf fiel zur Seite, aber er nickte erschöpft. »Wir dachten, ihr kennt die Ehre der Krieger nicht.«

»Wie ist das bei eurem Volk . . .« Singender Wolf suchte nach den passenden Worten. »Macht ihr etwas Bestimmtes, damit ihr zu Sonnenvater aufsteigt? Oder wie auch immer euer . . .«

»Ja. Das Große Geheimnis.« Der Mann versuchte, die aufsteigenden Tränen zurückzuhalten und zeigte mit einem zitternden Finger auf seine Brust. »Nimm mein Herz. Übergib es dem Fluß. Er trägt es in den Ozean. Der Geist des Meeres wird kommen und mich – nach Hause bringen.«

Singender Wolf kniete nieder, schlug die Fellkleidung des Mannes zurück und entblößte den Körper. Die Brust des Anderen hob und senkte sich in raschem Rhythmus. Er zitterte am ganzen Leib.

»Beeil dich«, murmelte der Mann. »Bevor deine Freunde zurückkommen.«

Singender Wolf warf einen raschen Blick über die Schulter. *Freunde? Waren das überhaupt menschliche Wesen?* Der Wind trug Rabenjägers verächtliches Lachen herüber, vermischt mit dem gequälten Wimmern einer Frau.

»Mach schnell.«

Einen endlosen verzweifelten Augenblick lang sahen sie sich an. Singender Wolf spürte das Mißtrauen und die Angst des Mannes. Er nahm seine Speerspitze, der Andere schloß ganz fest die Augen. Singender Wolf stieß die Spitze in das Fleisch des Mannes, schnitt ihm die Brust auf und legte das noch immer schlagende Herz frei. Ein leiser Seufzer entrang sich seiner Kehle, als er die Arterien durchschnitt. Blut spritzte ihm ins Gesicht und auf die Kleidung. Sorgfältig schnitt er das Herz heraus. Heiß, feucht und bebend lag es in seinen Händen.

Das Gesicht des Anderen hatte einen friedlichen Ausdruck angenommen, die Augen starrten in die Ewigkeit. Als Singender Wolf aufstand, drohten seine Beine zu versagen, aber er riß sich zusammen und eilte zum Fluß. Bis zu den Knien watete er in das eiskalte Wasser. Kleine Wellen umplätscherten ihn.

Er legte das Herz in den Fluß, sah zu, wie es versank und sprach leise die Worte: »Bring ihn nach Hause, Geist des Meeres. Er starb als tapferer Mann.«

Er beobachtete, wie sich das Herzblut mit dem Grün des Wassers vermengte, bis es schließlich nicht mehr zu sehen war. In einer hilflosen Geste zog er das Leder über seiner Brust zusammen, preßte die Hand fest auf sein Herz und weinte.

Sie zogen weiter am Großen Fluß entlang nach Norden und trieben die Anderen wie die Hasen vor sich her. Rabenjäger stolzierte hochmütig einher. Den Kriegern, die seiner Ansicht nach Anerkennung verdienten, zeigte er lächelnd sein Wohlwollen. Feiglinge wie Singender Wolf, die mitleiderregend hinter dem Trupp hermarschierten und nur töteten, wenn es galt, ihr eigenes Leben zu verteidigen, bedachte er mit finsteren Blicken.

Die länger werdenden Nächte gemahnten alle an die bevorstehende, hinter dem östlichen Horizont lauernde Lange Finsternis und zwangen sie dazu, sichere Lagerplätze aufzusuchen. Immer häufiger blickte Singender Wolf über die Schulter in Richtung Süden. Seine Sehnsucht nach zu Hause wuchs ständig.

Eines Nachts – zu dieser Zeit hatte sie der lange Kriegszug bereits sehr ermüdet – kampierten sie in einem kleinen, von Hügeln umschlossenen Tal. Von Osten her hörten sie das Rauschen und Tosen des Großen Flusses. Das weißschäumende, aufgewühlte Wasser war selbst in der Dunkelheit deutlich zu erkennen.

Singender Wolf, der nicht mehr die Gunst Rabenjägers genoß, entfachte ein wenig abseits von den anderen ein kleines Feuer. Er verbrannte welke Blätter und getrockneten Dung. Gleichzeitig legte er Weidenzweige zum Trocknen aus, um später ein wärmenderes Feuer anzünden zu können. Von oben blickte das Heilige Volk der Sterne herunter auf sein winziges Feuerlicht. Er fragte sich, was das Volk der Sterne wohl denken mochte – ob es angesichts seines eigenen, eine bluttriefende Spur hinterlassenden Volkes die Augen verschließen würde. Entmutigt sah er zu den anderen kleinen Feuerstellen hinüber. Lachende Männer hatten sich dort versammelt. Wild gestikulierend protzten sie mit ihren triumphalen Kriegserlebnissen.

»Warum forderst du mich mit deinem Trotz heraus?« Rabenjäger hockte sich an Singender Wolfs Feuer. Im Schein der Flammen strahlte sein junges Gesicht eine ungeheure Tatkraft aus. Die schwarzen Augen schienen Singender Wolf durchbohren zu wollen.

»Was ist nur aus uns geworden, Rabenjäger? Ich habe dich Dinge tun sehen, die mich nie mehr ruhig schlafen lassen. Wie kannst du Babys den Schädel einschlagen, alte Männer und Frauen aufspießen, so daß ihnen die Eingeweide aus dem Körper quellen? Ich habe gesehen, wie du ihre Gedärme gepackt und daran gezogen hast, während sie gellend schrien. Warum? Welchen Zweck verfolgst du damit?«

Rabenjäger nickte langsam. Auf seiner Stirn bildeten sich tiefe Falten. »Ich verstehe, was du meinst. Auch mich widert an, was ich tue. Aber die Anderen sind uns zahlenmäßig weit überlegen. Ich habe es gesehen. Hier.« Er deutete an seine Schläfe. »Ich habe es gesehen.« Mit großem Ernst blickte er Singender Wolf offen ins Gesicht. »Begreifst du? Ich hatte Visionen.«

»Nein, ich begreife gar nichts mehr.« Hilflos stocherte Singender Wolf im Feuer. »Welchen Sinn soll die Folter haben? Für mich ist es eine unerträgliche, widerwärtige Abscheulichkeit. Dabei spielt es gar keine Rolle, wie viele . . .«

»Ich muß sie das Fürchten lehren, damit sie uns endlich in Ruhe lassen. Darum verstümmle ich ihre Körper und lasse sie verrenkt und verzerrt liegen. Wenn es ihnen beim bloßen Gedanken an uns eiskalt ums Herz wird, gehen sie uns aus dem Weg und verschwinden aus unserem Land.«

»Es muß doch eine andere Möglichkeit geben.«

Rabenjäger zog die Knie an die Brust und fragte: »Welche? Wir müssen diese Menschen töten. Sie müssen weinen und schreien.« Er schlug sich vor die Brust. »Hier. Es zieht mir das Herz zusammen, und meine Seele stöhnt in meinen Träumen. Diese Anderen sind gar nicht so anders als wir. Wir haben viel mit ihnen gemeinsam. Aber sie haben uns vertrieben, sich das Meer und die grasbewachsenen Ebenen im Westen angeeignet. Seit Generationen verfolgen sie uns. Uns ist nichts geblieben. Auch du kennst die Erzählungen von unserem alten Land westlich der Eisigen Berge. Dort gab es Wild im Überfluß. Es waren die Jagdgründe unserer Ahnen.

Und jetzt? Je weiter wir am Großen Fluß entlang nach Süden kommen, um so trockener und kälter wird das Land. Davon konntest du dich mit eigenen Augen überzeugen. Du warst weiter im Süden als die meisten von uns. Aus deinem Mund habe ich gehört, daß das Große Eis den Großen Fluß verengt und ein unüberwindliches Hindernis darstellt. Im Westen erhebt sich das Gebirge. Im Osten wartet nur endloses Eis.«

»Ja, aber . . .«

Rabenjäger unterbrach ihn. »Was bleibt uns?«

»Aber so viel Leid zu verursachen, ist . . .«

»Notwendig.« Sein Gesicht sah plötzlich müde und abgespannt aus. »Überleg doch mal. Menschen teilen Freude und Leid mit allen Lebewesen. Wenn du ein Tier tötest, dem Mammut den Speer in die Eingeweide bohrst und es tagelang verfolgst, spürst du seinen Schmerz am eigenen Leib. Das stimmt doch?«

Singender Wolf nickte. »Jeder Jäger fühlt den Schmerz des Tieres, das er tötet.«

»Und genau das ist unsere einzige Waffe im Kampf gegen die Anderen. Begreifst du immer noch nicht? Die Lebenden sollen sich an die Stelle der blutigen Leichen versetzen, die wir zurücklassen. Sie müssen mit ihren Augen sehen. Sie müssen ihren Schmerz empfinden.«

»So, wie wir ihn fühlen?« fragte Singender Wolf nachdenklich.

»Langsam beginnst du zu begreifen. Wenn du ein Kind mit zertrümmertem Schädel siehst, berührt dieser trostlose Anblick deine Seele, weil du dir vorstellst, es könnte dein eigenes Kind sein, nicht wahr? Jetzt versetz dich in die Lage der Anderen. Was mag das erst für sie bedeuten?«

Die schwarzen Augen waren unverwandt auf Singender Wolf gerichtet.

»Deine Seele stöhnt in deinen Träumen?«

Unverändert brannte in Rabenjägers Augen die Flamme der fanatischen Leidenschaft. »Ihr Stöhnen durchdringt meinen Schlaf. Das ist – Folter.«

»Ich verstehe gar nichts mehr«, seufzte Singender Wolf. »Warum tust du dir das an?«

Rabenjägers Augen weiteten sich unnatürlich. Im Schein des glimmenden Feuers schienen sie seine Seele zu enthüllen. »Weil ich unser Volk liebe. Ich trage diese Last nicht, weil es mir Spaß macht, ein Ungeheuer zu sein, sondern um mein Volk zu retten. Ich habe nichts Kostbareres zu geben als mich selbst.«

Rabenjägers Augen schienen sich an seinem Gegenüber festzusaugen – dies waren nicht die Augen eines Ungeheuers, sondern eines Mannes, den eine furchtbare innere Not peinigte. Offen und ehrlich erstrahlte darin Rabenjägers Seele.

Singender Wolf schüttelte sich, als überfiele ihn plötzlich eine eisige Kälte. Er sah sich im dunklen Lager um. Die in Felldecken gehüllten Körper lagen wie wertlose Bündel im zerdrückten Gras. Sein Feuer ging aus, nur ein paar letzte Funken glühten noch.

Rabenjäger klopfte beruhigend auf Singender Wolfs Schultern. »Der Krieg ist scheußlich. Aber wir *müssen* kämpfen.« Mit einer eleganten Bewegung erhob er sich, stieg vorsichtig über die Schläfer zu seiner eigenen Decke und kroch darunter.

Gedankenverloren starrte Singender Wolf hinaus in die Dunkelheit.

Drei Tage später stießen sie kurz nach Einbruch der Nacht unerwartet auf ein zwischen Felsausläufern errichtetes Lager der Anderen. Ein halbes Dutzend niedriger Feuer brannten. Lachende und schwatzende Frauen brieten Fische und beaufsichtigten nebenbei die in der Nähe spielenden Kinder. Die Männer hatten sich im Kreis um ein größeres Feuer versammelt und unterhielten sich im Flüsterton. Aufmerksam behielten sie die Umgebung im Auge. Sie trauten dem Frieden nicht, das war offensichtlich. Die Stromschnellen im nahegelegenen Fluß glitzerten silbern im Mondlicht.

»Legt die Spitzen in die Rillen«, wies Rabenjäger seine Leute an. Diese beeilten sich, seinem Befehl zu gehorchen.

Fest umfaßte Singender Wolf den Atlatl, ein Finger fuhr an den Kerben im Schaft entlang. Für jeden Toten hatte er eine Markierung in den Schaft geritzt. Seine Waffe hatte inzwischen ein wellenförmiges Muster, das ihn an die Wirbel eines Rückgrats erinnerte.

Treffender Blitz war als erster gestorben. Ein Speer hatte ihn am Bein erwischt und die große, am Oberschenkelknochen entlanglaufende Arterie verletzt. Singender Wolf hatte nicht weinen können. Einen Tag später wurde Zwei Speere am Bauch verletzt. Ganz langsam verließen ihn die Kräfte. Er bekam hohes Fieber, und aus der Wunde sickerte Eiter. Mehrere junge Männer trugen ihn. Er lallte unverständliche Worte und wurde von entsetzlichen Träumen geplagt. Er litt furchtbare Qualen bis zu seinem Tod. Moosschleicher, Vogelstimme, Der mit dem Schnee treibt und viele andere starben. Manche kamen während eines Gefechts ums Leben, andere erlagen später den infizierten Wunden.

Rabenjägers Nimbus wuchs unaufhaltsam. Die jungen Männer

hörten auf ihn. Keiner widersetzte sich seinen Befehlen. Seine Macht nahm ständig zu. Singender Wolf fühlte sich wie ein Gehetzter – böse Vorahnungen beschlichen ihn. In der Erinnerung sah er häufig den Schmerz und das Entsetzen in Rabenjägers Augen. Seine Prophezeiungen bewahrheiteten sich. In manchen Lagern reichte ihr bloßes Auftauchen, und die Anderen ergriffen kopflos die Flucht. Entsetzt liefen sie in die Dunkelheit davon. Der Terror, den Rabenjägers Krieger verbreiteten, erwies sich als mindestens ebenso wirksam wie ihre Speere.

Ich sollte zurück! Heimgehen zu Lachender Sonnenschein, sagte sich Singender Wolf immer wieder. Aber eine seltsame, furchtbare Faszination hielt ihn fest. Es schien, als hinge sein Leben davon ab, bis zum Ende des Krieges mitzumarschieren. Verstohlen schielte er zu den Kriegern, die mit ihm durch die Dunkelheit schlichen. Die grausame Härte in den Augen dieser Menschen hatte er bei den Angehörigen seines Volkes nie zuvor wahrgenommen.

Etwas ist mit uns geschehen. Aber was? Das Leben ändert sich. Siehst du den Zug um den Mund der jungen Männer? Siehst du, wie sie ständig über die Schulter blicken, wachsam, argwöhnisch, gefährlich? Die Frauen, die sie besteigen, nehmen sie mit Gewalt. Sie sind brutal und roh. Wo blieb das Lachen, die Freude, die wir einst miteinander teilten?

»Fertig?« flüsterte Rabenjäger ungeduldig. Die hinter den Felsen versteckten Krieger nickten zum Zeichen ihrer Einsatzbereitschaft. »Jetzt!«

Auf dieses Kommando hin sprangen sie alle aus ihrem Versteck hervor. Kriegsrufe gellten durch die Nacht. Was sich ihnen in den Weg stellte, wurde niedergemacht. Singender Wolf lief als letzter los und rannte im Zickzack durch das Menschengewimmel. Links von ihm wollte sich eine Frau hastig in ein Zelt zurückziehen. Er starrte sie an und stieß einen Schrei aus. Es war seine vor vielen Jahren entführte Cousine.

»Blaubeere? Blaubeere!« rief er und versuchte, ihr den Weg abzuschneiden.

Voller Angst warf sie sich ihm zu Füßen. Sie zitterte am ganzen Leib und preßte schützend ihr Baby an sich. »Töte mein Baby nicht«, bat sie flehentlich. »Es wird dir ein guter Sohn sein. Töte es nicht.«

»Ich bin es, dein Cousin Singender Wolf, Sohn von Zwei Steine und Brauner Ente. Dein Cousin! Erinnerst du dich nicht?«

Furchtsame Augen blickten ihn an. Das verängstigte Baby versuchte sich hinter dem ihre Brust bedeckenden Fell zu verstecken.

»Mein Volk«, murmelte sie kaum hörbar. Er beugte sich vor, um sie besser verstehen zu können. »Ist mein Volk gekommen, um mich zu befreien?« Sie schluchzte, brach in Tränen aus und schlang einen Arm um seinen Hals.

»Ja, wir sind deinetwegen gekommen«, versicherte er ihr und tätschelte beruhigend ihren Rücken.

Nachdem der letzte überlebende Andere aus dem Lager geflohen war, wich er ihr nicht mehr von der Seite und schützte sie vor den mit gierigen Blicken nach jungen Frauen Ausschau haltenden Kriegern. In diesem Jahr zogen viele neue Bräute in ihr Lager ein.

Als sie des Nachts um die Feuer saßen, fragte Rabenjäger nach den näheren Umständen ihrer Entführung. Er schenkte Blaubeere sein freundlichstes Lächeln.

»Wann wurdest du entführt?«

Mißtrauisch und ängstlich sah Blaubeere ihn an. »Vor sechs Langen Finsternissen holte man mich. Ein junger Mann – Schafschwanz – hat mich und meine Schwester beim Wurzelsammeln überrascht. Er brachte uns nach Westen. Meine Schwester versuchte wegzulaufen, da tötete er sie mit einem einzigen Speerwurf. Ich habe mich danach nie mehr getraut, einen Fluchtversuch zu unternehmen.«

Rabenjäger nickte verständnisvoll. »Du bist also schon lange mit den Anderen zusammen und kennst sie daher genau. Erzähl uns von ihnen. Wie mächtig sind sie tatsächlich?«

»Sehr mächtig. Sie nennen sich das Mammutvolk, aber im Vergleich zum Schneesturm des Gletschervolkes sind sie nur eine winzige Schneeflocke.«

Rabenjäger machte ein finsteres Gesicht. »Das Gletschervolk? Welche sind das?«

»Das Mammutvolk wurde aus Süden und Westen von dem den Wildherden folgenden Gletschervolk vertrieben. Die Tiere zogen nach Norden, weil das Land viele Tagereisen im Westen sehr heiß ist. Dort ist alles verdorrt, und sie konnten nicht überleben. Zwischen dem Weißen-Stoßzahn-Clan und dem Gletschervolk leben der Rundhuf-Clan, der Büffel-Clan und schließlich noch der Tigerbauch-Clan. Der Tigerbauch-Clan genießt das meiste Ansehen. Er kämpft gegen den Feind im Westen. Er muß ihn unbedingt an der Überquerung des schmalen Übergangs am Salzwasser hindern.

An dieser Stelle liegen die beiden Salzwasser weniger als fünf Tagesmärsche voneinander entfernt.«

»Wie viele Angehörige des Mammutvolkes halten sich dort auf?« fragte Singender Wolf. Ängstlich wartete er auf ihre Antwort.

»Viele«, flüsterte sie. »Sehr viele. Mehr, als ich je gesehen habe.«

Rabenjäger warf einen hastigen Blick über die Schulter auf seine Krieger. Sie hörten aufmerksam zu. In ihren Augen flackerte Angst. Er lachte ausgelassen. »Nun, sie werden sich bald einem neuen Feind zuwenden müssen. Ein paar sind uns entkommen. Sie fliehen zu den anderen Clans und werden ihnen vom Mut und der Stärke unseres Volkes berichten!«

Die jüngsten unter seinen Gefolgsleuten reckten anmaßend das Kinn und drückten stolz die Brust heraus.

Singender Wolf dagegen biß sich auf die Lippen und starrte auf den Boden. Begriffen diese jungen Trottel denn nicht, was auf sie zukam? Wenn Blaubeere recht hatte, standen die Anderen unter ebenso großem Druck wie ihr eigenes Volk. »Wie ist dieses Gletschervolk?« fragte er müde.

»Diese Menschen haben eine weiße Haut und sind am ganzen Körper behaart. Das Mammutvolk bekämpft sie. Man erzählt sich, das Gletschervolk käme vom westlichen Ende der Welt. Es ist böse, noch grimmiger als Großvater Eisbär. Manche glauben, es seien seine Mensch gewordenen Kinder. Ich weiß es nicht. Sie leben am Salzwasser weit im Südwesten. Angeblich schwimmen sie auf dem Salzwasser in von Menschen gefertigten ausgehöhlten Baumstämmen.«

»Ha!« Rabenjäger brach in schallendes Gelächter aus. »Kein Mensch schwimmt auf dem Wasser. Und Bäume wachsen nicht hoch genug, um . . .«

»Nicht hier«, unterbrach ihn Blaubeere und sah ihn beklommen an. »Aber ich habe Bäume gesehen, die so hoch waren, daß sie den Himmel berührten. Dunkler als Krüppelfichten, und ein Mann kann ungefähr hundert Fuß weit hinaufklettern. Ich war westlich von diesen Bergen« – sie deutete über ihre Schulter – »und sah die riesigen Gebirge, die bis hinunter zum südlichen Salzwasser reichen. Dort wachsen die Bäume bis in den Himmel.«

»Reine Phantasie«, brummte Rabenjäger. »Diese Frau ist von einem Geist besessen. Sie lebte zu lange bei den Anderen. Das hat ihren Verstand verwirrt.«

Sie senkte die Augen und preßte die Lippen aufeinander. Überheblich lachend schlenderten die Krieger davon. Sie konnten Blaubeeres Bericht nicht ernst nehmen.

Singender Wolf wartete, bis sich alle Männer von seinem Feuer zurückgezogen hatten, dann versicherte er ihr beruhigend: »Ich glaube dir.«

»Aber sie nicht«, flüsterte sie beschämt. »Vielleicht sollte ich lieber wieder zum Mammutvolk zurückgehen. Ich weiß nicht, ob ich noch zu euch gehöre.«

»Beachte sie gar nicht. Sie sind so stolz auf ihre Siege, daß sie nicht mehr wissen, worum es eigentlich geht.«

»Sie sollten mir lieber zuhören.« Sie sah ihn unheilvoll an. »Weißt du, alles ist noch schlimmer, als ich bis jetzt gesagt habe.«

Singender Wolf überlief es eiskalt. »Wie meinst du das?«

»Dort, weit im Westen, schmilzt das Eis. Das Gletschervolk vertreibt die Anderen. Und hinter dem Gletschervolk drängen wieder andere nach – Menschen, die aussehen wie wir. Sie jagen das Gletschervolk nach Osten in Richtung auf das Meer. Es sind böse und verzweifelte, zu allem entschlossene Menschen. Sie folgen den Tieren nach Norden. Es sind so viele Jäger, daß ein Mammut schon beim leisesten Geruch eines Menschen davonläuft.«

Singender Wolf dachte nach.

»Wieso ist es uns eigentlich gelungen, die Anderen so leicht zu besiegen?«

Sie sah ihm offen in die Augen. »Sie haben den Angriff nicht erwartet, Cousin. Das Volk lief stets vor ihnen davon und überließ ihnen kampflos die Jagdgründe. Die Anderen wurden fett und faul. Sie brauchten immer nur ein paar Angehörige unseres Volkes zu töten, und schon hatten sie, was sie wollten.«

»Lassen sie uns in Zukunft in Ruhe? Rabenjäger behauptet das.«

Sie schüttelte den Kopf. »Nein. Die Nachricht, daß ihr sie nicht mehr fürchtet, wird sich rasch verbreiten. Sie werden euch jagen.«

»Können wir sie aufhalten? Können wir die Nachricht abfangen?«

»Nein, Cousin. Sie ziehen von Lager zu Lager, genau wie wir. Es gibt vier große Clans. Sie schicken ein heiliges Mammutfell von einem Lager zum anderen, um die Leute zu informieren. Dieses Fell wird schwer bewacht.«

»Vielleicht können wir das Fell an uns bringen und . . .«

»So etwas darfst du noch nicht einmal denken! Das Fell besitzt Zauberkraft. Wenn du es berührst, tötet es dich.«

Singender Wolf hieb mit der Faust in die weiche warme Erde. »Es muß doch einen Weg geben, sie aufzuhalten.«

»Flucht. Das ist der einzige Weg«, beharrte sie fast flehentlich. »Begreifst du nicht? Ihr habt ihre Angehörigen getötet. Ihr Glauben besagt, daß keiner der Toten in das Dorf ihrer Seelen unter dem Meer gelangt, bis ihr nicht für jeden Toten bezahlt habt. Das verlangt ihre Ehre, die Ehre der Krieger.«

Singender Wolf holte tief Luft. »Du sagst, es sind viele.«

»So viele wie Weidenstämme entlang des Großen Flusses.« Kopfschüttelnd fuhr sie fort: »Und sie wissen nicht mehr, wo sie noch hingehen sollen. Sie sitzen ebenso in der Falle wie unser Volk. Ich habe sie belauscht. Derzeitig fürchten sie euch. Aber was danach kommt, wird furchtbarer sein als alles, was du bisher erlebt hast. Ihre Furcht vor euch wird schmelzen wie Fett auf heißen Kohlen. Übrigens wird das Gletschervolk von nachfolgenden Jägern die Felsküste am Salzwasser entlang nach Süden gedrängt. Das berichteten jedenfalls die Kundschafter. Das Gletschervolk wird alle anderen Völker in Stücke schneiden.«

»Dem Mammutvolk bleibt also gar nichts anderes übrig, als uns unser Land wegzunehmen?«

»Ja. Und die Ehre ihrer Krieger verlangt, daß sie euch auf noch grausamere Weise töten als ihr ihre Angehörigen.«

Singender Wolfs Gedanken wanderten zu Lachender Sonnenschein und seinem ungeborenen Kind. Ein Frösteln überlief ihn. Die Angst vor der Zukunft erschütterte seine Seele.

Kapitel 32

Unruhig blickte Wolfsträumer zwischen den beiden alten Frauen hin und her. Sein abgemagertes Gesicht wurde von seinem langen Haar eingerahmt. Tiefe Sorgenfalten hatten sich in seine Stirn gegraben. Sein schmal gewordener Mund zeugte von großem Leid und Schmerz. Mit langsamen Bewegungen rieb er sich die Hände. Die Haut über seinen hohlen Wangen spannte sich unnatürlich, so fest biß er die Zähne zusammen.

»Berichte.« Reihers beruhigende Stimme übertönte das Prasseln des Feuers. Gebrochener Zweig, deren runzliges Gesicht von flakkerndem Orange beleuchtet wurde, wartete neugierig.

»Das Volk«, flüsterte er in beschwörendem Ton. »Meine Vision war nicht deutlich, sie schien im Dunst zu schweben, aber ich glaubte mein Volk sterben zu sehen.«

Reiher stützte das Kinn in die Hände und senkte die Augen. Gebrochener Zweig hörte aufmerksam zu. Mit einem langen, zugespitzten Karibuknochen stocherte sie in der Glut und fachte das Feuer erneut an.

»Was noch?« fragte Reiher hartnäckig.

Er schüttelte den Kopf. »Frauen wurden gefangengenommen. Einige . . . nein, ich sah es nicht deutlich.«

»Was empfandest du?«

»Ich fühlte die Anwesenheit von etwas. Irgend etwas kam von weit jenseits des Horizonts. Etwas wie die Lange Finsternis – und doch ganz anders.« Verstört leckte er sich die Lippen.

Reiher zog die Augenbrauen hoch. »Weißt du, was das zu bedeuten hat?«

»Nein.«

»Das dachte ich mir«, brummte sie und lehnte sich enttäuscht zurück. »Na ja, immerhin hast du gehen gelernt. Jetzt mußt du die Bewegungen des Tanzes lernen.«

»Was?«

»Du mußt dir Anmut aneignen und damit aufhören, blind herumzustolpern, sonst bringst du dich noch um.«

Er machte ein finsteres Gesicht. Das ihm inzwischen schon vertraute Gefühl der Leere und Unzulänglichkeit suchte ihn wieder heim. »Manches habe ich bereits gelernt. Ich kann die Karibus rufen«, sagte er trotzig.

Abweisend schüttelte sie den Kopf. »Nein, das meinte ich nicht. Jedes Wesen hüpft wild herum in seinem ureigensten Tanz, doch darunter verbirgt sich ein einziger Großer Tanz.«

Ständig quasselt sie dummes Zeug. Das Große dies, das Große das. Warum sagt sie nicht klipp und klar, was sie meint? »Ich begreife nicht, was du meinst.«

Sie hob eine Hand. Ihre hypnotisierenden dunklen Augen drangen tief in seine Seele und zogen ihn unwiderstehlich an. Sie zerrte die Fußmatten aus Wolfspelz vom Feuer weg. Anschließend holte sie mit einem aus dem Schulterblatt eines Tieres gefertigten Löffel glühende Holzkohlenstückchen aus dem Feuer und verteilte sie auf einem großen Stein. Die durch das Türfell hereinströmende Zugluft brachte die Glut zum Zischen.

Ohne ihre Augen von Wolfsträumer abzuwenden, bewegte sie schlängelnd ihre Finger und Hände. Nach einer Weile ballte sie die Hände zu Fäusten, als wolle sie ihre Muskeln zeigen. Sie ließ sich auf die Knie nieder und beugte sich über die Kohlen. Ihr silbrig durchsetztes schwarzes Haar wirkte wie ein Schleier.

Die Finger beider Hände miteinander verflechtend, schloß sie die Augen, atmete tief ein und begann eine eigenartige, monotone Melodie zu summen. Eine heitere Gelassenheit entspannte ihre Gesichtszüge, ihre Falten glätteten sich. Sie schien plötzlich um Jahre verjüngt. Dann legte sie beide Handflächen flach auf die glühenden Kohlen und verlagerte ihr ganzes Gewicht auf die Glut.

Wolfsträumer stöhnte auf und blickte fragend zu Gebrochener Zweig. Erstarrt vor Angst beobachtete er, wie Reiher die auf ihren Händen wie rote Augen glühenden Kohlen hoch über ihren Kopf hob.

Wie lange noch? Er wagte kaum zu atmen.

Noch immer diese seltsame Melodie summend, drückte Reiher die Kohlen auf Lippen und Stirn. Schließlich steckte sie die Stücke in den Mund, rollte sie hin und her und spuckte sie wieder aus. Die Kohlen fielen auf die vor ihr liegenden Felle, die sich schwarz färbten und zu schwelen begannen. Ein leichter Qualm stieg auf, Pelzhaare schnurrten zischend zusammen und schwängerten mit ihrem Gestank die Luft. Ekstase zeigte sich auf Reihers Gesicht. Noch immer hielt sie die Augen geschlossen und summte unentwegt dieselbe Melodie. Plötzlich holte sie tief Luft und atmete lautstark durch die Nase aus.

Wolfsträumer streckte die Hände aus und berührte ihr Gesicht. Er betastete die Stellen, an denen die glühenden Kohlen sie versengt haben mußten. Aber die Haut fühlte sich glatt und kühl an.

Sie öffnete die Augen. Zuerst schien sie nicht zu wissen, wo sie sich befand und blinzelte verwirrt. Sie legte den Kopf schief und sah zu Wolfsträumer hinüber. Er machte den Eindruck, als verliere er gleich die Nerven.

»Dein Gesicht . . . deine Hände«, flüsterte er fassungslos. Ein Gefühl des Grauens beschlich ihn.

Sie erhob sich und zeigte ihm erst die eine, dann die andere Hand. Sie hielt ihr Gesicht ins Licht und präsentierte ihm beide Wangen. Staunend beugte er sich vor und fuhr mit den Fingern über das im Fell eingebrannte Loch. Sofort zog er die Hand zurück. Er hatte sich die Finger versengt. Atemlos stieß er hervor: »Wie?«

»Noch nicht einmal ein Bläschen.« Herausfordernd warf sie ihr Haar über die Schultern.

»Das ist unmöglich!«

Gelassen fegte Reiher die restlichen Kohlen und Holzkohlen ins Feuerloch und warf einen kurzen Blick auf Gebrochener Zweig, die reglos auf ihrem Platz saß.

»Mach den Mund zu, du häßliches altes Weib«, rügte Reiher.

Gebrochener Zweig gehorchte, ohne nachzudenken. »Wie hast du das gemacht?«

»Ich tanzte mit den Kohlen.«

Wolfsträumer ließ sie nicht aus den Augen. Dunkel begann er zu ahnen, welche Bedeutung hinter ihren Worten lag. »Mit?«

»Ja. Nicht gegen.«

»Soll das heißen, du hast mitgetanzt im Großen Tanz der Kohlen? Du bist für einen Augenblick auf ihrem Weg gegangen?«

»Nicht ganz. Verborgen unter dem Tanz der Kohlen liegt der Eine Tanz. Für einen Augenblick trat ich in die Mokassins des Einen.«

»Und wie?«

»Ich fand die Ruhe unter der Bewegung.«

Er rieb seine Nase. *Die verfluchte Stille hinter dem Lärm, die verfluchte Ruhe unter der Bewegung.* Die alte Hexe trieb ihn noch in den Wahnsinn. Durch die zusammengebissenen Zähnen fauchte er: »Wie?«

»Ich zog mich aus meinem eigenen Tanz zurück.«

»Du zogst dich ...« stammelte er hilflos. Kopfschüttelnd sah er sie an.

Gebrochener Zweig kicherte gereizt. Sie rutschte hinüber zu Reiher. Mit großem Ernst erklärte sie: »Ich weiß es. In dem Moment, in dem du so etwas tust, bist du verrückt. Dann hast du keinen Funken Verstand mehr.«

»Schon seit Wochen versuche ich, dir genau das zu erklären.« Von der Seite blickte Reiher zu Wolfsträumer hinüber. In ihren Augen blitzte eine Spur Ironie.

Er packte das Fell seiner Stiefel und zerrte unruhig daran. Langsam begann er den Sinn ihrer Worte zu verstehen. Die Erklärung erschreckte ihn zutiefst. »Kein Verstand bedeutet kein Selbst, das dir im Wege steht, während du dich dem Rhythmus des Großen Tanzes überläßt.«

»Genau. Kein Verstand bedeutet Befreiung. Du beendest deinen ureigensten, nur dir gehörenden Tanz und bewegst dich im Einen Tanz.«

Um Zeit zum Nachdenken zu gewinnen, deutete er auf die Kohlen: »Anfangs mußt du dir schwere Verbrennungen zugezogen haben.«

Sie lächelte schmerzlich. Ein wenig spöttisch antwortete sie: »Ich hatte lange Zeit dicke Schwielen und Hornhaut.«

»Kann ich ...« Er schüttelte den Kopf, als könne er es selbst nicht fassen, eine solche Möglichkeit in Betracht zu ziehen. »Kann ich das auch?«

»Ich hätte es dir nicht gezeigt, wenn ich es nicht für möglich hielte. Ich bin überzeugt, du kannst es lernen. Man kann es mit der Überquerung eines Gebirges vergleichen. Das Klettern ist hart und gefährlich, aber erst wenn du die andere Seite des Berges gesehen hast, kannst du die Welt als Ganzes begreifen.« Zur Verdeutlichung ihrer Worte türmte sie die Finger übereinander und symbolisierte die einzelnen Schritte.

»Und dies ist ein weiterer Schritt zur Erkenntnis der Magie der Träume.«

Ein ungewöhnlich intensives Leuchten glomm in ihren Augen. Er schauderte.

»Ein weiterer Schritt?«

»O ja. Und diesen Schritt mußt du bis zur Vollkommenheit beherrschen, sonst wirst du von all deinen individuellen Tänzen zu Tode getrampelt.«

Kapitel 33

Der Sonnenuntergang tauchte die Welt in pastellfarbene Töne. Wolfsträumer lief, nur begleitet von seinem riesigen, auf die steile graue Felswand projizierten Schatten. Tief unten in der Ebene erblickte er den in die Luft aufsteigenden Dampf von Reihers heißen Quellen. Im Abendlicht schimmerte der Dunst in warmem Gelb.

»Lauf, lauf,« wiederholte er ständig. Die Laufübung diente der Konzentration.

Weiße Atemwolken tanzten vor ihm her, seine Füße brachen knirschend in die dünne Schneekruste ein. Bei jedem Schritt leiteten seine Fersen die kleine Erschütterung weiter. Kies spritzte auf, als er mit kühnem Sprung über einzelne kleine Felsen hinwegsetzte. Die größeren Findlinge umlief er im Zickzackkurs. Der eiskalte Wind aus dem Süden hatte sein Gesicht hochrot gefärbt. Seine keuchenden Lungen arbeiteten auf Hochtouren, doch der dumpfe Schmerz konnte ihn nicht über seine brennenden Füße und Beine hinwegtäuschen.

Befreie deinen Kopf. Lauf, Wolfsträumer, lauf, bis du deinen Körper vergessen hast, bis du außerhalb deines Selbst stehst und hineinsiehst. Tanze den Großen, den Einen Tanz.

Anfangs wechselte sein Bewußtsein ständig zwischen Innen und Außen. Doch plötzlich schwang er sich empor, über Leib und Seele hinaus, war frei. In seiner übergroßen Freude darüber zerplatzte dieses Gefühl jedoch wie eine überdehnte Blase, und er kam rasch wieder zurück. Er empfand ein merkwürdiges Kribbeln auf der Haut, als kröche ein Insektenschwarm darüber.

Er zwang sich zu einer Rast, beugte den Oberkörper vor und hustete. Seine Lungen gierten nach Luft. Schweiß lief ihm über das Gesicht. Halb bewußtlos machte er einen schwankenden Schritt nach dem anderen und versuchte, seine Lungen zu beruhigen und den Schmerz zu ignorieren. Seine Zunge klebte so trocken wie ein brüchiges Stück Leder an seinem Gaumen.

Er straffte den Körper und bückte sich, um mit den Händen etwas Schnee von einem kleinen Grashügel zu scharren und seinen Durst zu stillen.

Eine scharf gezogene weiße Linie markierte den Horizont im Osten. Das Große Eis. Schweratmend lief er weiter. Seine Beine brannten wie Feuer. Um ihn herum türmte sich das Geschiebe der Gletscher, die Verstecke erfrorener Geister. Der Kies zu seinen Füßen war in mehrere Eisschichten eingebettet. An manchen Stellen war soviel Schmelzwasser herabgelaufen und gefroren, daß es glatte Flächen bildete, die zudem schneebedeckt und deshalb gefährliche Fallen waren. Majestätisch erhob sich das mächtige Gebirge im Westen. Im Osten war das Große Eis aufgebrochen und schob sich gleich zerknitterten Falten zusammen – eine zerklüftete Landschaft mit gefährlichen Rissen und Spalten, unmöglich zu durchqueren.

Die Wolken bekamen schon malvenfarbene Ränder, ein Zeichen für das baldige Nahen der Nacht.

Das Eis im Süden zog ihn unwiderstehlich an. Im Unterschied zu der Vision in seinem Traum ragte es nicht auf wie eine massive Wand, sondern wirkte geborsten, rissig und brüchig, durch Sonneneinstrahlung und Wind verformt. Grauweiße, phantastische Auswüchse in den mannigfaltigsten Strukturen traten hervor, teils mit abgerundeten Kanten, teils als sonderbare Gebilde wie kristallblaue Speere zu lanzettartigen Spitzen auslaufend. Sand- und Kiesschichten äderten schwarzen Strichen gleich die ungeheure weißblaue Masse. Obwohl dieses Eis längst nicht so zerklüftet wie das im Osten war, jagte ihm der Anblick einen Schauer über den Rükken.

»Kann ich da durch?«

Er zwang sich trotz seiner müden Muskeln, auf einen Felsvorsprung hinaufzuklettern. Die Leeseite des Felsens lief in einem Eisfächer aus.

Im Süden stieg das Eis an. Weiß und dennoch düster verschmolz es mit den grauen Wolken. Das Herz hämmerte in seiner Brust. Vage nahm sein erschöpfter Verstand ein seltsames Geflüster wahr, spöttisch, lockend. Schwach drang ein hohes Wimmern an seine Ohren. Anscheinend trug es der Wind vom Eis im Süden herüber. Geister? Angestrengt lauschte er, doch sein in den Adern pochendes Blut und sein rasselnder Atem verfälschten die Töne.

Unter ihm erstreckte sich eine Hochebene, eine Moränenlandschaft mit sanften Wellen und Erhöhungen – das sich zurückziehende Eis hatte wellenförmige Steinschutthaufen hinterlassen.

Seine schmerzenden Beine wurden steif, und er konnte nur noch staksend gehen. Todmüde lehnte er sich an einen schneeüberkrusteten Felsen. Von hier aus konnte er den tiefen Einschnitt des Großen Flusses sehen. Selbst jetzt, da die Lange Finsternis das Land unter ihr eiskaltes Joch zwang, rauschte und toste das Wasser in unaufhörlichem Fließen und Strömen.

»So viel.«

Die Worte blieben ihm im Halse stecken. Etwas Schwarzes trieb heran, wurde in einem Strudel herumgewirbelt und verfing sich zwischen den von Stromschnellen blankpolierten Felsen. Neugierig kletterte Wolfsträumer die glatte Steinwand hinunter und balancierte vorsichtig über die zerklüfteten felsigen Ausläufer. Gerade als er sich den Weg über die tückischen Felsen bahnte, von denen manche größer waren als ein Mammutbulle, tauchte Sonnenvater hinter der zackengekrönten Gebirgswand im Westen unter.

Der große dunkle Punkt wirbelte im Kreis und schlug gegen das Ufer. Ein Horn und der Teil eines Schädelknochens brachen ab. Ein Bein war gewaltsam vom Körper abgetrennt worden. Doch es war tatsächlich ein Körper, keine Vision.

»Ein Büffel! Bist du von jenseits des Eises gekommen?« Ein Schwindelgefühl erfaßte ihn. »Auf der anderen Seite leben Büffel.«

Er schluckte schwer und fühlte erneut, wie das Versprechen des Wolfes Gestalt annahm.

Geschickt sprang er von Stein zu Stein, bis er vor dem zerschundenen Körper stand. Er streckte die Hand nach einem der lädierten Hufe aus und zog das Tier näher zu sich heran. Beinahe wäre er in dem aufspritzenden, eiskalten Wasser ausgeglitten.

»Vielleicht bist du gar nicht von der anderen Seite gekommen«, brummte er und bemühte sich, vernünftig zu denken. »Du könntest bereits vor Hunderten von Langen Finsternissen erfroren sein.«

Das kalte Wasser leckte seine Füße. So weit wie möglich zerrte er das schwere Tier ans Ufer. Keuchend und japsend gelang es ihm, den Körper an spitzzulaufenden Felsen zu verkeilen, damit ihn die Strömung nicht wegriß.

In der Abenddämmerung schimmerten die weißen Schaumkronen des Wassers wie blankes Messing.

Wolfsträumer entnahm seinem Lederbeutel einen großen, scharfen Splitter aus Hornstein und öffnete damit die Bauchhöhle des Tieres. Wie blaugraue Taue quollen die Eingeweide heraus. Er schlitzte den Pansen auf, und eine grüne Masse ergoß sich in das Wasser. Ein Bandwurm schlängelte sich noch kurz im eisigen Naß des sandigen Ufermorasts und verschwand.

Vergeblich grub er nach dem Bandwurm. »Wie lange überlebt ein Bandwurm, wenn das Wirtstier erfroren ist?« Er suchte weiter und entdeckte einen zweiten. Vorsichtig hob er ihn auf. »Denk nach«, befahl er sich. »Das ist ungeheuer wichtig.«

Er legte den Parasiten auf unberührten Schnee, wandte sich wieder dem Büffel zu und zerstückelte ihn. Das kalte Wasser machte seine Füße gefühllos. Er stöberte in der Bauchhöhle, aber keines der tiefliegenden inneren Organe war gefroren. Zwar befiel auch seine Finger ein leichtes Taubheitsgefühl, doch glaubte er, in den Eingeweiden noch eine Spur von Wärme zu entdecken.

Im Dunkeln suchte er nach dem zweiten Bandwurm. Anscheinend hatte dieser versucht, sich im Schnee zu verkriechen, war aber steckengeblieben. Als er ihn hochhob, brach er in zwei Teile. Mit einer dünnen Sehne aus der Leiste des Büffels band er den Parasiten zusammen und machte sich auf den Rückweg zu Reihers Höhle.

Für ihn gab es keinerlei Zweifel mehr. Niemals hatte Reiher einen langgehörnten Büffel erwähnt. Nein, dieses Tier kam woanders her . . . *von jenseits des Eises.*

Wolfsträumer saß am prasselnden Feuer in Reihers Höhle und starrte nachdenklich auf den inzwischen aufgetauten Bandwurm. Er pikste das Tier. Tot. Abwesend betrachtete er eine der Felszeichnungen. Unter den Rußflecken und anderem Schmutz konnte er gerade noch das Bildnis eines Netzes mit einer Art spiralförmigem Schneckenhaus erkennen. Ihm war, als hätte ihm jemand mit der Faust in den Magen geschlagen, so unvermittelt erinnerte er sich an seine Vision.

Warum hatte Reiher diese rote Zeichnung vor vielen Jahren angefertigt? Was hatte sie zu bedeuten? Heftig schüttelte er den Kopf und widmete sich wieder dem toten Bandwurm.

Den Kopf in die Hand gestützt, lag Reiher ausgestreckt auf der anderen Seite des Feuers. Ihre dunklen Augen waren unverwandt auf ihn gerichtet. »Woran denkst du?«

»Gefrorene Bandwürmer überleben nicht.«

»Und?«

»Das bedeutet, der Büffel kann nicht erfroren sein.«

»Was ist dir sonst noch aufgefallen?«

Er warf ihr einen finsteren Blick zu. Sollte dies eine weitere Prüfung sein? »Der Pansen war mit einer grünen Masse gefüllt, Gras, Pflanzen, einige spätblühende Blumen. Das Sommerfell begann gerade erst, dichter zu werden. Und die Bandwürmer lebten.«

»Was bedeutet das deiner Meinung nach?«

»Auf der anderen Seite des Eises leben Büffel.«

»Du sagtest, er habe sich warm angefühlt?«

»Ja, ein wenig. Allerdings waren meine Hände schon etwas taub. Wie lange dauert es wohl, bis ein Büffel durch und durch kalt wird? Er muß eine ganze Zeit im Eiswasser gelegen haben. Der Körper war aufgeschlagen und zerschrammt – als wäre er ein dutzendmal an Felsen gestoßen und immer wieder untergegangen.«

Sie blickte hinauf zur schmutziggrauen Felsdecke. »An Felsen gestoßen und untergegangen, eine lange Zeit im Wasser. Das könnte bedeuten, er mußte durch eine . . .«

». . .*Öffnung* im Eis«, ergänzte er. Seine Lippen bebten.

Kapitel 34

Abwartend balancierte Der der schreit auf den Fußballen und beobachtete die große Kuh. Sie drehte sich mit hocherhobenem Rüssel im Kreis und schnupperte den Geruch, den Windfrau zu ihr herüberwehte. Die kleinen Augen in dem zottigen Kopf blickten hitzig um sich.

Durch den Fels, hinter dem er sich versteckt hielt, spürte er die Erschütterungen ihrer stampfenden Beine. Wie immer auf der Mammutjagd wünschte er, Darm und Blase entleeren und sich so entspannen zu können. Die Kuh wandte sich ab. Auf diesen Augenblick hatte Der der schreit gewartet. Wie ein Blitz fuhr sein Arm von hinten nach vorn. Der Atlatl schickte den langen Speer in bogenförmigem Flug hinter der Kuh her. Er schlug dicht neben dem Anus der Kuh ein, dort, wo die Haut dünn und empfindlich war.

Wieder funktionierte es. Der von Singender Wolf mit außerordentlicher Sorgfalt gearbeitete Speer traf ins Ziel, der Schaft teilte sich, das größere Ende fiel auf den Boden, der Vorderschaft und die todbringende Spitze gruben sich tief in das Fleisch. Bei jeder weiteren Bewegung des Tieres schlitzte sie das Gewebe weiter auf.

Aufbrüllend wirbelte die Kuh herum. Zornig schwenkte sie den Rüssel. Mit röchelnd heißem Atem schnüffelte sie aufgeregt nach ihrem Peiniger.

Der der schreit zog sich hastig hinter den Felsen zurück und duckte sich.

Der winkelförmige Stein aus schwarzem Schiefer mit der langen, scharfen Oberkante war kein ideales Versteck, stellte aber für das verletzte Mammut ein nur schwer zu überwindendes Hindernis dar.

Die Kuh konnte den Felsen nur im Kreis umgehen und mußte dabei vermeiden, in die von der Erosion am Felsfuß gegrabene enge Rinne zu stürzen. Fiel sie dort hinein, starb sie schneller als durch die Steinspitzen von Der der schreit.

Gebückt lugte Der der schreit durch eine Felsspalte. Prustend und keuchend arbeitete er sich aus dem Schutz des Schieferfelsens hervor. Als er seine Chance erkannte, sprintete er los, holte den langen Speerschaft und brachte sich sofort wieder hinter dem Felsen in Sicherheit.

Die Kuh mußte die Bewegung wahrgenommen haben, denn sie schrie auf vor Wut. Sie stürmte in seine Richtung. Ihr riesiger Körper beschleunigte schnell. Vor der engen Rinne am Felsfuß hielt sie abrupt an. Suchend schwenkte sie den Rüssel. Als er den Schaft zum erstenmal geholt hatte, hätte sie ihn beinahe erwischt.

Der der schreit wartete. Er glaubte, sein vor Aufregung hämmerndes Herz müsse gleich seine Rippen sprengen. »Ich muß sie aufstacheln, sie muß rasend werden vor Wut.«

Lachend und tanzend löste er eine handgroße flache Steinplatte vom Felsen und warf sie ihr aufs Maul. Ein schriller Trompetenschrei schmetterte zu ihm herüber. Johlend und pfeifend schlüpfte er rasch zur Seite. Er sprang über eine abgeschrägte Steinplatte und rollte sich ab. Die wütende Mammutkuh rannte im Kreis und riß mit den Stoßzähnen den Boden auf. Moos und Gras flogen hoch durch die Luft.

Brüllend näherte sich die Kuh dem Felsen. Mit einem Bein trat sie über die enge Rinne und stellte es auf den Schieferfels. Sie hob den Rüssel, nahm seinen Geruch auf, streckte den Kopf weit vor und suchte mit dem Rüssel den Stein ab.

Der Fels bröckelte unter dem Gewicht ihres schweren Fußes, und sie taumelte. Sofort zog sie sich zurück.

Mit heftig klopfendem Herzen wartete Der der schreit in einer kleinen Felsnische. Als der Rüssel über ihn hinwegschwenkte, duckte er sich noch tiefer. Die Kuh kreischte wütend und versuchte den Felsen zu umgehen und ihn einzukreisen. Rasch befestigte er den letzten Vorderschaft, machte den Speer fertig und prüfte die Verbindung des Schaftes. Noch einmal atmete er tief durch. Der letzte Wurf.

»So ist's recht!« reizte er sie. »Fang mich doch! Komm schon! Nicht nachdenken! Du bist ganz schön verrückt, Mutter! Du siehst rot vor Wut!«

Jetzt hatte er genügend Platz. Er schwenkte die Arme, um sie auf sich aufmerksam zu machen, schrie und jauchzte. Die Kuh blieb stehen. Erneut riß sie mit wildem Schnauben den hartgefrorenen Boden auf.

Der der schreit sprang hoch, nahm die letzte Speerspitze in die Hand und legte sie in die Rille des Schaftes. Er warf. Mit dem Atlatl erreichte er etwa zweihundertmal die Wucht eines Wurfes aus der bloßen Hand.

Ein guter Wurf. Die Spitze blieb in der dünneren Haut neben ihrem Kiefer stecken – der Vorderschaft trieb sie tief hinein. Der hintere Schaft sprang ab und rollte geräuschvoll klappernd vor ihre Füße. Die Kuh drehte durch. Mit hocherhobenem Kopf und ausgestrecktem Rüssel raste sie vorwärts.

Entsetzt brüllte Der der schreit auf, warf den Atlatl beiseite und rannte unbewaffnet um den Felsen. Nicht einmal drehte er sich zu der wutschnaubenden Kuh um, unter deren stampfenden Füßen die Erde erbebte. Sein einziger Gedanke war die Flucht.

Er schaffte es. Hurtig sprang er über die Felsausläufer auf den Stunden zuvor ausgekundschafteten Pfad. Seine Beine arbeiteten bewundernswert präzise. Er durfte in keine seiner vorbereiteten Fallen geraten. Noch ein letzter Sprung, und er erreichte sicheren Boden.

Schweratmend blickte er sich um. Die Kuh kam gerade um eine Biegung. In ihren Augen flackerte Angst auf, als der Schacht unter ihren Füßen nachgab.

In harter Arbeit hatten Der der schreit und Singender Wolf Fallgruben in den Boden gegraben. Die Kuh schwankte und versuchte, mit wild peitschendem Rüssel das Gleichgewicht zu halten. Ein so schweres Tier fiel zuerst langsam. Ihr blieb Zeit genug, um vor ihrem Sturz noch einen letzten Schrei auszustoßen, ehe sie völlig den Halt verlor.

Der gewaltige Körper riß die Erde auf und ließ den Boden unter Der der schreit erzittern. Das Geräusch brechender Knochen dröhnte in seinen Ohren. Endlich war es vorbei. Ein Schaben – ähnlich knirschendem Eis – drang aus den mächtigen Lungen der Kuh.

Der der schreit kletterte zurück über die Felsen und spähte vorsichtig in die Grube hinunter. Der rotbehaarte Rüssel zitterte, Blut lief aus dem Maul des Mammuts. Mit furchtsamen Augen starrte das Tier zu ihm hinauf.

Bald würde die Kuh tot sein. Sie konnte nicht mehr atmen, das Gewicht ihres Körpers erdrückte sie. Aufstehen konnte sie mit den gebrochenen Gliedmaßen nicht mehr. Die Ohren zuckten, der Rüssel bewegte sich suchend.

Singender Wolf rief: »Einen Augenblick lang dachte ich, sie erwischt dich.«

Seufzend schloß Der der schreit die Augen. Er blickte auf das Tier hinunter. »Ja, Mutter, beinahe hättest du mich gekriegt, eh? Den Moment werde ich mein Leben lang nicht vergessen.«

Singender Wolf stand auf einer Anhöhe ungefähr drei Speerwürfe weit entfernt und winkte mit den Armen. Das war das verabredete Zeichen für Grünes Wasser, Lachender Sonnenschein und die anderen zu kommen. Das Ausnehmen der Kuh war Gemeinschaftsarbeit. Das Fleisch des Tieres würde ihnen den langen Marsch zurück in Reihers Tal ermöglichen.

Kopfschüttelnd blies Der der schreit die Backen auf und betrachtete das im Tod friedlich aussehende Tier. »Um Haaresbreite, Mutter. Fast hättest du mich zu rotem Brei gestampft. Heiliges Volk der Sterne, es muß doch eine weniger umständliche Methode geben.«

Müde sank er auf einen Felsen.

Lange blickte er hinunter auf das tote Mammut. Plötzlich fühlte er Trauer und Mitleid mit ihm. Trübsinnig stieg er zu dem toten Tier hinunter, kniete nieder und streichelte ihm liebevoll über den Kopf. Aus dem Beutel, den er um den Hals trug, nahm er die für diese Situation vorgesehenen Amulette, blies über sie und begann mit der Zeremonie. Singend begleitete er die Seele der Kuh hinauf zum Heiligen Volk der Sterne.

Die neuen Spitzen hatten sich bewährt. Noch nie zuvor war es Der der schreit gelungen, eine Spitze so tief in das Fleisch eines Tieres zu treiben. Als sie die Vorderschäfte aus dem Kadaver entfernten, nickte Singender Wolf zufrieden. Die Tiefe der Wunden beeindruckte auch ihn.

»Die Verbindungsstelle zum Schaft ist nach wie vor ein Problem. Kannst du die Spitze unten nicht noch ein wenig schlanker machen?«

Nachdenklich rieb sich Der der schreit mit einem blutverschmierten Finger die platte Nase. »Nein, sonst bricht sie beim Aufprall zu leicht. Ich habe das schon versucht, erinnerst du dich nicht?«

»Wie wär's mit einer längeren Spitze?« fragte Singender Wolf. »Sie muß ja nicht so breit sein wie diese, oder?«

»Soweit ich mich erinnere, hast du einmal gesagt, bei unserem Volk sei nun einmal diese Art Spitze üblich.«

Singender Wolf guckte ihn etwas einfältig an und zuckte die Achseln.

Auf den Steinen lagen lange Fleischstreifen. Der der schreit arbeitete mit Grünes Wasser zusammen. Sie splitterten die langen Knochen und häuften das kostbare Mark auf ein fettiges Stück Haut. Tanzende Füchsin füllte vorsichtig flüssiges Fett in die Därme, wie Grünes Wasser es ihr beigebracht hatte. Es handelte sich um ein kompliziertes Verfahren. Das Fett mußte heiß genug sein, um eine flüssige Konsistenz anzunehmen, durfte aber andererseits keine Löcher in die Darmhaut brennen.

»He!« schrie Singender Wolf, der gerade das dicke Fell zerschnitt. Ein Köter duckte sich unter seiner zum Schlag ausholenden Hand und rannte leichtfüßig und aufgeregt bellend mit seiner Beute davon. Die anderen Hunde liefen ihm nach. Gierig schnappten sie nacheinander und knurrten sich an, obwohl ihre vom vielen Fressen dicken Bäuche schon beinahe auf dem Boden schleiften.

»Vielleicht waren wir ohne die doch besser dran«, brummte Singender Wolf und drohte den Tieren zum Schein wie wütend mit der Faust.

Der der schreit grinste breit. »Willst du lieber wieder sämtliche Lasten auf deinem Rücken tragen?«

Singender Wolf seufzte. »Nein, außerdem wittern die Hunde die Bären rechtzeitig, und wir brauchen nicht ständig Angst zu haben, bei lebendigem Leib gefressen zu werden.«

Der der schreit nickte und blickte zu den dicken, von Nordwesten heraufziehenden Wolken empor. Einmal hatte es bereits geschneit, und das in diesem Jahr besonders üppige Gras wurde schon braun. Unter dem ein Fuß dicken Fett des Mammutrückens, den Singender Wolf freilegte, befand sich gut durchwachsenes Fleisch.

Kopfschüttelnd schaute Grünes Wasser zu den Jägern hinüber und sagte leise flüsternd zu den Frauen, die mit ihr zusammenarbeiteten: »Wißt ihr, ich glaube Blaubeere. Auch wenn Rabenjäger behauptet, daß sie lügt. Sie kennt das Mammutvolk.«

Der der schreit hatte ihre leisen Worte verstanden und nickte zustimmend mit dem Kopf.

Tanzende Füchsin mühte sich noch immer mit dem Abfüllen des heißes Fettes ab. Gerade drückte sie die sich durch die Hitze ausdehnende Luft aus einem Stück Darm. »Ich sage ja, er ist verrückt.«

»Singender Wolf ist anderer Meinung, auch wenn ihm das, was Rabenjäger von den jungen Männern verlangt, nicht gefällt. Vielleicht müssen wir wirklich kämpfen.«

»Rabenjäger wird sich noch umbringen auf seinem Kriegspfad.«

»Er wird uns noch alle umbringen«, mischte sich Der der schreit in die Unterhaltung der Frauen ein.

Schweigen folgte. Er wandte seine Aufmerksamkeit Lachender Sonnenschein und Brachvogellied zu, die lange Fleischstreifen aus einer Mammutschulter schnitten und sie unter lautem Gelächter über die Äste einer Weide hängten. Im Laufe der nächsten Wochen würde das Fleisch im kalten Wind gefriertrocknen.

Aus den Augenwinkeln heraus beobachtete Der der schreit Brachvogellied. Sie war jung und hübsch. Immer wieder wanderte ihr Blick hinüber zu Hüpfender Hase, der eben den Brustkorb des Mammuts freilegte. Singender Wolf schnitt die Sehnen aus dem Muskelgewebe zwischen Fell und Fleisch.

Die junge Frau hatte Hüpfender Hases Lebensgeister nach dem Verlust seiner Mutter Grauer Fels wieder geweckt. Er hatte sie sofort nach seiner Rückkehr vom Kriegspfad zur Frau genommen. Sie stammte aus dem Büffelrücken-Lager und gehörte dem Möwen-Clan an. Brachvogellied war seine Hauptfrau, Mondwasser, gefangengenommen nach einem Überfall auf die Anderen, seine Nebenfrau.

Mondwasser fügte sich nur schwer in ihr Schicksal. Verdrossen blickte sie zu Hüpfender Hase hinüber. Ein unheimliches Feuer loderte in ihren Augen. Sie bereitete ihrem Mann nichts als Sorgen, das wußte Der der schreit genau. Trotzdem übten ihr geschmeidiger Körper und die unnachahmliche Anmut ihrer Bewegungen eine magische Anziehungskraft auf ihn aus. In der Phantasie stellte er sich vor, sie auszuziehen, seine Hände über ihre vollen Brüste gleiten zu lassen bis hinunter zu der Stelle, an der sich ihre Beine teilten . . .

Seine Träumerei wurde jäh unterbrochen. Ein harter Ellenbogenstoß in seine Rippen schreckte ihn auf. Verblüfft schaute er in die Augen von Grünes Wasser. Sie drohte ihm mit der Faust. In ihren Augen las er, daß sie seine Gedanken ziemlich genau erraten hatte.

»Sind nur Tagträume«, brummte er.

»Sicher, sicher«, knurrte Grünes Wasser grimmig, aber mit einem Augenzwinkern.

Der der schreit grinste albern und machte sich aus dem Staub. Er marschierte hinüber zu Singender Wolf und nahm ihm einen Armvoll Fett ab, das dieser gerade herausgeschnitten hatte.

Die in Gefangenschaft geratenen Frauen der Anderen waren auf alle Lager des Volkes verteilt worden. Sie wurden von den älteren Frauen in den Legenden und Mythen unterrichtet, um sie zu Angehörigen des Volkes zu machen – obgleich sie auch dann immer Frauen zweiter Klasse blieben. Die Gefangenen lernten schnell. Die meisten fügten sich widerwillig in ihr Schicksal. Griesgrämig, aufsässig, waren sie ihren neuen Männern häufig mehr Last als Freude. Manche resignierten, aber viele versuchten zu fliehen.

»Wie lange noch?« erkundigte sich Grünes Wasser und blickte auf den rasch wachsenden Fetthaufen, den Der der schreit aufschichtete.

Er streckte sich und rieb sich den schmerzenden Rücken. Gleichzeitig versuchte er, die Fettklumpen von seinen dicken Fingern zu wischen. »Vielleicht zwei Wochen. Dann reicht der Frost bereits tief in den Boden. Andererseits liegt noch wenig Schnee. Da fällt das Gehen leichter.«

»Je früher, desto besser. Singender Wolf macht sich große Sorgen.«

»Ich auch«, gab Der der schreit zu. »Sie schlagen bestimmt zurück. Nach allem, was Blaubeere sagt, bleibt ihnen gar keine andere Wahl.«

Liebevoll sah Grünes Wasser ihren Mann an. »Ich glaube, sie weiß weit mehr über die Anderen als Rabenjäger. Ich habe ihr gut zugehört und finde, die Männer sollten ihre Worte nicht leichtfertig in den Wind schlagen. Wenn auch nur die Hälfte von dem, was sie erzählt, wahr ist . . .«

» . . . dann stecken wir in großen Schwierigkeiten«, vollendete Der der schreit den Satz. Er blickte zu Blaubeere hinüber, die gerade eine Pause machte, um ihr Kind zu stillen.

Grünes Wasser stupste ihn an. Leiser Vorwurf lag in ihrem Blick. Aber wie immer, wenn sie ihren Mann bei seiner offenkundigen Schwäche ertappte, zwinkerte sie auch diesmal dabei vergnügt mit den Augen. »Der Junge wächst als einer von uns auf.«

»Kannst du dir vorstellen, daß Rabenjäger das Kind töten wollte? Jedenfalls hat er das gesagt.«

»Er ist verrückt.« Energisch hob Grünes Wasser das Kinn, lange schimmernde Haarsträhnen fielen ihr über die Schultern. Ihr breiter Mund verzog sich unwillig.

»Hoffentlich ist er nicht wahnsinnig, wie Tanzende Füchsin behauptet.«

Tanzende Füchsin seufzte tief. »Das ist er aber, leider.«

Gedankenvoll sah Grünes Wasser Der der schreit an. »Ich habe gehört, daß du den meisten Stammesführern den Weg zu Reihers Tal beschrieben hast.«

Ein paar Fuß weiter hatte Singender Wolf einen Holzstab zur Hand genommen, mit dem er kleine Blättchen von dem zweischneidigen Steinwerkzeug abschlug, das er zum Zerlegen des Mammuts verwendete. Der kalte Wind trug dieses vertraut klappernde Geräusch zu Der der schreit. Für ihn klang es immer angenehm und beruhigend. Erstaunt fragte er sich, warum es ihn diesmal beunruhigte.

Er holte tief Luft, atmete kräftig aus und beobachtete seinen in der Kälte kondensierenden Atem. Die Luft schnitt scharf in seine Lungen. Sie roch nach Mammut und zertrampeltem Wermut. Im Norden brauten sich vom Salzwasser herüberziehende, dunkle Wolkenbänke zusammen. Es sah nach einem schweren Sturm aus.

»Wenn die Anderen in diesem Winter kommen, und wenn es wirklich so viele sind, wie Blaubeere sagt, bleibt uns nur dieser einzige Weg.«

»Und wenn aus Reihers Tal kein Weg herausführt?«

Er verdrehte die Augen und gluckste vergnügt in sich hinein. »Na ja, vielleicht treibt Reiher sie mit einem Traum zurück, ha?«

»Mein Volk!« Der Wind trug einen schwachen Ruf zu ihnen.

Sofort erhob sich Singender Wolf. Mit einer blutverkrusteten Hand beschattete er seine Augen und blickte nach Norden. Hüpfender Hase warf das Fell zu Boden, das er gerade zuschnitt, und verrenkte sich fast den Hals, um besser sehen zu können.

»Sieht aus, als wäre es Drei Stürze«, meinte Singender Wolf. »Was macht er hier? Ich dachte, er wäre mit Schafnase in die Jagdgründe im Norden gezogen.«

»Ich sehe Maus«, rief Hüpfender Hase. »Ich erkenne sie am Gang. Ihr Beinbruch ist nie richtig verheilt. Sie hat es sich damals gebrochen, als der Speer von Treffender Blitz den Büffel am Salzwasser nicht erwischt hat. Da kommen noch mehr. Jede Menge Leute sind im Anmarsch.«

Grünes Wasser gackerte aufgeregt. »Das ist kein gutes Zeichen. Geht hin und seht nach.«

Der der schreit hob seine Speere auf und trottete um den Felsen, der ihn vor der Mammutkuh geschützt hatte. Die Hunde bellten und knurrten und fochten ihre Kämpfe mit der Meute von Schafnases Leuten aus.

Drei Stürze führte die Gruppe an. Ihm folgten Frauen mit schweren Rückentragen. Müde schleppten sie sich vorwärts. Direkt hinter ihnen gingen ein paar Jäger. Am Horizont tauchten weitere schwer bepackte Gestalten auf. Die Nachhut bildeten erschöpfte, kraftlose Menschen, die jeden Augenblick zusammenzubrechen drohten. Niemand beachtete die im Kampfgetümmel kläffenden Hunde. Die Rudel schienen einander gegenseitig in Stücke reißen zu wollen.

Der der schreit ging den Leuten entgegen. Er spürte sofort, daß etwas nicht stimmte. »Drei Stürze!« rief er. »Willkommen. Wir haben ein Mammut erlegt. Euch erwartet ein würdiges Festmahl.«

Eine Welle der Erleichterung erfaßte die Ankömmlinge. Maus – mit kurzgeschnittenen Haaren als Zeichen der Trauer um Treffender Blitz – hob den Kopf. Das jüngste Kind streckte den Kopf unter ihrer Kapuze hervor. Daneben trottete ihre kleine Tochter. Immer mehr kamen in weit auseinandergezogenen Gruppen über die Anhöhe im Norden.

»Da gehen sie hin, unsere Fleischvorräte für den Winter«, murmelte Der der schreit.

Drei Stürze hob in einer Gebärde des Dankes die Hände. »Wir freuen uns auf euer Festmahl, Der der schreit, und danken dem Heiligen Volk der Sterne für eure Gastfreundschaft.«

»Ihr habt nicht viele Vorräte bei euch. Auch die Hunde sind sehr mager. Was ist vorgefallen?«

Drei Stürzes Augen flackerten unsicher. Er biß sich auf die Lippen. »Wir hatten eine gute Jagd. In einem kleinen Tal stießen wir auf eine Herde erschöpfter Schafe. Hätte nicht besser sein können. Wir schlachteten sie und errichteten Vorratslager. Der Dauerfrost hätte das Fleisch frischgehalten. Wir dachten, wir könnten den ganzen Winter bleiben, weil wir annahmen, die Anderen hätten sich zurückgezogen.«

Der Magen von Der der schreit krampfte sich vor Angst schmerzhaft zusammen. »Was geschah?«

»Das Heilige Volk der Sterne hat uns gerettet. Wir hatten unbeschreibliches Glück. Ein junger Mann war auf dem Weg zu Rabenjäger und Krähenrufer, um ihnen mitzuteilen, wir hätten genug Fleisch für den Winter und könnten viele Menschen ernähren. Dieser junge Mann entdeckte die Anderen, rannte zurück und warnte uns. Sie kämpfen inzwischen besser als früher. Sie töteten blitzschnell vier Jäger, die sich ihnen entgegenstellten. Es sind so viele, alter Freund. So schrecklich viele. Und böse und grausam sind sie. Wir können sie genausowenig vertreiben wie wir Windfrau zum Schweigen bringen können. Aber in den Hügeln konnten wir uns verstecken. Sie spürten uns nicht auf. Wäre ihnen das gelungen, hätten sie uns abgeschlachtet.«

»Wie habt ihr uns gefunden?«

»Schafnase sagte uns, welchen Weg ihr nehmen wolltet. Wir hofften, ihr könntet uns helfen.« Drei Stürze scharrte unruhig mit den Füßen und stierte unentwegt auf den Boden.

Der der schreit sah zur Anhöhe hinüber. Noch immer zog ein endlos scheinender Menschenstrom heran. »Ist Schafnase hier? Er hat mich in den Legenden unseres Volkes unterrichtet.«

»Er ist tot, mein Freund. Später, vielleicht heute abend oder morgen, versammeln wir uns und singen seine Seele hinauf zum Heiligen Volk der Sterne.«

Der der schreit zuckte zusammen. »Wie ist das passiert?«

»Die Anderen ... Der Speer traf ihn tief in seine Lenden. Darmsäfte ergossen sich in seinen Leib. Er begann zu stinken und schwoll fürchterlich an. Wir trugen ihn, solange wir konnten.«

»Und euer Lager?«

Bedeutungsvoll nestelte Drei Stürze an seinen Speeren. »Die Anderen haben es eingenommen. Ich und die paar Überlebenden von Schafnases Sippe, wir wollten zuerst die Frauen in Sicherheit bringen. Anschließend gehen wir zurück und zahlen es den Anderen heim.«

Der der schreit schüttelte den Kopf. »Als ihr es ihnen das letzte Mal heimgezahlt habt, blieb es nicht dabei. Hört auf damit. Zu viele sind schon gestorben.« Er zeigte auf die Gruppe. »Seht euch die vielen Frauen mit den abgeschnittenen Haaren an. Das muß aufhören.«

Drei Stürze lächelte wehmütig. »Bewirte heute abend meine Krieger und mich, Der der schreit. Bewirte uns gut, denn wir gehen zurück und rächen unsere Verwandten.«

»Hört sich an, als spräche Rabenjäger aus deinem Mund.«

»Er ist ein großer Führer.« Drei Stürze nickte bewundernd.

»Vielleicht.«

Drei Stürze runzelte die Stirn. »Wir brauchen Krieger. Begleitet ihr uns? Du, Singender Wolf und Hüpfender Hase?«

»Nein.« Entschieden schüttelte er den Kopf.

»Aber wir . . .«

»Nein.«

»Sind euch die Mörder geliebter Menschen gleichgültig?«

»Wir kümmern uns lieber um die Lebenden. Ich habe bereits mit Singender Wolf und Hüpfender Hase darüber gesprochen. Wir haben genau das befürchtet, was nun eingetreten ist. Wir folgen dem Wolfstraum. Wir gehen nach Süden. Wenn dir wirklich daran liegt, Frauen und Kinder in Sicherheit zu bringen, begleite uns.«

Einen Augenblick zögerte Drei Stürze, dann schüttelte er entschieden den Kopf. »Wir müssen zurück. Es geht um unsere . . . Ehre.«

»Ehre?«

Drei Stürze richtete sich hoch auf. Seine Augen blitzten grimmig. »Die Ehre der Krieger.« Um seinen Worten Nachdruck zu verleihen, hob er die Speere und schüttelte sie drohend.

Eine böse Vorahnung beschlich Der der schreit. Er neigte den Kopf und nickte langsam. Mit jedem Tag wurde sein Volk den Anderen ähnlicher.

Kapitel 35

Das Volk marschierte in einer endlos langen Schlange durch die wellige, in ihrer Monotonie nur von ein paar einzelnen Zwergbirken unterbrochene Landschaft. An den Nordhängen lag bereits Schnee. Die letzten Blätter hingen braun und tot an den Ästen. Am Boden raschelte froststarres Laub. Jeden Tag verkürzte Sonnenvater seinen Weg. Das leuchtend gelbe Sommerlicht verwandelte sich in ein fades strohfarbenes Glimmen.

Tanzende Füchsin rückte das schmerzhaft in die Stirn schneidende Band ihrer Rückentrage zurecht und starrte auf Maus' Rükken. Die Frau ging ihr auf die Nerven. Kralle, die einige Schritte vor Tanzende Füchsin ging, drehte sich um und grinste, als könne sie ihre Gedanken lesen. Sie winkte sie nach vorn. Tanzende Füchsin ging rascher, um zu ihr aufzuschließen.

»Verschwinde. Geh nach hinten«, befahl Maus in schroffem Ton.

»Ich gehe, wo es mir paßt«, gab Tanzende Füchsin barsch zurück. Kralle blieb stehen und wandte sich den beiden zu. Die Augen der Alten glänzten dunkel.

»Deine Seele ist verflucht. Ich will dich nicht in der Nähe meines Babys haben. Geh nach hinten. Laß anständige Leute in Frieden.«

Blitzschnell packte Tanzende Füchsin Maus am Hals und drückte ihr mit den von der schweren Arbeit gestählten Händen die Luftröhre zu. Die Frau krächzte und zappelte. Tanzende Füchsin zog sie ganz nah zu sich heran und starrte ihr in die Augen.

»Der Mann, der mich verfluchte, ist ein falscher Träumer. Er ist machtlos und sein Fluch ohne jede Bedeutung.« Sie drückte noch fester zu. Maus japste fürchterlich, ihr Gesicht lief dunkelrot an. *»Kapiert?«*

Sie verpaßte Maus einen derben Stoß, so daß diese zurücktaumelte. Das Kind wachte auf und brach in lautes Gebrüll aus.

Maus massierte sich die Kehle. Aus großen Augen starrte sie Tanzende Füchsin an. »Du . . . du bist verrückt«, keuchte sie.

Tanzende Füchsin lächelte böse. »Vergiß das nicht. Du siehst, ich weiß mich zu wehren.« Gelassen ging sie weiter. Sie sah, wie Singender Wolf eilends zu Maus lief, um nach der Ursache für diesen Zwischenfall zu fragen.

Tanzende Füchsin hatte fortan keinen Ärger mehr mit Maus. Die anderen Frauen in ihrer Nähe hielten stets die Augen gesenkt. Respekt? Angst? Nur Kralle sah sie offen an und signalisierte schweigende Übereinstimmung. Von diesem Tag an ging Tanzende Füchsin betont aufrecht und trug ihre Waffen mit sichtlichem Stolz.

Wolfsträumer ließ sich im heißen Wasser des Teiches treiben. Reihers angenehmer Singsang belebte und beruhigte ihn zugleich. Die kräuselnden Wellen streichelten seine nackte Haut.

»Verliere dich selbst in diesem Lied«, lehrte ihn Reiher. »Befreie dich. Bewege dich mit den Klängen. Träume die Welt weit weg. Sie existiert nicht. Nichts existiert außer dem Tanz.«

»Der Tanz«, wiederholte er gehorsam.

Er lehnte sich weit ins Wasser zurück. Das Vogelgezwitscher verschwamm, das leise Summen fließenden Wassers erfüllte ihn. Wie aus weiter Ferne hörte er Reihers Singsang, rhythmisch, betörend, eine Aneinanderreihung sinnloser Worte. Weil die Worte keinen Sinn ergaben, konnte er sich völlig auf die nebelhaften Klänge konzentrieren. Er versetzte sich selbst in den Rhythmus des Tanzes.

Blinzelnd erwachte er. Im ersten Moment wußte er nicht, wo er sich befand. Die Welt hatte ihren Mittelpunkt verloren. Er saß in Reihers Höhle. Nach und nach erkannte er die vertrauten Formen und Gerüche. Die Schädel aus den Ecken starrten ihn blicklos an. Die Bildnisse und farbigen Kritzeleien auf den Wänden schienen unter der dünnen Rußschicht ein Eigenleben zu führen. Der beißende Geruch des Geysirs stach ihm in die Nase.

»Nicht – nicht im Teich?« Er sah sich um, und sein Blick fiel auf Gebrochener Zweig, die in der hintersten Ecke herumkramte und vor sich hin brabbelte.

»Nicht im Teich«, antwortete Reiher. »Sieh dir deine Hand an.«

Er gehorchte – und stöhnte auf. Inmitten seiner Handfläche leuchtete eine große rote Blase. Die Haut war schwer verbrannt. Während er auf seine Hand starrte, trieb ihm der Schmerz Tränen in die Augen. Er schrie auf.

Ungerührt hielt Reiher sein Handgelenk umklammert. Sie rieb zerlassenes Fett mit einer Kräutermischung auf die häßliche Wunde und legte einen Verband an.

»Du fragst dich, wie das passiert ist? Ich habe dir eine Kohle in die Hand gelegt, Wolfsträumer. Du hast nicht gemerkt, daß sie dich verbrannte. Weißt du, was das bedeutet?«

Trotz des Schmerzes nickte er erfreut. »Ich fand den Tanz.«

»Genau.«

»Aber die Kohle verbrannte mich.«

»Ja, weil sich nur dein Verstand auf eine andere Ebene verlagert hat. Du hast nicht mit dem Feuer getanzt.«

»Warum hast du mir dann die Kohle in die Hand gelegt?« fragte er ein wenig verstimmt, denn die Hand begann heftig zu pochen. Der Schmerz wurde langsam unerträglich.

Ihr Mund verzog sich zu einem unverschämten Grinsen. »Ich wollte wissen, wo du dich befandest.«

»Warum hast du nicht gewartet und mich später gefragt?«

»Das ist nicht dasselbe.«

Mißmutig sah er sie an.

»Bis jetzt bist du noch nicht weit vorangekommen.«

Er hob die Hand mit der schmerzhaften Verbrennung. »Das merke ich.«

Sie zögerte. Im roten Feuerschein sah ihr Gesicht ungewohnt sanft aus. »Du mußt mit allem, was dich umgibt, tanzen – nicht nur mit dir selbst. Erst dann erreichst du im Tanz die Ebene des großen, einzigen Einen.«

»Immerhin bin ich einen Schritt weitergekommen.«

»Ja«, stimmte sie ihm zu. »Einen Schritt, Wolfsträumer. Aber ich frage mich, ob uns genug Zeit für weitere Schritte bleibt.«

»Was soll das heißen?«

Sie blinzelte. Ihre Augen blickten in Weiten, die nur sie erreichen konnte. »Es geht alles zu schnell. Ich bräuchte noch ein paar Jahre. Aber uns bleibt nicht einmal ein Jahr.« Sie schlug ihm auf die Schulter. »Nächsten Sommer ist es wahrscheinlich bereits zu spät.«

»Wofür?«

Die Falten auf ihrer Stirn vertieften sich. »Letzte Nacht hatte ich einen schrecklichen Traum. Ich konnte die einzelnen Bilder kaum erkennen, sie blieben unscharf, aber ich fühlte die darunter verborgene Wahrheit.«

»Welche Wahrheit?«

»Sie kommen«, sagte sie heiser und ließ ihn nicht aus den Augen. »Sie werden hier sein, früher, als wir denken.«

»Die Anderen?« fragte er. *Er würde seinen Vater kennenlernen.*

»Etwas Schlimmeres – irgend etwas Furchtbares, Dunkles. Ich konnte es nicht deutlich sehen.«

»Wie die Dunkelheit, die ich sah?« Ihn schauderte. »Wieviel Zeit bleibt uns?«

»Ich weiß es nicht.«

»Wie können wir das herausfinden? Wenn ich noch nicht soweit bin . . .«

»Ich . . .« Das Schlucken bereitete ihr sichtlich Schwierigkeiten, und in ihren Augen stand nackte Angst. »Ich bezweifle, ob ich noch stark genug bin.«

Seltsam widerstrebend stand sie auf und trat vor eine hochgelegene Nische in der Steinwand. Sie griff hinein, doch plötzlich zitterten ihre Hände, und sie zog sie rasch zurück. Sie wischte die schweißnassen Hände an ihrem Kleid ab und blickte mit weitaufgerissenen Augen in die Felsspalte.

»Was ist?« fragte er ängstlich. »Soll ich etwas für dich herunterholen?«

»Nein«, murmelte sie undeutlich. »Nur ich darf sie berühren.« Wieder hob sie die Hände. Nach längerem Zögern nahm sie mit großer Vorsicht ein zusammengelegtes Fuchsfellbündel herunter.

Furcht und Grauen befielen Wolfsträumer. Er stand neben ihr, als sie das Bündel aufrollte und etwas Dünnes, Schrumpliges, Schwarzes enthüllte.

»Was ist das?«

»Pilze. Erinnerst du dich? Ich habe sie dir im letzten Sommer gezeigt. Sie wachsen an der Stelle, an die ich die Därme kippe. Diese Pilze besitzen große Macht. Sie ziehen Leben aus dem Tod, wachsen aus Fäulnis und Verwesung. Wiedergeburt, Wolfsträumer. Behandle sie mit Respekt – in ihnen wohnen magische Kräfte.«

Unruhig trat er von einem Bein aufs andere. »Wiedergeburt? Du hast gesagt, sie würden mich umbringen.«

Sie wandte sich ihm zu. In ihren schwarzen Augen lag eine ungewohnte Schärfe. »Das werden sie auch. Du bist noch nicht bereit für sie.«

»Warum nicht?«

»Du hast den *Tänzer* noch nicht gesehen.«

Er blickte hinüber zu Gebrochener Zweig und wieder zurück zu Reiher. Fieberhaft überlegte er. Was hatte das mit dem Essen von Pilzen zu tun?

»Verstehst du?« fragte sie und sah ihn ernst an.

»Nein.«

»Kann ein Pilz dich töten, wenn du selbst ein Pilz bist? Kannst du einen Pilz töten, wenn du selbst ein Pilz bist?«

Ihm stockte der Atem. »Das Große Eine.«

»Ja. Der mächtigste Traum muß mit diesen kleinen Pflanzenwesen geteilt werden. Sonnenvaters Lieblingsstreich, der Pilz. Farblos wächst der Pilz aus dem Tod – im Dunkeln. Er bringt Leben und Licht. Wiedergeburt. Diese ...« Sie befühlte die getrockneten schwarzen Stückchen. »Diese Pilze lassen deine Seele über den Tanz hinausschweben, jenseits, zu ...«

»Was passiert, wenn ich aus dem Traum erwache?«

Wie ein Vogel legte sie den Kopf schief. »Und du dich im Nichts wiederfindest?«

»So ähnlich.«

Sie lachte lauthals. »Nun, dann weißt du, du bist *dort*.«

»Wo?«

»Im Nichts. Nirgendwo.«

Obwohl er ihr nur sehr ungern seine Unwissenheit offenbarte, beschloß er zu fragen. »Und was hat das mit meinen Träumen zu tun?«

»Wenn du das Nichts findest, die Leere in dir, bist du imstande, mit Feuer zu jonglieren, ohne dich zu verbrennen – und mit Gift umzugehen.« Sie nickte. »Ja, ich lese in deinen Augen, daß du verstanden hast.«

Er schluckte. »In der Leere, in meiner inneren Leere, werden der Pilz und ich eins?«

Sie zeigte ihre lückenhaften Zähne. »Das stimmt. Die äußerste Vollendung des Traumes. Träumen, während du über dem Tod schwebst. Und währenddessen rebelliert dein Körper. Da ist Schmerz, Übelkeit, gemeinste Übelkeit. Du mußt sehr tief gehen – tief hinein in dein eigenes Blut und den Traum jenseits der Vereinigung von dir und den Pilzen suchen. Sei beide und keiner von beiden.«

Unbewußt ballte er die Fäuste. »Wann kann ich es versuchen?«

»Vielleicht nie, woher soll ich das wissen? Wir haben viel weniger Zeit, als ich dachte. Rabenjäger trotzt den Träumen. Allerdings besitzt dein Bruder eine eigene, ganz außergewöhnliche Kraft.«

»Er hat keine Träume.«

»Nicht wie du, das stimmt. Aber da ist etwas ... Er besitzt eine eigene magische Kraft, nämlich die angeborene Fähigkeit, seinen Willen auf andere Menschen zu übertragen, ihn in sie hineinzuträumen. Er ahnt, was kommt. Er ist gefährlich.«

»Kann ich ihn aufhalten?«

»Das weiß ich nicht. Ihr beide und der Andere, euer Vater, seid die Zukunft des Volkes. Wenn niemand etwas dagegen unternimmt, zerstört Rabenjäger das Volk von innen heraus – und dein Vater von außen. Und du?« Dunkle, furchtsame Augen sahen ihn an. »Du mußt die Leere in deinem Innern finden – erst dann wirst du imstande sein, den Weg durch das Große Eis zu entdecken und das Volk zu retten.«

»Was ist mit diesem Dunklen, das du in deinem Traum gesehen hast? Ist das ...«

»Nein, es ist etwas anderes, Schlimmeres. Es verschluckt uns alle: die Anderen, unser Volk ...«

»Dann ...« Beschwörend breitete er die Arme aus. »Dann müssen wir herausfinden, um was es sich handelt, damit wir dagegen ankämpfen können. Wann kann ich ...« Er vollendete den Satz nicht, sondern zeigte wortlos auf die ominösen Pilze.

Mit einer plötzlichen, heftigen Bewegung raffte sie die Pilze zusammen und preßte sie an ihre Brust. »Du faßt sie nicht einmal an. Eine Kostprobe, schon das Ablecken eines Fingers nach der Berührung, und du stirbst einen entsetzlichen Tod. Die seelenraubenden Geister der Langen Finsternis sind im Vergleich dazu das reinste Vergnügen. Ich darf dein Leben nicht aufs Spiel setzen.«

Trotz der eindringlichen Warnung zog das Bündel seine Augen magisch an und schlug ihn in seinen Bann.

Kapitel 36

Rabenjäger winkte den alten Mann herein und bot ihm Platz an.

Krähenrufer ließ sich mit der alten Menschen eigenen Umständlichkeit nieder, ordnete seine Kleidung und öffnete die Verschnürung seines äußeren Mantels. Sein gesundes Auge betrachtete aufmerksam die Umgebung, die das Dach und die Wände aus Fell tragenden rauchgeschwärzten Stützen, die sorgfältig geordneten Waffen, das geschnürte Wolfspelzbündel und die Karibuhäute. Einige braune Bündel lagen achtlos übereinandergestapelt auf der Seite. Flackerndes Feuerlicht ließ die Schatten der beiden Männer an den Zeltwänden tanzen.

»Für dich, alter Lehrer«, sagte Rabenjäger und bot in einem kunstvoll bearbeiteten Horn eines Leitschafbockes Tee an.

Krähenrufer trank und deutete auf das in einem aus Pansen gefertigten Sack über dem Feuer kochende Eintopfgericht. »Ich habe heute abend noch nichts gegessen.«

»Nimm dir.«

Lächelnd bediente sich der alte Schamane.

Nach dem Essen wandte sich Krähenrufer an Rabenjäger. »Warum wolltest du mich sprechen?«

»Drei Stürze ist gekommen«, begann Rabenjäger. »Schafnases Sippe ist von den Anderen angegriffen worden. Ich wollte mir deinen Segen holen, um mit den jungen Männern loszuziehen und die

Anderen zu schlagen. Mitten in der Langen Finsternis rechnen sie bestimmt nicht mit einem Überfall.«

Krähenrufer kratzte sich am Kinn. Sein weißes totes Auge funkelte unheimlich. »Die jungen Männer sollten lieber das Risiko meiden, während der Langen Finsternis zu sterben. Was wird mit ihren Seelen, hmmm?«

Rabenjäger breitete die Arme aus. »Seelen, Krähenrufer? Was wird aus ihrer Zukunft? *Unserer* Zukunft. Wie soll das alles enden? Die Anderen töten uns, oder wir müssen uns ihnen unterwerfen. Drei Stürze hat einen Kundschafter ausgeschickt, der die Anderen in Schafnases ehemaligem Lager beobachtet. Auch sie behalten die jungen Frauen, die sie gefangengenommen haben. Sieht so die Zukunft aus, Krähenrufer? Unsere Frauen tragen die Kinder der Anderen aus. Noch mehr Frauen wie Blaubeere?«

»Du bist zu ehrgeizig für einen jungen Mann. Zählt für dich das Wort eines Ältesten nicht?« Mit grimmigem Gesichtsausdruck versuchte er aufzustehen.

Rabenjäger schubste ihn wieder auf die am Boden liegenden Decken. »Natürlich bin ich ehrgeizig. Ich bin der Retter unseres Volkes. Hast du in deinen Träumen vielleicht etwas anderes gesehen?«

Entrüstet sagte der Alte: »Ich sehe viele Dinge in meinen Träumen.«

»Wir wollen doch ehrlich zueinander sein, du und ich. Ich habe die Aussagen deiner ›Träume‹ verfolgt. Erinnerst du dich an deine Prophezeiung im Mammut-Lager? Ha? Alle Jäger werfen ihre Speere auf die Kälber? Ist bis jetzt nicht eingetroffen. In einem anderen Traum sahst du die Geburt des ersten Sohnes von Treffender Blitz. Erinnerst du dich? Dieses wundersame Geschwätz über den glücklichen Vater, der seinen Sohn im Arm wiegt. Es wurde wieder ein Mädchen. Treffender Blitz ist tot. Maus ist zu Der im Licht läuft übergelaufen. Und dann dein Traum über ...«

»Manchmal ändern sich die Träume.«

»Und manchmal kommt es nur darauf an, die Leute glauben zu machen, daß Träume echt sind.«

Nun schrie Krähenrufer ihn wütend an: »Bezichtigst du mich der Lüge?«

Rabenjäger spielte mit einem Speerschaft. Geflissentlich wich er dem Blick des Schamanen aus. »Ich will nicht, daß wir Feinde sind, alter Lehrer. Das wäre nicht gut für unser Volk.«

Krähenrufer brauchte Zeit, um Rabenjägers Worte zu verdauen. Böse Falten gruben sich um seinen Mund. Endlich zischte er: »Was willst du?«

»Du hast meine Überfälle auf die Anderen niemals befürwortet.«

»Ich habe mich auch nie dagegen ausgesprochen.«

»Richtig, und ich respektiere einen Mann, der abwartet, bis er seinen Vorteil erkennt.« Er sah dem Alten offen ins Gesicht. »Aber die Zeit der Entscheidung ist gekommen.« Er beugte sich vor und starrte beschwörend in Krähenrufers gesundes Auge. Herausfordernd erwiderte dieser den Blick, hielt ihm aber schon nach kurzer Zeit nicht mehr stand und schaute zur Seite.

»Was willst du?«

»Bist du für oder gegen mich?«

»Wozu brauchst du meine Unterstützung?«

»Während der Langen Finsternis wird die Kriegsbegeisterung nachlassen. Niemand will kämpfen, wenn draußen die Geister warten, um die Seelen zu holen.«

Krähenrufers gesundes Auge blitzte triumphierend auf. »Und die Zustimmung eines Schamanen könnte daran etwas ändern?«

»Seine Zustimmung und sein Versprechen, die Seelen zu beschützen.«

»Und wenn ich dir meine Unterstützung verweigere?«

Rabenjäger hob die Hände. »Eine vollständige Aufzählung all deiner nicht eingetroffenen Prophezeiungen würde rasch Gegenstand des Klatsches werden. Bald würden sie dich verspotten.«

»Du *drohst* mir?« Krähenrufer blieb der Mund offenstehen.

»Nein. Ich versuche nur, dich zu einer vernünftigen Entscheidung zu bewegen.«

Krähenrufers Gesicht verzog sich zu einer wütenden Grimasse. »Meine magischen Kräfte reichen weit. Ich habe so meine Mittel und Wege. Ein paar abgeschnittene Haare oder Fingernägel, ein paar Fetzen von der Kleidung. Ich weiß, wie man die Seele eines Menschen aus seinem Körper holt und in die Lange Finsternis hinaustreibt. Ich kann . . .«

»Sollen wir das öffentlich vorführen?«

»Wie meinst du das?«

Rabenjäger griff nach seinen Amuletten. »Morgen übergebe ich dir diese Amulette. Vor aller Augen. Dann warten wir ab – das ganze Lager –, wer stärker ist: Die Flüche, mit denen du mich belegst, oder meine Seele.« Seine Augen glitzerten geheimnisvoll. »Sollen wir das machen?«

Krähenrufer wurde nervös. »Ich sehe keinen Sinn darin. Was soll das?«

»Komm, hör auf. Sei ehrlich, alter Lehrer. Wir können einander soviel geben. Wir sollten Freunde und keine Widersacher sein.«

Krähenrufer sagte vorwurfsvoll: »Du willst unser Volk spalten. Willst du noch mehr Uneinigkeit?«

»Nein.« Rabenjäger kniff den Mund zusammen. »Ich möchte die Einheit. Aber das wird erst gelingen, wenn du und ich auf derselben Seite stehen.«

Ein langes Schweigen folgte. Krähenrufers Miene drückte zunehmendes Unbehagen aus. Rabenjäger wartete geduldig. Die Schultern des Alten sackten langsam herab.

Resigniert flüsterte Krähenrufer schließlich: »Gut . . . ich helfe dir.«

»Das wußte ich. Nimm dir noch etwas zu essen, mein Freund.«

Kopfschüttelnd tauchte Krähenrufer das Horn tief in die Brühe. »So jung und schon soviel Macht. Wieso? Ich, mit all meiner Weisheit, habe große Schwierigkeiten mit meinen Träumen und weiß oft nicht, ob ich ihnen trauen kann.«

Rabenjäger blinzelte. Er ließ das Eingeständnis, das dem Alten ungeheuer schwerfiel, auf sich wirken. »Jetzt, nachdem du dich entschieden hast, mit mir zusammen das Volk zu retten, kehrt deine magische Kraft zurück. Wahrscheinlich zweifelte Sonnenvater an deiner Ergebenheit und raubte dir deshalb deine Kraft. Ganz sicher erhältst du sie bald zurück.«

Krähenrufer warf einen skeptischen Blick himmelwärts. »Vielleicht.«

»Ich bin ganz sicher.«

»Und du glaubst tatsächlich, der Krieg gegen die Anderen kann gewonnen werden? Du bist überzeugt, du kannst sie vertreiben? Für immer und ewig?«

Rabenjäger drehte die Speerspitze in den Händen. »Ehrlich gesagt, ich weiß es nicht. Aber wir werden wenigstens dafür sorgen, daß sie es sich zweimal überlegen, ob sie wieder zurückkehren. Wir müssen sie soweit bringen, daß sie sich überall ein leichteres Schicksal erhoffen als bei einer Konfrontation mit unserem Volk. Nehmen wir an, Blaubeere hat recht. Wenn die Anderen von nachfolgenden Clans bedrängt werden – und wir sie genug bluten lassen, erobern sie vielleicht lieber das Land zurück, aus dem sie vertrieben worden sind.«

»Blaubeere sagte auch, es gäbe viele, unendlich viele Andere. Mehr, als wir imstande seien zu töten. Zu viele, um alle in Angst und Schrecken zu versetzen.«

»Wenn das stimmt, sind wir in jedem Fall zum Tode verurteilt. Zumindest gewinnen wir durch einen Krieg zusätzliche Zeit.«

»Zeit wofür?«

»Wer weiß? Vielleicht findet mein alberner Bruder tatsächlich eine Öffnung im Großen Eis. Vielleicht verflucht das Heilige Volk der Sterne . . .«

»Es gibt keine Öffnung im Eis!« murrte Krähenrufer.

Rabenjäger blickte auf und sah das schwarze Auge auf sich gerichtet. »Dann sollten wir uns größte Mühe geben, die Anderen zurückzudrängen.«

»Wie kann ich helfen?« Die Frage kam leise und ärgerlich.

»Das Volk ist faul und träge geworden. Wir müssen die Leute auf Vordermann bringen, hart und widerstandsfähig machen. Sie brauchen ein Kämpferherz. Prophezeist du mit deinen Träumen Erfolg, werden wir siegen und nicht mehr von den Resten der Anderen leben. Wir erobern unsere Jagdgründe zurück.«

»Du verläßt den vorgeschriebenen Weg unseres Volkes.« Krähenrufer schüttelte den Kopf. »Morden und . . .«

»Wir haben keine Wahl.« Rabenjäger blies auf die Speerspitze und beschwor die Geister von Stein, Holz und Leder. »Es sei denn, du gewinnst deine magischen Kräfte zurück und siehst in deinen Träumen eine andere Möglichkeit für uns.«

»Ich glaube nicht . . .«

Rabenjäger stemmte beide Fäuste auf die Felldecke, auf der er saß. Ein merkwürdiger Glanz glomm in seinen Augen. Er beugte sich weit vor. »Und was ist schon dabei, wenn ich den vorgeschriebenen Weg des Volkes *tatsächlich* in eine andere Richtung lenke? Es ist allemal schlimmer, aufzugeben und uns umbringen zu lassen. Wie werden sich wohl unsere Frauen fühlen, wenn ein schweißtriefender Anderer ihre Beine spreizt und sie zu *seiner* zweiten Frau macht?«

»Dein Plan gefällt mir trotzdem nicht.«

»Hast du einen besseren? Dann sag's, ich hör dir zu.«

Krähenrufer runzelte die Stirn und stützte den Kopf auf die geballte Faust. »Wir können nirgendwo hingehen, außer in das Große

Eis. Und Der im Licht läuft? Lieber sterbe ich durch den Speer eines Anderen, bevor ich ihm etwas schuldig bin.« Nachdrücklich schüttelte er den Kopf. »Ich sage den jungen Männern, sie sollen dich begleiten. Meine magische Macht wird sie überzeugen. Sie werden wissen, wenn sie sterben, steigt ihre Seele hinauf zum Heiligen Volk der Sterne.«

Rabenjäger nickte. Durchtrieben blitzten seine Augen auf. »Ich wußte, du entscheidest dich richtig. Wir beide kommen bestimmt gut miteinander aus. Und deine magischen Kräfte kehren zurück, alter Freund, warte nur ab.«

Krähenrufer rutschte unruhig hin und her und kratzte sich an seiner großen Hakennase. »Du hast auffallendes Interesse an Tanzende Füchsin gezeigt.«

Rabenjäger zuckte die Achseln und blickte auf seine Amulette. Mit den Augen verfolgte er die magischen Linien auf den Lederstücken. Sorgfältig überlegte er seine Antwort. Die Stimme des alten Mannes hatte nicht feindselig geklungen, nur neugierig und vielleicht ein wenig eifersüchtig. Ihr Bündnis war noch jung, deshalb sagte er mit sanfter Stimme: »Stört dich das? Du hast sie verstoßen.«

»Und du hast dich für ihr Leben eingesetzt.«

Rabenjäger sah ihn scharf an. »Eines Tages wird sie meine Frau. Ich habe es gesehen. Ich habe auch ein Kind gesehen – ein prachtvolles Kind. Es glitt aus ihrem Schoß. Ich bin sicher . . .« Seine Stimme wurde immer leiser. Abwesend starrte er in die Ferne. »Ich bin sicher, es ist mein Kind.«

»Du hast geträumt?«

Rabenjäger ging nicht auf die Frage ein. »Außerdem unterhält sie mich hervorragend. Trotz der Schande, die sie über den Clan gebracht hat, fühle ich mich zu keiner anderen Frau so hingezogen wie zu ihr.«

»Träume? Du bist noch ein Junge, genau wie dein nichtsnutziger Bruder!«

Rabenjäger umklammerte den Speerschaft und spannte die Muskeln an. »Hüte dich, Krähenrufer. Es gibt Schlimmeres als die Geister der Langen Finsternis. Die Zeiten, in denen du mich ungestraft einen Jungen nennen durftest, sind längst vorbei. Sei auf der Hut!«

»Ich meinte es nicht böse«, versicherte Krähenrufer rasch. Ein kaum wahrnehmbares Lächeln kräuselte seine Lippen. »Freunde sollten nicht übereinander herfallen. Schon gar nicht, wenn für unser Volk soviel auf dem Spiel steht. Habe ich nicht recht, eh?«

»Und Tanzende Füchsin?«

Achselzuckend hob er die Arme. »Was kümmert's mich? Sie wollte mich ohnehin verlassen und zu Der im Licht läuft fliehen.«

Rabenjäger nickte und blickte unter halbgeschlossenen Lidern zu Krähenrufer hinüber. »Ich sehe, wir verstehen einander.«

Kapitel 37

Reiher saß in ihrer Höhle vor dem prasselnden Feuer und wärmte sich. Erschöpft rieb sie sich den schmerzenden Nacken. Schattenbilder krochen über ihre Schädelsammlung an den Wänden und verliehen den leeren Augenhöhlen der Wölfe und Bären gespenstisches Leben. Es erschien ihr makaber, doch der Menschenschädel sah sie scheinbar voller Verständnis an.

Ja, du weißt Bescheid. Die Toten sehen klar. Nur wir Lebenden blenden uns ständig mit Banalitäten. Sag mir, edler Toter, werde ich . . . werde ich genug Kraft haben? Schaffe ich den Übergang zum Tänzer? Oder versage ich erneut? Sag mir, lieber Toter, welche Visionen . . .

Gebückt trat Gebrochener Zweig durch die Felltür und blickte Reiher an.

»Er ist fort. Ich habe ihn bis zu dem großen Findling unten am Weg begleitet.«

Sie nickte und zupfte nervös am Saum ihres Karibuledergewandes. Nur widerwillig wandte sie die Augen von dem Schädel an der Wand ab. Gebrochener Zweig folgte ihrem Blick. Als sie sah, worauf Reiher gestarrt hatte, wurden ihre Augen schmal. Stocksteif stand die alte Frau da.

»Ich kann ihn jetzt nicht um mich haben. Nicht jetzt. Es ist zu wichtig. Ich will auf keinen Fall, daß er zusieht.«

Unruhig trat Gebrochener Zweig von einem geschwollenen Bein auf das andere. »Du machst mir angst. Wovon redest du?«

»Ich habe auch Angst.«

Ein langes Schweigen folgte. Reiher ließ die alte Feindin nicht aus den Augen. Lächelnd blickte sie auf die scharfe Nase und das schlaffe Fleisch. »Du weißt, fast habe ich dir schon verziehen.«

»Ach, du verschwendest deine Zeit. Daran hat mir nie gelegen.«

Reiher gluckste. Ihre Augen funkelten. »Dir vielleicht nicht, aber mir. Jahrelang habe ich gelitten. Inzwischen habe ich dich fast liebgewonnen, und nun fühle ich mich besser.«

Gebrochener Zweig wedelte geringschätzig mit den Händen, watschelte zum Feuer und wärmte sich die Finger. »Spar dir deine Worte. Ich habe Bärenjäger geliebt. Könnte ich die Zeit zurückdrehen ... ich würde alles noch einmal genauso machen. Ich verbrachte viele schöne Jahre mit ihm.«

»Warum bist du zurückgekommen? Du könntest jetzt in aller Ruhe im Zelt eines jungen Kriegers sitzen. Das wäre kein schlechtes Leben. Sie füttern dich durch für die Geschichten, die du ihnen von den alten Zeiten erzählst und für die Beaufsichtigung der Kinder.« Reiher massierte sich die Unterarme, um die verspannten Muskeln zu lockern. Der Druck in ihrer Brust nahm ständig zu. »Hier dagegen mußt du den Mund halten, Holz sammeln, kochen, Vorräte anlegen. Solche Arbeiten entsprechen so gar nicht deiner Natur, Gebrochener Zweig.«

»Ha-heee! Was weißt denn *du* schon von mir? Entspricht nicht meiner Natur, sagst du? Ha!« Schimpfend wackelte sie mit ihrem dürren Zeigefinger. »Ich sah seine Augen, Reiher. Begreifst du? Der Traum – der Wolfstraum. Er berührte meine Seele. Er hob mich hoch und ließ mich in einen eigenen Traum fallen.« Sie schüttelte den Kopf. »Für das Volk bin ich zurückgekommen, *für ihn*. Damit du ihn alles Nötige lehren kannst.«

»Warum ich? Du magst nicht einmal ...«

»Schweig, alte Hexe. Gleichgültig, was in der Vergangenheit vorgefallen ist, du bist noch immer die Beste. Die einzige Träumerin des Volkes, die ihre Magie lehren kann.«

Reiher massierte ihre Stirn. Die Zeit rückte näher. Ihr Magen verkrampfte sich vor Angst. »Er wird große Kräfte erlangen und eines Tages mächtiger sein als ich. Falls er überlebt.«

Mit krachenden Knochen ging Gebrochener Zweig hinüber in die Ecke, um noch ein paar Weidenäste aus dem Holzstoß zu holen. Das Holz hatte sie den ganzen Sommer über in mühsamer Arbeit gesammelt. »Falls? Hat das irgend etwas mit dem Traum zu tun, den du gestern nacht hattest?«

Reiher starrte in das Feuer. »Bilder. Geräusche. Etwas Schlimmes geschieht mit dem Volk. Geht über das Volk hinweg. Ich ... weiß es nicht. Aber viele kommen. Viele kommen über die Hügel am Großen Fluß. An der Spitze gehen Der der schreit, Singender Wolf und Frauen, die ich nicht kenne. Hinter ihnen folgen viele Sippen. Alle fliehen zu uns.«

»Ärger?«

»Große Angst.« Reiher schüttelte den Kopf. »Sie hängt wie eine düstere Wolke über ihnen. Im Traum sah ich im Dunkeln etwas wachsen. Etwas wie Großvater Braunbär. Es reichte bis zu den Wolken hinauf, blieb aber verborgen in der Schwärze. Riesige Tatzen schwebten in der Luft, warteten.«

»War das dasselbe Ding, das auch Wolfsträumer gesehen hat?«

»Ich glaube schon.«

»Kannst du es vertreiben?«

Reiher zuckte die Achseln. »Da war noch mehr. Rabenjäger geht nach Norden. Sein Weg gleicht einem Meer aus Blut. Viele junge Männer folgen ihm. Mit zunehmender Langer Finsternis wächst seine Macht über sie. Sogar einige junge Frauen mit Speeren auf dem Rücken begleiten ihn. Sie singen, während Krähenrufer sie segnet, sie mit seiner angeblichen Zauberkraft erfüllt und ihnen Schutz vor den Geistern der Langen Finsternis verspricht. Und auf der anderen Seite des Meeres aus Blut liegen die Lager der Anderen, beleuchet von glühenden Lichtsäulen, wie sie sonst nur beim Kampf der Monsterkinder am Himmel zu sehen sind.«

»Das verstehe ich nicht.«

Reiher sah sie an und sagte: »Ich auch nicht. Deshalb weckte ich gestern nacht Wolfsträumer. Ich mußte mit ihm reden.«

»Du hast nicht nur über den Traum mit ihm gesprochen. Auch über den gelben Stein des Geysirs. Die weißen Kristalle unter dem Mammutdung. Die Kräuter für Medizin.«

»Das kann sich bald als nützlich erweisen. Er muß damit umgehen können. Er hat viel gelernt, mehr als er bis jetzt selbst weiß. Ich hoffe nur, es reicht aus.«

Gebrochener Zweig scharrte mit den Füßen. Sie beobachtete Reiher aus den Augenwinkeln. »Man könnte fast glauben, du fürchtest, ihn nicht mehr alle wichtigen Dinge lehren zu können.«

»Schon möglich.«

»Was redest du da!«

Langsam schüttelte Reiher den Kopf. »Seit ich Bärenjäger verlassen habe, hatte ich die Dinge immer unter Kontrolle – selbst wenn ich sie nur gesehen habe, konnte ich sie doch wenigstens verstehen. Aber die Welt verändert sich, Menschen sterben, und ich verstehe nichts mehr.«

»Du kannst nicht alles verstehen, was auf der Welt passiert, Reiher. Sonnenvater . . .«

»Ah, aber ich kann den Aufbau, das Muster darunter erkennen.« Sie schloß die Augen, lehnte den Kopf zurück und seufzte. »Zumindest konnte ich es. Aber jetzt geht alles durcheinander. Die Bilder gleichen gebrochenen, verstreut umherliegenden Karibuknochen. Die Wege der alten Träume sind blockiert, die neuen jagen Angst ein. Irgend etwas ist unterwegs. Ich will nicht herumsitzen und tatenlos darauf warten. Nein, Alte, ich bin eine Suchende. Ich will *wissen*, was es ist, bevor es mich verschluckt!«

»Das Wissen über die Geister hat Bärenjägers Platz eingenommen, eh?«

Ihre Blicke begegneten einander. Reihers Augen wurden sanft und feucht. »Ja.«

»Darum hast du den Jungen weggeschickt. Du willst gegen dieses Phänomen kämpfen.«

Reiher antwortete nicht gleich. Sie biß sich auf die Unterlippe und runzelte nachdenklich die Stirn. »Er lenkt mich ab. Außerdem könnte er etwas sehen, wofür er noch nicht reif ist. Er ist schlau, der Junge.«

»Was hast du nun vor?«

»Still! *Ich muß sehen*, begreifst du denn nicht?«

Der Feuerschein warf flackernde Schatten auf Gebrochener Zweigs runzliges Gesicht. In ihren Augen stand Angst. »Du mußt sehen. Was mußt du sehen?«

»Du, du bist Teil davon.« Reiher drückte den Rücken durch, holte tief Luft und begann mit ihren Vorbereitungen.

»Ich bin Teil davon?«

»Leider.«

»Was meinst du denn . . .«

»Geh und bleib unten am Teich. Ich weiß nicht . . .« Sie verstummte, um das Zittern in ihrer Stimme zu verbergen. Energisch nahm sie sich zusammen und fuhr fort: »Ich weiß nicht, wie lange es dauert, aber komm nicht zurück, bevor ich dich rufe, verstanden? Wenn du mich unterbrichst, wenn du meine Konzentration störst – ich weiß nicht, was dann passiert.«

Gebrochener Zweig erhob sich stöhnend. Sie schüttelte den

Kopf. »Du bist ein verrückter alter Brachvogel, Reiher. Meinetwegen vertief dich halt in deine Träume, du alte . . .«

»Gebrochener Zweig?«

»Was?«

»Wegen Bärenjäger . . .«

Gebrochener Zweig schürzte die Lippen und schlug die Augen nieder. »Ich war jung damals, meine Lebenssäfte waren heiß. Mein Herz sehnte sich nach ihm. Was ich getan habe . . .«

»Hast du ihn glücklich gemacht?«

»Er hat sich nie zu einer anderen gelegt. Wenn er jagen war, rannte er den ganzen Weg nach Hause, um schnell wieder bei mir und den Kindern zu sein. Wir sprachen viel miteinander – und lachten. Alle unsere Kinder überlebten und gründeten eigene Familien. Er hat so gerne seine Enkel auf den Knien geschaukelt.«

»Wie ist er gestorben?«

»Es ging schnell. Ein Mammut schwang seinen Rüssel, Bärenjäger stolperte, fiel und konnte nicht mehr ausweichen.«

Ein langes Schweigen folgte. »Ich hätte ihm nie das geben können, was er von dir bekommen hat. Träumer können nicht wirklich lieben, Gebrochener Zweig. Es ist . . . es ist ein Fluch, verstehst du. Ein Träumer, der liebt, zerstört sich selbst und den Menschen, den er liebt. Es ist ein tödlicher Fehler. Ich habe mich bemüht, Wolfsträumer dies begreiflich zu machen. Hoffentlich hat er mich verstanden.«

»Vielleicht. Nun, du hast es zumindest versucht.«

Reiher nickte und lächelte wehmütig.

»Jetzt geh. Was immer du auch hörst, was immer du auch siehst, laß mich allein! Verstanden? Laß mich allein – oder du bringst mich um.«

Gebrochener Zweig verzog den welken Mund. »Ich mische mich nicht in deine Träume ein, Reiher.« Sie schlug die Felle vor der Höhlenöffnung zurück und trat hinaus in die grelle Mittagssonne.

Reiher starrte auf das hin und her schwingende Fell. Sie zögerte. Ihre Hände bebten vor Angst. »Steh endlich auf, alte Närrin«, schalt sie sich. »Das ist die einzige Möglichkeit.«

Mit entschlossen vorgeschobenem Unterkiefer erhob sie sich und holte die Pilze herunter. Vorsichtig legte sie diese neben das Feuer, griff nach einem Stapel Weidenholz und warf eine Handvoll in den mit Wasser gefüllten Darmsack, der am Dreifuß dicht beim

Feuer hing. Das Holz sog das Wasser auf. Ein stechender Geruch verbreitete sich in der Höhle.

Heftig atmend blickte sie auf die Pilze. Sie sprach mit ihnen wie mit einem Freund. »Wie lange ist es her? Es war in der Nacht, als Wolfsträumer mich rief. Erinnert ihr euch?«

Die dunklen Pilze schienen im Feuerschein zu glühen.

»Wir rangen miteinander wie zwei Bären.« Sie schluckte und spürte, wie die Angst ihren ganzen Körper erfaßte. Ihre Stimme war kaum hörbar. »Ihr habt mich beinahe umgebracht. Erinnert ihr euch?«

Sie wandte den Blick von den Pilzen ab und stocherte im Feuer, um die Kohlen zum Glühen zu bringen. Am Rande ihres Bewußtseins spürte sie Gebrochener Zweigs Gegenwart draußen am Teich. Eine Ablenkung. »Konzentrier dich!« befahl sie sich barsch. »Sie stört dich nicht. Sie hat es versprochen.«

Hinter sich hörte sie leises Stimmengemurmel. Sie wandte den Kopf und sah die Pilze an; sie riefen nach ihr, lockend wie ein Geliebter.

»Ich komme«, sprach sie mit tränenerstickter Stimme.

Mit zitternden Händen nahm sie das vollgesogene Weidenholz. Das vertraute Lied singend, warf sie die erste Handvoll Holz in das Feuer. Zischend dampfte der heilige Rauch auf und wirbelte durch das Abzugsloch in der Decke.

Sie vergrub ihr Gesicht in den Händen und kämpfte gegen das aufsteigende Entsetzen in ihrer Brust.

Die Pilze flüsterten. Ihre unheimlichen Stimmen hallten von den kalten Steinwänden wider.

Kapitel 38

Die leuchtenden Lichter des Kriegs der Monsterkinder überzogen alle Himmel mit orangefarbenen, roten, blauen und grünen Streifen. Bei Einbruch der Dunkelheit schlug das Volk das Nachtlager auf. Hungrige Babys wimmerten, Hunde kläfften, Männer schrien Befehle, und die Frauen nahmen die Rückentragen ab und gingen Holz sammeln.

»Wo ist Kralle?« fragte Tanzende Füchsin auf einmal und blickte sich suchend um.

Singender Wolf reckte sich und schaute über die Menge. »Ich sehe sie nicht. Am besten gehe ich ein Stück zurück und suche sie. Vielleicht ruht sie sich irgendwo aus.«

»Nein, ich gehe.« Besorgt beobachtete Tanzende Füchsin den rasch dunkler werdenden Himmel.

»Allein? Es könnte ...«

»Mach dir keine Sorgen.« Schüchtern lächelte sie ihn an. »Ich habe etliche Drehungen der Mondfrau alleine draußen in der Wildnis verbracht. Mir passiert nichts. Außerdem bin ich für Kralle verantwortlich. Du sorgst dafür, daß im Lager alles in Ordnung ist. Ich finde sie schon.«

Es war ihm nicht recht, aber er nickte zustimmend.

Tanzende Füchsin nahm ihre Speere und ging auf dem Weg zurück, den sie gekommen waren. Im Windschatten der Felsen folgte sie den Stiefelspuren im Schnee.

Wie lange hatte sie die Alte nicht mehr gesehen? Eine Stunde? Oder zwei? Sie wußte es nicht. Sie hatte sich angeregt mit Grünes Wasser über die Anderen unterhalten.

Die Schatten wurden länger. Eine Eule schrie. Drei Krähen flogen krächzend und mit rauschenden Flügeln über sie hinweg.

Bald darauf senkte sich Stille über das Land, der Mantel der Nacht deckte es zu.

»Kralle?« Ihre Stimme klang merkwürdig fremd.

Sie setzte sich in Trab, ohne die Spuren im Schnee aus den Augen zu verlieren.

»Kralle?«

»Hier, Mädchen«, kam es wie ein leises Echo aus dem Wind.

Suchend bahnte sie sich den Weg durch die steilen Felsen, bis sie die alte Frau schließlich entdeckte.

Kralle lag auf einer abgeschrägten Granitplatte. Die hinter ihr aufragende hohe Felswand, geformt von sich zurückziehenden Gletschern, bot ihr Schutz vor dem Wind. In den sandigen Felsspalten wuchs vereinzelt Wermut. Am dunklen Himmel zogen von Norden Wolken heran.

Kralle blickte auf. Sie versuchte ein kleines Lächeln. Gequält schüttelte sie den Kopf, aber ihre uralten Augen zwinkerten vergnügt.

»Hast mich gefunden, eh?«

»Hast du dich verirrt oder eine Rast eingelegt, um . . .?«
»Ich kann nicht mehr weiter, Mädchen.«

Füchsin beugte sich über die alte Frau, deren knotige Finger sich um die knochigen Knie krampften. »Was?«

»Es ist Zeit, das ist alles«, sagte Kralle leichthin und sah mit schief gelegtem Kopf zu Füchsin hinauf. »Ich halte die anderen nur auf. Immer bin ich die letzte in der Schlange. Da dachte ich mir, such dir ein hübsches Plätzchen und setz dich hin.«

»Nein, Kralle. Wir lagern nicht weit von hier. Du kannst . . .«

»Nein.« Eine zerbrechliche Hand streckte sich aus und tätschelte Tanzende Füchsin, deren Augen mit wachsendem Verständnis auf ihr ruhten.

»Nein, Kind, laß mich. Ich laufe schon lange genug herum und weiß, was kommt. Ich fühle den Tod nahen. Meine Seele möchte gehen.« Sie zeigte hinauf zu den wenigen leuchtenden Sternen.

Eine schreckliche Leere breitete sich in Tanzende Füchsin aus. Sie flüsterte: »Was soll ich nur ohne dich machen?«

Kralle lachte. »Oh, du gehst deinen Weg, Kind. Ich bin stolz auf dich. Du hast den Geist der Frauen der alten Zeit. Ah, der Tag, an dem du Maus am Hals gepackt hast, hat mir das Herz erwärmt. Erinnerst du dich noch an die Speerspitze, die du vor der Erneuerung gemacht hast? Und du hast die Schneegans einfach aus der Luft geholt! Mit einem Faustschlag! Das schafft kaum ein Mann!«

»Komm schon, du hast dich genug ausgeruht. Wir gehen. Das Lager liegt nicht mehr als einen Speerwurf weit hinter dem Hügel dort. Ich hätte dich besser im Auge behalten sollen. Wenn ich . . .«

»Gar nichts hättest du«, krächzte Kralle. »Zwei Tage bin ich auf diesen todmüden Beinen herumgehumpelt, bis sich endlich eine günstige Gelegenheit zum Davonschleichen ergeben hat. Grünes Wasser hat sich gern mit dir unterhalten, sie ist eine gute Frau.«

»Aber du kannst doch nicht . . .«

»Natürlich kann ich.« Sie stieß Tanzende Füchsin beiseite. »Das ist lediglich eine Sache der Verantwortung. Sieh mich an. Ich kann kein Leder mehr gerben. Ich schlafe ein, wenn ich auf die Kinder aufpassen soll, während die anderen Frauen jagen, Fallen stellen oder Pflanzen sammeln. Übrigens weiß ich schon lange, daß ich während dieser Langen Finsternis sterben werde.«

»Gar nichts weißt du.«

»Doch. Und Füchsin, nach allem, was ich dir gesagt habe, was ist besser für unser Volk? Wenn ich herumsitze und den Babys die

Fleischvorräte vom Mund wegesse? Nein, niemand weiß, was uns diese Lange Finsternis bringt. Das Essen ist entscheidend.«

»Und wenn ich dir von meiner Ration abgebe?«

Kralle grinste liebevoll. »Du bist ein gutes Mädchen, aber ich würde es nicht anrühren.«

»Warum nicht?«

»Ich bin leer, Füchsin. Ich habe alles gesagt, was ich über das Jagen und Sammeln weiß. So ist es Brauch. Wir geben unser Wissen weiter. Du lebst, wie ich es dich gelehrt habe, und in einigen Jahren gibst du dieses Wissen weiter. Das allein zählt.«

Tanzende Füchsin schüttelte den Kopf. »Ich kann nicht tatenlos zusehen und dich sterben lassen.«

Kralle lachte. »Das können die jungen Leute nie.«

»Das Lager ist wirklich nicht weit weg. Geh wenigstens noch so weit mit mir. Ich helfe dir . . .«

»Nein, Kind«, sagte Kralle entschieden. »Geh jetzt, laß mich allein. Ich weiß zu schätzen, was du für mich tun willst, aber es ist der falsche Weg. Ich habe getan, was mir auf dieser Welt zu tun bestimmt war. Geh und suche deinen Träumer, Mädchen. Blick nach vorne in die Zukunft.«

Tanzende Füchsin schloß die Augen. Sie setzte sich neben die alte Frau und nahm deren Hand in die ihre. »Ich . . . ich bleibe. Ich leiste dir Gesellschaft. Schütze dich vor . . .«

»Geh«, flüsterte Kralle zärtlich. »Es kann tagelang dauern. Du kommst zu spät zu deinem Träumer.«

»Ich finde ihn auch später noch. Laß mich bei . . .«

»Füchsin?«

»Hmmm?«

»Was diesen Träumer angeht. Du hast nie einen wirklichen Träumer gekannt, und ich fürchte . . .«

»Ich sah Der im Licht läuft nach dem Wolfstraum. Und ich war mit Krähenrufer verheiratet.«

»Das ist nicht dasselbe.«

»Was willst du mir sagen?« fragte sie beklommen.

Kralle seufzte. Ihre Lungen keuchten vernehmlich. »Die alten Großen Träumer, die richtigen . . . Also, ich kannte keinen, der verheiratet war.«

»Ich verstehe nicht.«

Kralle biß sich auf die Unterlippe. »Das habe ich befürchtet. Ich habe nie viel zu deiner Leidenschaft zu Der im Licht läuft gesagt, mein Kind. Aber wenn er wirklich bei Reiher geblieben ist, wirst du ihn wohl nicht mehr wiedererkennen.«

»Ich erkenne ihn immer wieder. Ich kenne ihn, seit ich ...«

»Das meinte ich nicht.« Kralle lehnte den Kopf an den Fels und richtete die alten Augen traurig hinauf zum Himmel. »Füchsin, Träume verändern die Menschen. Dabei geschieht etwas in ihren Köpfen. Sie verlieren das Interesse an weltlichen Dingen. An Freunden – und besonders an geliebten Menschen.«

»Aber ein Träumer ist auch nur ein Mensch. Ich meine, Krähenrufer unterschied sich in nichts von ...«

»Pah!« zischte Kralle. »Krähenrufer? Er ist kein Träumer. O ja, vor Jahren hat er ein paar winzige Erleuchtungen gehabt, die ihm in den Kopf gestiegen sind und ihn größenwahnsinnig gemacht haben. Doch hat er die Gabe gleich wieder verloren.«

Tanzende Füchsin drückte die Hand der Alten und lenkte die Unterhaltung wieder auf Der im Licht läuft. »Was ist mit Licht, Großmutter?«

»Wirkliche Träumer verlieren das Interesse an allem außer an ihren Träumen. Niemand weiß, warum, aber so ist es nun einmal. Sie lassen viele gebrochene Herzen zurück.«

Tief atmete Tanzende Füchsin die kalte Nachtluft ein. Eine bleischwere Last legte sich auf ihre Brust. »Willst du damit sagen, daß er mich nicht mehr haben möchte?«

»Ja.«

Tanzende Füchsin kämpfte gegen die Tränen an. Trotz ihrer Angst murmelte sie beharrlich: »Er wird da sein. Er wartet auf mich, ich weiß das.«

Ein weißer Schimmer tauchte am Horizont auf. Mondfrau begann ihren Weg über den Himmel. »Er kam nicht zur Erneuerung. Weißt du, warum?«

»Er konnte nicht. Er war beschäftigt.«

»Wenn er dich hätte sehen wollen, wäre er gekommen. Er blieb bei Reiher, weil ihm das Träumen wichtiger war.«

»Warum hast du mir das damals nicht gleich gesagt? Dann hätte ich mich darauf vorbereiten können.«

»Ich wollte dir nicht noch eine Last aufbürden. Rabenjäger hat dir genug Sorgen gemacht. Und ... ich dachte, ich könne dabei sein, wenn du Der im Licht läuft wiedersiehst und dir in deiner Enttäuschung beistehen. Ich wußte nicht, daß es mit mir so schnell zu Ende gehen würde.«

»Ich kann einfach nicht glauben, daß er ...« Sie schüttelte den Kopf. Hoffnung und Vorfreude mischten sich mit dunklen Ahnungen. All die langen Monate der Leiden und Einsamkeit. Nur seine Liebe hatte sie aufrechterhalten.

Kralle schluckte. In der Stille der Nacht hörte sich das Geräusch ungewöhnlich laut an. »Ist das dasselbe Mädchen, das so hart an sich gearbeitet hat? Das unbedingt unabhängig werden wollte?

Du bist stärker, als du glaubst. Komm wieder auf die Erde. Nur Vögel leben in den Lüften.« Ihr magerer Zeigefinger wies hinauf zum kristallklaren Nachthimmel.

Tanzende Füchsins Herz schlug, als wolle es zerspringen. »Er will mich nicht mehr, und du verläßt mich. Ich will nicht allein sein. Ich brauche..«

»Niemanden brauchst du. Mach dir doch nichts vor. Du redest dir das nur ein wie die anderen auch. Alle denken, daß das Wohl eines Menschen von einem anderen abhängt.«

»Menschen brauchen einander.«

»Tatsächlich?«

»Natürlich.«

Kralle stupste ihr mit dem Finger auf die Brust. »Es gibt nur einen einzigen Grund, warum Menschen nicht allein sein wollen. Weil sie ganz tief drinnen Angst haben. Sie fürchten sich zu Tode und können ohne Zuwendung nicht leben.«

»Ich fürchte mich nicht«, widersprach Füchsin.

Kralle lächelte, Stolz leuchtete in ihren Augen auf. »Siehst du. Du und Reiher, die Träumerin, seid die einzigen, denen ich es zutraue, alles alleine zu schaffen.« Kralle seufzte leise und sah auf die im Mondlicht schimmernden Felszacken. »Ich kannte Reiher nicht sehr gut. Ich war erst zehn, als sie das Lager verließ. Aber schon damals habe ich sie bewundert, weil sie sich traute, alleine wegzugehen.«

»Und wenn Reiher gar nicht der Grund für das Fernbleiben von Der im Licht läuft ist?« fragte Füchsin unsicher und hoffnungsvoll.

»Erwartest du, ihn in seinem Lager mit drei Frauen vorzufinden?«

»Vielleicht.« Trotz ihres Kummers mußte Tanzende Füchsin ein wenig lächeln.

»Würdest du dich dann von einer Klippe stürzen?«

Tanzende Füchsin neigte beschämt den Kopf. Dabei fiel ihr Blick auf ein längst verlassenes Vogelnest, das kaum einen Fuß über dem Boden am Felsen klebte. Die zum Bau verwendeten kleinen Zweige waren von weißem Reif überzogen. Ein zerbrochenes gesprenkeltes Ei lag darin und glitzerte im Mondschein. »Nein.«

»Aha, du wirst also leichter damit fertig, wenn er einer anderen Frau gehört, als wenn er Träumer ist?«

»Gegen eine andere Frau kann ich kämpfen, nicht aber gegen die Mächte seiner Visionen.«

»Ja, da hast du recht. Aber es ist wohl nicht das erste Mal in deinem Leben, daß du einen geliebten Menschen verlierst, oder? Es gibt Schlimmeres.«

»Was denn?« Sie war verbittert.

Kralle sah sie ernst an. »Den Untergang unseres Volkes. Wenn er sich den Träumen opfert, dann nur für sein Volk. Verstehst du das? Nicht, weil er dich haßt.«

Tanzende Füchsin starrte auf die dunkle Silhouette der alten Frau. Ihr Herz hämmerte bis zum Hals. »Ich werde mich bemühen, ihn zu verstehen.«

Kralles Stimme nahm einen ungewohnt warmen Klang an. Sehnsüchtig schaute sie hinauf zu den bläulich funkelnden Sternen. »Das weiß ich.«

Minutenlanges Schweigen folgte, in dem sie nur auf Windfraus über die Felsen hinwegstreichenden Atem lauschten.

»Du kommst nicht mit ins Lager? Wirklich nicht?«

»Nein, ich warte hier und unterhalte mich mit dem Volk der Sterne.« Kralle schielte ein wenig ängstlich zum Himmel.

»Ich bleibe bei dir. Es ist nicht recht, wenn du alleine sterben mußt.«

Kralle scheuchte sie mit einer Handbewegung weg. »Ich möchte alleine Sterben.«

Ein Schluchzen stieg in Tanzende Füchsins Kehle auf. Mühsam unterdrückte sie es. »Bist du sicher?«

Kralle betrachtete forschend das von Kummer und Gram gezeichnete Gesicht der jungen Frau. »Ist es wirklich so wichtig für dich, bis zum Ende in meiner Nähe zu bleiben? Den Weg zum Volk der Sterne muß ich alleine finden.«

»Ich kann den Gedanken nicht ertragen, dich hier schwach und allein zu wissen. Und die Wölfe . . .«

»Gut, was soll ich noch sagen? Hältst du sie mir vom Hals?«

»Wenn du es mir erlaubst.«

»Glaubst du, du kannst es ertragen? Wenn du bei mir bleibst, erfährst du erst viel später, was mit Der im Licht läuft wirklich los ist.«

Tanzende Füchsin blickte in die von unzähligen Runzeln umgebenen Augen der alten Frau. Zärtlich und vertraut sagte sie: »Ich kann es ertragen.«

Behutsam nahm sie die zerbrochene Eierschale aus dem Nest und strich mit den Fingerspitzen leicht über die scharfen Kanten.

Kapitel 39

Eisfeuers Wigwam besaß einen Durchmesser von ungefähr zwanzig und eine Höhe von sechs Fuß. Karibu- und Mammutfelldecken schützten vor der Kälte. Die Pelzhaare glitzerten im Schein des Feuers. Bunte Medizinbeutel zierten die Wände, jeder sorgfältig in die Richtung gehängt, aus der die ihm zufließende Zauberkraft kam.

Stirnrunzelnd sah Eisfeuer auf den Seebeutel an der südlichen Wand. Seit Tagen verfolgte ihn dessen süße Stimme und raubte ihm den Schlaf. »Ich habe meine Ohren nicht verschlossen«, versicherte er mit sanfter Stimme, streckte die Hand aus und strich über den Talisman. »Sprich weiter. Vielleicht verstehe ich deine Botschaft.«

»Eisfeuer?«

Er ließ die Hand sinken und erkannte den durch das Türfell lugenden Gebrochener Schaft. Er winkte den jungen Krieger herein und stand auf, um ihn zu umarmen. Gebrochener Schaft, ein großer muskulöser Mann, war zwanzig Lange Helligkeiten alt. Lächelnd trat er zurück. Seine Augen ruhten liebevoll auf dem Älteren. »Dem Großen Geheimnis sei Dank, daß es dir gutgeht. Nach den vielen Angriffen des Feindes fürchtete ich um dein Leben.«

Eisfeuer erwiderte das Lächeln. »Mach dir keine Sorgen. Ich kenne den Zeitpunkt meines Todes. Es ist noch nicht soweit.«

Skeptisch sah Gebrochener Schaft ihn an. »Ich habe gehört, daß sich deine Visionen manchmal als falsch erweisen . . .«

Eisfeuer lachte. »Ein einziges Mal.«

»Nun, trotzdem beunruhigt es mich.«

Wieder lachten sie einander zu.

»Du warst nicht lange weg«, meinte Eisfeuer. »Ich hoffe, das bedeutet gute Nachrichten.«

»Rauch erwies sich als sehr schwierig.«

Eisfeuers Gesicht verdüsterte sich. »Warum? Er ist ein guter . . .«

»Er lernte ein Mädchen aus dem Rundhuf-Clan kennen und verlor den Kopf. Tagelang brachte er ihr Sträuße aus Herbstlaub, bis sie endlich seinem Werben nachgab.«

Eisfeuers Augen funkelten amüsiert. »Also ist Rauch dort geblieben?«

»Ja.«

Eisfeuer legte den Arm um die breiten Schultern des jungen Kriegers und führte ihn ans Feuer. Beide setzen sich auf den sandigen Boden. »Du siehst müde aus. Darf ich dir eine warme Mahlzeit anbieten?«

»Ja, gerne, ich habe einen Mordshunger.« Bevor der junge Mann seine Speere beiseite legte, preßte er einen Moment lang die Lippen darauf, wie um sich dafür zu entschuldigen, daß er sie aus den Händen gab.

Eisfeuer füllte ein Horn mit dickflüssigem Moschusochsenbrei und reichte es dem hungrigen Krieger.

»Vielen Dank, Ältester. Ich habe dir viel zu berichten.«

»Eisfeuer?« Roter Feuerstein erschien unter der Tür.

»Tritt ein, alter Freund.«

Der Mann mittleren Alters folgte der Aufforderung und ließ sich müde neben dem Feuer auf die Knie sinken. Seine Augen schimmerten traurig, die Falten um seinen Mund waren tiefer denn je – seit der Feind seine Tochter Mondwasser entführt hatte, war er wie verwandelt.

Eisfeuer dachte voller Mitgefühl an das hübsche junge Mädchen, das nun im Lager des Feindes seine Pflichten erfüllen mußte. Voller Haß auf den Feind, vermutete er, daß sie vergewaltigt worden war und bereits ein Kind in ihrem jungen Leib trug. Er schickte ein Gebet zum Großen Geheimnis, daß es ihr trotzdem gutgehen möge.

Gebrochener Schaft räusperte sich vernehmlich und riß ihn aus seinen düsteren Gedanken. Eisfeuer registrierte, daß er inzwischen etliche Hörner Brei gegessen hatte. Gebrochener Schaft schlug verlegen die Augen nieder. Doch Eisfeuer ging nicht darauf ein, sondern fragte:

»Du warst beim Rundhuf-Clan? Und auch beim Tigerbauch-Clan?«

Gebrochener Schaft nickte und berichtete etwas förmlicher. »Ja, Hochverehrtester Ältester. Ich bringe größtenteils gute Neuigkeiten. Der Druck verlagert sich etwas nach Westen. Irgend etwas geschieht da draußen. Das Gletschervolk zieht die Küste entlang nach Süden. Einige andere Stämme gehen immer weiter nach Norden, andere zögern noch, weil unsere Clans dort das ganze Wild bereits gejagt haben. Hinzu kommt, daß das Große Geheimnis die Feinde bestraft hat, die uns vertreiben wollen. Ihre Krieger siechen an entsetzlichen Krankheiten dahin. Auch eine Krankheit der Seele hat sie befallen, und eiternde Wunden bedecken ihre Körper. Im Augenblick sind sie geschwächt und können nicht kämpfen wie sonst.«

Eisfeuer dachte über das eben Gehörte nach. »Unsere Clans haben also in diesem Jahr nicht soviel Land verloren wie im letzten?«

»Nein, im Gegenteil. Wir haben sogar einiges zurückerobert.« Nach einem kurzen Blick auf Roter Feuerstein zog Gebrochener Schaft eine mißbilligende Grimasse und schüttelte den Kopf.

Eisfeuer folgte seinem Blick und bemerkte die Gleichgültigkeit des älteren Mannes, der geistesabwesend mit einem Weidenast im Feuer stocherte, als ginge ihn das alles nichts an. Er wandte sich wieder an Gebrochener Schaft. »Worüber machst du dir Sorgen?«

Der Krieger zog die Augenbrauen hoch und machte eine dramatische Gebärde. »Das Salzwasser, Hochverehrtester Ältester.«

»Das Salzwasser?«

Unruhig rutschte Gebrochener Schaft hin und her. »Das Land zwischen dem Rundhuf- und dem Tigerbauch-Clan.« Er schüttelte den Kopf. »Rauch und ich passierten die Landbrücke zu Beginn der Langen Helligkeit. Wir marschierten durch das Gebiet des Büffel-Clans zu den Tigerbäuchen. Auf dem Rückweg nach nicht mehr als zwei Monden wollte ich mit Karibufuß vom Büffel-Clan denselben Weg nehmen, aber das Wasser hatte die alte Route überspült. Wir mußten einige Tagesmärsche weiter nach Norden gehen. Es ist unheimlich. Pflanzen wurden mittem im Wachstum vom Wasser überrascht. Das Land ist schmaler geworden. Außerdem bewegt sich das nördliche Salzwasser südwärts. Anscheinend wollen sich die beiden Meere vereinen. Aber das ist noch nicht alles. Karibufuß erzählte mir, die Flüsse hätten noch nie soviel Wasser geführt. Die Hälfte seines Clans konnte dieses Jahr nicht zur Tanzzeremonie kommen, weil der große westliche Fluß Hochwasser geführt hat. Die Leute konnten ihn nicht überqueren. Du weißt schon, der Fluß auf der anderen Seite der Berge. Er fließt nach Westen. Nicht einmal die kräftigsten und tapfersten Männer wagten sich in die reißenden Fluten.«

»So bald schon.« Eisfeuer geriet ins Grübeln. Vage Angst stieg in ihm auf. Eine zarte Kinderstimme drängte sich in seine Überlegungen. Sein Blick fiel auf die Medizinbeutel. »Ist es das?« flüsterte er. Seine Augen wurden schmal. »Geschieht es schneller, als ich dachte?«

Gebrochener Schaft kratzte sich nachdenklich am Kopf. »Was ist, Ältester?«

Eisfeuer starrte auf den grünblauen Seebeutel, doch die Stimme war verstummt. Blinzelnd kehrte er in die Wirklichkeit zurück. »Die Meere schneiden uns vom Gletschervolk ab.«

»Wie denn?«

»Sie überfluten das Land.«

Gebrochener Schaft rührte sich nicht. Seine Miene verdüsterte sich. »Was ist, wenn uns das Wasser von den Tigerbäuchen abschneidet? Das könnte passieren, denn sie übernehmen wieder das Land, das vom Gletschervolk aufgegeben wurde.«

Eisfeuer zuckte die Achseln. »Dann müssen sie sich eben allein mit dem Gletschervolk auseinandersetzen – und mit dieser furchtbaren Krankheit.«

Gebrochener Schafts Unbehagen wuchs. »Und wenn das Wasser die Welt überschwemmt? Sind wir denn in Sicherheit?«

»Darüber mach dir keine Sorgen. Bis dahin bist du längst tot. Das dauert noch seine Zeit.« Er lächelte und schielte aus den Augenwinkeln zu seinem Medizinbeutel. *Hatte er recht?*

Roter Feuerstein befeuchtete seine Lippen und straffte den Rükken. »Hoffentlich schicken uns die anderen Clans Krieger, die uns im Kampf gegen den Feind unterstützen. Wir müssen unsere Familienmitglieder zurückholen!« Wütend schlug er mit der geballten Faust auf den Boden.

Eisfeuer legte tröstend eine Hand auf die Schulter des Freundes. »Wir holen sie zurück«, versicherte er.

Roter Feuerstein entspannte sich ein wenig und nickte. »Ich . . . ich weiß, Ältester.«

Seinen Griff lockernd, wandte sich Eisfeuer an Gebrochener Schaft: »Wie viele kommen?«

»Sehr viele«, antwortete Gebrochener Schaft ohne zu zögern. »Das Gletschervolk wendet sich wie gesagt nach Süden und nimmt das Land der kranken Stämme ein. Weil es dort für einen tapferen Krieger augenblicklich nichts zu tun gibt, kommen die Krieger aller Clans hierher, um uns im Kampf gegen den Feind beizustehen.«

Wieder nickte Roter Feuerstein und ballte die Fäuste. »Dieses Jahr holen die Krieger unseres Clans das Heilige Weiße Fell.«

Gebrochener Schaft grinste. »Da bin ich ganz sicher.«

Eisfeuer lächelte stolz. Das Fell war das Heiligtum des Stammes, das Herz des Volkes, seine Lebensgarantie. Während jeder Langen Helligkeit wurde es dem Clan übergeben, der am meisten Tapferkeit bewiesen und damit die höchste Auszeichnung des Stammes verdient hatte.

Er nickte. »Ich zweifle nicht daran, daß wir es uns holen.«

In dieser Nacht konnte Eisfeuer nicht einschlafen. Wie ein sterbender Lachs nach dem Laichen warf er sich unruhig unter seinen Decken hin und her. Immer wieder rief der Seebeutel nach ihm, aber er verstand die Worte nicht; das verstörte ihn zutiefst.

Das Türfell wurde vom Wind gebläht und gab den Blick frei auf die am nachtdunklen Himmel funkelnden Sterne. Tief sog er die Luft ein und konzentrierte sich auf die über sein Gesicht streichende kühle Brise.

»Mann der Anderen«, rief plötzlich eine gehetzte Stimme.

Er wartete gespannt, sein Herz hämmerte. Mit angehaltenem Atem blieb er liegen. *Die Beobachterin!*

»Ich sehe dich«, sagte sie. »Du kannst dich vor mir nicht verstecken.« Ihre rauhe Stimme hallte in seinem Innern wider wie das Rauschen der Brandung.

Er rieb sich die Augen, blinzelte ängstlich und räusperte sich laut. »Wer bist du?«

»Reiher. Ich kenne dich seit Jahren, Mann der Anderen – seit dem Tag, an dem du die Frau vergewaltigt . . .«

»Ich erinnere mich.« Er stöhnte. Die schrecklichen Erinnerungen kamen zurück. Damals hatte er sich in einem Traum gewähnt, aber er hatte die Ahnung verdrängt; heute konnte er dem ihn fortreißenden Strom auf keine Weise entkommen. Er war gefangen in einem Traum.

»Ein solch mächtiger Traum«, flüsterte er.

»Bist du bereit, mit mir zu sprechen?«

»Ja.« Er warf die Decken beiseite und spürte, wie ihre Gegenwart seine Seele einhüllte. Er starrte ins Feuer – in dem nur noch wenige Kohlen glühten – und konzentrierte sich auf die Glut.

»Ich bin hier ...« rief sie und führte ihn bei seinem Versuch zu sehen. *»Hier.«*

Aus der dunkelroten Glut formte sich ein Gesicht. Sie war alt; von Silberfäden durchzogenes Haar fiel ihr wallend über die Schultern. Trotz ihres Alters war sie wunderschön.

»Ich sehe dich«, flüsterte er, als müsse er aufpassen, keine anderen Schläfer zu wecken. »So viel Macht ... Stehst du uns im Wege? Schickst du deine Krieger gegen uns?«

Reiher schüttelte den Kopf. Für einen Augenblick verschwamm ihr Bild in der Glut. »Dafür ist dein Sohn verantwortlich. Du kennst ihn, nicht wahr? Den Blutgeborenen?«

»Nein, ich kenne ihn nicht.«

»Schade. Ich hatte gehofft, du hättest ihn in deinen Visionen gesehen. Er ist ein Mann der halben Träume, erhascht stets nur einen Funken von Größe. Er ist nicht gelehrt. Ungestüm wie ein Karibubulle, den die Fliegen verrückt machen, stürmt er los, ungeachtet aller Konsequenzen.«

»Was hat er mit ...«

»Er bringt deinem Volk den Tod.«

Kalte Angst legte sich auf sein Herz. »Wie? Dein Volk kann sich niemals gegen uns halten. Ihr seid zu wenige. Er kann nicht ...«

»Nicht er allein. Warum fragst du nicht nach deinem anderen Sohn?«

Eiskalter Schweiß strömte über sein Gesicht. *»Der Junge mit dem Regenbogen. Du ... kennst ihn?«*

»Wolfsträumer«, flüsterte sie mit einem seltsam schmerzlichen Unterton. »Er besitzt magische Kräfte, Mann der Anderen, die die meinen weit übersteigen.«

»Er verbindet sich mit seinem Bruder, um uns zu vernichten?« Traurig schüttelte Eisfeuer den Kopf. »Das können sie nicht. Nicht einmal mit seiner überragenden Macht. Wir treten sie – und dich – in den Schnee.« Aber er wußte, daß sie die Angst in seinem Gesicht bemerkte.

Reiher beugte sich näher zu ihm. »Wußtest du, daß deine Leute und mein Volk vor langer Zeit demselben Stamm angehört haben? Diese Zeit könnte wiederkommen.«

»Ein Stamm?« Aufmerksam sah er in ihr ernstes Gesicht. »Wenn wir ein Stamm waren, warum haben wir uns geteilt?«

»Die Träume waren schuld. Deine Clans vertrieben uns, weil sie unsere magische Macht fürchteten. Sie dachten, wir könnten Seelen verhexen und sie in die Leere des Raumes verbannen. Deshalb bist du der einzige Träumer des Mammutvolkes – ihr habt die Blutlinie ausgerottet. Narren!«

»Wir haben sie nicht ausgerottet«, widersprach er. Beim Gedanken an seine Söhne zog sich sein Herz zusammen. »Wir übergaben sie an euch.«

»Dieses großzügige Geschenk wird euch vernichten.«

Wut und Angst ballten sich in ihm zu einer explosiven Mischung. Er hob beide Fäuste zum Himmel und schrie: »Wie? Sag es mir!«

»Deine Söhne kommen zu dir. Sie kommen aus verschiedenen Richtungen, aber sie kommen.«

Die Kohlen flackerten und zischten, als würde jemand Wasser darüberschütten. Er rieb sich die Augen und schüttelte sich. Die Vision verschwand.

Er verschränkte die Arme vor der Brust und wiegte den Oberkörper vor und zurück. »Meine Söhne ...«

Kapitel 40

Vom wolkenverhangenen Grat aus beobachtete Wolfsträumer sein Volk, das langsam den Pfad heraufkam. Liebe und Wärme durchfluteten ihn. Sie kehrten zurück, gesund und munter. Er hielt Ausschau nach alten Freunden.

Der der schreit führte die ihm anvertraute Gruppe sicher durch die Felsenschlucht. Windfrau peitschte mit Macht auf sie ein. Ihr Atem schnitt in der Kälte des heraufziehenden Abends wie ein Messer in die Gesichter.

Der Sturm trug Wortfetzen zu Wolfsträumer.

»Dachte schon, wir schaffen es nicht!« rief Singender Wolf. Lächelnd zeigte er auf die zischenden Dampfschwaden von Reihers Geysir, die sofort hoch hinauf geweht wurden und mit den rasch dahinziehenden Wolken verschmolzen. »Sah aus, als ob der Sturm uns erwischt.«

»Da ist Wolfsträumer!« brüllte Der der schreit und winkte.

Wolfsträumer winkte zurück. Ein Lächeln erhellte sein tief gebräuntes Gesicht. Keuchend stapfte die Gruppe zu ihm herauf.

»Puh«, stöhnte Singender Wolf und blies die Backen auf. »Endlich sind wir da. Ich kann dir gar nicht sagen, wie oft ich im vergangenen Jahr von diesem kleinen Tal geträumt habe.« Lächelnd fügte er hinzu: »Schön, dich zu sehen, Wolfsträumer.«

»Ich freue mich auch, Cousin«, erwiderte er und schlug ihm freundschaftlich auf die Schulter. »Dich wiederzusehen, erwärmt mein Herz. Wie war es bei der Erneuerung?«

Singender Wolf wechselte einen raschen Blick mit Der der schreit, dann senkte er die Augen und starrte voller Unbehagen auf den vereisten Boden.

Wolfsträumer straffte sich. Er musterte die ankommenden Menschen.

So viele neue Frauen. Die verhärmten Gesichter der Frauen, die unter ihren schweren Lasten beinahe zusammenbrachen, waren voller Haß. Auch die Hunde waren schwer bepackt, sogar die Welpen. Soviel Gepäck? Für eine so relativ kurze Zeit? Er erspähte Maus; sie hatte inzwischen Drei Stürze geheiratet. Ihr Haar war kurz geschnitten. Noch einmal überblickte er rasch die Gruppe. *So viele Witwen.*

»Was ist passiert?«

Der der schreit holte tief Luft. »Das Volk ist in Schwierigkeiten.«

»In welchen?«

»Den ganzen Sommer lang überfiel Rabenjäger die Lager der Anderen.« Singender Wolf seufzte. »Einmal begleitete ich ihn. Ich sah Dinge, bei denen mir übel wurde.«

»Haben sie zurückgeschlagen? Sind deshalb so viele Frauen . . .«

»Ja, es kam zu vielen Überfällen. Alle Clans leiden darunter. Gerade jetzt verteidigen unsere jungen Männer die Lager oder rächen die Toten.«

Wolfsträumers Magen rebellierte. Flüsternd stieß er hervor: »Während der Langen Finsternis? Das ist verrückt. Keiner wird überleben.«

»Krähenrufer«, erklärte Der der schreit nach einigem Zögern, »versprach den Kriegern Schutz vor den Seelenessern.«

Bei der Erwähnung des alten Schamanen erschauerte Wolfsträumer. Er ballte die Fäuste. »Haben sie noch immer nicht begriffen, daß er ein falscher Träumer ist?«

Mit dem Fuß stieß Singender Wolf ein Stückchen Eis über einen Felsen. »Dein Bruder hat sie vom Gegenteil überzeugt.«

»Heiliges Volk der Sterne!« Er schloß die Augen, registrierte deutlicher Windfraus kalten Atem, der ihm gerade die Kapuze vom Kopf riß, und sagte dann: »Reiher wird wissen, was zu tun ist. Kommt mit. Holen wir uns Rat bei ihr.«

»Bist du sicher, daß sie uns um sich haben will?« fragte Singender Wolf zweifelnd. »Wir möchten sie nicht verärgern.«

»Sie schickte mich los, um nach euch Ausschau zu halten. Ihr stört sie bestimmt nicht – zumindest nicht für eine Weile.«

Erleichtert lachten und nickten Singender Wolf und Der der schreit und forderten die hinter ihnen versammelten Leute auf, ihnen zu folgen. Die Frauen der Anderen warfen böse Blicke um sich und quälten sich unter ihren Lasten ächzend weiter.

Grünes Wasser näherte sich lächelnd Wolfsträumer. »Du siehst gut aus, Der im . . . Wolfsträumer.«

Er erwiderte ihr Lächeln ein wenig matt. Verzweifelt gern hätte er sie nach Tanzende Füchsin gefragt, aber er fürchtete sich vor der Antwort. »Du auch, Grünes Wasser«, meinte er dann. Sie legte ihm leicht die Hand auf den Ärmel und sah ihn traurig an. »Sie ist nicht da.«

»Sie blieb bei . . .«

»Nein. Das ist eine lange Geschichte.«

»Sag's mir.«

»Sie ist dir gefolgt. Sie lief davon.«

»Was . . .« Es verschlug ihm den Atem. *Sie hatte versucht, zu ihm zu kommen.* »Was hielt sie auf?«

»Dein Bruder entdeckte sie auf der Flucht und brachte sie mit Gewalt zurück zu Krähenrufer.«

Heißer Haß wallte in ihm auf. Sein Bruder . . . immer mußte er ihm weh tun. »Was geschah dann?«

»Krähenrufer beschuldigte sie des Ehebruchs und verstieß sie. Rabenjäger – nun, er ›kümmerte‹ sich um sie.« Vielsagend wiegte sie den Kopf.

»Willst du damit sagen, er . . .«

Kleinlaut sah sie ihn aus braunen Augen an. »Er sorgte dafür, daß sie am Leben blieb.«

Nein! Sein eigener Bruder hatte die Frau vergewaltigt, die er liebte? Er schlug die Hände vor das Gesicht, um Schock und Abscheu zu verbergen. »Rabenjäger. Alles Leid geht auf Rabenjäger zurück.«

Grünes Wasser kaute auf der Unterlippe. Ihre Augen glichen unergründlich tiefen Teichen. »Sie kommt her.«

Sofort schweifte sein Blick wieder suchend über die Menschen. Er trat einen Schritt vor, aber sie hielt ihn am Arm fest.

»Es dauert noch eine Weile.«

»Warum? Wo ist sie?«

»Nachdem Krähenrufer ihre Seele verfluchte, freundete sie sich mit Kralle an. Die beiden verließen das Lager und lebten eine Zeitlang allein draußen in der Wildnis. Jetzt ist sie auf dem Weg hierher, auf der Flucht vor Rabenjäger. Kralle trennte sich von der Sippe. Sie zog sich zum Sterben zurück. Füchsin suchte sie. Am nächsten Morgen teilte sie uns mit, sie würde bis zum Ende bei ihrer Freundin bleiben.«

»Aber die Stürme kommen!«

Wieder wollte er davonlaufen, doch Grünes Wasser hielt ihn eisern am Ärmel fest. »Es geht ihr gut. Sie ist nicht mehr das Mädchen, das du einmal gekannt hast. Das letzte Jahr hat sie hart gemacht wie das Feuer eine gute Speerspitze. Sie findet sich draußen ganz gut allein zurecht. Das Mädchen, das du kanntest, gibt es nicht mehr – wie den jungen Mann, den sie einmal angelächelt hat.«

Er blickte aufmerksam in ihr ehrliches Gesicht.

»Vertrau mir. Sie kommt, wann immer sie es für richtig hält.«

»Sie kommt.«

Er sah hinüber zum Horizont. Dort ballten sich drohend dunkle Schneewolken zusammen. Sein Herz klopfte heftig vor Freude und Hoffnung, aber auch Sorge stand in seinem Gesicht.

»Es geht ihr gut«, fügte Grünes Wasser beruhigend hinzu. »Jedenfalls, wenn man bedenkt, daß sie eine Ausgestoßene ist. Aber erwarte nicht von ihr . . .«

»Ich bestrafe ihn.« Mit der Faust schlug er auf seinen dicken Handschuh. »Ich schwöre, ich zahle es ihm heim.«

»Schhh!« Sie legte einen Finger an die Lippen. »Nicht, Wolfsträumer. Sag so etwas nicht. Nicht jetzt. Wir brauchen einen starken und weisen Führer. Unser Volk ist bereits zerrissen genug.«

Er straffte den Rücken. Immer mehr Menschen kamen den Berg herauf, schwarze Schatten in der Nacht, gepeinigt von Windfraus gnadenlosem Atem. So viele? Wie sollten die alle satt werden? Seine Zuversicht schmolz wie Schnee in der Sonne. Er mußte mit Reiher sprechen.

Müde ließen sich die Neuankömmlinge am Teichufer in der Nähe von Reihers Höhle nieder. Die heißen Quellen lösten begeistertes Gemurmel aus. Inmitten der Menschen stehend blickte Wolfsträumer suchend um sich, aber er konnte die alte Träumerin nirgends entdecken. *Seltsam. Normalerweise begrüßt sie die Leute, bevor sie so nahe an ihre Höhle herankommen.*

Über die Köpfe hinweg sah er zur Höhle hinüber. Das Fell hing bewegungslos vor der Öffnung. Tief in seinem Innern baute sich Angst auf, ein schreckliches Gefühl, als sei das Ende der Welt gekommen. So schnell er konnte, lief er hinüber. Seine Panik wuchs mit jedem Schritt. Vor dem Höhleneingang blieb er stehen und rief: »Reiher!«

Keine Antwort.

Atemlos rief er noch einmal: »Reiher?« Er glaubte, sein Herz müsse brechen bei dem Gedanken ... Vorsichtig machte er einen Schritt in die dunkle Höhle hinein.

»Wolfsträumer?«

Beim Klang von Gebrochener Zweigs Stimme drehte er sich um. »Wo ist Reiher?«

Aus der Dunkelheit watschelte die Alte auf ihn zu. Eine Weidenwurzel diente ihr als Fackel und warf unheimliche Schatten auf ihr Gesicht. »Da drin. Als du gingst, um nach den Leuten Ausschau zu halten, hatte sie irgend etwas vor. Sie sagte, ich solle sie unbedingt allein lassen, was immer auch geschieht.«

Er nahm ihr die Fackel aus der Hand und hielt sie mit zitternden Fingern fest. Auf alles gefaßt, bückte er sich und betrat die Höhle.

Das flackernde Feuer tauchte die Wände in tanzendes gelbliches Licht.

Reiher lag auf dem Boden und starrte ihn an. Ihre glasigen Augen leuchteten unheimlich im Schein der Fackel. Neben ihr lagen Weidenzweige und – Pilze. Die flachen schwarzen Pilzwesen, ausgebreitet auf einem Fuchsfell, glühten gefährlich. Ein tödliches Licht.

Entsetzen packte ihn. Er stieß einen wehklagenden Schrei aus: »Nein ... nein, was hast du getan?«

»Traum ... Traum, Junge.« Die Worte kamen kaum verständlich über ihre Lippen.

Er ließ sich neben ihr nieder und berührte sanft ihren Arm. »Du bist so kalt.«

Rasch holte er Holz vom Stapel in der Ecke, warf die brennende Fackel ins Feuer und wartete ungeduldig, bis das Feuer hell aufloderte. Mit ein paar trockenen dünnen Stöcken fachte er die Flammen zusätzlich an.

»Komm, setz dich auf. Ich ...«

»K-kann nicht, Junge. Gift. Kann nicht bewegen. Kann .... nicht fühlen. Träumen, Junge. Schweben. Nicht ... nicht hier.«

Er fiel auf die Knie. Sein Herz litt Qualen, Tränen liefen ihm über die Wangen. »Bekämpfe sie«, flüsterte er. »Du kannst es. Laß nicht zu, daß die Geister dich besiegen.«

Er wickelte sie in wärmende Decken. »Bitte, Reiher. Komm zurück. Ich brauche dich. Ich muß noch viel lernen.«

»Träume, Junge!« krächzte sie. Speichel lief ihr über das Kinn, die Augen irrten blicklos umher. »Siehst du? Sieh doch ... dort!« Laut und deutlich sagte sie:

»Erbaut ein hoher Berg aus schmutziger Erde.
Errichtet aus Schweiß und Leid.
Erhebt sich hoch über den Fluß.
Pflanzenesser! Pah! Kein Geist wohnt darin.
Nicht wie in der blutgetränkten Leber.
Vater aller Wässer fließt so reich,
Schickt Wasser in die Bäche.
Wächst eine Pflanze, hoch und grün,
Frucht ist gelb, ich habe sie gesehn.
Bunte Federn, die Toten aufgebahrt.
Stämme liegen quer, die Erde ist bestellt.
Sonne, Mann und Frau sind verheiratet.«

»Sie phantasiert«, murmelte Gebrochener Zweig von der Öffnung der Höhle her. Ihre Stimme schwankte. »Ich weiß nicht, was ich für sie tun kann.«

»Nichts«, antwortete Wolfsträumer mit schmerzerfüllter Stimme.

»Wir haben schon vor Monaten über diese Möglichkeit gesprochen. Ich glaube, ich weiß, was mit ihr geschieht. Sie lebt so lange, wie sie dem Traum folgt. Sobald sie einmal auch nur kurz zögert – stirbt sie.«

»Sonnengott!« brach es aus Reiher heraus. Ihr Körper zuckte in rasenden Krämpfen.

»Lichtgeborener!
Spiralnebel, du Gott grellbunter Federn!
Trag die Pflanze auf deinem Rücken.
Versenge die Samen auf der Raufe.
Felsen ziehen vorbei wie der Himmel.«

Ein schwarzer Schatten strich über ihr Gesicht.

«Sonnenkinder . . . töten einander.
Weit im Süden, für den Tod eines Bruders.
Heiß, trocken, Krieg ist nah.
Sing, Sonnengott, Blut erhebt sich . . . sprüht in den Himmel.
Und inmitten des Volkes?
Kommen die Brüder!
Sonnengeboren. Einer ermordet.
Auf dem langen Marsch ist sein Leichnam aufgebahrt.
Blut besudelt, am Kopf.
Der Schwarze geht . . . aye, er ist tot.
Der, der liebt, ist verloren und fort.
Hingegeben dem Lied des ehrlichen Herzens.
Frauen weinen, doch du weißt nicht.
Verliere für immer – oder lebe im Schnee! »

«Ja«, flüsterte er und wiegte sie sanft in den Armen. »Folge dem Traum.«

»Du, Junge«, wisperte sie.

»Du. Geboren in Sonnenvaters Licht.
Gelegt in das Licht kurz vor der Nacht.
Wähle, mein Volk.
Tanzt für den Vater, den ihr nicht kennt.
Südwärts, immer nach Süden ziehen wir . . .
Entdecken das Ende des wehenden Schnees.«

Sie blinzelte.

»Tod auf den Hochebenen.
Andere kommen.
Sie folgen auf unseren vertrauten Pfaden.
Höhlen graben sie in den Boden.
Sehen aus wie Löcher im Rund.
Weiter . . . weiter nach Süden ziehen sie.
Zelte.
Steil aufragende Felsen. Heben die Kinder hinauf zum Himmel.

Erde, o Erde, dort breitet es sich aus.
Hebe die unterirdische Welt der Toten empor.
Flug des Vogels, so hoch, so laut.
Ruft den Blitz aus den Wolken.«

»Wovon spricht sie?« fragte Gebrochener Zweig. Wolfsträumer schüttelte den Kopf. »Ich begreife es auch nicht.«

»Monster kriechen auf den Bäuchen.
Beißen einen Mann in den Fuß und sehen ihn stürzen.
Beinlos, armlos, Haare aus Schuppen.
Schütteln eine Ratte an ihrem Schwanz.
Zähne aus Gift, Leere schlägt wild,
Macht das Blut schwarz und schwach.«

Wolfsträumer schloß die Augen und hielt ihre Hand fest in der seinen.

»Osten, aye, Osten.
Dann nach Süden führt der Weg.
Eisgeboren . . . im Schoß der Mutter.
Oh, schwarzer Bruder, dort liegt dein Schicksal.
Gegeben von der See, ihr Vater kam,
Sonnengeboren, von Sonne der gleichen.
Einer muß leben und einer muß sterben.
Siehe die Seelen sich in den Himmel erheben.

Der Himmel? Aye, der Himmel.
Bläst heiß und weiß über das Land,
Versengend mit brennenden Zeichen.
Träume die Tiere zu den Sternen, hinweg.
Ihre Körper bleichen auf staubigem Lehm.
Verändere das Land, das das Volk betritt.
Finde einen neuen Weg . . . oder sie alle sterben.
Erlebe das Gras, die Wurzel, die Beere.
Die Zeit ist knapp, das Leben nicht heiter.
Zermalme und zerstampfe, zerstampfe und zermalme,
während der heiße Wind weht.«

»Wie sollen wir je dahinterkommen, was sie meint?« brummte Gebrochener Zweig rauh.

»Wer . . . wer rief mich?« Reiher drehte den Kopf. *»Eine Stimme aus einer anderen Zeit . . . Dahinter verbirgt sich altes Leid.«*

»Ich bin's, alte Hexe«, sagte Gebrochener Zweig mit unnatürlicher Stimme.

»Schweig!« herrschte Wolfsträumer sie verzweifelt an. Gebrochener Zweig schlug die Hand vor den Mund. Wolfsträumer zog Reiher ganz dicht zu sich heran und flüsterte ihr ins Ohr: »Bleib im Traum. Folge ihm. Verlaß ihn nicht!«

»Gebrochener Zweig«, murmelte Reiher. Heftig schüttelte sie den Kopf. *»Tod im Westen! Bärenjäger? Bärenjäger! Komm zurück zu . . . zu . . .«*

Ihr Körper versteifte sich. Sie keuchte mit weit offenstehendem Mund, die Augen aufgerissen. *»Zurück in . . . den Traum. Gegangen . . . mit Bärenjäger. Gegangen . . .«*

Sie bäumte sich auf. Die Zunge quoll aus ihrem Mund, ihre Augen reflektierten Bilder des Grauens. *»Kann nicht . . . lieben . . .«*

Der Körper der alten Frau erschlaffte in seinen Armen.

Wie betäubt rieb er mit dem Daumen über ihren Handrücken. »Reiher? *Träume.* Folge dem Traum!«

Ihre Augen erloschen. Ihr entspanntes Gesicht zeigte keinerlei Ausdruck.

»Nein . . .«, flüsterte er in höchster Qual. Liebevoll rüttelte er sie. »Nein, du darfst mich nicht verlassen.«

Gebrochener Zweig jammerte: »Sie ist gegangen! Nein! Ich wußte doch nicht, was ich mit meinem Geschwätz anrichte!«

»Es war nicht deine Schuld, Großmutter«, tröstete er sie. »Bärenjäger hat sie getötet. »

Gebrochener Zweig schluckte. «Nein, das ist unmöglich. Tot. Der Mann ist seit Jahren tot . . . Seit Jahren.«

»Sie hat ihn geliebt.« Er kämpfte gegen die wachsende Kälte, die sich in seinem Innern auszubreiten begann. »Sie erzählte es mir einmal. Man kann nicht träumen und – lieben.«

Das Leid überfiel ihn unvermittelt, hüllte ihn ein, stach beißend in seine Augen, brannte in seinem Herzen. Fast besinnunglos brach er in verzweifeltes Schluchzen aus.

Kapitel 41

Mit gebeugtem Rücken kämpfte sich Tanzende Füchsin durch den aufgewühlten Schnee. Ihr Herz hämmerte hohl. Eine tiefe Leere bemächtigte sich ihrer Seele.

Sie drehte sich um und blickte zurück auf die in einen Nebelschleier gehüllte hochgelegene Stelle, an die sie Kralles leblosen Körper gelegt hatte. Windfrau nutzte diesen Moment der Schwäche aus und schleuderte ihr beißenden Schnee und Kies ins Gesicht.

Tanzende Füchsin zuckte unter der Wucht zusammen und wandte sich um. Schritt für Schritt folgte sie den Spuren, die Singender Wolf und Der der schreit für sie gelegt hatten. Die Markierungen bestanden zumeist aus mehreren aufeinandergestapelten Steinen und waren leicht zu erkennen. Windfraus rauher Atem zerrte an ihrer Rückentrage. Die Bewegung ließ den Tragegurt noch schmerzhafter in ihre Stirn schneiden als sonst.

Ein Lebensabschnitt lag abgeschlossen hinter ihr, bald begraben unter dem endlos wirbelnden Schnee. Ihr zukünftiges Leben erschien ihr wie ein endloser, ins Nichts führender Pfad, ein ewiges Im-Kreis-Gehen. Immer kehrte sie an ihren Ausgangspunkt zurück. Ihre Seele war nackt und allein.

Sie biß die Zähne zusammen. Ihr Magen brüllte vor Hunger, doch sie achtete nicht darauf. Sie setzte Fuß vor Fuß und prüfte jeden Schritt, um im tückischen Schnee nicht einzubrechen.

Bei Anbruch der Dunkelheit lagerte sie an einer Felsnadel, die den weiteren Weg markierte. Sie legte sich auf die Seite, wickelte sich fest in ihren Mantel und die Decken und streichelte den rauhen Fels.

»Eine Verbindung zu meinem Volk«, flüsterte sie und blinzelte müde. »Ein Beweis, daß es noch eine Zukunft gibt. Ich muß nur weiter den Markierungen folgen.«

Ängstlich starrte sie in den undurchdringlichen Schneesturm hinaus. Nach einer Weile zog sie entschlossen die Decken über den Kopf und schloß die Augen. Sie begann von Der im Licht läuft zu träumen, von seinen sanften Augen, seinen zärtlichen Berührungen. Vielleicht hatte sich Kralle doch geirrt, und er wollte sie noch immer wie früher?

Am nächsten Morgen schielte sie über die Decken in die vom Sturm gepeitschte endlose weiße Wüste und aß den letzten Rest des getrockneten Mammutfleisches. Sie hatte sich das Fleisch in kleine Portionen eingeteilt, aber nun hatte sie gar nichts mehr. Würde der Sturm nie nachlassen?

»Ich komme, Der im Licht läuft.«

Sie stolperte weiter, Schritt für Schritt.

Um die Mittagszeit kam sie vom Weg ab. Die Markierungen waren plötzlich verschwunden. Sie ging zurück, folgte so gut es ging ihren eigenen Spuren, aber nichts sah aus wie vorher. Am Ende ihres Irrwegs angelangt, blickte sie sich suchend um. Irgendwo mußte ein Steinhaufen als Markierung ausgelegt sein, aber sie fand nichts.

Panik erfaßte sie. Wie eine Irrsinnige rannte sie los, glitt aus, stolperte und schlug sich die Schienbeine an einem Felsausläufer auf. Mit letzter Kraft kämpfte sie sich einen Hang hinauf. Oben auf dem Grat angelangt, beschattete sie die Augen mit der Hand und schaute suchend über das Land: nichts, kein Weg.

»Nein«, zischte sie durch die zusammengebissenen Zähne. »Ich bin nicht verloren. Das kann nicht sein!«

Nur Windfraus Geheul antwortete. Tanzende Füchsin ergab sich in ihr Schicksal.

Der böige Wind kräuselte das Spiegelbild kahler Weidenäste im heißen Teich. Singender Wolf starrte auf die bizarren Muster im Wasser und überließ sich der schmeichelnden Wärme des aufsteigenden Dunstes. Eine tiefe innere Furcht beunruhigte ihn. Er wußte nicht, was es war, das ihn verwirrte. Irgend etwas in dieser Welt war falsch, entsetzlich falsch. Etwas Bösartiges schien durch die Schatten zu spähen und mit erschreckender Geduld darauf zu warten, bis die Leute sich eingerichtet hatten und träge wurden, bevor es zuschlug.

Er grub die Hände tief in die Taschen und kämpfte gegen die unheimliche Vorahnung einer kommenden Katastrophe an. Noch nie hatte ihn eine derart nagende Unruhe befallen. Ihm war, als könne sich der Boden unter seinen Füßen öffnen und ihn auf der Stelle verschlingen.

»Hast du Kummer?«

Lachender Sonnenschein stand hinter ihm und legte ihm die Hände auf die Schultern.

»Er ist vor zwei Monddrehungen gegangen.« Singender Wolf holte tief Luft und blies den Atem lautstark aus.

»Grünes Wasser sagt, er muß mit sich ins reine kommen. Er muß Reihers Tod erst begreifen und Frieden mit sich schaffen.«

»Du hast ihn gesehen, als er ging.« Langsam schüttelte Singender Wolf den Kopf. »Ich sah diesen Blick früher in den Augen der Alten, wenn sie hinausgingen, um zu sterben. Die Augen sind völlig leer, verstehst du?« Er drehte sich halb um und bemerkte ihre Anteilnahme. »Als wäre nichts mehr da von ihrer Seele.«

»Er wird sich selbst heilen.«

»Vielleicht. Falls er überlebt. Nur ein Narr geht in das Eis hinaus. Dort lauert überall der Tod. In den Felsspalten, im Steinschlag, im Schnee. Niemand kann das Eis durchqueren, niemand.«

»Er glaubt, er könne es schaffen. Du hast doch auch gehört, wie er von dem Büffel erzählt hat.« Lachender Sonnenschein drehte ihr Gesicht in den warmen Dunst, um ihre Haut mit der angenehmen Feuchtigkeit zu benetzen.

»Ja. Was den Büffel und den Bandwurm betrifft, glaube ich ihm. Aber eine Durchquerung des Eises? Nein, das ist unmöglich. Diese Öffnung, von der ihm der Wolf erzählt hat, ist der einzige Weg.«

»Und wenn er sie nicht findet?«

Ein Angstschauer überlief ihn. »Glaubst du, die Kinder könnten über Treibeis gehen? *Ich* würde das nicht wagen!« Wieder starrte er auf die im Wasser zitternden Spiegelbilder der winterkahlen Weiden. »Wenn er die Öffnung nicht findet, müssen wir zurück nach Norden – und versuchen, die Anderen zu umgehen, an ihnen vorbeizuschleichen.«

Ihre Hände gruben sich in seine Schultern. »Büffelrücken kommt. Hast du auch schon davon gehört?«

Er schnaubte und blickte der in der Kälte sichtbaren Atemwolke nach. »Ja. Das macht mich krank vor Sorge. Sie kommen zu uns, mitten in der Langen Finsternis? Wie sollen wir sie alle satt bekommen? In diesem Tal gibt es nicht genug Wild für so viele Menschen.«

Verschämt murmelte sie: »Diese Mammutherde hält sich am Fuße der Hügelkette auf. Der der schreit will Jagd auf sie machen. Im Tiefschnee ist das kein Problem, denn die Mammuts kommen nur langsam voran.«

»Das alte Mammut gehörte Reiher, wir dürfen es nicht töten. Auch wenn Reiher tot ist, ist doch ihre Seele hier. Sie beobachtet uns.«

Sie nickte und zog die Verschnürung ihrer Kapuze fest, an der Windfraus Atem zerrte. Ein langes Schweigen entstand.

Beide blickten hinüber zu den Bergen im Westen. Die Gletscher röteten sich unter den rosigen, durch die beißendkalte Luft greifenden Fingern der südlichen Sonne. Aus dem Norden trieben dunkle Schneewolken heran. Der Wind wehte den Schnee von den faltigen Warzen zerklüfteter Felsen. Ihre knotigen Spitzen leuchteten unheilverkündend. Über das bitterkalte Land brach die Lange Finsternis herein, und die Tage wurden kürzer.

»Wolfsträumer wird zurückkommen.«

»Da scheinst du dir sicher zu sein.«

»Ich war stets von seinem Traum überzeugt, auch als du nicht an ihn geglaubt hast.«

»Damals war ich jünger. Und dümmer. Gebrochener Zweig hat mir die Augen geöffnet.«

»Daraufhin bist du zurückgegangen. Du wolltest wissen, wer recht hat – wem du Glauben schenken sollst. Jetzt bist du dir sicher. Du hast deine Entscheidung gefällt.«

»Ja.« In einer resignierenden Geste zog Singender Wolf die muskulösen Schultern hoch. »Aber noch nie in der Geschichte unseres Volkes sind so viele Menschen auf so engem Raum zusammengekommen. Was ist, wenn kein Weg aus diesem Tal hinausführt? Was ist, wenn Rabenjäger die Anderen nicht zurücktreibt? Was ist, wenn es keinen Weg durch das Große Eis gibt?« Im grauen Dämmerlicht blickte er auf sie herunter. »Das könnte unseren Tod bedeuten. Und ich möchte, daß ihr lebt, du und mein Kind.«

Kapitel 42

Glatt, so entsetzlich glatt. Windfrau versuchte, seinen schwachen Griff zu lockern. Mühsam zog Wolfsträumer sich am Eis hoch. Schnee hüllte ihn ein. Die spitzen Kristalle klopften leise gegen das Eis. Im ständig grauen Licht der Langen Finsternis setzte er seinen mühseligen Weg fort, Fuß vor Fuß, Griff für Griff.

Reihers Seele hatte er mit Gebeten hinauf zum Heiligen Volk der Sterne begleitet.

Wer bin ich? Wohin gehe ich? Reiher, warum hast du mich allein gelassen? Was hat dein Traum zu bedeuten? Sosehr ich mich auch bemüht habe, ich konnte die Symbole nicht enträtseln: Von Menschen errichtete Berge? Ein sich schlängelnder Fluß? Sonnengötter? Donnervögel? Ein austrocknendes Land und ein schuppiges Tier ohne Beine? Was ist mit dem Gras und dem gelben Samen? Was sind das für Felsenhöhlen? Alles Phantasie?

In quälender Aussichtslosigkeit drehten sich seine Gedanken im Kreis.

»Ich bin so einsam.« Stunde für Stunde tobte die Lange Finsternis ihre kalte Wut aus. Eis knirschte. Die Gletscher ruhten niemals.

»Geister«, wisperte er. »Sollen sie doch kommen. Die von den Gletschern und die der Langen Finsternis.« Er hob die Hände in die wolkenverhangene Schwärze. »Hier bin ich!« *Kommt und holt mich! Ich fordere euch heraus!*

Donnerndes Schweigen umgab ihn.

Bis auf einen kleinen Rest hatte er das gepreßte, mit Fett angereicherte Dörrfleisch aufgezehrt. Sein Proviant ging unerbittlich zur Neige, und um ihn herum gab es nichts als schräge Eisplatten, die ihn in den Tod lockten. Ein falscher Schritt, ein unvorsichtiger Vorstoß über ein Gesims und er würde stürzen, wäre für immer gefangen in den engen Gletscherspalten. Das knirschende Eis, zusammengepreßt, geborsten, verkrümmt und mißgestaltet, sprang steil hoch und fiel jählings ab. Er befand sich in einer unwirklichen Welt. Kalte, düstere Schatten bewohnten das Eis. Platten türmten sich auf. Schnee rieselte von den Kanten hoch über seinem Kopf. Risse und Spalten reichten hinunter in schattige Tiefen – Fallen ewiger eisiger Dunkelheit.

Schritt für Schritt tastete er sich voran. Mit dem Speerschaft prüfte er den Boden, bevor er wagte, einen Fuß aufzusetzen. Er kam kaum vorwärts.

«Tanzende Füchsin?« Ihr Gesicht begleitete seinen unruhigen Schlaf. »Ausgestoßen? Verflucht? Weil du Krähenrufer verlassen wolltest? Weil du mich lieben wolltest? Weil du dem Wolfstraum folgen wolltest?«

Die Liebe hat Reiher getötet. Das sagte sie ... sagte sie an jenem Tag im Teich. Ein Mensch, der Träume hat, darf sich nicht ablenken lassen, darf sein Leben nicht mit dem eines anderen Menschen verbinden. Tut er es doch, kann er sich nicht an das Große Eine verlieren. Er kann nicht vergessen, wer er ist – und nicht erkennen, wer er sein muß.

Er keuchte. »Bleibt mir denn gar nichts? Bin ich auf ewig allein? Hör mich, Sonnenvater! *Bin ich auf ewig allein?«*

Sein kummervolles Stöhnen vermischte sich mit Windfraus höhnisch-genußvollem Brausen.

»Starr. Das Leben ist starr und schwarz. Wie die Lange Finsternis. Jedenfalls das Leben, das wir führen. Schritt für Schritt. Leid um Leid.« Er blickte hinauf zu den rasch dahinziehenden dunklen Wolken. »Kann ich nicht sein wie alle anderen? Darf ich nicht lieben?«

Windfrau riß an seinem Mantel und heulte ihre wahnsinnge, ablehnende Antwort über die bizarren eisigen Formen. In seiner Not schrie er hinaus: *»Ich will nicht allein sein!«*

Nach zwei Wochen im Eis hatte er immer noch keine Route gefunden. Nur der Wind wies ihm die Richtung. Doch wo war der Durchgang? Wo war der Weg für sein Volk? Stimmen der Vergangenheit schienen ihn zu verhöhnen.

»Du bist verrückt, jetzt dort hinauszugehen«, hatte Der der schreit gejammert und hilflos die Arme gehoben. »Warte. Warte auf den Frühling und geh dann. Du kannst jetzt nicht fort und dich umbringen, nur weil . . .«

»Ich kehre zurück. Ich hatte den Traum. Den Beweis. Jetzt brauche ich nur noch den Weg.«

Sie hatten ihn bis zu den Ausläufern des Eises begleitet und ihm zwei Hunde mitgegeben. Doch schon bald waren die Hunde in die im Eis verborgenen Spalten gestürzt. Zwar hatte er aus ihren Fehlern gelernt, aber das Eis jagte ihm dennoch entsetzliche Angst ein – mehr noch als die Qual in Reihers verlöschenden Augen.

Das Dörrfleisch reichte noch für zwei Tage.

Stille. Sie weckte ihn aus tiefem Schlaf. Wachsam, vorsichtig setzte er sich auf, blinzelte in das graue Licht und versuchte, sich fester in seine Decken zu hüllen.

»Verrückt«, flüsterte er. »Ich bin verrückt geworden. Höre ich die Stille?« Er lachte über sich selbst. »Höre ich endlich doch noch die Stille.«

Er stand auf und schlug sich mit den eisverkrusteten Fäustlingen auf den Mund. Laut schrie er: »Ich bin verrückt! Wahnsinnig! Hörst du mich, Sonnenvater? Hörst du mich, Volk der Sterne? Seht her! Wahnsinnig, wie?« Er starrte über die endlose, abenteuerlich geformte Eislandschaft und senkte die Stimme zu einem leisen Flüstern: »Wahnsinnig.«

Schweigen. Kein Wind. Er lachte in sich hinein, schüttelte den Kopf. Das Knurren seines leeren Magens klang laut durch die Stille der Dämmerung. Hinter ihm erhob sich eine steile Eiswand, auf beiden Seiten eingerahmt von schützenden, sich himmelwärts erstreckenden Platten aus körnigem Eis.

Wo war der Weg? Gähnend blickte er in die unendliche, öde Weite. Ein Wunderland aus . . .

Ein Schrei hallte durch die kristallklare Luft und erstarb zitternd irgendwo in der Ferne.

»Wolf?«

Wieder durchdrangen die unheimlichen Laute das Eis, verschwommen, von sehr weit her.

Da. Dort entlang. Er prägte sich die hervorstechendsten Formen des Eises für den Rückweg ein und machte sich auf den Weg. Der glatte Schaft des Speeres diente ihm als Stock. Vor jedem Schritt stach er damit suchend in den Schnee. Eine dünne Schneebrücke über einer Spalte gab unter dem Druck des Stockes nach und brach. Er konnte sich gerade noch abfangen.

Zurück. Nimm eine andere Route, meide die Spalten. Schritt für Schritt, Griff für Griff Gefahr.

Ich habe alles verloren. Mir blieb nichts. Reiher, du hast dich von der Liebe töten lassen. Tanzende Füchsin? Ich brauche dich. Aber darf ich dich lieben?

Plötzlich bewegte sich das Eis. Er erstarrte, wagte kaum zu atmen. Unter ihm ertönte ein drohendes Mahlen. Einen endlosen Augenblick verharrte er regungslos mit ausgestreckten Armen, die Hände verkrampft in den Rand der Eisplatte, die er gerade überquerte. Das Grollen verklang.

»Geister . . .« Er seufzte. Erleichtert fühlte er die Wärme in seine Adern zurückströmen. Vorsichtig streckte er eine Hand aus. Noch ein Schritt. Langsam kletterte er von der Eisscholle auf eine andere, nicht weniger unsichere und gefährliche Platte, die in einer waghalsigen Schräge zu einer hochaufragenden Eiswand stand.

Schritt für Schritt arbeitete er sich vor. Er schlitterte, rutschte, fing sich im letzten Moment und kroch den abschüssigen Hang hinunter. Kaum war er unten angekommen, entglitten ihm seine Speere und fielen klappernd auf das Eis. Er konnte sie nicht mehr festhalten.

»Kommt näher, Geister. Hört ihr? Diesmal wart ihr bereits näher. Kommt schon! *Kommt und holt mich!*«

Keuchend vor Angst, mit wild hämmerndem Herzen, bückte er sich nach den Speerschäften. Taumelnd vor Schwäche überprüfte er jede einzelne Speerspitze. Erst als er feststellte, daß seine Waffen unbeschädigt waren, beruhigte er sich ein wenig. Er setzte seinen Marsch fort und wartete auf den langen heiseren Schrei, den er vorher gehört hatte.

Sonnenvater schickte seine letzten schwachen Strahlen über die Eiswand. Lange schwarze Schatten begannen zu tanzen. Die Nacht erweckte die wütende Windfrau zu neuem Leben.

Zusammengekauert hockte er im Windschatten einer Eisplatte. Er sang sich in den Schlaf: »Ich hörte ihn. Ich hörte den Wolf. Er rief mich. Ich weiß es.«

Im Schlaf kam der Traum zurück.

Zusammen mit dem Wolf trottete er am Großen Fluß entlang. Wieder durchquerte er die Dunkelheit, kletterte die Wände der Gletscher hinauf und erblickte auf der anderen Seite das grüne Tal.

Dort erwartete ihn Tanzende Füchsin. Elegant wie ein Seehund tauchte sie aus einem heißen Teich auf, das Wasser lief perlend über ihren braunen Körper. Ihr feuchtes schwarzes Haar – leuchtend im strahlenden Licht – klebte an ihrem herrlichen Körper. Mit ausgebreiteten Armen schwamm sie auf ihn zu. Das Wasser glitzerte wie Tautropfen auf ihrer Haut. Er streckte die Hand nach ihr aus und fühlte, wie sein Verlangen wuchs. Sie lächelte, Sonnenlicht fiel warm auf die Rundung ihrer Brüste. Die Brustwarzen versteiften sich in der kühlen Luft. Unter Wasser spreizte sie die Beine und war bereit für seine Männlichkeit.

Als seine Fingerspitzen die ihren berührten, erklang Reihers Stimme von irgendwo hoch oben. Tanzende Füchsin erstarrte, Angst blitzte in ihren Augen auf. Während er sie ansah, verwandelte sich ihr Gesicht in Reihers zerfurchte, runzlige Totenmaske – Entsetzen für immer in den Augen eingegraben.

Mit einem Schlag war er hellwach. »Nein, nein, ich . . .«

Aus der Ferne hörte er den lockenden Ruf eines Tieres. Er sprang auf, Kälte biß in seine Haut. Entschlossen griff er nach den Speeren.

»Ich komme, Wolf.«

Als der Morgen nahte, schmerzte sein Magen vor Hunger. Das Schneetreiben war so dicht, daß er die Hand nicht mehr vor Augen sah. Weitergehen? Obwohl er nicht einmal seine eigenen Füße erkennen konnte?

Er grub eine Höhle in den Schnee. Erschöpft schloß er die Augen und lehnte sich zurück. Die Vision des grünen Tales stellte sich ein. Der Wolfstraum lockte immer weiter zu dem hinter einem weißen Schleier verborgenen Horizont.

Als sich der Wind ein wenig legte, machte er sich erneut auf den Weg.

»Ich will nicht sterben hier draußen.« Benommen schüttelte er den Kopf und rief sich zur Ordnung. »Du bist ein Feigling! Ein verrückter Feigling. Du führst dein Volk in den Tod!« Und in pathetischem Ton: »Nichts gelingt. Ich darf nicht leben wie ein Mann . . . nicht lieben. Reiher ist gegangen.«

Er lachte spöttisch. »Ein Träumer? Ich?« Schwankend blickte er hinauf zum grauen Himmel. »Hast du mich betrogen, Wolf? Ha? Sonnenvater, hast du zugelassen, daß er mich und *mein Volk* betrügt?«

Plötzlich stand er vor dem klaffenden Abgrund einer tiefen Gletscherspalte. Entsetzt taumelte er zurück. Mit weit aufgerissenen Augen versuchte er die Dunkelheit zu durchdringen.

»Ich muß nur noch einen Schritt weitergehen. Mach ein Ende. Werde eins mit dem Eis. Es ist ganz leicht. Kein Hunger mehr. Kein Schmerz mehr.«

Da hörte er das Geräusch. Ein unheimliches Knirschen im Schnee.

Blinzelnd schaute er sich um, sah aber nichts außer der allgegenwärtigen weißen Einöde.

Wieder unterbrach das Geräusch seine Gedanken. Dieses Mal duckte er sich und verhielt sich still. Ein Schatten bewegte sich. Hoffnung keimte in ihm auf.

»Wolf?« Er stand auf. »Bitte, Wolf.«

Angespannt wartete er. Sein Herz drohte zu zerspringen. Er befeuchtete die Lippen und schluckte. Etwas Schwarzes tappte aus dem Dunkeln auf ihn zu. Etwas Schwarzes, das aussah wie die Schnauze eines Tieres.

Das riesige Tier trottete schwerfällig hinter der Eisplatte hervor.

»Großvater Eisbär«, flüsterte er entsetzt.

Kapitel 43

Eisfeuer stieg über den Körper eines Feindes hinweg. Zögernd blickte er in das Gesicht des jungen Mannes. Dieser Mann, kaum älter als ein Kind, war kämpfend gestorben. Man hatte ihm den Schädel eingeschlagen.

»Noch so jung.«

»Hochverehrtester Ältester?«

Eisfeuer wandte sich um und schaute hinüber zu Walroß, der sich seinen Weg durch das verwüstete Lager bahnte. Qualmend sanken die Mammutfellzelte in sich zusammen. Der Rauch verdunkelte den Himmel, Asche wirbelte durch die Luft wie Schnee. Die verstümmelten Toten lagen übereinandergestapelt an der Grenzlinie des Lagers.

»Ja?«

Walroß grinste triumphierend. »Dieses Mal haben wir ihnen eine Lehre erteilt, eh?«

Eisfeuer holte tief Luft, atmete langsam aus und verfolgte den Weg seines Atems in der Eiseskälte. »Tatsächlich?«

Hinter ihm durchschnitt ein Schrei die kristallklare Luft. Eisfeuer überlief eine Gänsehaut. Er brauchte sich nicht umzudrehen, um zu wissen, was mit der Frau passierte.

»Wenn wir es nicht tun«, gab Walroß zu bedenken, »dann tun sie es.« Mit dem behandschuhten Daumen deutete er über seine Schulter. »Die Männer verlieren schnell die Lust am Kämpfen, wenn sie sich über ihre Frauen und Mütter Sorgen machen müssen, die die Söhne ihrer Feinde gebären.«

Beklommen wiegte er den Kopf. »Vergiß nicht, wir haben fast ebenso viele Frauen an sie verloren.«

Mit einer Handbewegung wischte Walroß diesen Einwand beiseite. »Wir sind stärker als sie. Ihr Kampfgeist wird lange vor unserem erlahmen.«

»Vielleicht.«

»Ha! Sie dachten, während der Langen Finsternis würden wir nicht zurückschlagen. Diese Narren!«

Eisfeuer verzog den Mund. Nicht einmal sein Rat hielt die Krieger zurück. Zu viele Greueltaten waren verübt worden. Zu viele grausam zugerichtete Tote verlangten Rache an den Feinden. Seine Krieger wollten Blut sehen – Leid um Leid.

»Sie sind wir«, flüsterte Eisfeuer. Der Wind riß an seinen langen grauen Haaren, die unter der Kapuze hervorhingen. »Wir sind sie.«

Walroß machte ein mißmutiges Gesicht. »Was hast du gesagt?«

Eisfeuer sah ihn offen an. »Es sind Verwandte. Zumindest hat das die alte Frau gesagt.« Er zuckte die Achseln. »Ich glaube, daß es stimmt. Sie sprechen unsere Sprache. Kein anderer unserer Feinde tut das. Unser Glaube unterscheidet sich kaum. Sie sind wie wir . . .«

»Wenn das so ist, haben sie in der Zwischenzeit allerdings etwas ganz Wesentliches verloren«, unterbrach ihn Walroß hochmütig. »Sie haben kein Ehrgefühl. Ich fand meine Schwester und ihr Kind. Das Gehirn des Kindes klebte an einem Felsen, Maden tummelten sich darin! Ist das ehrenhaft? Nein, Hochverehrtester Ältester, die sind weniger wert als die Tiere, die wir jagen. Was mich betrifft, ich singe Dankgebete zum Großen Geheimnis, wenn wir endlich den letzten von ihnen abgeschlachtet haben.«

Eisfeuer sah ihn durchdringend an. Nur ganz kurz hielt Walroß diesem Blick stand, dann senkte er die Augen. Trotzdem nickte er nachdrücklich und ging betont gleichmütig hinüber zu der Stelle, an der sie den feindlichen Krieger mit glühenden Kohlen versengten. Die Frauen und Kinder des Feindes mußten antreten und dem Schauspiel gezwungenermaßen beiwohnen.

Eisfeuer ging weiter. Unter seinen Füßen knirschte der Schnee. Ein wahnsinniger Schrei durchschnitt die Stille; widerstrebend blieb er stehen.

Er blickte zurück und sah seine Krieger über den gefesselten Gefangenen gebeugt. Mit ausgebreiteten Gliedmaßen lag der Mann splitternackt auf dem eiskalten Boden. Auch aus der Entfernung entging Eisfeuer nichts von dem, was dort geschah. Unter dem Gejohle und den beleidigenden Worten der Krieger nahm Roter Feuerstein glühende Kohlen aus dem Feuerloch und schüttete sie über den Unterleib des Mannes. Sein qualvolles Brüllen war kaum auszuhalten.

Eisfeuer wandte sich ab. Sein Gesicht schien wie aus grauem Stein gemeißelt. Er sah hinauf zu den Lichtern, die vom Krieg der Monsterkinder kündeten. Die Monsterkinder? Nicht die Tränen des Großen Geheimnisses? Hatte ihn die alte Frau so sehr beeinflußt, daß er bereits die Glaubensgrundsätze des Weißen-Stoßzahn-Clans anzweifelte?

»Großes Geheimnis? Wie kann ich das ungeschehen machen?

Welchen Zweck verfolgst du damit? Kann ein solch tiefer Haß je überwunden werden?«

Der durch die Felsen streichende Wind antwortete mit höhnischem Gelächter.

Für einen Moment riß der auffrischende Wind den allgegenwärtigen Nebel auseinander. Grünes Wasser entdeckte eine Frauengestalt und stellte sich auf die Zehenspitzen. Sie beobachtete die tief unten in der Ebene humpelnde Frau.

»Da ist jemand«, sagte sie und deutete hinunter.

Lachender Sonnenschein und Brachvogel nickten. »Jemand von unserem Volk.«

»Tanzende Füchsin!« flüsterte Grünes Wasser. »Eine von euch geht gleich voraus und sorgt dafür, daß ein wärmendes Feuer brennt und Essen vorbereitet ist. Sie sieht krank aus.«

Grünes Wasser nahm die Schneeschuhe von der Rückentrage und band sie unter ihre Stiefel. Mit einem Blick hinauf zur Sonne prägte sie sich die ungefähre Richtung ein und eilte den langgezogenen Abhang hinunter. Der Nebel lichtete sich zunehmend. Das grelle Licht blendete sie so sehr, daß sie ihre Schlitzbrille aufsetzen mußte.

Unten angelangt, konnte sie durch die schmalen Schlitze fast nichts mehr erkennen. Das Schneegestöber ließ die taumelnde Gestalt zwischen weißen Wolken verschwinden.

»Wie dumm von mir«, murrte sie atemlos. »Ich hätte auf die anderen warten sollen.«

Trotzdem stapfte sie entschlossen weiter. Die Schneeschuhe zwangen sie zu einem watschelnden Gang. Sie mußte achtgeben, nicht mit dem einen Schuh auf den anderen zu treten.

Wie weit noch? Grünes Wasser stöhnte, denn das Gewicht ihres Babys behinderte sie. Sie mußte langsamer gehen.

Suchend blickte sie sich um. Sollte sie umkehren? Mit Sonnenvaters Hilfe schätzte sie die Zeit ab, die sie bereits unterwegs war. Über die Schulter blickend entdeckte sie Reihers Hügel.

»Muß noch weiter weggewesen sein.« Bevor sie ihren Weg fortsetzte, wartete sie ein wenig, bis sie wieder zu Atem gekommen war.

»Füchsin?« rief sie in die grellweiße, undurchdringliche Landschaft. »Wo bist du?«

Doch nur das leise Knistern des Schnees antwortete ihr.

Wieder prüfte sie Richtung und Zeit mit Sonnenvaters Hilfe.

Das Baby bewegte sich. Ihre Füße begannen zu schmerzen. Wie lange brauchte sie wohl für den Rückweg? Eineinhalb Stunden? Zwei? Zaudernd blieb sie stehen.

»Bist du auch ganz sicher, überhaupt jemanden gesehen zu haben?« fragte sie sich laut.

Unentschlossen ging sie weiter. Die Angst kam.

»Und wenn ich einen von den Anderen gesehen habe? Wenn Tanzende Füchsin längst tot ist und ich geradewegs in eine Speerspitze laufe? Was dann?« brummte sie. Verzweifelt wünschte sie, auf Der der schreit gewartet zu haben. Windfraus Atem nahm zu. Die charakteristischen Landschaftsmerkmale am Horizont verschwammen hinter dem Vorhang des Schneetreibens.

»Füchsin? Ist da jemand?« Mit den Händen formte sie einen Trichter vor dem Mund, um ihre Worte zu verstärken. »Wer ist da?«

Nervös leckte sie sich die Lippen. Sonnenvater warf verwirrende Schattenmuster auf den von Windfrau aufgewirbelten Schnee. Ein Sturm schien aufzukommen.

Grünes Wasser blickte zurück auf ihre eigene Spur. Die Fährte war schon fast verweht. Hunger meldete sich. Die Schwangerschaft verbrauchte viel Kraft und Energie.

Wieder rief sie. »Ich muß zurück sein, bevor es dunkel ist«, murmelte sie. Furcht und Hoffnungslosigkeit wurden übermächtig.

Sie kehrte um. Auf dem Rückweg ging sie ein Stück im Kreis.

Ganz leise drang eine Art Miauen an ihr Ohr. Sie legte den Kopf schräg. »Tanzende Füchsin?«

Nichts. Ihre überanstrengten Beine zitterten bis hinauf zu den Hüften. Sie wandte sich wieder in Richtung Norden und versuchte, ihren halbverwehten Spuren zu folgen. Unentschlossenheit und Zweifel nagten an ihr. Aber sie *hatte* ein Wimmern gehört, dessen war sie sicher.

»Du bringst dein Baby um – und dich auch«, ächzte sie. »Geh nach Hause.«

Noch einmal rief sie. *»Füchsin?«*

»Hier.«

So schwach, ach so schwach. Grünes Wasser schlurfte vorwärts. Ihr Herz raste. *»Wo?«*

»Hier.«

Ein brauner Umriß tauchte im endlosen Weiß auf, verschwand aber sofort wieder im Schneesturm. Keuchend hastete Grünes Wasser weiter. Ihr geschwollener Bauch behinderte ihre Beweglichkeit sehr.

»Füchsin?«

»Grünes Wasser?« Tanzende Füchsin blinzelte sie aus einem abgemagerten, verhärmten Gesicht an. Ihre Kapuze war eisverkrustet. Matt schüttelte sie den Kopf. »Bist du es wirklich? Bist du kein – Traum?«

Lächelnd sank Grünes Wasser auf die Knie und drückte ganz fest Tanzende Füchsins Hand. »Na, merkst du es? Könnte ich dir im Traum die Hand drücken?«

Verwirrt runzelte Tanzende Füchsin die Stirn und starrte auf die Fäustlinge. »Ich – ich weiß nicht. Ich weiß gar nichts mehr. Kann nicht mehr klar denken. Ging nach Süden. Verlor im tiefen Schnee die Spur.«

Beruhigend klopfte ihr Grünes Wasser den Rücken. »Ich habe dich gesehen. Du hast es fast geschafft. Komm mit. Der der schreit hat sicher bereits alle losgeschickt, um nach uns zu suchen. Es ist beinahe dunkel, und ich bin noch nicht zu Hause. Er macht sich immer große Sorgen, wenn ich nicht vor Einbruch der Dämmerung zu Hause bin.«

Tanzende Füchsin nickte mit kurzen ruckartigen Bewegungen. »Hast du etwas zu essen? Kann kaum noch gehen.«

Grünes Wasser half ihr auf, doch Tanzende Füchsin fiel vor Schmerzen schreiend wieder zu Boden.

»Was ist?« Sie beugte sich über Tanzende Füchsins schmerzverzerrtes Gesicht.

»Hab' nicht mehr dran gedacht.« Stumpfsinnig starrte sie vor sich hin. »Mein Knöchel ist verletzt. Bin vor ungefähr einer Woche von einem Felsen gerutscht. Tut mehr weh als alles, was ich je durchgemacht habe. Immer Schmerzen, auch beim Schlafen. Wie Feuer beim Gehen.«

»Vor einer Woche? Und du bist immer noch unterwegs?«

Einen Augenblick lang leuchteten Tanzende Füchsins Augen klar auf. »Ja, sicher. Oder siehst du hier draußen eine andere Möglichkeit?«

»Seit wann hast du nichts mehr gegessen?«

Füchsin runzelte angestrengt die Stirn. Denken ermüdete sie sichtlich. »Weiß nicht. Fand ein totes Karibu. Lauter Knochen. Vor zwei Wochen, vielleicht. Hab das Mark gegessen. Dann nichts mehr ... nur Schnee ... und Wind. Du kennst Windfrau ... böse, wahnsinnig – immer bläst sie . . .« Ihre Stimme sank zu einem unhörbaren Flüstern.

»Komm, stütz dich auf mich. Ein paar Stunden werden dich jetzt auch nicht mehr umbringen.«

»Will ausruhen. Schlafen.«

Grünes Wasser zog einen Fäustling aus, öffnete Tanzende Füchsins Mantel und fühlte die Kälte der Haut auf ihrer Brust und in der Armbeuge.

»Nein, du gehst, Mädchen. Wenn du jetzt ausruhst, stehst du nie mehr auf. Du bist unterkühlt. Hast gefährlich viel Körperwärme verloren. Los, steh auf.«

Stöhnend kämpfte Grünes Wasser mit Füchsins Gewicht.

»Wo ist dein zweiter Schneeschuh? Warum ist nur einer an deine Rückentrage gebunden?«

»Der andere ist zerbrochen. Beim Sturz. Übel, mit einem Schneeschuh zu gehen. Der Knöchel schmerzt, als wäre er von einem Felsen zermalmt worden.«

»Hier, halt dich an mir fest. Ich binde den einen Schneeschuh an deinen gesunden Fuß. Du stützt dich auf mich. Drei Beine sind besser als eines, ha?«

Im Dämmerlicht machten sie sich auf den Rückweg.

Grünes Wasser biß die Zähne zusammen. Das Gewicht der Frau raubte ihr den Atem. »Du schaffst es. Du kannst es.«

Tanzende Füchsin murmelte: »Niemand da. Nur ich.«

»Ja, ja. Geh weiter.«

»Heiliges Volk der Sterne, dieser Knöchel tut so weh!« schluchzte Tanzende Füchsin. »Warum tun wir das? Ha? Warum leiden wir so? Aus welchem Grund? Was hält das Leben bereit außer Schmerz und Leid und Elend? Die Menschen sollten nicht . . . so leben . . . nicht so.«

»Halt den Mund«, schalt Grünes Wasser. »Spar deine Kräfte zum Gehen. Ja so, einen Schritt nach dem anderen.«

Ihre Kehle schmerzte, ihre zitternden Beine brannten wie Feuer, aber sie gingen weiter. Grünes Wasser orientierte sich an den Sternen.

Wie lange noch? Wie viele Leben verbrachte sie schon hier draußen?

Sie bildete sich ein, Der der schreit rufen zu hören. Die Erinnerung an ihn durchdrang die Dunkelheit, trug sie weiter, hüllte sie freundlich ein und machte ihr Tanzende Füchsins Gewicht erträglich. Plötzlich griffen hilfreiche Hände nach ihnen und stützten sie auf ihrem weiteren Weg bis zu der Felsenzuflucht ihrer Höhle.

Grünes Wasser kauerte sich dicht neben das Feuer. Die anderen zogen Tanzende Füchsin den steifen, vereisten Mantel aus und rieben ihre Gliedmaßen und den Rücken. Erst als ihr ein wenig warm geworden war, zog ihr Singender Wolf den Stiefel vom linken Bein.

Beim Anblick von Tanzende Füchsins Knöchel stockte allen der Atem. Der Knöchel schillerte in sämtlichen Farben und war dick geschwollen. Allein das Hinschauen tat schon weh.

»Eine Woche ist sie mit diesem Fuß gelaufen?« Der der schreit konnte es nicht fassen.

»Sie ist hart im Nehmen.« Grünes Wasser seufzte. »Ich kenne keine andere Frau, die das durchgehalten hätte.«

Tanzende Füchsin stöhnte laut. »Ich hatte keine andere Wahl. Ich war ganz allein dort draußen – ganz allein.« Ihr fielen die Augen zu.

Kapitel 44

Rabenjäger ließ seine Männer nicht aus den Augen. Die älteren Jäger wandten sich immer ab, wenn die Krieger einen Gefangenen folterten. Sogar Drei Stürze, der so viele Angehörige seiner Familie verloren hatte, konnte den Anblick nicht ertragen. Die jüngeren Männer dagegen beobachteten neugierig die neuen Krieger des Volkes, die gerade einen gefangenen Anderen herbeischleppten. Der Mann wehrte sich. Seine Brust glänzte hell im Feuerschein.

Krähenrufer schlug mit einem Knochenstab auf ein Karibugeweih und trug der Versammlung singend einen magischen Traum vor. Er sang im Rhythmus der Knochenschläge. Die Krieger wiegten sich vor und zurück und ließen sich vom Zauber des Augenblicks davontragen. Sie fühlten die Stärke ihrer Seele.

Rabenjäger lächelte selbstzufrieden. Mit einer geschmeidigen Bewegung beugte er sich über den nackten Mann und starrte ihm in die Augen.

»Töte mich!« verlangte der Andere. »Hast du mich verstanden?

Töte mich!«

»Du wirst noch früh genug sterben.« Rabenjäger nickte einem eifrigen jungen Krieger zu, der sich auf dem Kriegspfad durch außerordentliche Tapferkeit ausgezeichnet hatte. Der junge Krähenfuß trat vor.

»Er gehört dir«, gurrte Rabenjäger.

Das Gesicht von Krähenfuß verzog sich zu einem Lächeln. Sein rachedurstiger Blick fiel auf den Gefangenen.

»Nimm ihn dir vor.«

Der Junge bückte sich und schnitt mit einer Obsidianklinge quer über die Brust des Anderen. Das Blut strömte. Der Mann wimmerte erbärmlich. Durch die zusammengepreßten Zähne drangen jämmerliche Klagelaute. Eine Träne rollte ihm über die Wange, als Krähenfuß mit der scharfen Klinge die Haut um die Genitalien des Mannes aufritzte.

»Kein Anderer soll noch Kinder zeugen, die gegen uns kämpfen«, stieß der Junge grimmig hervor. Und mit einem schnellen, scharfen Schnitt trennte er ihm die Genitalien ab. Das beifällige Jubelgeschrei der Zuschauer übertönte das Brüllen des gequälten Anderen.

Unter der schweißnassen Haut spannten sich die Muskeln des jungen Kriegers. Der Andere brüllte und bäumte sich unter Höllenqualen auf, als die scharfe Klinge seinen Penis vom Körper trennte. Unter den Zuschauern erhob sich frenetischer Beifall. Ungeachtet des Blutes, das ihm den Arm hinunterlief, hielt der Junge seinen abstoßenden Siegespreis hoch.

Voller Abscheu drehte sich Drei Stürze um. Rücksichtslos drängte er sich durch die Zuschauermenge, bückte sich unter der Zelttür und verschwand im Dunkeln.

Rabenjäger folgte ihm.

»Ich hasse das!« stieß der alte Krieger zwischen zusammengebissenen Zähnen hervor.

»Es macht unsere jungen Männer zu brauchbaren Kerlen.« Rabenjäger baute sich herausfordernd vor ihm auf. Nur undeutlich konnte er den Widerwillen in Drei Stürzes Augen erkennen. »Solche Rituale binden unsere Krieger fester aneinander als Fesseln aus Mammutsehnen. Sie bedeuten gemeinsam geteilte Gefahr und gemeinsam geteilte Ehre.«

Drei Stürze reckte das Kinn. Mit unbewegtem Gesicht sagte er: »Gemeinsam geteilten Schrecken meinst du.«

Der Andere schrie gellend auf, als wolle er diese Aussage bekräftigen. Drei Stürze zuckte zusammen.

»Schwache und uneinige Menschen aneinanderzubinden, ist nicht leicht«, erinnerte ihn Rabenjäger. »Denk an die Zeiten, als uns die Anderen ausplünderten und jagten wie die Karibus. Wir waren für sie keine Männer. Und ich will, daß die Anderen in den Augen unserer Krieger nicht länger Männer sind. Erinnerst du dich an unsere ersten Überfälle? Hmmm? Weißt du noch, wie schlecht wir dabei ausgesehen haben? Und jetzt? Inzwischen sind wir weniger geworden und töten trotzdem mehr von ihren Leuten als sie von den unseren. Und warum? Wegen unseres Mutes, unseres Kampfgeistes. Und meine Aufgabe ist es, diese Moral weiter zu stärken. Kannst du dir vorstellen, daß sich dieser Junge jemals weigert, weiterzukämpfen? Nachdem ich ihm die Ehre vergönnt habe, den Anderen in seine Einzelteile zu zerlegen, kämpft er, bis sein Herz stillsteht.« Mit der Faust hieb Rabenjäger in seine Handfläche.

Drei Stürze zuckte die Achseln. »Ja, wir sind bessere Kämpfer geworden. Wir sind gemeiner und niederträchtiger geworden – wie ein Hund, der gepeinigt, gequält und mit einem Bärenfell mißhandelt worden ist. War das unser Ziel, Rabenjäger? Bärenhunde werden? Kreaturen, die sich beim Anblick eines Anderen in Bestien verwandeln? Ein Bärenhund ist weniger als ein Hund . . . weniger als . . . als . . .«

»Hat ein Bärenhund eine Wahl?« fragte Rabenjäger. »Haben wir denn eine? Wir mußten gemeiner und niederträchtiger werden, damit wir unser Land behalten. Ich frage dich, was ist besser? Ein Leben als wackerer Bärenhund? Oder der Tod durch die Hände eines Anderen?«

»Ich – ich ziehe das Leben vor.« Er ging an Rabenjäger vorbei und schlich mit hängenden Schultern durch das Lager. Unter seinen müden Schritten knirschte der Schnee.

Rabenjäger fröstelte. Er verfolgte Drei Stürze mit den Augen und rieb sich nachdenklich das Kinn. Ein tiefsitzendes Unbehagen regte sich in ihm. Unter der Wucht einer plötzlichen, heftigen Bö taumelte er. Er schloß die vor Kälte brennenden Augen zu schmalen Schlitzen und zog sich rasch in das warme Zelt zurück.

Vor einer Reihe Gefangener tummelten sich aufgeregt schnatternde Krieger. Ihre Augen blitzten haßerfüllt. Mit unbewegten Gesichtern erwarteten die Anderen ihr Schicksal. Der Schweiß lief ihnen in Strömen über die maskenhaft starren Gesichter. In ihren Augen spiegelte sich blankes Entsetzen.

»So viele sind fortgegangen. In den Süden geflohen zu Der im Licht läuft«, murmelte Rabenjäger vor sich hin. »Aber die Jugend habe ich auf meine Seite gebracht. Hat ein Mann die jungen Leute hinter sich, kann er ein Volk nach seinem Willen führen.«

Er mischte sich erneut unter die Leute. Bei seinem Erscheinen leuchteten die Augen seiner Krieger vor Freude und Stolz auf. Rabenjäger genoß die ihm entgegengebrachte Ehrerbietung.

Der Andere war nur noch ein blutiger, stöhnender Fleischklumpen. Krähenfuß stolzierte um ihn herum und schwang einen langen, dicken Muskel, den er soeben aus dem Bein des Anderen geschnitten hatte. Er schleuderte ihn zwischen die Zuschauer. Dann kniete er auf dem Leib des Anderen, schlitzte ihn auf, faßte hinein und zog eine Handvoll blaugrauer Eingeweide heraus.

Die Krieger jubelten und jauchzten. Beim Anblick der raubvogelartigen Mienen seiner Krieger lächelte Rabenjäger zufrieden. Ja, das waren Krieger – *seine* Krieger. Die Hoffnung auf Überleben.

Am nächsten Morgen war Drei Stürze verschwunden.

Gebückt unter den Lasten gefrorenen Fleisches kämpften sich die Menschen das letzte Steilstück auf den Grat hinauf. Der Weg war ihnen mittlerweile vertraut. Atemwolken dampften in der Kälte und benetzten die Vorderseiten der Mäntel mit frostigem Weiß.

»Vorsicht«, keuchte Der der schreit. »Der Pfad besteht aus purem Eis. Hoffentlich kommen wir heil ins Tal hinunter.«

Singender Wolf grunzte. Er war zu müde, um irgend etwas zu sagen. Auf zitternden Beinen schleppte er sich hinter dem Freund durch das Felslabyrinth. Ihm folgten Hüpfender Hase, Brachvogellied und weitere, unter ihren Lasten schwankende Menschen. Am Schluß des Zuges trabte schwerfällig eine lange Reihe von Hunden, deren Rücken sich unter dem Gewicht des Fleisches durchbogen.

Schritt für Schritt stapften sie durch den tiefen Schnee hinunter ins Tal zu den warmen Felsen. Hier war der Schnee wie durch ein Wunder geschmolzen.

»Eine wunderbare Einrichtung, so ein Geysir«, seufzte Der der schreit.

Ein Hund bellte, dann noch einer, schließlich brachen die Rudel in lautes Geheule und Gekläffe aus. Sie rannten los und bereiteten den Ankömmlingen einen unfreundlichen Empfang.

Mit seinen Speeren hielt sich Hüpfender Hase die Lagerhunde vom Leib. Rasch eilte er zu den Packhunden, um sie vor den Angriffen der anderen Tiere zu schützen.

»Hallo!« rief Singender Wolf. »He, Leute, wir sind wieder da!« Er schwang die schwere Trage von seinem Rücken und ließ sich erschöpft auf die Erde fallen. Mit froststarren Fingern versuchte er, die Riemen seiner Schneeschuhe aufzunesteln. Er konnte es kaum abwarten, diese lästigen Dinger endlich von den Füßen zu haben. Aufseufzend lehnte Der der schreit neben ihm seine Bürde an einen Felsen. Aus den Zelten tauchten Menschen auf. Eilig liefen sie über die dunklen Felsen auf die Heimkehrer zu.

»Singender Wolf?«

»Hier.« Er stand auf und umarmte seine Frau. Voller Freude spürte er ihren gewölbten Leib an seinem Körper. Nicht mehr lange, und sie waren wieder eine richtige Familie. Bei diesem Gedanken wurde ihm warm ums Herz.

»Wir haben eine Mammutkuh erlegt. Es ist genug Fleisch für alle da. Ein paar müssen gehen und den Rest holen. Wir konnten nicht alles mitnehmen. Es war zuviel. Aber damit nicht genug. Wir sahen auch Fährten von Moschusochsen«, berichtete Der der schreit.

Grünes Wasser eilte herbei und umarmte ihren Mann. »Er ist gerade zurückgekommen.«

Fragend runzelte Der der schreit die Stirn und trat gleichzeitig nach einem Hund, der Fleisch stehlen wollte. »Wer?«

»Wolfsträumer.«

Singender Wolf entging der ängstliche Unterton in ihrer Stimme nicht. »Wo ist er? Was ist passiert?«

Im Dunkeln konnte er gerade noch ihr Achselzucken wahrnehmen. »Drüben. In Reihers Höhle.«

Er spürte den Blick von Der der schreit auf sich gerichtet. »Hüpfender Hase, halte die Hunde vom Fleisch fern, und sorge dafür, daß es verteilt wird.« Rasch ging er hinüber zur Höhle, Der der schreit folgte ihm dicht auf den Fersen.

»Wolfsträumer? Bist du da?« rief er vor dem Eingang.

»Komm rein.«

Ehe er das Türfell zurückschlug, fuhr er sich nervös mit der Zunge über die Lippen.

In Reihers Höhle überlief ihn jedesmal eine Gänsehaut. Die Schädel mit den leeren Augenhöhlen, die merkwürdigen Zeichnungen auf den Felswänden und die Fetische in den Nischen, all diese Dinge beunruhigten ihn.

Blinzelnd, um sich an das Dämmerlicht zu gewöhnen, sah er Wolfsträumer mit zurückgeschlagener Kapuze an einem verlöschenden Feuer sitzen. Wie angewurzelt blieb er stehen. Der der schreit war ihm gefolgt und verharrte neben ihm.

Wer war das? Dieses vor kurzem noch glatte und junge Gesicht sah abgehärmt aus. In den schwarzen Augen brannte ein seltsames, wissendes Licht. Als wäre Der im Licht läuft von irgend etwas besessen – von etwas Merkwürdigem, Fremdem.

»Ich . . . Wir waren . . .« Die Worte blieben ihm im Hals stekken. »Du bist zurück.«

Unruhig trat Singender Wolf von einem Bein aufs andere und wartete darauf, daß Der der schreit das Wort ergriff.

Wolfsträumer lächelte versonnen. Er spürte ihr Unbehagen. »Ich habe das Große Eis durchquert.«

Sprachlos fiel Singender Wolf auf die Knie. »Du . . .«

Wolfsträumer nickte gelassen. »Aber das Volk kann diesen Weg nicht gehen. Es ist zu gefährlich. Ich verlor beide Hunde. Die Durchquerung ist ein einziger Alptraum. Schlimmer, als von Krähenrufer verflucht zu werden.«

Singender Wolf sackte in sich zusammen. Die Erschöpfung machte sich bemerkbar. »Heiliges Volk der Sterne, das nennt man schlechte Nachrichten.«

»Schlecht?« Wolfsträumer zog einen Weidenstock aus dem Holzstapel und stocherte im Feuer herum, daß die Funken stoben.

»Sehr schlecht«, ergänzte Der der schreit. »Du warst drei Monddrehungen weg. In dieser Zeit kamen die Menschen aus vier Lagern zum Überwintern hierher. Dort, wo der Große Fluß in die Ebene fließt, wartet nur Krieg auf sie. Unsere jungen Männer und die Anderen kämpfen unentwegt. Es geht dauernd hin und her. Mal schlagen die einen zu, dann die anderen. Die Alten und die Kinder können unmöglich ständig marschieren. Schon gar nicht während der Langen Finsternis. Deshalb sind sie in dieses friedliche Tal gekommen.«

»Alle bis auf die jungen Männer und Frauen?«

Singender Wolf nickte bekümmert. »Ja. Die jungen Leute finden das neue Leben aufregend und interessant. Es gefällt ihnen.«

Wolfsträumers Augen wurden feucht. »Und wer erzählt ihnen die Winterlegenden? Wie wird das Wissen unseres Volkes weitergegeben, wenn alle auf der Flucht sind oder kämpfen? Wer ernährt die Alten und die Kinder?«

»Nur unser Lager«, antwortete Singender Wolf leise.

Der der schreit seufzte. »Und die Anderen denken nicht an einen Rückzug, wie Rabenjäger versprochen hat. Die Überfälle dauern schon ewig und werden wohl so bald nicht aufhören. Sie kämpfen wahrscheinlich auch die ganze Lange Finsternis über. Kannst du dir das vorstellen? Was ist mit den Seelenessern?«

Singender Wolf fügte hinzu: »Und unsere Vorräte gehen rasch zur Neige.«

»Was ist mit den Vorräten der Anderen? Leiden sie . . .«

»Sie treiben Handel mit mehreren Lagern im Norden und Westen am Salzwasser. Ihnen mangelt es nicht an Nahrung und neuen Fellen. Ihre Alten und Kranken bringen sie in entlegene Lager, die ebenfalls große Fleischvorräte angelegt haben. Die jungen Männer schicken sie den Fluß entlang nach Süden. Alle tragen ständig Waffen bei sich.«

Wolfsträumers mahlende Kiefer zeichneten sich deutlich unter der Haut seiner Wangen ab. »Und mein Bruder?«

Abwehrend hob Singender Wolf die Hände. »Er behauptet, er hielte die Anderen in Schach und habe sie völlig unter Kontrolle. Die Menschen, die gekommen sind, sehen das ganz anders. Für sie ist alles eine gewaltige Katastrophe.«

Wolfsträumer nickte.

Der der schreit senkte die Augen. »Wir hatten gehofft, der Wolfstraum . . . Daß es einen Weg durch das Große Eis gibt.«

Unter halbgeschlossenen Lidern sah Wolfsträumer sie an. »Durch das Große Eis? Nein, nicht für unser Volk. Zu viele würden sterben, ausrutschen, stürzen, in Gletscherspalten fallen. Es gibt nichts zu essen. Nur Schnee und Eis und hin und wieder ein paar Kieselsteine an Stellen, wo die Schmelze eingesetzt hat. Ich durchquerte das Große Eis in einem Monat. Die meiste Zeit hatte ich nichts zu essen.«

Der der schreit und Singender Wolf wechselten beunruhigte Blicke. »Dann sieht es so aus, als bliebe uns nur Rabenjägers Weg. Kämpfen, bis . . .«

»Nein«, flüsterte Wolfsträumer mit merkwürdig fremder Stimme. »Mein Traum hat sich bewahrheitet.«

»Bewahrheitet?«

Wolfsträumer nickte. »Ich ging durch das Große Eis. Dort

mußte ich Großvater Eisbär töten. Aber sein Fleisch ernährte mich.« Er zog einen Beutel hervor.

Mit zitternden Fingern band Der der schreit den Beutel auf und holte die Eisbärkrallen heraus. Singender Wolf schluckte.

»Großvater Eisbär? So weit im Süden? Er ißt Seehunde und Robben. Wieso jagt er im Großen Eis?« Der der schreit schüttelte den Kopf. »Ich verstehe das nicht.«

»Bärenkräfte«, fügte Singender Wolf mit angehaltenem Atem hinzu.

»Gleichgültig, wie er dahin kam, er war jedenfalls da. Er verfolgte meine Spur.« In der Erinnerung mußte Wolfsträumer lächeln. »Zuerst versuchte ich zu fliehen. Doch ich besann mich und rief ihn wie damals die Karibus. Erinnert ihr euch?«

Die beiden nickten aufgeregt.

»Ich träumte, und in meinem Traum schickte ich ihn über die Eisschollen. Der Weg führte über eine schwankende Platte, die von den darunterwohnenden Geistern bewegt wurde. Dort wartete ich und träumte. Als er kam, die Schnauze im Schnee, erhob ich mich auf die Zehenspitzen, träumte meine Speerspitze hinter seine Schulter und warf sie mit aller Kraft an diesen Punkt.«

»Ahhh!« machte Der der schreit. Seine Augen blitzten.

»Die Speerspitze, die du angefertigt hast, hat sich hervorragend bewährt.« Wolfsträumer klopfte Der der schreit anerkennend auf den Arm. »Großvater Eisbär wirbelte herum, drehte sich im Kreis und schnappte nach dem Schaft, aber mit dieser Bewegung durchbohrte er sein Herz.«

»Und du warst ganz allein?« fragte Singender Wolf mit trokkenem Mund.

»Ganz allein.« Er nickte wehmütig. »Großvater Eisbärs Blut, Herz und Leber gaben mir Kraft. Sein Fleisch machte mich stark. Sein Fell gab mir zusätzliche Wärme zu meinem Mantel und den Stiefeln. Ich lebe.«

Fassungslos schüttelte Der der schreit den Kopf.

»Später tötete ich einen Langhornbüffel, der auf der anderen Seite des Großen Eises über die Ebene lief. Das Wild dort ist zahm. Ich ging direkt auf die Tiere zu. Sie sahen mir entgegen, manche argwöhnisch, andere wichen ein paar Schritte zurück, doch manche kamen sogar auf mich zu und beschnupperten mich. Begreift ihr? Sie hatten noch niemals einen Jäger gesehen.«

Langsam, mit angehaltenem Atem richtete sich Singender Wolf

auf. Konnte das wirklich wahr sein? »Kein Anzeichen für die Anwesenheit von Menschen?«

»Nicht das geringste.«

»Und nur das Große Eis liegt zwischen uns und diesem – Wunderland?«

Wolfsträumer nickte.

»Du bist zweimal durch das Eis gegangen!« rief Singender Wolf. »Vielleicht schaffen wir es gemeinsam, einen Weg anzulegen? Einen Weg, den auch die Älteren und die Kinder passieren können?«

»Unmöglich«, erklärte Wolfsträumer. Seine Augen schienen in unsichtbare Fernen zu blicken. »Das Eis ist ständig in Bewegung, Blöcke brechen ab und treiben weiter. Kein Weg bleibt unverändert bestehen, alles bewegt sich. Was eben noch sicherer Untergrund war, bringt kurz darauf den Tod. Jeder Schritt muß vorsichtig ertastet werden. Mir ist es ein Rätsel, daß ich diesen Marsch überlebt habe. Außerdem habe ich es nur einmal durchquert. Nur einmal.«

Singender Wolf schüttelte den Kopf. »Du bist zweimal durch, Wolfsträumer. Oder bist du ein Geist?« Kaum waren ihm die Worte herausgerutscht, bereute er sie auch schon. Reihers Höhle zerrte ohnehin an seinen Nerven. Und wenn Wolfsträumer nur eine Geistererscheinung war, mußte seine Seele bereits den Seelenessern zum Opfer gefallen sein.

Wolfsträumer kicherte leise. »Nein, ich bin kein Geist, meine Freunde. Ich habe das Eis tatsächlich nur ein einziges Mal durchquert. Der Rückweg« – er legte eine bedeutungsvolle Pause ein – »war eher noch erschreckender.«

Singender Wolf spürte ein unangenehmes Prickeln im Genick. Wieder wechselte er einen vielsagenden Blick mit Der der schreit, der mit offenem Mund dasaß.

Für die nun folgende Erklärung nahm Wolfsträumer seine Finger zu Hilfe. »Der Weg ist nur bis zum Beginn der Langen Helligkeit begehbar. Sobald die warmen Winde wehen, kommt niemand mehr durch. Wir können ihn nur während der Langen Finsternis passieren.«

»Begehbar? Aber du sagtest . . .«

»Ich weiß nicht, wie ich es ausdrücken soll.« Ein wenig ratlos hob er die Hände. »Besser wäre *darunter gehen*.«

»Darunter?« Erstaunt sahen sich Der der schreit und Singender Wolf an.

»Unten durch, genauer gesagt.« Wolfsträumers Augen nahmen wieder diesen merkwürdig leuchtenden Blick an. »Der Weg ist dunkel.«

»Der Weg?« echote Singender Wolf.

Wolfsträumer nickte. »Der Weg führt am Großen Fluß entlang.«

»Wie es dir der Wolf gezeigt hat?«

»Ja. Wenn der Wasserstand während der Langen Helligkeit steigt, strömt der Fluß durch ein zweites Flußbett. Zwei Tage muß ein Mann in völliger Dunkelheit gehen. Der Weg läßt sich ertasten.«

»Die Öffnung im Eis.«

Der der schreit schreckte hoch. »Du bist da hineingegangen? Darunter durch? Du bist *verrückt*!«

»Halt den Mund!« befahl Singender Wolf mit rauher Stimme. »Was gibt es noch zu berichten, Wolfsträumer?«

Erneut hob Wolfsträumer die Hände. »Das ist noch nicht das Schlimmste. Dort wohnen Geister und beobachten jede Bewegung aus der Dunkelheit heraus.«

Der der schreit stützte das Kinn in die Hände. »Unter dem Großen Eis durch? Nach all den Geschichten, die Krähenrufer erzählt hat? Und man hört die Geister?«

Singender Wolf warf seinem Cousin einen finsteren Blick zu. »Wer ist dir lieber? Die Geister oder die Anderen?«

»Die Anderen!«

Singender Wolf winkte ab. In Gedanken beschäftigte er sich bereits mit handfesten Problemen. »Wir müßten ein Feuer vorbereiten, das wir bei uns tragen. Und jede Menge Tran. Vielleicht könnten wir auch Seile mitnehmen, an denen sich die Leute festhalten können, damit keiner den Anschluß verliert.«

Entschieden schüttelte Der der schreit den Kopf. »Wenn wir da unten sterben, sind unsere Seelen auf ewig in der Finsternis eingeschlossen.«

Wolfsträumers Augen glänzten wie im Fieber. Sein Mund entspannte sich, als befände er sich am Rande einer Trance. Wortlos registrierten seine Cousins den abwesenden Blick.

»Das Eis schmilzt«, flüsterte der Träumer. »Eines Tages ist es völlig weggeschmolzen, und die Menschen begeben sich dort auf festes Land, das sie im Lichte Sonnenvaters überqueren.«

»Können wir nicht warten, bis . . .«

»Nein.« Wolfsträumer lächelte. »Wir werden das nicht mehr erleben. Wir müssen jetzt gehen, durch dieses Loch, bevor es zu spät ist.«

»Zu spät?«

»Ja, bevor das Salzwasser aus dem Norden das Land überflutet und die Öffnung unpassierbar macht.«

Kapitel 45

Tanzende Füchsin biß die Zähne zusammen und humpelte am Teich entlang, dessen dicke, weiße Dampfschwaden über ihr zum grauen Himmel schwebten. Noch immer spürte sie einen dumpfen Schmerz im Knöchel. Der Knochenbruch verheilte zwar langsam, aber es blieb eine Schwellung zurück. Grünes Wasser hatte sie gezwungen, viele Tage liegenzubleiben.

Sie hatte die Begegnung hinausgeschoben. Insgeheim hatte sie gehofft, er käme zu ihr. Doch in den langen Tagen nach seiner Rückkehr hatte sie immer wieder vergeblich auf die Felltür am Zelt von Grünes Wasser geschielt. Er war nicht gekommen. In quälender Unentschlossenheit hatte sie gewartet.

Wie durch Zauber tauchte plötzlich Grünes Wasser an ihrer Seite auf. »Gehst du zu ihm?«

Tanzende Füchsin nickte und sagte vielleicht ein wenig zu schroff: »Was soll ich ihm sagen? Soll ich anfangen mit ›Mein Herz freut sich, dich wiederzusehen‹? Oder so: ›Dein verfluchter Wolfstraum hat mein Leben zerstört. Was gedenkst du, dagegen zu unternehmen?‹ «

Grünes Wasser blickte sie tadelnd an. »Ich glaube kaum, daß ein solches Verhalten in deiner Lage sehr hilfreich wäre.«

Füchsin schüttelte den Kopf. »Das weiß ich auch. Ich bin völlig durcheinander. Bei seiner Rückkehr bin ich zu Tode erschrocken. In der einen Minute fürchtete ich mich davor, er könne kommen und sich unter meine Decken legen. Dann wieder wünschte ich mir nichts sehnlicher als genau das und stellte mir vor, wie es sein würde. Ein anderes Mal haßte ich den bloßen Gedanken, ihn wiederzusehen.« Leise stöhnend verlagerte sie ihr Körpergewicht vom verletzten auf den gesunden Fuß. »Alle reden mit großer Ehrfurcht von ihm. Das schüchtert mich ein. Ob ich diesen Mann überhaupt noch kenne?«

Grünes Wasser kreuzte die Arme vor der Brust und starrte nachdenklich auf den Kiesboden. »Das weiß ich auch nicht. Allerdings hast du dich auch verändert. Ihr beide habt die Verantwortung von Führern übernommen.«

»Niemals lassen die Leute zu, daß eine Frau, auf der ein Fluch lastet, eine Führerin wird«, spottete sie boshaft.

»Viele Leute reden mit großem Respekt von dir. Sie bewundern dich, weil du dich Rabenjäger nicht gebeugt hast. Außerdem sagen sie, wie sehr es dir zur Ehre gereicht, daß du bei Kralle geblieben bist, und sie finden es großartig, wie lange du mit einem gebrochenen Knöchel marschiert bist. Manche flüstern, du hättest magische Kräfte. Und sie loben dich, weil du eine phantastische Jägerin bist. Sie glauben, daß du Träume hast und wie Reiher die Tiere rufen kannst.«

»Sie haben eben nie gesehen, wie ich ranziges Knochenmark aß oder aus Angst vor Großvater Braunbär schweißgebadet in meinen Parkas gefroren habe.«

»Hattest du Angst, da draußen allein mit Kralle?« Grünes Wasser blickte sie mitfühlend an.

Tanzende Füchsin senkte die Augen. Die Erinnerung an den Tod der alten Frau ging ihr sehr nahe. »Schreckliche Angst. Sie war meine Freundin – meine Lehrerin. Ich fürchtete mich entsetzlich, ohne sie mit dem Leben fertig werden zu müssen.«

»Es gelingt dir aber hervorragend.«

»Ja, sicher.« Besorgt sah sie hinüber zu Reihers Höhle. Nichts regte sich dort.

»Ich habe dir alles über ihn erzählt, was ich weiß. Geh zu Wolfsträumer. Du mußt endlich Klarheit in dein Leben bringen.« Grünes Wasser nickte ihr aufmunternd zu und machte sich auf den Rückweg. Ihre täglichen Pflichten warteten.

Tanzende Füchsin atmete tief durch und eilte zur Höhle. Vor dem Eingang verharrte sie unschlüssig. Endlich räusperte sie sich vernehmlich und rief: »Der im Licht läuft? Bist du da drin?«

»Ich habe dich erwartet.«

Der Klang der vertrauten Stimme berührte sie tief, aber irgend etwas Unbekanntes schwang darin mit und ließ sie vorsichtig sein. Sie bückte sich unter dem Karibufell und sah sich in der Höhle um.

Er saß auf mehreren übereinandergelegten Wolfspelzen und hatte zum Schutz vor den kalten Wänden ein Eisbärfell im Rücken.

Ihre Blicke trafen sich. All die sorgfältig überlegten Worte lösten sich auf wie Nebel in der Morgensonne. Ihr Herz hämmerte, ihr wurde flau im Magen.

»Ich hörte, du hast versucht, mir zu folgen.« Er sprach leise. Seine Stimme klang traurig.

Sie lächelte seltsam schüchtern und wandte den Blick ab. Erst jetzt entdeckte sie die Schädel, die Zeichnungen, die mit getrockneten Gräsern und Fuchsfellen ausgestopfen Felsspalten. Dies war der Aufenthaltsort eines Träumers. Ein Ort, den sie niemals mit ihm würde teilen können.

»Der Wolf hat nicht besonders gut auf mich aufgepaßt.« Sie lächelte unsicher. »Es war ein entsetzlicher Marsch.«

Er nickte und deutete einladend auf die neben ihm liegenden Felle. Nur zögernd setzte sie sich mit untergeschlagenen Beinen auf die weichen Karibuhäute.

»Du hast dich verändert. Du bist hart geworden.«

»Dafür hat dein Bruder gesorgt. Aber du hast dich auch verändert. Selbstsicherer und beherrschter wirkst du. Es steht dir, ein Träumer zu sein.«

Er wurde blaß und drehte das Gesicht zur Seite. »Ein solches Leben erfordert viele Opfer.«

»Jedes Leben erfordert Opfer.«

Schweigend saßen sie nebeneinander. Sie war innerlich aufgewühlt. Sie wollte ihn umarmen, ihm sagen, daß sie ihn liebte, aber sie hatte Angst davor.

»Warum ist alles so schwierig?« fragte sie. »Ich bin gekommen, Der im Licht läuft. Ich folgte dir. Warum warst du nicht bei der Erneuerung? Ich habe auf dich gewartet. Die wunderbaren Dinge, die du mir über Liebe und Ehe erzählt hast, hielten mich ein furchtbares Jahr lang aufrecht.«

Er konnte kaum schlucken, so trocken wurde sein Hals. Kummervoll blickte er sie an.

»Willst du nicht mit mir reden?« fragte sie. Sie spürte, wie er ihr entglitt.

Am ganzen Körper zitternd, schloß er die Augen.

Sie rückte näher an ihn heran, packte ihn am Mantel und schüttelte ihn, erst sanft, dann heftiger, bis er die Augen aufmachte und sie ansah.

»Sag mir, was los ist!«

»Ich liebe dich.« Seine Stimme brach.

Freude und Erleichterung durchfluteten sie. »Und ich liebe dich.« Sie ließ seinen Mantel los und schmiegte sich eng an ihn, so eng, daß sie seinen männlichen Geruch einatmete. Sie streichelte sein schönes Gesicht. »Ist das schlecht?«

Seine Kiefermuskeln mahlten. »Du stehst zwischen mir und meinem Traum.«

Sie blinzelte verständnislos. »Zwischen dir und deinem Traum?«

»Im Mammut-Lager wußte ich nicht, was der Wolfstraum bedeutet. Wie er mich verändern würde. Welche Veränderung er für unser Volk bedeutet. Jetzt weiß ich es. Ich habe gelernt zu träumen.«

Sie streichelte seine Wangen. Er zuckte zurück und schloß erneut die Augen. »Und du rettest das Volk.«

»Vielleicht.«

»Ich habe gehört, du hast die Öffnung im Eis gefunden.«

»Das reicht nicht.«

»Was?« Sie verschränkte die Arme und versuchte, den inneren Aufruhr zu unterdrücken. Schmerz, Verwirrung, Liebe, Leid, Hoffnung. Ein einziges Durcheinander der Gefühle. Ihr Herz hämmerte und pumpte das Blut siedendheiß durch ihre Adern. An Lichts verzerrter Miene erkannte sie, daß es ihm ebenso erging.

»Ich ... darf mir nicht selbst im Wege stehen. Meine ureigensten Wünsche müssen zurücktreten. Mein Traum, das Volk im fernen Süden in Sicherheit zu bringen, geht vor.« Ein strahlender Glanz trat in seine dunklen Augen. »Das Land im Süden ist wunderschön.«

»Was redest du da?«

»Die einzige Möglichkeit zu träumen – wirklich zu träumen – ist, sich an das Große Eine zu verlieren. Über die Bewegungen des Tanzes hinauszugehen.«

»Du redest Unsinn. Was hat das mit unserer Liebe zu tun?«

Er sah sie verletzt an, nickte aber dann verständnisvoll. »Unsinn? Das sagte ich anfangs auch zu Reiher. Weil ich nichts verstand. Wie könnte ich also Verständnis von dir erwarten?«

»Sag mir, haben wir eine gemeinsame Zukunft?« Plötzlich schwankte ihre Stimme. »Oder hat eine andere Frau dein Herz erobert?«

»Niemand hat mein Herz erobert. Es gehört dir allein.«

»Dann . . .«

»Ich *mußte* mich entscheiden!« rief er. Gleich darauf senkte sich seine Stimme zu einem unglücklichen Flüstern. »Ich sah den Untergang unseres Volkes. Ohne einen Träumer haben wir keine Chance. Rabenjäger beeinflußt das Volk auf seine Weise. Ich muß es auf meine Weise beeinflussen.«

Der brennende Wunsch, ihn zu umarmen und festzuhalten, seine Unrast zu lindern, erwachte in ihr. »Ich helfe dir.«

»Nein.«

»Aber Träume sind kein böser Fluch. Du setzt deine Gabe ein, um unser Volk zu retten, nicht . . .«

»Es *ist* ein Fluch. Es ist . . . als wäre man mit einem Klumpfuß oder einer viel zu langen Nase geboren. So sieht es aus. Ich darf dich nicht lieben.«

»Warum nicht? Hat Reiher etwa nie geliebt? Ich kenne die Geschichte von Bärenjäger.«

»Sie . . .« Er wandte sich ab und preßte die Finger auf die geschlossenen Augenlider.

Die widersprüchlichsten Gefühle kämpften in ihr. Seinen Schmerz ausnutzen? Sich an ihn kuscheln, den Schmerz lindern, ihm Abbitte leisten? Wie erstarrt blieb sie sitzen, gelähmt von dem inneren Zwiespalt, der sie beinahe zerriß.

»Der Mann, den sie geliebt hatte, tötete sie. Frag Gebrochener Zweig. Sie war Zeugin. Für einen winzigen Augenblick gestattete sich Reiher zu lieben. Dadurch verlor sie den Kontakt mit dem Großen Einen, und die Pilze brachten sie um.«

Überwältigt von der Qual und dem Ernst auf seinem Gesicht lehnte sich Tanzende Füchsin zurück. »Du glaubst, unsere Liebe würde dich vernichten?«

»Ja.« Er schüttelte den Kopf, als wolle er einen Nebelschleier vor seinen Augen vertreiben. »Ich sah, wie es einer Frau erging, die bedeutend mehr magische Kräfte besaß als ich. Ich habe mich entschieden. Nein, das stimmt nicht – ich wurde erwählt. *Das Volk braucht einen Träumer.*«

Das Herz schlug ihr bis zum Hals. Sie nickte langsam. Eine unendliche Leere öffnete sich in ihrem Innern. »Das heißt, alles ist vorbei? Dieser furchtbar lange Weg, all die Leiden . . . und du *willst* mich nicht mehr?«

Er hörte den Schmerz in ihren Worten und wandte sich ab. Tonlos flüsterte er: »Es tut mir leid.«

Sie nickte, erhob sich und sah auf ihn nieder. Ihre Seele weinte. »Licht?«

Er blickte auf.

»Berühr mich. Ein allerletztes Mal.« Sie streckte die Hand nach ihm aus.

Er ergriff sie. Unendliche Zuneigung flammte in seinen Augen auf. Doch als ihre Fingerspitzen sich berührten, fiel ein Schatten über sein Gesicht. Er erstarrte. Er sah sie an, als käme eine ungebetene Erinnerung zurück – wie eine grauenhafte Erscheinung.

»Was ist?« fragte sie und zog ihre Hand zurück, als hätte sie sich verbrannt. »Was ist los?«

Er vergrub den Kopf im Eisbärfell. Ihre Seele gefror in stummem Schluchzen.

»Laß mich allein!« schrie er.

Blitzschnell drehte sie sich um, schlüpfte unter der Felltür durch und lief davon, ohne auf ihren schmerzenden Knöchel zu achten. Fast hätte sie Der der schreit umgerannt. Sie kümmerte sich nicht um ihn, sondern floh weiter. So schnell wie möglich wollte sie dem Bild des Grauens in Wolfträumers Augen entkommen.

Mondwasser streckte ihre verspannten Rückenmuskeln und zuckte vor Schmerz zusammen. Sie ließ ihr Haar wie einen Schleier über ihr Gesicht fallen, damit sie ungeniert ihre Entführer beobachten konnte, die sich um den jungen Träumer versammelt hatten. Für einen so jungen Mann besaß er bewundernswerte magische Kräfte. Sie dachte mit Hochachtung an jenen Augenblick, als er die Karibus rief. Seine Macht flößte ihr große Ehrfurcht ein, obwohl die vielen getöteten Tiere nur härteste Arbeit für sie bedeuteten.

Er könnte ebenso große magische Kräfte besitzen wie Eisfeuer. Ebenso mächtig sein wie unser größter Schamane! Dieser Gedanke hinterließ einen bitteren Nachgeschmack in ihrem Mund. Undenkbar! Unvorstellbar, daß dieser erbärmliche Überrest eines armseligen Volkes einen derart mächtigen Träumer hervorbrachte.

Hüpfender Hase blickte zu ihr herüber, und sie machte sich schnell wieder an die Arbeit und häutete das Karibu.

Verabscheuungswürdig! Sie, Mondwasser, die älteste Tochter des Sängers des Weißen-Stoßzahn-Clans, mußte eine derart widerliche Arbeit verrichten, die normalerweise nur alten Weibern übergeben wurde! Heißer Zorn flammte in ihr auf und gab ihr die Kraft, weiterzumachen.

Ihre Hand krampfte sich um das flache zweischneidige Abhäutemesser. Der warme Geruch des Karibus stieg ihr in die Nase. Sie zog das Schneidewerkzeug an ihrem Stiefel ab. Bevor sie sich erneut daranmachte, den Kadaver zu bearbeiten, reinigte sie die Kanten von verklebten Gewebeteilen.

Dieser Träumer wollte sie unter dem Großen Eis hindurchführen? Das war Wahnsinn. Kein Mensch konnte unter dem Eis gehen!

Aber er hatte die Karibus gerufen. Das hatte sie mit eigenen Augen gesehen. Sie hatte auch gesehen, daß er das Neugeborene dieser Frau namens Grünes Wasser geheilt hatte. Sie hatte gesehen, wie er ihm die Flüssigkeit aus der Nase gesaugt und dem winzigen blauen Fötus, der viel zu früh auf die Welt gekommen war, Leben eingehaucht hatte. Magische Kräfte hatte er; große Kräfte.

»Aber er ist längst nicht so mächtig wie Eisfeuer«, flüsterte sie im Vertrauen auf den alten Schamanen.

Verbissen schnitt sie mit dem zweischneidigen Werkzeug aus grauem Quarzit in das Muskelgewebe des Karibus. Sie spürte den Widerstand und schärfte die schon etwas stumpfe Schneide an einer Geweihsprosse. Die langen Steinsplitter flogen unter ihrer kundigen Hand in alle Richtungen. Mit der geschärften Kante setzte sie das Abhäuten zügig fort.

»Sie können mich nicht halten.« Unter der schützenden schwarzen Haarpracht warf sie einen haßerfüllten Blick auf Hüpfender Hase. »Und du da drüben wirst bald genug bereuen, daß dir mein Körper Vergnügen bereitet hat, du widerliche Fliegenlarve! Steck ihn in die mageren Körper der Frauen deines Volkes. Die Tochter des Weißen-Stoßzahn-Clans ist zu gut für dich!«

Unauffällig preßte sie die Hände auf ihren Bauch, als wolle sie seinen Samen herausdrücken. Ängstlich wartete sie auf die Drehung des Mondes, dann wußte sie, ob ihre Blutung überfällig war oder nicht.

Bald, sehr bald würde sie fliehen. Das Ende der Langen Finsternis nahte. Sollte sie fliehen, bevor das Volk unter dem Eis durchging? Unentschlossen nagte sie auf der Unterlippe, Sorgenfalten gruben sich in ihre makellose Stirn. Ob es wohl stimmte, daß dieser Wolfsträumer auf der anderen Seite riesige Herden gesehen hatte? Wenn eine Frau aus dem Mammutvolk wußte, wo sich diese Öffnung befand, dann könnte Eisfeuer alle Mammut-Clans hindurchführen.

»Ich warte ab.« Sie lächelte bitter. »Wir werden ja sehen, wie sicher euer Weg unter dem Eis ist!«

Kapitel 46

»Ich weiß nicht, was ich von der ganzen Sache halten soll.« Kopfschüttelnd starrte Der der schreit in die pechschwarze Dunkelheit. Eine eiskalte Brise wehte durch den Riß im schmutzigen, von unförmigen Klumpen überzogenen Eis, das sich zu häßlichen Haufen auftürmte: eine furchteinflößende Welt, mit keiner anderen vergleichbar. Das Große Eis lag vor ihnen wie ein gewaltiger Wall. Die ungeheure Masse erinnerte an die sich überlappenden Schuppen eines überdimensionalen Fisches. Der glitzernde Schnee hob sich grell gegen das schmutzige Eis ab. Schon hier hörten sie die schwachen Echostimmen gepeinigter Geister.

Ein mit Steinen und Felsen übersäter Pfad – ein ausgewaschenes Flußbett – führte in das Eis hinein und schnitt sich in tiefen Windungen zwischen bedrohlich kalten Eiswänden hindurch.

Der der schreit schluckte schwer und hatte das Gefühl zu erstikken – als hätte sich eine Fischgräte in seinem Hals quergestellt. Ihm standen fast die Haare zu Berge.

»So gewaltig ...« Singender Wolf verschlug es die Sprache. Hilflos breitete er die Arme aus. Entsetzt starrte er auf die sich bis zum grauen Himmel erhebenden Eismassen.

Der der schreit nickte nervös. *Grau. Die Welt ist für uns alle grau geworden. Sämtliche Farben sind verschwunden. Nur die Verzweiflung bleibt. Eis und Fels vor uns, um uns herum. Hinter uns droht ein entsetzlicher Tod durch die Hände der Anderen. Ist dies tatsächlich der Weg? Gibt es keinen anderen? Gibt es kein Leben mehr, keine Freude, kein Glück? Ich will da nicht hineingehen. Ich will nicht in diese von Geistern bewohnte Finsternis.*

Wolfsträumer stand ein wenig abseits. Er trug den Pelz, den er aus Großvater Eisbärs Fell hatte nähen lassen. Die kalte Brise aus der vor ihnen liegenden Eisrinne kräuselte die langen weißen Haare seines Mantelsaumes.

Der der schreit wandte sich um und blickte in Tanzende Füchsins ausdrucksloses Gesicht. Sie und Wolfsträumer waren eifrig darauf bedacht, einander aus dem Weg zu gehen. Was war an jenem Tag in Reihers Höhle vorgefallen? Nicht nur der eisige Wind ließ Der der schreit frösteln.

»Seht ihr die Felsbrocken, die hier heruntergekommen sind?« rief Wolfsträumer und deutete auf eine Ansammlung gewaltiger Felsen. »Das ist das Werk der Schneeschmelze. Die ganze Rinne ist im Sommer voller Wasser – ein richtiger Fluß.«

»Warum ist gerade hier soviel Eis? Warum reicht es nicht bis ans Ende der Welt?« erkundigte sich Singender Wolf.

»Wegen der Berge. Hier treffen die Gebirge von Osten und Westen aufeinander. Der Große Fluß bildet eine Grenze. Das Eis sammelt sich hier an, weil es nicht weiterkommt, deshalb türmt es sich höher auf als anderswo. Es staut sich.« Wolfsträumer unterstrich seine Worte mit erklärenden Handbewegungen.

Langsam schlossen die Leute auf. Unter der schweren Last ihrer Rückentragen gingen sie gebeugt. Sie hielten Seile aus geflochtenen Karibusehnen und aus in mühsamer Arbeit gesplissenem Mammutfell in den Händen.

Die Hunde schnüffelten und stießen keuchend feuchte Atemwolken aus.

Grünes Wasser blieb stehen und stemmte die Hände in die Hüften. Ihr Kind lugte unter ihrer Kapuze hervor. Es sah fast so aus, als hätte sie einen Körper mit zwei Köpfen. Die dunklen Augen des Kindes blinzelten schüchtern. Der der schreit fing einen Blick seiner Frau auf und lächelte ihr aufmunternd zu, obwohl ihm alles andere als wohl zumute war.

Wolfsträumer übernahm die Führung. Vorsichtig stieg er über die Felsbrocken. Er hielt sich auf der Seite des trockenen Flußbettes, an der die Strömung anscheinend weniger stark gewesen war und sich weniger Abraum abgelagert hatte. Das Gehen fiel hier etwas leichter.

»Ich mache mir Sorgen«, brummte Der der schreit.

Singender Wolf warf ihm einen flüchtigen Blick zu und lächelte müde. »Die Geister bringen dich wohl ziemlich durcheinander, eh?«

Der der schreit machte ein so finsteres Gesicht, wie es ihm nur möglich war. »Ich habe auf *dich* gehört. Das hat mit Geistern nichts zu tun. ›Komm schon‹, hast du gesagt. ›Wir gehen zuerst. Wir beweisen allen, daß es zu schaffen ist!‹ Und ich habe auf dich gehört.

Ich habe auf *dich* gehört! Ich muß nicht bei Trost gewesen sein. Was redest du also jetzt wieder so dummes Zeug von Geistern?«

»Du hast dich einverstanden erklärt! Du hast von den Anderen gesprochen und in den leuchtendsten Farben geschildert, was sie unserem Volk antun, wenn wir nördlich des Großen Eises bleiben.«

»Aber deshalb hätte ich trotzdem nicht auf dich steinköpfigen . . .«

»Schweig«, befahl Singender Wolf, die Augen ängstlich auf das große Loch im Eis gerichtet. »Wolfsträumer führt uns.«

Der der schreit seufzte.

»Noch leben wir«, zischte Singender Wolf durch die zusammengepreßten Zähne und folgte unbeirrt Wolfsträumers Fußstapfen. Sein Kopf nickte auf und ab, weil er immer wieder voller Unbehagen nach vorn blickte, um sich gleich darauf erneut auf den Weg zu konzentrieren. Seine Augen bohrten sich in die schwarzen Schatten und Nischen, die sich in das Eis fraßen. Lachender Sonnenschein ging, qualvoll seufzend unter ihrer schweren Rückenlast, dicht hinter ihm.

»Noch leben wir – noch leben wir«, wiederholte Der der schreit mürrisch und blickte hinauf zu den grauen Wolken. Ein Stückchen Himmel war durch den engen Spalt über ihnen gerade noch zu sehen.

Er schluckte ängstlich. Von den Eiswänden tröpfelte Wasser herab, das leise, kaum wahrnehmbare Geräusche erzeugte.

»Kommst du? Oder soll ich dich tragen?« rief Singender Wolf, der ihm bereits ein ganzes Stück voraus war.

Verärgert stapfte Der der schreit ihm nach. Ihm standen die Haare zu Berge bei dem Gedanken, die Geister könnten ihn berühren. Ein merkwürdiges Zittern befiel seine Beine.

Hände streckten sich nach ihm aus. Er blinzelte in die Düsternis. Nichts zu sehen. Finger, kaum merkbar, huschend, todbringend. Er konnte sie schon fühlen. Geisterhände bewegten sich, griffen nach ihm, überzogen sein warmes Fleisch mit einer Gänsehaut.

Angst! Noch nie in meinem Leben hatte ich solche Angst! Es ist nicht der Tod. Nein, ich fürchte den Tod nicht. Es ist die Dunkelheit – die Geister. Ein Mann sollte nicht im Dunkeln sterben. Seine Seele ist gefangen. Dunkelheit. Auf ewig Dunkelheit.

Von Panik ergriffen, blieb er stehen. Er war kurz davor, den Weg, den er eben gekommen war, zurückzurennen.

Hinter sich hörte er Kies und Steine unter den Füßen von Grünes Wasser knirschen. Und ihr folgten noch viele Menschen – alle schweigend, halb betäubt von der Angst, sich einem Wahnsinn ausgesetzt zu haben, den man unmöglich mit heiler Haut überstehen konnte.

Aus seinem tiefsten Innern schöpfte er Mut. Auf keinen Fall durften die anderen seine Feigheit bemerken. Entschlossen ging er weiter, doch die Anst ließ ihn nicht los.

Seine feine Nase nahm sonderbare Gerüche wahr: Moder, Kälte, den unangenehm scharfen Geruch von Steinen und Erde und Dunkelheit. Der der schreit biß die Zähne zusammen und nestelte an seinen Speerspitzen. Der Spalt über seinem Kopf verengte sich weiter. Von allen Seiten umgaben ihn graue Eiswände, vernarbt von Taschen, die das Wasser in sie eingeschliffen hatte.

»Was können gute Speere gegen die Geister der Dunkelheit ausrichten?« fragte er sich ratlos. Eine dumpfe Warnung durchzuckte seinen Kopf. Er sprang zur Seite. Kühle, unsichtbare Finger strichen über seine Wangen.

An einer Wegbiegung öffnete Wolfsträumer eine aus Schiefer gefertigte Schüssel, in der er glühende Holzkohlen trug. Er nahm den Docht aus Flechten und berührte damit die Glut. Ein winziges Licht flammte auf.

Schaudernd ging Der der schreit weiter. Der Spalt in der Decke hatte sich völlig geschlossen. Er reihte sich wieder an seinen ursprünglichen Platz in der Schlange ein und folgte Singender Wolf. Hinter ihm ging Grünes Wasser. Er hörte seinen Sohn auf den Schultern der Mutter selig glucksen.

Er nahm all seinen Mut zusammen und marschierte hinter Singender Wolf in die pechschwarze Dunkelheit.

»Haltet euch möglichst dicht an dieser Seite«, riet Wolfsträumer. Seine Stimme warf ein unheimliches Echo zurück, das sich mit den Geisterstimmen der Finsternis mischte. »Das Wasser frißt sich seinen Weg nicht gleichmäßig durch das Eis. Manchmal gibt es deshalb kleine Seitenkanäle. An einigen Stellen ist die Decke sehr niedrig, weil noch nicht viel Wasser durchgeflossen ist. Aber immerhin hoch genug, daß wir durchkommen. Außerdem gibt es jede Menge durch Wasserstrudel entstandene tiefe Löcher. Achtet also darauf, wo ihr hintretet.«

Irgendwo weit vor ihnen in der stockdunklen Nacht ertönte ein Kratzen, ein unangenehmes Mahlen.

»Geister«, flüsterte jemand.

»Keine Angst«, dröhnte Wolfsträumers Stimme durch die Dunkelheit. »Ich habe sie schon einmal herausgefordert. Sie sind überall. Das letzte Mal hatte ich kein Licht. Sie ließen mich im Dunkeln passieren. Verhaltet euch würdig. Beweist Ehre, Stolz und Mut, dann lassen sie euch durch, ohne euch ein Leid zuzufügen.«

»Kein Wunder, daß sie über Krähenrufers Großvater hergefallen sind«, brummte Der der schreit und versuchte angestrengt, sich Mut zu machen.

Singender Wolf lachte ein wenig zu laut. Ein in der Stille ohrenbetäubend klingendes Echo antwortete.

Das Seil in der Hand von Der der schreit straffte sich. Mit trokkenem Mund und hämmerndem Herzen eilte er weiter. *Ich laufe geradewegs in die Falle der schwarzen Seelen.* Die Angst zerrte unerträglich an seinen Nerven.

»Warnt die nach euch Kommenden vor den Löchern und Stolperstellen«, rief Wolfsträumer.

Ein Stimmengewirr setzte ein.

»Beweist Ehre und Mut«, murmelte Der der schreit vor sich hin. Er blinzelte in die Dunkelheit. Die unheimlichen Geräusche des Eises gaukelten ihm Bilder des Grauens vor. Über ihm stöhnte etwas laut auf. Ein fürchterliches Dröhnen folgte. *Ich habe keinen Mut ... und keinen Stolz ... und keine Ehre! Ich will, daß es hell wird!*

Schritt für Schritt tasteten sie sich vorwärts. Wolfsträumers ruhige Stimme hielt sie zusammen. Seine magischen Kräfte umhüllten sie in der pechschwarzen Nacht wie ein schützender Mantel.

Die linke Hand von Der der schreit hielt krampfhaft seine Speere, die rechte das Seil. Langsam gewöhnten sich seine Augen an die Dunkelheit. Die Lampe in Wolfsträumers Hand verbreitete diffuses Licht. Riesige, lange Schatten flackerten über die schmutziggrauen Eiswände.

Hinter ihm gackerte Gebrochener Zweig ununterbrochen: »Wolfstraum – der Wolfstraum.« Der Klang menschlicher Stimmen bildete einen zerbrechlichen Schutzschild gegen das furchterregende Kreischen und Knistern der Geister, die wie Fledermäuse über ihren Köpfen schwebten.

Die Zeit dehnte sich endlos. Wie ein Tier saß die Angst in der Brust von Der der schreit und fraß an seinem Herzen. Die Eisrinne wurde niedriger. Seine Seele schrie; *Gefangen, du bist auf ewig ge-*

fangen! Mit trockenem Mund befahl er sich, Ruhe zu bewahren. Er stolperte über runde, glattpolierte Steine. Seine fellumwickelten Füße fanden auf der glatten Oberfläche keinen Halt. Hinter ihm summte Grünes Wasser ein Geisterlied, um sich Mut zu machen. Sie nahm das Baby unter der Kapuze hervor und stillte es im Gehen.

Immer wieder blieben sie stehen und drängten sich dicht um Wolfsträumers Lampe. Jedesmal fühlten sie sich nach der kurzen Rast und ein wenig Essen wie neugeboren. Die Dunkelheit schuf eine Kameradschaft zwischen ihnen, verband sie untrennbar miteinander. Dieses neue Gefühl verschaffte ihnen Erleichterung in der vom Stöhnen der Toten erfüllten schwarz-kalten Finsternis.

Bei der fünften Rast machte sich unter den Leuten Resignation bemerkbar. Sie redeten und lachten nervös. Der der schreit wagte, an die von Wolfsträumers Lampe schummrig erhellte Decke hinaufzusehen. Die kleinen Flammen malten züngelnde Bilder auf das Eis, aber zu seiner übergroßen Erleichterung starrten ihn keine leeren Augenhöhlen an.

An sehr schwer begehbaren Stellen schlug Der der schreit kleine Stufen in die Felsen, damit die Alten und Kinder leichter darüber klettern konnten.

Plötzlich ertönte vor ihnen ein gräßliches Kreischen. Es donnerte wie ein Gewitter durch das Eis. Der Boden schwankte. Die Menschen verloren den Halt und stolperten und stürzten.

»Großmutter?« rief Roter Stern mit vor Entsetzen brechender Stimme.

»Ich bin hier, Kind«, antwortete Gebrochener Zweig.

»Nimmst du meine Hand? Ich habe Angst.«

»Mach dir keine Sorgen wegen der Geister, Kind. Wolfsträumers Macht hält sie auf Abstand. Wir sind sicher – vollkommen sicher.«

Das Beben endete, und das Kreischen verebbte zwischen den Eiswänden.

Der der schreit nickte. Zu gern hätte er den Worten Gebrochener Zweigs Glauben geschenkt. Vorsichtshalber atmete er jedoch nicht durch den Mund, damit ihm nichts hineinfliegen konnte – irgendein Geist könnte auf diese Weise Besitz von ihm ergreifen und seine Seele zur ewigen Dunkelheit verdammen.

Ein oder zwei Stunden später legten sie erneut eine Pause ein.

Eng kauerten sie sich aneinander. Der der schreit warf einen mißtrauischen Blick auf den jungen Mann, der einmal Der im

Licht läuft gewesen war. Gingen sie tatsächlich unter dem Großen Eis? Befanden sie sich auf dem Weg in eine neue Welt? Als Wolfsträumer einen neuen trangetränkten Flechtendocht entzündete, leuchtete einen Moment lang Großvater Eisbärs schimmernder Pelz auf.

Im schwachen Licht der Lampe erhaschte Der der schreit einen Blick in Tanzende Füchsins Gesicht. Ihre wie aus Stein gehauene Miene war so kalt wie das Eis – und ebenso unversöhnlich. Doch in ihren braunen Augen, die unverwandt auf Wolfsträumer ruhten, erkannte er Sehnsucht und größten Schmerz. Ihre Seele lag bloß. Erschrocken zog Der der schreit Grünes Wasser an sich und umarmte sie zärtlich, dankbar für ihre Liebe.

Erst jetzt fiel ihm auf, daß Tanzende Füchsin als letzte in der Schlange ging. Das war der gefährlichste Platz, am weitesten entfernt vom Licht der Lampe. Wer würde merken, wenn sie von irgendeinem Ungeheuer angefallen oder von den Seelenessern gefangen wurde? Was für eine Frau war diese Tanzende Füchsin? Was war aus ihr geworden? Früher hatte Krähenrufer sie von dem Mann, den sie liebte, ferngehalten. Heute befand sich Wolfsträumer in ihrer Nähe, doch nun hatte er eine Mauer aufgerichtet. Die Qual in ihren Augen zeugte von der Gewißheit, diese Mauer niemals überwinden zu können. Der der schreit fröstelte.

Mühsam tasteten sie sich weiter, immer weiter. Ständig kletterten sie über Felsbrocken, durchquerten ausgewaschene Löcher. Immer vorwärts. Ihre Stimmen gaben dem dunklen Ort der Angst einen menschlichen Anstrich.

»Bückt euch.« – »Achtung Stufe.« – »Paßt auf.« Lange Zeit glaubte Der der schreit sich nur einzubilden, unter dem Eis zu sein. Wie in Trance wankte er weiter. Nur das fortgesetzte Gemurmel von Gebrochener Zweig drang als Realität in sein Unterbewußtsein. »Wolfstraum.« Ununterbrochen hallte dieses Wort in seinem Kopf wider – untrennbar mit der Dunkelheit verbunden.

Endlich kam die Menschenschlange zum Stehen. Sie richteten sich ein Lager für die Nacht und fielen erschöpft in einen unruhigen Schlaf.

Aufwachen. Dunkelheit. Lausche dem Poltern und Kreischen der Geister, die im Dunkeln ihr Unwesen treiben. Das schwache Flackern von Wolfsträumers Lampe bedeutet Leben. Schlaf weiter, Der der schreit. Wolfsträumer hält die Geister fern.

Wie lange gingen sie bereits unter dem Eis? Der der schreit wußte es nicht. Unsicher starrten sie auf den kaum wahrnehmbaren hellen Schein weit vor ihnen.

»Licht!« schrie Singender Wolf. *»Das ist Licht!«*

»Nein«, antwortete Der der schreit. »Das sind die Sterne. Das Heilige Volk der Sterne!« Er deutete hinauf zur Decke.

»Dämmerlicht ist das«, rief Wolfsträumer. »Seht doch, man erkennt deutlich die Umrisse der Felsen.« Mit bebender Stimme flüsterte er: *»Wir sind durchgekommen.«*

Erleichterung durchflutete Der der schreit. Tränen stiegen ihm in die Augen. Er ließ sich auf die Knie fallen, zog Grünes Wasser an sich und umarmte sie. »Wir sind durchgekommen.«

»Natürlich, mein lieber Mann. Ich sagte dir doch, der Wolfstraum ist wahr«, tadelte sie ihn freundlich.

Um sie herum jauchzten, hüpften und tanzten die Menschen. Freudenschreie erklangen.

Die Wolken begannen sich im Licht des Morgengrauens zu färben.

Vorsichtig blies Wolfsträumer die kleine Lampe aus, die ihnen so gute Dienste geleistet hatte.

»Ah!« stöhnte Lachender Sonnenschein und krümmte sich. Sofort war Singender Wolf an ihrer Seite und stützte sie. »Was ist?«

Sie schluckte. »Es ist soweit. Das Kind kommt!«

Gebrochener Zweig gackerte und kreischte. »Wolfstraum! Ihr Baby kommt! Geboren in einer neuen Welt. Neugeboren wie unser ganzes Volk! Haheee! Wolfstraum! Neues Leben! Neugeboren!«

Grünes Wasser legte zärtlich den Arm um Der der schreit. Er lächelte und blickte in die strahlenden Gesichter seines Volkes. Doch sein Lächeln gefror, als er den Augen von Tanzende Füchsin begegnete. Eine qualvolle Leere spiegelte sich darin.

Kapitel 47

»Das glaube ich nicht!« Kopfschüttelnd starrte Singender Wolf auf die Tierherden in der verschneiten Ebene. Eine kleine Gruppe langgehörnter Büffel stand kaum mehr als einen Speerwurf weit von ihm entfernt und beobachtete ihn aufmerksam. Ihre Ohren bewegten sich hin und her, die kurzen Schwänze wedelten unaufhörlich, und ihre schwarzen Augen funkelten neugierig.

Im Süden der Wasserscheide, wo sie ihr Lager aufgeschlagen hatten, erstreckte sich ein weißverschneites Labyrinth aus Hügelketten und verästelten Bachläufen. Dunkle Föhren, deren benadelte, kratzige Äste im Wind schaukelten, umgaben das Lager.

Dahinter strömte der Große Fluß in einem weiten Bogen nach Westen. Ein schmaler Hohlweg führte hinauf in die zerklüfteten, eisbedeckten Berge. Wie eine Zahnreihe erhoben sie sich in die grauen Wolken. In Richtung Osten, mehrere Tagesmärsche entfernt, türmte sich das Große Eis. Dort sah der Horizont nebelverhangen und unheimlich aus.

Sie saßen auf dem windumtosten Hügel. Unter ihnen blieb eine Karibuherde stehen und schaute zu ihnen herauf. Doch die Menschen schienen weiter keinen Eindruck auf sie zu machen, denn gemütlich grasend setzten die Tiere ihren Weg fort.

»Dort drüben ist eine frische Mammutfährte.« Ein glückliches Lächeln umspielte Der der schreits Mund.

»Wolfstraum. Von den Anderen ist weit und breit nichts zu sehen.« Singender Wolf seufzte. »Ich hasse allein schon den Gedanken, zurückzumüssen.«

Der der schreit richtete sich kerzengerade auf. »Zurück? Wie bitte? Habe ich richtig gehört? Sagtest du etwas von zurück?«

Ernst sahen sich die beiden Cousins an. »Wolfsträumer holt eine weitere Gruppe herüber. Ich glaube, diesmal will Büffelrücken seine Leute rüberbringen.«

»Zurückgehen? Etwa dahin, wo wir hergekommen sind?«

»Ja. Aber Sonnenschein und mein Kind lasse ich hier. Die Anderen treiben unser Volk auf der anderen Seite des Großes Eises mehr und mehr in die Enge. Sie pferchen unsere Leute zusammen wie Schlachtvieh.«

»Und du gehst zurück? Du bist wahnsinnig. Dich hat das Licht der Monsterkinder geblendet. Warum sollten wir . . .«

»Irgend jemand muß Wolfsträumer begleiten und unseren Leuten die Wahrheit sagen. Die meisten würden ihm nicht glauben, nachdem was . . .«

»Das stimmt.«

Sie zuckten überrascht zusammen, als unvermutet hinter ihnen die vertraute Stimme erklang. »Ich brauche euch beide.«

Der der schreit wirbelte herum. Hinter ihnen stand Wolfsträumer. Entrückt sah er in die Ferne. Das weiße Bärenfell umhüllte ihn von Kopf bis Fuß und erinnerte stets an seine magischen Kräfte. Die Pelzhaare schienen ein Eigenleben zu führen. Glitzernd fingen sie das Sonnenlicht ein und plusterten sich im frostigen Wind.

»Alle beide?«

»Rabenjäger«, flüsterte Wolfsträumer wie in Trance. Seine Augen schienen nichts von der Umgebung wahrzunehmen. Sein Mund wirkte seltsam schlaff. »Ich . . . ich spüre Gefahr. Die Erneuerung . . . ich muß träumen. Ich weiß nicht, was Rabenjäger vorhat. Aber ich . . . ich fühle Leid kommen. Blut.«

»Ich gehe mit dir«, sagte Singender Wolf.

»Das wußte ich.« Wolfsträumer schenkte ihm ein dankbares Lächeln. »Hüpfender Hase soll hierbleiben und jagen. Grünes Wasser und einige andere werden ihm helfen. Außerdem sorgen sie dafür, daß die Bären fernbleiben. Sie kümmern sich um die Sicherheit unserer Leute hier.«

Wolfsträumers ernster Blick fiel auf Der der schreit. Plötzlich schien er sich wieder völlig in sich zurückziehen. Er starrte hinaus über die Ebene und unterdrückte mit Mühe einen Schrei. Das Land rief ihn mit einem süßen Lied, lockend, wie eine junge Frau ihren Geliebten. In der Ferne entdeckte er eine Mammutfamilie. Mit ihren langen Stoßzähnen schoben sie den Schnee von Gräsern und Sträuchern.

»Wann willst du aufbrechen?«

»Je früher, desto besser«, antwortete Wolfsträumer. »Die Lange Helligkeit naht. Wir wissen nicht, wann das Wasser wieder zu fließen beginnt.«

»Du meinst . . .«

»Ich meine, das kann schon morgen der Fall sein. Dann ist der Durchgang lange Zeit versperrt.«

Schweigen folgte. Die drei Männer sahen sich wortlos an.

»Grünes Wasser möchte sicher, daß du gehst«, murmelte Singender Wolf.

»Ja. Ja sicher. Sie schon, natürlich«, jammerte Der der schreit. »Warum habe ich nur keines dieser winselnden Weiber geheiratet, das von mir verlangen würde, bei ihr zu bleiben und mich um sie zu kümmern? Nein, ich mußte die hartherzige Grünes Wasser heiraten. Sie wird freundlich nicken, mich umarmen und mich geradewegs zurück zu den Ungeheuern ins Eis schicken.« Aber vor seinem geistigen Auge sah er das Verständnis und die Liebe in ihrem Blick, wenn er sich mutig auf den Weg in dieses entsetzliche Loch im Eis begeben würde – dieser Gedanke erwärmte sein Herz.

Nur schwer riß er sich vom Anblick der ausgedehnten Wiesen und der grasenden Tiere los. »Also, beeilen wir uns.«

Mondwasser wartete. Alles schien vollkommen ruhig. Ihre Augen wanderten hinüber zu dem mächtigen Träumer. Sie fürchtete, er könne in seinen Visionen ihre Pläne durchschaut haben. Aber er schlief wie ein Toter. Überaus vorsichtig und mit pochendem Herzen schlich sie weiter. Trotz ihrer Angst bewegte sie sich ungemein geschmeidig. Sie neigte sich über ihn, schlug die Felldecke zurück und holte die Lampe hervor. Sie wagte kaum zu atmen, als sie die Riemen von dem Beutel löste, in dem sich der überlebenswichtige Tran befand. Schritt für Schritt zog sie sich langsam zurück.

Sorgfältig verwischte sie ihre Spuren. Rasch hob sie einen flachen Stein von einem längst verlassenen Fuchsbau, den sie bereits vor einigen Tagen entdeckt hatte, versteckte die gestohlenen Gegenstände und legte den Stein wieder sorgsam auf die Öffnung.

Lautlos kehrte sie zurück auf ihren Platz unter den Decken neben Hüpfender Hases Frau. Bald würde Wolfsträumer wieder durch das Große Eis gehen und weitere Angehörige seines Volkes herüberholen. Das gab ihr die Chance zur Flucht, zur Rückkehr zu ihrem eigenen Volk. Verzweifelte Sehnsucht ergriff sie. Sie schloß die Augen. Oh, natürlich würden sie die Lampe suchen – aber wer käme schon darauf, daß sie die Diebin sein könnte? Selbstverständlich würden sie alle Bündel und Habseligkeiten durchwühlen, aber Mondwasser hatte perfekt geplant, wie es sich für die Tochter des Großen Sängers gehörte. Wenn sie fortging, käme niemand auf den Gedanken, daß sie das Geheimnis des Weges durch das Eis mitnehmen würde. Niemand würde wissen, daß sie ihrem Mammutvolk die Rettung brächte.

Kapitel 48

Tanzende Füchsin verstärkte den Druck auf den Steinschaber, mit dem sie die letzten Haut- und Gewebereste von dem goldfarbenen Karibufell entfernte. Fahles Sonnenlicht wärmte ihr schönes Gesicht und warf Glanzlichter auf ihre fließende Haarpracht. Am azurblauen Himmel zogen träge flaumige Wolken. Die wechselnden Schatten verwandelten die Hügel in lebendige Wesen aus der Urzeit.

»Mondwasser ist fort.«

Sie blickte auf. Brachvogellied stand vor ihr. Das runde Gesicht der jungen Frau wirkte spitz vor Abscheu. Gleichgültig zuckte Tanzende Füchsin die Achseln. »Sie hat seit Wochen auf ihre Chance gewartet. Ich dachte, jeder weiß das. Schließlich ist sie jede Nacht herumgeschlichen.«

»Du hast sie gesehen, während wir anderen geschlafen haben?«

»Ja, oft.«

»Warum hast du zu niemandem ein Wort gesagt? Vielleicht hätten wir . . .«

» . . . sie am nächsten Baum festgebunden? Das hätte sie nur noch böser gemacht. Sie wollte keine von uns werden.«

Brachvogellied sah sie scharf an. »Neue Frauen machen unser Volk stärker. Sie bringen frisches Blut mit.«

»Nur wenn sie sich mit ihrem Schicksal abfinden. Manche tun das nie – und zu denen gehörte Mondwasser.«

»Vielleicht doch, wenn sie länger bei uns . . .«, erwiderte Brachvogellied barsch.

»Wann ist sie geflohen? Ich sah sie nicht weggehen.« *Dabei lag ich wie fast jede Nacht die halbe Zeit wach und dachte über meine Zukunft nach, versuchte zu entscheiden, welchen Weg ich einschlagen soll.*

»Hüpfender Hase war letzte Nacht draußen. Er wollte nach seinen Kaninchenfallen sehen. Er dachte, er erwischt vielleicht den Wolf, der sie immer wieder plündert. Als ich schlafen ging, war sie noch da. Beim Aufwachen war sie fort. Ihre Decken hat sie mitgenommen. Auch ihre Rückentrage. Zuerst suchte ich das ganze Lager ab, weil ich dachte, vielleicht hat sie sich zurückgezogen und schmollt irgendwo.«

Tanzende Füchsin erhob sich und massierte ihre steifen Finger. »Jedenfalls wissen wir nun, wohin die Lampe verschwunden ist.«

Mit großen Augen starrte Brachvogellied sie an. »Du glaubst doch nicht etwa, sie ...«

»Aber natürlich. Sie ist auf dem Heimweg. Sie braucht die Lampe.«

»Um unter dem Eis durchzugehen? Allein?« Ungläubig schüttelte Brachvogel den Kopf. »Nein. Sie gehört nicht zu den tapferen Frauen.«

Füchsin lachte trocken. »O doch, sie schon. Ich befand mich auch einmal in ihrer Lage. Ich weiß, was es heißt, im Grunde eine Sklavin zu sein. Du weißt, wie sehr sie uns haßt. Ihrer Ansicht nach waren wir unter ihrer Würde. Du kannst dir vielleicht vorstellen, wie das ist, wenn sich einer von den Anderen auf dich legt und dir die Beine auseinanderdrückt.«

»Hüpfender Hase ist kein Anderer! Er ist mein Mann – und ihrer auch!«

Füchsin grinste die junge Frau an, die sie aus bösen Augen anstarrte.

»Du liebst ihn. Es ist ein gewaltiger Unterschied, ob man den Mann liebt, der einen mit seinem Samen füllt, oder nicht.«

»Sie hätte ihn auch lieben können, wenn sie ihm nur eine Chance gegeben hätte.«

Tanzende Füchsin fröstelte. Dieses Gespräch weckte unangenehme Erinnerungen in ihr. »Das spielt jetzt keine Rolle. Wichtig ist nur, daß wir ganz schön in Schwierigkeiten stecken.« Rasch reinigte sie den Schaber von den Fleischresten des Karibus und schleuderte den rosafarbenen Abfall zwischen die Beerensträucher.

»Was meinst du damit?«

»Sie führt die Anderen durch das Eis.«

»Heiliges Volk der Sterne.« Entsetzt schlug Brachvogellied die Hand vor den Mund. »Wenn sie die Öffnung finden, sind wir nie wieder sicher. Dann folgen sie uns über die ganze Welt.«

»Genau.«

Füchsin verstaute den Schaber, einige zweischneidige Messer und einen Beutel mit Dörrfleisch in ihrer Rückentrage.

Mit finsterem Gesicht beobachtete Brachvogellied diese Vorbereitungen zum Aufbruch. »Was machst du da?«

»Ich gehe ihr nach.«

»Aber du kannst nicht durch das Eis! Allein? Ohne Lampe?«

»Wolfsträumer hat es geschafft. Jetzt versucht es Mondwasser.« Ihre Stimme klang schnippisch. »Außerdem nehme ich Fichtenholz und Zunder mit, damit ich, falls nötig, ein Feuer anzünden kann. Genaugenommen bin ich schon beim letztenmal im Dunkeln durchgegangen. Ich ging am Ende der Schlange.« Ihre Hände bebten, als sie das Holz zu einem Bündel schnürte.

»Füchsin.« Brachvogellied trat unruhig von einem Bein aufs andere. »Laß das. Du könntest dort unten deine Seele verlieren. Ohne Wolfsträumers Schutz . . .«

Mit beißender Stimme erwiderte Tanzende Füchsin: »Krähenrufer verfluchte mich zur ewigen Dunkelheit. Vielleicht ist die Zeit gekommen.«

Voller Verlangen schaute sie hinüber zum Großen Eis. Es leuchtete strahlend unter Sonnenvaters streichelnder Berührung. *Und Der im Licht . . . Wolfsträumer . . . ist auf der anderen Seite. Vielleicht kann ich noch einmal mit ihm reden.*

»Krähenrufer war ein Narr«, sagte Brachvogellied, warf aber vorsichtshalber einen Blick über die Schulter, ob auch nicht sein Schatten in ihrer Nähe schwebte. »Fordere das Schicksal nicht heraus!«

Tanzende Füchsin hob die Trage auf den Rücken und befestigte den Stirngurt. Aufmunternd klopfte sie Brachvogellied auf die Schulter. »Paß auf, daß hier die Feuer nicht ausgehen.«

Entschlossen drehte sie sich um und ging langsam, aber mit großen Schritten davon. Ihr Knöchel stach unangenehm.

»Will dem Mammutvolk von unserem Weg durch das Eis erzählen, ha? Das wollen wir mal sehen«, brummte sie.

Sicher würde Wolfsträumer auf Rabenjäger und Krähenrufer treffen. Er stand ganz allein gegen sie. Seit er aufgebrochen war, machte ihr diese Vorstellung zu schaffen.

Als sie das trockene Flußbett erreichte, entdeckte sie ein von den Schneeverwehungen herabsickerndes Rinnsal. Einen Augenblick hatte sie den Eindruck, als sauge die Öffnung im Eis sie unwiderstehlich in sich auf.

»Das Wasser beginnt zu fließen.« Sie runzelte die Stirn. »Wieviel Zeit mir wohl noch bleibt, bevor der Weg versperrt ist?«

Sie biß die Zähne zusammen und betrat den Eiskanal. Im weichen Sand am Rand des Flußbettes gewahrte sie die Fußabdrücke einer Frau. Kein Zweifel, Mondwasser hatte diesen Weg genommen. Mit heftig klopfendem Herzen folgte Füchsin den Spuren hinein in das Dunkel.

Die Geister forderten sie kreischend zur Umkehr auf.

Jeder Jahreszeitenwechsel war eine Zeit der Gegensätze. Die Lange Helligkeit drängte mit Sonnenvaters Strahlen die Geister der Langen Finsternis immer weiter nach Norden hinter das nördliche Salzwasser mit seinem Treibeis und den gefährlichen Eisbergen.

Mit der Schneeschmelze verbreiteten sich die Gerüchte. In Pelze gehüllte Jäger trugen Geschichten, die von Mund zu Mund erzählt wurden, in alle Himmelsrichtungen. In jenem Jahr handelten die meisten Berichte von einem Träumer – einem sehr mächtigen Träumer. Der im Licht läuft – früher nur verhöhnt –, hatte in einem Traum den Weg nach Süden gefunden.

Aber nicht nur das, er ging unter der Erde durch! Er und sein Volk wanderten unter dem Großen Eis hindurch und entdeckten eine neue Welt! Ein Land, in dem es keine Anderen gab. Ein Land, in dem die Tiere Brüder waren: ohne jede Angst. Dieser Wolfsträumer, so behaupteten sie, sei ein Abkömmling von Sonnenvater. Sonnenvater persönlich habe ihn geschickt, um dem Volk eine neue Heimat zu geben.

Rabenjäger schaute blinzelnd in die Morgensonne. Er nahm keine Notiz von den Männern, die ihn unruhig umringten und seine Meinung hören wollten. Erwartungsvoll blickten sie ihn an. Im Verlauf des letzten Jahres hatte er sich verändert. Sein hübsches Gesicht wirkte hart. Das ständige Umherziehen und die Überfälle hatten Spuren hinterlassen. Seine Muskeln waren noch kräftiger geworden, die Schultern breiter, sein Bauch, trotz des besseren Essens, noch straffer. Inzwischen bewegte er sich wie ein junger Wolf, kraftvoll, imponierend – ein unvergleichlicher Mann, an den kein anderer heranreichte.

Lässig spielte er mit seinen Speerspitzen und dachte an die Überfälle während der Langen Finsternis. Sie hatten die Anderen nicht vertreiben, sondern sie nur in Schach halten können. Bald stand ihnen die Erneuerungszeremonie bevor. Mit dem Beginn der Jagdsaison mußten sie zunächst die Wildfährten aufspüren, um festzustellen, ob das Wild mit der Schneeschmelze nach Süden in die Weidegründe der Langen Helligkeit zog. In diesem Jahr bevölkerten so viele Andere die Gebiete des regulären Wildwechsels, daß sein Volk möglicherweise gar keine Nahrung erjagen konnte.

Kamen die Büffel heil durch die Reihen der Jäger der Anderen? Die Karibus? Oder mußten sie hoch oben in den Bergen vereinzelte Schafe jagen und beten, genug von den seltenen Mammuts zu erlegen, um das Volk bei guter Gesundheit und bei Kräften zu halten? Wie würde sich das Wild unter dem verstärkten Druck durch die Jäger der Anderen verhalten? Und die Anderen? Was planten sie? Was, wenn sie nicht nachgaben? Sich im Frühjahr nicht auf die Jagd begaben, sondern ihnen weiter zusetzten? Was sollte das für eine Erneuerung werden, wenn die Bäuche seines Volkes vor Hunger knurrten?

Lächelnd zog er seinen Mantel enger um den Körper. Dieser Mantel, eine Trophäe, die er den Anderen abgenommen hatte, diente ihm als Symbol seiner überragenden Tapferkeit im Kampf. Er blickte in die Runde, und ihm fiel auf, wie ähnlich seine Krieger dem Feind geworden waren. Sie hatten die Kleider des Feindes gestohlen, aßen die von ihm erbeutete und gesammelte Nahrung, bestiegen seine Frauen. Seltsam berührt strich er mit den Händen über die feinen Nähte auf den Ärmeln seines Mantels.

Zu allem Überfluß hatte der Ältestenrat in diesem Jahr beschlossen, mit einer Tradition zu brechen. Die Erneuerungszeremonie sollte weit im Süden stattfinden – in Reihers Tal. In der Heimat seines verwirrten Bruders!

Das war bei weitem das Schlimmste. Wie sollte er dieses Gebiet im Norden halten, wenn seine junge Männer sich so weit nach Süden zurückziehen mußten? Die Anderen würden unverzüglich jeden Fußbreit Boden in Besitz nehmen, den sie räumten.

»Glauben die alten Narren, die Anderen nehmen Rücksicht auf unsere Erneuerung?« regte er sich auf. Grimmig stapfte er auf und ab.

»Wie lange brauchen wir, um dorthin zu kommen? Wochen? Und die Anderen sitzen solange ruhig und geduldig in ihren Lagern und warten, bis wir zurückkommen?«

Schreiender Adler zog die Schultern hoch. »Aber wir müssen den Großen Tanz tanzen. Erinnert ihr euch, was vor zwei Langen Finsternissen geschah, als wir nicht getanzt haben? Die Seelenesser der Langen Finsternis haben uns bestraft. Außerdem dürfen wir nicht vergessen, daß auch die Anderen ihre Clanversammlungen abhalten. Auch sie müssen tanzen, Handel treiben, sich um ihre . . .«

»Und genau dann sollten wir zuschlagen!« Rabenjäger schlug mit der Faust in die Hand. »Während sie tanzen, sind sie verletzbar, ebenso wie wir. Das ist der beste Zeitpunkt, um sie niederzumachen und sie endgültig zu vertreiben, bevor sie . . .«

»Aber die Erneuerung ist . . .«

»Mir reicht es!« Wütend funkelte Rabenjäger den Krieger an. »Wer bleibt hier? Wer kämpft für unser Land?«

Ein paar Hände schossen in die Höhe. Einige zögerten sichtlich. Die Mehrheit reagierte überhaupt nicht.

Eiseskälte kroch ihm über den Rücken. *Vorsicht. Ich darf sie nicht noch weitertreiben. Wenn sie mir gegen ihre Überzeugung folgen, denken sie ständig an ihre kostbare Erneuerung. Welchen Vorteil hätte das?* Er mußte einen Weg finden, den Ältestenrat in Mißkredit zu bringen, der in seiner Kurzsichtigkeit die Zeremonie so weit nach Süden verlegt hatte.

Er holte tief Luft und breitete die Arme aus. »Ich weiß, ich weiß. Ohne eure Tanzerei lassen uns die Seelen der Tiere im Stich.« Er kicherte. »Wir befinden uns in einer ausweglosen Lage, eh? Wenn wir nicht beten und den Großen Tanz der Erneuerung nicht tanzen, lassen sich die Tiere nicht von uns töten. Ziehen wir uns andererseits aus diesem Gebiet zurück und gehen nach Süden, überlassen wir unsere Jagdgründe kampflos den Anderen.«

Er machte eine Pause und blickte in ihre harten Gesichter. Ja, das waren Krieger! Seine Krieger! »Also sei es. Wir gehen nach Süden.« Traurig schüttelte er den Kopf. »Und erinnert euch bei der nächsten Gelegenheit daran, wer die Erneuerung so weit nach Süden verlegt hat. Einige von euch werden sterben, wenn wir zurückerobern, was wir morgen kampflos aufgeben. Ich hoffe, die alten Männer singen gut für eure Seelen, meine Brüder und Schwestern, denn sie tragen dafür die Verantwortung.«

Und im stillen dachte er, ganz nebenbei finde ich auf diese Weise die Wahrheit über meinen närrischen Bruder und den Unsinn, der über ihn kursiert, heraus.

Mit Zähigkeit und dem ihrem Volk eigenen Mut stapfte Mondwasser hinaus auf die Hochebene. Das furchtbare Entsetzen im Loch unter dem Eis war noch immer gegenwärtig und verlieh ihren Schritten Flügel. Diesen Marsch würde sie nie vergessen. Das erste Mal war schon schlimm genug gewesen, begraben unter dem Eis, mit dem winzigen Licht an der Spitze. Der Rückweg, ganz allein mit den im endlosen Dunkel stöhnenden und kreischenden Geistern, hatte sie in Angst und Schrecken versetzt. Kein menschlicher Laut, keine Berührung hatten sie getröstet. Wenn sie sich schlafen legte, dann stets mit den schlimmsten Befürchtungen. In solchen Augenblicken schien das Geflüster der Geister lauter zu werden, und sie hatte die kleine Lampe an ihren Busen gedrückt und gebetet.

Jetzt lief sie, so schnell sie konnte, und hoffte inständig, den Wettlauf gegen die Lange Helligkeit zu gewinnen. Sie mußte das Mammutvolk unbedingt erreichen, bevor die Zeit der Fliegen und der sumpfigen Tundra einsetzte.

Vielleicht bekam dieses Jahr der Weiße-Stoßzahn-Clan das Weiße Mammutfell. Der Krieg gegen das feindliche Volk hatte ihrem Clan sicher große Ehre eingebracht. Wenn er das kostbare Fell erhielt, strömten die Clanführer aus dem Norden und Westen in Eisfeuers Lager. Vorfreude erwachte in ihr. Falls sie da waren, hörten sie alle, was sie dem Hochverehrtesten Ältesten über die Öffnung im Eis, den Träumer und den Weg nach Süden zu den herrlichen Tälern mit den großen Herden zu erzählen hatte.

Sie mußte nur noch ein Lager des Mammutvolkes finden, dann war sie in Sicherheit, und große Verehrung stand ihr bevor.

Um bei Kräften zu bleiben, wechselte sie ständig ihr Lauftempo. Mal fiel sie in leichten Trab, dann verlangsamte sie ihre Schritte wieder. Zwischendurch aß sie den letzten Bissen ihres Proviants. Bei dem Gedanken an die Lampe, die sie gestohlen und so gut versteckt hatte, daß niemand sie hatte finden können, stahl sich ein vergnügtes Lächeln in ihr Gesicht. Oh, sie hatten sich so große Mühe gegeben, den Weg nach Süden zu finden. Und nun hatte sie alle überlistet, gerissen wie sie war.

Wo hielt sich Eisfeuer auf? Wann würde sie endlich auf ein Lager des Mammutvolkes stoßen?

Kapitel 49

Tanzende Füchsin tastete sich durch die pechschwarze Dunkelheit. Ihr angestrengtes Atmen hallte laut von den Eiswänden wider. Wasser spritzte unter ihren Füßen auf und machte das Gehen noch beschwerlicher. Vorsichtig stieg sie auf einen schräg abfallenden Felsbrocken und beugte sich vor. Ihr Fuß rutschte ab, sie verlor das Gleichgewicht und stürzte kopfüber hinunter. Leise stöhnend rieb sie sich den schmerzenden Knöchel. Er tat entsetzlich weh, aber gebrochen hatte sie sich diesmal anscheinend nichts. Wann würde ihr dieser viermal verfluchte Knöchel endlich keine Beschwerden mehr machen?

Die meisten Löcher im Eiskanal hatten sich bereits mit Wasser gefüllt. Stellenweise reichte es ihr bis zu den Hüften. Diesmal hörte sie nicht nur das Ächzen und Kreischen der Geister, das ständig fließende Wasser machte die Geräusche noch unheimlicher. Ihre nassen Füße waren eiskalt, jegliches Gefühl war daraus verschwunden. Die einzigen trockenen Stellen, wo sie sich einmal hinsetzen konnte, waren die großen Felsbrocken. Doch in der ewigen Dunkelheit konnte sie diese nur mit äußerster Anstrengung und Vorsicht erklettern. Natürlich waren Holz und Zunder durch und durch feucht geworden. Es gab keine Möglichkeit, sie zu trocknen.

Nach einer fast endlosen Zeit schimmerte in der Ferne schwaches Tageslicht. Ihre vom Eiswasser tauben Füße machten ihr das Gehen beinahe unmöglich. Ungeschickt stolpernd patschte sie weiter durch die eisige Nässe.

»Du erreichst dein Volk nie, Mondwasser«, schwor sie sich. »Ich finde dich.«

Der Weg schien endlos. Mehr als einmal dachte sie am Ziel zu sein, doch dann fand sie sich stets an der Gabelung eines Seitenkanals wieder – einer in das alles verschluckende Erdinnere führenden Sackgasse.

Endlich wurde das Licht heller. Durch den Spalt in der Decke konnte sie den Himmel sehen. Sie hatte ihr Ziel erreicht.

Noch einmal all ihre Kräfte zusammennehmend, eilte sie auf die Öffnung zu. Draußen angekommen, zog sie sich erschöpft auf einen Felsen hinauf. Das Wasser lief in Strömen an ihr hinunter. Ihre Augen mußten sich erst an das Licht gewöhnen. Blinzelnd blickte sie zum grauen Himmel hinauf.

»Nie hätte ich geglaubt, daß es stimmt!« tönte eine Stimme von einem der anderen Felsen zu ihr herüber.

Sie wirbelte herum. Ihre von der Kälte steifen Finger griffen nach den Speeren. Drei Stürze sah sie kopfschüttelnd an. Er trug einen zerschlissenen Mantel, und seine Hautfarbe erinnerte an blankes Kupfer. Die langen Tage in der Sonne hatten das Gesicht des nicht mehr ganz jungen Mannes zu einem dunklen Rotbraun verbrannt.

»Tanzende Füchsin? Warum kommst du zurück? Ich dachte . . .«

»Ich jage einem Feind hinterher.« Sie schauderte in ihren feuchten Sachen. Der kalte Wind entzog ihrem Körper die letzte Wärme.

»Einem Feind?«

»Ja«, antwortete sie und versuchte sich zu entspannen. Ihr war zu kalt, sie konnte nichts mehr unternehmen. »Aber erst muß ich mich aufwärmen.«

»Ist das ein Antrag?« Drei Stürze zog die Augenbrauen hoch und lächelte, als er ihr verblüfftes Gesicht sah. »Ich kann dir nicht viel anbieten. Nur ein bißchen Dung und ein paar Weidenstöcke, aber ein kleines Feuer bringen wir schon zustande. Zieh die nassen Sachen aus.«

Sie nahm die Rückentrage ab. Ihre Zähne klapperten vor Kälte. Er führte sie zu einem windgeschützten Platz zwischen den Findlingen, öffnete sein Gepäck und nahm die für ein Feuer notwendigen Utensilien heraus.

Während er mit geübten Händen die Feuersteine drehte, streifte sie die durchnäßten Kleidungsstücke ab. Bald kräuselte Rauch aus dem Zunder. Drei Stürze kniete nieder, blies behutsam und erweckte die Flamme zum Leben. Er trat zurück und winkte sie ans Feuer.

Sie flocht ihr Haar zu einem Zopf und kauerte sich dankbar neben den qualmenden Dung.

Seufzend wanderten Drei Stürzes Augen über die Rundungen ihres nackten Körpers. »Die zweite Möglichkeit zum Aufwärmen hätte mir mehr Spaß gemacht.«

Tanzende Füchsin sah zu ihm auf. »Ich habe dich schon einmal nackt gesehen. Also, nein danke. Dein Ding ist mir zu groß. Ich möchte, daß meine Innereien in meinem Bauch an ihrem angestammten Platz bleiben.« Sie verzog das Gesicht. »Ich dachte immer, du gehörst zu Rabenjägers treuesten Anhängern. Er hätte ganz sicher etwas gegen eine Verbindung zwischen uns beiden einzuwenden.«

»Nein«, grunzte Drei Stürze und legte ihre Kleider zum Trocknen aus. »Sein Weg ist nicht mehr der meine.«

»Tatsächlich nicht?«

Nachdenklich legte er den Kopf schief. »Ich töte die Anderen. Ich kämpfe für unser Land. Aber er macht Dinge, die mich in den Wahnsinn treiben. Er hat den jungen Männern beigebracht, die Anderen zu foltern, sie bei lebendigem Leib auseinanderzuschneiden und das Herz der Gefangenen zu essen. Er ist ... ich weiß nicht . . ., irgendwie verrückt. Man weiß von einer Minute zur anderen nie, was ihm nun wieder einfällt.«

»Wem sagst du das?« Sie nickte und streckte einen Fuß über das Feuer. Die Wärme liebkoste ihre Haut, und sie stöhnte hingerissen.

»Seit wann hältst du hier schon Wache?«

Er blies die Backen auf und schnaubte. »Ich halte keine Wache.«

»Was dann?«

»Ich hörte von Reihers Tal und wollte mir das einmal ansehen. Rabenjägers Lager verließ ich mitten in der Langen Finsternis.« Er senkte die Augen. »Ich trieb mich da und dort herum, habe gejagt und versucht, mir über meine Zukunft klarzuwerden.«

»Du hast ihn verlassen?«

Er sah sie scharf an. »Ich hörte die Geschichten über Der im Licht läuft und die Öffnung im Eis. Ich wollte mich ihm anschließen.«

Stolz regte sich in ihr. Sollte das Vertrauen des Volkes in Wolfsträumer gewachsen sein? Vielleicht wurde alles gut. Wenn . . .

»Kam vor mir eine junge Frau hier vorbei? Mondwasser? Die Zweite Frau von Hüpfender Hase. Ungefähr vor zwei, drei Tagen?«

»Nein. Ich bin allerdings auch erst seit gestern hier.«

»Schade. Vielleicht kriegen wir sie noch.«

»Laß sie gehen«, entgegnete Drei Stürze leise und starrte hinüber zum Horizont. »Ich habe genug tote Frauen gesehen.«

»Sie kennt den Weg durch das Eis. Sie war auf der anderen Seite.«

Drei Stürze blickte sie ernst an. »Wie sieht es dort aus?«

»Sieh selber nach.« Sie zeigte auf den Eingang zur Eisrinne.

Unbehaglich rutschte er hin und her. »Gibt es dort auch nur Felsen, noch mehr kümmerlichen Wermut und magere Gräser? Noch mehr Matsch und Sumpf? Fliegen und Moskitos? Hunger hinter jedem Hügel und jeder Moräne? Nebel? Schneeverwehungen?«

Lächelnd schüttelte sie den Kopf.

»Dort gibt es riesengroße Bäume, zahmes Wild, eine Wasserscheide, von der aus das Wasser in einen anderen Großen Fluß läuft – nach Süden. Vielleicht mündet er in ein anderes Salzwasser, in dem wir fischen können, ohne Überfälle von den Anderen befürchten zu müssen. Es gibt nicht das geringste Anzeichen für die Anwesenheit anderer Menschen.«

»Ich gehe sofort!« rief Drei Stürze.

»Nein.«

»Aber du sagtest doch gerade ...«

»Ich habe meine Meinung geändert. Zuerst hilfst du mir, Mondwasser einzufangen. Sonst müssen wir alles, wovon ich dir gerade erzählte, mit den Anderen teilen.«

»Ich töte die Frau auf keinen Fall.«

»Ich glaube, ihr Mann, Hüpfender Hase, wird dir dafür dankbar sein.«

Mißtrauisch sah er sie an. »Einverstanden?«

Nach kurzem Zögern nickte sie. »Ich will sie nur aufhalten und zurückbringen, bevor sie den Weg durch das Große Eis verrät.«

»Dann los.«

»Darf ich zuerst meine Kleider trocknen? Zum erstenmal seit Tagen ist mir warm.«

»Ja, natürlich.« Seufzend kreuzte er die Arme vor der Brust. »Ich sehe mir deinen Körper sehr gern noch eine Weile an. Bei diesem Anblick fallen mir so seltsame Dinge ein.«

»Dann schau in die andere Richtung. Meinem Körper fällt zu deinem gar nichts ein.«

»Schade.«

»Pech für dich, daß du ein Mann mit einer liebevollen Seele bist. Wärst du eine widerliche Larve wie Rabenjäger, dann könntest du ...«

»So hättest du es auch nicht unbedingt auszudrücken brauchen.«

»Ah-hah.«

»Wird wohl eine lange Jagd nach Mondwasser.«

»Wahrscheinlich.«

Das kleine Feuer aus Birken- und Weidenholz war bis auf ein paar glühende Reste im Feuerloch heruntergebrannt. Singender Wolf beugte sich vor. Die Männer, die seit langer Zeit die Geschicke des Volkes beeinflußten, flößten ihm Ehrfurcht ein. Neben ihm saß Der der schreit. Sein freundliches Gesicht wirkte ungewöhnlich ernst.

Büffelrücken strahlte die Aura von Alter und Macht aus. Sein weißes Haar hatte er zu zwei langen Zöpfen geflochten. Er hörte zu und nickte nur gelegentlich. Seine einstmals scharfen Augen hatten im Laufe der Jahre nachgelassen und leuchteten nun in sanftem Braun. Sein verwittertes, von tausend Falten gefurchtes Gesicht zeigte keine Regung.

Vier Zähne mahlte geistesabwesend mit den Kiefern und saugte mit der Zunge lautstark an den Stellen, wo sich früher seine Bakkenzähne befunden hatten. Dicke Tränensäcke hingen unter den alten Augen, und Altersflecken sprenkelten sein breites Gesicht. Seine patriarchischen Züge wurden durch tiefe, sich eingrabende Furchen unterstrichen. Mit seinen kurzen braunen Fingern zupfte er Pelzhaare aus seinem abgeschabten Mantel.

»Ihr glaubt es nicht, solange ihr es nicht mit eigenen Augen gesehen habt. Büffel, Mammuts, Karibus. Die Tundra ist anders als hier, und die Tiere haben so gut wie keine Angst.«

Büffelrücken schüttelte den Kopf. »Scheint mir unmöglich.«

»Aber es ist so«, beharrte Singender Wolf und unterstrich seine Worte mit wilden Handbewegungen. »Hätte ich es nicht mit eigenen Augen gesehen, würde ich es auch nicht glauben. Aber es ist wahr.«

»Na, ich weiß nicht.« Vier Zähne schüttelte ebenfalls den Kopf. »*Unter* dem Eis durchgehen? Hinunter in diese Dunkelheit? Was ist, wenn etwas passiert? Ha? Was dann? Unsere Seelen . . .«

»Und wieviel Wild gibt es dort?« fragte Büffelrücken herausfordernd. »Woher wissen wir, wie lange es reicht? Wenn es kein Wild mehr gibt, was dann? Wieder hierher zurück? Wieder unter dem Eis durch?«

»Wolfsträumer weiß es.« Der der schreit kreuzte die Arme vor der Brust.

»So hörten wir.« Vier Zähne grunzte. »Und wo ist er? Ha? Er kreuzt auf und verschwindet wieder unter der Erde. Ihr wißt, was das Volk über Höhlen im Fels und Löcher im Eis denkt? Seelen sollten sich nicht unter den Boden begeben.«

Müde starrte Singender Wolf in das Feuer. Er erinnerte sich an Reihers Höhle. Seine Gedanken konzentrierten sich auf die vom Feuerschein beleuchteten Schädel. Unwillkürlich überlief ihn ein Frösteln. »Ich weiß nicht, was er gerade macht. Vielleicht will ich es auch gar nicht wissen. Träume, wirkliche Träume, machen einen Menschen sonderbar.«

»Ist er *wirklich* ein Träumer?« Der Zweifel in Vier Zähnes Stimme war nicht zu überhören.

Der der schreit nickte betont langsam. »Reiher sagte zu Gebrochener Zweig, er sei mächtiger, als sie es je war.«

»Warten wir ab, bis Krähenrufer eintrifft. Dann sehen wir weiter.« Vier Zähne verdrehte die Augen und wiegte den Kopf. Im Feuerschein warf seine Hakennase einen merkwürdigen Schatten auf seine Wange. »Krähenrufer, ja, das ist ein Mann mit magischen Kräften.«

Singender Wolf senkte den Blick. Es fiel ihm schwer, einen Älteren zu kränken. »Ich möchte nicht respektlos sein, Großvater, aber viele, die Krähenrufer folgten, sind verhungert. Gebrochener Zweig sagt, seine Träume seien falsch.«

»Sie ist alt.«

»Sie hat Träumer gesehen«, widersprach Singender Wolf freundlich. Er wußte, er befand sich am kritischen Punkt der Unterhaltung. Wenn er die Würde der Alten beleidigte, würden die Clans niemals durch das Loch im Eis gehen. »Sie sah den Traum in Wolfsträumers Augen.«

Vier Zähne blickte ihn finster an. Dieser Widerspruch paßte ihm offensichtlich gar nicht. »Du glaubst, du weißt mehr als ich? Ha? Ich bin doppelt so alt wie du.«

Singender Wolf biß sich auf die Zunge und rang um Selbstbeherrschung. Endlich hatte er seine Gelassenheit wiedergefunden: »Nein, Großvater. Ich wollte nur . . .«

»Krähenrufer wird uns die Wahrheit über diesen jungen Der im Licht läuft sagen«, beharrte Vier Zähne stur.

Singender Wolf legte den Kopf in den Nacken. Sorgfältig wägte er seine nächsten Worte ab. »Ich zweifle nicht an der Lauterkeit eures Glaubens, Großvater. Aber wir sahen die beiden, als sie sich gegenüberstanden. Wir beobachteten sie beim Beweis ihrer magischen Kräfte. Der der schreit war dabei. Ich war dabei. Andere können unsere Worte bezeugen. Ich spreche aus ehrlichem Herzen. Krähenrufer verfluchte Wolfsträumer. Der Fluch sollte sein Innerstes nach außen kehren und ihn aufzehren. Jedem, der Wolfsträumer auf dem Weg nach Süden folgte, prophezeite er den Tod. Er beschwor sämtliche Übel der Langen Finsternis auf uns herab. Doch nur ein kleines Mädchen ist gestorben, alle anderen haben überlebt. Wir leben – und unseren Familien geht es besser denn je auf der anderen Seite des Eises in diesem herrlichen Land des Überflusses. Und Krähenrufer sagte, das Große Eis bedeute Tod und Verderben.«

Der der schreit wandte die Augen ab. »Ich gehörte jahrelang zu Krähenrufers Gefolgsleuten. Aber ich kannte keinen wirklichen

Träumer, bis ich Wolfsträumer und Reiher sah. Ich beobachtete die beiden Träumer, wie sie das Wild riefen. Ich sah die Macht in den Augen dieser Träumer. Bei Krähenrufer sah ich nichts dergleichen.«

Vier Zähne murmelte Unverständliches. »Ich dachte immer, Reiher sei nur eine Legende. Ihr beide wißt, daß man schlechte Dinge über sie redet. Sie kann einem Mann die Seele aus dem Körper saugen und sie hinausblasen in die Lange Finsternis.«

»Sie gab uns zu essen. Sie hielt uns warm«, fügte Der der schreit unbehaglich hinzu. »Was mich angeht, ich erfuhr nur Freundlichkeit von ihr.« Leise fuhr er fort: »Sicher, sie schüchterte mich ein. Ich hatte ein wenig Angst vor ihr. Aber jeder vernünftige Mensch hat ein wenig Angst vor einem Träumer. Trotzdem. Sie war nicht schlecht, wie das in all den erfundenen Geschichten über sie behauptet wird.«

»Und was hat sie da draußen die ganze Zeit gemacht, mutterseelenallein, ohne Verwandte, ohne einen Menschen?« verlangte Vier Zähne zu wissen. »Kannst du mir das sagen, ha? Das ist nicht recht! Gute Menschen leben nicht auf diese Weise.«

»Für die Träume sei es besser, sagte sie. Sie erklärte es uns. In der Einsamkeit behielt sie einen klaren Kopf. Ah, sie wollte sich nicht verzetteln, sagte sie.« Singender Wolf warf einen raschen Blick zu Der der schreit hinüber. Die Sache lief nicht wie gewünscht.

»Meine Mutter hat sie gut gekannt«, setzte Büffelrücken hinzu. »Ich warte ab. Mal sehen, was bei der Erneuerung passiert. Vielleicht hat Reiher Der im Licht läuft *böse* Kräfte angehext.« Seine Stimme senkte sich zu einem heiseren Flüstern. »Um uns zu schaden.«

»Warum sollte ...«

»Aus Rache. Du weißt aus Erzählungen, daß das Volk sie wegen ihrer Träume verspottet hat. Ihre seltsamen Träume machten den Leuten angst.«

»Warten wir ab, was Krähenrufer dazu zu sagen hat«, meinte Vier Zähne. »Er wird uns von seinen Träumen berichten.«

Ein unbehagliches Schweigen folgte. Singender Wolf starrte mit leerem Blick in das Feuer. Hörten sie denn nie richtig zu?

»Es kommt übrigens noch etwas hinzu.« Vier Zähne schüttelte den Kopf. »Ich glaube nicht, daß es richtig ist, das Land, das uns Sonnenvater gegeben hat, wegen eines Lochs im Eis zu verlassen.

Mein Großvater lebte hier. Hier sang ich die Seele meiner Frau empor zum Heiligen Volk der Sterne. Ich kenne dieses Land. *Ich fühle dieses Land in meiner Seele.*« Er verstummte, um seinen Worten gebührend Nachdruck zu verleihen. »Rabenjäger hat recht. Wir müssen ...«

»Die Anderen drängen unerbittlich nach.« Singender Wolf rieb sich den Nacken. »Wir müssen bei der bevorstehenden Erneuerung sehr viel bedenken. Die Dinge ändern sich. Ich möchte nicht respektlos sein, Großvater, aber dies ist nicht unser Land. Hier? Bei Reihers Höhle? Fünf Tagesmärsche vom Großen Eis? Waren wir jemals so weit im Süden?«

»So weit südlich ist es auch wieder nicht.«

Nachdenklich hob Singender Wolf die Hand und zählte die fünf Finger ab. »Erinnert ihr euch, wo wir vor fünf Langen Helligkeiten die Erneuerungszeremonie abgehalten haben? Draußen auf der Ebene, wo der Große Fluß in das Salzwasser mündet. Wie weit im Norden ist das? Die Anderen zwangen uns bereits damals zum Rückzug. Seither können wir keine Muscheln und Schalentiere am großen Salzwasser mehr sammeln, keine Robben mehr jagen. Das Salzwasser liegt mehr als drei Mondreisen weit im Norden. Und dort leben die Anderen. Das ist eine unumstößliche Tatsache. Wir können die Anderen nicht aufhalten. Wir sind zu wenige! Die Zeit drängt!«

Vier Zähne schüttelte den Kopf. »Wir vertreiben sie, drängen sie zurück. Sonnenvater gab uns dieses Land. Er sorgt für unsere Sicherheit. Du wirst sehen.«

»Ich *sah* es«, sagte Singender Wolf leidenschaftlich. Er hielt die Augen gesenkt, um die Alten nicht noch weiter zu reizen. »Während der letzten Langen Helligkeit war ich bei Rabenjägers Überfällen dabei. Ich tötete einige der Anderen im Kampf. Ich handelte ehrenhaft. Aber ich sah unsere jungen Männer Frauen vergewaltigen. Sie benahmen sich wie brünstige Tiere. Ich sah, wie Babys erschlagen, zertreten und aufgeschlitzt wurden. Ich sah Männer, die man mit heraushängenden Eingeweiden einem furchtbaren Tod überließ. Ich kämpfte für unser Volk, und ich sah die Wirklichkeit des Krieges.«

»Du hast das Vertrauen verloren! Das nächste Mal gewinnen wir.«

»Ich will nicht warten! Ich brachte meine Familie hinter das Große Eis. Ich will nicht zusehen, wie all die Familien des Volkes wie Sandstein von einer Felsplatte langsam aufgerieben werden. Es ist nicht unehrenhaft für einen Mann, seine ...«

Vier Zähne seufzte ungeduldig. »Wir wissen, daß du ein Mann von Ehre bist, Singender Wolf.«

»Darum geht es nicht allein«, mischte sich Der der schreit ein. »Wichtig ist, er kennt beide Seiten aus eigener Anschauung.«

Vier Zähne bedachte ihn mit einem finsteren Blick und streckte herausfordernd das Kinn vor. »Du hast nicht gekämpft. Woher nimmst du dir das Recht, mitzureden?«

»Nein ... nein, ich ... ich ...« Er stotterte hilflos, Schamröte stieg ihm in die Wangen. »Ich verabscheue Krieg.«

Büffelrücken lächelte zornig und sah ihn anklagend an. »Das haben wir gehört.«

»Feigling!«

»Ich bin *kein* Feigling!« verteidigte sich Der der schreit tapfer und sah den Alten offen in die Augen. Selbst im rötlichen Feuerschein war die Blässe in den Gesichtern der alten Männer nicht zu übersehen. Ihre abweisend zusammengepreßten Lippen erschreckten ihn. »Ich möchte nur mein Leben in Frieden leben, wie es mir gefällt – jagen möchte ich. Sonst nichts. Und ich bin ein guter Jäger. Niemand erlegt ein Mammut so wie ich.« Er senkte die Augen und knetete unruhig mit den Händen. »Aber ich möchte nicht, daß ein Anderer mir Grünes Wasser wegnimmt, während ich mit einem Speer im Bauch irgendwo verfaule. Singender Wolf hat mich überzeugt. Ich hörte ihm zu und verbrachte viele lange Nächte damit, darüber nachzudenken. Ich machte mir die Entscheidung, wem ich folgen sollte, nicht leicht.«

Nach diesen Worten wurde Vier Zähne etwas zugänglicher. Er mümmelte mit der Zunge an den Stummeln seiner Schneidezähne, den einzigen Zähnen, die er noch im Mund hatte. »Ein Mann muß tun, was er für das Beste hält.«

»Das ist Brauch in unserem Volk – so hat man mich gelehrt. Und meiner Meinung nach konnte ich nichts Besseres tun, als meine Frau und mein Kind zu nehmen und auf die andere Seite des Großen Eises zu bringen. Ich sah das neue Land – und es ist genauso herrlich, wie Singender Wolf gesagt hat. Ich kam nur zurück, um es unserem Volk mitzuteilen.«

Büffelrücken rutschte unruhig hin und her. »Ich bin hier, weil die Anderen mein Lager überfielen. Sie haben uns vertrieben. Viele meiner jungen Männer sind tot.«

Der der schreit sprang auf, breitete die Arme aus und sprach mit großem Nachdruck: »Jenseits des Großen Eises gibt es keinen Krieg! Kommt mit!«

»Ich will nicht unter das Eis. Im Dunkeln verliert man die Seele. Sie bleibt gefangen, versteht ihr? Ich will nichts weiter als Sicherheit für meine Leute, solange Rabenjäger Jagd auf die Anderen macht.«

Singender Wolf war der Verzweiflung nahe. »Denkt darüber nach. Wir halten dieses Jahr die Erneuerung so weit im Süden ab wie irgend möglich. Weiter südlich liegt nur noch das Große Eis. Die Anderen drängen nach. Wo wollt ihr nächstes Jahr zur Erneuerung hingehen?«

»Sonnenvater gab uns dieses Land. *Uns* gab er es!«

»Warum sollen wir es den Anderen überlassen?« murrte Büffelrücken.

»Weil wir nicht imstande sind, sie aufzuhalten«, sagte Singender Wolf kalt. »Wißt ihr, was Blaubeere erzählt hat? Und die gefangenen Frauen der Anderen, die seit einem Jahr bei uns leben? Sie berichteten über die Anderen, wieviel Land sie beherrschen und wie viele es sind. Wie sollen wir so viele aufhalten?«

»Unser Volk läuft nicht durch irgendein merkwürdiges dunkles Loch im Großen Eis davon!« Vier Zähne schlug mit der Faust auf sein knochiges Knie, um zu betonen, daß dies sein letztes Wort sei.

Büffelrücken nickte. »Warten wir ab und hören wir, was Krähenrufer und Rabenjäger zu sagen haben. Vielleicht haben sie die Anderen bereits weit nach Norden getrieben, und wir können schon zurück.«

»Großväter«, murmelte Singender Wolf. »Ich würdige euren Respekt vor Krähenrufer, aber unser Volk hat einen neuen Träumer. Bitte, seid nicht blind für seine Kräfte, nur weil er noch jung ist. Für unser Volk geht es um alles. Wir stehen am Scheideweg zwischen Wiedergeburt und Tod.«

»Ein neuer Träumer?« höhnte Vier Zähne und spuckte in den Sand. »Der im Licht läuft traut sich nicht einmal unter seine eigenen Leute. Er versteckt sich in der Höhle einer Hexe, um der Schande zu entgehen, die sonst über ihn hereinbrechen würde.«

Entsetzt schloß Singender Wolf die Augen. *Ist das das Ende? Was kann ich machen, damit ihnen endlich die Augen aufgehen? Was?*

Kapitel 50

Rabenjäger blickte zurück auf die Felsenhügel, die sie gerade überquert hatten. Der Wolfstraum hatte seinen Bruder hierher geführt. Ringsum sah er nur armseligen Wermut und Riedgräser. Längst getrockneter Dung zeigte, daß sich hier einmal Wild aufgehalten hatte. In den saftigen Feuchtgebieten am Großen Fluß wuchsen Weiden, Zwergbirken und Beerensträucher so dicht wie eine Mauer. Im Westen erhoben sich herrliche Berge mit weißen Gipfeln bis hinauf zu Blauhimmelmann. Im Norden verlief die Hügelkette in einem weiten Bogen zum Großen Eis. Dieses Gebiet hatte sein närrischer Bruder durchquert?

»Unmöglich!« murmelte er fast unhörbar.

»Der im Licht läuft?« fragte Krähenrufer.

»Kannst du jetzt schon Gedanken lesen, Träumer?«

»Kein normaler Mensch glaubt, daß er da durchgegangen ist.«

»Aber die Gerüchte verbreiten sich wie ein Lauffeuer.« Rabenjägers Gesicht verfinsterte sich. Hatte er es tatsächlich geschafft?

Vor ihnen lag Reihers Tal. Die heißen Quellen schickten ihre Dampfwolken hinauf zum kupferfarbenen Himmel.

»Vielleicht gelingt es uns, diesem Wolfstraum-Unsinn ein Ende zu machen, eh?«

Rabenjäger nickte. »Das ist genau meine Absicht. Auf welche Weise auch immer.«

»Das war's!« schnaubte Drei Stürze wütend.

»Verflucht soll sie sein!«

Tanzende Füchsin lag neben ihm auf dem Bauch und starrte hinaus auf die sumpfige Tundra. Mondwasser hatte ihr Ziel erreicht. Sie hatte ein Lager ihrer Leute gefunden. Daß es sich um ein Lager der Anderen handelte, erkannte Tanzende Füchsin an den Zelten.

»Wir haben ganz schön aufgeholt. Mindestens drei Tage haben wir wettgemacht.« Drei Stürze rieb sich die Nase und schnalzte mit der Zunge.

»Einen halben Tag hätten wir noch gebraucht. Dann hätten wir sie gehabt.« Enttäuscht rollte sich Tanzende Füchsin auf den Rükken und blickte hinauf zum wolkigen Himmel. Erschöpft massierte sie ihren schmerzenden Knöchel.

»Du hast ständig Schmerzen, ha?«

Sie nickte. »Vermutlich behalte ich die bis an mein Lebensende.«

»Du bist anders als die meisten Frauen.«

Mit ihren schlanken Fingern kämmte sie das lange schwarze Haar zur Seite. Ernst sah sie ihn an. »Wenn du damit meinst, anders als deine Frau Maus, hast du allerdings recht.«

Er nickte. »Ich mag dich sehr. Du wärst einem Mann eine gute Frau. Du würdest ihm kräftige Söhne gebären.«

Sie lächelte. »Kein Interesse.«

»Bin ich denn so übel?«

Sie wälzte sich auf den Bauch, stützte das Kinn auf die Hände und runzelte die Stirn. »Nein. Du bist ein guter Mann. Du hast dich nicht mitten in der Nacht auf mich geworfen und mir damit erspart, dich mit einem Speer aufzuspießen.«

»Wir sind die ganzen Nächte hindurch gelaufen. Es ist ein bißchen schwierig, sich auf dich zu werfen, während wir nach Mondwassers Spur suchen.«

»Versuch es erst gar nicht. Männer haben die Angewohnheit, danach gleich einzuschlafen. Du könntest nie wieder aufwachen.«

Drei Stürze kicherte. »Ich schlafe ausgesprochen gerne. Los, komm. Überbringen wir Wolfsträumer die Nachricht, daß der Feind von seinem Traum weiß.«

Tanzende Füchsin wandte sich noch einmal um und warf einen letzten Blick auf die Krieger, die sich um Mondwasser scharten und ihr anerkennend auf die Schultern klopften.

»Es ist ein Wettlauf mit der Zeit«, flüsterte sie. »Entweder sie oder wir.«

»Wenn wir uns beeilen und die Angehörigen unseres Volkes noch durch das Große Eis bringen, können wir den Eingang vielleicht von der anderen Seite her verschließen.«

»Wie denn?«

»Das weiß ich auch nicht. Vielleicht könnte jemand« – er schluckte – »jemand könnte Felsbrocken vor die Öffnung rollen.«

Spöttisch sah sie ihn an. »Du hast doch die Öffnung gesehen. Ein wilder Fluß, der eine Menge Schmelzwasser mit sich führt, vergrößert dieses Loch während jeder Langen Helligkeit. Glaubst du im Ernst, wir könnten diesen gewaltigen Durchgang blockieren?«

Er senkte den Blick und zuckte hilflos die Achseln. »Nein.«

Das Volk hatte sein Lager im Tal errichtet. Überall kräuselte sich Rauch vor den Zelten und vermischte sich mit dem Dunst des warmen Wassers. Die jungen Krieger trennten sich und machten sich auf die Suche nach den Zelten ihrer Verwandten und Frauen. Jeder Clan hatte sein Totem aufgestellt, so daß sie sich leicht orientieren konnten. Krähenrufer konnte mit Rabenjäger kaum Schritt halten. Seine alten Knochen wollten nicht mehr so recht. Mit Mühe gelang es ihm, neben Rabenjäger den Grat zu erklimmen.

»Vier Zähne ist da. Büffelrückens Totem sehe ich auch. Der Möwen-Clan ist ebenfalls gekommen. Ich frage mich, wer wohl ihr Führer ist?« Rabenjäger stand hoch oben auf dem Grat und schaute über das fruchtbare Tal, den Geysir und das sonderbar blaue Wasser. Weiden und Birken – inzwischen in vielen Lagern eine Seltenheit – säumten das enge Tal. Ein ausgetretener Pfad führte vom Hügel hinunter. Braunhäutige Menschen badeten unter Gelächter und Wasserspritzen in einem großen Teich. Das Sonnenlicht ließ ihre nackten, nassen Körper kupferfarben aufleuchten, ein Bild heiterer Lebensfreude.

Nachdenklich fügte er hinzu: »Wir haben kaum Wild gesehen. Wenn ich mir die Tundravegetation betrachte, bezweifle ich auch, daß es viel Wild gibt. Na ja, immerhin haben wir durch diesen Marsch erfahren, was man über den Süden wissen muß. Zu trokken. Zu wenig Wasser für gutes Weideland.«

»Vielleicht«, keuchte Krähenrufer, den der Aufstieg sehr angestrengt hatte. Er schnaufte entsetzlich und bekam kaum noch Luft. »Wenn das stimmt, haben die Anderen inzwischen die besten Jagdgründe, die es überhaupt gibt.«

Rabenjäger schniefte. »Im Augenblick schon, Träumer. Im Augenblick. Aber ohne die ständigen Überfälle, die wir auf sie verübt haben, hätten sie noch mehr gutes Land.«

»Ja, schon.« Dann: »Ein Gestank ist das! Wie kann ein Mensch das bloß aushalten? Dieser Geysir stinkt! Das riecht wie verrottendes Fett im Salzwasser.«

Rabenjäger gluckste leise. »Mag sein, aber fällt dir sonst nichts auf? Keine Fliegen, keine Moskitos. Anscheinend vertreibt der Gestank diese Plagegeister.«

Krähenrufer schnaubte.

Unten im Tal stand Vier Zähne vor seinem Zelt. Mit der Hand beschattete er die Augen und winkte ihnen, näher zu kommen. Er hinkte zu Krähenrufer und umarmte ihn. Sein Grinsen entblößte den fast zahnlosen Kiefer und zeigte eine rosige Zunge hinter braunen Lippen.

»Und wo ist mein phantasievoller Bruder?« erkundigte sich Rabenjäger, nachdem er dem Alten den nötigen Respekt erwiesen hatte.

Angewidert verzog Vier Zähne das Gesicht. »Dort drüben. Siehst du diese Felsspalte, da, wo das Wasser am Fels herunterläuft? Er hockt die ganze Zeit da drin und macht irgend etwas. Singender Wolf und Der der schreit bringen ihm das Essen. Sie sagen, er bereitet sich auf einen Traum vor.«

Kichernd schlug sich Rabenjäger aufs Knie. »Mein Bruder? Ein Träumer?« Er zwinkerte Krähenrufer zu, der mit dem funkelnden schwarzen Auge zur Höhle hinüberschielte.

Rabenjäger machte sich auf den Weg zu Reihers Höhle. Vor dem Eingang bückte er sich und duckte sich unter dem zerschlissenen Karibufell. Im Dunkeln der Höhle konnte er zuerst nichts erkennen. »Der im Licht läuft?«

»Verdunkle den Eingang, Rabenjäger.«

Er gehorchte und bemerkte nun erst das rotglühende Feuer.

»Deine Augen gewöhnen sich rasch an die Dunkelheit. Komm her. Geh zwei Schritte vor, dann setz dich.«

Vorsichtig befolgte Rabenjäger die Anweisungen. Argwöhnisch tastete er mit der Hand und ließ sich erst nieder, als er weiches Fell fühlte. In Umrissen begann er die Umgebung wahrzunehmen. »Sehr einfallsreich. Willst du mir mit dieser Sonderbehandlung Ehrfurcht vor deinen vielgepriesenen magischen Kräften einflößen?«

»Nein. Diese Umgebung bringt mir Frieden, Bruder. Sie hält meinen Verstand klar. Ich muß herausfinden, was ich tun muß, um unser Volk zu retten.«

»Und was, um alles in der Welt, soll das sein? Mammuts aus den Wolken herunterbeschwören? Aus dieser Wüste eine fruchtbare Tundra machen? Komm, Der im Licht läuft, vergiß das.«

»Der im Licht läuft gibt es nicht mehr.«

»Auch recht, *Wolfsträumer*. Ich muß schon sagen, ein stolzer Name. Du weißt sicher, daß Krähenrufer mich begleitet. Er freut sich schon auf – wie soll ich sagen – einen Beweis deiner Kräfte. Hmm? Wird dieses Mal bestimmt eine hochinteressante Erneuerung.«

»Und warum bist du hier?«

»Du bist mein Bruder. Was würde unser Volk sagen, wenn ich bei deinem Wolfstraum-Unsinn tatenlos zusehe?«

»Es berührt mich tief, wie ernst du die Verantwortung für deine Verwandten nimmst.«

Rabenjäger lachte. »Ach, laß die Sprüche, Bruder. Ich muß mich darum kümmern, was du treibst. Ich muß wenigstens behaupten können, ich hätte mich bemüht, verstehst du? Ein Bruder muß Mitgefühl für den anderen aufbringen und versuchen, die Sippe auf den rechten Pfad zurückzuführen. Schließlich habe ich einen Ruf zu verlieren. Ich genieße einen gewissen Status. Das Volk wird mich preisen, wenn ich berichte, wieviel Mühe ich mir gegeben habe, um dich wieder zur Vernunft zu bringen.«

»Komm mir nicht in die Quere, Rabenjäger. Ich sehe mehr als du.«

Rabenjäger lachte leise. »Vermutlich träumst du mich sonst ins Jenseits.«

Inzwischen konnte er trotz der Dunkelheit die Gesichtszüge von Der im Licht läuft erkennen. Sein Bruder streckte die Hand aus und warf noch einige Weidenzweige in das Feuer. In der aufleuchtenden Glut sah er die Augen von Der im Licht läuft. So etwas wie Furcht durchzuckte ihn. In diesen Augen glühte eine starke Kraft.

»Ich bedrohe dich nicht, Rabenjäger. Aber wenn du mich herausforderst, *muß* ich dich brechen, dich aus der Gemeinschaft ausstoßen. Wenn du mich dazu zwingst, bestimmen fortan Leid und Tod deine Zukunft.«

Rabenjäger lief eine Gänsehaut über den Rücken. Der im Licht läuft sprach so ernst. Er schien zu glauben, was er sagte. Einen Augenblick lang berührte ihn eine warnende Vorahnung, aber er verdrängte sie sogleich. Er mußte die Initiative ergreifen und die Kontrolle über das Gespräch zurückbekommen. Blitzartig kam ihm ein Gedanke.

»Eifersüchtig wegen Tanzende Füchsin?«

Sein Bruder zuckte zusammen und sah ihn aus weit aufgerissenen Augen an.

Getroffen! Im Halbdunkel sah Rabenjäger, wie sich Der im Licht läuft nervös mit der Zunge über die Lippen fuhr. Leise lachend wiederholte er: »Eifersüchtig?«

»Nein. Sie ist nicht wichtig.«

»Aber du weißt doch, wie sehr sie dich liebt.« Rabenjäger genoß es, den Spieß umgedreht zu haben. »Beim Aufwachen gilt ihr erster

Gedanke dir, lieber Bruder. Nach allem, was sie deinetwegen durchgemacht hat, kannst du sie . . .«

»Nein!« Er ballte die Fäuste und schloß die Augen.

»Nein? Und das nach ihren unzähligen Opfern?«

»Ich . . . Es ist unmöglich, Rabenjäger. Dieses Leben ist mir für immer verschlossen.« Traurig schüttelte er den Kopf.

»Anscheinend glaubst du wirklich an diesen Träumer-Unsinn.«

Ein leichtes Lächeln erschien auf dem schmalen Gesicht des Bruders. »Ja, vermutlich.«

»Und an dieser Selbsttäuschung kann ich nichts ändern? Es gibt keine Möglichkeit, dich auf meine Seite zu bringen? Wir könnten sehr gut . . .«

»*Dein* Weg ist der Weg der Dunkelheit, Bruder.«

»Was redest du da? Das Volk sieht das anders. Es versteht darunter ein Leben wie in dieser Höhle, in der du dich vergraben hast.« Mit einer weitschweifigen Geste wies er durch die Höhle. Erst jetzt nahm er die seltsamen Zeichnungen und Bildnisse wahr. Aus den Ecken grinsten ihn die bleichen Schädel an. »Du gibst dich mit Leib und Seele diesem Wahn hin. An deiner Stelle würde ich mir ernstlich Sorgen um meinen Verstand machen. Wie kann ein normaler Mensch nur an solche Albernheiten glauben.«

»Willst du dich mir in den Weg stellen, Rabenjäger?«

Er legte den Kopf schief. Diese Stimme klang so sicher – so entschieden. »Ich muß, dummer Bruder. Dein Wahn gefährdet das Überleben unseres Volkes.«

»Weißt du, daß du ein halber Anderer bist?«

Rabenjäger richtete sich kerzengerade auf. »Ich bin kein Halbblut!«

»Zur Hälfte fließt das Blut eines Anderen durch deine Adern.« Der im Licht läuft nickte nachdrücklich. »Unsere Mutter wurde am Salzwasser vergewaltigt. Sie starb bei unserer Geburt.«

Rabenjäger hatte sich wieder in der Gewalt. »Natürlich wieder eine deiner Phantasien, hmm? Heb sie dir auf, Der im Licht läuft. Heb sie dir auf für Singender Wolf und diesen einfältigen Der der schreit. Ihnen kannst du von den nur in deiner Einbildung existierenden Phantomen erzählen. *Sie* glauben deinen irrsinnigen Behauptungen.«

»Frag Krähenrufer. Frag Büffelrücken. Frag Vier Zähne. Sie wissen Bescheid.«

In Rabenjäger stieg Übelkeit auf. Das konnte nicht wahr sein.

Nein, das war wieder nur einer der verrückten Einfälle von Der im Licht läuft.

»Frage sie!« befahl er. »Es ist *unser* Schicksal, Bruder.«

»Ich zermalme dich, bevor ich . . .«

»Hör mir zu. Ich will dich nicht töten – aber mein Traum sagt es, Bruder. *Steh mir nicht im Weg!«*

Durch diesen Ausbruch erst einmal zum Schweigen gebracht, kratzte sich Rabenjäger am Kinn. Ungläubig starrte er Der im Licht läuft an. »Du versetzt mich immer wieder in Erstaunen. Wir sprechen hier über die *Zukunft* des Volkes. Ich lasse nicht zu, daß es durch deine wunderlichen Selbsttäuschungen zugrunde geht.«

Der im Licht läuft schien in sich zusammenzufallen. Er holte tief Luft und atmete langsam aus. »Es tut mir leid.«

»Mir auch. Hör zu. Wir haben noch Zeit. Wir bitten Krähenrufer, eine Gesundbetung vorzunehmen, damit dein Wahn . . .«

»Käme das deinem Status so gewaltig zugute? Wenn du dein Mitgefühl für einen armen verwirrten Bruder beweist?« Kopfschüttelnd lächelte er. »Ich fürchte nur, Krähenrufer wird nicht unbedingt für ein solches Unternehmen zu gewinnen sein.«

»O doch. Ich habe ihn fest in der Hand. Er ist kein Narr. Er weiß, wo seine vorrangigen Interessen liegen.«

»Kein Wunder, daß du Träume als Schwindel betrachtest.«

»Das sind sie auch. Wie all die anderen Gesundbetungszeremonien, Großen Träume und magischen Kräfte. Ihr einziger Zweck besteht darin, den Leuten etwas einzureden. Manche fühlen sich dabei tatsächlich besser. Der Aberglaube, der in ihren Köpfen herumspukt, beruhigt sie. Und der Rest ist ganz einfach. Laß Eiter abfließen, richte gebrochene Knochen ein, stelle die Ernährung um, damit sich das Blut reinigen kann. Ich habe viel gelernt, seit ich verletzte Krieger zusammenflicken muß.«

Und da sind die Visionen, die mich heimsuchen. Und an die ich glaube, verdorbener Bruder. Ich sah Tanzende Füchsin – und ihr Kind. Aber keine meiner Visionen zeigte mir eine rosige Zukunft.

»Reiher sagte, dir fehle ein Lehrer. Uns bleibt genügend Zeit. Ich helfe dir. Ich bringe dir alles bei, was sie mich gelehrt hat . . .«

»Mach dich nicht lächerlich.« Rabenjäger stand auf und schaute sich um. So viele faszinierende Dinge. Er mußte irgendwann wieder einmal herkommen. Der eine oder andere Gegenstand könnte sich als nützlich erweisen, wenn er seine Krieger wieder einmal auf Trab bringen mußte. »Ja, mir fehlt ein Lehrer. Wie dem auch sei, ich lasse dich jetzt allein, damit du darüber nachdenken kannst, wie du Krähenrufer in Mißkredit bringst, wenn er deine albernen Spielchen öffentlich entlarvt.«

»Sag ihm ...« flüsterte er verzweifelt. »Sag ihm, ich will ihn nicht vernichten.«

»Ich bin sicher, er findet deine Warnung wahrhaft rücksichtsvoll.«

Am Türfell blieb er stehen. »Soll ich Tanzende Füchsin zu dir schicken? Sie würde dir begeistert in die Arme fallen, das weißt du. Ich versichere dir hoch und heilig, sie bewegt sich sehr leidenschaftlich unter dem Körper eines Mannes. Heißblütig, straff, sie ist es wert, deinen ...«

Der im Licht läuft hob die Fäuste und schrie: »Verschwinde auf der Stelle!«

Rabenjäger lächelte und rührte sich nicht vom Fleck.

»Geh raus, bevor du mich gegen meinen Willen zwingst, dir etwas anzutun!«

»Ach wirklich? Zeig's mir!«

Am ganzen Körper bebend verschränkte Der im Licht läuft die Arme vor der Brust. Kaum hörbar murmelte er: »Bitte ... zwinge mich nicht, Bruder. Ich möchte dich nicht verletzen.«

Unter dem azurblauen Himmel ragte der riesige Mammutstoßzahn inmitten eines Steinwalls empor, den der Weiße-Stoßzahn-Clan zum Schutze seines Totems aufgeschichtet hatte. An der Spitze des Totems hingen in alle vier Himmelsrichtungen weisende, mit leuchtendbunten Federn geschmückte Mammutschwänze. Die Farben bildeten einen lebhaften Kontrast zum glatten weißbraunen Elfenbein.

Große Zelte aus gegerbter Mammuthaut standen verstreut in der grasbewachsenen Ebene. Mammutknochen und Stoßzähne stützten und trugen die Häute. Die Zelte boten Schutz vor der sengenden Sonne. In mühevoller Arbeit hatten die Leute die dicken Häute so dünn geschabt, daß sie gelbliches Licht durchscheinen ließen und das Zeltinnere in eine gedämpfte Helligkeit tauchten. Trotz der leichten Brise tanzten die Mücken in riesigen Schwärmen vor den Zelteingängen. Die Myriaden summender Insekten trieben Mensch und Tier fast zum Wahnsinn.

»Wir brauchen mehr Rauchbehälter«, brummte Eisfeuer. Die Kriebelmücken und Moskitos, gelegentlich auch abscheuliche grell gelbschwarze Pferdebremsen, schienen sich von der Clanversammlung unwiderstehlich angezogen zu fühlen.

»Je weiter im Süden, desto schlimmer die Fliegen. Wir hätten am Großen Salzwasser bleiben sollen«, erklärte Roter Feuerstein und fuchtelte mit den Armen, um sich der Mücken zu erwehren. »Das Salzwasser hat schon etwas für sich. Die Mücken sind dort längst nicht so eine Plage wie hier.«

Eisfeuer kratzte sich im Gesicht und versuchte, mit wilden Handbewegungen den Mückenschwarm zu verscheuchen. Rasch trat er in das rauchige Kochzelt, wo sich die alten Frauen an zahlreichen Feuerstellen zu schaffen machten.

»In Sicherheit«, seufzte Eisfeuer und schielte hinüber zu den surrenden Biestern vor dem Eingang. Prüfend fiel sein Blick auf die vier Mammutstoßzähne, die das niedrige Zelt trugen. Die Hitze der Feuer legte sich bleischwer auf ihn. »Draußen werden wir bei lebendigem Leib aufgefressen, hier drinnen werden wir geröstet.«

»Du hast die Wahl.« Roter Feuerstein lachte trocken. Er kauerte sich auf die Fersen, weil am Boden die Hitze erträglicher war und er trotzdem im Schutz des Rauches blieb.

Stöhnend ließ sich Eisfeuer neben dem Freund nieder und verwünschte das Knacken in seinen Gelenken.

»Das hast du gut gemacht, alter Freund. Dieses Jahr hat der Weiße-Stoßzahn-Clan das Weiße Fell bekommen. Wie lange ist es her, seit wir es das letzte Mal in Besitz hatten?«

Eisfeuer schüttelte den Kopf. Das von weißen Strähnen durchzogene Haar hing ihm offen über die Schultern. »Mehr Jahre, als ich Finger an beiden Händen habe. Wie hätten wir auch zu Ehren kommen können? Erst dieses Jahr brachte der Feind endlich einen Anführer an die Spitze, der uns herausforderte.« Er kaute auf der Unterlippe. »Trotzdem, sie tun mir fast leid. Sie sind so wenige. Wir fegen sie bald beiseite.« Er machte eine geringschätzige Handbewegung. »Sieh mal nach Süden. Siehst du diese Hügelkette? Dorthin haben sie sich zurückgezogen. Ich war schon einmal dort. Ich weiß, wie das Land aussieht. Es steigt weiter an. Dieser breite Fluß mit dem reißenden Wasser kommt direkt aus dem Eis. Das Eis wiederum riegelt das Tal ab. Und dort haben sie sich verkrochen.«

»Sie tun dir leid? Sie haben meine Tochter gestohlen! Du hast gesehen, wie sie ihre Gefangenen schänden. Das sind Bestien!«

»Keine Bestien«, stellte Eisfeuer richtig. »Sie sind verzweifelt. Das ist die Botschaft, die uns ihr Kampfgeist übermittelt. Dieses Tal ist der letzte mögliche Jagdgrund für sie. Sie kämpfen, aber am Ende verlieren sie unweigerlich.«

»Möglich. Das ist vermutlich der Lauf der Welt. Unseren Vettern im Westen erging es nicht besser.« Roter Feuerstein schürzte die Lippen. »Glaubst du, uns ergeht es eines Tages ebenso? Werden auch wir eines Tages aufgerieben? Wie der Feind?«

Abwehrend hob Eisfeuer die Hände. »Früher hätte ich gesagt, nichts und niemand kann uns unterwerfen. Aber heute? Ich weiß es nicht.«

Unbehaglich rieb sich Roter Feuerstein die Hände. »Hast du in deinen Visionen nichts über unser weiteres Schicksal gesehen? Das Gletschervolk . . .«

»Ich hatte Visionen. Aber um das Gletschervolk ging es nicht, das ist selbst auf der Flucht vor der Krankheit aus dem Westen. Das Gletschervolk zieht am südlichen Salzwasser entlang nach Südwesten. Irgendwann wird es seine auf dem Wasser treibenden Bäume besteigen und ein Land entdecken, das sich aus dem Salzwasser erhebt.«

»Und was wird aus uns?«

Eisfeuer zuckte die Achseln. »Da kann viel passieren. Die Krankheit kommt aus dem Westen. Sollen wir umkehren? Nun – meine Visionen geben mir darauf keine Antwort. Die Beobachterin . . .«

»Die alte Frau? Die dich beobachtet hat, als du die Frau überfallen hast?« Vor Eisfeuers Blick senkte er rasch die Augen.

»Ich lernte die Beobachterin kennen.«

»Du . . .«

Mit einer raschen Kopfbewegung warf Eisfeuer das Haar über die Schultern zurück und starrte in die rauchige Luft. »Sie sagte mir, die Welt ändere sich, aber wir könnten uns retten.«

»Und wie, Ältester?«

»Meine Söhne spielen dabei eine große Rolle.«

»Deine Söhne? Aber du hast keine . . .«

»Doch, zwei. Zwillinge. Sie sind wie die Monsterkinder in den Legenden des Feindes in ständige Kämpfe verwickelt. Aber schon bald wird einer den Sieg davontragen.«

»Welcher? Was bedeutet das für uns?«

Eisfeuer wiegte den Kopf hin und her. »Das weiß ich nicht. In meinem Kopf geht vieles durcheinander.«

»Sag mir, was du gesehen hast. Vielleicht kann ich dir helfen.

Vielleicht können wir die Bilder gemeinsam sinnvoll zusammensetzen.« Roter Feuerstein rückte näher an Eisfeuer heran.

Zögernd begann Eisfeuer mit seiner Erklärung. »Da ist ein junger Mann, groß, ehrlich, voller Zorn. Er führt unseren Clan über das Rückgrat der Welt. Durch Felsen und Schnee und Eis in ein anderes Land. Führt uns zu einem Träumer und Heiler. Der bin ich selbst. Ich sehe mich, den zornigen jungen Mann und – ein Kind. Alle sind verbunden durch rote Fäden – ähnlich einem Netz. Und ... und darüber, im Himmel, sitzt eine Sternenspinne und hält die Fäden in der Hand. Die Himmelsspinne zieht uns nach Süden. Es ist unmöglich, dem Netz zu entkommen.«

Er schüttelte den Kopf. »Ich komme nicht dahinter, was das zu bedeuten hat. Es klingt verrückt. Eine Vision überlagert die andere. Sie verändert ständig die Form und die Gestalt.«

Roter Feuerstein zupfte ein paar Grashalme aus. »Folgen unsere Leute dem Feind in dieses andere Land?«

»Das habe ich nicht gesehen.«

»Eine beängstigende Vorstellung.«

»Visionen sind immer beängstigend«, bestätigte Eisfeuer mit feierlichem Ernst. Über so viele Dinge konnte er mit niemandem sprechen. Selbst sein bester Freund hätte ihn für verrückt erklärt. »Ich wünschte, ich hätte diese niederträchtige Tat vor zwanzig Jahren nie begangen. Es scheint, als hätte ich damals die Welt aus den Angeln gehoben, als hätte ich sie aus der Bahn geworfen wie ein Büffeldungküchlein.«

»Sieh mal.« Roter Feuerstein deutete auf einen Mann, der eilig durch das Lager hastete. »Das ist Schafschwanz.«

Eisfeuer erhob sich und massierte rasch sein Bein, um die Durchblutung anzuregen. Immer häufiger schliefen ihm in letzter Zeit die Beine ein. Er trat hinaus in die blendende Helligkeit. Die Miene von Schafschwanz drückte ernste Besorgnis aus.

»So, junger Mann, hat der Feind wieder dein Lager überfallen und noch mehr Frauen gestohlen?«

Schafschwanz senkte die Augen. Seine Kiefer mahlten aufgeregt.

»Was ist vorgefallen?«

Er sah auf. Mit funkelnden Augen wandte er sich an Roter Feuerstein, den Sänger. »Mondwasser ist zurück. Deine Tochter ist in Sicherheit. Sie kam mit Walroß' Leuten. Sie ist dem Feind entkommen. Sie erzählt eine seltsame Geschichte, die du dir anhören solltest. Der Feind hat einen neuen Träumer. Er führte sein Volk durch ein Geisterloch unter der Erde hindurch in ein Land von unglaublichem Reichtum!«

Roter Feuerstein trennte sich von der kleinen Gruppe und eilte zu seiner Tochter hinüber. Eine jubelnde Menge begleitete Mondwasser in sein Zelt.

Eisfeuer erstarrte. Vor seinem geistigen Auge erschienen Bruchstücke der Visionen, über die er gerade mit Roter Feuerstein gesprochen hatte.

»Unter der Erde hindurch«, grübelte er. »Am besten lasse ich mir die Geschichte von Mondwasser selbst erzählen.«

Er kämpfte vergeblich gegen die Mücken an, die ihm auf dem Weg durch das Lager das Blut aussaugten. Überall sah er Menschen vor ihren Zelten, die sich durch Wedeln mit Schwanzquasten, Wermutbündeln oder Grasbüscheln die Biester vom Leib zu halten versuchten.

Mondwasser, sehr jung und mager aussehend, hob den Kopf, als er in Roter Feuersteins Familienzelt trat. Sie erkannte ihn sogleich, und ihre Wangen röteten sich vor Stolz. Sie drehte sich um und umarmte ihren Vater.

Roter Feuerstein löste sich aus der Umarmung seiner Tochter, und Eisfeuer ging zu ihr und gab ihr einen leichten Klaps auf die Schulter. »Zuerst möchte ich dich bei deinem Volk willkommen heißen. Du hast viel Mut und Tapferkeit gezeigt und dich als unser würdig erwiesen.« Er zog eine silbergraue Augenbraue hoch. »Ich hörte allerdings auch eine seltsame Geschichte ... anscheinend ging es um irgendein Geisterloch?«

Ihre dunklen Augen blitzten ihn an. Sie wußte, sie stand im Mittelpunkt des Interesses und straffte stolz die Schultern. »Ich habe es nicht nur gesehen«, begann sie ein wenig unsicher. »Ich bin hindurchgegangen, Hochverehrtester Ältester.«

Er blinzelte und ließ ihre Worte auf sich wirken. »Hindurchgegangen?« Umständlich setzte er sich auf ein zusammengerolltes Karibufell. Die Mücken, die ihn umschwärmten, beachtete er nicht mehr. »Erklär mir das.«

Sie nickte. Die Erinnerung an den Marsch unter dem Eis ließ sie frösteln. »Es ist ein entsetzlicher Ort, Hochverehrtester Ältester. Dort gibt es – Geister. Sie heulen im Eis. Es ist eine lange Reise, Tage um Tage, und kalt ist es. Im Dunkeln lauert das Grauen auf die Unvorsichtigen.«

»Trotzdem gelang es dir, mit heiler Haut durchzukommen?«

»Ich ... vielleicht bewies ich den Geistern meinen Mut. Und Stolz und Ehre. Geister schätzen und belohnen das.«

Liebevoll lächelte er ihr zu. »Da bin ich ganz sicher. Ich zweifelte noch nie an deinem Mut, Mondwasser. Du bist sehr tapfer, und dein Volk kann stolz auf dich sein. Nun aber berichte mir, was du auf der anderen Seite dieses von Geistern bewohnten Ortes gesehen hast.«

Ihr Gesicht hellte sich auf. »Ein Tal, das jede Vorstellung übersteigt! Das Wild bleibt stehen, während der Jäger mit dem Speer auf das Tier zugeht, um es zu töten. Büffel, Karibus, Mammuts, Moschusochsen.«

»Bleiben regungslos stehen?« rief Roter Feuerstein. Ungläubig sah er seine Tochter an.

Sie nickte. »Der Träumer des Feindes sagte, die Tiere hätten noch nie zuvor einen Menschen gesehen.«

»Keinen Menschen?« Roter Feuerstein schüttelte den Kopf. »Der Feind ist verschlagen. Vielleicht wollte der Feind, daß du uns ...«

»Nein.« Eisfeuer hob die Hand. Wieder kamen ihm Fragmente seiner Visionen ins Gedächtnis.

Ein langes Schweigen folgte. Er beobachtete Mondwasser prüfend und bemerkte ihren triumphierenden Blick. Eine starke Frau. Wo war ihresgleichen in den zwanzig Jahren seit dem Tod seiner geliebten ...? Nein, nicht daran denken. Die Toten machte niemand mehr lebendig.

Mondwasser sank vor Eisfeuer auf die Knie. »Hochverehrtester Ältester. Bitte, wir müssen die Clans durch die Öffnung im Eis führen, bevor ...«

»Ja, du hast recht.«

Sie lächelte überrascht. »Zuerst müssen wir den Feind aus dem Weg räumen. Dann können wir ...«

»Beschreib den Träumer des Feindes.«

»Er ist sehr jung. Vielleicht neunzehn Lange Finsternisse alt, hat langes schwarzes Haar und ein ovales Gesicht. Seine Augen sind groß und erstrahlen in einem ... einem sonderbaren Licht.« Nach kurzem Zögern fügte sie hinzu: »Wie die deinen, Ältester.«

Eisfeuer nickte. Noch während ihm das Mädchen den Mann beschrieb, sah er das Bild des Jungen vor sich, den Regenbogen in der Hand. Ein Zittern überlief ihn. Ohne jemanden anzusehen, murmelte er: »Komm zu mir. Wir müssen über die Zukunft unseres Volkes entscheiden. Komm zu mir, Träumer – Sohn.«

Kapitel 51

Wolfsträumer lehnte sich gegen die schwefelverkrusteten Felsen bei den heißen Quellen. Er hatte sich einen verborgen in den Felsen über den Wasserfällen liegenden Teich ausgesucht. Der kleine Teich lag versteckt im Schatten. Er sah nach oben und erhaschte nur ein kleines Stück von Blauhimmelmann.

»Reiher«, murmelte er, »leite mich. Ich muß wissen, was ich tun soll.«

Immer wieder kamen ihm Bruchstücke aus der Unterhaltung mit Rabenjäger in den Sinn. Er sah das Gesicht seines Bruders vor sich – die unterdrückte Wut, die Dunkelheit seiner Seele. Blutspuren begleiteten Rabenjägers Weg. Seelen schrien wehklagend durch die einsame Weite. Niemand sang sie hinauf zum Heiligen Volk der Sterne. Leid – Rabenjäger brachte unendliches Leid. Um nichts anderes drehten sich Wolfsträumers Gedanken.

Alles begann sich aufzulösen. Sein sorgfältig unter Kontrolle gehaltener Verstand verlor die Stille – den Frieden. Das Große Eine verflüchtigte sich im Strudel der über ihn hereinbrechenden Gefühle. Er konnte den ständig gegenwärtigen Worten nicht entrinnen und ebensowenig Rabenjägers Gesicht.

Sein Magen rebellierte. Verstand und Seele sahen sich mit der Dunkelheit der Niederlage konfrontiert. Er fühlte sich erschöpft, verzweifelt und furchtbar allein.

Warum mußte Rabenjäger Tanzende Füchsin erwähnen? *»Soll ich Tanzende Füchsin zu dir schicken? Sie würde dir begeistert in die Arme fallen, das weißt du. Ich versichere dir hoch und heilig, sie bewegt sich sehr leidenschaftlich unter dem Körper eines Mannes. Heißblütig, straff, sie ist es wert, deinen ...«*

Er kniff die Augen zu einem schmalen Strich zusammen und hielt sich die Ohren zu. Nichts half. Ständig hallten diese Worte in seinem Kopf wider. Ein verführerischer Gedanke durchzuckte ihn. Wie würde es wohl sein, Tanzende Füchsin zu lieben? Der Gedanke brachte sein Blut in Wallung. Sein Körper reagierte, und er schrie laut vor Entsetzen.

»Reiher? Hilf mir!«

Aus seinen verwirrten Gedanken tauchte ihr unbewegtes Gesicht im kalten blauen Licht der Fackel auf. Wieder blickte er in ihre sterbenden Augen und sah das Licht ihrer Seele aus dem Körper fliehen.

»Bärenjäger?« keuchte ihre rauhe Stimme.

»Tot«, flüsterte Wolfsträumer. Das Bild von Tanzende Füchsin verflüchtigte sich. Mit aller Kraft konzentrierte er sich auf Reihers Gesicht. »Zu lieben und zu träumen bedeutet sterben.« Sein Herzschlag ließ das Blut mit aller Kraft rauschend durch die Adern pulsieren.

»Der Tod ist das Ende. Was immer auch geschieht.«

Das merkwürdige Gefühl, irgend etwas sei falsch, überschwemmte ihn. Er kämpfte dagegen an, versenkte seine Seele in Gedanken an den Tod, rief sich jede Falte in Reihers starrem Gesicht in Erinnerung – den Glanz ihrer entsetzten Augen. Er sang das monotone Lied, das sie ihn gelehrt hatte und dessen Worte keinen Sinn ergaben. Er zwang sich zur Konzentration auf die Klänge, befreite seine Gedanken, verbannte die geschäftige Welt, die schwatzenden Menschen am Hauptteich tief unter ihm. Sie verließen sich auf ihn – jedenfalls die, die an ihn glaubten. Aber nun hatte er den Glauben an sich selbst verloren. Würden die anderen Clans ihm folgen? Oder mußte er sie dem Tod überlassen, wie es seine Träume verhießen? Lautes Gelächter schallte zu ihm herauf und störte seine Konzentration. Jemand schimpfte lautstark mit einem Kind.

»Tanze«, befahl er sich. »Suche – suche jenseits deines Selbsts. Verliere deinen Verstand. Werde alles – und nichts.«

Heftig schüttelte er den Kopf. Doch der Nebel aus Selbstmitleid ließ sich nicht vertreiben. Er sang, sang, sang . . .

Die Zeit verging. Langsam durchdrang die Melodie jeden Winkel seines Bewußtseins, bis er nicht einmal mehr den Rhythmus seiner eigenen Stimme vernahm. Aus dem Gesang entstand der Traum. Das Große Eine lockte. Versunken in den Bewegungsablauf seines mentalen Tanzes spürte er, daß er die Melodie nicht mehr brauchte. Die Bewegungen verselbständigten sich. Sie beherrschten ihn völlig, ließen ihn schweben, waren Balsam für seine verwundete Seele. Nur noch die Bewegungen existierten, verschmolzen mit der Liebkosung des Wassers, bis er sich endlich hoch in die Lüfte gehoben fühlte.

Schwerelos tanzte er in einem Meer aus Licht. Die Zeit blieb stehen, wurde zu einem ewigen Jetzt, in dem es niemals einen Wolfstraum oder eine Tanzende Füchsin gegeben hatte – nur ein einziges allgegenwärtiges Bewußtsein erfüllte ihn.

Der Tanz endete.

Er verschmolz mit dem gleißenden Glanz wie ein Wassertropfen mit dem Ozean. Nur Licht existierte. Eine gewaltige, lautlose Explosion erfolgte. Das Licht zersplitterte, spülte wie eine gigantische Woge durch das Universum und breitete sich aus, breitete sich immer weiter aus, bis es die Dunkelheit endgültig besiegt hatte.

In diesem Augenblick wußte er, was Reihers rätselhafte Worte über den Tänzer bedeuteten.

Unter den Bewegungen des Tanzes befand sich der Tänzer. Und unter dem Tänzer das Wesen alles Existierenden, das Wesen, das Tiere und Pflanzen mit Menschen verband: die Eine Stimme, das Große Eine.

Es gab keinen Tänzer. Es hatte nie einen gegeben.

Nach einer Ewigkeit kehrte seine Seele zurück in seinen Körper. Er öffnete die Augen. Unter dem strahlenden Glanz der Sonne zuckte er vor Schmerz zusammen. Er ließ sich im Wasser treiben und hörte die Geräusche und Stimmen vom Hauptteich heraufdringen. Nach und nach kehrten seine Sinne zurück. Und mit ihnen tiefe Niedergeschlagenheit. Er hatte einen weiteren Schritt geschafft, aber warum gelang es ihm nicht, in Berührung mit dem Licht zu bleiben? Solange er die Verbindung nicht aufrechterhalten konnte, war es ihm unmöglich, die reale Welt als Illusion wahrzunehmen. An die Berührung von Feuer oder Gift war nicht zu denken.

Aus Reihers Höhle erklangen geisterhafte Stimmen und riefen lockend seinen Namen. Die Rufe verhallten zwischen den Felswänden.

Kalte Angst packte ihn. Er wandte sich um, weil er die schwarzen, vertrockneten Gesichter sehen wollte. Ein unheimliches Wimmern erhob sich. Das leidenschaftlichen Bitten der Pilze traf ihn wie ein fürchterlicher Fausthieb.

Er ließ sich tiefer in den Teich sinken, verstecken . . . verstekken.

Kapitel 52

Sein Mund war vor Angst entsetzlich trocken. Angst, er könnte nicht stark genug sein. Angst, er könnte während des Traums die Verbindung verlieren. Angst, seine verweigerte Liebe zu Tanzende Füchsin könnte ihn vom Großen Einen trennen und ihm einen so furchtbaren Tod bescheren, wie Reiher ihn wegen ihrer Liebe zu Bärenjäger Reiher getötet hatte.

»Geht jetzt. Laßt mich allein.«

Die Beklommenheit von Der der schreit und Singender Wolf entging ihm nicht. Schweigend blieben sie sitzen. Sie wollten ihn im gefährlichsten Augenblick seines Lebens nicht allein lassen. Angesichts ihrer Treue und ihrer Sorge um ihn wurde ihm warm ums Herz.

»Die Zeit des Traumes für unser Volk ist gekommen. Begreift ihr das nicht?«

Singender Wolf machte ein finsteres Gesicht und grub seine Zahnstummel noch tiefer in die Unterlippe. »Das Zeug hat Reiher umgebracht. Und sie besaß große Erfahrung.«

Eine Handbewegung brachte ihn zum Schweigen. »Die Reihe ist an mir, Singender Wolf.« Er holte tief Luft und versuchte, die Angst zu unterdrücken. »Bitte, geht. Ich muß mich vorbereiten. Achtet darauf, daß mich niemand stört. Niemand! Aus keinem angeblich noch so wichtigen Grund.«

Er schloß die Augen und versuchte, den Kopf frei zu bekommen. Undeutlich hörte er das Rascheln ihrer Kleidung beim Hinausgehen. Ihr Unbehagen lag körperlich spürbar in der Luft.

Jenseits der Wände von Reihers Höhle fühlte er das Blut durch die Körper der Menschen seines Volkes fließen. Ihre Gefühle beeinflußten die Atmosphäre. Der Wind trug ihre Stimmen zu ihm. Sie riefen Sonnenvater und die Seelen der Tiere, die ihnen in diesem Jahr Nahrung gegeben hatten.

Bedächtig griff er nach dem Bündel Weidenzweige, tauchte sie in Wasser und verteilte sie über dem Feuer. Er beugte sich vor und badete Kopf und Schultern im reinigenden Dampf.

Draußen vor der Höhle begann der Erneuerungstanz. Die rhythmischen alten Gesänge streichelten seine Seele.

Er nahm das Fuchsfellbündel, wickelte es aus und strich mit den Fingern über die harten, getrockneten Pilze. Von seinen eiskalten

Fingern kroch die Angst direkt in seinen Kopf und durchdrang seine Seele. Gewaltsam und mit äußerster Anstrengung verbannte er Reihers Bild aus der Erinnerung – das Entsetzen in ihren Augen angesichts des Todes.

Viermal, wie Reiher es ihn gelehrt hatte, strich er mit den Weidenzweigen durch das Feuer und verteilte die feuchten Zweige auf den glühenden Kohlen. Im aufsteigenden Rauch reinigte er Körper und Seele. Dann nahm er die harten Pilze, einen nach dem anderen, führte sie durch den reinigenden Rauch und legte sie auf seine Zunge.

Der bittere Geschmack des Giftes breitete sich in seinem Mund aus, strömte durch seinen Körper und ergriff völlig Besitz von ihm.

Bis zum Äußersten erschöpft mühte sich Tanzende Füchsin den steinigen Pfad hinunter. Unten, am Fuß des Hügels, begann gerade die Erneuerungszeremonie. Die Menschen stellten sich zum Tanz auf. Krähenrufer – er mußte es sein – hüpfte tanzend in der Mitte des Kreises. Die Leute klatschten in die Hände. Ihre Körper bewegten sich im Rhythmus der vertrauten Gesänge, mit denen sie die Seelen der Tiere riefen.

»Nur noch ein kleines Stück«, japste Tanzende Füchsin. Ihre Lungen brannten wie Feuer.

»Ein winziges Stück«, flüsterte der fast ohnmächtige Drei Stürze und kämpfte gegen Schmerzen und Schwäche an. »Nur ... noch ... ein winziges ...«

»Richtig. Wir sind in Sicherheit. Wir sind da.« Tanzende Füchsin riß sich zusammen und rief: »He!« Es hörte sich an wie ein krächzendes Gebell.

Eine Gestalt drehte sich um. Junges Moos, ein hochgewachsener Jugendlicher, stieß Krähenfuß an. Beide liefen den Pfad hinauf. Tanzende Füchsin vergaß ihre Müdigkeit. Aber ihr Lächeln geriet nur zu einer verzerrten Grimasse, als die beiden jungen Männer ihr Drei Stürze aus den vor Schwäche zitternden Armen nahmen. Der blutige Verband an seinem Oberschenkel sagte ihnen genug.

»Andere«, murmelte sie rauh.

»Wie weit sind sie noch weg?« fragte Moos und legte sich Drei Stürzes Arm um die Schultern. Das ganze Gewicht des verletzten Mannes lastete nun auf ihm.

Tanzende Füchsin blies sich ein paar Haarsträhnen aus dem Gesicht. »Zwei Tagesmärsche in Richtung Norden.«

Krähenfuß grunzte. »Wir müssen schnellstens wieder auf den Kriegspfad.«

»Nicht wegen der Krieger, auf die wir gestoßen sind.« Tanzende Füchsin hustete. »Tot. Wir haben sie alle umgebracht. Aber es werden mehr kommen. Es kommen immer noch mehr.«

Moos blickte Drei Stürze, dessen Kopf vor Schwäche hin und her baumelte, mit großer Hochachtung an. »Gute Arbeit, Krieger. Ich nehme alles zurück, was ich jemals über deinen Mangel an Mut gesagt habe.«

Glasige Augen sahen zu ihm auf. »Nicht ... ich.« Drei Stürze brachte ein schwaches Lächeln zustande. »Der erste Speer ... traf mich ... voll. Füchsin ... Füchsin tötete alle fünf. Sie nahmen sie nicht ernst. Schlimmer ... Fehler.«

Krähenfuß blickte über die Schulter auf Tanzende Füchsin. »Du? *Du hast fünf Männer getötet?*«

Ihre Augen wurden schmal. »Glotz nicht so dumm. Kümmere dich um den Mann. Wo ist Wolfsträumer?«

Sofort veränderte sich die Miene von Moos. Mit unüberhörbarem Spott antwortete er: »In der Höhle der Hexe.«

»He!« rief Krähenfuß. »Sieht ganz so aus, als hättest du auch einen Speer abgekriegt. Du hinkst.«

Ihre dunklen Augen blitzten ihn an. »Wenn Drei Stürze stirbt, nehme ich mir dich als nächsten vor.«

Eingeschüchtert von ihrem beängstigenden Zorn schluckte er die grobe Antwort, die ihm auf der Zunge lag, hinunter. Er nickte wortlos und brachte zusammen mit Moos den verletzten Drei Stürze schnellstens weg.

Am Ufer des heißen Teiches blieb Tanzende Füchsin stehen. Sie schien sich der neugierigen Augen, die sie unverhohlen anstarrten, nicht im geringsten bewußt zu sein. Aus der Mitte des Kreises hörte sie Krähenrufers schrille Stimme Ermahnungen und Anweisungen rufen.

Falsche Träume. Sie lächelte bitter.

Sie kniete nieder und wusch sich Schweiß und Staub aus dem Gesicht. Ungeachtet des Geflüsters der Leute zog sie ihre Mäntel aus und reinigte den Oberkörper. Mit einem Mantel rieb sie sich trocken, dann warf sie sich die Kleidungsstücke über die Schultern und machte sich auf den Weg zu Reihers Höhle. Eine kühle Brise strich belebend über ihre nackte Haut und weckte ihre verstummten Lebensgeister.

Vor Reihers Höhle stand Der der schreit mit vor der Brust verschränkten Armen und unterhielt sich aufgeregt flüsternd mit Singender Wolf. Als sie näher kam, starrten sie beide ungläubig und fassungslos an. Sie versperrten ihr den Weg.

»Ich bin es tatsächlich. Ich bin nicht auf der anderen Seite des Eises«, brummte sie. Doch die Männer gingen auf den spaßigen Ton nicht ein.

»Was tust du hier?« verlangte Singender Wolf zu wissen. Er gab sich große Mühe, leise zu sprechen.

Aus schmalen Augen blitzte sie ihn an. Ihre Stimme klang wie dunkles Grollen. »Ich versuche nur, das Volk zu retten. Habt ihr daran etwas auszusetzen?«

»Verschwinde hier«, zischte Singender Wolf. »Geh, sofort. Uns bleibt vielleicht nicht mehr viel Zeit.«

Der der schreit packte sie am Arm und wirbelte sie herum. Fast wäre sie gefallen. »Was zum ...«

»Sei still!« flehte Der der schreit inständig. »Er träumt! Begreifst du nicht? Weißt du nicht, was das bedeutet?«

Sie fauchte ihn an und schlug ihm auf die Hand. »Nein, das weiß ich nicht.«

»Reiher«, knirschte er. »Wenn er dich sieht ... unterbricht das den Traum. Wenn er oder dein Volk dir auch nur das geringste bedeuten, dann geh. Irgendwohin, wo er dich auf gar keinen Fall zu sehen bekommt. Du *tötest* ihn!«

Langsam durchdrang der Sinn dieser Worte Erschöpfung und Wut. »Wohin?« fragte sie matt.

»In diese Richtung. Schnell.« Der der schreit griff erneut nach ihrem Arm und führte sie durch die Reihe der Tanzenden, die gerade wieder ihren monotonen Gesang aufnahmen.

»Ich dachte, mein Bruder würde wenigstens jetzt die Höhle verlassen.«

Provozierend stemmte Rabenjäger die Hände in die Hüften und baute sich vor Singender Wolf auf. Der Mann bewachte den Eingang, als hinge sein Leben davon ab.

»Die Erneuerung ist beinahe vorüber.« Vier Zähne hatte sich dazu gesellt. »Will Der im Licht läuft nicht aus der Dunkelheit herauskommen? Will er sich nicht Sonnenvater zeigen? Es gehen Gerüchte um, er sei ein Hexer. Will er nicht endlich herauskommen, damit wir ihn uns ansehen können?«

Singender Wolf legte den Kopf schief und blickte Rabenjäger prüfend aus schmalen Augen an. »Sobald sein Traum zu Ende ist.«

Kichernd schaute sich Rabenjäger um. Er beobachtete den Kreis der Tanzenden, die sich um das Birken- und Weidenfeuer bewegten. »Hat Der der schreit vor, sich auf Tanzende Füchsin zu legen? Habe ich einen neuen Rivalen?«

»Halt den Mund.«

In Rabenjägers Gesicht zuckte es. Kein Mann durfte es wagen, so mit ihm zu sprechen. Er lächelte drohend. »Ich hörte, sie hat auf dem Weg hierher fünf Andere getötet und Drei Stürzes Leben gerettet. Sie hat ihn bis ins Lager geschleppt. Eine prachtvolle Frau, nicht wahr? Und du läßt sie nicht zu meinem Bruder? Hast du Angst, er würde geschwächt, wenn seine Männlichkeit pulsiert und sich sein Samen ergießt?«

»Du verstehst gar nichts«, zischte Singender Wolf durch die Zähne. »Ich habe ihn gesehen. Ich habe eine ungefähre Vorstellung von dem, was er macht. Es ist . . .«

»Das sind doch nur Ausflüchte!« Er fuchtelte mit den Händen. »Du kennst das Gerede. Das Volk glaubt, er sei feige – er fürchte sich, Krähenrufer Auge in Auge gegenüberzutreten. Und du stehst da und bewachst dieses Loch.«

Langsam schüttelte Singender Wolf den Kopf. In seinen Augen glomm Zorn auf. »Du weißt nicht, was er riskiert. Du, du bist sein Bruder! Und du begreifst nicht, was er tut? Er träumt, sogar jetzt in dem Moment, in dem wir miteinander sprechen.«

»Er versteckt sich«, grunzte Vier Zähne. »Er hat seine Glaubwürdigkeit verloren, Singender Wolf. Seit drei Tagen erzählst du uns nun schon, er würde träumen. Drei Tage! Und wo ist er? Ha? Wo? Ich habe nur dein Wort.«

»Du kennst nicht die Macht des . . .«

»Pah!« Verächtlich spuckte Vier Zähne aus. »Er ist in diesem Felsen begraben. Eingesperrt. Seine Seele ist gefangen. Das hat er getan. Sich selbst eingesperrt.«

Singender Wolfs Miene veränderte sich. Ein schmerzlicher Ausdruck trat in seine Augen.

Rabenjäger nutzte die Gelegenheit. »Großvater, strafe nicht diesen Jäger und Krieger. Du darfst ihn nicht wegen der Wahnvorstellungen meines Bruders leiden lassen. Der im Licht läuft ist kalt und berechnend. Er besitzt die Gabe, die Wahrheit zu verdrehen und die Treue der Männer auszunutzen. Singender Wolf ist kein . . .«

Der Fellvorhang an der Höhlenöffnung bewegte sich. Und da stand er, mit zur Sonne erhobenen Armen, geschlossenen Augen, die Lippen bewegten sich in einem Lied ohne Worte. Er öffnete die Augen und ging, vollkommen entrückt, auf unsicheren Beinen weiter.

Rabenjäger begegnete dem Blick dieser Augen – unbewußt trat er einen Schritt zur Seite. Ein eiskalter Schauer kroch ihm das Rückgrat hinauf. Sein Bruder schien ein anderer zu sein. Wolfsträumer ging an ihm vorbei, als sei er gar nicht da. Rabenjäger warf einen raschen Blick auf Singender Wolf und bemerkte die Verehrung, die tiefe Ergebenheit, die dieser seinem Bruder entgegenbrachte.

Die Zuschauer, die sich um die Tänzer geschart hatten, machten eine Gasse frei. Gemurmel und Geflüster erhob sich. Wer von den Leuten in die Augen des Träumers sah, verstummte eingeschüchtert.

Rabenjäger hörte Singender Wolf wispern: »Wolfsträumer«, und ärgerte sich über die Bewunderung in seiner Stimme.

Rabenjäger straffte die Muskeln und versuchte, ruhig zu bleiben. »Immerhin ist da noch Krähenrufer«, sagte er zu sich und folgte seinem auf schwankenden Beinen gehenden Bruder. »Und falls Krähenrufer versagt – dann bin ich auch noch da.«

Kapitel 53

Tanzende Füchsin beobachtete ihn von Singender Wolfs Zelt aus. Es stand etwas erhöht am Hang, und sie hatte einen guten Überblick. Sie sah ihn aus der Höhle treten, achtlos an Rabenjäger und Vier Zähne vorbeigehen, als existierten sie gar nicht. Sonnenvaters Lichtstrahlen auf dem Höhepunkt der Langen Helligkeit tönten sein Gesicht ockerfarben. Selbst über diese Entfernung hinweg spürte sie die von ihm ausgehenden starken Schwingungen. Die Menschen wichen ängstlich vor ihm zurück.

Mit hämmerndem Herzen beobachtete Tanzende Füchsin den Mann. Er trug das Zeichen des Wolfes auf der Stirn, genau wie an jenem Tag vor so langer Zeit im Mammut-Lager. An jenem Tag hatte er sie verlassen. Und wieder sah sie den Traum in seinen Augen – die lebendige Ekstase.

Ein dumpfer Schmerz erfüllte ihre Brust. Dieser Mann, dieser Träumer, war für sie ein Fremder.

»Ich . . . lebe!«

Er fühlte sich wie Dunst in der Dämmerung. Er fühlte die pulsierende Seele der Felsen. Das kleinste Beben des Geysirs brandete durch ihn hindurch, das Wasser floß wie Blut durch seine Adern. Eine alles umfassende Realität – Einklang.

Er ging im Traum, schob das Karibufell zur Seite und stand im hellen Licht. Trotz seiner geschlossenen Augen blendete ihn Sonnenvaters gleißende Helligkeit. Er hob die Arme und spürte die Wärme – Leben im Licht.

»Geboren aus dir«, flüsterte er und fühlte die Wärme auf seiner Haut. Vor ihm pulsierte die Erneuerung. Die Seelen des Volkes leuchteten und glühten in den Körpern. Sie schimmerten und loderten wie Wellen im Mondlicht. Er sah sie, kannte sie, fühlte sie mit seiner eigenen Seele.

Das Licht durchdrang alles.

Er floß durch sie hindurch, war Teil von ihnen und konnte dennoch die andere Realität aufnehmen. Er hörte das ehrfürchtige Geflüster allein mit dem Verstand. Er erkannte Rabenjäger, sah den Anspruch auf Macht in der Seele des Bruders.

Er registrierte, wie Rabenjäger, überrascht von der Ausstrahlung seiner Macht, zurückwich. Er ging an ihm vorbei hinunter zu seinem Volk.

»Die Erde ist erneuert«, erklärte er. Die angemessene Erfüllung ihrer Pflicht berauschte ihn. »Ihr habt Sonnenvater eure Dankbarkeit erwiesen. Hoch über euch lächeln die Seelen der Tiere. Glücklich steigen sie auf zum Heiligen Volk der Sterne.«

Eine Schwärze, eine böse Verderbtheit regte sich in der schweigenden Menge. Wolfsträumer rüstete sich dagegen.

»Erscheine, Dunkelheit! Unsere Zeit ist gekommen. Unser Platz ist hier. Der, den du suchtest, steht vor dir.«

Die schwarze Wunde im Körper des Volkes begann zu flackern und die Form zu verändern, bis sich ein freier Raum bildete. Der Raum fing Feuer am Rande des Bewußtseins, und Krähenrufers Gestalt kristallierte sich heraus.

Wolfsträumer verkrampfte sich. Die Augen, das eine schwarz,

das andere weiß, starrten ihn an. Das eine sehend, das andere blind. Gegensätze. Beide eine Lüge.

»Du hast hier nichts zu suchen, ›Zauberer‹ «, spöttelte Krähenrufer. »Geh, Junge. Laß uns in Ruhe. Du störst die Erneuerung. Wir sind deine Spiele und Täuschungen leid. Wir . . .«

Wolfsträumer trat vor und griff die Dunkelheit mit Händen. Er fühlte das Entsetzen der Dunkelheit, die Verwirrung, die Angst dieser verdorbenen Seele. Wie die saugenden Münder der Seelenesser der Langen Finsternis ergriff ihn die Schwärze und versuchte seine Seele einzukreisen, sie zu ersticken, in die Schatten der Verworfenheit zu ziehen. Wolfsträumer wand sich. Er durchbohrte die Schwärze mit Strahlen des Lichts, zwang sie zurück und drängte die heimtückischen Gefühle hinaus aus seiner Seele, hinaus aus seinem Leben.

Der verdorbene Unflat taumelte zurück und versuchte zu fliehen. Aber er hielt ihn fest, hüllte die formlose Masse in Licht und bot sie Sonnenvater an. In der Helligkeit zitterten und krümmten sich die Schatten. Bevor er das Ding vor sich in den Staub warf, hörte er einen wilden Schrei der Qual.

»Erkenne dich als das, was du bist, Krähenrufer!« rief er mit donnernder Stimme. »Geh! Reinige dich von dem Schmutz und Unrat, von dem du besessen bist. Es ist noch nicht zu spät. Noch kannst du deine Seele retten. Reinige sie für Sonnenvater.«

Die Schwärze schauerte, zuckte zurück und kroch zu seinen Füßen.

»Ich verfluche dich«, kam die Stimme. Haß hämmerte an Wolfsträumers Bewußtsein. Ein übler Gestank stieg ihm in die Nase. Das Schwarze schwenkte die Arme, malte Symbole in die Luft, die Wolfsträumer nicht verstand.

»Ich verdamme deine Seele dazu, begraben zu werden! Ich verdamme sie!« kreischte Krähenrufer gellend.

Die Menschen wichen zurück, als spülten sie die Wellen des Hasses fort.

»In deinem Innern ist nichts«, sagte Wolfsträumers Stimme. »Keine Kraft, keine Macht der Seele. Nur Schwärze und Fäulnis verleihen deinen Worten Kraft.« Während er sprach, öffnete sich Krähenrufers Seele vor seinen Augen. »Ah . . . ich sehe. Sieh in dich hinein, Krähenrufer. Siehst du die Lügen? Siehst du die Angst? Sieh, was du dir angetan hast. Sieh, was du anderen angetan hast! *Sieh in dich hinein!*«

»Nein!« widersprach Krähenrufer. Er hatte sich ein wenig gefangen und redete nun mit festerer Stimme. »Ich verdamme dich! Hörst du? Verdamme dich dazu, begraben zu sein – deine Seele zu verlieren an die Dunkelheit! Gefangener der Erde zu sein, eingesperrt . . .«

Wolfsträumer trat näher. Der Traum zeigte ihm den Weg. Krähenrufer hüpfte zurück. Die Schwärze fürchtete zitternd die Entlarvung.

»Sieh in dich hinein«, wiederholte Wolfsträumer. »Du fürchtest nur dich selbst, Krähenrufer. Dein ruhmreichster Tod ist lächerlich. Du hast dich zum Gespött gemacht, siehst du das? Fürchte mich nicht, Krähenrufer. Fürchte dich selbst. Fürchte das, was du aus deiner Seele gemacht hast. Die Lüge, die du lebst, ist die eines Feiglings – eines Mann, der sich niemals mit sich selbst auseinandergesetzt hat!«

»Nein!« knurrte Krähenrufer. Seine zwiespältige Seele rieb sich an sich selbst, wurde zunehmend wütend. »Ich verfluche dich, Der im Licht läuft! *Verflucht seist du!*«

Wolfsträumer richtete sich hoch auf. »Der im Licht läuft gibt es nicht mehr.«

Vor ihm wedelte Krähenrufer mit einem weißen Knochen, den er aus der Luft geholt zu haben schien. Die Leute keuchten entsetzt.

»Damit verfluche ich dich, Der im Licht läuft!« Seine Stimme schwankte, sein Herumgehüpfe hatte ihn ermüdet. »Ich blase deine Seele in die Lange Finsternis!«

Krähenrufer beugte sich vor und blies mit aller Kraft in den hohlen alten Knochen.

Der Gestank dieses Atems ließ Wolfsträumer zurückweichen. Er hörte den Aufschrei der Leute. Hilflos taumelte er in der fauligen, verwesten Luft und kämpfte gegen den fast unwiderstehlichen Drang an, sich in dem verdorbenen Dunstkreis zu erbrechen.

Er holte eine Handvoll der gelben Kruste, die er von einem Felsen in der Nähe des Geysirs abgekratzt hatte, aus seinem Beutel. Wie Reiher es ihm gezeigt hatte, bot er sie allen vier Himmelsrichtungen an. So laut er konnte, schrie er: »Ich reinige die Verdorbenheit der Luft!«

Er warf einen gelbverkrusteten Stein in das Feuer. Eine stinkende gelbgrüne Rauchwolke stieg auf. Erschrocken zogen sich die Menschen zurück.

»Und ich blase sie weg!« Wolfsträumer nahm die weißen Kristalle, die er in mühsamer Arbeit unter den Dunghaufen gesammelt hatte, und schleuderte sie ins Feuer. Es zischte, qualmte und flammte explosionsartig auf.

»Du bist die Dunkelheit!« keifte Krähenrufer. »Dunkel und böse. Du bist der Tod des Volkes! Geh zurück in die Dunkelheit, *Hexer*!«

»Dunkelheit?« Wolfsträumer lächelte. »Ich bin das Licht. Ich bin eins mit dem Feuer. Du bist eine Sinnestäuschung.« Während er diese Worte sprach, kniete er nieder und steckte die Hände tief in die glühenden Kohlen. Die Menge schrie auf, als er die Kohlen hochhob.

»Ich reinige mich von deiner Verdorbenheit, Krähenrufer.« Kühlend hüllte ihn der Traum ein. Er rieb die Schwärze, die Krähenrufer über ihn gebracht hatte, mit den glühenden Kohlen ab und scheuerte sich Arme und Gesicht sauber.

Die Seelen des Volkes schwammen in einem farbigen Regenbogen. Sie leuchteten voller Entsetzen, Zweifel und Ehrfurcht.

»Reinige dich«, gebot er und reichte Krähenrufer die glühenden Kohlen. »Träume dich rein, Mann des Volkes! Vertreibe die Verdorbenheit aus deinem Innersten. Hier ist das Licht.« Er spreizte die Finger und zeigte ihm die glühenden Kohlen. »Ich biete dir einen neuen Weg. Strecke die Hand aus und ergreife ihn!«

Krähenrufer zuckte zurück, schüttelte den Kopf und rief pathetisch: »Nein! *Nein!*«

»Tu, wie ich dir geheißen!«

»N-nein!« jammerte er. Die Schwärze schrumpfte, fiel in sich zusammen, vernichtet vom Licht des fauchend qualmenden Feuers und seinem reinigenden Geruch.

»Eine leere Schale wie eine Larvenhülle«, klagte Wolfsträumer kopfschüttelnd. »Das ist aus dir geworden, Krähenrufer.«

»Nein!«

Ehrerbietig hob Wolfsträumer die Kohlen an die Lippen, bevor er sie ins Feuer zurückwarf. Er drehte sich um und sah die Menschen an. »Habt Mitleid mit dieser Kreatur, denn sie hat Unheil über sich selbst gebracht. Vergebt ihr, was sie euch angetan hat.«

»Hör auf«, murmelte Krähenrufer. Er duckte sich, blickte auf und blinzelte mit seinem gesunden Auge. »Tut das eurem ... eurem ...«

Sein Mund stand offen, die rosige Zunge hing unter seinem rosafarbenen Gaumen. Er griff sich an die Brust.

Wolfsträumer ging zu ihm. Der Traum wies ihm den Weg. »Sein Herz«, sagte er. »Sein Herz rast und bebt. Seine Seele tötet ihn. Er stirbt – als Feigling.«

Krähenrufer schrie auf. Er warf sich auf den Boden.

Wolfsträumer fühlte die Qual der sich windenden verdorbenen Seele. »Der der schreit.« Er erkannte dessen leuchtende, vielfarbige Seele, als sie aus der Menge heraustrat. »Bring ihn weg. Er stirbt. Kümmere dich um ihn. Er muß sich mit seiner Seele versöhnen. Später werden wir ihn alle hinauf zum Heiligen Volk der Sterne singen.«

Der der schreit hob den alten Mann mit Leichtigkeit vom Boden auf und trug ihn zwischen den Leuten hindurch, ihn wie ein Kind auf den Armen haltend.

Wolfsträumer hob die Hände und deutete nach Norden. Die ihn umgebenden Seelen verwandelten sich, flatterten ängstlich und änderten ihre Farben. Er senkte die Stimme zu einem beruhigenden Gemurmel. »Von dort kommen die Anderen. Ihr müßt eure Wahl treffen. Unsere jungen Männer werden sterben und ihre jungen Männer morden. Blut wird den Schnee färben, von den Felsen tropfen und im Boden versickern. Nichts wird sie aufhalten. Seht ihr? Schaut dorthin! Seht ihr sie kauern jenseits der Hügel? Hört ihr den Schlag ihrer zahllosen Herzen? Sie kommen näher. Sie vernichten uns. Sieh genau hin, mein Volk.«

Er drehte sich um. Ein Angstschrei stieg in seiner Kehle hoch, als er die Vision erblickte. Sie kam . . . die Dunkelheit rollte wie eine ungeheure Flutwelle auf sie zu. »Seht ihr?« schrie er. »Die Schwärze weit hinter dem fernen Horizont! Wer kann sich ihr entgegenstellen? Spürt ihr die Macht, die naht? Jeder weitere Schritt zerschmettert unsere Welt.«

Jemand schrie gepeinigt auf. Wildes Stimmengewirr erhob sich.

»Aber unser ist das Leben . . .«

»Wie?« rief jemand mit erbarmungswürdiger Stimme. »Sag es uns!«

Er wies auf das Große Eis, das sich dunkel vor dem Horizont abhob. »Reiher träumte . . . Sie sagte, hier erwarte uns nur Leid und Tod. Sie sah uns zugrunde gehen, verbittert, zornig, innerlich verfaulend, uns selbst marternd, sah sie uns in einem Strom von Blut ertrinken. Zugrunde gehen! Wie ein Sandstein wird unser Volk von einem Meer von Feuersteinen zermahlen! Seht ihr, wie wir zugrunde gehen? Seht ihr uns begraben?«

Seine Zuhörer stöhnten.

»Ja, begraben! Verschüttet von den Anderen! Die Wege unseres Volkes sind zerstört – für immer!«

»Sag uns, wie wir . . .«

»Wolfstraum!« brüllte Singender Wolf, der irgendwo in der Menge stand. »Der Wolf rettet das Volk.«

»Wolf«, flüsterte er. »Der Wolf . . .«

Der der schreit legte den alten Mann auf die warmen Decken eines Zeltes, das dem Tanzplatz am nächsten stand. Ihn schauderte beim Anblick des alten Schamanen.

»Ruh dich aus«, sagte Der der schreit besänftigend.

»Ich besaß . . . magische Kräfte . . . früher«, murmelte Krähenrufer. »Ich führte das Volk. Führte es gut. Gab mein Bestes. Versuchte es, verstehst du?«

Der der schreit nickte begütigend. »Wir erinnern uns alle daran.«

»Mein Bestes.« Krähenrufer schluckte schwer. »Aber das Volk . . . die Leute verlangten immer so viel . . . So viel . . . Sie saugen deine Seele auf . . . Saugen dich auf . . . wie die Lange Finsternis . . . die Hitze aufsaugt. Sie wollen . . . so viel. Immer . . . gierig. Fordernd . . . Darf keinen . . . keinen Fehler machen. Immer perfekt . . . Die ganzen Jahre . . . Mußte . . . heucheln. Lügen.« Er schloß die müden Augen. »Ich versuchte . . . mein Bestes . . .«

»Das wissen wir«, beruhigte ihn Der der schreit. »Ruh dich jetzt aus, Großvater.«

»Schmerz«, keuchte Krähenrufer. »Schlimm. Meine ganze linke Seite, mein Arm. Schmerz.«

»Mach dir keine Sorgen, du wirst . . .« Der der schreit starrte zu der Stelle hinüber, wo er seine Speere gelassen hatte. Ihn überlief es eiskalt. Sie waren verschwunden. Eine böse Vorahnung befiel ihn.

»Sterben«, flüsterte Krähenrufer heiser. »Sterben von innen heraus.«

Aber Der der schreit hörte ihn nicht mehr. Er lief eilig hinaus. Verzweifelt blickte er suchend in die Menge. Alle starrten wie gebannt auf Wolfsträumer, der mit erhobenen Händen von seinem Traum erzählte.

Der der schreit drängte sich rücksichtslos durch die Menge. Oben! Die Gefahr lauerte von oben! Von Felsen zu Felsen sprang er hinauf auf den Grat. Er mußte irgendwo hier oben sein. Die Menschen achteten nicht auf ihn, sie hatten nur Augen für Wolfsträumer.

Er mußte oben auf dem Grat sein, alles andere ergab keinen Sinn. Plötzlich entdeckte er ihn.

»Nein!« Der Schrei brach aus der Kehle von Der der schreit. Gleichzeitig sprang er mit ausgestreckten Händen vorwärts. »Er ist dein Bruder!« Doch er war noch zu weit von ihm entfernt. Der Arm des Mannes bewegte sich bereits nach vorn und schickte den Speer auf seine verhängnisvolle Reise.

Der der schreit warf sich auf Rabenjäger und zog ihm die Beine weg. Durch den Sturz des Jägers änderte sich die Flugbahn des Speeres leicht. Er streifte ein Kind, das zu Füßen Wolfsträumers kauerte. Der kleine Junge begann jämmerlich zu schreien. Die anderen Speere entglitten Rabenjägers Hand und fielen klappernd zwischen die Felsen. Der der schreit heulte auf vor Wut. Dieser Schrei machte die allgemeine Verwirrung komplett.

Rabenjäger schlug ihm den Atlatl über den Kopf und ritzte seine Kehle an. »Laß mich los! Ich rette das Volk!«

»Du *tötest* uns!« brüllte Der der schreit.

Ein wildes Handgemenge folgte. Der der schreit bekam einen handgroßen Stein zu fassen und hieb damit in Rabenjägers Rippen.

Wieder und wieder schlug dieser ihm mit dem Atlatl auf den Kopf und in das Gesicht. In höchster Verzweiflung packte Der der schreit die um sich tretenden Beine Rabenjägers und biß ihn mit seinen stumpfen, lückenhaften Zähnen in die Hüfte. Rabenjäger kreischte.

Ein mörderischer Schlag ließ den Kopf von Der der schreit erdröhnen. Hinter seinen Augen flammten bunte Lichter auf, die Welt schwankte und drehte sich, und er stürzte ins graue Nichts.

Kapitel 54

Singender Wolf bettete den blutüberströmten Kopf von Der der schreit in seinen Schoß. Leise fragte er: »Cousin?«

Er saß vor Reihers Höhle, umringt von einer Menschenmenge.

Nur der Leute wegen nahm sich Singender Wolf zusammen. Am liebsten hätte er geweint. Rabenjäger stand in hochmütiger Haltung vor ihm, mit straffem Rücken, die Arme vor der Brust verschränkt. Aber sein Blick ähnelte dem eines in die Enge getriebenen Büffels. Vier Zähne wiegte sich vor und zurück und nuckelte an seinem Gaumen. Ungläubigkeit stand in seinen wässrigen Augen. Von Norden her trieben Regenwolken.

Das Blut aus dem Kopf von Der der schreit floß klebrig über Singender Wolfs Hände, seine Haut marmorierend.

»Er wird es überleben. Ganz schön dickköpfig, der da.« Vier Zähne schüttelte den Kopf. Die Leute glotzten. Flüsternd verbreiteten sie das eben Geschehene.

Mit zerzaustem Haar trat Wolfsträumer unter dem Türfell eines Zeltes hervor. Die Menge teilte sich und machte ihm den Durchgang frei.

»Gebogene Wurzel ist tot«, berichtete Wolfsträumer mit gleichmütiger Stimme. »Ich sah die Seele des Jungen aus seinem Körper schlüpfen. Eine gelbrote Seele, die Wunde färbte sie blau – und grün. Kalt, versteht ihr? Heute abend singe ich Gebogene Wurzel hinauf in den Himmel. Das Volk der Sterne wird ihn aufnehmen.«

»Und was nun?« Arrogant reckte Rabenjäger das Kinn. Seine Augen suchten die Menge ab und verharrten bei den jungen Männern.

Wolfsträumer – verloren in den tiefsten Tiefen seiner Seele – sagte betont langsam: »Du hast einen Angehörigen unseres Volkes getötet, Bruder. Einen sechsjährigen Jungen. Du hast den Frieden gebrochen. Das Licht zieht sich von deiner Seele zurück. Du verlierst dich an die Macht der Finsternis.«

»Er tötete einen Angehörigen unseres Volkes«, erinnerte Singender Wolf. »Die Strafe dafür ist . . .«

»Er ist unser bester Krieger!« protestierte Schreiender Adler und bahnte sich durch rücksichtslosen Einsatz seiner Ellenbogen einen Weg durch die Menge. »Er bewies große Ehre im Kampf gegen die Anderen.«

Singender Wolf stand auf und starrte in Schreiender Adlers überhebliches Gesicht. »Er wollte den Träumer töten!«

»Der im Licht läuft hat Krähenrufer umgebracht!« Rabenjäger verzog angewidert den Mund. »Hexerei! Das ist es. Er hat ihn verhext!«

»Lügner!« Singender Wolf fletschte die Zähne und ballte die

Fäuste. Die Wut drohte ihn zu ersticken. »Noch ein Wort, und ich ...«

»Warte.« Wolfsträumer legte seine kühle Hand auf Singender Wolfs Schulter und hielt ihn zurück. »Ich sehe deine Seele, alter Freund. Du wirst dich selbst hassen, wenn du bei der Erneuerung deinem Zorn freien Lauf läßt.«

Singender Wolf kämpfte gegen seine Wut an – trotz der mahnenden Worte des Träumers mit wenig Erfolg.

»Er hat gelogen, gemordet, vergewaltigt. Aber was kann man auch von einem Feigling erwarten, der sein eigenes Volk betrügt?« Singender Wolf starrte auf seine blutbesudelten Hände.

Ein Aufstöhnen ging durch die Menschenmenge, als Rabenjäger den Versuch machte, sich auf Singender Wolf zu stürzen. Doch Vier Zähne hielt ihn zurück.

»Das wirst du bereuen«, verkündete Rabenjäger mit unheilvollem Ton in der Stimme.

»Wie tief sind wir gesunken?« rief Vier Zähne entsetzt.

»Reine Hexerei«, beharrte Rabenjäger. »Ich lasse nicht zu, daß mein Bruder das Volk vernichtet. Als er Krähenrufer, meinen Freund, mit seinen schwarzen Träumen tötete, griff ich nach meinen Speeren und ...«

»Die zweite Lüge«, erklang eine brüchige Stimme.

Aller Augen ruhten nun auf Der der schreit, der sich auf die Ellenbogen stützte. Getrocknetes Blut zeichnete seltsame Muster auf seine Schläfen.

»Was weißt du, Der der schreit? Vielleicht war es so, wie Rabenjäger sagt.« Vier Zähne wirkte sichtlich beunruhigt.

Der der schreit blinzelte und ließ sich wieder zurückfallen. Er war sehr schwach. Mit matter Stimme stotterte er: »Ich ... ich ...« Dann verlor er das Bewußtsein.

»Es war, wie ich sagte«, erklärte Rabenjäger. »Schwarze Träume darf es in unserem Volk nicht geben. Mein Bruder ist ein Hexer! Mit seinem Zauber hat er das Volk entzückt, mit seinen Worten genarrt und Krähenrufer getötet. Ich wollte die Menschen aus seinem Bann befreien. Ich ergriff die erstbeste sich bietende Gelegenheit. Das ist alles.«

»Die leidenschaftliche Liebe zu seinem Volk kann einen Mann zu einer solchen Tat hinreißen«, pflichtete ihm Büffelrücken bei. »Aber der Speer traf Gebogene Wurzel. Das muß bestraft ...«

»Das war ein Unfall!« widersprach Rabenjäger. »Was ist los mit uns? Hier, vor uns steht ein Hexer! Als ich merkte, daß er das Volk verführt, griff ich nach meinen Speeren!«

»Lügner«, erklang wieder die schwache Stimme von Der der schreit. »Du hast *meine* Speere gestohlen. Dann gingst du auf den Hügel hinauf und suchtest dir den besten Platz zum Werfen. *Meine Speere!* Weil niemand erfahren sollte, daß du der Täter warst. Mein Zelt steht dem Feuer gegenüber, Rabenjäger. Du hast alles sorgfältig geplant.«

»Deine Speere?« Rabenjäger lachte. »Das macht wohl die Kopfwunde. Du . . .«

»Wer hat die Speere?« rief Singender Wolf und sah sich suchend um. »Wo ist die Spitze, die den Jungen traf?«

Mit tränenfeuchtem Gesicht trat Gebogene Wurzels Vater vor. Er hielt ein kurzes, blutiges Stück Holz in der Hand. »Wolfsträumer entfernte das aus dem Rücken meines Sohnes. Das ist kein Schaft unseres Volkes. Er ist zu kurz.«

Singender Wolf nahm die grausige Waffe, hielt sie hoch und präsentierte die gebrochene Stelle. »Dies gehört ohne Zweifel Der der schreit. Seht an der Stelle nach, an der der Junge getroffen wurde. Dort entdeckt ihr den abgetrennten Schaftteil. Nur Der der schreit benutzt solche Speere.«

Eine Frau schrie auf und rieb an dem Blut auf dem Speerschaft.

Singender Wolf wandte sich an Rabenjäger. Seine zornglühenden Augen klagten ihn an.

»Du hast den Frieden gebrochen! Du hast einen Angehörigen unseres Volkes getötet, ein Kind noch dazu! Darauf steht die Todesstrafe.«

Vier Zähne schloß die Augen. Er sah elend aus. Langsam richtete er sich auf.

Wolfsträumer ging zu seinem Bruder, schaute ihm in die Augen und murmelte: »Ich bat dich, mich nicht aufzuhalten. Ich sehe Windungen auf deinem Weg in die Zukunft – aber nicht auf der ganzen Länge des Weges, den du gehen wirst. Geh! Allein! Erfülle dein Schicksal.«

Rabenjäger knurrte: »Du stößt mich aus der Gemeinschaft aus? Du verfluchst mich?«

Singender Wolf sah ihn scharf an. »Er rettet dir . . .«

»Geh! Sogar während wir hier sprechen, spinnt die Spinne an ihrem Netz, Bruder. Vollende dein Erbe und kehre zurück. Dann kannst du« – seine Stimme schwankte, tief Atem holend fuhr er fort

– »dann kannst du unsere letzte Begegnung herbeizwingen. Gegensätze kreuzen einander. Das Ende.«

»Die Bedeutung deiner Worte bleibt mir verborgen wie ein Karibukalb im Bauch der Kuh.« Rabenjägers dunkle Augen zuckten.

»Du mußt dich selbst verlieren, Bruder. Oder du bleibst für immer im Dunkeln. Wofür entscheidest du dich?«

Rabenjäger wandte sich direkt an die gaffende Menge. »Ich nenne meinen Bruder einen Hexer! Ich prangere ihn an, hier, vor euch allen. Ich, Rabenjäger, folge keinem Hexer in die Dunkelheit! Ich, ich ganz allein, stelle mich gegen die Anderen und beweise euch, was Ehre ist!«

Er durchbohrte jeden seiner Krieger mit seinem heißblütigen Blick. Unsicher senkten sie die Augen. »Wer begleitet mich?«

Keiner sprach ein Wort, keiner rührte sich.

Vier Zähne brach das Schweigen. »Niemand geht mit dir, Rabenjäger. Ich erkläre dich zum Ausgestoßenen.«

»Er hat *gemordet*!« Singender Wolf explodierte. »Die Strafe für Mord . . .«

»Nein, Rabenjäger stirbt nicht für den Mord an Gebogene Wurzel.« Wolfsträumer schüttelte den Kopf. »Und er ist auch kein Ausgestoßener.«

Vier Zähne stellte sich auf die Zehenspitzen und reckte sich zu voller Körpergröße. Sein Gesicht glühte vor Zorn. »Du *wagst* es, einem Älteren zu widersprechen, der . . .« Ein Blick in die Augen des Träumers brachte ihn zum Schweigen. Er sackte in sich zusammen. »Nein, Rabenjäger ist kein Ausgestoßener.«

»Rabenjäger muß sich allein der Zukunft stellen.«

»Feiglinge!« platzte Rabenjäger heraus. »Die Anderen werden uns in den Staub treten. Der Krieg mit den Anderen ist unsere einzige Rettung! *Darin* liegt Ehre. Ich gehe diesen Weg!«

Rabenjäger schüttelte die Hände ab, die ihn festhalten wollten, und stolzierte zu seinem Zelt. Die Menge bildete eine Gasse und ließ ihn ungehindert durch. Schweigend beobachteten die Leute, wie er seine Waffen, Decken und Beutel zusammenraffte und flink den Pfad hinauflief. Oben auf dem Grat angekommen, blieb er stehen und drehte sich noch einmal um. Der zornige Krieger machte eine verächtliche Handbewegung und verschwand.

Singender Wolf seufzte. Im letzten Moment bemerkte er, daß Wolfsträumers Gesicht plötzlich totenblaß geworden war. »Helft mir«, stöhnte dieser leise.

Sofort rannte Singender Wolf zu ihm, stützte ihn und geleitete den Taumelnden in Reihers Höhle.

»Das Ende naht«, murmelte Wolfsträumer. »Siehst du das Netz? Es webt sich um die Dunkelheit. Es wird ... wird ...« Er brach in unkontrolliertes Zittern aus.

Singender Wolf spürte eine entsetzliche Angst in seinem Herzen aufkeimen.

In der Mitte des Zeltes glühte ein niedriges Feuer. *Warum trifft es ausgerechnet mich? Ich bin nicht die Richtige. Die Clanführung gehört in die Hände der Alten. Warum befahl mich Singender Wolf hierher?* Tanzende Füchsin zog die Kapuze aus Polarfuchsfell enger um den Kopf. Sie fröstelte. Trotz des Feuers war es im Zelt feucht und kalt.

Singender Wolf starrte in die Glut. Nachdenklich runzelte er die Stirn. Vier Zähne sah bis auf den Grund seiner Seele krank aus. Die Respektlosigkeit ihm gegenüber machte ihm schwer zu schaffen. Regen trommelte auf das Lederdach. Die schwere, feuchte Luft vermischte sich mit den Gerüchen des Lagers und dem Gestank des Geysirs. Endlich brach Singender Wolf das Schweigen.

»Ich glaube, wir sollten den Marsch durch die Öffnung im Eis anordnen.«

»Im Grunde haben wir keine andere Wahl«, meinte Tanzende Füchsin und beobachtete die draußen vor dem Eingang zerplatzenden Regentropfen. »Die Anderen kennen den Weg nach Süden. Inzwischen hat Mondwasser ihnen längst alles erzählt.«

»Vielleicht lassen sie uns ungehindert ziehen«, sagte Singender Wolf gleichmütig. Mit den Daumen rieb er sich die juckenden, blutunterlaufenen Augen.

Vier Zähne hielt sich im Hintergrund. Er hörte schweigend zu, wiegte den Oberkörper hin und her und starrte in die glühenden Kohlen. Seine Lippen bewegten sich lautlos. Alle wirkten verstört und müde. Sie versuchten klar zu denken und ihren Verstand zu gebrauchen.

Immer wieder sah Singender Wolf besorgt zu Reihers Höhle hinüber. Wolfsträumer lag dort im Delirium und rang um sein Leben. Krähenrufers Leichnam hatten sie auf die höchste Stelle über dem Tal getragen. Büffelrücken und einige Frauen begleiteten die Seele des alten Schamanen singend zum Heiligen Volk der Sterne, wie Wolfsträumer befohlen hatte. Das Volk hatte einen schweren

Schock erlitten. Ein betroffenes Schweigen, nur vom Heulen des Sturmes unterbrochen, lastete über dem Lager.

Tanzende Füchsin hatte sich die Menschen angesehen. Die schreckliche Verwirrung und die Ungewißheit in ihren Augen zerrissen ihr fast das Herz. War das wirklich noch das fröhliche Volk ihrer Jugend? Nun schien die Verzweiflung an ihnen zu kleben wie zäher Leim. Sie hatte es nicht mehr ertragen können und war zu Singender Wolf gegangen. Er hatte ihr zugehört und hatte sie her zu Vier Zähne gebracht in der Hoffnung, sie könnten zusammen Ordnung in das Chaos bringen, das sie zu vernichten drohte.

Jetzt schüttelte Singender Wolf den Kopf. »Zuviel Blut wurde vergossen. Rabenjägers Krieger folterten die Gefangenen und schändeten die Toten. Nach dem Glauben der Anderen finden diese Seelen niemals zu dem ihnen gebührenden Platz bei den Toten unter dem Meer. Die Familien der verstümmelten Toten werden nicht eher ruhen, bis sie ihre Seelen gerächt haben. Das verlangt ihre Ehre.«

»Ist das wahr?« fragte Vier Zähne.

»Ich habe mich lange mit Blaubeere darüber unterhalten.«

»Das beste ist, wir gehen fort. Wir gehen durch das Loch.« Tanzende Füchsin kreuzte die Beine und stöhnte kurz auf. Der stechende Schmerz durchzuckte wieder ihren Knöchel. Sie stützte das Kinn in die Hände.

Mit abwesendem Gesichtsausdruck kaute Singender Wolf auf einem Stück Leder. »Das Volk muß durch das Eis gehen. Daran besteht kein Zweifel. Aber das Wasser versperrt den Weg. Wir müssen warten bis zur Langen Finsternis. In der Zwischenzeit sind die Anderen noch nicht so weit nach Süden vorgedrungen – hoffentlich nicht.«

Tanzende Füchsin massierte den Knöchel und schaute Blaubeere fragend an. »Glaubst du, uns bleibt genug Zeit?«

»Woher soll ich das wissen? Das hängt von den Zeremonien der Clans ab. Und natürlich auch von Eisfeuer.«

»Eisfeuer?« Tanzende Füchsin runzelte die Stirn. »Ihr Träumer?«

»Was sie so für einen Träumer halten, glaube ich. Niemand weiß viel über ihn. Er ist ...« Singender Wolf schnitt bei ihren Worten eine Grimasse. »Na ja, soweit ich gehört habe, ist er ein seltsamer Kauz.«

»Jeder, der über magische Kräfte verfügt, ist seltsam«, warf Vier Zähne ein.

»In der Zwischenzeit müssen wir uns schützen.« Über das Feuer hinweg trafen sich Tanzende Füchsins und Singender Wolfs Blicke. »Wir kennen das Land hier besser als sie. Wir können die wichtigsten Wege aus dem Norden kontrollieren. Vielleicht gelingt es uns, sie so lange aufzuhalten, bis unser Volk auf der anderen Seite des Eises ist.«

Wieder senkte sich Schweigen über die Gruppe. Vier Zähne rutschte hin und her. Sein Magen knurrte dröhnend laut in der Stille des Zeltes.

»Wie geht es Wolfsträumer?« erkundigte sich Tanzende Füchsin beklommen.

»Schlecht.« Singender Wolf sah sie besorgt an. »Er ist noch halb im Traum. Er findet sich nicht mehr zurecht. Gibt man ihm Wasser, spuckt er es aus. Er liegt da, singt oder murmelt unverständliches Zeug. Sein Anblick macht mich jedesmal todunglücklich.«

Nach diesen Worten breitete sich ein noch längeres Schweigen aus als zuvor.

»Es darf keine weiteren Überfälle mehr geben«, entschied Tanzende Füchsin und zwang sich, nicht mehr an Wolfsträumer zu denken, sondern sich auf das Nächstliegende zu konzentrieren. Wie gerne wäre sie zu ihm gelaufen und hätte ihn getröstet. »Wir würden damit nur die Wut der Anderen weiter schüren.«

»Rabenjäger hat seinen Kriegern ein anderes Denken beigebracht«, erinnerte Vier Zähne.

»Sie sind ohnehin gereizt wegen der Vorfälle bei der Erneuerung.« Singender Wolf hob die Hände. »Sie gerieten völlig aus dem Gleichgewicht. Diese Erneuerung war ein Schock für sie. Alles geschah unglaublich schnell und überraschend. Sie wußten nicht, wie sie sich verhalten sollten. Inzwischen hatten sie genug Zeit zum Nachdenken. Einige fragen sich bereits, ob sie sich nicht Rabenjäger hätten anschließen sollen.«

»Aber der Träumer hat dasselbe gesagt«, sagte Tanzende Füchsin bestimmt. »Keine weiteren Überfälle mehr.«

»Und wer wird uns führen? Er?« Vier Zähne wandte den Blick von den Kohlen ab.

Sie nickte. »Er. Und falls das nicht möglich ist, wer – außer uns hier – wird es je erfahren?«

Unruhig rutschten die Alten hin und her und wechselten unbehagliche Blicke. Vier Zähne straffte sich, öffnete den Mund, als wolle er etwas sagen, entschied sich aber anders.

»Das bedeutet eine Menge . . .« Singender Wolf verstummte.

»... notwendiger Vorsichtsmaßnahmen«, vollendete Tanzende Füchsin den abgebrochenen Satz. »Das heißt, falls Wolfsträumer nach diesem Traum nicht wieder zu Verstand kommt und die Angelegenheit nicht selbst in die Hand nehmen kann.«

»Ein solches Vorgehen ist nicht ungefährlich«, flüsterte Vier Zähne. »Wir alle haben gesehen, was mit Krähenrufer passiert ist. Wir sahen es mit eigenen Augen.«

Sie wollen die Führung nicht übernehmen. Das hat diese Antwort offensichtlich zu bedeuten. Wir müssen uns die Macht von Wolfsträumers Namen zunutze machen. Tun wir das nicht, bricht das Volk auseinander. Sehen sie das denn nicht? Es geht um alles oder nichts! Jemand muß den Schaden in Grenzen halten, den Rabenjäger angerichtet hat. Die jungen Männer müssen aufgehalten werden – jetzt!

Tanzende Füchsin wappnete sich und wählte ihre Worte sorgfältig. »Ich möchte Wolfsträumers Verantwortung nicht widerrechtlich an mich reißen. Ich habe kein Interesse daran, das Volk zu führen. Aber wir wissen nicht, wie lange Wolfsträumer noch Gefangener seines Traumes bleibt. Wir wissen nicht einmal, ob er ihm jemals wieder entrinnen kann. In der Zwischenzeit muß sich jemand um das Volk kümmern. Und das ist diesmal nicht Rabenjäger. Er geht seinen eigenen Weg. Der Ältestenrat allein kann es auch nicht. Wir alle müssen mit den notwendigen Entscheidungen einverstanden sein. Sonst bricht das Volk auseinander wie ein Karibuknochen, der zu lange in der Sonne gelegen hat. Wir dürfen nicht zulassen, daß jeder seine eigenen Wege geht. Wir sind nicht stark genug, und die Anderen rücken immer näher. Uns bleibt keine Fluchtmöglichkeit. Seid ihr auch dieser Meinung?« Mit glühenden Augen blickte Tanzende Füchsin einen nach dem anderen an.

Sie nickten.

»Und wie sollen wir das machen?« erkundigte sich Vier Zähne. Eine ganz neue Schwerfälligkeit machte sich an ihm bemerkbar. Resigniert ließ er die Schultern hängen.

Tanzende Füchsin sah ihn finster an. »Am besten wäre es wohl, wenn Singender Wolf und Schreiender Adler die Aufsicht über die Krieger übernehmen. Gemeinsam müßten es die beiden schaffen, die Denkweise der jungen Männer in eine neue Richtung zu lenken.«

»Schreiender Adler ist ein begeisterter Anhänger Rabenjägers! Er ist ...«

»Er genießt großen Respekt unter den jungen Männern. Wir müssen zuerst ihn überzeugen und dann die beiden verschiedenen

Parteien unseres Volkes vereinen, und zwar jetzt, sonst sind wir für immer verloren.«

»Einverstanden«, seufzte Singender Wolf. »Ich spreche mit ihm. Ach, das waren noch Zeiten, als ich einfach ein griesgrämiger, stumpfsinniger Nörgler sein durfte. Das alles habe ich nur Gebrochener Zweigs Einmischung zu verdanken.«

»Das waren noch Zeiten, als wir alle jung waren – und ohne Verantwortung«, fügte Tanzende Füchsin leise hinzu. Sie wandte sich an Vier Zähne. »Großvater, wir brauchen die Älteren. Ihr müßt die Leute beruhigen und sie daran erinnern, daß es einen Mangel an Nahrung geben wird, bis wir unter dem Eis durch sind. Das Volk hört auf dich und Büffelrücken und die anderen Alten. Ihr müßt dem Volk Sicherheit vermitteln. Sagt den Leuten immer wieder, daß wir alle zusammenhalten müssen. Macht ihnen Mut.«

Vier Zähne wackelte mit dem Kopf. »Wir versuchen es. Es freut mich, eine vernünftige junge Frau reden zu hören. Windfraus Atem scheint die Vernunft der meisten jungen Leute weggeblasen zu haben.«

»Wir müssen uns auf den Weg durch das Eis vorbereiten.« Sie begann mit der Aufzählung der zu beachtenden Dinge. »Wir müssen für den Winter soviel Beeren sammeln wie möglich. Wir müssen Weiden und Zwergbirken abrinden. Da die Fettvorräte zu knapp sind, um damit Fackeln herzustellen, sollten wir Weidenwurzeln in der Sonne trocknen. Sie verbrennen zwar schnell und sind schwer und lästig beim Tragen, aber sie geben uns immerhin Licht.

In der Zwischenzeit tragen wir das gesamte vorhandene Fett zusammen und lagern es an einem Platz, wo es der Dauerfrost frisch hält und die Mäuse nicht heran können. Alles, was da ist, muß für den Notfall aufgehoben werden – auch für den Fall, daß die Weiden nicht für den ganzen Weg als Lichtquelle ausreichen. Die Kinder können Treibjagden veranstalten und mit Fallen Mäuse und Backenhörnchen fangen, und die Tiere trocknen. Alle Jungen und Mädchen sollen die seichten Stellen des Großen Flusses nach Rotforellen und Äschen absuchen.«

»Hungerleideressen«, sagte Singender Wolf mürrisch. Tanzende Füchsin sah ihn scharf an, und er setzte rasch hinzu: »Aber meinen Stolz in dieser Hinsicht habe ich schon vor langer Zeit aufgegeben.«

Vier Zähne gackerte. »Glaubst du wirklich, die Anderen gehen durch dieses Loch?« fragte er kopfschüttelnd. »Es ist nur, weil ... nun ja, man muß verrückt sein, um so etwas zu tun. Verrückt!

Menschen sollten sich nicht unter den Boden begeben. Du weißt, was uns erwartet, wenn dir dort sterben. Wie sollen unsere Seelen den Weg hinauf zum Heiligen Volk der Sterne finden? Sie bleiben ewig im Dunkeln.«

Tanzende Füchsin fröstelte. »Du weißt noch gar nicht, wie furchtbar es tatsächlich ist. Warte ab, bis du erst unten bist.«

Vier Zähne hustete und spuckte in das Feuer. Verdrießlich verzog er den Mund. »Ich habe schon viel gesehen und vieles erlebt. Trotzdem kann ich nicht gerade behaupten, daß ich mich nach einem Spaziergang unter dem Eis sehne. Ich hoffe nur, dieses neue Land ist wirklich so wundervoll, wie ihr behauptet.«

»Das kannst du glauben«, versicherte ihm Singender Wolf mit Nachdruck. »Und wer weiß, was wir noch weiter südlich vorfinden werden?«

»Vielleicht ein Land ohne Hunger?« fragte der alte Mann mit glänzenden Augen.

»Einen Ort mit Unmengen Wild. Unsere Kinder wachsen auf, ohne je Hunger zu leiden«, flüsterte Singender Wolf. »Ich erinnere mich, daß Reiher von einer neuen Pflanze gesprochen hat, die wir essen werden. Ich sehe schon, wie ich fetter und fetter werde in diesem neuen Land. Ja, dazu brauche ich nicht einmal viel Phantasie.«

»Noch ein Träumer?« fragte Vier Zähne sarkastisch.

»Nein, dazu fehlt mir der Mut«, meinte Singender Wolf ernsthaft. »Aber ich muß etwas tun. Unser Volk fällt auseinander wie ein alter Mantel, wenn die Sehnenbänder verrotten. Ich mag dieses Loch im Eis ganz gewiß nicht. Ich begreife nicht, wie es Wolfsträumer je über sich gebracht hat, alleine da hineinzugehen.«

»Verrückt! Alle Träumer sind verrückt«, verkündete Vier Zähne und schlug mit der Faust auf sein Knie.

»Er ging hinein. Und er fand den Weg, wie es der Wolf versprochen hat. Alles, was er uns im Mammutlager gesagt hat, erwies sich als wahr.«

Der Regen nahm zu. Der Sturm zerrte an den Zeltwänden. Vier Zähne griff hinter sich und warf noch ein paar Zweige in das Feuer. Das angenehme Knistern und die zunehmende Helligkeit milderten die Schrecken des Unwetters.

Tanzende Füchsin strich sich das zerzauste Haar aus dem Gesicht. »Es gibt drei Möglichkeiten. Bleiben und verhungern. Nach Norden gehen und gegen die Anderen kämpfen. Oder den Weg durch das Eis. Ich folge Wolfsträumer.«

»Wir alle folgen ihm«, pflichtete ihr Singender Wolf bei. »Das ist unsere einzige Überlebenschance.«

Ihre Blicke trafen sich. »Aber es ist nicht einfach. So viele Leute sind in Reihers Tal gekommen, daß es kaum noch Wild gibt. Die Jäger, die wir nicht als Späher auf die Anderen ansetzen, müssen jedes nur verfügbare Tier aufspüren und erlegen. Wir brauchen viel Fleisch für den Marsch.«

»Aber nicht den alten Mammutbullen!« beharrte Singender Wolf unnachsichtig. »Er gehörte Reiher. Tot oder nicht, wir dürfen ihren Zorn nicht auf uns lenken.«

Tanzende Füchsin warf ihm einen finsteren Blick zu. »Wir haben nicht genug Fleischvorräte für die Lange Finsternis.«

»Der alte Bulle stand unter Reihers Schutz. Ich sage, verschont den alten Bullen. Mehr noch, Wolfsträumer würde dasselbe sagen.«

Resigniert hob sie die Hände. »Schon gut! Der alte Bulle soll leben! Sein Fleisch bedeutet zwar Leben für viele Menschen, aber ich beuge mich deinem Einwand – somit gewinnt dein 'Hungerleideressen' natürlich noch an Bedeutung. Wir dürfen keine Zeit verlieren. Vielleicht gibt es im kommenden Jahr auf der anderen Seite des Eises ebensoviel Wild wie in diesem Jahr. Vielleicht aber auch nicht. Wir wissen alle, die Herden ziehen weiter. Es kann uns ein entbehrungsreiches Jahr bevorstehen. Unsere Kleidung ist abgetragen. Die wärmenden Pelzhaare fallen aus, das Leder ist so brüchig, daß es Löcher bekommt. Wir müssen uns auf eine schwere Zeit einstellen. Vielleicht auf die schwerste, die wir je durchmachen mußten.«

»Es ist unsere letzte Chance«, flüsterte Singender Wolf. »Bist du einverstanden, Großvater?«

Vier Zähne nickte und räusperte sich. »Ich habe Tanzende Füchsin aufmerksam zugehört. Wenn der Weg durch das Eis unser Volk retten kann, bin ich dazu bereit. Hoffen wir, daß die Anderen lange genug abwarten und uns das Wild in diesem neuen Land südlich des Eises überreich beschenkt.«

Kapitel 55

Die Hügel lagen in grünlich-gelben Dunst gehüllt. Zwischen den grauen Felsen zauberten die zahlreichen Wildblumen bunte, gelbe und blaue Muster. Die Blüten an den Beerensträuchern welkten bereits. Eisfeuer saß mit untergeschlagenen Beinen an einem kleinen Feuer. Rastlos und unkonzentriert blickte er um sich. Weit und breit waren keine grasenden Tiere zu entdecken. Die Muskeln seiner kantigen Kiefer traten im harten weißen Tageslicht überdeutlich hervor.

Hinter ihm erklangen leise Schritte im raschelnden Gras. Fellschuhe zertraten die taubenetzten Halme.

»Je weiter wir nach Süden kommen, um so trockener wird es. Je höher wir hinaufziehen, um so kümmerlicher ist der Pflanzenwuchs.« Besorgt schüttelte Roter Feuerstein den Kopf. »Mir gefällt das nicht.«

Er ging noch zwei Schritte weiter und blickte auf Eisfeuer hinab. »Mir kamen Klagen zu Ohren. Die Jagd ist schlecht. Die Alten sprechen bereits davon, wieder nach Norden zu ziehen. Dort überwintert bedeutend mehr Wild als hier.«

»Aber der Feind hat einen Weg durch das Eis entdeckt.«

»Ich soll tagelang durch irgendein dunkles Loch marschieren? Ich?« Roter Feuerstein explodierte. »Sehe ich vielleicht aus wie ein Backenhörnchen?«

Eisfeuer kratzte sich am Kinn und blickte hinüber zu den Hügeln. Brachvögel tummelten sich auf einem nahegelegenen großen Felsen und sangen ihr Lied hinauf zu den rasch dahinziehenden Wolken.

»Hast du nicht gehört, was Rauch gesagt hat? Immer mehr feindliche Völker drängen nach Osten in das vom Gletschervolk verlassene Gebiet. Die Krankheit verbreitet fern im Westen Angst und Schrecken. Ich frage mich, wieviel Zeit uns noch bleibt, bis die feindlich gesinnten Völker hier sind und uns umbringen. Dieses Geisterloch ist vielleicht unsere letzte Hoffnung.«

Roter Feuerstein sah ihn aus schmalen Augen prüfend an. »Ich glaube, da steckt mehr dahinter, alter Freund. Du kommst mir vor wie ein Getriebener – besessen von deiner Vision und dieser Hexe, der Beobachterin. Ja, ich sah dich am Tag danach. Deine Augen glänzten, du hörtest meine Worte nicht. Du hast unverständliche

Dinge vor dich hin gemurmelt, und plötzlich sagtest du: ›Mein Sohn kommt.‹ Was für ein Sohn? Du hast gar keinen Sohn.«

Eisfeuer wandte den Blick ab und leckte sich die Lippen. »Ich wußte nicht, was ich sagte.«

»Aber du hast gesprochen. Und viele hörten dich.«

»Mein Sohn – es spielt keine Rolle. Unsere Hoffnung liegt im Süden.«

»Du glaubst an diese Geschichte mit dem Geisterloch?«

»Glaubst du, deine Tochter lügt?«

Roter Feuerstein starrte auf seine feuchten Fellschuhe. »Nein. Aber ich fürchte, sie ließ sich von diesem Träumer des Feindes und seinen Wahnvorstellungen von einem Land des überwältigenden Reichtums beeinflussen.«

»Sie hat das Wild mit eigenen Augen gesehen.«

»Möglich. Aber sobald ein oder zwei Jahre lang Menschen dort gelebt haben, können die Tiere verschwunden sein – genau wie hier. Ich sage, wir gehen nach Norden zurück zu diesem herrlichen Salzwasser voller Robben, Fische, Schalentiere und Muscheln.«

»Am Salzwasser lebt bereits der Büffel-Clan. Er folgt uns auf dem Fuß. Die Tigerbauch- und Rundhuf-Clans müssen sich wegen des steigenden Salzwassers in den westlichen Ebenen aufhalten. Zugegeben, sie können den Westen gegen den vordringenden Feind und die von ihm ins Land gebrachte Krankheit verteidigen, aber auch sie machen sich große Sorgen.«

»Sollen sie nur. Wir jedenfalls wissen, entlang der Küste herrscht kein Mangel an Nahrung. In der Zwischenzeit vernichten wir den hiesigen Feind. Mit vereinten Kräften gelingt es uns, ihn auszulöschen. Dann kehren wir in den Norden zurück.«

»Sicher, sicher. Aber wie lange dauert es noch, bis der aus dem Westen kommende Feind und weitere, ihm nachfolgende Stämme das Wasser überqueren und..«

»Hör zu, alter Freund. Ich halte meine Ohren offen. Ich habe den Abgesandten der Clans aufmerksam zugehört. Eisjäger und die anderen sagen, der Weiße-Stoßzahn-Clan kann sich stolz und glücklich schätzen. Wir holten uns das Weiße Fell zurück. Die alten Männer sind davon überzeugt, damit hätten wir mehr als unsere Pflicht getan. Unser Clan hat Ehre eingelegt. Die Jäger beklagen sich heftig über Wildmangel. Die jungen Frauen flüstern untereinander. Sie haben Angst, dem Feind in die Hände zu fallen. Langsam, aber sicher wird die Moral untergraben. Es mangelt am notwendigen Willen und an der Tatkraft zur endgültigen Vernichtung des Feindes. Du mußt etwas unternehmen! Stachle ihren Haß an! Erinnere sie an die Vergewaltigungen, an die verstümmelten Babys. An die bei lebendigem Leibe auseinandergeschnittenen Krieger, die sie für die Krähen liegenließen. Du hast die Macht dazu! Schüre ihren Haß! Sonst verlieren wir das Weiße Fell bereits wieder nächstes Jahr.«

Eisfeuer versuchte zu lächeln. »Und was sagen die Abgesandten der anderen Clans? Was denken der Rundhuf- und der Büffel-Clan darüber? Befürworten sie ebenfalls die totale Vernichtung des Feindes?«

Roter Feuersteins Gesicht verlor den fanatischen Ausdruck. Fast kleinlaut erwiderte er: »Sie bezweifeln den Sinn und den Ruhm eines Krieges gegen einen zahlenmäßig derart unterlegenen Feind. Anscheinend fragen sie sich, ob dazu überhaupt Mut gehört.« Er wandte den Blick ab und rieb sich die Nase. »Viele fordern Frieden.«

»Sind die Leute kriegsmüde?«

»Ja. Aber sie begreifen einfach nicht, daß wir ...«

»Was sagen sie denn?«

Roter Feuerstein wetterte: »›Laßt den Feind seiner Wege ziehen!‹ schreien sie. ›Wir haben genug getötet. Wir haben sie büßen lassen für unsere Toten. Reicht das nicht?‹«

Er ballte die Faust. »Ob das reicht? *Reicht?* Wo bleibt unsere Ehre? Schon zu viele unserer jungen Mädchen tragen ihren verfaulten Samen in ihrem Leib!«

»Ist das dein persönlicher Rachefeldzug? Kümmert dich nicht mehr, was die anderen Menschen wollen?«

Roter Feuerstein machte eine wegwerfende Handbewegung. »Mondwasser hat mir immer wieder erzählt, wie der Feind sie behandelt hat. Diese Menschen müssen vernichtet werden. Alle. Sie sollen für die Verstümmelung unserer jungen Männer bezahlen. Wenn der letzte getötet und begraben ist, gehen wir zurück ans Salzwasser.«

Eisfeuer zuckte die Achseln und beobachtete den eleganten Flug eines Adlers, der sich vom Aufwind in die Höhe tragen ließ, ein schwarzer Punkt vor endlosem Blau.

»Bei jedem Gang durch das Lager höre ich unsere Kinder vom Heiligen Volk der Sterne reden. Das gefällt mir. Sie sprechen auch von den Monsterkindern. Auch diese Geschichte mag ich. Vielleicht sollten wir nicht ständig gegeneinander auf den Kriegspfad gehen? Früher einmal waren wir ein Volk.«

»Unmöglich! Verwandt sein mit einem Feind, der den Körper meines Cousins in zwei Teile geschnitten hat! *Auseinandergeschnitten!* Seine Seele wandert umher und ruft nach Gerechtigkeit. Und du willst Freundschaft schließen mit diesem Feind? Ich sage dir, dieses verdorbene Volk gehört ausgerottet. Männer, Frauen, Kinder! Allen gehört der Schädel eingeschlagen. Die letzte Spur von ihrer Saat gehört von der Erde getilgt.«

»Du willst das Kind deiner Tochter gleich nach der Geburt umbringen?«

Roter Feuerstein zuckte zusammen und brüllte: »Nein, natürlich nicht! Was ist das überhaupt für eine Frage?«

»Sein Vater ist Hüpfender Hase. Das Kind deiner Tochter wurde auf der anderen Seite des Eises von einem Feind gezeugt. Schau dir den Jungen an, der dort drüben steht.« Er deutete auf einen hübschen Jungen, der mit anderen Kindern spielte. Das fröhliche Lachen der Kinder drang zu ihnen herüber.

»Was bist du für ein . . .«

»Er möchte Krieger werden. Zehn Federn und Breite Brust haben ihn an Kindes Statt angenommen. Sie konnten nie ein eigenes Kind bekommen, erinnerst du dich? Schwarze Klaue hat ihn vor Jahren bei einem Überfall auf ein Lager des Feindes entführt. Mitten in der Nacht hat er ihn einfach gestohlen. Er ist ein reinblütiger Feind. Trotzdem brichst du seinen Pflegeeltern das Herz, wenn du ihn tötest.«

»Du drehst mir die Worte im Mund herum«, murrte Roter Feuerstein.

»Tatsächlich? Da bin ich anderer Ansicht.«

»Mir gefällt das Töten auch nicht«, brummte er. »Aber wir müssen für unsere Ehre kämpfen, sonst verlieren wir das Fell wieder. Und dieser Feind mit seinen widerwärtigen Methoden ist die beste . . .« Er verstummte, beschirmte die Augen zum Schutz vor der blendenden Sonne mit den Händen und starrte wie gebannt auf die Hügel in der Ferne.

Die Brise trug einen gedämpften Kriegsruf zu ihnen. Sofort sprangen die Krieger auf und griffen nach ihren Speeren.

»Das glaube ich einfach nicht«, murmelte Roter Feuerstein. »Sieh doch!«

Eisfeuer drehte sich um und sah einen Mann auf das Lager zukommen. Selbst auf die weite Entfernung hin erkannte er den typischen langen Mantel des Feindes. Laute Schreie ertönten im ganzen Lager.

Der Mann lief unbeirrt weiter, obwohl die Krieger aus den Zelten eilten und ihre Speerspitzen in die Schäfte einlegten.

»Vorsicht!« rief Eisfeuer und sprang erstaunlich schnell auf die Beine. »Behaltet die Gegend im Auge! Vielleicht ist das nur ein Ablenkungsmanöver.«

Die jungen Männer hörten auf ihn und schwärmten auf die umliegenden Hügel aus.

Höchstens zwei Speerwürfe weit entfernt blieb der Feind stehen. Er schälte sich aus dem Mantel und legte das Kleiderbündel auf die Erde. Splitternackt hob er sein Waffen auf und ging weiter.

»Wartet!« befahl Eisfeuer seinen jungen Männern, die bereits die Waffen erhoben hatten. Ein blutrünstiges Leuchten glomm in ihren Augen. Doch sie befolgten seinen Befehl, wenn auch widerwillig. Sie wußten nicht, was der Hochverehrteste Älteste damit bezweckte.

Eisfeuer ging weiter. Bruchstücke seiner Visionen zogen vor seinem geistigen Auge vorbei. *Ein zorniger junger Mann. Herausfordernd. Trotzig.* Sein Herz schlug schneller.

»Verehrter Ältester?« sagte Walroß, als er an der vordersten Reihe der Krieger vorbeiging. »Nicht weitergehen. Ab hier kann er dich treffen.«

Eisfeuer schüttelte den Kopf. Er war sich der Blicke nicht bewußt, mit denen sie ihn verfolgten. Seine Augen waren unverwandt auf den Krieger des Feindes gerichtet. Ihre Blicke trafen sich. So nah und doch so weit voneinander entfernt. Als ob sie sich ungeachtet des Raumes und der Zeit durchschauten. Wie im Traum schritt Eisfeuer weiter. Sein Herz hämmerte, sein Blut kochte. Endlich stand er dem jungen Mann gegenüber. Seine Krieger waren ihm gefolgt und scharten sich, besorgt um seine Sicherheit, dicht um ihn. Nur der Respekt vor seiner Macht hielt sie noch zurück.

Der hochgewachsene, muskulöse Feind stand stolz aufgerichtet vor ihm. Er hatte ein schön geformtes Gesicht, ein kräftiges Kinn, eine edle Nase. Die hohen Backenknochen warfen Schatten auf sein Gesicht. Über leidenschaftlichen schwarzen Augen erhob sich eine makellose Stirn. Die feingeschwungenen Lippen bewegten sich nicht. Wie eine geschmeidige Weide stand er da, vollkommen gelassen. Die Brust hob und senkte sich ruhig. Der flache Bauch war gestrafft. Er war bereit zum Kampf. Nicht eine Sekunde lang wich er Eisfeuers Blick aus.

»Wer bist du?« fragte Eisfeuer. Er befand sich kaum eine Körperlänge von dem Feind entfernt.

»Rabenjäger«, antwortete der Mann. »Ich bin gekommen, dich zu töten.«

Eisfeuer zuckte zusammen. »Warum?«

Rabenjäger hob das Kinn. Seine Stimme schallte klar und deutlich durch die Stille. »Ich bin gekommen, um den Anderen Herz und Seele zu nehmen. Ich muß dich vernichten, um mein Volk zu retten.«

In die falkenäugigen Krieger, die sich im Halbkreis um Eisfeuer versammelt hatten, kam Bewegung.

Eisfeuer nickte. »Wolfsträumer hat dich davongejagt.«

Dieses Mal fuhr der Feind zusammen. Seine Kiefermuskeln zuckten wie Mäuse auf glühenden Kohlen.

Eisfeuer wandte sich um und hob beschwörend die Hände. »Heute wird niemand getötet.« Er warf einen scharfen Blick über die Schulter auf Rabenjäger. »Komm mit in mein Zelt. Wir haben miteinander zu reden, du und ich.«

»Warum? Was hast du mir zu sagen? Ich bin hier, um dich zu töten und zu sterben! Meine Visionen haben mich betrogen. Mein Volk hat mich verraten. Ich töte dich, dann sterbe ich selbst. Was bleibt mir noch?«

»Ich«, murmelte Eisfeuer.

»Dann stirb!« Rabenjägers Hand mit dem kunstvoll verzierten Atlatl peitschte zurück, der Speer war wurfbereit.

Mit einer für sein Alter ungewöhnlichen Behendigkeit schnellte Eisfeuer nach vorn und ergriff die steinerne Spitze, noch bevor Rabenjäger den Wurf ausführen konnte. Eisfeuers Arm verdrehte sich, seine Muskeln schwollen zu dicken Strängen an. Auge in Auge standen sie sich gegenüber. Die Augen des Kriegers blitzten gleichzeitig wild, entsetzt und wütend. Der Speerschaft brach, und das Holz zersplitterte mit einem lauten Krachen.

Walroß rannte herbei und umklammerte mit seinen drahtigen Armen Rabenjägers Brustkorb. Weitere Krieger eilten hinzu, warfen ihn zu Boden und trommelten mit Fäusten und Ellenbogen auf ihn ein.

»Ich will ihn lebend haben«, ordnete Eisfeuer an. Er griff nach dem Speer, der für sein Herz bestimmt gewesen war. Eine feine

Blutspur lief an seiner Hand hinunter. Er hatte sich mit der scharfen Kante der Spitze in die Hand geschnitten.

»Warum?« fragte Rabenjäger herausfordernd. Noch immer wehrte er sich gegen die ihn festhaltenden Krieger.

Eisfeuers Augen wurden schmal. Sein Herz schmerzte unerträglich. »Das bin ich deinem Bruder schuldig.«

Kapitel 56

Das ovale Zelt aus Mammuthäuten maß in der Länge über dreißig Fuß und über zwanzig Fuß in der Breite. In der Mitte brannte ein prasselndes Feuer. Neugierige Menschen zwängten sich in das Zelt. Alle wollten den verrückten Gefangenen sehen.

Gelbes Blatt, eine gebeugte alte Frau mit langen grauen Zöpfen, drängte sich nach vorn. Sie schielte zu dem Fremden hinüber. »Ich sage, wir schneiden ihn in Stücke, genauso wie er es mit unseren Söhnen gemacht hat!« schrie sie und entblößte dabei ihre zahnlosen Kiefer. »Schickt seine verdorbene Seele auf die ewige Wanderschaft, wie er es mit der Seele meines Enkels gemacht hat. Das ist Gerechtigkeit! Das heißt Ehre zeigen! Wir vergelten Gleiches mit Gleichem!«

Zustimmendes Gemurmel ertönte.

Eisfeuer neigte nachdenklich den Kopf und kreuzte die Arme vor der Brust. Roter Feuerstein wollte den Feind vernichten. Die wütenden Krieger waren auf Feuersteins Seite und nur allzu bereit, auch den letzten Überlebenden des Feindes zur Strecke zu bringen, bevor er ihnen durch das Loch im Eis entschlüpfte. Die anderen Angehörigen des Weißen-Stoßzahn-Clans waren im großen und ganzen zufrieden. Sie hatten den Feind aus den ertragreichen Jagdgründen vertrieben und wollten nun ihre Beute genießen, bevor der Büffel-Clan das Land besetzte.

»Ihr wißt doch, wer das ist, oder?« Mondwassers Stimme übertönte das Gemurmel der anderen. Mit den Ellenbogen verschaffte sie sich Platz, bis sie vor Eisfeuer stand. »Dieser Mann ist ihr Anführer. Das ist Rabenjäger. Er ist verantwortlich für die Überfälle auf uns. Er hat ihnen befohlen, unsere Kinder zu erschlagen und alte Frauen zu foltern. Er führte sie an. Er befehligte sie. Wollt ihr Rache? Dafür ist er genau der Richtige.«

Sie wandte sich an die Krieger. Mit hocherhobenem Kinn stellte sie sich herausfordernd vor sie hin. Ihr gewölbter Leib bewies, was der Feind seinen Gefangenen antat. »Wenn ihr ihn tötet, dann langsam. Begrabt seine stinkende Leiche in der Erde.«

Rabenjäger zerrte an den Lederriemen, mit denen man ihn gefesselt hatte. Seine Muskeln strafften sich unter der schweißnassen Haut. »Nein! Nicht begraben! Laßt meine Seele nicht . . .«

Walroß trat ihn in die Seite. Rabenjäger krümmte sich und würgte die aufsteigende Übelkeit hinunter.

Eisfeuer ließ ihn nicht aus den Augen.

Wird es nur noch Haß zwischen unseren Völkern geben? Hat er die Kluft zwischen uns so sehr vertieft, daß sie niemals mehr zu überwinden ist?

Walroß starrte den Feind an. Nach kurzem Nachdenken sagte er: »Ich habe gehört, mein Neffe, Junger Vogel, schrie drei Tage. Sie legten ihm glühende Kohlen auf den Körper. Ich habe gehört, dieser Rabenjäger röstete zuerst seine Beine, dann seinen Penis, und er zwang ihn, ihn zu essen. Ich glaube, wir lassen diesen Rabenjäger sehr langsam, sehr qualvoll sterben. Ich uriniere ihm in die leeren Augenhöhlen. Dann begraben wir ihn. Vielleicht, solange noch ein kleiner Funke Leben in ihm steckt, damit wir auch ganz sichergehen, daß seine Seele unter dem Boden bleibt.«

Rabenjägers Kiefer mahlten. Seine schwarzen Augen funkelten vor Entsetzen. Angstschweiß lief ihm über den nackten Körper.

Ein eisiges Grauen überkam Eisfeuer. *Meine Schuld, daß du hier bist.* Tränen traten in seine Augen. Rasch blinzelte er, bevor jemand seine Schwäche bemerkte. »Morgen bei Sonnenaufgang fangen wir an. Wir foltern ihn vier Tage. Vier ist eine heilige Zahl.« Er blickte alle an. »Bis dahin geht in eure Zelte. Schlaft tief und fest, denn in den nächsten Nächten werdet ihr wenig Schlaf finden. Die Schreie des Feindes halten euch wach.«

»Sogar die Geister der Toten werden sich bei seinen Schreien vor Angst verkriechen«, zischte Gelbes Blatt und spuckte Rabenjäger an. Der Krieger des Feindes zuckte zusammen wie unter einem Peitschenhieb.

Walroß meldete sich zu Wort. »Ich bleibe hier und bewache ihn. Ich will ganz sichergehen.«

Eisfeuer nickte und trieb die anderen mit Handbewegungen aus dem Zelt. Rabenjäger sah ihn an. Haß blitzte in seinen schwarzen Augen auf.

»So«, flüsterte Eisfeuer und kniete neben ihm nieder. »Jetzt wirst du die Qualen am eigenen Leib erfahren, die du deinen Opfern auferlegt hast.« Er machte ein finsteres Gesicht. »Sag mir, was du bei diesem Gedanken empfindest.«

Rabenjäger preßte die Lippen aufeinander. Entsetzen stand in seinem Gesicht. Schweigend drehte er den Kopf zur Seite, um seine Angst zu verbergen.

Eisfeuer nickte feierlich. »Schwer zu glauben, daß du diese Grausamkeit von mir hast.«

Er bemerkte das Aufblitzen plötzlichen Begreifens in Rabenjägers angstverzerrtem Gesicht. Erschütterung und Zweifel flackerten in seinen Augen auf.

»Du weißt es also«, flüsterte Eisfeuer. »Hat es dir dein Bruder Wolfsträumer erzählt? Oder vielleicht die Hexe, Reiher?«

Rabenjägers Augen verengten sich zu Schlitzen.

Nachdenklich kratzte sich Eisfeuer am Kinn. Er wandte sich ab und nickte Walroß zu. Anerkennend klopfte er ihm auf die Schulter. »Netten Fang gemacht heute, was? Vermutlich bringst du demnächst Eisbären mit der bloßen Hand um. Habe ich recht?«

Walroß kicherte und spielte mit seinen Speeren.

»Es wird eine lange Nacht. Ich mache uns etwas zu trinken.« Eisfeuer beugte sich über das Feuer, holte einige Kräuter aus einem Bündel und rührte sie in einem großen Hornlöffel an.

Aus dem Augenwinkel heraus beobachtete er seinen Sohn. Er wußte, was zu tun war. Er kannte auch die damit verbundene tödliche Gefahr.

Kapitel 57

»Halt! Wer ist da?« rief Tanzende Füchsin. Sie hielt ihre Speere wurfbereit in der Hand.

Im blauvioletten Licht der Dämmerung schlichen drei junge Männer auf dem schmalen Felsenpfad auf sie zu. Sie hielten ihre Waffen fest umklammert. Bei ihrem warnenden Ausruf kauerten sie sich argwöhnisch im Schutze eines Felsens nieder. Trotz des schwachen Lichtes erkannte sie die drei.

Sie wandte sich an den größten von ihnen, einen Krieger namens Roter Mond. »Ihr wollt die Anderen überfallen. Das stimmt doch?«

Er biß die Zähne zusammen und schwieg.

»Du weißt genau, der Träumer hat weitere Überfälle untersagt. Ihr wagt es, euch über seinen Befehl hinwegzusetzen?«

Roter Mond zuckte die Achseln. »Was geht das dich an, Frau?« Er hob das Kinn. Ein böses Aufblitzen in seinen stahlharten Augen warnte sie.

»Wenn ihr auf den Kriegspfad geht, reißt ihr unser Volk auseinander. Wollt ihr . . .«

»Vielleicht lasse ich dich mit etwas Kleinem zurück, eh?« Anzüglich streichelte er seinen Penis.

Die beiden anderen brachen in schallendes Gelächter aus und betrachteten sie verächtlich von oben bis unten.

Tanzende Füchsin zog eine Augenbraue hoch. »Noch mehr von Rabenjäger gelernt?«

Roter Mond näherte sich lüstern. »Er hat uns alles von dir erzählt. Wie du . . .«

»Noch einen Schritt weiter, und ich bringe dich um«, sagte sie leise.

Gackernd legte Roter Mond seine Waffen ab. »Du und mich umbringen, Frau? Ich habe die Geschichten über dich gehört. Angeblich hast du fünf Andere getötet. *Fünf*? Nicht alle Lügner starben mit Krähenrufer.«

»Fünf«, sagte eine kühle Stimme hinter ihnen. Erstaunt wirbelten sie herum. Drei Stürze humpelte heran. »Ich war dabei. Sie hat mehr Mut als drei Kinder, die eine Frau vergewaltigen wollen. Als ob *du sie* vergewaltigen könntest.«

Die offene Verachtung in seiner Stimme ließ Roter Mond zusammenzucken.

Er schluckte laut. Seine Augen wanderten hilfesuchend zu den beiden Jungen, die ihn begleiteten. Doch diese senkten beschämt die Köpfe und schlichen zurück ins Lager.

»Und was gedenkst du nun zu tun, Roter Mond?« Tanzende Füchsin wippte provozierend mit einem Speer. »Verrätst du dein Volk? Mißachtest du den Befehl des Träumers, der Krähenrufer und Rabenjäger mit bloßen Worten vernichtet hat? Lieferst du den

Anderen einen Grund, uns zu überfallen, obwohl wir ausgelaugt und müde sind? Beschwörst du ihre Rache über uns, obwohl wir nur noch einen vollen Mond abwarten müssen, um diesen Ort für immer zu verlassen? Verstehst du das unter Ehre?«

Roter Mond trat unruhig von einem Bein aufs andere. Er hielt den Kopf gesenkt. Mit einer plötzlichen Bewegung warf er seine Speere beiseite. Die Waffen fielen klappernd auf die Steine. Dann drehte er sich blitzschnell um und eilte seinen Kumpanen hinterher.

Tanzende Füchsin schloß die Augen und sank aufseufzend zu Boden. »War knapp dieses Mal.«

Grunzend lehnte sich Drei Stürze an einen Felsen. »Roter Mond ist der Schlimmste von allen. Wenn wir ihn aufhalten können, geben auch die anderen Ruhe. Vielleicht bleibt uns jetzt genügend Zeit.«

Sie hob die Schultern. »Vielleicht. Die jungen Männer werden von Tag zu Tag unruhiger.« Verständnislos schüttelte sie den Kopf. »Wie hat Rabenjäger das nur gemacht? Wie hat er es geschafft, sie so böse zu machen?«

Drei Stürze stieß mit dem Fuß an einen Stein. »Er hat sie Macht auskosten lassen. Er hat ihnen gezeigt, wie man Opfer einschüchtert und verängstigt.« Er machte eine Pause. »Auch aus dir hat Rabenjäger die Frau gemacht, die du heute bist.«

Sie erstarrte. Ihre Blicke begegneten sich, und sie erkannte die Zärtlichkeit in seinen Augen.

»Denk nicht mehr an ihn. Er ist fort.«

Sie schüttelte den Kopf. »Für mich nie.« *Niemals vergesse ich seine Visionen. Die beängstigenden Worte, die er vor langer Zeit zu mir gesagt hat.*

Bei dem Gedanken, lebendig begraben zu werden, schrie Rabenjäger innerlich auf. Seine Seele für immer im Käfig seines Körpers gefangen! Er durfte keine Gnade erwarten. Er stellte sich das Gefühl der auf seinen Körper fallenden Erde vor. Eine Gänsehaut überlief ihn. Es kribbelte ihn am ganzen Körper. Er roch bereits die Erde, die Feuchtigkeit und den Moder. Erdklumpen verstopften ihm Nasenlöcher und Mund. Er spürte den Geschmack des Todes auf der Zunge. Seine Zähne mahlten Sand. Er fühlte, wie sich die Kälte in sein Fleisch fraß. Schwere Steine lasteten auf seinem Körper. Kälte und ewige Nacht. Seine Seele winselte und heulte bei diesem Gedanken. Verwesung und Dunkelheit umgaben ihn. Er spürte das Feuer in seinen Lungen, die nach Luft schrien. Erde verstopfte seine zuckende Kehle. Der letzte Funken Leben verließ ihn, aber seine Seele blieb gefangen. Diesem Erdenkäfig konnte sie nicht entfliehen. Für immer eingesperrt bei Wurzeln, Fäulnis und Kälte.

Rabenjäger atmete tief durch und öffnete die Augen. Genüßlich sog er die frische Luft ein. Der über seinen Körper streichende Lufthauch schien ihm wie eine Liebkosung. Der rötliche Feuerschein warf tanzende Schatten auf die Zelthäute.

Dieser Ort war ihm inzwischen fast schon vertraut geworden. Er kannte jeden der Pfosten, die das Dach trugen. Die zusammengerollten Fellbündel, die Beutel mit Fleisch, die merkwürdigen Fetische an den Wänden, alles hatte sich tief in sein Gedächtnis gegraben. Diese stille, warme Behausung würde Zeuge seiner Schreie werden. Im Feuerschein sah das Zelt harmlos, ja friedlich aus.

Wie lange noch bis zum Morgen? Wann kamen sie, um ihn zu foltern? Er konnte kaum schlucken. Seine Kehle war wie zugeschnürt, und sein Mund fühlte sich trocken an. Würde er ebenso laut schreien wie die Anderen, die er bei lebendigem Leibe verbrannt und zerschnitten hatte? Würde er ebenso erbärmlich kreischen, wenn sie ihm die Knochen brachen? Würde er ebenso schändlich brüllen, wenn sie ihm Penis und Hoden abschnitten? Welchen Laut würde er von sich geben, wenn sie ihm mit einer scharfen Obsidianklinge den Bauch aufschlitzten? Wie würden sich ihre Hände anfühlen, wenn sie ihm die Eingeweide aus der Bauchhöhle zerrten? Würde er bei Verstand bleiben, wenn sie ihm mit den Fingern die Augäpfel aus den Augenhöhlen rissen?

Eine Welle des Entsetzens und der Angst rollte über ihn hinweg.

»Das Leben kann sehr kostbar sein, findest du nicht auch? Besonders wenn das Ende nahe ist.«

Rabenjägers Kopf fuhr herum. Er sah den hochgewachsenen Träumer, den sie Eisfeuer nannten. Das sollte sein Vater sein? Nein! Unmöglich!

»Walroß schläft. Der Trunk, den ich ihm gegeben habe, enthielt eine Wurzel von unschätzbarem Wert. Es gibt sie nur weit im Westen. Inzwischen ist sie selten geworden, weil immer mehr Menschen dorthin drängen.«

»Warum?« krächzte Rabenjäger.

»Damit wir Zeit zum Reden haben.« Eisfeuer hockte sich neben ihn. »Ich möchte dich kennenlernen. Ich möchte wissen, warum du diese Grausamkeiten begehst.« Er legte den Kopf schräg. »Reiher sagte mir, du seist im Blut geboren.«

»Reiher.« Rabenjäger schloß die Augen. »Die Träumerin.« Seufzend schüttelte er den Kopf. »Ich vermute, Der im Licht läuft kündigte dir mein Kommen an.«

»Dein Bruder?«

Rabenjäger nickte kläglich.

»Nein.«

»Dann . . .«

»Warum bist du gekommen? Nur um mich zu töten?«

Rabenjäger biß sich auf die Unterlippe. »Sie haben mich ausgelacht. Mich verhöhnt. Ich . . . ich mußte es ihnen zeigen. Ihnen beweisen, daß Rabenjäger bereit ist zu sterben, wie er gelebt hat. Ungebeugt, als ein Führer, der sich ihres Respekts würdig erweist.«

»Sieht nicht so aus, als würde die Sache in deinem Sinne ablaufen.« Angelegentlich beschäftigte sich Eisfeuer mit einem seiner langen grauen Zöpfe. »Warum hast du dein Volk gegen uns aufgewiegelt? Welchen Vorteil hat dir das gebracht?«

Rabenjäger lächelte grimmig. »Ich habe Krieger aus ihnen gemacht. Bis Der im Licht läuft sie mir mit seinen Tricks abspenstig gemacht hat, war ich ihr unangefochtener Anführer. *Ich führte das Volk!* Verstehst du? Ich hätte es in altem Glanz wiederauferstehen lassen, stark und mächtig. Wir hätten euch gestellt und euch verjagt. Darauf habe ich mein Wort gegeben. Ich verlieh meinem Volk neue Stärke.«

Eisfeuer nickte ernst. »Macht.«

»Natürlich«, schnarrte Rabenjäger. »Was sonst ist von Bedeutung? Respekt? Das ist nur ein anderes Wort für Macht. Frauen? Ein mächtiger Mann hat so viele Frauen, wie er will – und seinen Kindern geht es besser als allen anderen. Macht ist Leben! Sie bedeutet Kontrolle über die Umgebung. Und in meinen Visionen sah ich meine Macht! Im Unterschied zu meinem schwachen Bruder und seinen närrischen Träumen von irgendwelchen Löchern im Eis sah ich die Rettung unseres Volkes! Die Rettung!«

»Warum habt ihr unsere Krieger bei lebendigem Leibe in Stücke geschnitten?«

Rabenjäger zerrte an den Fesseln. Er preßte die Lippen fest aufeinander. »Weil ich wollte, daß ihr uns mit Herz und Seele fürchtet. Ihr solltet vor mir Angst haben! Darum kam ich auch her. Ich kam, um dich zu töten, dich, ihren bedeutendsten Träumer. Dann würden sie mich sogar im Tod noch fürchten! Dann hätte ich es geschafft!«

Eisfeuer beugte sich vor. Sein Gesicht war sehr ernst. »Weißt du, was dir in den nächsten vier Tagen bevorsteht? Oder muß ich es dir sagen?«

Bei dem Gedanken an die gräßlichen Folterungen seiner Gefangenen und daß ihm nun das gleiche bevorstehen würde, verlor er fast den Verstand. »Ich ... vermutlich kann ich deinen Leuten noch einige Dinge beibringen, was die Qualen bei einer Folter betrifft. Ja, ich weiß, was sie mit mir vorhaben.«

Eisfeuer nickte nüchtern. »Das dachte ich mir.« Er machte eine kleine Pause. »Kannst du dir eine andere Möglichkeit vorstellen? Einen Ausweg aus dieser Situation?«

Rabenjäger richtete sich kerzengerade auf. Ein wahnwitziger Hoffnungsschimmer erwachte in seinem Herzen.

Eisfeuer machte es sich auf seinen Decken bequem. »Was wäre es dir wert, wenn ich dir 'Herz und Seele' des Mammutvolkes übergeben würde?«

Rabenjäger beobachtete ihn aus schmalen Augen. Er fürchtete eine Falle. »Ich ... Das macht doch keinen ... Warum? Warum solltest du das tun?«

Eisfeuer lächelte. »Du bist gerissen. Du greifst nicht nach jedem Strohhalm wie ein Ertrinkender.«

Nachdenklich kaute Rabenjäger auf der Unterlippe. Wie lange noch bis zur Morgendämmerung? »Du läßt dich von mir töten?«

Eisfeuer breitete die Arme aus. »Ich bin nicht Herz und Seele des Mammutvolkes. Ich bin nur der Gesundbeter des Weißen-Stoßzahn-Clans. Nein, Herz und Seele ist das Weiße Fell. Ein Mammutkalb kam zu uns und überbrachte uns Macht. Jedes Jahr erhält der Clan, der sich durch besonders ehrenhaftes Verhalten ausgezeichnet hat, das Fell. Ohne das Fell ist das Mammutvolk weniger als Nichts. Ohne das Fell wird es vom Großen Geheimnis im Stich gelassen.«

Langsam schüttelte Rabenjäger den Kopf. »Nein, das ist eine Falle. Auf irgendeine Art willst du mich zum Narren machen und mich als Mann ohne Ehre hinstellen. Nie würdest du dein Volk absichtlich schwächen.«

Prüfend, das Kinn auf die gefalteten Hände gestützt, betrachtete Eisfeuer seinen Sohn. »Nein? Würdest du das auch sagen, wenn du wüßtest, daß der Verlust des Weißen Fells zwar das Mammutvolk die Macht kosten würde, ich aber *meine* Macht dadurch ausbauen könnte? Hmm? Wie sähe die Sache dann für dich aus?«

Rabenjäger lächelte. Langsam begann er zu verstehen. »Natürlich würde dir niemand die Schuld zuschieben.« Rabenjäger nickte.

»Und deine Visionen?« Eisfeuer zog eine Augenbraue hoch. »Wenn du mit dem Weißen Fell zu deinem Volk zurückkehrst, erhieltest du deine Vormachtstellung zurück, oder sehe ich das falsch? Die jungen Krieger würden wieder zu dir aufsehen, und dieser Wolfsträumer verlöre seine Macht. Was ist schon ein Traum, verglichen mit wirklichen Taten? Was ist ein Traum, verglichen mit einem Krieger, der den Anderen entkommen ist und ihr heiliges Fell geraubt hat?«

»Welchen Vorteil hast du davon?«

»Ich werde der mächtigste Mann des Mammutvolkes. Alles, was du tun mußt, ist, das Weiße Fell auf die andere Seite des Großen Eises zu bringen. Nein, sieh mich nicht so ungläubig an. Ich weiß, Wolfsträumer hat den Weg gefunden. Kannst du dir vorstellen, daß *mein* Volk jemals durch ein solches Loch gehen würde?«

Er schüttelte den Kopf. Ein grimmiges Lächeln umspielte seine Lippen. »Wie unser Sänger sagte, sind wir keine Backenhörnchen. Nein, das Weiße Fell muß verschwinden. Ich will nicht, daß meine Krieger auf den Kriegspfad gehen und das weiße Fell im Triumphzug auf ihren Schultern zurückbringen. Das wäre schrecklich peinlich.«

»Hast du dir das alles auch gut überlegt?«

Eisfeuer nickte. »Es wäre das Beste für uns alle. Dein Volk ist jenseits des Großen Eises. Meine jungen Männer sterben nicht länger im Kampf. Ich werde Frieden haben und die absolute Macht über alle vier Clans. Du bekommst deine Position als größter Krieger deines Volkes zurück. Du hast den Geist des Mammutvolkes gebrochen, ihr bedeutendstes Totem gestohlen und bist ihnen entkommen.« Er hob die Hände. »Wir können beide nur gewinnen.«

In Rabenjägers Kopf überschlugen sich die Gedanken. Die Bruchstücke seiner Visionen setzten sich zu einem Ganzen zusammen. Wolfsträumer vernichtet, Tanzende Füchsin würde ihm gehören – für immer. Mit ihr an seiner Seite würde seine Macht noch zunehmen. Sie war die passende Frau für ihn. Aufregung durchflutete ihn.

Vielleicht war seine Vision doch richtig gewesen!

»Sie wird mir ein prachtvolles Kind gebären«, flüsterte er und nickte zufrieden.

»Wer?« fragte Eisfeuer. »Hast du eine Frau?«

Rabenjäger kicherte. »Nein, aber bald.«

»Diese Aussicht scheint dich außerordentlich zu freuen.«

Rabenjäger blickte ihn berechnend an. »Ich sah den Weg, den sie geht, Anderer. Ich weiß noch nicht genau, was es zu bedeuten hat, aber Tanzende Füchsin bekommt ein Kind, das unserem Volk eine neue Zukunft geben wird. Es schafft etwas Neues – etwas Großes. Sie ist eine Schlüsselfigur, eine Macht in meinem Volk, und ich beabsichtige, sie zu meiner Frau zu machen. Sie gehört mir, mir allein!«

»Du glaubst, du kannst diese großartige Frau deinem Willen unterwerfen?«

Rabenjäger nickte. »Oh, das ist mir bereits gelungen. Es gelingt mir auch in der Zukunft. Es schmerzte mich, sie gehenzulassen. Es schmerzte mich mehr als alles andere auf der Welt. Aber sogar damals sah ich es bereits deutlich vor mir. Es war nur eine Prüfung. Sie wurde durch Leiden geformt. Bis in die tiefsten Tiefen ihrer Seele mußte sie hart werden wie eine Speerspitze über einem herunterbrennenden Feuer. Aber es war die Leiden wert. Jetzt ist sie bereit, mir zu helfen und das Schicksal unseres Volkes mit mir gemeinsam zu beeinflussen.«

»Sie ist nicht für Wolfsträumer bestimmt?«

Rabenjäger ließ ein meckerndes Lachen hören. »Er ist in seinen Träumen gefangen. Ich habe es gehört. Er wies sie zurück. Wies *sie* zurück! Der Narr begreift nicht einmal, wie wichtig sie für die Zukunft des Volkes ist!«

Eisfeuer nickte. Er ließ seinen gefesselten Sohn nicht aus den Augen.

»Laß mich frei!« forderte Rabenjäger. Sein Herz hämmerte. »Ich nehme dein Weißes Fell. Ich führe das Volk durch das Eis. Du machst einen guten Tausch, Eisfeuer. Deine Leute für mich.«

Eisfeuer wippte auf den Fersen. Ein weicher Schleier lag über seinem harten Blick. »Ich muß dich warnen. Ob es gelingt, liegt allein an dir. Das Fell befindet sich in dem kleinen Zelt in der Mitte des Lagers. Vier junge Männer, einer aus jedem Clan, schlafen bei dem Fell. Bist du geschickt genug? Kommst du hinein und wieder heraus, ohne die Männer aufzuwecken? Du darfst die Wachen nicht töten. Wenn du das tust, verfolgen dich meine Krieger bis an dein Lebensende. Gleichgültig, wohin du fliehst, sie finden dich. Tötest du die Wachen, zerstörst du die Macht des Weißen Fells.«

Rabenjäger nickte. Seine Stirn legte sich in tiefe Falten. »Ich bin der beste Jäger meines Volkes. Mir ist nichts unmöglich.«

Eisfeuer lächelte breit. »Noch eine Warnung. Das Fell ist schwer. Ein Mann allein kann es nur mit Schwierigkeiten tragen. Es wird eine schlimme Bürde für dich sein. In meinem Volk trainieren die jungen Männer in der Hoffnung, einmal die große Ehre zu haben, das Fell tragen zu dürfen. Läßt du es fallen, behandelst du es grob und ohne Ehrfurcht. In diesem Fall wird es deine Seele aufsaugen, ganz langsam, nach und nach, bis du unter Qualen zappelst wie ein gestrandeter Wal. Bist du kräftig genug, das Fell zu tragen? Seine Macht vernichtet jeden Mann, der sich dieser Verantwortung nicht würdig erweist.«

Rabenjäger bedachte ihn mit einem geringschätzigen Blick. Was glaubte dieser Eisfeuer, wen er vor sich hatte? »Ich bin bereit, diese Verantwortung zu übernehmen. Ich bin der größte Krieger meines Volkes. Ich fürchte keine Prüfung. Ich werde mich dieses Fells mehr als würdig erweisen.«

Eisfeuer nickte. »Ja, du bist genauso, wie ich befürchtet habe.« Mit einem scharfen Splitter aus Hornstein schnitt er Rabenjägers Fesseln durch.

Kapitel 58

Tanzende Füchsin stand am Ufer des heißen Teiches und beobachtete das Wasser, das auf die gelbverkrusteten Felsen spritzte und sprudelte. Der graue Himmel verhieß Regen. Ein heftiger Wind trieb die dicken Dampfwolken, die der Geysir ausspuckte, in Richtung auf das Große Eis. Das trostlose Wetter schien ihr ein Spiegel ihrer Gefühle zu sein – dumpf, trüb, ohne Freude und Licht, ohne Wärme.

Das Lager machte einen schäbigen, armseligen Eindruck. Ein paar Menschen sammelten Beeren von den Sträuchern zwischen den Felsen. Die Beeren mußten unbedingt getrocknet werden, bevor sie in der feuchten Luft faulten. Trockengestelle für das Fleisch wurden aufgestellt. Eine Hungersnot drohte, denn ein Jäger nach dem anderen war mit fast leeren Händen zurückgekommen. Viel zu wenige Karibus hatten sie erlegt. In den Hügeln lebte nur noch der alte Mammutbulle, der in seiner unfreiwilligen Einsamkeit laut protestierend über die windgepeitschten Felsen trompetete. Moschusochsen gab es längst nicht mehr.

»Entweder das Eis oder das Nichts«, sprach sie laut vor sich hin. Das Knurren ihres leeren Magens ärgerte sie. Um mit gutem Beispiel voranzugehen, hatte sie ihre Mahlzeiten auf ein absolutes Minimum beschränkt. Die Leute beobachteten sie aufmerksam.

Ein bitteres Gefühl beschlich sie, als sie zu Reihers Höhle hinübersah. Dort trat gerade Der der schreit heraus und winkte ihr zu. Langsam kam er den gewundenen Pfad herunter.

»Er will dich sehen.«

Tanzende Füchsin nickte. »Ich hatte gehofft, bereits weg zu sein, wenn er zu sich kommt.«

Der der schreit kicherte. »Du darfst dich nicht drücken. Du bist zu wichtig für uns geworden.«

Kopfschüttelnd machte sie sich auf Weg. Lachende Kinder und bellende Hunde liefen ihr vor die Füße. Der der schreit marschierte eifrig neben ihr. Um überhaupt etwas zu sagen, meinte sie: »Ich nehme an, es geht ihm besser.«

»Er ist gesund wie ein Moschusochse in der Brunft. Ich . . .« Als er ihr wie aus Stein gemeißeltes Gesicht sah, fügte er rasch hinzu: »Ein dummer Vergleich.«

Sie winkte ab. Sprechen konnte sie nicht. Sie fürchtete, sonst in Tränen auszubrechen.

»Wie dem auch sei«, fuhr Der der schreit etwas beschämt fort, »er hat alles gut überstanden. Ist einfach aufgewacht, hat sich umgesehen und gesagt, er habe Hunger. Gegessen hat er wie ein Mammutbulle im Frühjahr. Dann stand er auf und ging hinaus an die Luft. Er kletterte einen Felsen hinauf und blieb einen Tag dort oben sitzen. Vermutlich träumte er. Aber er sagte, er wäre ›Eins‹ gewesen.«

»Träume«, knurrte sie, um ihre aufgewühlten Gefühle zu verbergen.

Vor dem Eingang zur Höhle blieb sie kurz stehen. Sie war unsicher. Ihr Selbstvertrauen schwand, während sie auf das zerschlissene Türfell starrte. Doch plötzlich wurde ihr leicht ums Herz. Er war da. Hinter diesem räudigen Fell. Die ausweglose Zwiespältigkeit ihrer Gefühle machte ihr zu schaffen. So nah und doch so endlos weit entfernt.

Sie schloß die Augen. *Ich muß ihn nicht sehen. Ich kann nein sagen und weggehen.*

»Geh rein«, drängte Der der schreit freundlich.

Sie nahm all ihre Kraft zusammen, hob das Fell hoch und trat ein. Ein helles Feuer prasselte im Innern der Höhle. Er sah auf. Ihre Blicke begegneten sich. Die Flammen warfen einen rötlichen Schimmer auf sein schönes Gesicht und seinen ockerfarbenen Umhang aus gegerbtem Leder. Sein hüftlanges Haar hing ihm offen über Schultern und Brust und berührte den schmutzigen Boden.

»Wie ich höre, führst du die Aufsicht über das Lager«, begrüßte er sie. Seine Miene strahlte Wärme und Zuneigung aus.

Sie zuckte zusammen und versuchte, in ihm nicht ihren Geliebten, sondern den Träumer des Volkes zu sehen. Das Sprechen über die alltäglichen Schwierigkeiten schien ihr wie eine Zuflucht. »Das größte Problem sind Rabenjägers Krieger. Die jüngeren versuchen immer wieder, sich davonzuschleichen. Sie wollen die Anderen überfallen.«

»Und die Anderen?«

»Nach allem, was wir wissen, konzentrieren sie sich völlig auf die Jagd. Sie brauchen Fleisch für den Winter.«

»Willst du dich nicht setzen?« fragte er.

Zögernd ließ sie sich auf ein Karibufell nieder. Ihre Muskeln verkrampften sich. Sie faltete die Hände, um ihre Unruhe zu verbergen, und blickte verstohlen zu ihm hinüber. Sein hochgewachsener Körper war in den vergangenen Monaten eher noch wohlproportionierter geworden. Jede seiner Bewegungen strahlte Gelassenheit und Würde aus. Und seine Augen . . . Wenn er sie ansah, schien er in Gedanken weit über sie hinauszusehen.

»Ich habe deine Vorschläge geprüft. Ich weiß, Vier Zähne dient dir nur als Sprachrohr. Auf Singender Wolf und Der der schreit kannst du dich dagegen blind verlassen. Ich wußte nicht . . .« Er lächelte wehmütig. »Ich wußte nicht, was Träume aus einem Menschen machen können. Wie sie Geist, Körper und Seele beeinflussen. Wenn ich gekonnt hätte, hätte ich dir geholfen.«

»Das weiß ich«, flüsterte sie. Ihr Herz schlug dumpf. *Wenn ich doch nur die Hand ausstrecken und dich berühren könnte.*

»Ich danke dir, daß du dich an meiner Stelle um das Volk gekümmert hast.«

»Wie geht es weiter?« fragte sie und gab sich Mühe, ihre Stimme sachlich klingen zu lassen.

Ein Schatten glitt über sein Gesicht, aber sofort erschien wieder die gleichbleibend freundliche Miene. »So bald wie möglich gehen wir nach Süden. Darüber hinaus sehe ich nichts außer kataklystischen Nebeln am Horizont.«

»Kataklystische Nebel?«

»Ja.« Er biß sich auf die Unterlippe. »Gegensätze kreuzen sich und kommen ins Gleichgewicht. Vereinigung.«

»Wovon sprichst du?«

Er hob die Hände und lehnte sich zurück. »Für Träume sind Worte ohne Bedeutung.«

Sie nickte, ohne auch nur die geringste Ahnung zu haben, wovon er sprach. »Ist das Ritual mit den Pilzen zu Ende?«

Gequält sah er sie an. »Nein, noch ein einziges Mal muß ich es machen. Auf der anderen Seite. Bei der Vereinigung. Dann habe ich es beendet.«

»Und was dann?«

Erstaunt starrte er sie an. »Was meinst du?«

»Kannst du jemals . . .« Sie verstummte. Bevor sie weitersprach, schloß sie die Augen. »Wirst du jemals wieder ein normaler Mann sein?«

Verwundert legte er den Kopf schief. »Normal?«

In der folgenden langen Pause sah sie ihm an, wie er angestrengt nachdachte.

»Wirst du jemals wieder imstande sein zu lieben?« fragte sie in rückhaltloser Offenheit. Ihre Nerven waren zum Zerreißen gespannt.

Ein strahlendes Lächeln erhellte sein Gesicht. »Ich liebe, Tanzende Füchsin. Liebe ist Teil des Großen Einen, verstehst du. Ich . . .«

»Aha.« Ihr drehte sich fast der Magen um.

Er lächelte unentwegt. Sein jungenhaftes Gesicht strahlte unpersönliche Freundlichkeit aus. »Du meintest etwas anderes, nicht wahr? Du wolltest wissen, ob ich jemals wieder eine *besondere* Art von Liebe empfinden werde – so wie früher.« Nachdrücklich schüttelte er den Kopf. »Solche Gefühle sind trügerisch. Sie haben Reiher getötet. Sie erlaubten es ihr nicht, den ganzen Weg zu gehen. Der Mittelpunkt ihrer Seele wollte sich nicht ausliefern, sondern weigerte sich, zum Nichts zu werden.«

Diese Worte wischte sie mit einer verächtlichen Handbewegung beiseite. »Du redest nichts als Unsinn.«

»Unsinn? Eine treffende Bezeichnung. Etwas, wo es keinen Sinn gibt. Nicht mich, nicht dich. Nicht schwarz, nicht weiß. Nur den Pulsschlag des Großen Einen – und Nichts.« Liebevoll sah er sie an. »Verstehst du?«

»Ja«, krächzte sie bestürzt. Sie verstand kein Wort.

»Ich liebe dich mehr als je zuvor«, sagte er mit sanfter Stimme und strich ihr zärtlich über den Arm. »Weil ich dich nicht ... dich nicht mehr will.«

»Nicht mehr will.«

»Ich erkenne deine Seele, so wie sie wirklich ist. Rein und schön. Dieselbe wie meine.« Er breitete die Arme aus und atmete tief ein. »Dieselbe wie bei allem und allen. Die Menschen *möchten* sich nur von einander unterscheiden. Aber du und ich, wir sind eins.«

Sie seufzte. Geschlagen und verwirrt erhob sie sich. »Kann ich davon ausgehen, daß du mit meinen Vorschlägen für unser Volk einverstanden bist? Ich meine, was das Lager und die Menschen betrifft.«

Er nickte. »Ich wüßte nicht, wer das besser machen könnte als du.«

Sie ging zur Felltür und wandte sich noch einmal um. »Heute nacht hat es geschneit. Das Wasser ist gefroren und nicht wieder getaut. Ich bringe die Alten zum Loch im Eis. Führst du sie hindurch?«

»Ich tue alles, was du von mir verlangst.«

Ihre Lippen verzogen sich zu einem bösen Lächeln. Mit rauher, schmerzender Kehle flüsterte sie: »Wohl kaum.«

Die Hoffnungslosigkeit drückte wie eine zentnerschwere Last auf ihre Seele, als sie hinunter zum Lager ging.

Im Zelt herrschte fast völlige Dunkelheit. Der Wind trug den Geruch nach Feuchtigkeit durch die Türöffnung. Im Dämmerlicht des verlöschenden Feuers starrten sich die in tiefster Seele verwundeten Männer blutrünstig an.

»Ich begreife nicht, wie das geschehen konnte!« verteidigte sich Walroß mürrisch. Er saß mit hängenden Schultern in der hintersten Ecke. »Ich fühlte mich wohl, aber dann ...«

»Dann bist du eingeschlafen, und der Feind konnte in aller

Ruhe das Fell stehlen!« Roter Feuerstein raste vor Wut. Mit großen Schritten ging er auf und ab.

Eisfeuer fletschte die Zähne und krallte die Hände in das Türfell, das der Wind hin und her schlug. »Von allen . . .« Heftig schüttelte er den Kopf. »Es ging dir gut, als ich dich verließ. Wir sprachen über die Jagd und über weitere mögliche Angriffe des Feindes, wie er sich wohl verhält, wenn sein Anführer tot und begraben ist. Ich fragte dich noch, ob alles in Ordnung ist. 'Sicher', hast du gesagt. 'Der macht uns keinen Ärger mehr.' Und du hast gelacht. Folglich ging ich beruhigt in Roter Feuersteins Zelt und legte mich schlafen.«

Walroß' Gesicht drückte absolute Verständnislosigkeit aus. Sein Selbstvertrauen war vollkommen erschüttert. Einen winzigen Augenblick lang zog sich Eisfeuers Herz vor Mitleid zusammen. Dieser kühne Krieger hatte Besseres verdient. Er hatte ihm übel mitgespielt.

»Walroß war nicht der einzige, der sich übertölpeln ließ«, erinnerte Gelbes Kalb und schielte zu den vier jungen Männern hinüber, die abseits saßen und schamerfüllt auf den Boden starrten. Sie wagten nicht, die Köpfe zu heben. Gelbes Kalb zeigte anklagend auf die vier. »Das sollen die besten unserer jungen Männer sein? Diese . . . diese . . .« Er war zu erschüttert, um weiterzusprechen. Verächtlich drehte er ihnen den Rücken zu.

Eisfeuer marschierte auf und ab. »Was geschehen ist, ist nicht mehr von Bedeutung.«

»Nicht von Bedeutung?« donnerte Spurenleser unbeherrscht. »Der Feind hat das Weiße Fell gestohlen! Willst du mir erzählen, was *dann* von Bedeutung ist!«

»Es zurückholen!« brüllte Eisfeuer zurück. In der schlagartig einsetzenden Stille blickte er sich um. Er schrie so selten, daß sein Ausbruch die Leute völlig aus der Fassung brachte. Männer, Frauen und Kinder starrten ihn mit offenen Mündern an. Sie warteten. Ihre Herzen und Seelen litten unter der größten Tragödie, die das Mammutvolk je heimgesucht hatte. Ihre Qual schnitt ihm ins Herz. Aber das war die einzige Möglichkeit, wie er sie dazu bewegen konnte, weiter nach Süden zu gehen.

Spurenleser hob die Hände. »Wir holen es zurück.«

»Selbstverständlich!« Eisfeuer schlug sich mit der Faust in die Hand. Nachdenklich wandte er sich an Gelbes Kalb. »Du vertrittst den Büffel-Clan. Spurenleser spricht für den Rundhuf-Clan und

Eisjäger für den Tigerbauch-Clan. Sind alle damit einverstanden, wenn ich für den Weißen-Stoßzahn-Clan spreche?«

Alle Anwesenden nickten. »Schön. Ich habe folgendes zu sagen. Schickt die schnellsten Läufer zu den Büffel- und Rundhuf-Clans. Sie sollen ihre besten Krieger bereitstellen.« Beschwörend hob er die Hand. »Ich warne euch, nur die besten, nur die tapfersten!«

Spurenleser warf sich in die Brust und sagte hochnäsig: »Alle unsere jungen Männer . . .«

»Gehen alle deine jungen Männer bereitwillig durch ein Geisterloch unter dem Eis? Haben alle den Mut, unter dem Eis zu kämpfen und dort unten vielleicht zu sterben? In der ewigen Nacht?« Abwartend legte Eisfeuer den Kopf schief.

»Den Tigerbauch-Clan hast du nicht erwähnt«, bemängelte Eisjäger. Sein schmales Gesicht sah grimmig aus.

Eisfeuer nickte. »Ich glaube, wir dürfen den Tigerbauch-Clan nicht schwächen. Die Völker aus dem Westen drängen nach.« Er unterstrich seine Worte mit prägnanten Gesten. »Wenn sich herausstellen sollte, daß das Wasser steigt und bald die Erde überflutet, liegt ein Meer zwischen eurem Land und dem des fernen Feindes. Sollen sich die Wasser vor oder hinter dem Feind vereinigen?«

Eisjäger überlegte. »Wir halten die Westgrenze in jedem Fall.« Er legte eine kunstvolle Pause ein. Sein Finger stach wie ein Speer nach Eisfeuer. *»Aber ihr hättet besser auf das Weiße Fell aufpassen sollen!«*

Eisfeuer hielt seinem Blick stand, bis Eisjäger verunsichert zur Seite sah. »Ich verstehe die Sorge des Tigerbauch-Clans. Ihr hattet viele Jahre lang die Ehre, im Besitz des Weißen Fells zu sein. Aber das bedeutet *nicht*, daß wir anderen es alle weniger verdient hätten.«

»Seht zu, daß ihr es zurückholt«, krächzte Eisjäger und stolzierte wütend aus dem Zelt.

»Gelbes Kalb? Spurenleser?« Eisfeuer blickte die beiden kühl an. »Seid ihr mit meinem Vorschlag einverstanden?«

»Schickt die Läufer los.« Spurenleser seufzte tief. »Ich übernehme die Verantwortung für meinen Clan. Wir gehen nach Süden durch das Eis – und holen das Heilige Fell zurück.«

Gelbes Kalb nickte. »Mein Clan steht hinter dir. Der Feind wird für diesen Frevel teuer bezahlen.«

Kapitel 59

Rabenjäger kämpfte sich durch das Schneegestöber. Spitze Schneekristalle schnitten ihm ins Gesicht, als er auf die sich wie eine Mauer aus Elfenbein vor ihm auftürmenden Berge zustapfte. Der mit grauen Wolken verhangene Himmel verhieß nichts Gutes. Ein Sturm nahte.

Er taumelte unter dem Gewicht des Fells. Das zusammengerollte schwere Mammutfell drückte furchtbar auf Schultern und Rücken. Mit jedem Schritt wurde das Gehen qualvoller. Keuchend schleppte er sich den mit Steinen und Felsbrocken übersäten Hang hinauf.

Die leicht passierbaren Wege hatte er gemieden. Absichtlich hatte er seinen erschöpften Körper über die unwirtlichsten Pfade gezwungen, die er sich vorstellen konnte. Dort würden sie ihn niemals vermuten. Niemals! Windfraus heftiger Atem warf ihn mitsamt seiner Last beinahe um. Er bekam kaum noch Luft. Im Dämmerlicht wandte er sich um und blickte zurück auf seine Spur. Schnee und Wind verwischten sie bereits und machten sie unkenntlich.

»Geschafft! Immerhin so weit.« Sein Atem rasselte, die Strapazen waren kaum noch zu ertragen. Mit letzter Kraft konzentrierte er sich auf den Aufstieg. Auf dem Grat angekommen, zitterten seine Beine. Er entdeckte eine Frau, die den vom Westen kommenden Weg, den er absichtlich nicht genommen hatte, beobachtete.

»Tanzende Füchsin«, keuchte er. Es war kaum mehr als ein Glucksen. *»Tanzende Füchsin!«*

Geschmeidig wie eine Katze fuhr sie herum. Die Speere hielt sie wurfbereit in der Hand.

Er krümmte den Rücken, um das Gewicht des Felles ein wenig zu verlagern, und schwankte auf sie zu.

»Rabenjäger?«

»Ich ... bin's«, stieß er schwer atmend hervor. Er ließ das schwere Fell von der Schulter fallen, setzte sich auf den Boden und sah grinsend zu ihr auf. In seinem Hinterkopf ertönte Eisfeuers Warnung, das Fell würde seine Seele aufsaugen, falls er es fallen lasse, aber das war ihm im Augenblick gleichgültig. Er war nicht mehr imstande, dieses Gewicht noch einen Schritt weiterzuschleppen.

Mit hochmütig gerecktem Kinn stand sie vor ihm. Ihre Augen

waren so kalt wie der Gletscherschnee. Windfrau peitschte dicke Schneeflocken in sein Gesicht. Er konnte die unter ihm liegende Ebene kaum noch erkennen.

Er hustete und rang keuchend nach Luft. Stolz klopfte er auf das zusammengerollte Fell. »Da! Sieh her! Das ist die Seele des Mammutvolkes. Und sie gehört mir!«

Gleichmütig musterte sie das dicke Bündel. »Aha.«

Er bemerkte ihren Argwohn und sah, daß sie die Speerspitzen wurfbereit in der Hand hielt.

Er wischte sich den Schweiß von der feuchten Stirn. Sein Atem bildete weiße Dampfwölkchen in der kalten Luft. »Das ist ihr Totem, verstehst du? Ich ging zu ihnen, um zu sterben. Zuvor wollte ich ihren Eisfeuer töten. Ich wollte allen beweisen, daß ich noch immer der größte Krieger unseres Volkes bin – trotz der schäbigen Tricks von Der im Licht läuft. Aber ich habe es mir anders überlegt. Ich stahl ihr allerheiligstes Totem, das Weiße Fell, das Herz ihres Volkes. Ich bringe es durch das Loch im Eis nach Süden. Dieses Fell verschafft mir wieder den mir gebührenden Platz als Führer des Volkes!« Er schüttelte den Kopf und schnaubte verächtlich. »Soviel zu meinem Bruder.«

»Du hast ein Mammutfell der Anderen gestohlen?« Zweifelnd sah sie ihn an.

»Ihr *Heiliges* Fell«, verbesserte er sie nachdrücklich. »Begreifst du denn nicht? Ich habe sie vernichtet, einfach so. Sie werden sich nie wieder gegen uns stellen. Ich habe ihre Seele gestohlen und damit ihren Willen zum Widerstand gebrochen. Und jetzt« – er grinste breit – »habe ich dich. Begreifst du endlich? Meine Visionen treffen ein. Mit diesem Fell vernichte ich Der im Licht läuft. Ich besiege das Mammutvolk. Ich beanspruche die Führung. Ich bringe alle auf die andere Seite des Eises. Und du gehörst mir. Niemand wird es wagen, sich gegen mich zu stellen.«

Sie schüttelte den Kopf. »Niemals.«

»Du gehörst mir. Für immer«, widersprach er, und ein siegreiches Lächeln umspielte seine Lippen. »Ich breche Der im Licht läuft. Er fällt in Ungnade.«

»Warum? Du brauchst nicht . . .«

»Doch. Das ist Teil meines Traumes. Wir kämpfen, und ich siege. Ich sah es vor mir in jener Nacht, nachdem ich das Fell gestohlen habe. Ich sah alles ganz klar. Ja« – er lachte schrill – »ganz klar und deutlich.«

Sie wich vor ihm zurück. Ihr schwarzes Haar wehte wie eine Fahne im Wind. Wolfsträumers Worte kamen ihr in den Sinn. »Die kataklystischen . . .«

Er lachte ausgelassen. »Erinnerst du dich an die Nächte, als wir die Decken teilten? Erinnerst du dich?«

Er tätschelte das schimmernde Weiße Fell. Der Gedanke an ihren warmen Körper entzückte ihn. Kichernd rollte er das Weiße Fell aus. Die schneeweißen Haare glänzten im matten Licht.

Mit schwülstiger Stimme rief er: »Komm, Tanzende Füchsin. Du hast mir gefehlt. Es ist lange her, seit ich deine Beine spreizte. Jetzt werden meine Visionen wahr. Komm, leg dich zu mir. Mein Körper verlangt nach deinem. Ich habe nie eine Frau so sehr geliebt wie dich. Du und ich, wir sind das Schicksal unseres Volkes. Gezeugt auf dem Weißen Fell, wird unser Kind . . .«

» . . . niemals existieren«, zischte sie und trat noch einen Schritt zurück.

Liebevoll streichelten seine Hände die langen weißen Haare des Felles. »Doch. Ich sah es. Komm her. Beeil dich.«

Sie wandte sich um und lief leichtfüßig über die Felsen.

»Nein!« schrie er. Unbändige Wut mobilisierte die letzten Kräfte seines erschöpften Körpers. Er rannte hinter ihr her. Sie entfernte sich rasch. Seine Beine zitterten, die Lungen schmerzten bei jedem Atemzug.

Das Herz drohte ihm zu zerspringen, aber er holte das Letzte aus seinem Körper heraus. Ihr Vorsprung verringerte sich. Sie wirbelte herum, als sie ihn näher kommen hörte. Mit wurfbereitem Speer erwartete sie ihn.

Er blieb stehen, als er die Verzweiflung in ihren Augen sah.

»Ich töte dich, Rabenjäger!«

Langsam breitete er die Arme aus. Er rang nach Atem. Keuchend stieß er hervor: »Du gehörst mir. Meine Visionen sagen es. Du glaubst, du kannst mir entkommen? Ich bin der beste Fährtensucher unseres Volkes.«

Sie wischte sich das feuchte Haar aus der Stirn. »Ich habe Andere getötet, Rabenjäger. Ich bringe auch dich um. Siehst du den Speer? Du kennst mich. Ich verfehle mein Ziel nicht. Bleib, wo du bist.«

Er lächelte. »Töte mich. Na, mach schon. Bring mich um!« spottete er. »Beeil dich, sonst kriege ich dich. Warte ab, irgendwann, wenn du schläfst. Du entkommst mir nicht. Du rutschst aus, fällst und schon habe ich dich und die Zukunft. Du wirst *mein* Kind gebären.«

Schritt für Schritt zog sie sich zurück. »Folge mir, und ich töte dich.«

»Du begreifst gar nichts. Ich habe das Weiße Fell. Niemand kann sich gegen mich stellen. Das Fell ist der augenfällige Beweis für das Schicksal, das mir bestimmt ist.«

»Oh?« Schrittweise wich sie zurück. »Und wo ist dein kostbares Fell?«

Er erstarrte und sah das schimmernde Fell vor sich, das er auf dem Felsen aufgerollt hatte. Unruhig trat er von einem Bein aufs andere. Wenn nun jemand dort entlanggekommen war und das Fell . . . Nein, undenkbar!

Sie bemerkte seine Angst und fügte leise hinzu: »Sicher, du kannst mich bezwingen. Du kannst mich in die Enge treiben. Du kannst mich überraschen, während ich schlafe, aber das alles kannst du nicht, solange du das Fell trägst.«

Er überlegte. Sie hatte nur allzu recht. Eisfeuers Worte verfolgten ihn. *»Bist du kräftig genug, das Fell zu tragen? Seine Macht vernichtet jeden Mann, der sich dieser Verantwortung nicht würdig erweist.«* Verdrießlich suchte er nach einem Ausweg.

Nach kurzem Nachdenken sagte er lächelnd: »Für den Augenblick gebe ich mich mit dem Fell zufrieden. Solange ich das Fell habe, kommt alles andere von selbst – du auch.«

»Wenn du deinen Samen in meinen Schoß säen willst, mußt du mich anbinden wie einen Hund. Aber vergiß nicht, auch du mußt manchmal schlafen – du kannst nicht immer auf der Hut sein. Und dann jage ich dir einen Speer in deinen verfluchten Körper. Das schwöre ich bei den Seelenessern der Langen Finsternis.«

Er nickte geringschätzig und machte auf dem Absatz kehrt. Was konnten die Seelenesser der Langen Finsternis schon gegen die Macht des Weißen Fells ausrichten?

»Du wirst mir gehören«, rief er ihr über die Schulter zu. Langsam trottete er über den Grat zu dem schimmernden Fell, das inzwischen halb eingeschneit war. *»In meinen Visionen habe ich es gesehen!«*

Kapitel 60

Auf der anderen Seite des Großen Eises erhoben sich die Gipfel der nun fern im Norden liegenden Berge wie ein unüberwindliches Hindernis. Die endlos weite Ebene im Süden leuchtete in Pracht und Fülle und versprach eine sorglose Zukunft. Hier, am Fuße der Hügel, wechselten Föhrenhaine mit offenem Grasland. Das ganze Land glühte in herbstlichen Farben.

Gänse, die sich zu unregelmäßigen V-artigen Formationen zusammenfanden, zogen gen Süden. Schnatternd verständigten sie sich miteinander.

Der Wind vom Großen Eis brachte Kälte mit sich. Sturmwolken ballten sich am nördlichen Horizont. Das Tal am Großen Eis, die neuen Jagdgründe des Volkes, lag geschützt zwischen den Hügeln des Hochlandes. Es war ein reiches Land. Die Menschen genossen ein völlig neues Gefühl der Freiheit. Sie bauten neue Unterkünfte, schneiderten neue Kleidung und warteten auf die Lange Finsternis. Die gewaltigen grasbewachsenen Ebenen im Süden lockten. Von den Hügeln hatten sie dort üppigen Wildbestand gesichtet.

Genau an einem Wildwechsel hatten sie eine Falle angelegt, versteckt im dunklen Schatten der Bäume. Gebrochener Zweig hatte es sich trotz ihrer geschwollenen Fußknöchel nicht nehmen lassen, auf die Suche nach einem geeigneten Platz zu gehen. Ihre Augen überblickten prüfend die Stelle, die sie dafür ausgewählt hatte. Ihr Mund arbeitete unablässig. Grinsend bohrte sie mit ihrem Grabestock in der Erde.

Grünes Wasser kletterte aus der Grube. Auf der Schulter trug sie das blutige Viertel eines Wapitihirsches. Sie schwankte unter dem Gewicht. Der Knochen drückte schmerzhaft in ihre Schulter. Sie fiel fast auf die Seite. Schwer atmend warf sie das Fleisch auf die Fichtennadeln am Boden. Ein seltsames Tier. Das Geweih ähnelte dem eines Karibus, aber die Hufe waren kleiner, das Hinterteil braun, und es hatte auch keinen weißen Bart am Hals. Etliche merkwürdige Tiere waren ihnen schon in die Fallen gegangen, unter anderem auch ein kleiner Hirsch mit gegabeltem Geweih. An Moschusochsen, Mammuts und Langhornbüffel herrschte kein Mangel, aber dieser eigenartige braune Hirsch hatte ein besonders wohlschmeckendes, süßliches Fleisch. Kein Anzeichen deutete allerdings darauf hin, daß es hier Pferde gab, wie sie aus der alten Heimat bekannt waren.

»Ich wünschte fast, dieser wäre entkommen«, murmelte Gebrochener Zweig und blickte hinunter in die Grube.

»Beinahe hätte er es geschafft«, erinnerte sie Grünes Wasser. Die unglaubliche Behendigkeit und Zähigkeit des Tieres hatte sie verblüfft. Beim Sturz in ihre sorgfältig ausgehobene Grube kämpfte es trotz eines gebrochenen Beines verzweifelt um sein Leben. Als sie auftauchte, schrie es gellend. Mit einem Satz sprang es aus der Grube, landete auf dem gebrochenen Bein und fiel wieder zurück. Grünes Wasser näherte sich ihm, und das Tier sprang erneut auf. Es versuchte, sich mit dem gesunden Vorderbein aus der Grube hochzuziehen, mit den Hinterbeinen krallte es sich in die Grubenwände ein. In diesem Moment hatte sie ihm einen Speer tief in die Seite getrieben. Wieder stürzte das Tier in die Tiefe. Diesmal verfing sich das Geweih in den Grubenwänden, und es brach sich das Genick.

»Viel größer als ein Karibu!« Gebrochener Zweig strahlte über das ganze Gesicht. »Fettes Fleisch und gutes Wild! Ha-heee! Der Wolfstraum meinte es gut mit uns!«

Das Baby von Grünes Wasser gurrte und gluckste, als stimme es ihr zu. Der Lederbeutel, in dem seine Mutter es an einen Fichtenast gehängt hatte, schaukelte sacht im Wind.

Grünes Wasser schenkte ihrem Kind ein zärtliches Lächeln und bückte sich, um Schnee und getrocknetes Blut von ihren Händen zu wischen.

»Bald kommen die anderen Clans durch das Eis.« Gebrochener Zweig zeigte grinsend ihre zahnlosen Kiefer. Ihre Runzeln verzogen sich vergnügt und veränderten ihre Miene völlig. Sie fühlte sich so wohl wie lange nicht.

Grünes Wasser nickte. »Der Wasserstand des Großen Flusses sinkt. Brachvogellied war gestern dort und hat nachgesehen.«

Gebrochener Zweig nahm ein schweres zweischneidiges Steinwerkzeug und bearbeitete damit die Rippen des Tieres, um sie von Rückgrat und Brustbein zu lösen. Mit einem scharfen Steinsplitter schlitzte sie das Zwerchfell auf. Grunzend reichte sie die schweren Rippen an Grünes Wasser.

»Gibt eine Menge Fleisch her. Ist natürlich kein Mammut ... aber immerhin genug, um eine Familie für die Dauer einer vollen Drehung des Mondes zu ernähren.« Grünes Wasser legte die Rippen auf einen Haufen. Dankbar dachte sie daran, daß Mücken und Fliegen bereits erfroren waren.

»Ich wüßte zu gern, wen Wolfsträumer herüberbringt. Nur Büffelrückens Clan? Oder alle?« Sie schüttelte den Kopf. »Schwer, sich vorzustellen, was auf der anderen Seite des Eises vorgefallen ist, während wir es uns hier gutgehen ließen.« Sie löste das Herz aus, hob das Organ hoch, schnippte daran hängengebliebene Knochensplitter weg und saugte das Blut aus der Aorta. Mit Hilfe des Muskels pumpte sie sich die warme Flüssigkeit in den Mund.

Schmatzend gab sie das Herz Grünes Wasser, kniete nieder und machte sich daran, Lungen und Leber herauszuschneiden.

»Der der schreit kommt bald nach Hause.« Grünes Wasser seufzte sehnsüchtig, nahm Gebrochener Zweig die fette Leber ab, biß ein Stück herunter, kaute, nahm noch einen Bissen und genoß den Geschmack des seltsamen Tieres.

Gebrochener Zweig stülpte das Mageninnere nach außen und fuhr prüfend über die rauhe Oberfläche der Magenwand. »Ich denke, daraus mache ich einen Kochsack.«

»Wann, glaubst du, gehen sie durch das Eis?«

Gebrochener Zweig strich sich mit der blutverkrusteten Hand über die zerfurchte Stirn und schielte zur Sonne hinauf. »Vielleicht in einer Woche. Wir müssen ordentlich Vorräte anlegen – falls alle Clans auf einmal kommen.«

»Glaubst du das?« fragte Grünes Wasser besorgt. Sie hatten zwar reichlich Vorräte, aber *soviel* auch wieder nicht.

Gebrochener Zweig wandte ihr Gesicht der Sonne zu und freute sich über die Wärme auf ihrer alten Haut. »Hängt davon ab, wieviel Druck die Anderen machen, und wie viele unserer Leute an den Wolfstraum glauben.«

Die Leute versammelten sich auf dem felsigen Hang über Reihers heißem Teich. Der Krieg der Monsterkinder schickte züngelnde Flammen in den nördlichen Himmel. Über dem Horizont im Süden blinkten ein paar einzelne Sterne in der eiskalten Nacht.

»Ich weiß, viele von euch fürchten das Eis.« Wolfsträumer hob beschwörend die Hände. »Aber ihr braucht euch keine Sorgen zu machen. Ich habe die Geister weggeträumt. Ihr werdet morgen nicht einmal das leiseste Stöhnen von ihnen hören.«

Warum versuchte er, sie für dumm zu verkaufen! Der der schreit wußte nicht, was er davon halten sollte. Unruhig sah er zu Wolfsträumer hinüber. Das völlig losgelöste Leuchten in den Augen des jungen Mannes berührte ihn unangenehm. Wolfsträumer hatte an Gewicht verloren, noch mehr Rußflecken als sonst verschmierten sein Gesicht. Andauernd hatte er sich den Träumen hingegeben. Nur hin und wieder hatte er sich gezeigt, um dem Volk Sicherheit zu vermitteln. *Warum sind Singender Wolf und Tanzende Füchsin weggegangen und überlassen alle Verantwortung* mir? *Warum immer ich? Ich hasse es, mit diesem Geisterzeug umzugehen!*

»Es werden keine Geister dasein?« wunderte sich Vier Zähne.

»Das Große Eis ist nur eine Illusion.« Ein heiteres Lächeln verklärte Wolfsträumers Züge.

Vier Zähne blickte unruhig auf seine Leute, die sich um ihn scharten. »Was meint er damit? Nur Illusion?«

Wolfsträumer ignorierte die Frage. »Der der schreit sagte mir, das Wasser fließt nicht mehr. Packt eure Sachen zusammen. Zeit zum Aufbruch!«

»Wirst du uns schützen?« rief Büffelrücken.

»Meine Seele ist die eure. Wir gehen gemeinsam im Großen Einen.« Wolfsträumer schenkte allen ein strahlendes Lächeln, drehte sich um und ging langsam den Hang hinunter zu Reihers Höhle.

»Gehen gemeinsam im Großen Einen«, wiederholte Büffelrükken verblüfft. »Wovon spricht er überhaupt?«

Ängstlich sahen sich die Leute an.

Der der schreit hatte solche Blicke schon einmal bei einer Karibuherde gesehen, die Witterung von einem Jäger genommen hatte und kurz davor war, in wilder Flucht davonzustürmen.

Ohne nachzudenken, rief Der der schreit: »Gebraucht euren Verstand. Der Mann ist ein Träumer. Er meinte, wir gehen alle zusammen durch *ein Loch.*« *Zumindest hoffe ich, daß er das gemeint hat.* »Ich habe es schon einmal geschafft. Tanzende Füchsin ging sogar allein durch – ohne Licht. Wolfsträumer weiß, was er tut. Seine Träume brachten uns schon einmal heil auf die andere Seite.«

»Was macht er denn jetzt?«

Peinlich berührt zuckte Der der schreit die Achseln. »Vielleicht spricht er mit den Geistern. Mag sein, er sagt ihnen, daß wir kommen und sie uns in Ruhe lassen sollen.«

Er blickte sich um. Aller Augen waren erwartungsvoll auf ihn gerichtet. Er stand im Mittelpunkt der allgemeinen Aufmerksamkeit. Für einen Moment verschlug es ihm die Sprache. Entnervt sah er in ihre ängstlichen, Trost heischenden Augen. Sie *wollten* verzweifelt gern glauben.

Der der schreit riß sich zusammen und zwang sich, den Blicken standzuhalten. Er sagte einfach, was ihm als erstes in den Sinn kam: »Ich war drüben im neuen Land. Die Tiere sind fett, das Wild hat keine Angst! Aber nicht nur das. Wir haben sogar einen Träumer, der die Tiere rufen kann. Dort gibt es keine Anderen. Wir leben in Frieden und werden erkunden, wie es noch weiter im Süden aussieht.«

»Müssen wir wirklich zwei Tage unter dem Eis gehen?« Vier Zähne schüttelte den Kopf.

»Das ist nicht weiter schlimm! Wir alle sind doch schon während der Langen Finsternis marschiert. Im Grunde ist das nichts anderes. Meine über alles geliebte Grünes Wasser trug unseren kleinen Sohn durch das Eis. Brachvogellied begleitete Hüpfender Hase. Sogar Gebrochener Zweig ging unter dem Eis.« Er machte eine Pause. Nach kurzem Überlegen fügte er sarkastisch hinzu: »Na ja, vielleicht kein Wunder, daß sich die Geister nicht mit uns anlegen wollten.«

Befreiendes Gelächter erklang. Der Bann war gebrochen.

Wärme durchflutete ihn beim Anblick dieser Menschen. Sein Volk. Plötzlich entdeckte er wieder einen Funken des früheren Humors in ihren Augen. »Sicher, es ist ein grusliger Ort«, gab er ehrlich zu. »Aber wir sind in Sicherheit. Ich sah, daß der Wolfstraum wahr ist.« Er gestikulierte heftig. »Oh, ich weiß, ich saß oft mit euch am Feuer und kenne die Gespräche. Was ist, wenn dies? Was ist, wenn das? Nun, wie dem auch sei, es ist Zeit zum Aufbruch. Hier haben wir nichts mehr zu suchen.«

Hoffnungsvoll leuchtende Gesichter blickten zu ihm auf. Die Menschen nickten, ihre Augen strahlten. Schlagartig wurde ihm bewußt, was er getan hatte. Er hatte ihnen einen Teil seiner Persönlichkeit gegeben.

»Das Große Eine«, flüsterte er unhörbar. Betroffen wich er einen Schritt zurück. *Wie Wolfsträumer gesagt hat. Ich gab ihnen einen Teil meiner Seele.* Er versuchte, sich zurechtzufinden, denn er fürchtete, ihm sei ein Teil von sich abhanden gekommen. Aber er schien derselbe zu sein wie immer, auf eine merkwürdige Weise zufrieden – auch wenn ihn die auf ihn gerichteten Augen einschüchterten und in Verlegenheit brachten.

Vier Zähne nickte zufrieden und stellte sich neben Der der

schreit. »Ich hörte den Träumer. Ich hörte Der der schreit, Singender Wolf und Tanzende Füchsin. Wenn wir auch nur das kleinste bißchen von ihrem Mut und ihrer Ehre im Leibe haben, wird uns kein Leid geschehen.«

Der der schreit grinste einfältig. »Wenn ein Feigling wie ich durch das Eis kommt, dann könnt ihr euch vorstellen, wie leicht es euch anderen fallen wird!«

Am nächsten Morgen verließen sie in einer langen Schlange Reihers Tal. Der der schreit verharrte am Ausgang des Tales und blickte zurück. Deutlich waren die Überbleibsel ihres langen Aufenthalts zu sehen, zertrampelter Schnee, ausgebrannte Feuerlöcher – und die Knochen der Toten. An den Stellen, an denen Zelte gestanden hatten, zeugten kreisförmig niedergetrampeltes Gras und Steinsplitter von ihrer Anwesenheit. Kein einziger Weidenbaum stand noch. Die süße Innenseite der Rinde hatten sie gegessen, aus dem rauhen Äußeren Seile und Fäden gewebt und die Wurzeln verbrannt. Im Hintergrund schleuderte der stinkende Geysir eine Dampfwolke hinauf zum schneeverhangenen Himmel. Die Welt war ein endloses Grau.

Wir sind so wenige. Früher einmal zog unser Volk wie eine endlose Menschenkette stundenlang an mir vorüber. Jetzt ist nur noch dieser klägliche Rest übrig. Sieh uns an. Zerrissene Kleidung, die uns fast vom Leibe fällt. Die spindeldürren Beine der Kinder. Jedes Gesicht ist gezeichnet von Leid und Entbehrung. Was ist aus uns geworden? Traurig schüttelte er den Kopf.

Müde stapften sie in Richtung Südosten zum Großen Fluß. Gemeinsam folgten sie dem Traum. Aber was war mit dem Träumer? Bei dem Gedanken an ihn schwante ihm Schlimmes. Jedesmal, wenn er glaubte, den Mann, der aus Der im Licht läuft geworden war, zu kennen, verwandelte er sich. Das beunruhigte ihn. *Ich habe das Gefühl, mich jeden Augenblick weiter von meinem alten Freund zu entfernen.*

Er schaute nach vorn und entdeckte den hageren Mann, der mit geradem Rücken und hocherhobenem Kopf den Zug anführte. Obwohl er seine Augen nicht sehen konnte, wußte er genau, was er darin erblicken würde: ein entrücktes, unheimliches Leuchten.

Der der schreit seufzte. »Immerhin hat er uns so weit geführt. Und es dauert nicht mehr lange.« Kopfschüttelnd brabbelte er vor sich hin. Als die letzte der Frauen an ihm vorbeiging, blickte er noch einmal gedankenverloren auf Reihers Tal. Rasch drehte er sich um und folgte den armseligen, erschöpften Leuten.

Alle versuchten, sich so dicht wie möglich an den tagenden Kriegsrat heranzudrängen. Eisfeuer amüsierte sich im stillen über die Rempeleien. Die Leute nickten aufgeregt mit den Köpfen und flüsterten hinter vorgehaltener Hand. Im Hintergrund erkannte er den Sumpf, an dessen Rand sie das Lager aufgeschlagen hatten. Dem Eis konnte man noch nicht trauen. Es war noch zu dünn, um das Gewicht eines Mannes zu tragen. Folglich mußten sie den beschwerlichen Weg über die Felsen nehmen. Hinter ihm im Süden erhoben sich die Hügel des Feindes. Dort, an der letzten Zufluchtsstätte des Feindes, würde sich das Netz zusammenziehen. Dort würde sich alles entscheiden.

Eine plötzliche Bö riß ihn aus seinen Gedanken. Er hatte versucht, sich darüber klarzuwerden, was er dem Rat vortragen sollte. Die Dinge nahmen eine seltsame Entwicklung. Aber was hatte das zu bedeuten? Er sah auf und blickte direkt in Gebrochener Schafts verwirrtes Gesicht.

»Wir waren geliefert. Es gelang ihnen, uns zu überraschen.« Hilflos hob Gebrochener Schaft die Arme. »Ich führte die Gruppe. Der Pfad machte eine Biegung um einen Felsblock, und plötzlich standen sie über uns auf dem Felsen. Sie waren mit Speeren und großen Steinen bewaffnet, die sie auf uns herabwerfen hätten können. Wir waren gefangen wie ein Mammut in einer Felsrinne. Wir konnten nicht vor und zurück.«

»Ich war bereit zu sterben«, fuhr Rauch fort. »Ich legte einen Speer an meinen Atlatl, schaute hinauf und versuchte, mein Ziel anzuvisieren, da schrie jemand: ›Halt!‹«

»Es war eine Frau.« Gebrochener Schaft rutschte unruhig hin und her. Blinzelnd sah er die hartgesichtigen Männer an, die ihn ungläubig anstarrten. »Eine wunderschöne Frau.« Mit der Stiefelspitze stieß er in den Schnee. »Sie hob beide Hände und sprach. Hätte es sich um einen Mann gehandelt, hätte ich vermutlich meinen Speer geworfen. Aber eine Frau? Ein Krieger kämpft nicht gegen eine Frau.«

»Was hat sie gesagt?« Eisfeuer machte ein finsteres Gesicht. Tief in sich spürte er den unwiderstehlichen Drang nach Süden.

»Sie sagte, wir sollten zurück«, berichtete Rauch. »Sie sagte, ihr Volk sei es müde, auf den Kriegspfad zu gehen. Schon zu viele seien umgebracht worden. Sie sagte, wir sollten alle Speere, bis auf einen, auf den Boden legen. Den einen dürften wir behalten, falls wir einem Bären begegnen würden. Ihr Volk schenke uns das Leben, und wir sollten unseren Ältesten erzählen, daß wir unser Leben zurückbekämen für einige der Seelen, die während des Krieges umgekommen sind.«

Aufgeregtes Geflüster erklang unter den Zuhörern.

Eisfeuer bemerkte es. Ein winziger Hoffnungsschimmer regte sich in ihm.

Gebrochener Schaft schüttelte unbehaglich den Kopf. »Eine merkwürdige Geschichte. Ich hörte noch nie von einem Feind, der nicht tötet. Ich begreife das alles nicht.«

»Sie wollen Frieden.«

»Frieden?« brüllte Roter Feuerstein. »Sie haben unser Weißes Fell gestohlen und wollen Frieden? Sie haben unsere jungen Männer gemartert und unsere jungen Frauen vergewaltigt und entführt. Und *sie* wollen Frieden?«

»Dieser Mann, Rabenjäger, stahl unser Weißes Fell«, erinnerte ihn Eisfeuer. An Rauch gewandt fragte er: »Sagte sie etwas über das Weiße Fell?«

Er verneinte mit einem Kopfschütteln.

»Feiglinge«, knurrte Roter Feuerstein und spuckte wütend in das glühende Feuer. »Ihr hättet sie töten sollen, auslöschen, vernichten . . .«

»Sie hätten uns umbringen können!« widersprach Gebrochener Schaft. Er hörte das verdrießliche Gemurmel der Krieger. »Tot nützen wir unserm Volk gar nichts.«

»Feiglinge gereichen dem Clan auch nicht zur Ehre!« bemerkte Roter Feuerstein höhnisch.

»Jetzt reicht es.« Warnend blitzte Eisfeuer die Krieger an. Gebrochener Schaft, Rauch und Schwarze Klaue reagierten trotzig.

»Sänger?« sagte Gebrochener Schaft mit rauher Stimme. Sein hübsches Gesicht war wutverzerrt. »Niemand nennt uns . . .«

»Ich für mein Teil«, unterbrach ihn Eisfeuer sanft, »ich kann mich nicht erinnern, jemals Klugheit mit Feigheit verwechselt zu haben.« Einer der Krieger grunzte zustimmend, die anderen senkten die Augen.

Roter Feuerstein murmelte irgend etwas Unverständliches und funkelte die Krieger böse an.

Ein schmerzhafter Stich durchzuckte Eisfeuers Herz, als er das haßerfüllte Gesicht des alten Freundes beobachtete. Roter Feuerstein war außer sich. Die Krieger blickten unruhig zwischen den beiden alten Männern hin und her.

Gebrochener Schaft blinzelte und holte tief Luft. »Es tut mir leid, Ältester. Ich wußte nicht, daß ...«

»Es liegt am Diebstahl des Weißen Fells«, erwiderte Eisfeuer mit klarer, lauter Stimme. Er wollte, daß alle ihn verstanden. »Wir verlieren zu schnell die Nerven und können nicht mehr klar denken.«

Gebrochener Schaft und seine Freunde zappelten unruhig. Sie fühlten sich nicht wohl in ihrer Haut. Vom Sumpf her drang der Flügelschlag einer Gans, die versuchte, sich auf dem dünnen Eis zu halten.

»Ich glaube ...« Eisfeuer zögerte weiterzusprechen. Tiefe Falten zeigten sich auf seiner Stirn. Kurz entschlossen ging er zu Gebrochener Schaft. Der junge Krieger bat ihn schweigend um Beistand.

»Du hast richtig gehandelt«, tröstete er ihn und schlug ihm freundschaftlich auf die Schulter. Er war froh, sich endlich zu einer Entscheidung durchgerungen zu haben. »Ihr habt euch zurückgezogen, als die Frau des Feindes euch das Leben schenkte. Und ich muß sagen, du hast recht. Lebendige Krieger nützen dem Clan mehr als tote.«

»Ja, Ältester«, murmelte der Krieger dankbar.

»Mir gefällt es nicht, wenn wir mit dem Feind verhandeln«, beharrte Roter Feuerstein. »Irgend etwas von ihm anzunehmen – und sei es das eigene Leben –, treibt mir die Schamröte ins Gesicht.«

»Hast du vergessen, daß wir sie jahrelang gejagt, aus ihren Jagdgründen vertrieben und immer weiter verfolgt haben? Hmm? Versetz dich mal in ihre Lage. Hättest du das Leben von Rauch, Gebrochener Schaft und Schwarze Klaue verschont?«

»Aber das sind keine menschlichen Wesen!« schrie Roter Feuerstein. »Sie glauben nicht an das Große Geheimnis! Sie haben keine Clans wie wir! Ihre Toten wandern nicht in die Heimat der Seelen unter dem Meer! Sie sind nicht wie wir! Das sind Tiere! Weniger als Tiere!«

Eisfeuer schritt langsam auf und ab. In der auf Roter Feuersteins Ausbruch folgenden Stille betrachtete er eingehend jedes einzelne Gesicht. »Blaubeere war eine deiner Frauen, Schafschwanz. War sie ein Tier?«

Der junge Krieger musterte blitzschnell seine Gefährten und

merkte, daß alle Augen auf ihn gerichtet waren. Unsicher schluckte er. »Nun ja, sie war nicht gerade eine gute Frau. Ich mußte sie oft schlagen, um sie gefügig zu machen.«

»Aber sie gebar dir einen strammen Sohn.« Eisfeuer schielte herausfordernd zu Roter Feuerstein hinüber.

Der Sänger stellte sich trotzig vor ihn hin. Seine Kiefer mahlten. »Ich dulde nicht, daß der Feind die Moral unserer Krieger weiter untergräbt!« donnerte er. »Nein, das dulde ich nicht! Wir verlieren unser Selbst!«

»Möchtest du die Decke des Hochverehrtesten Ältesten?« Eisfeuer nahm das schneeweiße Fuchsfell von den Schultern, streichelte es einen winzigen Augenblick lang mit den Fingerspitzen und überreichte es dem alten Freund. Er wartete. Die Wut in Roter Feuersteins Gesicht wich einem gewissen Unbehagen. »Ich warte, Sänger. Nimm die Decke, ich überlasse sie dir gern.«

Ein Raunen ging durch die Zuschauer.

Roter Feuerstein senkte die Augen und biß sich auf die Lippen. »Die Dinge haben sich geändert, das ist alles«, sagte er langsam. Das Fuchsfell würdigte er keines Blickes.

»Die ganze Welt ändert sich«, murmelte Eisfeuer vernehmlich, nahm den weißen Umhang und warf ihn sich wieder um die Schultern. »Auch wir ändern uns. Viele Dinge sind anders geworden. Deswegen sollten wir sorgfältig überlegen und nicht unüberlegt handeln.«

»Und was gedenkst du zu unternehmen? Wie sollen wir das Weiße Fell zurückholen?« fragte Roter Feuerstein.

Eisfeuer wandte sich an Gebrochener Schaft. »Diese Frau, von der du gesprochen hast, hat sie auch einen Namen?«

»Tanzende Füchsin.«

»Tanzende Füchsin.« Er nickte. Rabenjägers Worte waren ihm noch gut im Gedächtnis. »Eine bemerkenswerte Frau«, fügte er mehr zu sich selbst hinzu.

»Du kennst diese Frau?« fragte Roter Feuerstein mißtrauisch. Er hatte sein inneres Gleichgewicht nach dem vorhergegangenen Zwischenfall noch nicht wiedergefunden.

»Ich habe von ihr gehört. Vielleicht ist sie der Schlüssel zur Rückgabe des Weißen Fells.«

»Eine Frau des Feindes?« Roter Feuerstein explodierte und lachte spöttisch. »Eine ... *eine Frau?*«

»Sie lockte uns in eine Falle«, gab Schwarze Klaue zu bedenken.

»Und sie befehligte die Männer auf dem Kriegspfad. Sie hörten auf sie und gehorchten.«

»Das waren doch nur ein paar alberne junge Männer, die sie manchmal mit ihren Schwänzen beglücken. Das heißt nicht ...«

»Einer der ›albernen jungen Männer‹ war Schreiender Adler. Erinnerst du dich an ihn? Ich schon. Er war bei den Überfällen auf unsere Lager stets an der Seite Rabenjägers. Er ist alles, nur kein alberner junger Mann.« Gebrochener Schaft wartete auf Widerspruch, aber niemand sagte ein Wort.

Eisfeuer kratzte sich am Kinn.

»Was sollen wir also tun?« erkundigte sich Walroß. Er litt noch immer darunter, daß ihm der Mann entwischt war und das Weiße Fell stehlen konnte. »Dieses ganze Gerede bringt uns dem Weißen Fell nicht näher.«

Eisfeuer sah Gebrochener Schaft an. »Findest du den Platz wieder, an dem ihr in den Hinterhalt gelaufen seid?«

»Selbstverständlich.«

»Ich gebe mir große Mühe, mich nicht mehr daran zu erinnern«, brummte Rauch.

Ein flüchtiges Lächeln glitt über Eisfeuers Gesicht. »Ich möchte, daß du das ganze Lager dorthin führst.«

»Das ganze Lager?« schrie Roter Feuerstein. »Bist du verrückt?«

»Nein, und ich könnte wetten, Tanzende Füchsin ist es auch nicht. Auf diesen Marsch gehen wir mit unseren Frauen und Kindern. Die Frauen übernehmen die Spitze.«

Roter Feuerstein keuchte. »Du bist von Sinnen! Sie laufen geradewegs in den Hinterhalt ...«

»Entweder schenkst du mir dein Vertrauen, Sänger«, flüsterte Eisfeuer gequält, »oder du nimmst meine Decke und verstößt mich aus dem Clan.«

Doch Roter Feuersteins Lippen zuckten nur. Die harte Kälte in Eisfeuers Augen hatte ihn zum Verstummen gebracht.

Kapitel 61

Rabenjäger kämpfte sich den Hang hinauf. In seinem Magen machte sich der Hunger schmerzhaft bemerkbar. Oben angekommen, schaute er niedergeschlagen auf das verlassene Tal. Nicht einmal der Dampf aus Reihers Geysir verschleierte die Öde des Lagers. Von seinem Aussichtspunkt aus sah er die abgetretenen Kreise im Grasland, wo einstmals die Zelte gestanden hatten.

Er seufzte tief und rückte das schwere Fell auf der Schulter zurecht. Zurück über die Ebene blickend, die er durchquert hatte, aß er die letzten Beeren seines Vorrats. Seine Beine zitterten vor Schwäche.

Tiefhängende schwarze Wolken entluden ihre Schneelast. Windfraus frostiger Atem trieb die Flocken vor sich her. Ein dünner brauner Strich im Osten markierte den Großen Fluß. Wo waren sie hingegangen? Der Durchgang durch das Große Eis! Sie mußten nach Süden gegangen sein. Bestimmt waren sie seinem närrischen Bruder gefolgt.

Brennende Wut packte ihn. Der im Licht läuft führte das Volk durch das Eis. Das würde ihm zur Ehre gereichen und seinen Status in den Augen der Leute heben. Rabenjäger kniff die Augen zusammen, um sie vor dem kalten Wind zu schützen. Er blickte nach Süden, wo die weiße Eismasse sich hinter Dunst und tiefen Wolken verbarg. Es schmerzte ihn zutiefst, daß er die Gelegenheit verpaßt hatte, die Leute unter dem Schutz des Weißen Fells zu führen. Energisch verdrängte er diesen Gedanken. Die Macht des Fells würde ihn unter dem Eis beschützen und auf der anderen Seite des Eises die Autorität von Der im Licht läuft untergraben.

Er schielte auf das Fell, das er über die Schulter geworfen hatte. Liebevoll strich er darüber. Das Leder war ausnehmend sorgfältig gegerbt. So weich. Wer immer diese Arbeit ausgeführt hatte, er war ein Meister seines Fachs. Sogar in den Fingerspitzen seiner steifgefrorenen Hände fühlte er die von diesem Fell ausgehende Macht.

»Mit dir«, versprach er dem Fell, »werde ich der bedeutendste Mann meines Volkes werden. Niemand wird mehr Frauen besitzen als Rabenjäger. Niemand wird stärker sein. Niemand wird es wagen, mir zu widersprechen. Und das alles verdanke ich dir – und noch viel mehr.«

Der Wind nahm zu. Mühsam erhob er sich. Sein Magen rebellierte gegen die Beeren und gluckerte laut. Von einem Felsen streifte Rabenjäger eine Handvoll Schnee, kaute und schluckte die kalte Masse. Er schauderte, als ihm der Schnee durch die Kehle floß und seinen vom Hunger geschwächten Magen auskühlte.

Stöhnend hob er das schwere Fell auf. Ob ein Mann weniger wog als dieses Fell? Er ging in Richtung auf den Fluß. Seine Oberschenkel- und Wadenmuskeln waren verkrampft und schmerzten unerträglich. Das Gewicht des Fells saugte ihm noch das Mark aus den Knochen. Hätte das viermal verfluchte Mammutvolk sich kein leichteres Totem auswählen können? Er wandte den Kopf, als er an Krähenrufers Skelett vorbeikam. Die verstreut zwischen den Felsen liegenden Knochen waren halb vom Schnee bedeckt. Der Schädel lag neben dem Pfad. Die leeren Augenhöhlen leuchteten unheimlich. Gefrorener Schnee hatte sich darin angesammelt und reflektierte das trübe Licht. In der Nasengegend lagen Larvenpuppen. Ein Teil des Skalps war vertrocknet und löste sich langsam vom Schädeldach. Das von grauen Strähnen durchzogene Haar wehte im Wind.

Rabenjäger fröstelte. Die leeren Augenhöhlen zogen seinen Blick magisch an. Ganz dunkel erinnerte er sich an ein trockenes Lachen: Krähenrufers Lachen, peinigend, höhnisch.

Er stolperte weiter.

Teilweise waren die Spuren der Leute bereits verweht, aber so viele Menschen hinterließen trotzdem eine Fährte, der selbst ein Blinder hätte folgen können. Rabenjäger kicherte. Gleich darauf japste er nach Luft. Bildete er sich das nur ein oder wurde das Fell mit jedem Schritt tatsächlich schwerer? In den ersten Tagen nach Verlassen von Eisfeuers Lager genügten ihm täglich drei bis vier kurze Ruhepausen, jetzt schaffte er gerade noch eine Stunde, bevor er erschöpft in den Schnee sank. Seine Lungen stachen, der Magen knurrte erbärmlich. Seine Kraftreserven hatte er längst verbraucht. Er fühlte nur noch Hunger und Durst.

»Aber mir gehört die Macht«, rief er sich in Erinnerung. Ein neuer Energiestrom beflügelte ihn, als er das Fell berührte. »Mein ist die Macht!«

Er stieß ein bösartiges Lachen aus und stellte sich das Gesicht von Der im Licht läuft vor, wenn er mit diesem kostbaren Schatz in das Lager stolzierte. Mit tauben Fingern zog er einen zugespitzten Stein aus seinem Beutel. Mit einem Hammerstein schlug er davon einen scharfen Splitter ab und schnitt damit einen Streifen aus seinem Beutel. Den Splitter und den Hammerstein steckte er zurück in den Beutel. Er kaute auf dem zähen Lederstreifen herum. Essen. Das würde ihn am Leben erhalten. Es mußte ihm unter allen Umständen gelingen, das Lager seines Volkes zu erreichen. Dort erwartete ihn ein herrliches Leben. Sie würden ihn feiern, ihm das beste Fleisch geben, ihm warme Leber zu Füßen legen. Er würde Unmengen Beeren bekommen und dazu starken Moostee, um alles hinunterzuspülen.

Kauend stand er auf, schulterte seine Last und folgte den Spuren seines Volkes. Der Wind frischte weiter auf. Windfrau brachte Kälte aus dem fernen Norden mit. Schnüffelnd blieb Rabenjäger stehen. Karibu! Er nahm das Fell von der Schulter. Dabei achtete er sorgfältig darauf, daß es auf sauberem Schnee zu liegen kam. Bei dem Gedanken an frisches Fleisch schlug sein Magen Purzelbäume. Ihm lief das Wasser im Munde zusammen.

Ohne Waffen mußte er gerissen und listig vorgehen. Wieder schnupperte er, drehte sich im Kreis und hielt nach dem Tier Ausschau. Nach Osten hin zum Großen Fluß fiel das Land gemächlich ab. Sein Blick fiel auf das Weiße Fell. Seltsam gleißend hob es sich vom weißgrauen Schnee ab.

Rabenjäger schlich hinter einen Felsen und lugte um die Ecke. Ein alter Karibubulle mit einem blinden Auge stand vor ihm. Mit hängendem Kopf ging das Tier weiter. Es lahmte am linken Vorderbein.

Rabenjägers Magen jubilierte.

Das alte Karibu war ganz allein. Sicher hatten es die jüngeren Bullen aus der Herde vertrieben. Selbst die Jäger des Volkes hatten das einsame Tier übersehen. Nun wartete es nur noch auf die Wölfe und auf Rabenjäger.

Unverwandt die Augen auf das Tier gerichtet, schlüpfte er um den Felsen. Er mußte wohlüberlegt handeln. Selbst so ein alter Karibubulle konnte einem Mann mit Leichtigkeit die Rippen brechen.

Rabenjäger kroch auf einen Felsblock. Er mußte versuchen, von oben an das Tier heranzukommen und möglichst von der Seite, auf der es sein blindes Auge hatte. Außerdem mußte er auf den Wind achten, damit der Bulle seine Witterung nicht aufnahm.

Leise seufzend stieß das Karibu eine Atemwolke aus. Das Tier drehte sich um und schaute mit dem gesunden Auge in Rabenjägers Richtung. Rabenjäger erstarrte. Zum erstenmal fiel ihm auf, daß das blinde Auge genau wie bei Krähenrufer auf der linken Seite war. Er trat nach vorn. Unvorsichtigerweise lockerte er dabei einen Stein, der mit lautem Getöse über den Felsen rutschte.

Der Kopf des alten einäugigen Bullen fuhr herum. Die Ohren richteten sich auf. Unruhig trottete das Tier auf und ab, hob die Nase in den Wind und schnüffelte argwöhnisch.

Im stillen verfluchte sich Rabenjäger wegen seiner Unachtsamkeit. Im Schutz der hereinbrechenden Dunkelheit schlich er hinter dem Tier her. Das alte Karibu humpelte stets knapp außer Reichweite voraus. Es stieg hinauf in felsigere Regionen. Damit vergrößerten sich Rabenjägers Chancen, das Tier in einen Hinterhalt zu locken und mit einem großen Stein zu erschlagen.

Rabenjäger schürzte die Lippen. Das Jagdfieber hatte ihn gepackt. Mit einem vollen Bauch wäre das Weiße Fell längst nicht . . .

Das weiße Fell! Erschrocken blickte Rabenjäger über die Schulter zurück auf den Weg, den er gekommen war.

Das einäugige Karibu mit dem lahmen Bein hinkte weiter. Hin und wieder blieb es kurz stehen, witterte in den Wind und prüfte die Gegend mit seinem gesunden Auge. Das Tier war dem Tode geweiht. Ihm stachen vor Magerkeit die Rippen durch die dünne Haut. Rabenjäger konnte die Beckenknochen und die einzelnen Wirbeln deutlich sehen.

Nahrung. Einem Mann ohne Waffen konnte keine leichter zu jagende Beute unter die Augen kommen. Er brauchte nur einen Hinterhalt.

Trotz des Jagdfiebers ließ ihm das Weiße Fell keine Ruhe. *Was ist, wenn ich mich seiner nicht würdig erweise?* Rabenjäger machte sich große Sorgen. *Was ist, wenn ein Wolf des Weges kommt und es auffrißt? Oder eine Maus ein Stück herausbeißt, um sich daraus ein Nest zu bauen? Was, wenn das Weiße Fell glaubt, ich hätte es vergessen?*

Hin und her gerissen von seiner Verantwortung für das Weiße Fell und der Aussicht, seinen quälenden Hunger stillen zu können, starrte er dem alten Karibu nach, das gerade hinter einer Ansammlung größerer Felsblöcke verschwand. Rabenjäger verkrampfte die kalten Hände ineinander. Er wußte, ihm bot sich hier die beste Chance, das Tier einzukreisen, einen schweren Stein aufzuheben und es zu töten.

Und wenn das Weiße Fell wegen seiner Nachlässigkeit beschädigt wurde? Sein Volk würde sich von ihm abwenden. Nie würde Tanzende Füchsin seine Frau werden. Auslachen würden ihn die

Leute, wenn sie erfuhren, daß er wegen eines knurrenden Magens auf seinen Führungsanspruch verzichtet hatte!

Einen Augenblick lang, der ihm wie eine Ewigkeit erschien, beobachtete er noch das alte Karibu. Er dachte an die dicken Fleischstücke, die warme Leber und das Herzblut. Sein schmerzender Magen krümmte sich.

Doch die Sorge um das Fell überwog. Was, wenn ein Wolf das weiche Leder des Felles bereits zerfetzt hatte, während er hier stand und vom Essen träumte? Was, wenn ein Bär das Heilige Fell entdeckt und in tausend Stücke gerissen hatte? Bei dieser Vorstellung entrang sich ihm ein Stöhnen. Sehnsüchtig blickte er dem einäugigen Karibu hinterher.

Mit schweren Schritten machte sich Rabenjäger auf den Rückweg.

»Das Fell wird mich am Leben erhalten«, flüsterte er. »Das Weiße Fell ist meine Macht. Das Weiße Fell läßt nicht zu, daß mir etwas geschieht. Das Fell bedeutet Macht – das Fell ist mein Schicksal!«

Er begann zu laufen. Er mußte sich schnellstens vergewissern, ob das Fell unversehrt war. Auf dem unebenen Gelände geriet er ins Stolpern. Er versuchte sich abzufangen, aber zu spät. Er stürzte, und ein stechender Schmerz durchzuckte ihn. Er hatte sich den Ellenbogen gebrochen. Halb bewußtlos blieb er liegen.

»Das Weiße Fell . . .« Er biß die Zähne zusammen. Schwankend erhob er sich. Der dröhnende Schmerz warf ihn fast um. Ängstlich suchte er nach seinen Fußspuren. So schnell er auf seinen wackligen Beinen konnte, lief er weiter.

Als er das Fell entdeckte, schrie er erleichtert auf. Es lag noch an derselben Stelle unberührt im Schnee. Vor sich hin flüsternd liebkoste er es und drückte es, ungeachtet der Schmerzen in seinem Arm, an sich. Eine solch wohltuende Erleichterung hatte er bisher nur beim Geschlechtsakt empfunden.

»Du bist in Sicherheit«, wiederholte er ständig. »In Sicherheit. Verstehst du? Ich habe mich deiner würdig erwiesen.«

Mit dem verletzten Arm konnte er die Last nicht hochheben. Bei dem Versuch wurde sein Gesicht weiß vor Schmerz. Er verlor vollkommen die Orientierung. In seinem Kopf drehte sich alles, und er mußte sich übergeben. Erschöpft blieb er sitzen. Nach einer Weile holte er tief Luft, nahm all seine Kräfte zusammen und duckte sich unter das Fell. Mit dem gesunden Arm gelang es ihm, das Fell über eine Schulter zu rollen. Stöhnend erhob er sich und schwankte unter seiner Bürde weiter.

»Macht«, wisperte er und rieb die Wange an dem weichen Leder. »Herz und Seele des Mammutvolkes. Mein Schicksal. Der größte Krieger meines Volkes. Der Führer. Niemand ist stärker als Rabenjäger, der Halbblut-Andere! Niemand!«

Ausgelaugt und abgezehrt entdeckte er am nächsten Morgen den Eingang zum Weg durch das Große Eis. Den kalten Wind, der aus dem dunklen Loch über sein Gesicht strich, empfand er als zärtliche Liebkosung. Sein gebrochener Arm war stark geschwollen, das Gelenk hämmerte heftig. Erneut bäumte sich sein Magen auf. Gleichmütig schnitt er einen weiteren Lederstreifen aus seiner zerschlissenen Kleidung und kaute darauf herum.

»Sind nah dran«, keuchte er und klopfte auf das Fell. »Ganz nah. Nur noch durch das Eis . . . durch das Eis.« Ächzend ordnete er das Fell auf der Schulter und wanderte hinein in die Dunkelheit.

Der der schreit machte Späße im Dunkeln, klopfte den anderen beruhigend auf die Schultern und erzählte ihnen lustige Geschichten. Wenn gelegentlich eine der als Lichtquelle dienenden knorrigen Weidenwurzeln verlöschte, löste das jedesmal ziemliche Verwirrung aus, doch die nächste war schnell entzündet. Den Tran sparten sie auf. Außerdem gewöhnten sich ihre Augen im Laufe der Zeit ein wenig an die Dunkelheit.

Die Zeit dehnte sich scheinbar endlos. So viele Menschen kamen nur langsam voran. »Wenn ich mich recht erinnere, sagtest du *zwei* Tage?« brummte der unruhig werdende Vier Zähne.

»Mit einer kleinen Gruppe, ja. Aber mit so vielen Menschen?« Der der schreit zuckte die Achseln. »Aber alle sind in guter Verfassung, und wir haben noch nicht einmal die Hälfte unseres Holzvorrates aufgebraucht. Die Leute gewöhnen sich langsam daran. Jetzt, nachdem die erste Angst verflogen ist, ist alles nicht mehr so schlimm.«

»Für dich vielleicht nicht. Du bist schon einmal durchgegangen. Aber wir anderen . . .«

»Mach dir keine Sorgen. Wir stehen unter einem besonderen Schutz.«

Seltsamerweise verhielten sich die Geister auffallend ruhig – wie Wolfsträumer versprochen hatte.

Beim Weitergehen fiel ihm auf, daß die Leute weiter vorne zur

Seite auswichen und einen Bogen um ein Hindernis machten. Er hastete zu dieser Stelle, um nachzusehen.

Dort saß Wolfsträumer schweigend im Lichtschein einer Tranlampe. Der Docht aus Flechten wurde gespeist von kostbarem Tran, den sie möglichst nicht hatten anrühren wollen. Blicklos starrte er vor sich hin. Die Menschen schien er gar nicht wahrzunehmen. Der der schreit klopfte dem aufgebrachten Vier Zähne besänftigend auf den Rücken und kauerte sich neben Wolfsträumer.

»Wolfsträumer? Kannst du mit mir reden?«

Ein leichtes Flackern in den Augen des jungen Mannes sagte ihm, daß er ihn gehört hatte. Langsam klärte sich der Blick des Träumers. Fragend schaute er ihn an. »Warum . . . Was?«

»Wir kommen recht gut voran. Allen geht es gut. Trotzdem brauchen wir länger, als ich gedacht habe. Es könnte vier Tage dauern, bis wir alle durch haben.«

»Das macht nichts.« Er lächelte. »Sieh sie dir an. Ihre Seelen sind gesund. Für Vier Zähne tut es mir allerdings leid. Er stirbt.«

Entsetzt fuhr Der der schreit zurück. Er sah den alten Mann mit Büffelrücken sprechen. »Er stirbt? Für mich sieht er gesund aus.«

»Auf seiner Seele ist ein schwarzer Fleck.«

»Ein schwarzer Fleck?« Die Unruhe von Der der schreit wuchs.

Wolfsträumer lächelte gütig. »Die Seele reflektiert den Körper, in dem sie wohnt. Vier Zähne fühlt sich wohl. Aber sein Körper versagt, das Leben entflieht. Er wird keine großen Schmerzen haben.«

Der der schreit kratzte sich am Kinn. Vielleicht war es kein sehr guter Gedanke gewesen, sich auf ein Gespräch mit Wolfsträumer einzulassen. Zögernd fragte er: »Aha. Und meine Seele sieht gut aus?«

Wolfsträumer lachte in sich hinein. »Ja, Der der schreit, deine Seele sieht wunderbar aus. Achte darauf, daß es so bleibt.«

»Ah – ja, das w-werde ich.« Er scharrte mit den Füßen. Durch die Löcher in den Stiefelsohlen spürte er die Kiesel. »Hm, weißt du, wie die Dinge auf der anderen Seite des Eises stehen? Ich meine, na ja, Grünes Wasser und das Baby. Ich habe sie seit einem halben Jahr nicht mehr gesehen und mache mir große Sorgen.«

»Du hast nie etwas gesagt. Sonst hätte ich es dir längst erzählt.«

»Wirklich? Ach, weißt du, jeder hat seine eigenen Probleme.« Beklommen fragte er: »Wie geht es ihnen? Sind beide gesund?«

Wolfsträumer strahlte wie gleißende Sonnenstrahlen. »Kerngesund. Grünes Wasser vermißt dich, das Baby wächst heran und wird von Tag zu Tag kräftiger.«

Unendliche Erleichterung erfaßte Der der schreit. Nachdenklich nagte er auf der Unterlippe und sah sich um. »Äh, warum ächzen die Geister diesmal nicht?«

Wolfsträumer legte den Kopf schief, als wolle er lauschen, und hob die Hände. »Ich tanzte mit dem Eis und sagte ihnen, sie sollen schweigen. Die Geister versprachen es, als ich mit ihnen tanzte.«

»Ah – so.« Der der schreit nickte, war aber nicht ganz überzeugt.

Wolfsträumer nahm die Lampe und zeichnete eine Spirale in den steinigen Boden. »Sieh dir das an, Der der schreit. Sieh, was ich gezeichnet habe. Das Eis schmilzt. Die Welt wandelt sich. Sieh dir diese Spirale an. Siehst du, wie sie sich nach oben windet? Wie der Tanz der Jahreszeiten, der Jahre, der Lebenszeit eines Mannes, eines Berges und einer Welt. Alles ist eins. Alles dreht sich und dreht sich. Ein ewiger Tanz.«

Der der schreit starrte auf die Spirale und bemerkte die darin dargestellte Kraft.

»Merk es dir«, erklärte Wolfsträumer. »Vergiß nie, dies ist das Zeichen des Großen Einen. Aber auch das Kreuz, in dem sich die Gegensätze kreuzen wie die Himmelsrichtungen. Ein solches Symbol ist die Reflektion des Lebens. Diese Zeichnung verdeutlicht, was mit Worten nicht zu erklären ist.«

»Schade, daß Singender Wolf nicht hier ist.«

»Du erzählst es ihm, wenn ich gegangen bin.«

Ihm blieb fast die Luft weg, seine Lungen schienen zu platzen. Entsetzt starrte er in das ernste Gesicht des jungen Träumers. »Gegangen?«

»Leben oder Tod; das macht keinen Unterschied.«

Verzweifelt suchte Der der schreit nach den passenden Worten. Er beobachtete, wie Wolfsträumers Augen wieder einen glasigen Ausdruck annahmen. Langsam verlor er erneut den Kontakt zur Wirklichkeit.

»Wolfsträumer?« Dann sanfter, leiser: »Wolfsträumer? Wohin gehst du? Verlaß uns nicht.«

Kapitel 62

»Ihre Frauen gehen an der Spitze.« Schreiender Adler lag ausgestreckt auf einem Fels und blickte verblüfft hinunter.

»Sieht aus, als sei der ganze Clan auf dem Marsch. Die kommen uns gerade recht. Aber ich habe noch nie gehört, daß die Anderen ihre Frauen vorangehen lassen. Und sogar die Kinder haben sie vorn mit dabei.«

»Das gibt ein Gemetzel«, fügte Schreiender Adler mit einem breiten Grinsen hinzu. »Bring ihre Frauen um, und sie nehmen nie wieder so hochmütig unser Land in Besitz wie zuvor.«

Singender Wolfs hartes Gesicht erstarrte. Seine Augen schienen in unendliche Fernen zu blicken. Ihm war, als sähe er seine eigene Frau und sein Kind von Speeren bedroht. Tanzende Füchsin blinzelte, weil ihr der stürmische Wind in die Augen biß.

»Ein Mann geht auch vorne mit«, rief Großer Mund leise hinter seinem Felsen. »Seht ihr? Der mit dem weißen Umhang über dem Mantel. Das ist bestimmt ein Mann. Aber warum nur einer?«

»Eisfeuer.« Tanzende Füchsin setzte sich auf. »Und nicht nur das. Seht bloß, er geht genau an die Stelle, wo wir ihre Späher gestellt haben. Nein, ich glaube, diesmal unternehmen sie keinen Versuch, unser Land zu besetzen. Wären sie auf dem Kriegspfad, hätten sie zuerst die jungen Männer mit Waffen hergeschickt, und zwar allein.«

»Du traust doch nicht etwa den Anderen?« Grimmig sah Schreiender Adler sie an. Krähenfuß und Voller Mond meckerten von der anderen Seite des Hohlwegs herüber. Tanzende Füchsin warf ihnen einen scharfen Blick zu. »Schreiender Adler, wenn irgendeiner dieser jungen Männer da drüben irgendeine verdächtige Bewegung macht, gilt dein erster Wurf ihnen.«

»Unseren eigenen . . .« Ihm blieb der Mund offenstehen.

Tanzende Füchsin hob den Kopf. Sie wußte, alle Augen waren auf sie gerichtet.

»Das hat sie gesagt.« Singender Wolf schlug sich treu auf ihre Seite. »Ich weiß, daß der Träumer ihr den Befehl über die Krieger erteilt hat. Das habe ich mit eigenen Ohren gehört. Er kam aus einem Traum zurück und sagte es mir. Wer einem Befehl von Tanzende Füchsin zuwiderhandelt, handelt gegen die Interessen des Träumers und unseres Volkes.«

Schreiender Adler senkte die Augen. Seine Verdrossenheit war deutlich zu spüren.

»Ihr könnt jederzeit in die Fußstapfen von Krähenrufer treten«, erinnerte sie Tanzende Füchsin eindringlich. »Niemand zwingt euch, dem Träumer zu gehorchen.«

Verblüfft glotzten die Krieger die Frau an, die sich auf dem Bauch kriechend von der Felskante entfernte.

»Was machst du?« rief Singender Wolf entsetzt, gab sich aber gleichzeitig Mühe, trotz seines Schreckens die Stimme zu dämpfen.

»Ich sehe nach, was Eisfeuer – falls er es tatsächlich ist – will. Ich will wissen, warum Frauen und Kinder vorangehen.«

»Das ist eine Falle«, zischte Schreiender Adler zornig. »Das sind Andere, Frau. Diese Leute haben uns aus unserem Land vertrieben. Du sprichst mit solchem Geschmeiß?«

Überheblich richtete sie sich auf, verschränkte die Arme vor der Brust und maß ihn mit kaltem Blick. »Es ist an der Zeit, herauszufinden, wie wir das Beste aus der Situation machen können. Die Anderen kennen den Weg durch das Große Eis. Was sollen wir deiner Ansicht nach tun? Versuchen, sie aufzuhalten? Wir, eine Handvoll Menschen? Jeder derartige Versuch bedeutet unseren sicheren Tod. Euren, meinen, den Tod unseres ganzen Volkes. Mondwasser kennt den Weg. Unsere Alten können den jungen Kriegern der Anderen nicht davonlaufen. Sie werden sie einholen. Wir können die Öffnung im Eis nicht schließen. Also, was sollen wir tun? Hier und jetzt bietet sich wenigstens die Gelegenheit zu einem Gespräch.«

»Geh.« Singender Wolf ließ Schreiender Adler nicht aus den Augen. »Die Zeiten erfordern Verstand, nicht blinde Wut. Vielleicht helfen Worte, wo Speere versagt haben.«

»Gebt mir Rückendeckung von hier oben. Falls sie nicht gekommen sind, um zu reden, töte ich Eisfeuer und fliehe diesen Pfad dort herauf. Wir haben den Platz gut gewählt. Unsere Position ist stark genug. Ihr solltet die Anderen unten im Hohlweg halten können.« Sie zögerte kurz. »Ich nehme an, von oben wird kein Speer geworfen, der mich durchbohrt.«

Schreiender Adler knirschte laut mit den Zähnen. Seine Wangenmuskeln traten straff aus dem Gesicht hervor. Mit gesenkten Augen erwiderte er: »Was uns hier oben angeht, bist du sicher.« Bedeutungsvoll sah er jeden einzelnen der Krieger an, die sich hinter den Felsen verschanzt hatten.

Sie nickte und machte sich unverzüglich auf den Weg.

Ihr Knöchel tat entsetzlich weh. Bei jedem Schritt spürte sie schmerzhafte Stiche im ganzen Bein. Es war immer das gleiche, wenn sich ein Sturm ankündigte.

Lässig sprang sie das letzte Stück von den Felsen herunter auf den Hohlweg. Hier hatten sie die Anderen in den Hinterhalt gelockt. Dieser Erfolg hatte wesentlich zur Stärkung ihrer Autorität beigetragen. Vielleicht zahlte sich das jetzt aus. Möglicherweise kam sie mit Eisfeuer ins Gespräch, weil sie das Leben seiner Krieger geschont hatte.

Sie schritt um die Wegbiegung und sah die Anderen den Weg heraufkommen. Inzwischen schneite es wieder. Große Flocken schwebten auf ihre Schultern herab und blieben auf dem Pelzrand ihrer Kapuze liegen. Auf ihrer bloßen Hand, mit der sie die Speere umklammerte, schmolzen sie sofort zu eisigem Wasser.

Als der Mann an der Spitze sie sah, blieb er stehen. Ein junger Mann rannte zu ihm und deutete aufgeregt auf die Felsspalte, neben der sie wartete. Eindringlich redete er auf den Anführer ein. Dann verzog er sich eiligst wieder nach hinten. Eine sichtbare Erregung ergriff die Leute. Sie schirmten die Augen mit den Händen vor dem wirbelnden Schnee ab und starrten wie hypnotisiert zu ihr herüber.

Sie trat einen Schritt vor. Angst durchflutete sie. Mit gespreizten Beinen stellte sie sich eindruckheischend mitten im Hohlweg auf. Der Mann an der Spitze des Zuges ging unbeirrt weiter. Er war nicht einmal mehr einen Speerwurf weit von ihr entfernt.

Beim Näherkommen unterzog sie ihn einer gründlichen Musterung. Der große, ein wenig gebeugte Mann trug einen doppelten Mantel. Über der zurückgeworfenen Kapuze wehte langes graues Haar im Wind. Er trug einen weißen Fuchspelzumhang über den Schultern und schritt auffallend behende und leichtfüßig einher.

Ein Blick in seine klugen Augen genügte, und ihr Herz hämmerte entsetzlich. Sie strahlten eine ungeheure Kraft aus. Diese besonders starke Ausstrahlung hatte sie bereits früher in den Augen von Der im Licht läuft wahrgenommen. Die Sehnsucht nach ihm begann ihr die Kehle zuzuschnüren. Sie liebte diesen Mann, der sie einmal aus solchen Augen angesehen hatte, noch immer.

»Eisfeuer?« fragte sie. Er verharrte kaum eine Körperlänge von ihr entfernt.

Er nickte. Prüfend wanderte sein Blick über ihre Gestalt. Sein gutgeschnittenes Gesicht zeigte keinerlei Regung. »Tanzende Füchsin?«

Sie sah ihn an und sah ihn doch nicht. *Die Ähnlichkeit mit Der im Licht läuft ist verblüffend.*

»Was siehst du?« fragte er leise.

»Nichts . . . Ich . . . ich meine, du siehst jemandem ähnlich, den ich kenne.«

»Und du erinnerst mich an eine Frau, die ich einmal gekannt habe. Sie war Teil eines Traumes. Hätte Reiher sich nicht eingemischt und wäre ich im Vollbesitz meines Verstandes gewesen, dann hätten sich die Dinge an jenem Tag am Strand möglicherweise anders entwickelt.«

Der Klang seiner Stimme berührte sie tief. Ihr schien, als streiche ein eiskalter Hauch über ihre Seele. »Magische Kräfte veranlassen die Menschen zu seltsamen, unverständlichen Handlungen.«

Er nickte. Der immer stärker werdende Schneefall schien ihn nicht zu kümmern. »Du hast meine Krieger zurückgeschickt.«

»Die Zeit des Tötens ist vorbei. Du schickst Frauen und Kinder voraus. Was hat das zu bedeuten? Aus der letzten Zuflucht, die du uns gelassen hast, ist das Wild verschwunden. Uns ist nichts geblieben als das nackte Leben und unsere Ehre. Aber was ihr uns auch wegnehmen wollt, wir werden es verteidigen.«

Seine Nasenflügel bebten. Seine Lippen verzogen sich zu einem eigenartigen Lächeln. »Vielleicht ist auch die Zeit vorüber, anderen etwas wegzunehmen.«

Ein Funken Humor blitzte in seinen Augen auf. Etwas an seinem ganzen Verhalten flößte ihr Vertrauen ein. Sie wartete, denn sie wußte, er würde einen Vorschlag machen. Er beobachtete sie mit einer Miene, als könne er ihre Gedanken lesen.

»So? Tatsächlich?« gab sie zurück.

»Wir nahmen euer Land. Ihr nahmt unsere Seele. Haben wir einander nicht genug verletzt?«

»Wir hörten, deine Krieger müssen töten, um Ehre zu beweisen. Habt ihr euch so sehr verändert, seit ich deine Krieger zurückgeschickt habe?«

Er starrte auf den Schnee, der sich zu seinen Füßen häufte. »Vielleicht ist es weniger eine Veränderung, als vielmehr eine Rückkehr zu alten Werten.«

»Das begreife ich nicht.«

»Wir waren ursprünglich ein Volk. Hat dir Reiher nichts darüber gesagt? Hätten meine Großväter die deinen nicht gefürchtet, unsere Lenden wären miteinander verbunden geblieben. Unsere Clans würden heute das Fleisch an einem wärmenden Feuer miteinander teilen.« Er verstummte. Seine Augen blickten verträumt in die Ferne. »Wären die magischen Kräfte nicht eingeschritten, dann hätte es vielleicht diese Jahre des Krieges und des Raubes nie gegeben.«

Aufmerksam beobachtete sie ihn. »Du scheinst dich mit magischen Kräften sehr gut auszukennen.«

Die Furchen um seinen Mund vertieften sich. »Magische Kräfte bedeuten Macht. Wie man sie nutzt – und was daraus entsteht –, hängt von den Gefühlen der Menschen ab, die sie einsetzen. Manche setzen ihre Macht für die Ziele des Guten ein. Manche sehen nur das Böse. Ich bedaure die Ausübung meiner Macht in einigen Fällen und möchte das wiedergutmachen.«

Sie nickte. Sein Ernst nötigte ihr Respekt ab. Seine demütige Haltung imponierte ihr. »Du und deine Leute, ihr seid so weit heraufgestiegen, um uns das mitzuteilen?«

Er schüttelte den Kopf. »Wir kamen wegen etwas, das uns gehört, und das sich in eurem Besitz befindet.«

»Das Weiße Fell?«

»Ja.«

Ihre Augen verengten sich zu schmalen Schlitzen. Sie war auf der Hut. »Einer unserer Leute hat das Fell. Sein Name ist Rabenjäger. Er ist ein Ausgestoßener.«

»Wir kennen ihn. Wir wollten ihn zu Tode martern, weil er unsere Verwandten brutal gefoltert hat. Aber er entkam und stahl unser größtes Heiligtum, das Weiße Fell. Wir müssen es zurückholen. Vielleicht gelingt es uns, zu einer alle Seiten befriedigenden Einigung zu kommen. Vielleicht können wir verschiedene Ziele auf einmal erreichen. Erklärt ihr, du und deine Krieger, euch mit einem Waffenstillstand einverstanden? Wollt ihr uns ebenso bereitwillig zuhören wie wir euch?«

Sie überlegte fieberhaft, in welche Falle er sie locken könnte. »Viel Leid wurde uns auferlegt. Viele Menschen meines Volkes schreien nach dem Blut der Anderen. Sie dürsten nach Rache.«

Von oben ertönte ein zustimmendes Grunzen, obwohl sie strikten Befehl gegeben hatte, zu schweigen. Eisfeuer mußte es gehört haben, aber seine Miene blieb unverändert. »Es wird nicht ganz leicht sein«, gab er offen zu. »Was den Weißen-Stoßzahn-Clan betrifft, so haben viele Familien unter eurer Grausamkeit gelitten. Mein Sänger wünscht sogar den Tod deines ganzen Volkes.« Mit einem wehmütigen Lächeln sah er sie an. »Ist das nicht eine weitere Gemeinsamkeit, die uns verbindet?«

Sie konnte ein Kichern nicht unterdrücken, riß sich aber schnell wieder zusammen.

Er zwinkerte ihr zu. Seine Augen spiegelten freundliche Übereinstimmung. »Anführer mit Sinn für Humor kommen miteinander zurecht.«

Sie nickte. »Möglich. Wo sollen wir uns über die Einzelheiten unterhalten?«

Er deutete über die Schulter. »Ein Sturm kommt auf. Der Zustand deiner Kleidung sagt mir, daß ihr schwere Zeiten erlebt habt. Ihr hattet wenig Wild in der letzten Zeit. Wenn ihr uns erlaubt, auf eurem Land unser Lager aufzuschlagen, versorgen wir euch mit Zelten und Nahrung. Unsere Jäger hatten ein erfolgreiches Jahr. Vielleicht können wir auf diese Weise die Kluft, die unsere Völker trennt, bereits ein wenig schließen. Eventuell entsteht aus all dem Kummer und Leid sogar noch etwas Gutes. Glaubst du, Sonnenvater würde ein Opfer von uns annehmen, als Zeichen unseres guten Willens?«

Sofort war ihr Mißtrauen geweckt. Er wollte den Göttern ihres Volkes ein Opfer bringen? Wo lag der schwache Punkt? Konnte sie diesem Mann, der ihr auf Anhieb sympathisch war, tatsächlich trauen? Er bot Nahrung und Unterkunft an. Viele Nächte hatten sie in ihren abgetragenen Mänteln gefroren. Dicht zusammengedrängt, um das letzte bißchen Körperwärme zu teilen, hatten sie versucht, ein wenig zu schlafen.

»Ich muß mich mit meinen Kriegern beraten.«

Er nickte und breitete die Arme aus. »Du mußt sie rasch überzeugen. Überleg dir gute Argumente. Es sieht nach einem schweren Sturm aus. Wenn ihr euch schnell entscheidet, können wir höchstwahrscheinlich noch das Lager aufschlagen und das Essen zubereiten, bevor es allzu schlimm wird.«

Sie nickte lachend. Die Wärme in seinen Augen tat ihr gut. »Ich bringe es schnell hinter mich, Eisfeuer.« Sie drehte sich um und hastete den Pfad hinauf.

Schreiender Adler und die anderen warteten außerhalb des Lagers. In der grimmigen Kälte schmiegten sie sich eng aneinander. Sie hielten ihre Speere umklammert und starrten durch den dichten

Vorhang aus Schneeflocken auf die Anderen, die ihrerseits zurückstarrten und provozierend mit ihren Speeren spielten.

Im Hauptzelt saßen sich die Führer beider Stämme an einem großen Feuer gegenüber. Die Flammen warfen goldenes Licht auf die wachsamen, argwöhnischen Gesichter. Der köstliche Duft von Karibufleisch und gekochten Süßwurzeln hing in der rauchigen Luft.

Singender Wolf warf einen Blick durch das halboffene Türfell. Eine gräßliche Nacht. »Die Leute werden draußen erfrieren.«

Tanzende Füchsin biß ein Stück von ihrer gerösteten Karibulende ab und kaute mit Genuß. »Vielleicht kühlt das ihre Wut ein wenig ab.«

»Wut kühlt langsam ab«, erwiderte Eisfeuer und wischte sich die fettigen Hände an den Stiefeln sauber. Er schielte zu Roter Feuerstein hinüber, der mürrisch um das Feuer schlich. Der alte Sänger brummte wütend vor sich hin und betrachtete Singender Wolf mißbilligend.

»Viele von uns haben zu tiefe Narben davongetragen. Manche Wunden heilen nie.«

»Wir alle tragen schlimme Narben«, bemerkte Singender Wolf leise. Er wischte sich das Fett vom Mund. »Ich, und das möchte ich bei dieser Gelegenheit auch einmal sagen, ich trug das Herz eines eurer Krieger in den Fluß, damit er in die Heimat der Seelen unter dem Meer einziehen konnte.«

»Du . . .« Roter Feuerstein schluckte. Ihm schien ein Kloß im Hals zu stecken. Er ging zur Felltür, schlug sie zurück und trat hinaus in den Schnee.

Seufzend schloß Singender Wolf die Augen. »Ich fürchte, der Frieden wird außerordentlich schwer zu schließen sein.« Er schüttelte den Kopf. »Es ist ewig her, seit mir das letzte Mal warm war. Wenn ihr mich entschuldigen wollt, ich möchte die Gelegenheit nutzen, einmal ohne Zähneklappern zu schlafen.«

»Schlafe in Frieden und ohne Angst, *Freund*«, versicherte ihm Eisfeuer feierlich.

Eine ganze Weile nachdem sich Singender Wolf in die wärmenden Decken eingerollt hatte, starrte Tanzende Füchsin schweigend in das Feuer. Ihr war die Gegenwart des Hochverehrtesten Ältesten der Anderen sehr angenehm.

»Du überraschst mich.«

Erstaunt sah sie auf und gewahrte in seinem Blick dieselbe brennende Erregung, die sie schon den ganzen Abend über empfand. »Warum?«

»Von einer jungen Frau hätte ich niemals so viel Haltung und Intelligenz erwartet.«

»Ich bin nicht mehr so jung.« Sie rieb sich die müden Augen und fühlte die Verantwortung schwer auf ihren Schultern lasten. »Ich war einmal jung – vor drei Jahren. Eine Ewigkeit ist das her.«

Mit den Fingerspitzen strich er sanft über die Felle, die ausgebreitet auf dem Boden lagen. »Ich bin aber auch überrascht, daß dich keiner eurer Männer zu seiner Frau gemacht hat. Deine Schönheit raubt einem Mann den Atem. Ein Blick in deine Augen zeigt Kraft und Seele.«

Er schwieg. Zum erstenmal, seit er ihr begegnet war, fühlte er sich unsicher. »Hast du einen Geliebten?«

Sie lächelte wehmütig. Seltsamerweise fühlte sie sich durch seine offene Frage nicht verletzt. »Einmal habe ich geliebt. Doch ein Traum stahl ihm die Seele. Ich werde ihn niemals bekommen.«

Versonnen blickte Eisfeuer in die lodernden Flammen. »Wolfsträumer. Reiher muß ihn beeinflußt haben.«

Forschend sah sie ihn an. »Was weißt du von Reiher? Oder von Wolfsträumer?«

Er lehnte sich zurück. Seine Miene wurde ernst. »Ich . . . begegnete ihm in einem Traum. Weißt du, er ist – mein Sohn.«

Sie erstarrte. »Du bist sein Vater?«

Er verzog den Mund. »Ja, sein Vater und Rabenjägers Vater. Darum konnte ich ihn nicht sterben lassen. Trotz allem, was aus ihm geworden ist.« Seine Augen flackerten unruhig. »Habe ich damit große Schwäche gezeigt? Weil ich meinen eigenen Sohn nicht töten konnte?«

Sie überlegte. Ihr wurde warm ums Herz. »Nein, ich glaube nicht.« Sie setzte sich bequemer hin und warf das Haar über die Schultern. »Wir alle müssen unsere Kinder wertschätzen. Sie sind unsere Zukunft.«

Er spielte mit einer ausgefransten Stelle am Saum seines Fuchspelzumhangs. Sie bemerkte sogleich, daß der Pelz an dieser Stelle bereits sehr abgegriffen war und kaum noch Haare hatte. Plötzlich erschien er ihr weit weniger mächtig. Er war ein ebenso schwaches menschliches Wesen wie sie selbst.

»Die Zukunft«, wiederholte er. »Ja, deshalb konnte ich nicht zusehen, wie Rabenjäger stirbt. Obwohl er den Tod verdient hätte.«

Ihr Argwohn kehrte zurück. Aufmerksam musterte sie ihn. »Wegen der Verstümmelungen und Vergeltungsmaßnahmen?«

Der kühle Ton ihrer Stimme ließ ihn aufhorchen. Er wollte ihr unbedingt in die Augen sehen. Kopfschüttelnd antwortete er: »Für das, was er ist.« Er machte eine Pause. »Laß mich überlegen, wie ich es am besten erklären kann.« Seine Hände formten Gestalten. »Ein Mann, oder meinetwegen auch eine Frau, besteht aus Körper und Seele. Einverstanden?«

Sie nickte bestätigend.

»Der Körper kann Mängel aufweisen. Vielleicht wird ein Kind ohne Finger geboren. Vielleicht ist es nicht kräftig genug, um die Kälte zu überleben. Oder es hustet und stirbt. Möglicherweise ist es eine Totgeburt.« Er lehnte sich zurück und suchte nach den richtigen Worten. »Mit der Seele ist es dasselbe. Was Rabenjäger betrifft, so fehlt ihm etwas. Er ist besessen von sich selbst, besessen von der Macht. Erschwerend kommt hinzu, daß er hin und wieder flüchtige Visionen hat von dem, was sein könnte. Aber er besitzt nicht die Fähigkeit, diesen Bereich seiner Seele zu pflegen und zu teilen. Verstehst du, was ich meine?«

»Zu teilen«, grübelte sie laut.

»Ja«, flüsterte er. Die unzähligen Falten in seinem Gesicht kräuselten sich. »Eine gesunde Seele kann sich ausdehnen, sich in die Lage anderer Geschöpfe versetzen und deren Erfahrungen teilen. Daraus entsteht Weisheit. Das habe ich vor langer Zeit gelernt.« Mit tieftraurigen Augen starrte er in das Feuer. »Aber Rabenjäger kennt kein Mitleid, kein Mitgefühl. Ihm fehlt die Ausdehnung, das Teilen der Seele mit anderen.«

Sie beugte sich zu ihm hinüber und berührte zart seine Schulter. Ihre Blicke trafen sich. »Hast du ihn deshalb gerettet?«

Er zog die Augenbrauen hoch. »Nur aus Mitleid? Nein. Das nun auch wieder nicht.« Vorsichtig blickte er sich um. Singender Wolf schlief tief und fest. Sein Gesicht war völlig entspannt, und er schnarchte leise. »Vielleicht bin ich ein ebenso großes Ungeheuer wie Rabenjäger. Ich verschaffte ihm nämlich die Gelegenheit zum Diebstahl des Weißen Fells.«

Sie fuhr zusammen. »Du hast ihm geholfen, das Fell zu stehlen?«

Eisfeuer zuckte die Achseln. »Der Raub diente mir als Mittel zum Zweck.« Ein verschwörerisches Licht glitzerte in seinen Augen. Er winkte sie zu sich heran und senkte die Stimme zu einem Flüstern. Sie rückte näher, um ihn besser zu verstehen. »Du darfst mit niemandem darüber sprechen. Nicht mit deinen Leuten und schon gar nicht mit meinen. Ich habe gesehen, wohin mein Sohn Wolfsträumer geht. Ich kenne die Zukunft eures Volkes im Süden. Und ich weiß, wir waren vor sehr langer Zeit ein einziges Volk. Nach dem Tod meiner Frau veränderte sich mein Leben. Ich habe sie von ganzem Herzen geliebt. Als sie von mir gegangen ist, verließ ich das Lager. Einfach so, ohne konkreten Grund. Männer, die einen tiefen Schmerz in sich fühlen, machen zuweilen seltsame Dinge. Damals stand das Lager am Ufer des Salzwassers. Von dort war das südliche Meer nur einen Monatsmarsch entfernt. Inzwischen ist dieser Lagerplatz vom Wasser überspült und längst unter den Fluten begraben. Irgend etwas trieb mich die Küste entlang nach Osten.«

»Irgend etwas trieb dich?«

»In der Nacht peinigten mich Träume. Meine Frau füllte die Träume aus, aber ich spürte auch die Gegenwart einer anderen Frau. Wie meine Seele weinte auch die ihre über den Verlust eines geliebten Menschen.« Prüfend sah er sie an. »Ich weiß nicht, ob du mich verstehst, aber ich glaubte, es sei eine Geistfrau – sie habe den Platz meiner Frau eingenommen.« Er schluckte unsicher. »Eines Tages erwachte ich. Der Traum war sehr mächtig. Ich ging in Trance und hörte eine Stimme – eine mächtige Stimme. Sie berührte mich zutiefst. Zum erstenmal seit dem Tod meiner Frau spürte ich Verlangen. Und dann sah ich sie. Sie war wunderschön.« Er richtete sich auf und strich liebevoll über Tanzende Füchsins langes Haar. Sein Blick drückte größte Verehrung aus. Bewundernd streichelte er ihr Gesicht.

»Ich wußte, es war die Frau aus dem Traum. Ich . . . ich verfolgte sie. Ich hatte Angst, sie würde plötzlich im Nebel verschwinden, vielleicht wieder ins Meer zurückkehren. Diese Angst machte mich verrückt. Als sie mich sah und zu laufen begann, rannte ich ihr nach und rang sie nieder.« Unruhig knetete er seine Hände. Er schloß die Augen. »Ich nahm sie auf dem Sand. Der Traum hämmerte unablässig in meinen Ohren. Mit jeder Bewegung meines Körpers vergrößerte sich die Macht des Traumes, bis meine Seele sang und in seinem Glanz zu explodieren schien.

Ich lag auf ihr. Ich hatte mich völlig verausgabt. Dann sah ich hinunter in ihre Augen und entdeckte Leid und Entsetzen und Schmerz. Da erst wurde mir bewußt, was ich getan hatte.«

Mit finsterem Gesicht saß er am Feuer. »Ich kehrte in die Wirklichkeit zurück. Bruchstücke meines Traumes waren noch da. Plötzlich entdeckte ich die Medizinfrau, die mich während meines Traumes beobachtet hatte. Und ich wußte, dieses Mädchen, so schön, so verletzlich, liebte mich nicht. Ich blickte in ihre verstörten Augen und wußte, ich hätte sie lieben können. Und auch sie hätte mich lieben können. Aber Reihers Traum veränderte die Situation. So war es nicht vorherbestimmt. Es hätte anders kommen müssen. Und die Kinder, die bei dieser Vergewaltigung gezeugt wurden, veränderten sich durch die aufgezwungene Empfängnis. Kreise formten sich innnerhalb von Kreisen, alles veränderte sich, und nichts ergab einen Sinn. Es war wie bei einer Spirale. Was ist außen, und was ist innen?«

Sie starrte ihn an. Flüchtig entdeckte sie in seinen sanften Augen einen Teil seiner Seele. »Und du glaubst, ohne Reihers Einmischung wäre alles anders gekommen?«

Er nickte unglücklich. »Die Frau am Strand und ich waren füreinander bestimmt. Wir sollten uns lieben und unsere Völker vereinen. Statt dessen mußten so viele sterben. Die Überfälle begannen, weil es mir nicht vergönnt gewesen war, mit einer Frau aus deinem Volk zu meinem Clan zurückzukehren. Eine Verbindung mit dieser Frau hätte unsere Clans, die sich vor langer Zeit zerstritten hatten, vereinigt.«

»Vielleicht hatte Reiher ihre Gründe. Ich hörte, sie wurde ebenfalls von Mächten beeinflußt, die jenseits ihres bewußten Verständnisses lagen.«

Nachdenklich nickte er. »Vielleicht.«

»Hast du deinen Leuten nicht erzählt . . .«

»Ich habe niemandem die volle Wahrheit gesagt. Oh, Roter Feuerstein weiß ein wenig darüber. Aber gar nichts von der Macht der Symbolik. Er weiß nicht, wie wichtig es für uns ist, nach Süden zu gehen. Wüßte er Bescheid, würde er mich höchstwahrscheinlich auf der Stelle umbringen und sich die Decke des Hochverehrtesten Ältesten umlegen, obwohl ihn Visionen zu Tode erschrecken.«

Tanzende Füchsin berührte seine Hand. Seine Finger verschränkten sich mit den ihren. »Warum hast du es mir erzählt?«

»Ich weiß es nicht.« Er konzentrierte sich völlig auf das Feuer. Nach längerem Schweigen sagte er: »Erzählst du mir etwas von dir? Was treibt dich an?«

»Das Überleben meines Volkes.«

Eisfeuers Augen schienen sich in tiefe Teiche zu verwandeln. Sie fürchtete, darin zu ertrinken. »Und was bist du bereit, dafür zu geben?«

»Alles.«

»Ich weiß einen Weg.«

Argwöhnisch schielte sie ihn von der Seite an. »Und welchen?«

»Vertraust du mir? Nimmst du mich und ein paar meiner jungen Männer mit in euer Lager auf der anderen Seite des Großen Eises, damit wir das Weiße Fell zurückholen können? Wenn es deine Leute als eine Geste guten Willens sofort herausgeben und sie von meinem Clan dafür Kleidung, Essen und neue Zelte bekommen, müßte es doch möglich sein, allmählich unsere Völker zusammenzuführen.«

»Ein Volk wiederzuvereinen?«

Lächelnd drückte er ihre Hand. »Ja. Du kannst dir also vorstellen, wir alle könnten gemeinsam im Süden leben?«

»Gemeinsam.« Das Wort brannte ihr auf der Zunge. »Ich bin so lange allein gewesen. Ich weiß nicht, was dieses Wort bedeutet.«

Sein warmes Lächeln streichelte ihre Seele. »Ich auch nicht, aber es ist Teil des Traumes. Uns bietet sich die Chance zur Wiedervereinigung eines Volkes, das niemals hätte getrennt werden dürfen.«

Sie starrte in die rötlich-gelben Flammen, die über die das Feuerloch umgebenden Steine hinausloderten. Noch immer hielten sich Tanzende Füchsin und Eisfeuer bei den Händen. Langsam wanderten ihre Augen zu den ineinander verschränkten Fingern. Er bemerkte den Blick. Zögernd hob er mit der anderen Hand ihr Kinn, und ihre Blicke trafen sich.

Vertraue ich ihm? Prüfend sah sie ihm in die Augen und versuchte, in seiner Seele zu lesen. *Wie oft haben Männer mir leere Versprechungen gemacht? Für ihn geht es um ein neues Land. Und mein Volk? Können wir uns wirklich gegen sie behaupten? Seine Krieger sehen gesund und kräftig aus. Sie sind kriegslüstern. Können unsere jungen Männer sie aufhalten?*

Die unleugbare Realität unterbrach diesen Gedankengang. *Welche Wahl habe ich denn? Und ja – trotz aller Ängste, ich vertraue ihm.* Ihr Puls raste. *Närrin!*

»Es wird nicht leicht«, warnte er. Ihm war ihr Zögern nicht entgangen. »Ich glaube, darüber sind wir uns beide im klaren.«

Sie nickte. »Ich nehme dich und ein paar deiner jungen Männer mit zu meinem Volk. Auf Probe sozusagen, damit wir sehen, ob dein Vorschlag durchsetzbar ist. Aber auch Rabenjäger wird da sein.«

»Ja.« Er nickte ernst. »Ich bin auf diese letzte Konfrontation mit ihm vorbereitet.«

»Das sind die – kataklystischen Nebel.« Sie verstummte.

Wieder nickte er. Sie sahen sich an. »Weißt du, was passieren wird?«

Sie knirschte mit den Zähnen. »Nicht genau.«

Er schien etwas sagen zu wollen, zog es aber nach einem Blick auf sie vor, zu schweigen. »Ich wünschte, ich wüßte, welcher von beiden der Stärkere ist.«

Kapitel 63

Wolfsträumer streckte die Beine aus, um die vom langen Sitzen herrührenden Krämpfe zu lindern. Im Geiste durchlebte er immer wieder seine Freude und Erleichterung bei der Wanderung durch das Große Eis. Er hatte sein Volk sicher durch die dunkle Eisrinne geführt.

Auf der anderen Seite angelangt, hatte Junges Moos einen Freudentanz aufgeführt – ein sichtbarer Ausdruck des Großen Einen, auch wenn es der kleine Junge natürlich nicht wußte. Begrüßungsschreie und Rufe hatten die kalte Luft durchschnitten. Die Menschen waren einander in die Arme gefallen, hatten gelacht, und so manche Träne war über zerfurchte, von Leid und Elend verhärmte Gesichter geflossen.

Als erster war ihnen im Tal Hüpfender Hase begegnet. Er kam gerade einen Hang heruntergelaufen. Bei ihrem Anblick hatte er wie ein Wahnsinniger gewinkt. Sein Gesicht leuchtete dabei auf wie die Sonne.

So viel Freude nach so viel Leid. Eine Spirale, ein Kreis innerhalb eines Kreises, macht keinen Unterschied zwischen den verschiedenen Ebenen. Alle Dinge passieren den Kreis, verändern sich, bewegen sich abwärts auf der Spirale des Lebens. In dem Kreis, in dem sie sich gerade befanden, war die Zeit der Verzweiflung vorbei. Nur die Herausforderung blieb – bis zur nächsten Kurve der Spirale.

Wer könnte je die strahlende Erleichterung auf dem Gesicht von Der der schreit beim Wiedersehen mit seiner Frau vergessen? Er blieb vor ihr stehen, hielt sie auf Armeslänge von sich entfernt und sah sie wortlos an. Die Blicke der beiden waren voller Freude und Gnade. Dann umarmten sie einander, fast gewalttätig, so daß die Umstehenden fürchteten, sie würden sich gegenseitig die Rippen brechen.

Wolfsträumer senkte den Kopf. Luft und Leben erfüllten seine Brust. Schließlich erhob er sich seufzend, nahm die Decke vom Boden auf und erinnerte sich wehmütig an die Zeit in Reihers Höhle. Er sehnte sich zurück. Ah, die Dunkelheit, die liebliche Feuchtigkeit und der Wohlgeruch des reinigenden Dampfes. Er blickte sich um. Sein Blick fiel auf Gebrochener Zweig, die gerade heiße Steine in einen Sack aus Büffeldärmen steckte. Dampf.

Wolfsträumer überlegte. Das laute Durcheinander im Lager störte seine Konzentration. Hier konnte er keinen freien Kopf bekommen. Hier herrschte nur Unruhe. Morgen sollte er für sie die Tiere herbeiträumen.

Er ging zum Feuer hinüber, kniete nieder und hob ein brennendes Föhrenscheit auf. Prüfend beobachtete er das glühende Ende des brennenden Astes. Bläulicher Rauch stieg in die kalte Luft empor. Er spürte die Blicke der Leute auf sich gerichtet. Es gab kein Entrinnen. Langsam ging er den Hang hinauf zu den Bäumen. Immer wieder blies er auf den Ast, damit das Feuer nicht ausging. Die Menschen teilten sich vor ihm, machten bereitwillig Platz. Bei seinem Anblick verstummten alle Gespräche.

Unter den Bäumen sammelte er tote Äste und entzündete ein Feuer. Als es knisternd zum Leben erwachte, klaubte er ein paar handgroße Steine aus dem Schnee – Gebrochener Zweigs Kochsteinen ähnlich – und warf sie in das Feuer, damit sie heiß wurden.

Er spürte sie. Von allen Seiten fühlte er Blicke auf sich gerichtet. Durch die Bäume, von den Schneewehen herab. Überall befanden sich Menschen. Ihre Augen folgten ihm überallhin, beobachtend, neugierig, was er jetzt wohl als nächstes tun würde.

Unruhe.

Träumen war unmöglich.

»Du hast es mir prophezeit, Reiher. Aber ich hätte nie gedacht, daß es so schwer sein würde.«

Er stand auf und schritt hin und her. Schnee stob unter dem Saum seines Umhangs auf, den er Großvater Eisbär vor so langer Zeit, damals im Eis, vom dampfenden Leib gezogen hatte. Er kauerte sich nieder, nahm die heißen Steine vom Feuer und gebrauchte sie auf dieselbe Weise wie eine Mutter, die die Decken für ihr Kind anwärmte. Er zog sich die Decke über den Kopf, nahm eine Handvoll Schnee und besprengte die Steine mit den weißen Kristallen.

Zischender, warmer Dampf stieg auf und kräuselte sich über seinem Kopf. Sicher, es war nicht Reihers Höhle, aber sein Geist wurde frei. Entspannt wartete er auf das Gefühl des Großen Einen. Der Dampf verflüchtigte sich. Erneut warf er Schnee auf die Steine. Er atmete tief ein, fühlte die Verkrampfung und die Unruhe von sich abfallen. Es gelang ihm, den Geysir zu spüren. Er konnte seinen Geist reinigen. Er konnte träumen.

Sein Bewußtsein dehnte sich über alle Grenzen aus. Er fühlte die dunkle Gegenwart in seiner Nähe. Plötzlich hämmerte sein Herz. Seit Monaten wußte er, der Konflikt rückte unerbittlich näher. Er kam aus dem Norden.

Er hüllte sich völlig in das Eisbärfell ein. Dampf erfüllte die schützende Zuflucht unter dem Fell und streichelte sein Gesicht. In der feuchten Dunkelheit bewegten sich peinigende Bilder.

Kapitel 64

In der endlosen Dunkelheit stürzte Rabenjäger über einen fast hüfthohen Felsbrocken. Dabei schlug er sich den Kopf auf. Der rasende Schmerz in seinem verletzten Arm raubte ihm kurz das Bewußtsein. Er fühlte sich entsetzlich krank. Bunte Lichter wirbelten vor seinen Augen. Er blieb ermattet liegen. Das Gewicht des Weißen Fells nagelte seinen verwundeten Arm geradezu am Boden fest. Seine keuchenden Lungen stachen bei jedem Atemzug. Dazu kam nun noch der Schmerz am Kopf, den er sich am Fels aufgeschlagen hatte.

»Muß weiter«, japste er. »Macht steckt im Fell. Mir gehört die Macht. Muß weiter.«

Mit der Hand seines gesunden Armes tastete er über den Felsblock. Er mußte die Größe des Hindernisses abschätzen. Anschließend zerrte er das schwere Fell darüber hinweg. Da er dabei nur seinen guten Arm gebrauchen konnte, fiel es ihm unendlich schwer. Unter Aufbietung seiner letzten Kräfte wuchtete er das Fell wieder auf die Schulter. Seine Knie gaben nach, die Beine zitterten. Schritt für Schritt tastete er sich stolpernd weiter, völlig allein mit den im Eis ächzenden und stöhnenden Geistern. Scharfkantige Steine schnitten durch die Sohlen seiner alten Stiefel. Durch die Löcher in den Sohlen drang Eiseskälte und machte seine Füße gefühllos.

Umgeben von schwärzester Dunkelheit ging er Schritt für Schritt vorwärts, stets gebückt, damit er sich an überhängendem Eis nicht den Kopf aufschlug.

Er rieb seine Wange an dem Weißen Fell, um dessen Kraft in sich aufzunehmen. Wie ein Ertrinkender klammerte er sich an diese Kraft und saugte sie ein. Seinen Lederbeutel hatte er längst zerschnitten. Nun besaß er nur noch einen schmalen Lederstreifen, auf dem er herumkauen konnte.

Immer weiter schleppte er sich voran. Einzig die Aussicht auf eine glorreiche Zukunft, auf die Macht, hielt ihn noch aufrecht. Sobald das Volk das Weiße Fell sah, gehörte ihm die Macht. Die Menschen warteten auf ihn – und auf das Weiße Fell. Irgendwo da vorn, jenseits der Dunkelheit, warteten sie sehnsüchtig auf ihn.

Die Berge leuchteten blauviolett in der Dämmerung. Die letzten Sterne blinkten am südlichen Horizont. Vor ihnen erhob sich schemenhaft das Große Eis – eine gewaltige weiße Wand, geisterhaft unfaßbar im weichen Licht. Windfrau peitschte den Schnee von den Gipfeln und griff mit langen kalten Fingern nach den Menschen, die sich um ein kleines Feuer zusammenkauerten. Sie wikkelten sich eng in ihre Decken und starrten auf die kristallene, kalte Öde.

Singender Wolf hielt sich ein wenig abseits. Grübelnd lehnte er an einem Felsen, der vom steilen Abhang herabgestürzt war. Er war fast die ganze Nacht wach geblieben und hatte nachgedacht, obwohl Nachdenken nicht gerade seine Stärke war. Sein Blick fiel auf Eisfeuers Zelt. Unwillkürlich zuckte er zusammen. Das Zelt stand inmitten des Lagers. Der Frost hatte es völlig mit Reif und Eis überzogen. Seit einer Woche ging Tanzende Füchsin jede Nacht in das Zelt des Hochverehrtesten Ältesten und verließ es erst wieder im

Morgengrauen. Ihre Krieger, besonders Rabenjägers einstmals treueste Anhänger, schnaubten vor Wut. Sie stießen wilde Drohungen aus und sprachen von Verrat.

Singender Wolf seufzte müde. Nachdenklich wischte er den Schnee von einem Stein und flüsterte: »Sie ist keine Verräterin.«

Ihm waren schon bald die zärtlichen Blicke aufgefallen, die Tanzende Füchsin und Eisfeuer gewechselt hatten. Die beiden fühlten sich zueinander hingezogen, das war offensichtlich. Und er verstand, warum. Der Alte hatte große Ähnlichkeit mit Wolfsträumer. Tanzende Füchsin mußte sich zwangsläufig zu ihm hingezogen fühlen. Sie hatte den Träumer von ganzem Herzen geliebt.

Vielleicht würde die Tatsache, daß Tanzende Füchsin und Eisfeuer die Decken teilten, für beide Völker von Vorteil sein. Vielleicht. Er formte einen Schneeball und warf ihn in die blauviolette Morgendämmerung.

»Das ist einfach verrückt!« hörte er Schreiender Adler flüstern, der gerade Wache hatte.

Singender Wolf sah den jungen Mann mit der geballten Faust zum Lagerplatz der Anderen drohen. Schwacher Feuerschein fiel auf sein wutverzerrtes Gesicht.

»Morgen bringen wir diese Anderen durch das Loch im Eis. Ich fasse es einfach nicht!«

»Ich kann es auch kaum glauben«, bemerkte Krähenfuß, der mit Schreiender Adler zur Wache eingeteilt war. Sein rundes Gesicht glühte im Licht des Feuers rosig wie das eines kleinen Jungen. »Wir führen Männer, die unsere Frauen vergewaltigt und unsere Brüder getötet haben durch das Große Eis. Das ist Wahnsinn.«

Singender Wolf massierte sich die Stirn und trottete müde zum Feuer hinüber. Die beiden erschraken, als er so unvermutet aus dem Dunkel auftauchte. »Vergeßt nicht, ihr habt geschworen, euch friedlich zu verhalten.«

Gewandt wie eine Katze drehte sich Krähenfuß um. »Du hattest schon immer ein zu weiches Herz, Singender Wolf. Ich erinnere mich noch gut an die Zeit, als du mit Rabenjäger und uns auf dem Kriegspfad warst. Damals zählten Schwüre nicht allzuviel, eh?«

Singender Wolf atmete schneller. Die Atemwolken hüllten seinen Kopf fast ein. »Rabenjägers Taten dienten unserem Volk nicht zum Vorteil. Wolfsträumer dagegen handelt zum Wohle unseres Volkes.«

»Zum Wohle unseres Volkes!« höhnte Krähenfuß. »Ist es vielleicht zum Wohle unseres Volkes, daß ich die Bestie, die meine Schwester ermordet hat, nun an meine Brust drücken soll?«

Singender Wolf senkte die Augen. »Ich weiß, es fällt keinem leicht, aber wir alle müssen . . .«

»Du warst in Eisfeuers Zelt!« schrie Krähenfuß. Das Echo seiner Stimme hallte durch das Lager und das ganze Tal.

»Was ist wichtiger? Deine tote Schwester? Oder das Überleben unseres Volkes?«

Krähenfuß trat einen Schritt vor. Seine Nase berührte fast die von Singender Wolf. »Glaubst du, wenn wir diese Tiere zu unseren Frauen und Kindern führen, überleben wir?«

»Ich glaube dem Träumer.«

»Du glaubst.« Krähenfuß grinste spöttisch und spuckte in hohem Bogen aus.

Singender Wolf mußte all seine Willenskraft aufbieten, um nicht rasend vor Wut aus der Haut zu fahren. »Ich warte ab«, stieß er bitter hervor. Er erstickte fast an jedem Wort. »Ich glaube, *Junge*, daß hier und jetzt mehr auf dem Spiel steht, als du oder ich überhaupt ahnen. Ich glaube, diese Angelegenheit müssen der Ältestenrat und die Träumer lösen.«

Krähenfuß zuckte zurück, als hätte man ihn gebissen. »Und ich glaube, wir sollten sie alle umbringen.« Flink wie eine Maus verschwand er pfeilschnell in der Dunkelheit.

Singender Wolf sah ihm nach. Der Schatten des jungen Mannes fiel auf das schimmernde Eis.

»Rabenjäger wüßte genau, was zu tun ist«, behauptete Schreiender Adler. »Er hätte niemals einen Waffenstillstand mit diesen Schlächtern geschlossen.«

Ich habe mich sehr verändert, dachte Singender Wolf. *Früher hätte ich lautstark nach dem Blut der Anderen verlangt. Jetzt muß ich mein Temperament zügeln. Ein kindischer Wutausbruch könnte alle Hoffnungen meines Volkes zerstören. Bedeutet Führerschaft eine ständige Auseinandersetzung mit unabänderlichen Zwängen?* Prüfend betrachtete Singender Wolf den neben ihm stehenden jungen Krieger. *Der der schreit ist viel klüger als ich. Er hält sich aus dieser gefährlichen Verantwortung heraus.*

Mit gleichgültiger Stimme murmelte er: »Ihr habt bei den Geistern der Langen Finsternis geschworen, abzuwarten. Wir müssen prüfen, ob ein dauerhafter Frieden zu schließen ist. Gilt nun euer Wort oder nicht?«

Schreiender Adler wandte ihm das Gesicht zu. Das vom Schnee reflektierte Feuer warf seltsame Schatten. »Ja, Mann ohne Mut, ich warte ab. Aber wenn wir dort sind – wenn wir im Lager meines Volkes sind –, habe ich mein Wort gehalten.«

Hinter einem großen Findling erklang ein Geräusch. Es hörte sich an wie das Scharren von Stiefeln auf Kies, als ob jemand dahinterstünde und lauschte. Singender Wolf und Schreiender Adler schwiegen einen Augenblick und wandten ihre Aufmerksamkeit dem Felsbrocken zu. Keine weiteren Geräusche waren zu vernehmen. Ruhig fragte Singender Wolf: »Und was ist mit den anderen Kriegern?«

»Alle halten ihr Wort. Im Unterschied zu dir hat die Ehre für uns eine große Bedeutung. Das haben wir von Rabenjäger gelernt.«

»Und was hat er euch sonst noch beigebracht?« fragte Tanzende Füchsin und trat hinter dem großen, dunkel aufragenden Findling hervor. Sie trug einen zerschlissenen Karibumantel. Das schwarze Haar leuchtete vor dem Hintergrund ihrer Polarfuchskapuze.

Schreiender Adler fuhr herum. Hämisch grinsend sagte er: »Hat Eisfeuer schon genug von dir? Geh nur so schnell wie möglich wieder in sein . . .«

»Beantworte meine Frage, Krieger!« Tanzende Füchsins Stimme war so eisig wie die Schneekristalle, die Windfrau ihnen ins Gesicht blies. »Ist Haß alles, was euch Rabenjäger beigebracht hat? Hat er vergessen zu erwähnen, wie wichtig Klugheit und die Fähigkeit zu klarem Denken sind? Hat er euch gelehrt, die Weisheit unserer Ältesten zu mißachten? Hat er nie erwähnt, daß unser Volk seit mehreren hundert Langen Finsternissen darum gekämpft hat, in Frieden zu leben, wie es Sonnenvater von uns erwartet?«

»Rabenjäger *ist* der Sohn von Sonnenvater!« rief Schreiender Adler. »Er wurde geboren, um uns einen neuen Weg zu zeigen.«

»Warum bist du dann nicht mit ihm gegangen, als Wolfsträumer ihn weggeschickt hat?«

Schreiender Adler mahlte mit den Zähnen und verschränkte abweisend die Arme vor der Brust.

Das Schweigen dehnte sich endlos. Nach einer Weile wiederholte Singender Wolf die Frage: »Warum nicht?«

»Das mag ein Fehler gewesen sein.«

»Das glaube ich kaum.«

»Merkt ihr denn nicht, was geschieht? Was wird, wenn wir Frieden schließen? Was dann? Wie sollen wir uns von den Anderen absondern? Übernimmt das Große Geheimnis die Stelle von Sonnenvater? Werden die Träume abgelöst von ihren Visionen?«

Tanzende Füchsin fragte: »Wollte Rabenjäger nicht genau das erreichen? Nämlich Wolfsträumer vernichten? Ihn während eines Traums mit einem Speer durchbohren – *noch dazu während der Erneuerung*?«

Schreiender Adler unterdrückte einen Seufzer. »Das war falsch. Er war wütend, darum hat er diese Dummheit gemacht. Er hat zusehen müssen, wie sein Freund durch Hexerei getötet wurde. Er . . .«

»Plötzlich ist es Hexerei?« Singender Wolf zog eine Augenbraue hoch. »Kein Traum?«

»Ich . . . ich weiß gar nichts mehr.«

»Sonnenvater kann wirklich stolz auf uns sein«, schnaubte Tanzende Füchsin. »In unserem Lager können es die Krieger kaum abwarten, die Anderen mit ihren Speeren zu durchbohren. Sie wollen Blut fließen sehen und lachen, während die Anderen sterben. In Eisfeuers Lager können sie es kaum abwarten, bis sie ihr Weißes Fell wiederhaben und endlich unsere Körper aufspießen dürfen.« Sie schüttelte den Kopf. »Wir werden alle sterben, wenn wir uns nicht ändern.«

»Was redest du da? Sterben?«

»Du hast den Träumer gehört. Die Welt verändert sich. Das Eis schmilzt, die Meere steigen. Vielleicht haben die Visionäre recht, die uns den Weltuntergang vorhersagen. Vielleicht ist die ganze Welt verrückt geworden.«

»Vielleicht«, pflichtete ihr Schreiender Adler verdrossen bei.

»Werdet ihr euch an euren Schwur halten, bis wir bei unserem Volk sind?« fragte sie bittend.

»Ja. Aber von da an sind wir freie Männer.«

»Und was fangt ihr mit eurer Freiheit an?«

Unbehaglich zuckte er die Achseln. »Vielleicht kehrt keiner der Anderen mehr zurück, um den Kriegern zu sagen, wo sich die Öffnung im Eis befindet.«

»Mondwasser hält sich beim Weißen-Stoßzahn-Clan auf. Sie weiß genau, wo das Loch ist.«

Schreiender Adler lachte rauh. »Dann muß sie eben auch sterben.«

»Und das Kind von Hüpfender Hase?« erkundigte sich Singender Wolf kalt.

»Es ist ein Halbblut.« Schreiender Adler grinste böse.

»Genau wie dein Held Rabenjäger«, brummte Tanzende Füchsin. »Vielleicht entsteht wahre Stärke erst durch eine Mischung unseres Blutes mit dem der Anderen, eh?« Sie drehte sich um und ging der aufgehenden Sonne entgegen zurück in Eisfeuers Lager. Aus dem Zelt des Ältesten stieg eine wohlige Wärme versprechende Rauchwolke in den Himmel. Der angenehme Geruch des Feuers drang durch die Felltür nach draußen.

Sonnenvater färbte den Horizont erst rosa, dann glühend orange. Er tauchte die Gipfel der Berge in ein golden schimmerndes Licht. Silbrige Wolkenfetzen trieben am Himmel.

Mit finsterem Gesicht wandte sich Schreiender Adler an Singender Wolf. »Was redet sie da? Rabenjäger kann unmöglich ein . . .«

Das grelle Licht schmerzte in seinen Augen. Wolkenmutter hatte sich versteckt, und Sonnenvaters gleißende Lichtstrahlen ließen ihn fast erblinden. Hatte die Sonne je so hell geschienen? Rabenjäger wandte den Blick ab. Tränen stiegen ihm in die Augen. Das Fell auf seiner Schulter erstrahlte in weißem Glanz und schien das Eis zu beiden Seiten des Ausgangs in lodernde Flammen zu setzen. Er stolperte aus der Eisrinne hinaus. Sein Rücken krümmte sich unter Schmerzen. Er hatte das Gefühl, niemals wieder aufrecht gehen zu können.

Sein verletzter Arm baumelte kraftlos an seinem Körper. Er war stark geschwollen, die Finger so aufgedunsen, daß die einzelnen Glieder nicht mehr zu unterscheiden waren.

Nachdem sich seine Augen an die Helligkeit gewöhnt hatten, blickte er sich suchend um. Endlich entdeckte er die Fußspuren der Leute im kiesigen Boden. Teilweise waren sie schneebedeckt.

»Wir haben es geschafft.« Er rieb die Wange am Weißen Fell. »Bald sind wir am Ziel!«

Rabenjäger folgte den Stiefelspuren. Tief gebeugt unter seiner Last stolperte er weiter. Endlich kam Wolkenmutter wieder zum Vorschein und bezog den Himmel. Eine bedrohliche, unheimliche Stille breitete sich aus. Doch er war zutiefst froh, nicht mehr dem schonungslosen Licht der Sonne ausgesetzt zu sein.

Hoch über ihm krächzte ein Rabe.

Das Lager schmiegte sich an einen Föhrenhain. Zelte aus Büffelhäuten standen in einem großen Halbkreis um einen offenen Platz, auf dem die Kinder spielten. Frauen und Männer beschäftigten sich damit, die Tiere auszunehmen und zu verarbeiten, die ihr Träumer gerufen hatte.

Wolfsträumer saß auf einem Baumstumpf und stierte auf die Kadaver. Bei ihrem Tod hatte er mit den Tieren gelitten. Er hatte am eigenen Leib den Schmerz gefühlt, als die Speere sie trafen und die lebenswichtigen Organe Herz, Lunge und Leber zerstörten. Er war eins mit ihnen gewesen, erstickte mit an ihrem Blut, teilte ihr Entsetzen, als der Tod die Hand nach ihnen ausstreckte und ihre Augen brach.

Gleichzeitig teilte er jedoch auch die überschäumende Leidenschaft der Menschen, die freudig erregt die Reihen der erlegten Tiere abschritten: ein ganzes Jahr Leben. Bald würde es in den Zelten genügend Fleisch und neue Kleidung geben.

Verborgen unter Leid und Freude spürte er in seinem Innern eine andere Wirklichkeit – aber er wußte, noch durfte er nicht in die unergründliche Tiefe dieser Wahrheit hinabsteigen. Vorher mußte er spinnengleich die ersten Fäden des roten Netzes auswerfen.

»Ha!« grunzte Der der schreit und gesellte sich zu Wolfsträumer. »Wir haben schon eine Menge Tiere ausgenommen. Dabei sind mir merkwürdige Dinge aufgefallen. Zum Beispiel die Lungen. Keines der Tiere hat Würmer in den Lungen. Wie das wohl kommt?«

Wolfsträumers Augen wanderten nach Norden in Richtung auf die lauernde Schwärze, die mit jedem Atemzug an Macht gewann. »Wir sind nicht die einzigen Lebewesen, die nach Süden ziehen.«

»Glaubst du, das Loch im Eis wird größer, und dann kommen auch die Tiere durch?«

Er lächelte vage. »Bald folgen uns Mammuts, Karibus und Büffel. Und mit ihnen kommen die Würmer.«

»Ist das gut?«

Grinsend breitete Wolfsträumer die Arme aus. Er begann zu tanzen, drehte sich wie eine Spirale im Kreis, ohne je ein zweites Mal in seine Fußspuren zu treten. »Siehst du, wie ich tanze? Wie viele Male habe ich mich gedreht?«

»Was?« fragte Der der schreit verblüfft. »Ich weiß nicht.«

»Sieh her!« Wolfsträumer vollführte denselben Tanz noch einmal in umgekehrter Richtung. Im Innern der Spirale angekommen, sprang er aus den Bögen. Fragend zog er eine Augenbraue hoch. »Jetzt sag mir, was kam zuerst. Tanzte ich von innen nach außen, oder von außen nach innen?«

»Beim erstenmal von innen nach außen, beim zweitenmal von außen nach innen.« Er zeigte auf die Spuren. »Das kann dir jeder Jäger sagen.«

Wolfsträumer seufzte enttäuscht. »Was kam zuerst? Die Innenseite oder die Außenseite?«

Der der schreit schob die Unterlippe vor. »Was hat das mit den Würmern zu tun?«

Wolfsträumer warf den Kopf zurück und lachte schallend. Er konnte sich gar nicht mehr beruhigen und lachte, bis er sich den Bauch halten mußte. Der der schreit kam sich vor wie ein Narr, stimmte aber vorsichtshalber in das Lachen mit ein. Dabei fragte er sich völlig verunsichert, was er denn so entsetzlich Komisches gesagt hatte.

Immer noch lachend sank Wolfsträumer auf einen gefällten Baumstamm und klopfte einladend mit einer Hand darauf als Aufforderung an den Freund, neben ihm Platz zu nehmen.

Der der schreit schielte aus den Augenwinkeln zu ihm hinüber. »Mir gefällt es gar nicht, wenn du in Worten sprichst, die ich nicht verstehe. Du entfernst dich so oft von uns und läßt uns allein und ohne Führung.«

»Ich weiß . . .« sagte er erschöpft. Ein schüchternes Lächeln, das an den alten Der im Licht läuft erinnerte, glitt über sein Gesicht. »Um deine Frage klar zu beantworten, ja, die Würmer kommen ebenfalls in den Süden. Wie wir leben auch sie von den Tieren. Viele Geschöpfe, die jetzt südlich von uns leben, werden aussterben. Zum Teil, weil die Welt sich ändert, zum Teil unseretwegen und wegen der Würmer. Veränderung ist der Atem des Großen Einen, ein Schritt im Tanz. Du siehst den Tänzer – aber der Tänzer ist niemals da.«

Der der schreit schluckte die Worte hinunter, die er gerade über die Würmer hatte sagen wollen. Sein Gesicht drückte außerordentliche Verwirrung aus.

Er ist ein guter Mann. Obgleich Der der schreit es selbst gar nicht weiß, tanzt er näher am Großen Einen als alle anderen. Er ist rein. Er läßt sich von seinem stetig wachsenden Einfluß nicht beeindrucken. Ein Anflug von Angst packte ihn. *Dieser Mann wird mir mehr fehlen als alle anderen. Und das Ende ist schon so nah. Es kommt schon sehr, sehr bald.*

Ein Stück weit von ihnen entfernt lief ein Kind durch das Lager. Hoch über seinem Kopf schwenkte es einen Stock. Ein Hund sprang hoch, schnappte nach dem Stock und verfolgte bellend das Mädchen.

»Ich weiß nie, worauf du hinauswillst.«

»Auf mich folgt ein anderer, der wird es dir erklären.«

»Wer? Können wir . . .«

Die Empfindung flammte schlagartig in ihm auf. In seinem Kopf drehte sich alles. Hätte ihn Der der schreit nicht gerade noch rechtzeitig aufgefangen, wäre er vom Baumstamm gefallen. Der der schreit hielt ihn fest, während die Welt schimmernd um ihn versank.

»Ich muß gehen«, stöhnte Wolfsträumer. Schweratmend kam er wieder auf die Beine. Er mußte die Arme ausbreiten, um das Gleichgewicht halten zu können. Er fühlte, wie die roten Fäden ihn einhüllten, wie sie sich fester und fester um ihn legten. »Das Netz ist fast fertig. Die Spirale der Spinne trifft innen und außen zusammen.«

Aus schmalen Augen starrte Der der schreit den jungen Mann an, der einmal sein Freund gewesen war. »Gehen? Wohin? Kann ich dich begleiten und . . .«

»Nein. Ich muß mich vorbereiten. Den Traum vollenden.«

Endlich fand er das Gleichgewicht wieder. Taumelnd schritt er auf den von Föhren bewachsenen Hügel über dem Lager. Nie schienen ihm seine Schritte leichter, nie sein Herz schwerer gewesen zu sein.

Kapitel 65

Bedrückend und dumpf empfing sie die Dunkelheit. Über ihnen stöhnten und ächzten die Geister so laut, daß die Menschen ihre eigenen Worte nicht mehr verstehen konnten. Eisfeuer ging mit dem Rücken zur rauhen Eiswand. Vorsichtig setzte er Fuß vor Fuß und tastete sich mit den Händen an der Wand entlang. Mit anmutigen Bewegungen ging Tanzende Füchsin vor ihm her. Im Schein der Tranlampe bewunderte er die Silhouette ihres geschmeidigen Körpers. Mondwasser hatte ihm genau beschrieben, wo die Lampe versteckt war, und er hatte sie tatsächlich auch gleich gefunden. Ein solch winziges Licht an einem so furchteinflößenden Ort. Und sie war ganz allein durch das Dunkel gegangen, während das Wasser stieg. Seine Hochachtung und Bewunderung für Tanzende Füchsin wuchsen stetig.

Sie mußten sich zum Weitergehen zwingen. Trotz der zwischen ihnen brodelnden Feindseligkeit bildeten sie eine Schlange. Das Eis über ihren Köpfen machte Männern und Frauen mehr angst als ihr mörderischer Haß aufeinander.

»Tagtäglich empfinde ich mehr Respekt für Wolfsträumer«, gab Eisfeuer zu. »Wie kann sich nur jemand auf ein solches Risiko einlassen?«

Tanzende Füchsin nickte. »Ich bin schon zweimal durchgegangen. Aber es wird nie leichter.«

Ein Schrei ertönte. Jemand stürzte mit einem dumpfen Aufschlag. Dabei war ein knackendes Geräusch zu hören als breche ein Speerschaft. Roter Feuerstein ächzte laut.

»Was ist los?« rief Singender Wolf in die Dunkelheit. Das unheimliche Echo warf seine Stimme zurück.

»Mein Fuß«, jammerte Roter Feuerstein. Man hörte das Schaben von Pelz auf Fels und Kies.

»Hier. Ich bin bei dir. Nimm meine Hand«, befahl Singender Wolf. »Ich knie jetzt nieder und befühle deinen Knöchel. Kannst du meine Hand führen?«

Tanzende Füchsin kehrte um und eilte mit der Lampe zu dem Verletzten. Eisfeuer folgte ihr dicht auf den Fersen.

Im trüben Licht sahen sie Singender Wolf über den Sänger gebeugt. Er tastete das Bein des Alten ab. Bei der Berührung entfuhr Roter Feuerstein ein gequälter Aufschrei.

»Ich spüre es sogar durch den Stiefel. Gebrochen.«

Roter Feuerstein wimmerte. »Nicht hier drin«, flüsterte er.

»Wir bringen dich schon raus«, versicherte ihm Singender Wolf. Er nahm seine Rückentrage ab und öffnete sie. Nach längerem Suchen förderte er zwei Lederriemen und zwei Stöcke zutage. »Ich schiene das Bein. Wir tragen dich auf den Schultern.«

»Warte«, rief Gebrochener Schaft von hinten. »Er ist unser Sänger. Wir tragen ihn.«

Im Dunkeln erklang Eisfeuers befehlsgewohnte Stimme. »Wir tragen ihn abwechselnd – und jeden anderen ebenfalls, der sich noch verletzen sollte. Oder habt ihr vergessen, wo wir uns befinden?« Er blickte sich um. Im dämmrigen Lampenschein sah er in verwirrte, verängstigte Gesichter.

Das Eis über ihnen geriet in Bewegung. Das laute, schabende Geräusch und die gleichzeitigen Erschütterungen erschreckten sie zu Tode. Niemand rührte sich.

»Wir wechseln uns ab«, brach Tanzende Füchsins frische Stimme das Schweigen. Mit der Lampe in der Hand bückte sie sich und leuchtete Singender Wolf, der sachkundig Roter Feuersteins Bein schiente.

Die Feuerstellen leuchteten in der Dunkelheit bernsteinfarben auf. Vor den Flammen waren die Silhouetten geschäftiger Menschen zu erkennen. Sie machten sich an den Kochsäcken zu schaffen. Von Wohlstand zeugende neue Zelte aus besten Häuten schmückten das Lager. Der Duft von gebratenem Fleisch, gerösteter Leber und Fett vermengte sich in der Luft mit dem beißenden Geruch eines seltsamen Rauches. Windfrau hatte ihren rauhen Atem angehalten. Fröhliche Stimmen erklangen in der Stille der Nacht. Die Nebel hatten sich an diesem herrlichen Abend verzogen und gaben den Blick frei auf die funkelnden Sterne. Rabenjäger seufzte zugleich stolz und erleichtert. Eine Hundemeute stürmte kläffend auf ihn zu.

»Haut ab! Ihr dreckigen . . .« fluchte Rabenjäger und trat schwach nach den blitzschnell reagierenden Tieren.

»Wer ist da?«

»Rabenjäger«, antwortete er hochmütig auf die Frage der Wache. Er versuchte, sich seine Erschöpfung nicht anmerken zu lassen. Auf zitternden Beinen stolperte er weiter. Hinter ihm ertönten Schritte.

»Du bist verletzt. Ich helfe dir. Trägst du einen Verwundeten auf der Schulter? Ist das ein Körper? Was . . .?«

»Verschwinde!« schrie er den jungen Mann an, der es gewagt hatte, nach dem Weißen Fell zu greifen. Als wolle sie seine Worte bekräftigen, schickte Windfrau im selben Moment eine beißende Bö.

Erschrocken verschwand der Mann in der Dunkelheit.

Mit leuchtenden Augen trat Rabenjäger in den Schein des größten Feuers. Erleichtert ließ er das Weiße Fell von seinem Rücken auf die Decke von Grünes Wasser gleiten. Die Leute starrten ihn aus großen Augen an. Ihre Gesichter drückten maßloses Erstaunen aus, fast so, als sei eines der Monsterkinder geradewegs vom Himmel zu ihnen herabgestiegen. Wölfisch spähte er in die Runde.

»Rabenjäger!«

Der Name eilte von Mund zu Mund.

Ja. Innerlich lachend durchbohrte er sie förmlich mit seinen Augen. Der offensichtliche Respekt ihm gegenüber freute ihn über alle Maßen. *Ich bin zurück, Leute. Ich bin zurückgekehrt – und führe euch auf einen neuen Weg. Einen Weg, auf dem ihr mir alle folgen werdet. Jetzt wird mich niemand mehr in Frage stellen. Niemand wird es wagen, MEINE Führung anzuzweifeln.*

»Seht ihn an! Er ist ein anderer geworden – völlig verändert.« »Seht doch das Licht in seinen Augen. Wie bei einem Träumer – er hat etwas gesehen.« – »Wie kann er es wagen, zurückzukommen?« murmelten sie. Er brach in schallendes Gelächter aus, und sie wichen verstört zurück.

»Rabenjäger?« Büffelrücken tauchte aus der Dunkelheit auf. Seine wäßrigen alten Augen blinzelten unsicher. Der Feuerschein beleuchtete sein runzliges Gesicht.

»Ich bin zurückgekehrt!« verkündete Rabenjäger. Hochaufgerichtet schlug er sich mit der gesunden Faust triumphierend auf die Brust. »Seht mich an!«

Aus dem ganzen Lager strömten die Leute herbei. Der Schnee knirschte unter ihren Schritten. Ängstlich sahen sie einander an und flüsterten hinter vorgehaltener Hand miteinander.

»Seht ihr mich?« rief er. »Ihr habt einen Helden vor euch!« Er streckte die geballte Faust hoch über den Kopf. »Ich, Rabenjäger, der größte Krieger meines Volkes, ging hin, um Eisfeuer, den Schamanen der Anderen, zu töten. Ich, Rabenjäger, größter Krieger meines Volkes, stahl statt dessen das Weiße Fell! Was ist das Leben eines nutzlosen Träumers gegen Herz und Seele eines ganzen Volkes?«

»Was hast du getan?« fragte Büffelrücken, dem fast die Augen aus dem Kopf quollen. »Das Weiße Fell gestohlen? Das Weiße Mammutfell? Das ihre ganze Macht . . .« Unfähig weiterzusprechen, verschluckte er den Rest des Satzes. Entsetzt trat er einen Schritt zurück. Unter den Zuschauern erhob sich unruhiges Gemurmel.

»Ich nahm es mir!« erklärte er selbstgefällig. Die freudige Erregung über seinen Triumph verlieh ihm neue Kräfte. »Ich beraubte sie ihres Geistes, ihres Mutes und ihres Willens. Glaubt ihr vielleicht, sie könnten sich jetzt noch gegen uns behaupten? Glaubt ihr immer noch, die lächerlichen Zaubertricks meines Hexenbruders könnten euch führen? Hier! Seht mich an, den Mann der wahren Macht! Mein Vater, Sonnenvater, verfügt über mehr Macht als das Große Geheimnis der Anderen. Jetzt gehört uns ihr mächtigstes Totem. Mir gehört es!«

»Aber sie werden kommen und es sich wiederholen!« schrie Büffelrücken. Wild gestikulierend näherte er sich Rabenjäger. »Du kannst ihnen nicht einfach ein solch mächtiges . . .«

Rabenjäger stach mit dem ausgestreckten Finger in Büffelrükkens Kehle. Er gebrauchte all seine jugendliche Kraft, um den alten Mann, der vor Schmerz japste, mit dem Finger auf Abstand zu halten. Als der alte Mann keuchend und würgend zu Boden stürzte, drückte er ihm das Knie auf die Kehle. Er setzte sein gesamtes Körpergewicht ein. Ein lautes Knirschen klang durch die Stille der Nacht.

Die Leute erstarrten. Sekundenlang verharrten sie mit offenem Mund. Sie konnten nicht glauben, was Rabenjäger getan hatte. Als die Lähmung von ihnen abfiel, stürzten sie auf ihn zu wie ein Fluß, dessen Eis im Frühjahr bricht.

»Halt!« schrie er. Er peitschte mit dem gesunden Arm durch die Luft, sprang rückwärts und ergriff das Weiße Fell.

Kopflos lief die Menge durcheinander. Die in vorderster Reihe Stehenden zogen sich eilends zurück. Siegessicher liebkoste Rabenjäger das Fell. »Ja, ihr spürt es auch. Das Weiße Fell schützt mich. Ich verkörpere die Macht dieses Volkes. Wie dieses Fell die Anderen geschützt und stark gemacht hat, so wird es von nun an mein Volk schützen und stark machen.«

Humpelnd bahnte sich Gebrochener Zweig ihren Weg durch die Versammlung. Dabei nahm sie, wenn nötig, rücksichtslos die Ellenbogen zu Hilfe. Vor Büffelrücken blieb sie stehen. Sie blickte auf den Alten hinunter und murmelte irgend etwas Unverständliches. Nach einer Weile sah sie auf. Ihre Augen funkelten.

»So«, sagte sie anklagend. »Dieses Mal Büffelrücken. Wer ist jetzt dran? Vier Zähne und ich? Sonst stehen dir keine Älteren mehr im Wege.«

»Ich besitze Macht, Alte.« Eine Woge der Überlegenheit brandete durch seine Brust. »Siehst du das Weiße Fell? Es gehört mir.

Ein Geschenk von Sonnenvater an mich, seinen Sohn. Du kennst die Geschichte, nicht wahr, Alte? Die Geschichte meiner Mutter, die am Salzwasser von Sonnenvater genommen wurde?«

»Ja, aber es war nicht . . .«

»Und zwei Söhne wurden geboren, deren Geburt die Mutter das Leben kosteten.« Er lachte gackernd. »Eine Frau kann nicht Sonnenvaters Kinder austragen und am Leben bleiben. Seine Macht ist zu groß. Von ihm habe ich meine Visionen. Ich bin der neue Weg des Volkes. Sieh her, alte Hexe, siehst du das Weiße Fell? Wir sind hier, südlich des Großen Eises, und Sonnenvater gab mir die Kraft, das Weiße Fell von den Anderen zu rauben und hierherzutragen. Sonnenvater hat mich auf die Probe gestellt, mich durch Härte und Leiden geformt. Er zeigte mir Angst und Kälte und Hunger und Schmerz. Und nun zeigt er mir den Weg zur Führung des Volkes.«

»Du hast Büffelrücken umgebracht!« rief Gebrochener Zweig mit matter Stimme und deutete mit einem knochigen Finger anklagend auf ihn. »Du hast den Frieden des Volkes gebrochen. Das letzte Mal hielt uns Wolfsträumer davon zurück, dich aus der Gemeinschaft auszustoßen. Aber das . . . das ist zuviel!«

Seine Augen verengten sich zu schmalen Schlitzen. »Du forderst mich heraus, Frau? Noch einen Schritt weiter, und ich töte dich. Denk an die Macht des Weißen Fells. Solange du diese Macht nicht spürst, verstehst du nicht, was sie mir gibt.« Gestärkt von der Berührung des Fells griff er nach ihrem mageren Arm. Er preßte seine kräftigen Finger um das dürre Handgelenk und fühlte, wie die spröden Knochen übereinanderglitten. Ihr gräßlicher Schrei stachelte ihn nur noch weiter an. Die Knochen krachten und knackten. Gebrochener Zweig schrie in höchster Qual.

Endlich ließ er sie los. Wie ein wimmerndes Häufchen Elend fiel sie vor seinen Füßen zu Boden. Kalte Macht strahlte von ihm aus. Sein leidenschaftlicher Blick wanderte von einem entsetzten Gesicht zum nächsten.

Niemand hielt diesem Blick stand. Alle wichen kopfschüttelnd und verängstigt zurück.

Er setzte sich und achtete sorgsam darauf, seinen verletzten Arm zu schonen. »Behandelt ihr so den Besitzer des Weißen Fells? Heißt ihr so einen Helden willkommen? Bringt mir Essen. Heiße Leber, dicke, fette Fleischstücke. Sofort! Oder die Alte stirbt.«

Grünes Wasser trat aus der Menge heraus. Sie beachtete ihn

überhaupt nicht, sondern eilte sofort zu Gebrochener Zweig und versuchte ihr aufzuhelfen.

»Ich habe nicht gesagt, daß sie gehen kann.« Eiskalt sah Rabenjäger die junge Frau an.

»Und ich habe dich nicht gefragt.« Grünes Wasser starrte ihn an. In ihren Augen lag eine unglaubliche Kraft, die ihm an ihr noch nie zuvor aufgefallen war.

Rasch trat er neben Grünes Wasser und stieß sie mit einem Fußtritt beiseite.

Grünes Wasser verlor das Gleichgewicht, fing sich aber im letzten Moment mit den Händen. Ihre Augen funkelten hart wie Granit. Ihre Kiefer mahlten vor unterdrückter Wut. Hochaufgerichtet stellte sie sich vor ihm auf.

Ich habe noch nie bemerkt, wie attraktiv sie ist. Vielleicht sollte ich mir von ihr das Weiße Fell anwärmen lassen, bis Tanzende Füchsin kommt. Er kicherte.

Wie lange war es eigentlich her, daß er eine gute Frau gehabt hatte?

Er bückte sich und zog Gebrochener Zweig näher zu sich heran. Stöhnend hielt die alte Frau den gebrochenen Arm. Er ließ Grünes Wasser nicht aus den Augen.

»Setz dich«, befahl er der jungen Frau und zeigte neben sich auf den Boden. Sie schüttelte den Kopf, da packte er mit grobem Griff die alte Frau am Genick. Grünes Wasser erstarrte.

»Setz dich«, wiederholte Rabenjäger mit sanfter Stimme.

»Tu es nicht!« wütete Gebrochener Zweig und spuckte und trat nach Rabenjäger. »Dein Kopf ist aufgeblasen wie eine Walroßblase. Wie kommst du darauf, daß wir uns einem Narren wie dir unterwerfen?«

Mit einer lässigen Handbewegung schleuderte er sie zur Seite. Dann beugte er sich vor und glotzte in ihr vom Alter gezeichnetes Gesicht. »Du hast gar keine andere Wahl«, sagte er und zeigte ihr das Fell. Erneut wandte er sich an Grünes Wasser. »Ich sagte, du sollst dich setzen!«

Grünes Wasser sah ihm unverwandt in die Augen. Sie ließ sich nieder, beobachtete ihn aber unentwegt.

Zwei junge Mädchen stellten einen mit Fleisch gefüllten Kochsack vor ihn hin und zogen sich schleunigst wieder in die Dunkelheit zurück. Selbstgefällig blickte Rabenjäger über die schweigende Menge, setzte sich gemütlich hin und begann langsam, aber mit

Appetit zu essen. Er wußte, wie vorsichtig man einen ausgehungerten Magen füllen mußte.

»Wo ist mein Bruder?« Er sah auf. Speichel lief ihm über das Kinn. Er genoß den Geschmack des frischen Fleisches. Die Kraft, die er so lange Zeit nur aus dem Weißen Fell gesogen hatte, kehrte endlich auch in seinen Magen zurück.

Mit ausdruckslosem Gesicht antwortete Hüpfender Hase: »Er ist dort draußen, irgendwo im Dunkeln. Der der schreit ging ihn holen.«

Rabenjäger legte den Kopf schief. »Draußen im Dunkeln?« Er lachte schallend. »Mein idiotischer Bruder treibt sich im Dunkeln herum, wenn sein Meister kommt, um das Volk in ein neues Land zu führen?« Wieder lachte er. Er konnte sich gar nicht mehr beruhigen. »Ist das nicht großartig? Ist das der Mann, den ihr euch zum Führer erwählt habt?«

Einige der jungen Männer wechselten bedeutungsvolle Blicke. Die Demonstration der Macht an Büffelrücken, Gebrochener Zweig und Grünes Wasser hatte den großen Zauber des Weißen Fells bewiesen. Rabenjäger, dem diese Blicke nicht entgingen, nickte ihnen bestätigend zu. »Ja, meine Freunde, denkt darüber nach. In Reihers Tal habt ihr mir den Rücken gekehrt. Ihr dachtet wohl, ihr hättet eine größere Macht als die meine gesehen, eh?« Beschämt starrten sie auf den Boden, denn seine Worte waren nur zu wahr. »Aber wer kommt in der Dunkelheit der Nacht zu euch, das Weiße Fell der Anderen auf dem Rücken? Und wo ist Der im Licht läuft? Oh, Entschuldigung, *Wolfsträumer*.« Wieder legte er den Kopf schief. »Wie? Keine Antwort? Er ist nicht da. Er treibt sich draußen im Dunkeln herum. *Träumt er wieder falsche Träume?*«

In der Menge machte sich Unruhe breit. Rabenjäger aß seelenruhig weiter. Bissen für Bissen gab er sich dem leiblichen Genuß hin. Er mußte aufpassen, daß sein Magen nicht rebellierte. Auf keinen Fall durfte er sich vor den Leuten erbrechen.

Grünes Wasser ließ ihn nicht aus den Augen. Sollte sie etwa nicht nur attraktiv, sondern auch noch widerspenstig sein? Er hatte nichts dagegen. Es würde ihm außerordentliches Vergnügen bereiten, mit Gewalt ihre Beine zu spreizen und in sie einzudringen. Dann mußte er eben Der der schreit töten – falls der Feigling wagen würde, sich seiner Macht zu widersetzen.

»Ein neues Land, ein neuer Führer.« Mit dem Ärmel wischte er sich den Mund ab. »Wie ihr seht, befiehlt von nun an der Stärkste, wohin die Reise geht. Wir haben all die Jahre einen großen Fehler gemacht, weil wir auf Leute wie Büffelrücken gehört haben.« Mit dem Fuß trat er nach dem Leichnam. »Ihre Fehlentscheidungen sind schuld daran, daß es uns schlecht geht. Ihretwegen leiden wir unter Krieg und Krankheit. Das kommt nicht wieder vor, das verspreche ich euch. Ich gebe unserem Volk seine alte Größe zurück. In Zukunft wird es niemand mehr wagen, uns anzugreifen. Wie in einem Wolfsrudel wird auch bei uns der Stärkste führen.«

Er hörte die jungen Männer miteinander flüstern und blickte auf. »Gefällt euch das? Wollt ihr Wölfe sein? Oder lieber träge, dumme Moschusochsen?«

Die Augen der jungen Männer leuchteten auf. Rabenjäger lächelte. »Ja, ihr erinnert euch an die Ehre, die euch unter meiner Führung zuteil wurde. Ihr erinnert euch an unsere Stärke, bevor Wolfsträumer mit seinen Hexertricks alles zerstörte.« Hochmütig blickte er sich um. »Was macht man mit einem Hexer?«

»Du hast keine Ahnung, was wirkliche Macht bedeutet, du junger Narr«, zischte Gebrochener Zweig, die noch immer zu seinen Füßen kauerte. Sie versuchte, sich aus seiner Reichweite zu stehlen, aber er hakte einen Zeh unter ihren Arm und hielt sie zurück. Kauend blickte er hinunter in ihr haßerfülltes Gesicht. Als er die alte Frau zu Boden trat und ihr einen Stiefel auf das Genick stellte, sprang Grünes Wasser auf. Angst flammte in ihren Augen, ihre Mundwinkel zuckten.

»Ein nutzloses Weib, begreift ihr das nicht?« Er kaute und schluckte. »Sie hat längst alle Kinder geboren, die sie dem Volk schenken konnte. Ich hätte sie schon im Mammut-Lager umbringen sollen. Erinnert ihr euch an den Streit dort? Damals ging es darum, daß eine Frau nur dazu gut ist, den Samen eines Mannes auszutragen. Jetzt ißt sie euch noch immer das Essen weg und trinkt euren Tee. Ohne sie hat jeder von euch mehr.«

»Nein!« Lachender Sonnenschein und Brachvogel schienen sich auf ihn stürzen zu wollen. Grünes Wasser hob rasch die Hand und hielt sie zurück.

»So ist's recht.« Rabenjäger stocherte in den Zähnen und holte einen Fleischrest aus dem Mund. Trotz seiner Schmerzen fühlte er sich wie neugeboren. »Wer mich herausfordert, fordert auch das Weiße Fell heraus. Wenn ihr näher kommt, stirbt die alte Hexe. Wenn ihr mich tötet, wendet sich die Macht des Weißen Fells gegen das ganze Volk. Ich bin die Zukunft. Ich bin das Schicksal.

Bringt mir neue Stiefel und einen neuen Mantel. Es ist Winter, und ein Führer des Volkes sollte nicht in Lumpen gekleidet sein.«

»Was ist mit deinem verletzten Arm?« erkundigte sich Lachsgräte.

»Ein Mann der Macht braucht keinen Arm.« Rabenjäger gähnte und blitzte die Leute aus schmalen Augen an. *Noch immer nichts zu sehen von Der im Licht läuft. Oh, das ist wirklich vortrefflich! Die Macht des Weißen Fells muß den armen Narren in Angst und Schrekken versetzt haben.*

»Du bist krank«, flüsterte Grünes Wasser. »Wahnsinnig. Besessen von niederträchtigen Geistern.«

Er lachte. »Eine solche Bemerkung habe ich erwartet. Das kann nur jemand sagen, der gar nichts begreift. Jemand, der nicht imstande ist, mit derselben Klarheit zu sehen wie ich. Das liegt am Fell. Alle meine Visionen trafen ein.« Strahlend lächelte er Grünes Wasser an. »Und noch heute Nacht beginne ich, mit meinem Samen das Volk zu vermehren.«

Sie hielt den Atem an. »Das wagst du nicht . . .«

Ganz leicht verstärkte er den Druck seines Fußes auf Gebrochener Zweigs Genick. Die Zuschauer scharrten unruhig mit den Füßen. Die Augen der jungen Männer verschleierten sich. Rabenjäger sah Der der schreit aus dem Dunkel treten. Er mußte den letzten Satz gehört haben. Ein paar Männer hielten ihn zurück und flüsterten ihm ein paar knappe Worte ins Ohr.

»Leute«, fügte Rabenjäger selbstbewußt hinzu, »ihr habt gewisse Verpflichtungen gegenüber einem Mann mit Macht. Ich bin geboren aus Sonnenvaters Samen! Ich bin ein Geschenk Sonnenvaters an euch – ich bin der Weg in ein neues Leben. Welche Frau mit Verstand würde meine Stärke nicht teilen wollen?«

»Ich!« zischte Gebrochener Zweig unter seinem Fuß. Rabenjäger schielte hinunter.

»Den alten Weg gibt es nicht mehr.« Er lächelte sie an. »Wie schon gesagt, ich quetsche dir das bißchen Leben aus deinem dürren Genick, alte Hexe. Die Macht des Weißen Fells . . .«

«. . .ist *nichts* in deinen Händen!« ertönte eine fremde, befehlsgewohnte Stimme.

Die Leute drehten sich um und starrten verblüfft in die Dunkelheit hinüber zum Wäldchen.

Rabenjäger wippte mit dem Fuß. Pfeifend schnaufte Gebrochener Zweig durch ihre mißhandelte Kehle.

Sie näherten sich von der Seite. Zehn Menschen. Schreiender Adler, Tanzende Füchsin, Krähenfuß und – Eisfeuer? Roter Feuerstein? Rabenjäger blinzelte verwirrt.

»Kommt nicht näher«, befahl er. »Das Weiße Fell gehört mir! Die Macht ist mein.«

Unbeirrt ging Eisfeuer weiter. Ruhig bahnte er sich seinen Weg durch die Menge. Ihm folgten die Anderen. Singender Wolf und Gebrochener Schaft stützten Roter Feuerstein.

Rabenjäger bückte sich, hob einen Zipfel des Fells an und stieß Gebrochener Zweig mit einem derben Fußtritt beiseite. »Halt, Eisfeuer. Noch ein Schritt, und ich werfe das Weiße Fell ins Feuer.« Eisfeuer verharrte. Sein gutgeschnittenes Gesicht nahm einen wachsamen Ausdruck an.

»Du weißt nicht, was das für Folgen hätte.«

»Die Vernichtung des Herzens des Mammutvolkes. Ich brate eure Seelen!«

Die Krieger der Anderen erstarrten und wechselten entsetzte Blicke. Hochmütige Verachtung verwandelte sich in nackte Angst. Nervös fuhren sie sich mit der Zunge über die Lippen und warteten auf ein Eingreifen Eisfeuers.

»Dann hast du sämtliche Clans des Mammutvolks gegen dich.« Eisfeuer kreuzte die Arme vor der Brust. »Oh, die Kundschafter sind bereits ausgeschickt. Bis jetzt hattest du es nur mit dem Weißen-Stoßzahn-Clan zu tun. Aber nach uns folgt der Büffel-Clan, dahinter der Rundhuf-Clan und schließlich der gefährlichste, der Tigerbauch-Clan.« Er schüttelte den Kopf. »Das Weiße Fell ist sehr wichtig für uns. Der Mann, der es vernichtet, würde seines Lebens nie mehr sicher sein. Wir jagen ihn bis ans Ende der Welt.«

Rabenjäger runzelte die Stirn. »Aber du sagtest ...«

Eisfeuer lächelte versonnen. »Ich habe gelogen.«

Rabenjägers Wangen zuckten. »Gelogen?« Er brach in lautes Gelächter aus. Die Macht des Weißen Fells verlieh ihm absolute Sicherheit. »Und ich habe dich getäuscht. Ich erwies mich des Fells würdig. Ganz allein trug ich es hierher. Über alle Felsen, durch das Eis.«

Gebrochener Zweig nutzte ihre Chance und kroch unbemerkt in die Dunkelheit.

»Sieh dich doch an.« Eisfeuer schüttelte den Kopf. »Verbraucht, abgemagert. Du siehst aus wie ein verhungerter junger Wolf.«

Tanzende Füchsin nickte. »Darum bist du mir an jenem Tag

auch nicht gefolgt. Du konntest es nicht. Das Fell hat dich zerstört.«

»Es hat deine Seele aufgesogen.«

Rabenjäger zuckte zurück. Sein Herz raste. Nein! Was wußte der alte Mann? Das Fell hatte ihn am Leben erhalten. Nie hatte es ihm ein Leid zugefügt. »Ich . . .«

»Und das Karibu?« fragte Eisfeuer leichthin. »Du hast ihm den Rücken gekehrt. Die Spuren verrieten uns, was vorgefallen war, Rabenjäger. Du bist so besessen von diesem Fell, daß du seinetwegen sogar verhungern würdest. Und ein solcher Mann will ein Volk führen?«

Schreiender Adler blickte von einem zum andern. »Was redest du da von den Clans? Was heißt, es kommen noch mehr?«

Für Rabenjäger war die Erkenntnis wie ein kalter Guß. »Du hast mich nur benutzt«, stieß er schwer atmend hervor. »Du hast gewußt, sie folgen mir! Du *wußtest* es!«

Gelassen stand Eisfeuer vor ihm. »Natürlich. Die Clans des Mammutvolkes brauchten einen triftigen Grund, um durch das Eis nach Süden zu gehen. Nur das Weiße Fell konnte sie dazu bewegen.«

Rabenjäger erstarrte. Er schwankte. Übelkeit stieg in ihm auf.

Schreiender Adler und die anderen jungen Krieger entfernten sich langsam von den ängstlich abwartenden Anderen. Tanzende Füchsin beobachtete sie mit wachsender Unruhe. Sie sah, daß beide Seiten die Hände an den Speeren hatten. Eisfeuer schien völlig ruhig. Ein heiteres Lächeln spielte um seinen Mund.

»Uns bleibt noch genug Zeit«, erklärte Schreiender Adler. »Wir töten die Anderen und bringen das Weiße Fell zurück durch das Eis. Dort legen wir es irgendwohin, wo sie es finden. Vielleicht lassen sie uns dann in Ruhe. Vielleicht . . .«

»Nein!« schrie Roter Feuerstein und riß sich von Singender Wolf los. Er machte einen Schritt nach vorn, doch als er nach dem Weißen Fell greifen wollte, stürzte er mit seinem geschienten Bein zu Boden. Verzweifelt schrie er: »Das Fell gehört nicht in die Hand des Feindes! Es gehört den Clans – nur den Clans!«

»Ich sage, tötet sie.« Schreiender Adler stellte sich in Positur. Krähenfuß und die anderen folgten seinem Beispiel. Die Anderen bildeten einen Verteidigungsring um Eisfeuer. Tanzende Füchsin ließen sie absichtlich außerhalb des Rings stehen.

»Hört auf damit!« rief sie und trat mit erhobenen Armen vor.

»Unsere Schwüre hatten nur bis hierher Gültigkeit«, erklärte Schreiender Adler. Sein Mund verzog sich zu einem harten Strich. »Wir brachten sie sicher ins Lager. Kein einziges Mal erhoben wir unsere Waffen. Aber nun sind sie hier. Wir haben unseren Schwur erfüllt!«

Gemurmeltes Einverständnis erklang. Speerspitzen klickten, die von eifrigen Händen in die Rillen geschoben wurden.

»Andere.« Rabenjäger schnaubte verächtlich. »In einem Lager meines Volkes.« Er hob die geballte Faust und befahl: *»Tötet sie!«*

Arme bogen sich zurück, die Hände hielten die Speere wurfbereit.

Die Anderen griffen ebenfalls zu den Waffen. Rabenjäger hüpfte hysterisch lachend von einem Bein aufs andere. Die Bilder des zu erwartenden Blutbads verschmolzen vor seinen Augen mit der Macht des Weißen Fells.

»Wartet!« schrie Tanzende Füchsin und stellte sich mit erhobenen Händen zwischen die feindlichen Parteien.

»Sie müssen *sterben*!« kreischte Rabenjäger.

»Ist er eingetroffen?« fragte Wolfsträumer leise, als er auf dem knirschenden Schnee eilige Schritte näher kommen hörte.

Ein schwarzes Fell verhüllte den Eingang zu der kleinen Behausung, die sich Wolfsträumer aus Weidenzweigen und Häuten errichtet hatte.

Der der schreit hob das Fell hoch. Eine weiße Dampfwolke schlug ihm entgegen.

»Er ist da«, bestätigte er. »Am besten kommst du gleich mit. Gebrochener Zweig schickt mich. Sie meint, es käme eine Menge Ärger auf uns zu. Du mußt sofort kommen.«

Wolfsträumer betrachtete interessiert das Durcheinander in der Seele von Der der schreit; Gelb, Rot und Orange verwoben sich in diesem Mann zu einem wirren Muster. Der bittere Geschmack der Pilze strömte durch Wolfsträumers Adern. Gebannt beobachtete er den Freund.

»Das macht nichts«, antwortete er betont langsam. »Der Ärger mit Rabenjäger geht vorüber.«

Der der schreit zuckte zurück. Die Farben seiner Seele veränderten sich. »Natürlich macht es etwas! Was ist mit dem Schmerz, den er *jetzt* verbreitet? Was ist mit dem Leiden unseres Volkes? Verflucht seist du, Wolfsträumer. Erinnerst du dich denn nicht mehr?

Du bist einer von uns! Du bist unser Träumer! Du trägst Verantwortung. Wir *brauchen* dich!«

»Warum?«

Der der schreit keuchte entrüstet. Plötzlich schüttelte er den Kopf. »Hast du dich schon so weit von uns entfernt? Wegen deines Traumes sind wir hier. Dein Traum führte uns her! Wir sind der Traum! Wir . . .«

»Ja, gut. Und jetzt wißt ihr Bescheid.«

»Und – und weil das so ist, mußt du jetzt mit einem Traum wieder alles in Ordnung bringen!«

»Illusion hat nichts mit Ordnung zu tun.«

Mit Mühe unterdrückte Der der schreit einen zornigen Aufschrei. In einer sinnlosen Geste schlug er mit der Faust auf den Boden. »Was soll das? Ich will nicht mit dir streiten. Ich will nur in Ruhe und Frieden jagen, ha? Das – das ist *mein* Traum. Du mußt kommen und Rabenjäger . . .«

»Wenn das so ist, solltest du träumen. Jage in der Illusion, und du wirst . . .«

»Jage in der . . . Großes Mammut!« Der der schreit explodierte. »Begreifst du denn nicht? Wir brauchen deine Macht!«

»Ihr braucht mich nicht.«

»O doch! Rabenjäger hat irgendeine Macht mitgebracht, irgendein Weißes Fell. Du mußt . . .«

»Das spielt keine Rolle.«

Der der schreit schäumte. In seiner Seele nahm die blaue Farbe überhand. Fasziniert beobachtete Wolfsträumer, wie das Blau sich ausdehnte und die Verzweiflung von Der der schreit allmählich allumfassend wurde.

Mit einer Stimme, die ihm selbst fremd war, stieß Der der schreit hervor: »Für die Spiralen vielleicht nicht. Da kenn' ich mich nicht so genau aus.« Mit diesen Worten verließ er die Hütte und marschierte durch den Schnee davon.

»Für die Spiralen«, wiederholte Wolfsträumer und sah ins Innere der Illusion. Er spürte den Ruf des Wolfes. »Die Spiralen des Netzes. Ja . . .«

Abwesend lächelte er in die pechschwarze Dunkelheit. Dankbar blickte er zu den restlichen getrockneten schwarzen Pilzen hinüber, die noch auf dem Fell in der Ecke lagen. Ihn umtanzten die vielfarbigen Seelen der Tiere und der Bäume. Jedes Wesen spiegelte seine ureigenste Existenz im Reich des Traumes.

Ohne das Gefühl für Zeit und Raum wurde jeder Schritt zu einer Reise in eine andere Welt. Bilder verwoben sich ineinander, Formen veränderten sich, Grenzlinien verschwammen. Vor sich sah er das Volk wie eine blaugrüne Wand. Er sah Furcht, Angst und Wut. Alle diese Gefühle vermischten sich zu funkensprühenden, lebhaften Farben wie beim Krieg der Monsterkinder am Himmel, oder wie Sonnenstrahlen, die, in vielerlei Farbschattierungen leuchtend, den Dunst durchdrangen.

Er umschwebte sie. Seine Seele berührte die ihren. Er fühlte die Anspannung der Angst. Überall Farben, sogar das Feuer erhob sich rot und gelb über dem Bett aus glühenden Kohlen. Zwei Gruppen teilten sich. Die magische Kraft, die sie in ihre Speere atmeten, haftete an den scharf geschliffenen Spitzen. Ihre Seelen wanden sich in rot-orangefarbener Wut und grünlich-violetter Angst. Diese Seelen sollten von ihrem Körper getrennt werden, aber sie ertrugen dieses Gefühl nicht.

Da stand Rabenjäger, ein unheimlicher schwarzer Strudel, rot leuchtend mit einem gelben Mittelpunkt, durchzogen von frühlingsgrünen Adern der Freude und des Ehrgeizes. Die Armmuskeln des Kriegers wölbten sich imposant. Gelassen spannten sie sich, um die Speere zu schleudern.

»Wenn du wirfst, durchbrichst du die Spirale«, sagte er sanft und übertrug seine Stimme auf ihre ureigensten Seelen. »Dann können wir nicht überleben.«

Wie gelähmt standen sie auf ihren Plätzen und blickten ihn an. Der weiße Schimmer der Neugierde machte die Bilder weich und unruhig. Nur das Bild von Tanzende Füchsin und dem Mann, dem . . .

Wolfsträumer bemerkte das schimmernde Polarfuchsfell auf den Schultern des Mannes. »Endlich treffen wir zusammen, du und ich«, grüßte er. »Ich heiße dich willkommen, Vater.«

Der Mann nickte. In ihm wirkte große Macht. Seine Seele war straff und kontrolliert, Geist und Körper befanden sich im Gleichklang.

»Wolfsträumer.«

»Tötet sie!« bellte Rabenjäger von der Seite. »Ich bin die Zukunft des Volkes. Sie bringen Zerstörung und Tod durch die Hände der Anderen! Ich besitze die Macht des Weißen Fells. Ich bin ein Sohn von Sonnenvater! Ich bin gekommen, euch zu führen . . .«

»Du bist mein Sohn«, sagte der Mann in einem Ton, der keinen Zweifel an dieser Behauptung ließ.

Wolfsträumer lächelte. Mit schief gelegtem Kopf beobachtete er die tanzenden weißen Lichtwirbel in der Brust des Vaters.

»Warum hast du mich belogen?« fragte Rabenjäger hartnäckig.

»Um dich zu retten.« Eisfeuer seufzte. »Das Weiße Fell sollte das Urteil über dich fällen. Du hast dir alles selbst zuzuschreiben. Deine Seele ist . . .«

» . . . mächtig!« zischte Rabenjäger.

»Deine Seele ist Dunkelheit, Bruder,« sagte Wolfsträumer traurig. »Du bist keine Einheit, Rabenjäger. Du teilst deine Seele nicht.«

»Halt den Mund! Was weißt du von Seelen, von Träumen? Ich habe die Zukunft gesehen. Ich sah mich und Tanzende Füchsin. Mein Kind bringt das Volk nach Süden . . .«

»Du hast nicht deine Zukunft gesehen«, murmelte Wolfsträumer. »Du sahst nur einen Bruchteil der Zukunft deines Vaters.«

Überrascht blickte Eisfeuer auf. »Meine? Was . . .«

»Nein, ich habe meine Zukunft gesehen!« Wütend hieb Rabenjäger mit der Faust auf das Weiße Fell.

Die Krieger der Anderen fuhren in angstvoller Wut auf und bewegten sich unsicher auf ihn zu.

Wolfsträumer senkte den Kopf und beobachtete die Flammen bei ihrem ewigen Tanz. Seine Gedanken wanderten umher. Bilder von Reihers Visionen kamen ihm in den Sinn. Ausblicke, Geräusche, Erdwälle entlang eines sich schlängelnden schlammigen Flusses. Höhlenbehausungen erhoben sich über fünf Stockwerke hoch, die Ecken der Räume richteten sich spitz zum Himmel hinauf. Langgestreckte Behausungen, errichtet aus gegerbten Häuten, drängten sich in wogendem Gras mit langen Rispen, dessen gelbe Körner sich auf die Decken des Volkes ergossen.

Jäger kamen. Langbeinige Männer mit Speeren in der Hand, die sich an Büffel heranpirschten. In der Trockenzeit droschen die Frauen Wüstenpflanzen und sammelten die Samen in gewebten Behältern. Ein langes, dünnes Geschöpf kroch auf seinem Bauch, hatte Giftzähne im Kopf, der Schwanz zischte dröhnend, klappernd. Weit im Süden errichteten Männer Berge aus Stein, und Sonnenvater stieg auf die Erde herab, herausgeputzt mit Federn und Schuppen.

»Es gibt Rettung.« Eisfeuers Stimme durchdrang den Traum.

»Rettung . . . Rettung . . . Rettung . . .«

Wolfsträumer nickte. »Ja. Was getrennt wurde, muß wieder eins werden.«

»Ich helfe dir«, bot Eisfeuer an und näherte sich Wolfsträumer. In schimmerndem Dunst blieb er stehen. Wolfsträumer streckte eine Hand aus und berührte die Brust des Vaters, die Stelle, von der das weiße Licht ausging. Es wärmte ihn. Wellen der Harmonie durchfluteten ihn. Bevor er wußte, wie ihm geschah, zog ihn Eisfeuer in seine starken Arme und drückte ihn fest an seine Brust.

»Mein Sohn, du hast Gutes getan für das Volk.«

Wolfsträumer blickte hinüber zu Tanzende Füchsin. Unbeweglich stand sie da. Liebevoll ruhte ihr Blick auf Eisfeuer. Seine Augen weiteten sich. Er sah den winzigen Punkt aus weißem Licht, der in ihrem Leib heranwuchs.

»Ein Sohn . . . für einen Sohn«, flüsterte Wolfsträumer. »Jetzt verstehe ich, Reiher.«

Kapitel 66

Wolfsträumer trieb mit seinem Vater in der Seligkeit des Großen Einen. Seine Augen waren blind für die ihn umgebende Welt der Illusionen.

Durch den Dunst hörte er weit entfernt Rabenjägers Stimme. »So, hat sich das Kalb zum Bären gelegt. Seht her, Krieger! Dies ist der Tod unseres Volkes!«

Donnernde feindliche Stimmen unterbrachen die Stille.

Zögernd schob Wolfsträumer Eisfeuer von sich, löste sich aus der Umarmung und konzentrierte sich auf seinen Bruder. Hochaufgerichtet, mit stolz geschwellter Brust starrte sein Bruder hochmütig auf die Menschen. Mit gespreizten Beinen stand er über dem toten Körper eines alten Mannes.

»Du hast Büffelrücken getötet«, sagte er leise.

Rabenjäger lachte. »Ich werde auch dich töten – wie ich es schon vor Jahren hätte tun sollen.«

Wolfsträumer trat vor, doch Tanzende Füchsin eilte herbei und hielt ihn zurück.

»Nein! Er ist es nicht wert . . .«

Lächelnd legte er eine Hand auf ihren Leib, an die Stelle, an der das neue Leben keimte. Erstaunt sah sie ihn an. Doch sie entzog sich ihm nicht. »Du hältst die Fäden des Netzes. Wußtest du das? Von dir ausgehend breitet es sich aus und legt sich spiralförmig über das Antlitz der Welt.«

»Was?« fragte sie verdutzt.

Plötzlich überwältigte ihn eine furchtbare Müdigkeit. Aus den fernsten Winkeln seines Geistes hörte er einen vagen Ruf, ein unheimliches, vertrautes Heulen. Langsam drehte er sich um und blickte über die Schulter nach Süden. Mit federnden Schritten trat der Wolf aus dem Wald und stellte sich an den Rand der Menschenmenge. Er hob eine Pfote hoch und reckte die Nase in die Luft. Wolfsträumer erbebte. »Ist die Zeit gekommen?«

»Du hast ihnen den Weg gezeigt, Mann des Volkes. Komm.«

Wolfsträumer schluckte hart, schloß die Augen und nickte. Er wandte sich wieder an Eisfeuer. »Niemand darf sich einmischen. Achte darauf.«

»Aber du darfst nicht . . .«, rief Tanzende Füchsin.

Sie versuchte, ihm nachzulaufen, aber Eisfeuer packte sie mit hartem Griff. »Niemand mischt sich ein.«

»Ich nenne dich einen Hexer, Bruder!« brüllte Rabenjäger. In seinen Augen glühte leidenschaftlicher Haß. »Ich töte dich, bevor du das Volk vernichtest!«

Er hörte Tanzende Füchsin Eisfeuer anflehen: »Laß mich los. Er ist nicht stark genug. Rabenjäger hat . . .«

»Nein.«

Rabenjäger umkreiste das Feuer. Die gesunde Hand hatte er zur Faust geballt. Einige junge Krieger gingen hinter ihm, jederzeit bereit zum Eingreifen.

»Haltet sie auf«, brüllte Der der schreit und stürzte vorwärts.

»Nein!« Eisfeuer bekam ihn an der Schulter zu fassen und riß ihn zurück.

»Es sind *deine* Söhne! Du darfst nicht zulassen . . .«

»Es ist der Traum!« flüsterte Eisfeuer eindringlich. »Halt dich raus aus Dingen, von denen du nichts verstehst!«

»Aber deine Söhne!«

Gelassen blieb Wolfsträumer stehen. Er fühlte den Blick des Wolfes auf sich gerichtet. Rabenjäger röhrte wie ein verwundeter Bulle: »Ich bring dich um, Bruder!«

Wolfsträumer lauschte den Worten. Seine Seele tanzte mit dem Wolf. Für einen winzigen Moment hatte er den Tanz beinahe vergessen. Jetzt flüsterte er mit den in seinem Blut singenden Pilzen.

»Tu es nicht, Bruder«, bat er inständig und breitete die Arme aus. Rabenjäger blieb vor ihm stehen und starrte ihn fassungslos an. »Komm, komm mit mir. Unsere Zeit mit dem Volk ist vorüber. Komm, folge mir nach Süden. Ich reinige dich. Ich lehre dich zu träumen.«

Die Seelen der umstehenden Leute brannten verängstigt und unsicher. Einige beobachteten neugierig das Geschehen. Sie fühlten sich angezogen von der zu erwartenden Gewalttätigkeit. Andere spiegelten Kummer und Furcht wider. Sie würden bald frei sein, diese Leute, sein Volk.

Leichtfüßig wich Rabenjäger zur Seite. »Sogar verwundet bin ich dir noch überlegen, Bruder. Du glaubst, dein Traum sei stärker als ich? Stärker als die Macht des Weißen Fells? Sieh dich doch an, *dein Kopf ist verwirrt!* Du willst das Volk führen? *Du?* Was weißt du denn von *dieser* Welt, Wolfsträumer?«

»Er hat recht«, murmelte der Wolf. Die Stimme des Tieres hallte von den Bäumen wider. *»Deine Zeit ist um.«*

»Aber ich . . . ich muß das Volk vor ihm retten.« Unsicher drehte er sich um und sah in die gelben Augen des Wolfes. »Oder nicht?«

»Du hast das Volk bereits gerettet.«

Rabenjäger brach in schallendes Gelächter aus und zeigte auf seinen Bruder. »Seht ihn euch an! Er redet mit der Luft! Er ist verrückt. Ich habe euch das bereits vor langer Zeit gesagt! Aber ihr seid ihm trotzdem gefolgt.«

Wolfsträumer starrte ihn an. Er entdeckte die tödliche Auflösung in Rabenjägers Seele, die zunehmend schwärzer wurde. »Du hast gewählt.« Mit diesen Worten schritt er um seinen Bruder herum ins Feuer.

Er tanzte mit den Flammen, die nach seinem Fleisch züngelten. Die Seelen der Menschen flackerten vor Entsetzen, als er sich bückte und Kohlen aus dem Feuerloch nahm.

Mit wachsendem Unbehagen verfolgte Rabenjäger das Benehmen des Bruders. Die Schatten seiner Seele reflektierten die ersten Anzeichen von Unsicherheit. Sorgfältig malte Wolfsträumer mit einer brennenden Kohle das Bildnis eines Wolfes auf sein Gesicht, dasselbe Abbild, das er an jenem längst vergangenen Tag in der

Wildnis vor dem Mammut-Lager gezeichnet hatte. Als er damit fertig war, streckte er die Hand nach Rabenjäger aus.

Zum erstenmal von Angst gepackt, wich Rabenjäger zurück. Schützend hielt er einen Arm vor das Gesicht.

»Komm, Bruder«, lockte Wolfsträumer und folgte ihm mit weit geöffneten Armen. »Tritt in das Licht. Umarme mich. Verschmelze deine Seele mit der meinen. Gegensätze kreuzen sich. Auflösung.«

»Nein!« krächzte Rabenjäger und stellte sich ihm entgegen. Mit dem gesunden Arm griff er nach Wolfsträumer, zerrte ihn aus dem Feuer und schleuderte ihn auf die gefrorene Erde. Die Lungen des Träumers schienen zu explodieren. Eine Sekunde lang tanzte er mit dem Schmerz. Mühsam rang er nach Luft.

Mehrere Male schlug Rabenjäger mit der Faust in Wolfsträumers Gesicht. Heiser vor Wut schrie er: »Du bist ein Hexer! Ich töte dich! Vergrabe dich, damit deine Seele ...« Rabenjägers Hand krallte sich um Wolfsträumers Hals und schnürte ihm die Luft ab. Wolfsträumers Lungen klopften heftig. Tanzend beobachtete er, wie sie blau anzulaufen begannen.

»Es macht nichts.« Unhörbar formte er die Worte mit den Lippen. »Nichts.«

»Hört auf! *Hört auf!*« Von irgendwoher kam Tanzende Füchsins Schrei.

Wolfsträumer lag unbeweglich. Er war sich des Lebenskampfes seines Körpers wohl bewußt. Er spürte den Griff seines Bruders fester und fester werden. Wieder rief ihn der Wolf. *»Komm. Komm ...«*

Seine Seele schauderte vor sehnsüchtigem Verlangen, dieser Aufforderung zu folgen.

Rabenjägers Gebrüll verkörperlichte sich. Es schuf einen Riß quer durch das Volk. Die Farbe der Seelen beider Parteien wechselten. Rabenjäger rappelte sich auf, ließ Wolfsträumer los und baute sich drohend über ihm auf. »Steh auf!« schrie er. »Steh auf und kämpfe!«

Wolfsträumer schnappte nach Luft. Er blieb noch einen Augenblick liegen, bevor er sich taumelnd erhob. Bei jedem Atemzug schmerzte seine Kehle. Von Rabenjäger in den Bauch getreten, blendete ihn ein greller Blitz. Wolfsträumer stürzte. Ein warmer Strom verbreitete sich unter seinem Herzen.

Für einen Moment zog er sich in das Nichts jenseits des Tanzes zurück. Mit neugieriger Anteilnahme blickte er auf seinen gepeinigten Körper. Wieder trat Rabenjäger nach ihm. Sein leerer Magen würgte, und er erbrach sich krampfhaft auf den niedergetrampelten Schnee.

Rabenjäger lachte. Seine schwarzgrüne Seele funkelte. Er kniete nieder und legte ein Knie auf Wolfsträumers Kehle. Dessen Körper zuckte. Triumphierend kichernd blickte Rabenjäger zu Tanzende Füchsin hinüber.

Von der Seite kroch ein gebückter Schatten aus der Dunkelheit. Die Seele des Schattens wechselte ständig zwischen Rot, Grün und Blau. Ein funkelnder Strahl aus orange-weißem Schmerz schoß aus einem der Arme der alten Frau. Trotz der Qual, die es sie kostete, kroch sie hastig weiter. Sie hielt sich hinter Rabenjäger, der bereits laut seinen Sieg verkündete, im Schatten.

Wolfsträumer sah den Wolf an. Das Tier trottete langsam näher. Es stand nun so dicht vor ihm, daß er den heißen Atem auf seinem Gesicht spürte. *Muß ich zurück? Gibt es einen Grund, warum ich den Frieden, die Stille des Großen Einen verlassen muß? Ich will nicht zurück. Nicht einmal für den winzigen Augenblick, den es braucht, um diese Angelegenheit zu Ende zu bringen.*

Der Wolf starrte ihn an. In den gelben Augen leuchtete das Licht des Feuers.

Wolfsträumer tanzte zurück in seinen Körper. Im selben Augenblick kroch Gebrochener Zweig aus dem Schatten. Trotz des entsetzlichen Schmerzes in seiner Kehle, trotz seiner brennenden Lungen, spürte er das kühle, glatte Holz, das ihm die alte Frau in die Hand schob. Seine Hand schloß sich um den Schaft. Der der schreit hatte diesen Speer gefertigt. Noch immer war das bearbeitete Holz von seinem Geist durchdrungen. Wolfsträumer drückte das Holz liebkosend an seine fieberheiße Haut. Auflösung. Er nahm den Speer mit der scharfen Steinspitze und folgte der Schwingung von Rabenjägers Seele.

Rabenjäger erstarrte, als Wolfsträumer ihm den Speer tief in die Seite trieb. Der erfahrener Jäger wußte, wo die Weichteile des Körpers besonders verletzlich waren.

Rabenjäger drehte sich langsam und lautlos im Feuerschein. Mit offenem Mund schaute er die Leute an. Blut schoß aus der Wunde und lief ihm über Lende und Bein. Dunkelrote Tropfen färbten den Schnee.

Er stolperte durch das Feuer. Die Flammen fraßen sich an seinen langen Stiefeln empor. Glühende Kohlen brannten Löcher in die Sohlen. Er brüllte auf. Schreiend vor Pein und Grauen stürmte Rabenjäger in die Nacht hinaus.

Schweigend verfolgten die Leute das Geschehen. Ihre Seelen prangten in prächtigem, strahlendem Licht.

Die Welt drehte sich. Wolfsträumer wandte sich an seinen Vater. »Einmal schautest du hinauf in den nächtlichen Himmel und sahst eine Spinne unter den Sternen. Nun webt sich aus ihrem Netz eine Spirale. Ein Sohn – für einen Sohn.«

»Komm«, lockte die Stimme des Wolfes. Er fühlte, wie eine vertraute Samtschnauze sich in seine Hand schob.

Er sah hinunter und begegnete dem Blick des Tieres. Der Wolf drehte sich um und trottete hinüber zum Waldrand. Dort wartete er.

Schwankend folgte ihm Wolfsträumer hinüber in die Dunkelheit. Die Pilze raunten voller Vorfreude.

»Warte«, rief Der der schreit und eilte ihm nach. »Wo gehst du hin?«

Wolfsträumer streckte eine zitternde Hand aus und berührte Der der schreit. Er fühlte seine warme Seele. »Dahin, wo du nicht mitkommen kannst, mein Freund. An einen Ort, an den mich der Wolf ruft.«

»Der Wolf?« Der der schreit blieb stehen, einen verlorenen Ausdruck im Gesicht. Er schüttelte den Kopf, doch er folgte Wolfsträumer nicht, der zwischen den dunklen Bäumen verschwand.

Aus dem Schatten hinter sich hörte Der der schreit Gebrochener Zweigs alte Stimme flüstern: »Wolfstraum!«

Sie hatten das Lager am Rande eines Wäldchens aufgeschlagen. Eine Hügelkette bot Schutz vor dem Nordwind. Von oben konnten die Leute einen Tagesmarsch weit über das saftige Grasland im Süden blicken. Zwischen dem an sanften Hängen wogenden Gras streifte eine große Büffelherde zu dem hügeligen Gelände im Osten. Mehrere Mammuts versammelten sich unter den wachsamen Augen einer alten Kuh im fruchtbaren Tal. Eines unter den zahlreichen wunderbaren neuen Tieren, eine Gabelantilope, sprang hurtig über die Ebene. Sie folgte der Fährte der Büffel.

Der der schreit verlagerte sein Gewicht und warf einen Blick über die Schulter. »Das hast du dir wohl nicht gedacht, daß es so lange dauert.«

Singender Wolf zuckte die Achseln. »Es dauert immer so lang.«

Seine geschickten Hände schnitzten sorgfältig an einem Vorderschaft.

»Ich begreife das nicht. Du machst die besten Vorderschäfte. Sie passen genau. Ein bißchen gekrümmt – und puff! der ganze Speer taugt nichts. Ich verstehe nicht, warum ich nicht genauso gute Schäfte fertigen kann wie du.«

»Aus dem gleichen Grund, aus dem ich nicht so gute Spitzen mache wie du.«

»Die Verbindungsstelle ist immer noch zu dick.« Mit finsterem Gesicht starrte Der der schreit nachdenklich auf die Spitze, die er aus seinem Lederbeutel geholt hatte.

Eine Weile saßen sie schweigend nebeneinander. Der der schreit strich fast zärtlich mit der Hand über einen Brocken aus buntem Hornstein, Singender Wolf schabte lange Holzsplitter von seinem Speerschaft.

»Spielt Mondwasser immer noch verrückt mit Hüpfender Hase?«

»Geht die Sonne im Osten auf?«

»Was machen die bloß zusammen? Man sollte meinen, er wirft sie hinaus. Diese Frau macht nichts als Ärger.«

»Unter meinen Decken kann sie soviel Ärger machen, wie sie will.« Singender Wolf kicherte. »Du hast doch gesehen, was passiert ist. Was macht sie? Ist sie zurückgekehrt in Roter Feuersteins Zelt? Nachdem ihm Hüpfender Hase einen mehr als mannshohen Stapel Felldecken für sie geboten hat? Und damit nicht genug. Er hat Roter Feuerstein drei von unseren Speerspitzen gegeben! Nein, sie verläßt ihn nicht. Außerdem sind ja auch ihre Zwillinge bei ihm.«

Der der schreit zog die Backen ein und kaute darauf herum. »Führten wir wirklich Krieg mit dem Weißen-Stoßzahn-Clan? Wenn man sich das überlegt.« Abwesend blickte er nach Süden. »Glaubst du, Wolfsträumer wußte, daß es so kommen würde?«

»Ja.«

Eisfeuer hockte sich zu ihnen. »Ich glaube, er wußte noch mehr.«

»Du siehst beunruhigt aus«, meinte Singender Wolf. »Mach dir keine Sorgen. Ich habe das inzwischen fünfmal durchgemacht. Es ist immer dasselbe.«

Ein flüchtiges Lächeln glitt über Eisfeuers Gesicht. Unruhig rieb er sich die Hände. »Fünfmal? Für mich ist es das erste Mal.«

»Grünes Wasser kümmert sich sehr gut um sie. Außerdem ist Gebrochener Zweig auch noch da. Kein böser Geist wagt es, sich mit Gebrochener Zweig anzulegen. Bekommt der Tigerbauch-Clan dieses Jahr wieder das Weiße Fell?«

»Siehst du hier irgendwo einen Feind, bei dem wir uns die Ehre des Weißen Fells verdienen könnten?« Eisfeuer strich das von weißen Fäden durchzogene Haar zurück. »Ich glaube, der Tigerbauch-Clan wird das Weiße Fell noch lange behalten.«

»Das Wasser steigt immer noch. Der Clan wird seine Ehre schon bald in anderen Gegenden suchen müssen.«

Eisfeuer lachte. »Sie machen sich bereits ihre Gedanken.«

Kopfschüttelnd drehte Der der schreit die Spitze in seiner Hand. »Zu breit.«

Eisfeuer legte den Kopf schief und bemühte sich, nicht ausschließlich an die Vorgänge in seinem Zelt zu denken. »Wie wäre es, wenn du hier am Ausgangspunkt zwei Splitter abschlägst? Verstehst du, wie zwei Rillen.«

Prüfend betrachtete Der der schreit die Spitze. Mit einem skeptischen Blick holte er einen Sandstein aus seinem Lederbeutel. Er schärfte den Stein und begann mit der Arbeit. Er schnitt zwei spezielle Einkerbungen in die Spitze.

»So geht es.« Völlig in seine Arbeit versunken schob er die Zunge aus dem Mund. Mit bewundernswerter Geschwindigkeit schlug er mit dem Hammerstein eine Einkerbung heraus. Ein langer dünner Splitter sprang ab.

Freudestrahlend betrachtete Eisfeuer die Spitze, die Der der schreit ihm reichte. Er gab sie ihm zurück, und Der der schreit machte sich sofort daran, den zweiten Splitter auf der anderen Seite zu entfernen.

»He!« explodierte Singender Wolf. »Paß doch auf! Jedesmal, wenn ich mich hinsetze, sitze ich auf deinen . . .«

»Ach, halt den Mund! ›Paß auf – paß auf.‹ Sonst fällt dir wohl nichts ein. Jedesmal, wenn ein paar winzige Splitterchen zu Boden fallen, heulst du auf und schreist, ich würde überall Steinsplitter verstreuen! Wann hast du dir das letzte Mal einen Splitter in den . . .«

»Wie wird die Spitze?« erkundigte sich Eisfeuer.

Der der schreit machte ein einfältiges Gesicht. »Oh, na ja.«

Er hob sie hoch. Sie war so lang wie die Hand eines Mannes. Der von roten Adern durchzogene karamelfarbene Hornstein fing die Sonnenstrahlen ein und leuchtete hell auf. Die parallel geschliffenen Seiten endeten in einer scharfen Spitze. Nach dem neuen Schliff hatte die Spitze eine konkave Form.

»Es funktioniert«, sagte Der der schreit begeistert. »Sieh mal!« Er nahm Singender Wolf den Schaft aus der Hand und paßte die gerillte Spitze an. »Das war's!«

Eisfeuer und Singender Wolf beugten sich über den Speer und stießen bewundernde Rufe aus.

»Also wißt ihr«, meinte Eisfeuer nachdenklich, »diese Spitze ist fast zu hübsch, um sie in ein Tier zu werfen.«

Der der schreit glühte vor Stolz.

Hinter ihnen erklangen die Stimmen der Frauen. Eisfeuer richtete sich kerzengerade auf. Sogar Singender Wolf – obwohl ein erprobter Veteran – legte den Kopf schief und machte einen besorgten Eindruck.

Der laute Schrei eines Kindes erklang in der Stille.

Sekunden später humpelte Gebrochener Zweig aus dem Zelt. Ihr runzliges Gesicht strahlte von einem Ohr zum andern. Grinsend zeigte sie ihre zahnlosen Kiefer.

»Ein Junge«, gackerte sie. »Ha-heee! Der Träumer hat's gewußt!«

Ein merkwürdiges Gefühl stieg in Eisfeuers Brust auf. »Ein Sohn für einen Sohn. Ja . . .« Unruhig knetete er die Hände in seinem Schoß. Er dachte an Wolfsträumer. In jener Nacht nach dem Kampf hatten sie ihn gesucht, aber keine einzige Spur von ihm gefunden, nicht einmal Fußabdrücke im Schnee.

Tagelang hatten die Wölfe triumphierend geheult.

»Und meine Frau? Wie geht es Tanzende Füchsin?«

»Oh, gut. Sehr gut.«

Humpelnd steuerte Gebrochener Zweig auf das ein paar Meter entfernt brennende Feuer zu. Sie streckte das Baby Sonnenvater entgegen und hob es anschließend vier Mal durch den reinigenden Rauch.

»Hör gut zu, Junge«, befahl Gebrochener Zweig leise. »Ich erzähle dir die bedeutendste Geschichte unseres Volkes. Du mußt sie dir genau merken, damit du sie später deinen Söhnen und Töchtern und deren Söhnen und Töchtern erzählen kannst. Du bist der Mittelpunkt des Netzes, mein Kleiner. Dein Bruder Wolfsträumer hat das gesagt, und er war der größte Träumer unseres Volkes. Er hat gewußt. Er *wußte*. . .

Siehst du?« Gebrochener Zweig zeigte hinaus auf das mit saftigem Gras bewachsene Tal, in dem das Wild graste. »*Sieh hin:*
Erbaut ein Berg aus schmutziger Erde.
Errichtet aus Schweiß und Leid.
Erhebt sich hoch über den Fluß.
Pflanzenesser! Pah! Kein Geist wohnt darin.
Nicht wie in der blutgetränkten Leber.
Vater aller Wässer fließt so reich . . .«

Leise lachend fuchtelte Singender Wolf mit dem Finger vor Eisfeuers Gesicht. »Siehst du. Habe ich dir nicht gesagt, alles geht gut? Tanzende Füchsin ist viel zu zäh – Autsch!«

»Was ist denn jetzt schon wieder?« erkundigte sich Der der schreit erstaunt. Immer noch bewunderte er hingerissen seine neue Spitze.

»Was ist das?« Singender Wolf streckte die Hand aus. Ein Splitter aus rotgeädertem gelbem Hornstein, den Der der schreit aus seiner Spitze herausgeschlagen hatte, steckte tief in seinem Handballen.

Eisfeuer begann zu lachen, aber ein leises Wimmern aus dem Bündel auf Gebrochener Zweigs Armen lenkte ihn ab. Ein ganz sonderbares Gefühl übermannte ihn. Eine große Leere brannte in seiner Brust.

Er schüttelte sich, aber das Gefühl blieb unverändert. Er verschränkte die Arme. Das ferne Tal zog seinen Blick magisch an. Üppiges grünes Gras wogte unter Windfraus zärtlichem Atemhauch. Ein Mammut hob den zottigen Kopf. Plötzlich zuckte das riesige Tier zusammen. Vielleicht hatte es ebenfalls den durch das Gras schleichenden silbrigen Schatten gesehen. Der buschige Schwanz fing das glitzernde Gold der Sonne auf. Die schwarze, samtige Schnauze zog witternd den Geruch der Moschusochsen und Karibus, Mäuse und Büffel ein.

Im Geiste hörte Eisfeuer eine wunderschöne Stimme flüstern: »Das ist das Land deines Volkes . . . Ich zeige dir den Weg, Mann . . . Ich zeige dir den Weg . . .«

„Das ist ein glänzendes und besonders packendes Erstlingswerk. Michael Dorris beschreibt mit Intelligenz, Witz und Mitgefühl – und einem bemerkenswerten Talent – die verschiedensten Arten von Freude in ihrer ursprünglichsten Form. ‚Gelbes Floß auf blauem See' ist ein wundervolles Buch."

Robb Forman Dew

„Kunstvoll verflochten wie ein indianischer Zopf ist diese Geschichte . . ."

Treffpunkt Bibliothek München

Die Lebenserfahrungen dreier Frauengenerationen zwischen alten indianischen Lebenstraditionen und moderner Gesellschaft: Die Härten und Schwierigkeiten, die Frauen meistern müssen, um sich zu behaupten, sind selten so eindringlich geschildert worden wie am Schicksal dieser Außenseiterfamilie.

Aus dem Amerikanischen von
Karlheinz Dürr und Berit Horenburg

448 Seiten, gebunden

Deutsche Erstausgabe
ISBN 3-552-04301-2

ZSOLNAY

LAURENTISCHE
EISDECKE
KORDILLEREN
EISDECKE
PAZIFIK
ATLANTIK